Hélène de Champlain

Nicole Fyfe-Martel

Hélène de Champlain

Tome II

L'érable rouge

Catalogage avant publication de Bibliothèque et Archives Canada

Fyfe-Martel, Nicole

Hélène de Champlain

Sommaire : t. 1. Manchon et dentelle – t. 2. L'érable rouge.

ISBN 2-89428-642-2 (v.1)
ISBN 2-89428-790-9 (v.2)

1. Boullé, Hélène, ca 1598-1654 – Romans, nouvelles, etc.
I. Titre. II. Titre : Manchon et dentelle. III. Titre : L'érable rouge.

PS8561.Y33H44 2003 C843'.6 C2003-940170-7
PS9561.Y33H44 2003

Les Éditions Hurtubise HMH bénéficient du soutien financier des institutions suivantes pour leurs activités d'édition :

- Conseil des Arts du Canada
- Gouvernement du Canada par l'entremise du Programme d'aide au développement de l'industrie de l'édition (PADIÉ)
- Société de développement des entreprises culturelles du Québec (SODEC)
- Programme de crédit d'impôt pour l'édition de livres du gouvernement du Québec

Illustration de la couverture : Luc Normandin
Maquette de la couverture : Geai Bleu Graphique
Maquette intérieure et mise en page : Martel en-tête

Éditions Hurtubise HMH ltée
1815, avenue De Lorimier
Montréal (Québec) H2K 3W6
Tél. : (514) 523-1523

DISTRIBUTION EN FRANCE :
Librairie du Québec / DNM
30, rue Gay-Lussac
75005 Paris FRANCE
liquebec@noos.fr

ISBN : 2-89428-790-9

Dépôt légal : 2e trimestre 2005
Bibliothèque nationale du Québec
Bibliothèque nationale du Canada

Imprimé au Canada

www.hurtubisehmh.com

Pour André et Anne-Marie,
mes parents.

«J'ai un peu de sang indien»,
nous disait fièrement ma mère.

« C'est au vent qui l'ébouriffe,
à la tempête qui le ploie
que l'érable rouge doit sa beauté. »

BASHÔ (1644-1694)

Personnages historiques

Hélène Boullé : Fille cadette de Marguerite Alix et Nicolas Boullé, secrétaire à la Chambre du roi de France. Née en 1598, à Vitré ou Paris, elle sera mariée au sieur Samuel de Champlain, le 30 décembre 1610.

Samuel de Champlain : Né à Brouage vers 1570. Il cumulera les charges d'officier dans les armées du roi, de capitaine pour le roi en la marine de Ponant et de cartographe de la cour de France. De l'an 1611 à 1635, il sera lieutenant des vice-rois en Nouvelle-France.

Nicolas Boullé : Frère aîné d'Hélène Boullé, apprenti chez l'honorable homme Jacob Bunel, peintre ordinaire du roi.

Marguerite Boullé : Sœur aînée d'Hélène Boullé, épouse de Charles Deslandes, secrétaire du prince de Condé.

Eustache Boullé : Frère cadet d'Hélène Boullé. Il vivra en Nouvelle-France de l'an 1618 à 1629. De retour à Paris, il entre dans la communauté des frères minimes.

Geneviève Lesage : Sage-femme, épouse de Simon Alix, frère de Marguerite Alix, mère d'Hélène Boullé.

Ysabel Tessier : Servante engagée par Samuel de Champlain le 22 juillet 1617.

Françoise Boursier : Fille de Louise Boursier, sage-femme à la cour de France qui assista la reine Marie de Médicis lors de la naissance de Louis XIII et du duc d'Orléans. Françoise est aussi sage-femme.

Antoine Marié : Barbier-chirurgien de la région de Paris, au début du XVIIe siècle.

Louis Hébert : Arrivé en Nouvelle-France en 1617, cet apothicaire sera le premier colonisateur à s'installer définitivement à Québec. En 1621, il obtient la charge de procureur du roi.

Marie Rollet: Épouse de Louis Hébert. Elle eut trois enfants: Anne, Guillemette et Guillaume.

Guillemette Hébert: Fille de Louis Hébert et de Marie Rollet. Au mois d'août de l'an 1621, elle épousa Guillaume Couillard, matelot et charpentier, résidant à Québec depuis 1614. Hélène de Champlain et Eustache Boullé furent les témoins officiels de ce premier mariage en Nouvelle-France.

Anne Hébert: Fille aînée de Louis Hébert et Marie Rollet. Elle meurt en couches à l'hiver 1620. Son fils est mort-né.

Marguerite Langlois: Épouse d'Abraham Martin surnommé l'Écossais. Ce couple s'installe définitivement à Québec en 1619.

Françoise Langlois: Épouse de Pierre Desportes. Ce couple s'installe définitivement à Québec en 1619.

Hélène Desportes: Premier enfant français à naître à Québec en août 1621. Hélène Boullé en est la marraine.

Louis XIII: Fils d'Henri IV et de Marie de Médicis. Né à Fontainebleau en 1601, il sera roi de France de 1610 à 1643.

Cardinal duc de Richelieu: Homme d'État français qui fut l'aumônier de Louis XIII, avant de devenir son premier ministre. Il eut une influence majeure dans la vie politique, économique et religieuse de la France.

Jean Caumont, dit Le Mons: Engagé de la Compagnie de Rouen et Saint-Malo, il a la charge du magasin de l'Habitation et des marchandises de traite.

Georges Le Baillif: Père récollet, commissaire conseiller imposé à Champlain. Il sera député du Canada.

Joseph Le Caron: Père récollet natif des environs de Paris. Il fut aumônier du dauphin Louis, futur Louis XIII. Il hiverne en Huronie en 1615-1616 et 1623-1624, puis avec les Montagnes*, en 1617-1618. On lui doit les premiers dictionnaires en langue huronne, algommequine et montagne.

---

*Les noms attribués aux Premières Nations sont tirés des *Œuvres de Champlain*: Algommequins (Algonquins), Montagnes (Montagnais), Yrocois (Iroquois), Atticameques (Attikameks), Mi'Kmaqs (Micmacs), Sauvages (peuples indigènes de la Nouvelle-France).

Denis Jamet: Père récollet ayant vécu à Québec de 1620 à 1622.

Batiste Guers: Commissaire désigné par Montmorency, vice-roi de la Nouvelle-France. Il visite l'Habitation de Québec en 1620 et rentre à Paris faire son rapport.

Jean-Jacques Dolu: Conseiller du roi et grand audiencier de France.

François Gravé du Pont: Capitaine de navire impliqué dans l'exploration du Nouveau Monde avec Champlain.

Capitaine du May: Capitaine du navire de la Compagnie de Montmorency qui se rend à Québec en mai 1621.

Charles Lalemant: Né à Paris en 1587, ce fils de juge au criminel fait son noviciat à Rouen chez les Jésuites en 1607. Il vit à Québec de 1625 à 1627.

Isaac Razilly: Capitaine de navire impliqué dans les explorations en Nouvelle-France. Il milite avec Champlain en faveur de l'établissement d'une colonie permanente en Nouvelle-France.

Jean Nicollet: Interprète envoyé par Champlain chez les Algommequins en 1618, puis chez les nations de l'Ouest vers 1630. En octobre 1637, il épousa Marguerite Couillard, petite fille de Louis Hébert. Il meurt noyé près de Sillery en octobre 1642.

Miritsou: Montagne qui se lie d'amitié avec Samuel de Champlain. Il sera élu chef en 1622. Champlain lui offre d'ensemencer des terres près de la rivière Saint-Charles.

Érouachy: Chef montagne ayant côtoyé les Français de Québec au temps de Champlain.

Il est fait mention de...

Amati: Célèbre famille de luthiers de Crémone en Italie. Nicolo (1598-1684) fut le maître de Guarnerius et de Stradivarius.

Anadabijou: Grand chef des nations algommequines qui scella la première alliance avec les Français, le 27 mai 1603, à la pointe aux Alouettes, près de Tadoussac.

Anne d'Autriche: Fille de Philippe III d'Espagne, elle épouse Louis XIII en 1615.

Étienne Brûlé: Interprète qui vécut chez les Hurons.

Ézechiel de Caën: Natif de Dieppe, marchand de Rouen, bailleur de fonds de la Compagnie de Montmorency.

Guillaume de Caën: Neveu d'Ézechiel de Caën, capitaine de navire, il est le chef du consortium des de Caën.

Henriette-Marie de France: Sœur de Louis XIII, elle épouse Charles I, roi d'Angleterre, en 1625.

Le Primatice (1504 ou 1505-1570): Peintre, sculpteur et architecte italien. Il prit part à la décoration du château de Fontainebleau.

Léonard de Vinci (1452-1519): Peintre, architecte, sculpteur, ingénieur et savant italien.

Marie de Rohan-Montbazon, duchesse de Chevreuse: Épouse du connétable de Luynes, puis du duc de Chevreuse, elle prit part aux intrigues contre Richelieu et Mazarin.

Marie de Médicis: Née à Florence en 1573, elle épouse Henri IV en 1600. Elle est la régente de son fils, Louis XIII, de 1610 à 1617.

Monsieur Héroard: Médecin personnel de Louis XIII de l'an 1601 à 1629.

Nicolas Vignau: Interprète qui vécut chez les nations du Nord.

Pierre Paul Rubens (1577-1640): Peintre flamand. En 1625, Marie de Médicis l'appelle à Paris. Il mit quatre ans à peindre les vingt et une grandes toiles de l'Histoire de Marie de Médicis.

Pierre de Ronsard (1524-1585): Poète français de la cour de Charles IX.

Rosso (1494-1540): Peintre et décorateur italien chargé par François Ier de diriger la décoration du château de Fontainebleau (1531).

Salomon de Brosse (1570-1626): Architecte français chargé de la restauration du palais du Luxembourg.

Sanctorius: Médecin padouan qui, après de multiples expérimentations effectuées autour de 1625, dévoile le phénomène de la « transpiration insensible ».

RÉSUMÉ DU TOME I

Hélène de Champlain

Manchon et dentelle

À Paris, au mois de mai 1610, Henry IV est assassiné. Nicolas Boullé, secrétaire à la Chambre du roi, envoie sa fille Hélène passer l'été dans sa maison de Saint-Cloud. En compagnie de Noémie, sa nourrice, et de sa tante Geneviève, Hélène découvre les joies et les désagréments de la vie à la campagne. C'est là qu'elle fait la connaissance de Ludovic Ferras, le jeune neveu d'un fermier de la région. Au fil des jours, une solide amitié se tisse entre eux. Plus encore, ils vivent leurs premiers émois amoureux. L'automne venu, ils se quittent à regret.

De retour à Paris, les événements se précipitent. Hélène est forcée d'épouser le sieur Samuel de Champlain, cartographe, grand explorateur et ami de son père. Il a plus de quarante ans. Elle en a douze !

Profondément troublée, elle doit se soumettre aux volontés de son père et de son époux. Elle se convertit au catholicisme, cohabite avec le mari imposé et doit bientôt l'accompagner dans ses voyages à travers la France. Malgré tout, elle ne peut oublier son tendre ami de Saint-Cloud. L'espoir de retrouver Ludovic la suit partout. De Paris à La Rochelle, de Brouage à Brest, de Chartres à Saint-Cloud, elle tente de renouer les liens amoureux que la vie s'acharne à briser.

À cette époque où « les femmes naissent pour obéir », Hélène défend vaillamment sa vie, ses amours et ses volontés. Pendant que le sieur de Champlain poursuit son rêve de colonisation en Nouvelle-France, elle s'efforce de suivre les élans de son cœur, un cœur épris de Ludovic.

PREMIÈRE PARTIE

L'EMBARDÉE

Paris, 1625-1626

1
La déraison

Je croisai les pans de ma cape de peau afin de la resserrer autour de mes épaules. Mieux la sentir me réconfortait. Mon geste amplifia les effluves du cuir boucané. Je fixai intensément le brasier de l'âtre. Les fugaces étreintes des flammes m'ensorcelèrent; passions incendiaires, tisons ardents, cendres éternelles… Je m'accroupis. À mes côtés, Perdrix Blanche saisit l'esturgeon par la queue et le suspendit à la perche juste au-dessus des braises. Son nouveau-né, allongé sur ses cuisses, se gorgeait du lait de son sein. Derrière nous, des ossements, suspendus au buisson, cliquetaient gaiement. Devant le *wigwam*, la Meneuse et la Guerrière tordaient les tripes d'un castor. De temps à autre, elles éloignaient d'un coup de pied les cinq chiens mis en appétit. Au loin, sur la berge de la rivière Saint-Charles, Aube du Jour et sa sœur cousaient de l'écorce de bouleau autour des varangues d'un canot. Des éclats de rire ponctuaient leurs joyeux bavardages. La fumée tourbillonna autour de nos têtes. Je clignai des paupières tant les yeux me chauffaient. Haut perchés sur l'arbre mort, des corbeaux croassèrent fortement. Apeuré, le grand héron s'éleva de la berge et survola les eaux du grand fleuve. Battre des ailes, un peu plus fort, un peu plus vite, aller tout droit vers l'érable rouge, arbre de sang, arbre de feu, arbre de mes amours… Là, il m'attend, sous l'érable rouge. Il m'attend, je sais qu'il m'attend.

Sa présence derrière moi, son souffle derrière moi... Et claquent les tam-tams. Dans ma tête tambourinent les tambours.

— Oh, ma tête !

— Madame, je vous en conjure. Hélène, Hélène ! nasilla-t-on dans mon dos.

Je sursautai.

— Quoi ? Où suis-je ? Quoi ? répétai-je.

— Madame, vous êtes ici, dans notre demeure, rue du Poitou, au Marais du Temple.

— Au Marais du Temple, chez vous ? balbutiai-je, confuse.

— Oui, retournez-vous, regardez-moi. Je suis Samuel de Champlain, votre époux.

La résonance de son nom me fit l'effet d'une pluie glacée. Oui, mon époux, le Marais du Temple. Oui, je me rappelais, notre retour en France. Je me relevai et pris appui sur le manteau de la cheminée.

— Hélène, vos insomnies m'affligent, vous m'en voyez profondément troublé. Je ne sais comment...

Je me retournai vivement. Contre la fenêtre, sa silhouette se dessinait dans la pâleur de l'aurore. « Un spectre d'outre-tombe », pensai-je. La fumée de sa pipe se tortillait dans la pénombre.

— Que si, vous savez pertinemment comment ! protestai-je à mi-voix.

— Non, pas cela ! Ne me demandez pas cela, je m'y refuse, soupira-t-il longuement. La persistance de votre déraison m'attriste.

Il pointa le tuyau de sa pipe sur son torse, à l'endroit même où les Sauvages extirpent les cœurs. En avait-il seulement un ? De pierre, peut-être ? Je soulevai ma cape, en couvris ma tête et fis deux pas vers lui.

— Vous êtes la cause de tout, de tout ! Mes veilles, mes cauchemars, mes délires, de tout vous dis-je ! Le savez-vous, monsieur de Champlain ?

— Comment pourrais-je l'ignorer ? Vous ne cessez de m'accabler des pires reproches, alors que bien humblement j'implore votre pardon à genoux.

D'un geste vif, je tirai ma cape, la projetant à ses pieds.

— Pardonner ! Comment le pourrais-je ? Vous m'avez tout volé, tout, absolument tout ! Ma jeunesse, ma vie, et maintenant ma raison ! Le pardon ? Jamais, monsieur ! Quand je ne serai plus que cendre et poussière, la haine que vous m'inspirez rongera encore mon âme !

Il porta sa pipe à sa bouche et aspira fortement. Le tabac rougit dans le fourneau. Ses yeux scrutèrent les miens, puis la fumée s'interposa entre nous. Soupirant à nouveau, il me tourna le dos et s'approcha de la fenêtre. L'arôme du pétun aiguisa ma volonté.

— Vous ne pourrez y échapper, monsieur. Le rachat de vos fautes passe par mon retour en Nouvelle-France. Je veux être du voyage que vous êtes à préparer.

— Non, il ne saurait en être question ! Ma décision est irrévocable !

— Ma requête est absolue !

— Fort bien ! Alors, je vivrai sans votre pardon. Vous serez mon purgatoire : notre salut n'est-il pas à conquérir ?

— La conquête, votre seule obsession !

Il fixa la grisaille du dehors.

— Puis-je vous rappeler que notre pays est à la dérive ? L'Autriche et l'Espagne grugent nos frontières. Les huguenots français, nos propres concitoyens, conspirent avec les Anglais et les Espagnols afin de mieux diviser notre royaume. Un État dans l'État, telle est l'ultime ambition des réformés ! Ce duc de Soubise qui, en secret, se constitue une flotte de guerre, s'empare de l'île de Ré et de sept de nos vaisseaux ! Une trahison, la plus haute trahison ! Que vous faut-il de plus ? L'ambition d'une lointaine colonie n'est que vanité quand il y a péril en la demeure ! Ouvrez vos œillères, revenez sur terre ! Nul rêve n'est plus grand que la destinée d'une nation, madame ! Ni les miens, ni les vôtres ne...

Le tintamarre des cent clochers de la ville couvrit tout ; ses paroles, les crépitements du feu, le carillon de l'horloge. Il ouvrit la fenêtre et frappa délicatement le fourneau de sa pipe sur le rebord de pierre. Le relent des caniveaux fraîchement décrottés me souleva le cœur. Je reculai. Il se redressa, glissa sa pipe dans la poche de sa robe de chambre et me dévisagea froidement jusqu'à ce que les cloches se taisent. De la rue montaient les bruits familiers du matin. Le grincement des ferronneries des enseignes perçait le tintamarre des charrettes, des tombereaux et des cavaliers. Une rafale souleva ses cheveux grisonnants. Il referma la fenêtre.

— Nous sommes le 21 juillet de l'an 1625. Il est six heures, madame, six heures du matin. Le jour se lève sur Paris et à Paris vous resterez.

— Non ! hurlai-je, plutôt mourir damnée !

Et je m'élançai vers la porte où se tenait Ysabel.

— Ah, Ysabel, veuillez assister madame dans ses préparatifs. Elle aura besoin de vos conseils. Aujourd'hui, nous avons audience chez le cardinal duc de Richelieu. Il est impératif qu'elle...

Je figeai sur place.

— Le Cardinal, le nouveau ministre des Affaires coloniales ?

— Celui-là même ; ministre des Affaires étrangères, surintendant de la navigation et grand amiral de France depuis février dernier : notre Éminence rouge.

L'Éminence rouge ! Mais oui, l'Éminence… Cela ne faisait aucun doute, je saurais rallier le Cardinal à ma cause. Je passai mon bras sous celui d'Ysabel. Elle me sourit discrètement. La tristesse de ses yeux gris me parut inopportune. Tous les espoirs m'étaient permis. En haut, tout en haut, il y avait notre Dieu Tout-Puissant. À sa droite se tenait fièrement notre roi et, d'après la rumeur de la cour de France, à la droite de notre roi était le cardinal duc de Richelieu. Son Éminence avait ses entrées particulières auprès de la très Sainte Providence ou mon nom n'était pas Hélène Boullé.

J'étais assise devant le miroir de ma coiffeuse. Ysabel souleva ma lourde chevelure et commença le chignon culbute qu'elle allait faire tenir avec mes bois de caribou. Ces deux peignes m'avaient été remis par *Miritsou* ; un cadeau de chef à la femme du capitaine français, un précieux cadeau. Hagarde, je regardai le reflet d'Ysabel sans trop le voir. Ses gestes précis et tendres étaient ceux de la Meneuse huilant les cheveux de Petite Fleur. Le bout de ses doigts effleura mon cou, légèrement, telle une plume d'oie sauvage. Comme une douce caresse de mon bien-aimé… Mes yeux s'embrumèrent, une larme glissa sur ma joue. Ysabel se releva, baissa les bras et m'observa sans rien dire.

— Pourquoi, Ysabel, dis-moi pourquoi ? suppliai-je.

Son visage resta de marbre.

— Qu'est-il advenu que j'ignore ? Quelle faute m'aura mérité un tel châtiment ? Là-bas, il y a…

— Il vaudrait mieux effacer les quatre années passées en Nouvelle-France de votre mémoire à tout jamais, Hélène. Je vous en prie, votre santé en dépend.

Sa voix pourtant si douce ne toucha ni mon cœur ni mon esprit. On me mentait, tous me mentaient ! Monsieur de Champlain, Ysabel, Paul, tous, tous ceux-là qui avaient vu, entendu, tous ceux-là qui savaient. Ils s'étaient ligués contre moi. Une conspiration, j'étais la victime innocente d'une infâme conspiration. Je me retournai vers elle.

— Tu mens, Ysabel ! Comment peux-tu me refuser ton aide après tout ce que nous avons vécu à Québec, après le soutien que je t'ai apporté ? Cette satanée Marie-Jeanne, cette sorcière, rappelle-toi la perfide Marie-Jeanne. La tempête… Eustache et toi… tous ces mensonges… Ne t'ai-je pas toujours soutenue ? Je me suis commise sans aucune hésitation, allant même jusqu'à compromettre l'affection de mon frère. Tu me dois la vérité. Raconte-moi, je t'en supplie, allège ma peine.

Elle courba la tête. Je l'avais troublée, profondément troublée. Sans un mot, sans un regard, elle quitta ma chambre.

Notre retour en France baignait dans un mystère qui aiguisait ma folie. J'étais hantée par les images du Nouveau Monde qui s'imposaient à l'improviste à mon esprit. Parfois, une odeur, un bruit, un son, un mot suffisait à me transporter dans ces contrées lointaines. Un océan me séparait de ces terres. Cet océan chamboulait mes humeurs. Mon corps était à Paris, insensible aux querelles opposant catholiques et protestants, noblesses et royautés, seigneurs et courtisans, et mon âme était là-bas, en Nouvelle-France. Là-bas, sous l'érable rouge, il m'attendait, j'en avais la profonde conviction. Je devais le rejoindre avant la tombée du jour. Je devais retourner près de la rivière. Là était ma vie, là étaient mes espérances, là était mon amour. J'arrachai les peignes de caribou retenant mes cheveux et entrepris de les tresser en me lamentant telle une bête prise au piège s'abandonnant à la mort. La forte pression de mains sur mes épaules me surprit. Je m'agrippai à ces bras.

— Allons, allons, calmez-vous, chère âme. Venez vous étendre. Allons.

Mon époux me guida vers le lit de mes peines.

— Je vous suis reconnaissant de vous astreindre à cette visite en dépit de votre fragilité, susurra le sieur de Champlain du bout des lèvres.

— Ma fragilité est plus forte que vous ne le supposez.

— Cette première sortie après dix mois de réclusion...

— Ma vie est ailleurs.

— Fort bien !

Il saisit le journal *Le Mercure* déposé sur la banquette de notre carrosse et en reprit la lecture. Paul nous menait à l'hôtel de Rambouillet, rue Saint-Honoré, principale résidence d'Armand-Jean Duplessis, duc de Richelieu. Désireux de se rapprocher du roi, le Cardinal avait acquis plusieurs hôtels particuliers autour du Louvre.

— Son pouvoir est-il véritablement à la hauteur de sa réputation ?

J'avais parlé pour moi, n'espérant aucune réponse. Je retirai le capuchon de ma capeline : le fond de l'air était étonnamment chaud pour une fin de mois d'août. Il tourna une page d'un mouvement sec.

— Suffisamment pour engager des vaisseaux hollandais et les équiper de matelots bretons afin de défendre notre pays. Un homme d'une extraordinaire énergie ! Rien ne fait obstacle à sa volonté et à son intelligence. Le million de livres nécessaires pour affronter la menace anglaise, il le trouvera, foi de Champlain ! Il sollicite amis, nobles, bourgeois, gentilshommes et courtisans, bref tous ceux qui l'approchent. On gratte au fond des coffres dans tout le royaume. Tenez, ces titres, juste sous mon nez : « *Richelieu lève les troupes, La Rochelle commande* », « *Richelieu suggère que la vallée de la Valteline soit restituée aux Grisons* ».

Retournant le journal, il reprit :

— « *Richelieu ordonne la destruction des châteaux forts hormis ceux des frontières* ». Quelle audace ! De tous les combats, sur tous les fronts. Il résiste aux protestants, provoque les catholiques, insulte les grands seigneurs, bouleverse les finances, et ce n'est qu'un début !

Notre carrosse s'immobilisa subitement. Il laissa tomber son journal et me fixa brièvement.

— Restez ici. Ne bougez pas, ordonna-t-il avant d'ouvrir la portière.

— Paul ? s'écria-t-il au dehors.

La clameur piqua ma curiosité. J'ouvris la portière du côté opposé et descendis. Dans la cohue, les gens allaient et venaient en tous sens, comme fuyant une menace dont ils ignoraient la provenance. Des marchands fermaient les portes de leurs boutiques, tandis que d'autres débarrassaient leurs étals en toute hâte. J'avançai au hasard, cherchant une direction à prendre. Ce fut peine perdue. Tout ce bredi-breda força mon arrêt. Deux dames paniquées me bousculèrent de part et d'autre, de sorte que je fus prise dans un branle irrésistible. Les murs de pierre des hôtels resserraient l'étroit corridor dans lequel rebondissaient tous les cris : cris de guerre, cris de festins, cris de peur, et résonnaient les tam-tams. Je fermai les yeux. Ma gorge se rétrécit, j'étouffais. Devant moi se dressait une porte cochère.

— Il me faut m'y rendre, me dis-je. Je dois l'atteindre.

Je poussai, j'avançai, je bousculai. Ma respiration s'étiolait.

— Pardon, pardonnez-moi...

— Hé, oh, s'exclama un vieillard en relevant son baluchon.

— Pardon...

La porte, enfin ! Mon cœur battait la chamade. Je pris appui sur la pierre froide. J'avais chaud. De chaque côté de la rue, des arquebusiers avançaient, refoulant tous et chacun en bordure du pavé avec leur arme.

— Faites place, faites place, reculez, reculez. Par ordre du roi ! Reculez !

Les claquements approchaient. Une cohorte de cavaliers vêtus de hoquetons bleus précéda un attelage de quatre chevaux tirant un carrosse. Tout noir, l'attelage. Non, il y avait une croix d'or gravée sur la portière, une croix d'or.

— Richelieu, le cardinal de Richelieu, l'Éminence rouge, murmurait-on de bouche à oreille.

Et l'homme de tous les saluts disparut bientôt au détour de la rue Saint-Honoré.

— Mademoiselle !

Je sursautai.

— Mademoiselle, quelle peur vous me causez ! Il fallait rester dans le carrosse ! me reprocha Paul. Venez, suivez-moi. Nous retournons à la maison.

Paul entoura mes épaules de son bras, nous frayant un chemin avec l'autre.

— Mais... notre rencontre avec le Cardinal ?

— Reportée aux calendes grecques ! Le Cardinal quitte Paris à l'instant. Un complot, sa vie est menacée !

Ce coup de massue me cloua sur place.

— Mais venez donc, insista-t-il en agrippant mon poignet.

— Et ma requête ? J'ai absolument besoin de rencontrer le Cardinal. J'ai besoin de son appui pour retourner en Nouvelle-France.

Paul arrêta son pas et fronça si intensément ses épais sourcils que le bleu de ses yeux disparut presque complètement.

— Une seule chose importe vraiment, mademoiselle, retrouver vos esprits !

— Mon esprit est en Nouvelle-France.

— Par tous les diables ! Noémie vous aidera, la Providence vous aidera, le ciel déploiera ses armées et la raison vous reviendra, foi de Paul !

— Paul, vous ne me comprenez pas. Je veux retourner là-bas. Ma vie est auprès de lui, auprès de Ludovic. Vous le savez mieux que quiconque. Le retrouver, c'est retrouver mon cœur et mon esprit, c'est retrouver ma raison de vivre, c'est retrouver mon âme. L'appui du Cardinal m'est indispensable.

Ses yeux s'embrumèrent. Une larme pointa au coin de ses yeux. Il détourna son regard.

— Mon esprit erre là-bas, le grand héron a pris son envol vers l'érable rouge. Sous l'érable rouge, il m'attend, Paul, il m'attend !

Il renifla, prit mes mains dans les siennes et les serra fortement. La bague de Ludovic s'incrusta dans ma peau.

— Venez, mon enfant, rentrons à la maison.

2

Les complots

Accroupie entre le palmier et le perchoir, j'observais attentivement Sabine, la hulotte de Christine. Un rayon de soleil frappa les anneaux de sa chaîne. Son éclat la troubla. Elle déploya son aile valide et hulula.

— Une chouette qui hulule en plein jour ! m'étonnai-je.

Curieusement, son comportement me soulagea. Ainsi donc, je n'étais pas la seule à confondre la nuit et le jour. L'esprit de notre combative Sabine errait, sans repère, dans un espace insensé. Et si on l'avait ensorcelée ? Peut-être un *chaman* avait-il requis son pouvoir afin de soulager un malade, préparer une chasse ou communiquer avec le monde des morts ? Elle ouvrit les paupières. Je scrutai le jaune doré de son œil rond ; yeux jaunes, yeux maléfiques, yeux de Marie-Jeanne… Christine s'approcha du perchoir.

— Hélène, pourquoi vous isoler ainsi ? Rejoignez-nous. Nous avons peine à démêler l'écheveau du dernier complot de la cour. Un brouillamini d'une telle complexité ! Votre assistance nous serait d'un grand secours. On m'a rapporté que votre père…

— J'évite la compagnie de mon père.

— Alors votre amie, cette Marie-Jeanne…

— Ne prononcez plus jamais ce nom devant moi ! m'indignai-je en me levant prestement.

Le retroussis de ma robe agita les palmes et Sabine dressa son aile.

— Bien, bien, ménageons vos humeurs ! Disons plutôt qu'une dame de votre connaissance, liée à une femme de service de la suite de notre reine, aurait pu vous transmettre...

— Je ne fréquente aucune dame de cette nature.

Christine inclina la tête sur son épaule et m'observa en se grattant le menton.

— Si vous savez si bien choisir vos fréquentations, votre mélancolie n'est peut-être pas si profonde qu'il n'y paraît, après tout, ironisa-t-elle.

— Je ne souffre aucunement de mélancolie ! D'où dénichez-vous pareille sornette ?

Elle secoua sa lourde tignasse rouge. « Quel beau scalp ce serait », pensai-je méchamment.

— Pardonnez-moi, Hélène, j'ai la crânerie facile, pardonnez-moi.

— Évitez seulement de me reprocher mes humeurs. Je n'y peux rien, croyez-moi, je n'y peux rien.

— J'y veillerai, j'y veillerai, rassura-t-elle avec un sourire attendri.

Je lui souris faiblement. Elle posa les mains sur ses hanches.

— Alors, si nous en revenions aux papotages de la cour.

Elle m'entraîna vers la table autour de laquelle étaient assises Françoise Boursier et madame Berthelot. Elles avaient délaissé leur ouvrage et nous regardaient, hébétées. Je m'assieds près de Françoise, juste devant madame Berthelot. Christine s'installa à la droite de cette dernière et nous regarda tour à tour avant de frotter vigoureusement ses mains l'une contre l'autre.

— Ainsi, l'amitié liant notre reine à la duchesse de Chevreuse, sa surintendante, serait à l'origine de tout ce désordre ! Qui, dorénavant, osera prétendre que les femmes sont sans influence dans les politiques ? Les grands seigneurs auront beau mettre la lumière sous le boisseau, la vérité est que des femmes couchent avec les rois et les princes ! Ah, le pouvoir des chambres à coucher, mesdames, le pouvoir des chambres à coucher ! Alors, Françoise, votre mère aura donc appris de source sûre que…

Depuis un mois, le scandale courait sur toutes les lèvres. On avait comploté contre son Éminence, le cardinal duc de Richelieu. Sa vie avait été menacée. Le nom de la duchesse de Chevreuse, conspiratrice déloyale, résonnait sous tous les toits du royaume.

Françoise, le visage concentré et le regard fixe, se leva lentement. Elle ajusta un peigne dans sa chevelure, retroussa les poignets de sa chemise et nous regarda l'une après l'autre.

— Il importe de bien comprendre les tenants et aboutissants des événements. Notre jugement se doit d'être éclairé.

— Nous comprenons, nous comprenons, allez-y donc ! s'impatienta Christine en agitant une main.

Françoise sourit.

— Rien ne sert de courir, Christine, badina-t-elle. Ces événements méritent d'être approfondis. Il y a tant d'éléments en cause.

— Françoise ! explosa Christine.

Françoise égrena un éclat de rire.

— On croirait la mouche du coche, renchérit madame Berthelot.

Christine sursauta.

— Oh ! Vous ! s'offusqua-t-elle.

— Mesdames, mesdames, tempéra Françoise, calmez-vous, je vous prie. Concertons-nous plutôt, concertons-nous. Nous devons absolument bien comprendre les faits.

Christine détourna le regard vers Sabine tandis que madame Berthelot fixa la porte. Françoise entreprit de marcher le long des fenêtres.

— Résumons : madame de Luynes, la future duchesse de Chevreuse, s'emploie à créer autour d'Anne d'Autriche une atmosphère de galanterie volage, ce qui irrite notre roi au plus haut point. En mars 1622, survient la fausse couche royale.

— Une fausse couche ! m'étonnai-je.

— Vous ignorez que notre reine a fait une fausse couche ? s'indigna madame Berthelot.

— Hélas, la nouvelle n'atteignit pas les côtes de la Nouvelle-France, très chère madame Berthelot, répliquai-je.

— Surprenant, quand même, remarqua Christine. Il s'agissait de l'héritier de la couronne de France. On aura évité d'ébruiter ce malheur hors du pays.

— Efforçons-nous de maintenir le fil des idées, conseilla Françoise.

— Vous avez raison, appuya Christine, poursuivez, chère amie.

— Donc, madame de Luynes et mademoiselle de Verneuil furent tenues responsables de ce déplorable accident. Elles avaient entraîné la Reine dans une course, au Louvre. Un faux pas aura suffi pour priver la France de l'héritier tant attendu. Le Roi, furieux, chassa les fautives de la cour. Il profita de l'occasion pour éloigner du palais la suite espagnole d'Anne, à l'exception de cette Estefinia, qui fut jadis sa nourrice. La décision du roi mortifia grandement notre reine. Elle resta inconsolable.

— Dommage pour la fausse couche, me désolai-je, dommage.

Françoise arrêta sa marche.

— Perdre un enfant a de quoi rendre fou, m'attristai-je.

— Fort bien, fort bien ! s'énerva madame Berthelot. Les larmoiements sont inutiles. La suite, Françoise, la suite !

Françoise poursuivit.

— Voici que le grand connétable du royaume, le duc de Luynes, trépasse. Sa veuve, notre future madame de Chevreuse, use de stratagèmes pour retrouver ses entrées à la cour. Son mariage avec le duc de Chevreuse est l'astuce choisie. Quatre mois après la mort de son époux, la duchesse de Luynes devient donc la duchesse de Chevreuse. Anne d'Autriche et sa coterie assiègent le Roi pour que sa flamboyante compagne revienne à la cour. Il cède. Anne d'Autriche et la duchesse de Chevreuse sont de nouveau réunies.

— Un loup entre dans la bergerie ! s'exclama madame Berthelot en tapotant le haut de son chignon.

Les cliquetis de ses bracelets m'irritèrent. Une breloque se prit dans l'arceau de sa chevelure. Christine se tourna vers elle.

— Une louve, une louve entre dans la bergerie ! insista-t-elle en replaçant la mèche de cheveux que le bijou avait déplacée. Jolie, cette nouvelle coiffure.

— La vipère ! s'indigna madame Berthelot en négligeant la flatterie de Christine. Cette Chevreuse aurait mérité la pendaison !

— Comme vous y allez, très chère. Il est vrai que d'être subitement jetée hors du lit d'un duc a de quoi humilier, insinua malignement Christine.

— Une courtisane déchue s'accroche à ce qu'elle peut ! rétorqua madame Berthelot.

— Consœurs, consœurs, je vous prie ! Extirper la vérité d'un tel embrouillement est suffisamment ardu ! Négligez vos émois si vous voulez y parvenir.

Madame Berthelot releva le menton en plissant les lèvres. J'eus chaud.

— Puis, tout se précipite, enchaîna Françoise. Pour contrer la menace des Habsbourg, la France doit resserrer ses liens avec l'Angleterre. On décide de marier Henriette-Marie, la sœur de notre roi, avec le prince de Galles. Monsieur de Chevreuse, partisan de ce mariage, est désigné pour épouser la princesse par procuration. Pour ce faire, il doit se rendre en Angleterre afin de préparer tous les documents officiels. Il n'en fallait pas davantage pour que l'imagination débridée de notre duchesse se surpasse. Avant de suivre son époux chez les Anglais, la Chevreuse prépare une galante intrigue mettant en cause notre reine et le duc de Buckingham.

Mes oreilles bourdonnèrent.

— On en connaît le déroulement, coupa madame Berthelot. Il y eut l'éblouissante apparition du duc anglais devant la Reine, le coup de foudre réciproque et, en juillet dernier, la rencontre secrète des deux soupirants à Amiens : moments de tendre intimité suivis de la redoutable colère du roi.

Je frissonnai, les bourdonnements s'intensifièrent. Les mots me parvenaient en écho.

— Le comportement scandaleux des Chevreuse en Angleterre finit de soulever la tempête, enchaîna madame Berthelot. Notre fallacieuse duchesse y distribue ses faveurs sans vergogne, et ce, avec la bénédiction du mari. La France entière est éclaboussée.

Christine agitait nerveusement le coin du cahier posé devant elle.

— Nous y voilà ! clama-t-elle fortement. Le cœur de la véritable tragédie est dans ce qui survient après, dans la riposte grossière de Richelieu ! Vous savez ce qu'il dit de cette Chevreuse ?

Elle brandit une page.

— « *Quand elle sera de retour, on n'aura plus besoin d'envoyer chercher des guilledines d'Angleterre* ! » lut-elle haut et fort.

— Ah ! Elle l'aura bien mérité ! se réjouit madame Berthelot.

— Attendez, attendez, ce n'est pas tout : « *Les Anglais, qu'on appelle bouquins, disent qu'on les peut appeler tels parce que quelques-uns ont… bouquiné… une de nos chèvres* ! »

— Non ! s'indigna Françoise. Ces paroles ne peuvent sortir de la bouche de notre très distingué Cardinal !

Mon cœur battait fortement dans mes tempes.

— Oui ! C'est écrit ici, noir sur blanc ! insista Christine. Tels sont les propos du cardinal Richelieu, mesdames. Peu importe ce que fit cette femme, il est injuste qu'il la traîne ainsi dans la boue ! Si nous avions dessein de soulever de la sorte les histoires des courtisans, tous les journaux de France n'y suffiraient pas ! Une femme retrousse ses jupons, et voilà notre Cardinal empressé de la marquer du sceau de la honte. Une insulte, une balafre au visage de toutes les femmes du royaume !

Christine se leva d'un bond. Sa chaise se renversa. Le fracas qu'elle fit sur le parquet résonna tel un coup d'arquebuse. Clap ! Clap ! Clap !

Mes tempes éclataient, ma respiration s'accélérait. Je ressentis un urgent besoin de lumière. De la lumière, vite, de la lumière. Je me rendis à la fenêtre. Mon ombre effaroucha les deux pigeons roucoulant sur son rebord. Ils s'envolèrent vers une lanterne sur laquelle ils se posèrent.

— Le soleil décline et tante Geneviève n'est toujours pas là, m'affolai-je.

Je frappai mon front sur la vitre froide.

— Tante Geneviève n'est pas là, répétai-je, tante Geneviève n'est pas là.

Les pigeons de Saint-Cloud, le pigeonnier de mes amours... La tour aux pigeons de l'Habitation, la tour aux pigeons... Au-dessus de la lanterne, les oiseaux irisés s'étaient blottis l'un contre l'autre. Rassurés les pigeons, rassurés les pigeons.

— Hélène, murmura Françoise dans mon dos. Vous m'inquiétez !

Je me retournai vivement. Mes trois compagnes étaient debout, tout près, me dévisageant curieusement.

— Vous avez mal ? demanda Christine.

— Un léger mal de tête, sans plus. Vous connaissez le véritable motif de cette rencontre ? Tante Geneviève doit me rejoindre ici. Pourquoi ici ?

— Votre tante croit qu'il vous serait salutaire de reprendre quelques-unes de vos activités pour... rencontrer des gens. Vous savez, vos humeurs.

Madame Berthelot agita ses bracelets, Christine tortilla ses mains et Françoise redressa le col de sa chemise de toile blanche. Blanche, si blanche, la chemise...

Je regardai au dehors. Les pigeons avaient disparu. Ma tête explosait.

— Qu'y a-t-il à la fin ! m'écriai-je. Ces allusions à mes humeurs, vos sous-entendus, et tous ces mots en sourdine, j'en ai plus qu'assez ! Vous m'entendez, je suis incapable d'en supporter davantage ! Ma capeline, cherchez ma capeline. Je vous quitte, je retourne chez moi, chez moi !

L'écho de ce mot me tordit le cœur. Où était mon chez-moi ? Je n'avais plus de chez-moi. Aucun toit, aucun mur ne me rassurait plus. J'étais une vagabonde terrassée par l'ennemi ténébreux, guerrier embusqué, chasseur sournois. Je m'élançai vers la porte et sortis. Clap, clap, clap, claquaient les arquebuses dans les profondeurs des forêts de l'autre monde. Je courus droit devant, dévalai l'escalier et sortis. Je n'avais pas sitôt mis le pied dehors que tante Geneviève accourait au milieu de la rue, sa trousse de sage-femme à la main, jupons retroussés et cheveux au vent.

— Hélène ! Que fais-tu là ? Tu sembles bouleversée. Hélène, Hélène, qu'y a-t-il ?

Je pressai ma tête entre mes mains. Les pulsions ralentirent. Le bourdonnement dans mes oreilles s'atténua. J'inspirai profondément. L'odeur du crottin de cheval me leva le cœur. Tante Geneviève déposa son panier et posa une main sur mon front. Sa chaleur me rassura. Le bourdonnement disparut aussitôt.

— Allons, calme-toi, calme-toi. Tu n'es pas fiévreuse, c'est de bon augure.

Ses yeux inquiets scrutaient les miens. Je baissai les mains.

— Que t'arrive-t-il ?

— Je fuis les intrigues.

— Les intrigues ?

— Oui, vous vous liguez tous contre moi. On me dissimule des choses, des choses graves et cela me rend folle.

Elle soupira longuement.

— Tu es injuste. Nous sommes tes amies. S'il y a complot, ce n'est pas dans nos rangs qu'il se trame.

— Et ces discussions qui s'arrêtent dès que j'apparais ?

— Peux-tu admettre que certains de tes agissements nous tracassent ? Tes absences, ces moments où tu sembles ailleurs, indifférente à tout. Antoine et moi croyons que tes humeurs sont quelque peu déréglées et…

— Mes humeurs, déréglées, tiens donc !

Elle caressa mon bras.

— Et ta capeline ? Tu es si légèrement vêtue, dit-elle tendrement.

— Oh ! En haut, chez Christine.

— Récupérons-la, tu veux bien ? Antoine nous attend.

J'acquiesçai de la tête. Résister était au-dessus de mes forces.

Ce qui unissait tante Geneviève et Antoine Marié allait bien au-delà du lien familial qui faisait d'elle sa cousine par alliance. Ils partageaient la même soif du savoir médical, la même passion pour les maladies, les blessures et le mal-être de tout acabit. Leur plus cher désir était de repousser les limites de la science par l'expérimentation méthodique. Apparemment, j'étais pour eux un cas d'intérêt particulier. Aussi, une fois par semaine, tante Geneviève m'entraînait-elle dans les couloirs sombres de l'université de la Sorbonne, là où maître Antoine s'appliquait à instruire à la science de la médecine des étudiants venus des quatre coins du continent. Il partageait son laboratoire de recherche avec un autre médecin, un certain Sanctorius qui, selon les explications de ma tante, tentait de mesurer et de comparer, par de savants calculs, le poids des matières ingérées et rejetées par le corps humain. Voilà pourquoi nous l'avions trouvé à quelques reprises, confortablement installé dans un fauteuil transformé en balance, dans lequel il passait plusieurs heures par jour. Ayant observé que son corps s'allégeait au fil des heures, il comptait bien développer davantage sa théorie portant sur le phénomène de la « transpiration invisible ».

Je suivais ma tante dans l'escalier en colimaçon de la tourelle, une main appuyée au mur de pierres, le nez collé à sa jupe bleu nuit. La poussière soulevée par notre passage s'agitait dans les faisceaux de lumière déversés par les minces fenêtres de la rotonde.

« Du choc des idées naît la lumière », pensai-je. Que de savantes argumentations, de glorieuses thèses et d'ingénieuses inventions avaient vu le jour en ces lieux mémorables. La Sorbonne, la plus prestigieuse université d'Europe, lieu de formation de milliers de nobles et de bourgeois venus y obtenir leurs diplômes.

— On dit que le cardinal de Richelieu fréquenta cet établissement, ma tante ?

— Certes. Il en fut même le proviseur en 1622. Sais-tu qu'il y reçut une formation en dialectique et en théologie vers l'an 1602 ?

— Dialectique ?

— La science de la communication. On le dit très doué. C'est forcé, penses-tu, cet homme fut nommé abbé de Chillon à vingt ans, évêque de Luçon à vingt-deux et cardinal à trente-sept. Marie de Médicis serait intervenue personnellement auprès du pape pour que lui soit remise la barrette.

— La barrette ?

— Le titre de cardinal, si tu préfères. Et je ne te parle pas de son parcours politique : d'abord aumônier d'Anne d'Autriche, puis chef du Conseil de la Reine mère, membre du Conseil royal, et finalement chef du Conseil du roi depuis 1624.

Elle s'arrêta afin de reprendre son souffle et me sourit.

— Un homme d'exception, quoi.

— Un autre ! Décidément, notre monde foisonne d'hommes d'exception.

Elle eut un éclat de rire.

— Tout comme votre maître Antoine, enchaînai-je. Ne croyez-vous pas qu'il soit exagéré de m'imposer ainsi à lui ? Son temps est compté : ses cours, ses recherches, ses charges dans les hôpitaux…

— Je ne t'impose nullement ! Il insiste, tu stimules sa curiosité, tu le mets au défi, tu…

— Ça va, j'ai compris. Je suis un spécimen pour la science, un beau cas, comme vous le dites si bien.

Elle laissa échapper un nouvel éclat de rire. Il rebondit en écho jusqu'au sommet de la rotonde, là où se trouvait le laboratoire du maître. C'était une pièce encombrée de livres, de parchemins et de caissettes débordant d'instruments, tous plus étranges les uns que les autres. Tout autour de la pièce, des bocaux de verre, macabres cercueils d'animaux démembrés, partageaient les tablettes avec des fioles minutieusement étiquetées. Au centre, sur une table ronde, des vapeurs inodores s'échappaient des éprouvettes dans lesquelles bouillonnaient des liquides jaunâtres. Tout au fond était installée la balance du maître Sanctorius. Tel était le mystérieux domaine où s'activait l'esprit du barbier-chirurgien, Antoine Marié.

— Quelle idée d'installer vos pénates si haut perchés, vénérable savant ? s'exclama tante Geneviève en refermant la porte basse derrière elle.

Maître Antoine s'approcha, lui sourit et lui baisa la main.

— Cette flatterie serait un baume si elle était vérifiable, cousine. Par contre, elle s'applique parfaitement à maître Éloi, notre savant jésuite. Approchez, maître.

Debout, de l'autre côté des éprouvettes, vêtu d'une longue toge noire bordée de velours brun, le personnage s'inclina, souleva sa calotte et nous présenta le lustre de sa tonsure. Une courte barbe blanche couvrait son visage joufflu.

— Madame Lesage, madame de Champlain, prononça-t-il lentement d'une voix étouffée.

Il remit sa calotte, agrippa les pans de sa toge et contourna la table d'un pas lourd tout en nous observant intensément. « Un être de réflexion, de profonde réflexion », me dis-je.

Il s'inclina devant ma tante.

— Antoine n'est que louange pour vous, très chère madame Lesage. Il vous reconnaît un don de soignante hors du commun.

Il croisa ses mains potelées sur son ventre, leva les yeux vers le plafond et poursuivit dans le même élan :

— Notre France aurait besoin d'un régiment de personnes de votre valeur. La guerre, cette incarnation des forces du mal, l'ultime perfidie des âmes diaboliques assoiffées de pouvoir et de richesses, la guerre menace de toutes parts ! s'exclama-t-il en levant les bras bien haut.

— Je vous le prédis, enchaîna-t-il en les agitant vigoureusement, La Rochelle trépassera sous peu. Je vois des éclopés, des affamés, des soldats gisant dans les décombres.

Il se signa deux fois.

— *Miserere, miserere, miserere* ! tonna-t-il en tournant sur lui-même. Nous devrons expier toutes ces fautes ! *Miserere, miserere, miserere...* !

Puis, il s'immobilisa, baissa les bras et pointa son index devant le visage étonné de tante Geneviève.

— Des soignantes de votre trempe seront appelées au secours des miséreux. Vous aurez le devoir de servir le peuple et, par là même, de servir Dieu, Notre Père, conclut-il en exécutant un bref signe de la croix.

— N'exagérons pas, Révérend Père, osa timidement tante Geneviève en repoussant vivement les frisottis couvrant son front. Je ne suis qu'une humble sage-femme.

Maître Antoine s'approcha de l'illuminé et posa une main sur son épaule.

— Et si nous en venions au fait, maître Éloi, vos recherches sur les divinités païennes.

Le visage de maître Éloi s'éclaira. Il l'approcha du mien. La paupière de son œil droit était tendue et fixe.

Elle couvrait la moitié de sa pupille. « Des yeux d'un bleu si limpide, un bleu de ciel d'été ! » notai-je.

Il tourna autour de moi, s'arrêta sur ma gauche et me scruta de haut en bas. Puis, reculant de trois pas, il releva les bras vers le plafond.

— *Alléluia, alléluia* ! s'exclama-t-il fortement. La Sainte Providence aura entendu mon appel ! Le Seigneur, dans son infinie largesse, m'aura envoyé le messager. *Alléluia* ! Béni soit celui qui vient au nom du Seigneur !

Je me mordis la lèvre et m'obligeai à distraire mon esprit, tant il m'était difficile de contenir mon rire. Derrière le jésuite, suspendu devant l'unique fenêtre, le squelette d'un oiseau oscillait légèrement. Un corps dépourvu de ses chairs, des ailes déplumées, des ossements… Le sorcier dansait autour du malade, brandissant ses osselets sacrés. Les osselets du sorcier…

— Sorcier, laissai-je échapper.

Maître Éloi sursauta, recula d'un pas et se signa vitement.

— Par Belzébuth, elle serait possédée !

Un rire contenu m'échappa. Je ris à fendre l'air. Maître Éloi s'agita. Le squelette de l'oiseau pivota.

— Elle est pos… possédée, répéta-t-il bêtement, les yeux tout écarquillés.

Je ris de plus belle.

— Hélène, cesse donc ! maugréa tante Geneviève.

— Maître Éloi, vos propos sont irrévérencieux ! s'indigna maître Antoine. Cette jeune femme n'a rien d'une possédée !

Il regarda furtivement tante Geneviève et reprit.

— Une fatigue extrême l'aura quelque peu perturbée. Revenons à l'aspect scientifique de cette rencontre, je vous prie.

Maître Éloi claqua une main sur son large front et promena son regard de tante Geneviève à Antoine.

— Bien, bien, l'essentiel de la rencontre. Il est vrai que je m'égare. Soit. Donc, madame de Champlain aura côtoyé des peuplades sauvages d'Amérique.

Il agrippa les pans de sa toge en relevant sa barbe blanche. Blanche la barbe, blanche comme neige.

— L'essentiel, venons-en à l'essentiel, dit le savant jésuite. Madame de Champlain, après avoir longtemps discouru sur votre condition, maître Antoine et moi-même en sommes venus à la conclusion qu'une libération par la parole s'impose. Rien ne serait plus profitable à votre esprit que de nous révéler les préceptes qui sous-tendent les croyances des peuples de l'autre monde.

— Les croyances de ces peuples ! D'abord, comment osez-vous prétendre connaître la nature de ce qui convient à mon esprit ! Sachez que les croyances de ces peuples sont sacrées, maître ! Et qui plus est, je n'ai aucune, vraiment aucune envie d'en parler !

— Maître Éloi a besoin de ces renseignements pour l'avancement de la science, Hélène. De plus, Antoine et moi avons la certitude qu'il te serait bénéfique de tout raconter. Ces dieux étranges et ces cérémonies barbares auxquelles tu as été obligée de participer ont peut-être à voir avec ton état.

— Ah, nous y voilà ! Une autre petite manigance pour équilibrer mes humeurs. Que de mal inutile vous vous donnez, ma très chère tante !

— Hélène, je t'en prie, ces messieurs sont là pour t'aider. Des savants qui daignent t'accorder de leur précieux temps. Je t'en prie, si tu ne le fais pas pour toi, fais-le pour moi.

— Mais de quoi vous mêlez-vous tous, à la fin ! J'ai quelques absences, j'en conviens. Certains souvenirs m'échappent, mais encore ? Qui peut se flatter de retenir toute la complexité de la réalité ? Qui de nous peut retracer tous les souvenirs de sa mémoire ? Qui ? Vous, ma tante ?

Ma brutalité la figea. Ma question resta sans réponse. Ma tante soupira. Je l'avais peinée.

— Pardonnez-moi, je suis désolée, pardonnez-moi. Je regrette, maître Éloi, mais je ne peux rien pour l'avancement de vos travaux. Par contre, je connais des pères récollets qui en savent long sur le sujet. Vous connaissez les Récollets ?

Le jésuite ferma la bouche qu'il avait grande ouverte, en balançant la tête de gauche à droite. J'en conclus qu'il ne les connaissait pas.

— Certains d'entre eux ont passé plus de sept ans en Nouvelle-France, l'informai-je. Le père Le Caron et le frère Sagard ont hiverné chez les nations de l'Ouest en 1624. Ces religieux ont écrit sur leurs habitudes, leurs mœurs et leurs croyances. Moi, j'ai vécu auprès de ces peuples, vécu, simplement vécu. S'il vous plaît, ma tante, une migraine me gagne.

Sans plus attendre, je gagnai la porte basse.

J'étais appuyée à l'une des six colonnes du porche de la prestigieuse université. Quelques jeunes hommes, livres sous le bras, discutaient bruyamment devant une porte de l'aile droite. Dans l'allée centrale, un autre groupe suivait de près les balancements de la toge du maître d'étude qui les précédait : des étudiants, sérieux et fiers, enthousiasmés par le professeur de langues, d'astronomie ou de mathématiques. Dans ce pays, les livres, les cartes, la plume, l'encre et les mystères des sciences. Là-bas, dans l'autre monde, l'arc et les flèches, les canots, les pièges, les filets et les mystères des forêts.

— Hélène, comment as-tu osé ! s'exclama ma tante en ouvrant la porte. La honte dont tu m'affliges ! Et devant ces… ces… C'était là une chance inouïe. Tu as tout gâché !

— Je n'ai besoin de rien, si ce n'est de retourner auprès de ces peuples. Ma vie est auprès d'eux. C'est mon désir le plus cher et il m'est refusé. Voilà la cause de tous mes malaises. Point n'est besoin de savantes études, ma tante.

Elle leva le nez et les yeux au ciel en soupirant.

— Sois honnête, Hélène. Son… son absence te brouille les esprits, son absence. Tout de même, devant ces savants. C'est une insulte, une très grave insulte.

— *Miserere, miserere* ! implorai-je le plus sérieusement du monde en levant bien haut les bras.

— On ne badine pas avec la science, Hélène !

— *Miserere, miserere, miserere* ! répétai-je en m'inclinant bien bas.

Elle mit un moment avant de se laisser aller. Son rire libéra son pardon.

Nous traversions le pont au Change quand une cohorte d'arquebusiers s'en approcha. Le tapin marquait la cadence. Rantanplan, rantanplan, rantanplan, tambourinait le tambour, rantanplan, rantanplan !

— Richelieu les recrute de plus en plus jeunes. Tu as vu ? Certains n'ont guère plus de quinze ans. T'ai-je dit que Mathurin s'est engagé dans les fantassins, le mois dernier ?

Rantanplan, rantanplan le tambour. Un vertige m'envahit. Je pris appui sur le parapet en couvrant ma tête de mes bras. Rantanplan, martelait le tambour dans mon crâne.

— Tu as mal, je suis désolée. J'abuse de toi. Samuel m'a pourtant mise en garde. Ta fragilité…

Elle caressa mes cheveux. Rantanplan, rantanplan, rantanplan ! La curiosité l'emporta sur ma douleur.

— Mathurin, dites-vous ? Il y a si longtemps que je ne l'ai vu. Cinq ans, vous vous rendez compte ? Vous me conduirez à Saint-Cloud, dites ? J'aimerais tant les revoir tous. Tout ce temps sans nouvelles d'eux. Plus d'un an sans nouvelle de lui. Où est-il, tante Geneviève, où est Ludovic ? Tante Geneviève, je vous en prie, j'ai mal, j'ai si mal !

Et je m'effondrai en sanglots dans ses bras. Rantanplan, rantanplan, rantanplan, résonnait au loin le tambour.

3

La barrette du Cardinal

Ma première année à Paris s'était dissipée dans les brouillards de ma conscience. Rien n'avait valu la peine que je m'en souvienne. Je traversais la vie telle une ombre perdue dans les brumes. Les brumes glaciales du grand fleuve, les brumes de nos petits matins; fugaces caresses, intrépides amours.

— Vous rêvassez, mademoiselle ?

Paul s'installa sur mon banc, retroussa le collet de sa cape et enfonça son chapeau juste au-dessus de ses épais sourcils gris.

— Quel temps de chien ! Cette humidité nous traverse tout le corps ! C'est à nous faire regretter le froid sec de...

Il s'arrêta, se leva et s'approcha du bord de la Seine.

Je préférais ce lieu entre tous. Lorsque l'ennui et les remords forçaient mes veilles, j'y venais, quand la ville dormait encore. La place de Grève était alors déserte et silencieuse : le pur silence de l'autre fleuve, le fleuve sauvage, majestueux, mystérieux. Dans la lumière indécise du lever du jour, je me plaisais à confondre les silhouettes d'aujourd'hui avec celles d'hier. J'inventais le souvenir, imaginant le meilleur, repoussant le pire. Ce matin, un vent frisquet berçait les barques amarrées entre les chalands. Derrière elles, sur l'île de la Cité, la cathédrale Notre-Dame se dessinait peu à peu dans la grisaille. Notre-Dame... Il aura fallu deux siècles aux bâtisseurs pour ériger, pierre après pierre, cette divine splendeur : un chef-d'œuvre à la gloire de notre Dieu Tout-Puissant. Taille la pierre et coupe le verre, le père guidant le fils et le fils guidant l'enfant. Et taille la pierre et coupe le verre : ainsi se créent les cathédrales. Là-bas, sur les pistes enneigées, les flèches du père guident le jeune chasseur. Et tire le chasseur et tombe la bête. Ainsi survivent le père, le fils et l'enfant.

Paul éternua, sortit un large mouchoir de la poche de son haut-de-chausse et se moucha bruyamment. Dans l'éloignement s'élevaient des cris et des chants. « Des commis et des déchargeurs s'amènent vers la Seine », me dis-je.

Une charrette, son conducteur et ses deux crocheteurs cahotèrent vers le marché aux fourrages. Cinq mariniers chargés de sacs s'engagèrent sur le quai. Une autre charrette, puis une autre... La frénétique effervescence de la voie fluviale reprenait. Paris s'éveillait. Il était temps que je parte. Paul éternua à nouveau.

— Paul, nous devrions rentrer. Vous risquez une autre grippe.

Il termina de se moucher avant de me rejoindre.

— Et cette rencontre d'hier, chez dame Christine, s'est-elle déroulée à votre guise ? Parlez, dites-moi tout. Votre vieux Paul désire tout savoir.

— Je vous défends de tenir de tels propos, Paul, je vous défends de vieillir.

Il haussa les épaules.

— Je dois pourtant accepter l'évidence, mademoiselle. Mes os craquent, ma peau plisse et ma chevelure s'étiole. Que voulez-vous de plus ? conclut-il en boitant exagérément autour de moi, une main appuyée sur ses reins.

Je souris. Les battements du large bord de son chapeau me captivèrent. Un chapeau si pareil à celui de Ludovic. Son chapeau qui flottait sur l'onde ; vogue, vogue au gré de l'eau...

— Paul, m'écriai-je, cessez, cessez, Paul !

Son bras entoura mes épaules.

— Qu'y a-t-il ? Il faut tout me dire. Je vous en prie, confiez-moi votre tourment.

Ma gorge se resserra, ma tête bourdonna et le souffle me manqua. J'étouffai.

— C'est bon, je me tais, murmura-t-il.

J'inspirai longuement. Peu à peu, ma respiration reprit son rythme normal. L'air grave de Paul me troubla. Je regrettai l'accablement que je lui infligeais.

— Ce n'est rien, Paul, ne vous inquiétez pas. J'ai eu une vision, c'est tout.

— Une simple vision vous met dans cet état ! Vous avez raison, l'air est malsain. Partons.

Il éternua une fois encore et m'offrit son bras.

Notre attelage gravit lentement la pente douce menant à la place de Grève. Sise entre les façades noires des maisons à quatre étages et l'Hôtel de Ville, cette grande place était le cœur de la vie administrative de Paris. Porteurs d'eau, palans sur les épaules, et servantes, cruches à la main, émergeaient des ruelles situées entre les bâtisses afin d'aller recueillir l'eau de la fontaine, située au centre du quadrilatère. Des officiers, capes au vent, gravissaient vivement le large escalier de pierre menant aux bureaux de l'échevinage.

— Que de monde, Paul, et de si bonne heure ! Toute cette animation n'a de cesse de m'étonner.

— Hé, c'est que Paris est populeux, mademoiselle. Plus de cinq cent mille habitants répartis dans quarante-huit paroisses et seize quartiers, cela fait beaucoup de monde.

— Alors que là-bas, nous n'étions guère plus d'une centaine.

— Mis à part les Sauvages. Difficile d'évaluer ces populations ; quelques dizaines de milliers assurément.

— Tant que ça !

— C'est ce qu'en dit Samuel, pardon, monsieur de Champlain.

L'évidence de leur familiarité m'irritait. Paul était mon complice de toujours. J'aurais préféré garder pour moi toute son affection. Quelle égoïste je faisais ! Maudite soit cette faiblesse de caractère. Elle aura forcé notre destin, provoqué notre perte, détruit mon unique raison de vivre. Tout était de ma faute.

— *Mea culpa, mea culpa, mea maxima culpa* ! scandai-je en me frappant la poitrine. *Mea culpa, mea culpa.*

— Cessez, cessez, mademoiselle ! Vous n'êtes coupable de rien du tout, vous m'entendez ? s'indigna Paul. Cessez, je vous en prie, vous m'arrachez le cœur !

Sa supplique m'ébranla. Je déplorais ces douloureux emportements qui déjouaient ma volonté. Ils me soumettaient totalement. J'eus chaud. Je retirai mes gants.

— Je suis désolée, Paul. Pardonnez-moi.

Je fermai les yeux, bien décidée à repousser ces coupables pensées. Le torrent de reproches était si violent que je mis un moment à me ressaisir. Nous étions en train de traverser le quartier du Louvre. « Concentrer mon attention sur ces grands hôtels », m'imposai-je. « Sur ces grands hôtels. »

Au-dessus des portes cochères, les élégants bas-reliefs représentaient tantôt des personnages mythiques, tantôt les armoiries et les blasons des seigneurs propriétaires.

— L'hôtel Rambouillet, s'exclama Paul. Il fut acheté par le cardinal de Richelieu, il y a peu de temps.

— Vraiment. On rapporte qu'il a quitté Paris.

— Forcément ! Il se terre. Les loups sont à ses trousses.

— Et les louves…

— Oui, enfin toute la meute s'opposant au mariage de Gaston d'Orléans, le frère cadet du roi.

— La duchesse de Chevreuse, Anne d'Autriche, la Reine mère et leurs coteries seraient en cause ?

— Précisément. Le Roi désire marier son frère à mademoiselle de Montpensier, une des plus riches héritières de France, ce qui est loin de plaire à tous. Les ragots rapportent que Richelieu mènerait l'affaire. Alors, zip, zip, le Cardinal !

Il fit mine de se trancher le cou.

— Quelle barbarie ! Ce ne peut être vrai, Paul, vous exagérez. La vie de Richelieu serait menacée à cause d'un mariage ?

— Enfin, c'est ce qu'on raconte en sourdine. À tort ou à raison, allez donc savoir !

— Voilà l'affaire ! Mais oui, tout s'éclaire, je comprends tout. La duchesse de Chevreuse voue une haine féroce au Cardinal depuis qu'elle est revenue d'Angleterre. Comme Anne d'Autriche et la reine mère désapprouvent cette alliance, elle s'est jointe à elles. Quel fabuleux prétexte pour assurer sa vengeance ! Décidément, cette duchesse est sans vergogne.

— Vous approchez probablement de la vérité, mademoiselle. J'ai vaguement saisi quelques bribes de la discussion entre monsieur de Champlain et votre oncle Simon, l'autre soir. Le gouverneur du duc d'Orléans, un nommé d'Ornano, aurait été mêlé de près à ce complot. On prétend que Richelieu l'aurait muselé en lui donnant le bâton de maréchal. Une vieille ruse : acheter les fidélités en redorant les blasons.

— Selon les dames de chez Christine, les papotages vont même jusqu'à prétendre que la Reine mère aurait préféré qu'Anne d'Autriche épouse Gaston d'Orléans, le favori de ses deux fils, plutôt que le roi Louis. Comme ce dernier a une santé fragile, elle espère encore.

— Allons bon, mademoiselle, difficile à croire ! La Reine mère s'opposerait au mariage de Gaston d'Orléans afin qu'il puisse tirer Anne d'Autriche d'un futur veuvage ! Alors là, si ces commérages ont un fond de vérité, je ne donne pas cher de la vie de notre roi !

— Stupéfiant, n'est-ce pas, Paul ? De véritables nœuds de vipères !

— Incroyable ! Oublions vitement toutes ces horreurs. Cela vaut mieux ! Hé oh ! Hé oh ! commanda-t-il en tirant les rênes afin d'immobiliser notre attelage. Nous y voilà. Vous descendez maintenant ou vous m'accompagnez chez le forgeron ? Pissedru a besoin d'un nouveau fer.

Pissedru était un cheval de taille moyenne à la robe d'un gris argenté. Il allait fièrement, oreilles et queue dressées : une vraie monture de parade !

— Je vous accompagne chez le forgeron.

— Alors donnez-moi cette jolie main, très chère damoiselle.

La large porte de l'atelier de forgeron du Marais du Temple était ouverte, de sorte que l'on pouvait apercevoir ses quatre enclos et ses deux fourneaux de l'extérieur. Trois hommes y besognaient. Le plus corpulent activait les flammes d'un four en pierre à l'aide d'un énorme soufflet. Un autre martelait un fer rougi sur l'enclume. Le troisième dételа Pissedru et le mena dans le premier enclos. Je restai en retrait devant la large porte, le plus loin possible des bruits de ferraille. Au bout d'un moment, Paul en ressortit visiblement satisfait.

— En moins d'une heure, tout sera fait ! De vaillants travailleurs ! Désirez-vous marcher un peu ?

— Soit, si on prend soin d'éviter les mares et les déchets des pots de chambre.

Il rit.

— Surveillez les mares, jeune dame, je guette les pots !

La rue des Blancs-Manteaux foisonnait de boutiques artisanales et de petites industries. Aussi était-elle fréquentée par les gens de la populace, travailleurs affairés au tracas des besognes, allant et venant hâtivement, paquets sous le bras et sacs à la main. Nous dûmes contourner un haquet plein de tonneaux qu'un marchand de vin déchargeait.

— Holà, Merlot ! interpella Paul.

Le marchand déposa son tonneau, souleva son chapeau de feutre, s'essuya furtivement le front et se recoiffa avant de saluer de la main.

— Hé, Briard, quel bon vent t'amène, heing ?

— Pissedru, un fer..., le forgeron...

— Hé, ce n'est pas le travail qui lui manque à notre forgeron, heing. Avec cette cavalerie qui n'en finit plus de se gonfler. Une guerre se prépare, y a pas de doute. Pour cause, j'empile les tonneaux dans ma cave, au cas où, on ne sait jamais, heing.

— Le vin sera bon ?

— Et comment ! Il arrive tout droit de Toulouse, de mon pays. Du bon vin de chez nous, le meilleur, heing !

Une dame costaude combla l'espace de la porte ouverte. Visiblement contrariée, elle posa les mains sur ses hanches. Le marchand ajusta nerveusement son tablier.

— Holà Merlot ! Ces tonneaux, y vont pas rouler tout seuls jusqu'à la cave !

— Repasse un de ces p'tits matins, Briard, s'empressa de conclure le marchand, le vin nouveau, c'est pas tous les jours, heing.

— On remet ça, Merlot.

Paul s'inclina en direction de la dame, me fit un clin d'œil et nous entraîna de l'autre côté de la rue.

— Et si nous revenions aux potins de la cour ?

— Cette guerre, elle viendra, Paul ?

— Elle est imminente, hélas ! Nous n'y échapperons pas. Si l'armée royale ne reprend pas l'île de Ré aux Anglais, autant dire adieu à La Rochelle. Et si La Rochelle passe aux mains des Anglais et des protestants, qui sait ce qu'il adviendra du royaume de France ? Une scission est à craindre. Les forces protestantes alliées aux Anglais seraient de redoutables opposants au pouvoir royal.

— D'où le besoin d'infanterie et de cavalerie.

Paul se gratta le menton, me reluquant du coin de l'œil.

— Par tous les diables, votre perspicacité m'étonne ! Ce sont vos visites chez dame Valerand qui vous avisent à ce point. Il s'en dit des choses dans ces salons ! Et si vous m'en contiez un brin de plus sur cette duchesse de Chevreuse ?

J'appréciais l'effort qu'il mettait à soutenir mon intérêt pour une cause si éloignée de mes véritables peines.

— On dit qu'elle se cloître. Je comprends maintenant pourquoi. Le complot contre le Cardinal ayant été déjoué, la louve se terre.

— Notre reine mère devra subir le mariage de Gaston d'Orléans.

— À moins que la conspiration ne renaisse de ses cendres.

— Renaître de ses cendres ? Tout de même ! Il est à souhaiter que la cour ait appris à se méfier des comtesses sans scrupules. Pensez donc, parvenir à semer la discorde entre les époux royaux et à brouiller le Roi et son frère par la seule force de ses charmes !

— N'oubliez pas que l'aboutissement de cette affaire humilia deux reines, mon très cher Paul. Chez Christine, on prétend qu'il y a toujours péril en la demeure.

— Et ce n'est pas la seule menace. Dieu me préserve des soucis du roi et de son Conseil : la grogne des princes, la révolte des protestants, les Habsbourg et les Espagnols à contenir, et je ne parle pas des Anglais ! Beau ramassis de mécontents. De quoi nourrir intrigue par-dessus intrigue, et ce, pour des années à venir !

Je ralentis la marche. Appuyés contre le mur d'un atelier de soie, deux garçons mendiaient. Un petit singe roux agitait sa queue noire près de leurs sabots couverts de boue.

— Rouki, dit le plus grand des deux.

Sitôt, le singe grimpa le long de sa jambe et vint poser son fessier sur l'avant-bras tendu comme un perchoir. L'animal applaudit, exécuta une pirouette et sauta sur la tête de l'autre garçon avant de retomber près des sabots. Le plus jeune nous sourit faiblement.

Poussée par l'irrésistible envie de toucher le tortillon qui couvrait presque entièrement ses cheveux bruns, je m'approchai. Vivement, le plus jeune se dissimula derrière l'aîné qui présentait une main prête à recevoir l'aumône ; une petite main crasseuse. Paul lui remit un sol. Le singe applaudit.

— Dieu vous le rende, m'sieur, remercia-t-il froidement.

Il ouvrit un pan de sa veste effilochée et glissa le précieux don dans un petit sac de cuir noir. Il devait avoir dans les dix ans, l'âge de mon fils. Je frissonnai.

— Quel est ton nom ?

— Pourquoi, m'dame ? N'te maître est en règle. Y a pas de loup, m'dame.

Il souleva le singe et le prit dans ses bras. Puis les deux comparses déguerpirent en courant. Le plus petit glissa dans une flaque de boue, se releva prestement en se tapotant le derrière, jeta un coup d'œil furtif dans notre direction et reprit sa course. Il disparut bientôt derrière une charrette débordant de sacs de jute. « Ce ne pouvait être mon fils, pensai-je. Non, ce ne pouvait être mon fils ! » Tante Geneviève en avait fait le serment : mon fils aurait une vie heureuse. Mais en ces temps d'incertitude et de misère, qui pouvait garantir le bonheur de quiconque ? Mon corps s'alourdit et mes jambes faiblirent. Je m'agrippai au bras de Paul.

— Qu'y a-t-il ? Mademoiselle, cette soudaine pâleur...

— Maudites soient ces faiblesses ! Je me remets, je me remets, affirmai-je en m'efforçant de bien respirer.

Paul attendit un moment avant de reprendre la marche. Il me sourit.

— Cela ira ?

— Cela ira.

Le souvenir des dessins de mon enfant hantait ma pensée. Notre joli bébé joufflu. Il a les cheveux roux, avait insisté tante Geneviève. Le plus âgé des mendiants était un rouquin. Non, impossible ! Mon fils apprend le métier de son père. Oui, il est dans un atelier de pelletier à entasser les peaux, à s'initier au tannage, oui.

— Vous êtes bien soucieuse, mademoiselle.

— C'est la misère de ces enfants, quelle tristesse ! L'abandon des parents est impardonnable. Mendier à cet âge.

— La gueuserie n'est pas un choix. Ces crève-la-faim n'ont souvent aucune famille hormis celle de leur tuteur, enfin... patron. Heureux ceux qui bénéficient d'un singe pour attirer les sous dans leurs goussets. Au mieux, ces enfants ont droit à une mansarde et à une bolée de soupe. Au pire, ils sont fouettés, jetés hors de la ville, et crèvent seuls dans les bois et les fossés. Abandonnés jusque dans la mort, qu'ils sont, abandonnés jusque dans la mort. Damnés soient les scélérats qui abusent de ces enfants !

« Mon fils vit dans une bonne famille, mon fils ne connaît pas la faim, ne souffre pas du froid, mon fils est heureux, ruminai-je en silence. Mon fils est heureux, il le faut. J'ai abandonné mon fils. Je mérite l'enfer. *Mea culpa, mea culpa, mea maxima culpa* ! »

Paul s'arrêta, passa une main devant mon visage, se pencha et grimaça afin d'attirer mon attention.

— Éloignez cet air sombre. Votre peine n'ajoutera pas à leur pitance.

— Oui, je sais, nous n'y pouvons rien, n'est-ce pas ? Nous n'y pouvons rien, je sais.

— Ainsi va la vie, mademoiselle. Le peuple défie la misère et les grands défient les complots. Tenez, la rumeur rapporte que Richelieu se déplace flanqué d'une cinquantaine d'arquebusiers ; une escorte royale. Les mauvaises langues s'échauffent. Il aurait été vu à quelques reprises au château de Fontainebleau et au pavillon de chasse de Versailles.

— Il me tarde de le rencontrer. Vous savez qu'il autorise ma présence à cette audience parce que j'ai vécu quatre années en Nouvelle-France. D'avoir été la première femme du lieutenant de la colonie me permet d'approcher le Cardinal. Cet homme ordonnera à monsieur de Champlain de me ramener en Nouvelle-France. C'est forcé, je suis son épouse. Le Cardinal écoutera ma requête et me comprendra.

Paul s'arrêta, posa ses larges mains sur mes épaules et plongea ses yeux bleus dans les miens.

— Vous courez vers une déception, mademoiselle, une cruelle déception.

— Nenni, Paul ! Je retournerai en Nouvelle-France, je retournerai là-bas. Je dois retrouver Ludovic. Nul ne pourra s'y opposer. Je retraverserai cet océan maudit et ferai le chemin de Québec à Port-Royal à pied s'il le faut, mais je le retrouverai quoi qu'il advienne.

Son sourcillement accentua la tristesse de son regard.

— Soit, je vous aurai prévenue, murmura-t-il, visiblement déçu.

Le messager du Louvre était venu peu avant minuit, en catimini. Il avait remis la lettre de convocation au sieur de Champlain en insistant sur le secret de notre voyage. Escortés par quatre mousquetaires du roi, nous quittâmes Paris au milieu d'une nuit sans lune.

Le château de Fontainebleau était situé au centre d'une impressionnante forêt. Depuis le douzième siècle, rois et princes y allaient pour la chasse à courre. Là devait avoir lieu notre rencontre clandestine avec l'Éminence rouge.

— Êtes-vous déjà allé à Fontainebleau, monsieur ?

— Certes, en des temps meilleurs. Notre défunt roi Henri aimait y inviter les courtisans pour ses parties de chasse. Il vouait une amitié particulière à Du Gua de Monts, le saviez-vous ?

— Particulière ?

Il se redressa sur sa banquette.

— Une amitié virile, de longue date, de jeunesse, s'empressa-t-il de préciser. Du Gua de Monts et notre roi Henri se surpassaient en matière de galanterie.

Il baissa les yeux et tortilla sa barbichette.

— D'où le surnom de Vert Galant.

— Le Vert Galant, il est vrai, approuva-t-il avec un léger rictus au coin des lèvres.

Il détourna la tête, souleva le rideau de velours de la fenêtre. L'air froid s'infiltra dans notre carrosse. Je resserrai les pans de ma hongreline, il referma le rideau.

— En d'autres circonstances, vous auriez aimé Fontainebleau, dit-il.

— Et pourquoi donc ?

— Pour ses œuvres d'art. Au milieu du siècle dernier, François Ier confia la transformation de cet ancien château féodal à quelques architectes renommés, dont Le Breton. La décoration intérieure fut confiée à Rosso et au Primatice, deux peintres très doués. Ces Italiens firent de ce palais un véritable joyau artistique. Certains tableaux et sculptures de Léonard de Vinci s'y trouvent. Il faut voir sa Joconde, cette dame énigmatique.

— Dommage pour moi, et pour Nicolas.

Le souvenir de mon frère me pinça le cœur.

— Vous me voyez désolé. Je n'ai pas voulu...

Je soulevai mon rideau afin d'observer les ombres de la nuit.

— Si l'occasion nous en est donnée, je vous emmènerai dans l'aile droite de la cour du Cheval Blanc, reprit-il presque joyeusement. Primatice peignit la légende d'Ulysse sur ses murs. Vous la connaissez ?

— *Heureux qui comme Ulysse a fait un beau voyage* ! Vingt ans de voyage, vingt ans loin de son pays. Pénélope n'en finit plus de tisser sa folle espérance. Nuit après nuit, inlassablement elle retisse sa toile. On dit qu'elle repoussa les prétendants, se refusant d'oublier son roi, son amour, son amant. Oui, je connais l'histoire d'Ulysse, monsieur, m'enflammai-je.

Monsieur de Champlain ajusta son chapeau de feutre noir et s'éclaircit la gorge. Le souvenir de mon bien-aimé engourdit tout mon être.

« Vous avez nourri ce grillon pendant deux ans, pensai-je. Seule Pénélope eut plus de patience, m'avait dit Ludovic dans la grange de Saint-Cloud avant de me prendre fougueusement. Ludovic, tout cela me semble si loin ! Pourquoi cette séparation ? Pourquoi ce sacrifice ? Pourquoi ce châtiment ? »

— Un entretien particulier avec son Éminence est un rare privilège, reprit monsieur de Champlain.

— Rare privilège, répétai-je en revenant à ma réalité. Selon tante Geneviève, cet homme étudia la dialectique, l'art de la discussion.

Champlain opina de la tête.

— Votre tante dit vrai. On le dit très doué en ce domaine : un esprit vif, un jugement sûr, une curiosité sans limites. D'ailleurs, c'est à cette curiosité que vous devez le privilège de m'accompagner. Le Cardinal désire voir de ses yeux celle qui vécut quatre années au pays des Sauvages. Je dis bien voir, madame. Tenez-vous-le pour dit et maîtrisez votre langue. L'art de la conversation sera affaire d'hommes, à cette audience.

Il eut un léger mouvement des lèvres, un sourire, presque. Je tordis les cordes de mon manchon.

— La cour du Cheval Blanc ! m'informa le lieutenant.

Notre carrosse contourna une statue équestre et s'immobilisa devant un imposant escalier en forme de fer à cheval. Il était illuminé par les flambeaux des gardes placés le long de ses rampes. Quatre officiers nous attendaient au pied de l'escalier. Ils nous escortèrent dans la pénombre des multiples couloirs jusqu'à l'entrée d'une somptueuse salle. La lueur des six candélabres se reflétait dans les larges fenêtres perçant ses murs latéraux. Leurs flammes dansaient sur le parquet de bois blond. Devant chaque fenêtre, deux officiers armés de mousquets montaient la garde. « Quelle somptueuse cage dorée », me dis-je.

— La galerie de François Ier, nous informa le meneur du groupe.

— Une bien jolie galerie, murmurai-je.

Le sieur de Champlain me jeta un œil noir. J'inclinai la tête. « La parole est le privilège des hommes. Souviens-toi », me dis-je.

— Monsieur, poursuivit l'officier, vous devez attendre ici même l'arrivée du Cardinal. Son Éminence ne devrait pas tarder. Veuillez me suivre.

Je conclus que le « monsieur » incluait la dame et je les suivis. Il nous mena vers six fauteuils de velours rouge disposés en demi-cercle entre deux trépieds. Il désigna un fauteuil à monsieur mon époux. Puis, visiblement embarrassé par ma présence, il regarda tout autour et conclut que la place qui me convenait était un banc doré, situé près d'une colonne de marbre, derrière les fauteuils.

Je m'y rendis. Le sieur de Champlain, flanqué des quatre officiers, attendait debout l'apparition du premier ministre de France. Je fus attirée par le plafond en caisson. Les motifs géométriques de ses bois me fascinèrent. « Quel magnifique travail d'artisan ! » pensai-je.

— Le cardinal duc de Richelieu, clama haut et fort un officier, à l'autre extrémité de la longue galerie.

Monsieur de Champlain me regarda vitement du coin de l'œil, ajusta son pourpoint et bomba le torse. Une impressionnante cohorte venait vers lui. Les talons des bottes claquaient en cadence sur le parquet lustré.

— Le cardinal duc de Richelieu, répétèrent tour à tour les officiers postés aux fenêtres.

Au centre du groupe, une flamboyante tache rouge avançait bon train. Un officier s'inclina quelque peu vers le sieur de Champlain.

— À la droite du Cardinal, le duc de Ventadour, nouveau vice-roi de la Nouvelle-France, l'informa-t-il à mi-voix.

Ma confiance s'amplifia. Le nouveau Vice-Roi et le Cardinal ensemble ! Ma requête n'aurait pu tomber dans de plus nobles oreilles !

Les habits noirs de trois autres personnages se démarquaient des capes colorées des militaires. « Assurément des religieux », remarquai-je.

— Le provincial des Jésuites, le père Coton, sur sa gauche, confirma l'officier au lieutenant.

Les quatre arquebusiers ouvrant la marche se dispersèrent derrière les trépieds. Monsieur de Champlain s'inclina bien bas. Je fis une cérémonieuse révérence.

— Le noble homme Samuel de Champlain, capitaine en la marine de Ponant, lieutenant du vice-roi Ventadour en Nouvelle-France, votre Éminence, annonça d'une voix grave le jésuite Coton.

— Grand explorateur d'outre-mer, relevez-vous, ordonna la voix fluette du Cardinal.

Monsieur de Champlain se redressa. Je l'imitai. L'éblouissement fut total. Droit, telle une statue de la Grèce antique, le Cardinal brillait de tous ses feux : pourpre le long manteau, pourpre la soutane, pourpre la barrette. Il présenta le rubis de la bague qui ornait sa main gantée. Dès que le lieutenant l'eut baisé, l'homme de Dieu croisa les mains sur sa poitrine et se dirigea pompeusement vers le fauteuil surélevé situé au centre du demi-cercle. Sitôt qu'il fut assis, il balança légèrement la main droite, invitant les dignitaires à prendre place. Devant nous, la vingtaine de mousquetaires complétaient le cercle formé par les fauteuils. Son Éminence tourna lentement le torse et s'adressa au lieutenant de la Nouvelle-France.

— La ferveur que vous portez à notre colonie du Canada est remarquable, sieur de Champlain. Vos convictions servent votre pays, votre roi et votre Dieu, commença-t-il en penchant légèrement la tête vers le sujet de sa vénération.

— Le rayonnement de la France le commande, votre Éminence.

— Les volontés du roi et de son Conseil vont en ce sens. Il est souhaitable que ces royales volontés vous soient précisées ici. Tel est l'objet de cette exceptionnelle audience, exposa-t-il en pointant son index vers l'interpellé.

— Vous m'en voyez honoré, votre Éminence.

— J'ai… plus précisément, notre roi et son Conseil projettent de favoriser le développement du commerce colonial.

Le Cardinal bougeait peu, parlait sec. Son visage était sévère. Sa main droite recouvrait l'oiseau que j'avais aperçu sur sa croix pectorale. C'était la fameuse croix de l'ordre du Saint-Esprit qu'un ruban bleu suspendait à son cou. L'oiseau écrasé par la main du Cardinal… Là-bas, dans la forêt de l'érable rouge, un oiseau bleu volait de branche en branche, rêvassai-je un bref instant.

— Instaurer une politique d'économie coloniale rentable, telle est l'ambition ultime. Nous projetons d'importer de nos colonies les matières premières nécessaires au développement de nos industries. Par la suite, les produits de notre métropole seront exportés dans nos colonies. L'autonomie commerciale est l'aboutissement anticipé.

Le silence qui suivit indisposa monsieur de Champlain. Il serra son poing droit.

— Monseigneur, l'instabilité de nos compagnies de monopole nuit grandement à la cause, osa-t-il prudemment.

— Capitaine, votre remarque nous apparaît tout à fait justifiée ! Aussi nos agents travaillent-ils à mettre sur pied une solide société de commerce. Son double mandat sera de favoriser la rentabilité de nos transactions commerciales, tout autant que l'établissement français en Amérique. Qui plus est, nous verrons à ce qu'une solide politique favorise l'adhésion de la noblesse. Notre élite sera interpellée. Il est temps d'éveiller sa conscience à l'économie de ce pays.

Le Cardinal tourna la tête vers le duc de Ventadour, nouveau vice-roi de la Nouvelle-France. Ce dernier vint s'incliner devant le Cardinal. L'austérité du personnage m'avait confondue. Je l'avais cru religieux. La croix argentée qu'il portait à son cou était le seul ornement de ses habits noirs. L'index cardinalice se leva à nouveau. Le

Vice-Roi se rendit vers le trépied de droite et souleva le parchemin qui s'y trouvait. Alors débuta son discours.

— Cardinal duc de Richelieu, sieur de Champlain, frère Coton, hauts dignitaires. En ma qualité de vice-roi de la Nouvelle-France, j'ai l'honneur d'aviser le sieur de Champlain, ici présent, des intentions du Conseil royal. L'importance des changements qui se dessinent en Nouvelle-France nécessitera la collaboration d'un homme ayant l'intelligence des enjeux, tant en matière d'administration, de commerce, que de politique. Les membres du Conseil royal sont d'avis que vous, sieur de Champlain, saurez défendre mieux que quiconque notre foi, nos lois et notre commerce sur toute l'étendue de notre colonie en Canada. Aussi, au nom de notre roi, Louis XIII, de son Éminence, le cardinal duc de Richelieu, et du révérend père Coton, provincial des Jésuites de Paris, ai-je le privilège de ratifier la commission de lieutenance qui vous fut délivrée le 25 février dernier.

— Lieutenant, dit-il en l'invitant à le rejoindre d'un geste de la main.

Le Cardinal se leva. Nous fîmes de même. Le sieur de Champlain signa le parchemin. Le Cardinal se rassit. Nous l'imitâmes.

— En ce 20 décembre 1625, moi, Henry de Lévy, duc de Ventadour, lieutenant général pour le roi au gouvernement du Languedoc, délivre à noble homme Samuel de Champlain, écuyer et capitaine pour le roi en la marine de Ponant, la charge de lieutenant en Nouvelle-France, par laquelle lui sont octroyés tous pouvoirs d'administration, de justice, d'exploration…

La lecture du document officiel n'en finissait plus. J'étais assise derrière, à la gauche du Cardinal. Ma position me permettait de l'observer du coin de l'œil. La tête fixant droit devant, il écoutait sans broncher les paroles résonnant dans la royale galerie. Il me semblait figé dans son fauteuil.

« Comment présenter ma requête à ce prestigieux personnage ? » pensai-je.

Cet homme était le premier ministre, donc le premier conseiller du roi. De plus, le Cardinal était aux premières loges papales. J'implorai la Sainte Providence de me venir en aide ! Un tel ambassadeur ne pouvait rester insensible à une juste cause, si humble fût-elle. J'allais offrir tous mes talents pour servir en Nouvelle-France. Je me devais de soutenir mon époux, lieutenant du vice-roi. Ma présence à ses côtés s'avérait indispensable. Son Éminence allait tout comprendre. Il le fallait, il le fallait ! Que ne finissait cette interminable harangue afin que la savante dialectique du prodigieux sauveur se portât à mon secours !

La distraction vint du prince de l'Église. Il inclina quelque peu la tête vers l'avant. Discrètement, il souleva sa main gauche, saisit sa barrette et appuya le coude sur le bras de son fauteuil. Le vénérable bonnet, soutenu par les doigts effilés de son Éminence, se trouva suspendu dans le vide. Puis, le Cardinal glissa son index droit sous la calotte rouge couvrant presque entièrement sa courte chevelure grise et se gratta le cuir chevelu. J'avais suivi le geste avec attention. Sentant ma présence, l'Éminence détourna la tête et me dévisagea un bref instant. Cette distraction fit en sorte que la barrette s'échappa de ses longs doigts. Cloc, fit la coiffe rouge sur le parquet de bois blond.

— Procédons aux signatures, clama le duc de Ventadour.

Son Éminence se leva et se dirigea vers eux. La barrette, oui, la barrette du Cardinal ! La chute de cette coiffe était un bienfait de la Sainte Providence ! Je me levai le plus silencieusement possible, avançai en douce vers elle, la ramassai et regagnai mon banc. La signature des contrats se termina quelques minutes plus tard. Tous regagnèrent leur fauteuil attendant pour s'asseoir que le Cardinal reprenne son siège. Mais ce dernier resta debout.

Attribuant son hésitation à la malencontreuse chute du couvre-chef épiscopal, je retins délicatement le bonnet carré par une crête et m'approchai de lui. Deux officiers s'interposèrent entre nous. Le Cardinal leva le bras. Ils reculèrent. Je lui tendis la barrette.

— Votre Éminence, dis-je timidement tout en faisant une profonde révérence.

Comme aucun son ne répondait à ma politesse et qu'aucun doigt ne reprenait la coiffe bénie, je me relevai. Le visage empourpré et les lèvres serrées, son Éminence me reluquait intensément.

— Madame… madame, susurra-t-il péniblement.

— De Champlain, madame de Champlain, Monseigneur. Je suis l'épouse du lieutenant de la colonie. J'ai passé quatre années en Nouvelle-France et…

— Madame ! explosa-t-il d'une voix contenue. Sachez que les habits ecclésiastiques sont sacrés. Il est d'usage que les mains qui les touchent le soient aussi. Une femme, une femme… ! Un sacrilège, madame ! Profaner la barrette d'un cardinal est indigne de l'épouse du lieutenant de la colonie.

Sa réplique vibrait encore quand, d'un geste vif, il remit sa barrette. Ensuite, il ajusta le collet de son manteau d'un rouge flamboyant et releva son menton garni d'une mince barbiche grisonnante. Les arquebusiers s'alignèrent devant lui. Les autres dignitaires comprirent que le sacrilège venait de clore la cérémonie.

— Messieurs, Dieu soit avec vous, proclama le Cardinal en se dirigeant allègrement vers la porte par où nous étions entrés.

Tous s'inclinèrent bien bas. Je restai figée d'hébétude jusqu'à ce que le désarroi fasse éclater ma dignité en mille morceaux. Je m'élançai d'un bond sur les traces de ce foutu maître de dialectique. Un garde arrêta mon élan. Son arquebuse retint le moindre de mes mouvements.

— Et avec votre esprit, hurlai-je avec toute la vigueur dont je fus capable.

L'écho de ma voix atteignit-il ses augustes oreilles ? Je ne saurais le dire, tant les talons de la cohorte cardinalice martelaient fortement le plancher de bois.

Lorsque le silence fut revenu, mon époux me serra un bras. D'un geste vigoureux, je me défis de sa poigne. Il se posta devant moi. Son visage était cramoisi.

— La plus humiliante circonstance de ma vie, madame, et je vous la dois !

— Vous m'en voyez profondément désolée. J'ignorais que...

— Vous ignorez tant de choses ! Vous n'avez aucune idée de tout ce que vous pouvez ignorer, madame !

Il s'éloigna d'un pas ferme, me laissant seule au beau milieu de la grande salle de François Ier. Seule... Derrière moi, une porte claqua. Je sursautai. À nouveau ce fut le silence, un profond et bienfaisant silence. Ma respiration revint peu à peu à la normale. Je soupirai longuement.

— Maudit maître de dialectique ! Maudite barrette ! Maudit car...

Non, tout de même, un sacrilège suffisait. Mieux valait tout oublier, tout oublier, tout... Puisqu'il le fallait, je saurais bien me passer du Cardinal ! Humilié, humilié, et moi alors ? Moi aussi j'ai ma fierté, rageai-je en relevant la tête vers les caissons du plafond. Il en aura fallu de la patience pour réaliser toute cette garniture.

— Quelle merveille tout de même ! Des années de travail... Vingt fois sur le métier remettez votre ouvrage...

Allez, tout n'est pas perdu. Un jour viendra où tu frapperas à la bonne porte, me persuadai-je.

Lors de notre arrivée, un tableau avait attiré mon attention. Je me rendis devant. Suspendue au-dessus du lambris de bois brun, cette peinture ovale représentait une déesse entièrement nue, étendue entre des herbes hautes et des quenouilles. Bien appuyée sur une cruche de laquelle s'écoulait une source limpide, elle semblait parfaitement heureuse. Deux chiens racés lui tenaient compagnie. « Une Sauvagesse des origines, pensai-je, la nature vierge, la pureté du dénuement, l'innocence de l'âme. »

Un malaise me gagna. « Une telle déesse aurait pu séduire Ludovic par ses charmes, imaginai-je. Oui, cela est plausible. Ludovic a été envoûté par une déesse sauvage, tel Ulysse. »

Mon trouble augmenta. « Ce ne peut être que ça, oui ! Voilà pourquoi on se refuse à me raconter ce qu'il est advenu de lui. »

Hagarde, je me rendis vers l'une des nombreuses fenêtres. Au loin, par-delà une vaste cour, le soleil levant diamantait l'eau d'un étang. Derrière l'étang, au centre d'un petit jardin aux buissons dégarnis, éclatait le vert de quelques cyprès. Le paradis perdu…

— Le soleil levant, le soleil des matins sur le grand fleuve de mes amours, murmurai-je.

Une porte claqua. Je sursautai. Monsieur de Champlain revenait d'un pas ferme. Prestement, je retournai devant la déesse sauvage. J'avais grandement besoin de sa divine sérénité. Le lieutenant s'arrêta, ôta son chapeau à plume et me dévisagea froidement.

— Jamais je n'ai été autant humilié, susurra-t-il entre ses dents. Jamais !

— C'est moi qui ai commis la bourde, monsieur. Rassurez-vous, votre valeur ne saurait être diminuée.

Lieutenant vous êtes, lieutenant vous resterez. Son Éminence ne pourra que vous reprocher le choix de votre épouse, tout au plus. Qu'est-ce qu'une épouse, sieur de Champlain ? Entre vous et moi, honnêtement, que vaut une épouse dans la balance des rois ?

La barbiche du lieutenant brandilla.

— Regardez ce tableau, lieutenant, regardez-le bien. Voyez la grâce, la quiétude qui s'en dégage. La sérénité des forêts de la Nouvelle-France imprègne cette toile. N'est-ce pas merveilleux ? Regardez bien cette déesse sauvage, regardez…

Son visage se détendit. Son front perdit ses plis et sa mâchoire se relâcha.

— Votre lucidité m'impressionne, madame. Une femme ne pèse pas lourd dans la balance des rois, je vous le concède.

— Pardonnez mon ignorance en matière cardinalice. Très sincèrement, j'ignorais tout du sacré des barrettes.

Il plissa les yeux, pinça les lèvres et se tourna vers la toile. Un nouveau trouble m'envahit. Le vague malaise se précisa. La quiétude de cette divine Sauvagesse était menacée. Les conquêtes allaient chavirer son monde.

« Avons-nous le droit ? me demandai-je. Pourquoi usurper leurs terres ? Pourquoi dépouiller ces peuples de leurs croyances ? Ils sont heureux, comme ils sont, là où ils sont. La nature les comble. Ils n'ont nullement besoin de nous. »

— Incroyable, n'est-ce pas ? dit calmement le lieutenant. L'art transcende le temps et l'espace. Une peinture représentant une Sauvagesse d'Amérique dans un château de France.

Ma précédente réflexion coinçait ma gorge. J'étais sans voix.

— Déesse grecque ou romaine? poursuivit-il. Sauvagesse mythologique ou Sauvagesse du Nouveau Monde? Devant un tel tableau, le passage du temps m'apparaît illusoire.

— Le mien s'est arrêté, dis-je faiblement. Le temps ne compte plus pour moi.

— Le temps compte pour nous tous, madame. Cet aveuglement est le fait de votre jeunesse. Quoi qu'il en soit, sachez que vous avez favorablement allongé le mien.

Je le regardai, perplexe.

— Cette cérémonie avait assez duré. Il n'y a pas que les barrettes qui soient sacrées, mon temps l'est aussi, nasilla-t-il, avec un léger sourire au coin des lèvres.

Je soupirai d'aise. Sa clémence me toucha. Un rayon de soleil frappa la toile. La Sauvagesse rougeoya. Monsieur mon époux s'inclina bien bas devant elle et remit son chapeau à plume blanche.

— Venez, madame, le temps nous presse. Le lieutenant de la Nouvelle-France a encore beaucoup à accomplir…

Il hésita un moment.

— Et sa femme aussi, n'en déplaise à son Éminence, termina-t-il en m'offrant son bras.

J'y glissai ma main le plus naturellement du monde. Et nous quittâmes la salle de François Ier bras dessus bras dessous. Jamais je n'aurais cru cela possible. « Le pouvoir de la déesse, me dis-je, ou serait-ce celui de la dialectique? Probablement celui de la dialectique… »

— Et pourquoi pas les deux? murmurai-je fièrement. Pourquoi pas les deux?

Dans la grande salle de François Ier, le bruit de nos talons retentit à l'unisson.

4

Les feux de l'enfer

Un autre tison pétilla dans l'âtre. La nuit s'éternisait. J'étais seule dans ma chambre obscure, seule dans mon lit, seule avec mes idées noires. Demain Noël. Plus que jamais, j'appréhendais cette fête. Je m'en approchais sans envie, tant elle réanimait de troublants souvenirs : ma première nuit d'amour avec Ludovic, la naissance et l'abandon de notre fils, la mort d'Anne. Les remords qui embrasaient mon cœur me brûlaient vive. Si j'avais su résister à notre amour, résister aux fougues qui me poussaient dans ses bras. Si je n'avais pas été si égoïste, si téméraire, si... si... si...

— *Mea culpa, mea culpa, mea maxima culpa* ! marmonnai-je à demi assoupie.

J'étais prisonnière, pieds et poings liés. Je me débattis tant et si bien que je parvins à arracher les lanières autour de mes poignets, à dénouer les lacets de cuir liant mes chevilles et à m'élancer dans les ténèbres des bois. J'écartai des buissons, je déjouai des racines, j'enjambai un ruisseau. Les feuilles claquaient sur mon visage, les branches éraflaient mes jambes et mes bras. Je fuis à corps perdu par la piste étroite. Le tam-tam retentit. Des cris derrière moi, les guerriers approchaient. Les vibrations m'engourdissaient. On agrippa mes cheveux.

— Aaaaah ! Aaaaaah ! hurlai-je en me redressant d'un coup dans mon lit.

— Hélène, ce n'est que moi.

— Ysa... Ysabel ?

Elle posa une main sur mon bras. Ma peau était moite et ma chemise, humide. La pénombre, les murs dégarnis de ma chambre, ma malle d'osier au pied de mon lit. Paris, j'étais à Paris.

— Un autre cauchemar ?

J'acquiesçai de la tête.

— Ils ne me laissent guère de répit. Quelle patience il te faut, Ysabel. Je t'ai réveillée ?

— Non, j'étais à la cuisine, le déjeuner vous attend. C'est Noël. Vous devez vous rendre chez vos parents, aujourd'hui.

— Oui, mes parents... Noël, oui ça me revient.

Elle se leva, alla à la fenêtre et tira le rideau. La lumière vive m'agressa.

— Il fait un temps splendide. Le soleil sera de la fête.

— La fête, quelle fête ? Je n'ai pas le cœur à la fête.

— Alors, il fera beau, tout simplement.

Elle prit ma cape de peau déposée sur ma chaise et s'approcha en souriant. Je repoussai mes cheveux derrière mes épaules.

— Comment peux-tu me supporter le sourire aux lèvres ? Je suis si égoïste ! me désolai-je en posant un pied sur le bois glacé du plancher.

Elle me tendit ma cape.

— Vous êtes mon amie.

— Une bien piètre amie !

Elle glissa une mèche folle sous son bavolet blanc, ajusta son tablier gris et redressa les épaules.

— Piètre, c'est peu dire !

J'arrêtai net d'ajuster ma cape.

— Terrible serait plus juste, affirma-t-elle le plus sérieusement du monde.

Elle couvrit sa bouche de sa main gracile et égrena un léger rire contenu. Ses joues rosissaient.

— Ah bon ! Pour un instant, j'ai cru que...

Je lui souris.

— Tenons-nous-en à la piètre amie, tu veux bien ?

— Soit, si vous préférez. J'oublierai la marâtre.

— Merci.

— Ce n'est rien, badina-t-elle en souriant.

Elle serra un moment la main que je lui tendis et entreprit de replacer mon drap et ma couverture. Je contournai le lit, saisis mon oreiller et l'agitai afin de répartir les plumes à l'intérieur de la fine toile blanche.

— As-tu des projets pour la journée ?

— Je suis invitée chez oncle Tessier pour le souper. J'ai bien hâte ! Il a reçu une lettre de dame Bisson, une lettre de Honfleur. Elle ne manque jamais de me transmettre des nouvelles de ma mère et de mes trois frères qui grandissent si vite. Mes gages leur permettent de vivre décemment. Je m'en réjouis.

— Ils te manquent, tu regrettes cette vie. Je t'ai attirée dans une telle galère !

— Vous vous flagellez inutilement. Je n'ai aucun regret.

— Difficile à croire.

— Libre à vous de vous chavirer les sens. J'aime partager vos tourments, subir vos hurlements, m'étourdir de vos complaintes. Quelle vie palpitante vous me faites, madame de Champlain ! termina-t-elle dans une gracieuse courbette.

Je lui ouvris les bras. Elle m'étreignit longuement avant de poursuivre.

— Notre amitié saura vaincre les démons de vos nuits. Notre amitié l'emportera, affirma-t-elle fermement.

— Les amies se doivent entière honnêteté. Tu me dis tout, Ysabel, vraiment tout ?

— Une amie dit ce qu'il convient de dire, pour le plus grand bien de l'amie. En ce sens, oui, je vous dis tout, vous avez ma parole. Ayez la foi.

— La foi, ma foi, les fois... Toutes ces croyances embrouillent mon esprit à un tel point!

Elle soupira et se rendit devant ma coiffeuse.

— Et si on disciplinait ces mèches rebelles? Allez, rien ne vaut une belle coiffure pour secouer la mélancolie.

— Peut-être bien, après tout.

Je m'assis sur le tabouret. Elle s'installa derrière moi et sourit à mon reflet dans le miroir. Ses mains chaudes se posèrent sur mes épaules.

— Il ne tient qu'à vous de faire de cette journée une belle journée. Vous aimeriez ces petites frisures retombant sur les oreilles, de jolis bouffons comme il convient de les nommer?

— Je n'ai pas le cœur à rire, Ysabel. Et puis ce serait trop long. Je me contenterai d'un chignon.

— Un chignon fait un peu vieillot, non? Vous êtes jeune et belle et...

— Je m'en soucie comme d'un fétu. Un chignon fera l'affaire. Je dois me rendre au cimetière, m'y accompagnerais-tu? J'ai besoin de me recueillir sur leurs tombes avant cette visite chez mes parents.

— Le cimetière, à Noël! D'où vous vient ce courage?

— Les morts me font du bien. Le silence des cimetières laisse toute la place aux dialogues du cœur, les seuls vrais au bout du compte.

Elle baissa la tête un moment et soupira.

— J'ai tout mon temps. Nous irons prier sur leurs tombes.

Dans le vaste cimetière de l'église Saint-Germain-l'Auxerrois, chaque pierre tombale était recouverte d'un joli capuchon de neige blanche. Paul retira son chapeau et passa sa main gantée de noir sur celle de Noémie.

Noémie Briard, née Picard, 1565-1615,
épouse aimante de Paul Briard

Nous nous retrouverons
Au royaume de l'Esprit immortel,
Nous nous retrouverons.

Il fit le signe de la croix et se recoiffa.

— Ah, le merveilleux souvenir de ma biquette ! Je m'ennuie de ses remontrances. Vous souvenez-vous d'elle, mademoiselle ? Quand la colère rougissait ses joues et qu'elle faisait rebondir cette mèche rebelle sur son front ?

Un faible sourire éclaira son visage.

— Valait mieux se taire, alors.

— Et comment !

— Noémie, ma tendre nourrice... Croyez qu'elle me manque autant qu'à vous, Paul.

— C'est impossible, elle était toute ma vie !

— Peut-être pas autant, alors, je vous le concède. Moi, j'ai toujours Ludovic.

Paul passa son bras autour de mes épaules et me serra contre lui.

— Il m'arrive parfois d'imaginer ma nourrice au grand village du soleil couchant, là où vont les âmes des Sauvages après la mort, poursuivis-je. Croyez-vous qu'elle aurait la vie douce parmi ces païens dont elle ignorait l'existence ?

— C'est forcé ! Noémie savait mettre bon ordre dans la maison.

— Pour ça, gare aux entourloupettes ! Elle veillait au grain !

Il opina de la tête, renifla, sortit son mouchoir et essuya le bout de son nez.

— Croyez-vous aux fantômes, mademoiselle ?

— Je ne sais plus que croire. La vérité, le bien, le mal, la foi, tous ces principes se confondent dans un lourd brouillard. Je suis une errante sans âme, Paul, une errante.

— Un peu à la manière des fantômes ?

— Les fantômes, dites-vous ?

— Les fantômes, ouais. Une autre fois, je vous reparlerai de tout ça, une autre fois.

— Ne me refusez pas vos pensées par le simple fait que les miennes s'embrouillent. Je vous en prie, Paul.

Il échangea un long regard avec Ysabel, repassa vivement son mouchoir sous son nez et ajusta son chapeau. Ysabel acquiesça de la tête.

— Bien, bien, vous l'aurez voulu. C'est tout simple. Voici comment j'en suis venu à croire aux fantômes, commença-t-il avant d'éternuer. Pardonnez, mesdames !

— Quel fantôme hanterait votre vie ?

— Noémie, vous pensez bien !

— Noémie, un fantôme ! m'indignai-je.

Il souleva son long bras et décrivit un demi-cercle.

— Je l'imagine rôdant autour de nous, légère comme une plume, s'amusant de nous voir tristes et désemparés.

— Noémie ne s'amusait pas de nos malheurs ! Vous dites des sottises, Paul !

— Non, non… Elle se moque parce que nous sommes là à nous tourmenter pour des fadaises, à déplorer sa perte, alors qu'elle s'amuse fort avec notre petite Marie-Paule. Si elles étaient vraiment là, tout près, à rigoler à notre insu… Par tous les diables, la berne suprême ! s'exclama-t-il en claquant ses mains gantées l'une contre l'autre.

Il jeta un œil vers Ysabel, me regarda et retrouva son sérieux.

— Enfin, si les fantômes existent, ce qui n'est pas impossible vu mon étrange aventure.

Ysabel, visiblement intriguée, resserra sa cape et s'approcha.

— Et quelle était la nature de cette aventure, dites-nous ? chuchota-t-elle.

— C'est que je m'en voudrais de troubler davantage mes deux petites dames.

— Paul ! Oseriez-vous attiser notre curiosité pour ensuite nous laisser sur notre appétit ? m'offusquai-je. Cette histoire de fantômes, nous voulons la connaître, n'est-ce pas Ysabel ?

— Comme vous dites !

— Bon, si vous insistez, mais c'est bien parce que vous insistez.

— Paul ! m'exclamai-je.

Il rit, leva les bras et nous invita à nous approcher de lui.

— C'est un soir de pleine lune et je réfléchis devant un feu de bois, au bord de la Saint-Charles, à Québec. La rivière Saint-Charles se trouve à Québec.

— Nous savons où se trouve la rivière Saint-Charles, m'impatientai-je.

— Bien, bien, bien ! Je suis seul et l'absence de Noémie me turlupine. J'entreprends de lui confier mes tracas de la journée. Je le fais souvent, elle était de si bon conseil !

— Et alors ?

— Oui, je disais que nous étions à construire le fort sur le cap Diamant et que le manque d'ouvriers nous causait de sérieux tracas. Quoi qu'il en soit, le temps était calme et l'air, humide. Rappelez-vous, en juillet, ces chaleurs suffocantes.

— Oui, oui, et alors ?

— Pas de vent, donc. Soudain, les feuilles des érables et des bouleaux s'agitent, même s'il n'y a toujours pas de vent ! Pourtant, aucun craquement de branches, aucun bruit de pas. Je me lève, craignant le sortilège du sorcier ou pire encore, la malédiction de l'esprit d'un animal que j'aurais pu offenser par une quelconque maladresse. Avec tous les esprits qui rôdent dans ces forêts, allez donc savoir ! Puis, tel un voile soyeux, une douce tiédeur vient m'envelopper tout entier. Et je sens sa présence, comme je vous sens maintenant. Noémie et moi, ensemble, comme avant, liés par un fabuleux sortilège. Du coup, je suis soulagé de tous mes soucis. Habité par un grand contentement que j'étais, oui un grand contentement.

Nous retenions notre souffle. Une soudaine bourrasque souleva la neige. Elle tourbillonna autour de sa tombe. Paul se signa.

— Par tous les diables !

— Le tour... tourbillon ! bégaya Ysabel.

Paul resta figé telle une statue de glace. Il renifla. Je touchai sa main. Il sursauta.

— C'est comme je vous le dis !

— Étonnant, ce tourbillon de neige, ne trouvez-vous pas, Paul ? m'alarmai-je.

— Vraiment étonnant, renchérit Ysabel, les yeux tout écarquillés.

— C'est elle, c'est Noémie ! Est-ce possible que tout cela soit vrai ? Vous croyez qu'elle puisse me faire une petite visite de temps en temps ?

— J'y crois, m'entendis-je affirmer avec conviction. Ce ne peut être que Noémie.

Son visage s'illumina. Il s'approcha et posa un baiser sur mon front. Ses yeux brillaient de larmes.

— Merci, mademoiselle, merci.

Il poussa deux profonds soupirs et s'essuya les yeux avec son mouchoir. Puis, il refit le signe de la croix.

— Prenez tout votre temps. Je vous attends dans le carrosse.

Le vent du nord avait rougi le bout du nez d'Ysabel.

— Tu peux m'attendre avec Paul si tu le désires. J'ai une discussion à terminer avec Nicolas.

— Croyez-vous que ce soit sage ? fit-elle à voix basse.

— Ne t'inquiète pas pour moi. Je fais vite.

Le fabuleux récit de Paul venait d'éveiller chez moi une franche détermination. Il me fallait en profiter.

Nicolas, mon frère bien-aimé, était décédé durant notre séjour en Nouvelle-France. Je l'avais connu posé et réfléchi. Apparemment, l'insulte qui le mena à la mort l'avait dépourvu de ses précieuses qualités. On l'avait attaqué dans ce qu'il avait de plus fragile : sa sensibilité d'artiste. Un jeune peintre de Venise, aux talents prometteurs, avait été invité au Louvre par l'honorable Jacob Bunel, le maître de Nicolas. Ce nouveau venu ne tarda pas à faire sa marque à la cour. Le talent du Vénitien toucha l'âme italienne de Marie de Médicis. Elle le prit sous son aile. L'élu eut l'audace de dénigrer les œuvres de Nicolas en présence de la Reine mère et de ses courtisanes. Ses propos outrageants coulèrent dans les couloirs du Louvre et s'épandirent dans tous les châteaux de France. Pétrifié de rage, Nicolas profita d'une rencontre fortuite avec l'infatué personnage pour lui jeter le gant. Le duel eut lieu dans le jardin de la place Royale, au petit matin du 5 juin 1625. Le coup d'épée transperça son cœur. Il succomba avant son arrivée à l'hôpital. Une mort rapide, presque sans douleur. C'était ma seule consolation.

Nicolas reposait sous la pierre tombale de la famille Boullé. Mon père, bien que l'ayant repoussé sa vie durant, avait veillé à son éternité. La dépouille de son fils Nicolas reposerait près de lui à tout jamais. La pierre de la famille Boullé était suffisamment large pour honorer chacun de ses membres. Comme quoi les scrupules prévalent sur les embrouilles terrestres.

— Surtout, se démarquer des sans-le-sou, avait apparemment insisté ma mère.

Tout au haut de la pierre grise, dans un médaillon, un gracieux saule était gravé. Je m'accroupis afin de passer la main sur le relief enneigé.

Nicolas Boullé 1587-1625
Fils bien-aimé de Nicolas Boullé et de Marguerite Alix

L'arbre pleure.
De toute éternité,
L'arbre pleure.
Tout n'est que beauté.

— Tout n'est que beauté, chuchotai-je.

De qui pouvait bien être cette réflexion? De son ami Philippe, probablement.

— L'arbre pleure, tout n'est que beauté, répétai-je en essuyant une larme.

Je me relevai. La colère éclipsa ma peine.

— Je ne vous le pardonnerai jamais, Nicolas. Maudit soyez-vous! maugréai-je. Pourquoi une telle absurdité? Vous me laissez seule et désœuvrée. Voyez comme j'aurais besoin de vous! Une toile, de l'huile, des couleurs... Faut-il que vous soyez idiot? Nul chef-d'œuvre ne vaut une vie, Nicolas Boullé, nul chef-d'œuvre, vous m'entendez! Une peinture n'a de véritable sens que pour celui qui la crée. N'auriez-vous rien compris, vous, mon maître? Les tableaux de ce Vénitien de malheur passeront et se couvriront de poussière avant même qu'il ne trépasse. Mais la beauté, Nicolas, la beauté sera toujours là, le merveilleux sera toujours là. Vous saviez si bien la regarder! «La beauté me nourrit», vous plaisiez-vous à me répéter. Si seulement vous n'aviez pas été aussi... aussi... Pourquoi? Pourquoi? hurlai-je bien malgré moi.

Le crissement de la neige me fit sursauter.

— Qu'y a-t-il, mademoiselle? s'inquiéta Paul.

Il posa une main sur mon bras. Je glissai les miennes dans le manchon de mon bien-aimé.

— Ce n'est rien, mes humeurs... J'ai terminé. Partons. La fête de Noël chez mon père... Je suis prête. Partons.

— Je ne peux m'expliquer l'absence d'Eustache. Celle du sieur de Champlain, passe encore, mais celle d'Eustache! s'offusqua ma mère en tapotant ses lèvres de son mouchoir de soie.

— Il a choisi d'accompagner Samuel à Cadix. Sa nouvelle charge de sous-lieutenance en Nouvelle-France l'exige, lui expliqua mon père pour la cinquième fois.

— Cadix, l'Espagne! Mais faut-il être totalement dépourvu de jugeote! Ces Sauvages lui auront vidé la cervelle!

— Marguerite, nous avions convenu! s'exaspéra mon père.

— Convenu, convenu...! Reste que courir ainsi après le danger... Pensez donc, l'Espagne en ces temps de complots régicides! Quelle témérité! La guerre couve, l'infanterie est partout. Comme tout cela m'indispose!

Le rythme de sa respiration s'accéléra.

— Marion, les sels de madame, je vous prie, vite les sels, commanda mon père.

Marion s'empressa de déposer doucement le délicat coffret de porcelaine dans la main de mère. Elle y plongea le bout des doigts et aspira la calmante potion. Ma sœur Marguerite eut un petit rire nerveux. Charles regarda le plafond. Père soupira fortement.

— Simon et Geneviève devraient arriver sous peu. Le mauvais temps les aura retardés. Cette pluie givrante est un vrai cauchemar pour les voyageurs ! dit père en guise de diversion.

L'horloge de notre grand salon sonna les neuf heures.

— Suffit ! explosa subitement mère. Ma patience a ses limites ! Pas d'Eustache, pas de monsieur de Champlain, pas de Geneviève et pas de Simon. Soit, nous ferons sans eux. Passons à table.

— Et pas de Nicolas, complétai-je à mi-voix.

— Marion ! appela mère.

— Madame ? répondit Marion après s'être approchée d'elle.

— Servez.

On m'avait rapporté que mère était toujours sous le choc de la mort de Nicolas. Sa disparition avait éveillé chez elle une nervosité extrême qui ne la quittait plus. La rumeur désobligeante, qui avait bafoué les œuvres de son fils, l'avait complètement anéantie. Qu'un Vénitien fût préféré à un Français à la cour de France était pour elle un pur scandale. Que ce Français fût son fils était le comble du déshonneur. Un Boullé en disgrâce, quelle abominable vilenie ! Sa torture était telle qu'elle avait exigé qu'on fasse disparaître toute trace de son souvenir. Tous les tableaux de mon frère furent retirés des murs et expédiés au grenier. Il était absolument interdit de prononcer son nom sous son toit. Nicolas n'existait plus pour elle.

Le service du bouillon de veau ne favorisa guère la conversation. Les vaines tentatives avaient coulé à pic au fond de nos bols. Chacun errait dans ses pensées, réfréné par la crainte qu'une parole fâcheuse ne fasse exploser les sourdes tensions. Nous savions tous pertinemment qu'une quantité appréciable de sujets irritaient ma mère, que Marguerite vouait à Charles une rancœur tenace, que la charge de secrétaire du roi de mon père était entre les mains de l'Éminence rouge dont la vie était à la merci des sombres complots.

— Vous apportez une touche de fraîcheur à ce Noël, chère Hélène, lança allègrement Charles.

Marguerite arrêta son geste. Sa bouchée de chapon resta suspendue devant ses lèvres écarlates. Elle le fustigea du regard. Il reprit.

— Et ce voyage de votre époux à Cadix, quel en est le motif ?

Marguerite enfourna la bouchée. Mère s'étouffa.

— Les affaires, répondis-je. Mon époux désire céder une donation reçue de son... oncle Guillaume Hellaine.

Mère ricana. Je regardai mon père.

— Qu'ai-je dit qui mérite pareille réjouissance, mère ?

— N'en tenez pas rigueur à votre mère, elle est fragile en ce moment. Pardonnez ses dérèglements, excusa père.

— Dérèglements ! s'indigna-t-elle. Comment osez-vous, très cher ?

Père déposa sa fourchette, s'adossa à sa chaise et fixa le candélabre.

— Seigneur Dieu, Marguerite ! Pourquoi faut-il que tout propos vous agace ? Nous fêtons Noël, retrouvez vos sens.

— Auriez-vous oublié que nous avons placé une partie de notre fortune dans cette aventure de la Nouvelle-France ? Et les bénéfices promis par le grand explorateur Samuel de Champlain ? Cadix m'apparaît bien éloignée de la cause !

— Il m'en a coûté plus qu'à vous, mère, arguai-je vertement.

— Cessez vos jérémiades, petite sœur ! Vos étourderies vous auront valu plus de malheurs que ce mariage.

— Marguerite, je vous prie ! clama Charles.

— Très cher époux ! S'il doit y avoir une offensée ici, c'est bien moi ! Condé, ce prince dont vous êtes le premier secrétaire, se laisse entraîner dans le complot mené par cette diablesse de Chevreuse, s'attirant par là même la plus déshonorable déchéance. Puis-je vous rappeler que depuis lors, les portes des salons se ferment sous mon nez. Qui plus est, les courtisanes me fuient comme la peste ! La seule évocation de votre nom soulève les moqueries. On me tient pour ridicule. C'est une honte ! Je ne suis plus dans les faveurs, autant dire que je n'existe plus !

— La Chevreuse ! m'exclamai-je.

Mère se leva promptement.

— Assez ! ordonna-t-elle. L'évocation de ce nom est un blasphème, un impardonnable blasphème !

Ses poings, appuyés sur la nappe de dentelle, vibraient de rage. Nous la regardions intensément, attendant le verdict. Sa mâchoire se crispa et son visage vira au rouge. Elle haleta. Les trots d'un cheval résonnèrent dans la cour.

— Ménagez-vous, insista mon père en se levant. Marguerite, je vous en prie. Marion, les sels, madame se porte mal. Marion !

On frappait à la porte. Marion s'empressa de déposer les sels. Père s'approcha de mère, la forçant à s'asseoir. Elle se releva d'un bond. Les coups redoublèrent.

— Marion, la porte ! s'exclama mon père.

Marion s'élança vers le hall d'entrée. Mère claqua des mains.

— Marion, faites savoir à Geneviève et à Simon que le repas est terminé.

— Marguerite, vous dépassez les limites ! s'offusqua père.

Marion réapparut en courant.

— C'est un messager. Monsieur et madame Alix se sont arrêtés en route. Un incendie fait rage rue de la Parcheminerie. Ils portent secours.

Mère s'effondra sur sa chaise.

— Mon amie Angélique ! m'écriai-je en m'élançant vers la porte.

— Les sels, les sels ! hurla mon père derrière moi.

Les grêlons s'étaient transformés en épais flocons de neige.

— Plus vite, Paul, plus vite ! m'impatientai-je.

— Je fais au mieux, mademoiselle. Avec ce temps de chien, les rues sont de véritables cloaques !

« Pourvu que la librairie d'Henri et Angélique soit épargnée par les flammes ! » me répétai-je.

Angélique, mon amie violoniste… Nous avions partagé la réclusion de notre grossesse, nos accouchements…

Je m'étais rendue à quelques reprises devant leur librairie, rue de la Parcheminerie, sans jamais oser y entrer. Pendant de longs moments, je les avais regardés vivre à travers les carreaux de la montre de leur boutique. La dernière fois, leurs jumeaux s'étaient chamaillés entre les comptoirs de livres. Marie, leur sœur aînée, les avait gentiment écartés l'un de l'autre en faisant mine de gronder. Ses boucles blondes étaient denses et fermes, tout comme celles de sa mère. C'était en fin d'après-midi, la lumière des bougies transformait la pièce en écrin doré. Angélique se tenait près du chambranle de la porte de l'arrière-boutique et jouait de son violon. Henri s'était approché par derrière, avait soulevé ses cheveux et baisé son cou. Elle s'était arrêtée de jouer et s'était retournée. Son visage rayonnait de bonheur. Ils s'étaient embrassés longuement. La grosseur de son ventre limitait leur étreinte. Elle portait un enfant.

— Sainte Providence, je vous en conjure, protégez mes amis !

Le noir du firmament rougeoyait au-dessus du sinistre. Plus nous approchions et plus la chaleur devenait insupportable. Paul arrêta notre attelage rue de la Harpe.

— Rendons-nous à pied. La rue de la Parcheminerie doit être encombrée.

Nous avançâmes dans la boue au milieu du groupe de curieux attirés par le désastre. Les flammes sortaient par les ouvertures, montaient le long des murs et embrasaient le ciel noir. Trois logis se consumaient ; au centre, la librairie d'Henri. Les crépitements et les craquements de l'immense brasier se mêlaient aux voix éplorées des sinistrés. Entre les tourbillons de fumée, au loin derrière des badauds, je distinguai tante Geneviève.

— Venez, Paul. Tante Geneviève est là, près d'un tombereau.

— Il n'est pas prudent de nous en approcher. Tous ces gens nerveux, la fumée, les tisons, les débris en flamme et cette panique…

— Pouvons-nous leur porter secours ?

— J'en doute. Restez ici, je vais voir ce qu'on peut faire. Je reviens.

— Faites vite.

La file s'allongeait de la fontaine à l'incendie. Les seaux d'eau circulaient rapidement d'une main à l'autre. Les émanations brouillaient ma vue. Des enfants pleuraient, des femmes hurlaient, des chiens jappaient. Le vacarme me fut bientôt insupportable. Il me fallait retrouver tante

Geneviève près de cette charrette. Henri, un jumeau dans les bras, s'approchait vitement d'elle. Marie le rejoignait, l'autre jumeau agrippé à sa chemise. Qui était dans cette charrette ? Je devais le savoir. Où était Angélique ? Je me frayai un chemin au travers de la cohue. Des cris de douleur percèrent la clameur, des cris de femme en gésine. Je bousculai une vieille dame en larmes.

— Pardon, pardonnez-moi.

Hagarde, elle avança d'un pas chancelant en s'aidant de sa canne.

— Mon fils, répétait-elle. Où est mon fils ? On m'a volé mon enfant. Pierre, Pierre…

Un homme la prit par le bras et l'attira plus loin. Le chariot, je devais atteindre le chariot. Plus je m'approchais et plus ma crainte s'intensifiait. Les hurlements d'une accouchée… ce sont les hurlements d'une accouchée. Enfin, tante Geneviève, à quelques pas. Un bref coup d'œil et je compris : étendue dans le chariot, Angélique était en travail d'enfant. Tante Geneviève arracha un brin de laine de son châle, coupa le cordon avec un ciseau, noua le brin de laine autour du nombril du bébé et m'aperçut. Elle me tendit le nouveau-né sans rien dire. Il était inerte et sans voix. Je le déposai à plat ventre sur mon avant-bras afin de lui tapoter le dos. Toujours rien. Je le pris par les pieds et le renversai tête en bas. Le souffle de vie lui manquait.

— Les sécrétions de sa bouche et de son nez ! Il doit respirer. Aspire les sécrétions, me cria tante Geneviève.

Aspirer, mais comment et avec quoi ? Un seul outil possible… J'entrouvris ses lèvres du bout de mon doigt, couvris son nez et sa bouche de la mienne et aspirai de toutes mes forces. Un crachat, une autre aspiration, un nouveau crachat. Les vagissements de l'enfant résonnèrent à mes oreilles telle une trompette angélique ! J'ouvris ma hongreline et le blottis contre mon sein.

— Reculez ! Reculez ! criaient deux officiers de la milice. Reculez, les murs menacent de s'effondrer.

Henri déposa un jumeau au pied de sa mère et agrippa un brancard de la charrette. Paul saisit l'autre. Ils la dirigèrent vers la rue de la Harpe. Tante Geneviève les suivit, Marie les suivit, le jumeau les suivit, je les suivis. La famille d'Angélique était saine et sauve.

— *Alléluia, alléluia, alléluia* ! répétai-je, les larmes aux yeux.

Les roues de la charrette s'enfonçaient dans le bourbier glacé. Henri tirait, Paul tirait et tante Geneviève poussait. Dans mes bras, le nouveau-né s'égosillait.

— *Deo gratias* ! m'exclamai-je, il est bien vivant !

Lorsque nous fûmes hors de danger, Henri se précipita vers Angélique.

— Courage, tenez bon, tenez bon, ma mie, tenez bon !

— Le bébé, articula-t-elle péniblement.

— Sauvé, ne craignez rien, la rassura-t-il.

— Et les enfants ?

Il resserra ses enfants autour de lui.

— Voyez, dit-il, ils sont tous là.

— Merci, mon Dieu ! s'exclama-t-elle.

— Maman, maman, s'écrièrent les jumeaux en essuyant leurs larmes.

Soudain, un fracas d'enfer retentit derrière nous. Les façades des maisons qui s'écroulèrent l'une après l'autre soulevèrent un intense nuage charbonné. Le spectacle nous pétrifia. Henri couvrit son visage de ses mains et éclata en sanglots. Je m'approchai lentement du chariot avec mon précieux colis.

— Hélène ! s'écria Angélique en se soulevant à demi.

— Du calme, il vaudrait mieux ne pas bouger, avertit tante Geneviève.

J'entrouvris ma cape afin de lui présenter son nourrisson.

— Ne craignez rien, Angélique, votre fils est bien au chaud.

— Hélène ! s'exclama-t-elle avant de s'évanouir.

5

Les Jésuites

Je posai délicatement le cataplasme de sureau et mille-pertuis sur la cicatrice rouge de son avant-bras. Angélique ouvrit lentement la main, écarta les doigts et tiqua.

— Vous avez mal ?

— Un peu. La raideur m'inquiète.

Ses yeux s'emplirent de larmes. Elle reprit.

— Quelle idiote je fais, la souplesse de mes doigts n'importe plus. Mon violon et tous mes cahiers de musique se sont envolés en fumée.

— Vous aurez un autre violon, je vous en fais la promesse.

Angélique soupira.

— La musique vous manque ?

— Jouer, faire vibrer les cordes, extirper de l'instrument les mélodies, les émois…

Elle secoua sa tignasse dorée.

— Suffit, les jérémiades ! Je devrais plutôt remercier le Ciel à genoux.

— Vous rejouerez du violon, Angélique.

— Permettez-moi d'en douter. Les violons sont hors de prix ! Il faudrait cumuler les gages d'Henri pendant deux années, et encore…

— Foi d'Hélène, vous jouerez à nouveau ! me surpris-je à affirmer.

« Quelle audace tout de même ! pensai-je. D'où te vient cette assurance, toi qui doutes de tout ? »

Je serrai le dernier cordon du pansement.

— Votre peau s'assouplira peu à peu. Il suffira d'appliquer un peu d'huile de rose de temps à autre.

— Dites donc, vous en savez des choses, dame Hélène !

— Ah ! Assister une sage-femme comporte certains avantages.

Tante Geneviève s'approcha de nous et déposa le poupon solidement emmailloté sur les cuisses de sa mère.

— On jase sur mon compte ? badina-t-elle, les mains sur ses hanches.

— C'est votre compétence qui est en cause, répliqua Angélique.

— Ma compétence, tiens, tiens ! Langer un nouveau-né n'a pourtant rien de bien savant, toutes les femmes savent le faire.

— De vos compétences de soignante, s'entend. Hélène me disait qu'elle avait beaucoup appris à vos côtés. Ce cataplasme…

Tante Geneviève me fit un clin d'œil. Je ris, Angélique rit, et son rire me fit l'effet d'un baume sur le cœur.

À son retour de Cadix, monsieur mon époux approuva ma décision. Il alla jusqu'à me féliciter d'avoir accueilli la famille d'Henri sous son toit, le temps qu'il trouve un nouveau logis. Le feu avait détruit tout ce qu'ils avaient : plus de chez-soi, plus de boutique, plus de livres, plus de travail, plus de salaire et plus de violon. Angélique cachait maladroitement sa peine. Henri masquait difficilement son désarroi. Paris était surpeuplé et les bons logements se faisaient rarissimes. Le coût des appartements dépassait de beaucoup les moyens d'un libraire dépourvu de tout.

— Cette boutique héritée de mes parents nous convenait en tous points. Nous n'avions qu'à payer les taxes. Nos dépenses étaient limitées, mais tout est différent maintenant, se désola Henri alors que nous terminions le déjeuner.

— Nous nous en sortirons, Henri. Nous trouverons un moyen, le rassura Angélique qui terminait de donner la tétée au bébé.

Il la regarda longuement, un vague sourire aux lèvres.

— Il y a l'infanterie, proposa-t-il faiblement.

— Non, ça jamais, jamais, Henri ! Je vous l'interdis, pas l'infanterie ! Dans un mois, je serai remise. Je me ferai lingère, j'irai vendre des friperies au Carreau du Temple.

— Où dénicherez-vous ces vêtements ?

— Au Louvre, bien sûr ! Les habits des courtisanes y sont fréquemment vendus pour une bouchée de pain. La mode change si vite dans ces milieux de frivolité qu'elles se débarrassent régulièrement de toutes leurs parures. Plus d'une femme subvient aux besoins de sa famille de cette manière.

— Nous avons quatre enfants, Angélique. Qui s'occupera d'eux ?

— Moi ! Ils me suivront. Marie aidera à la vente, les jumeaux au rangement, et le petit, le petit...

Elle secoua ses blonds frisottis. Henri se leva et alla caresser sa joue.

— Calmez-vous, allons, calmez-vous, ma douce ! L'infanterie, ce n'est pas si horrible après tout. Mes soldes vous parviendront chaque mois. Vous aurez amplement de quoi payer le logis et la nourriture. Je n'y passerai qu'un certain temps, un an suffira peut-être, qui sait ? Dès que nous aurons amassé une somme suffisante, je quitterai l'armée et nous ouvrirons une nouvelle librairie. Tout reprendra son cours normal.

— S'il vous arrivait malheur, Henri ? La guerre est partout. Le Roi n'en finit plus de partir en campagne ! Et puis La Rochelle, vous oubliez La Rochelle ! On dit que les Anglais y soutiennent les huguenots. C'est atroce ! Vous serez si loin de nous !

Il prit la main qu'elle agitait en tous sens et la porta à ses lèvres.

— Je ferai tout pour nous éviter cette épreuve, tout.

Un jumeau surgit en trombe dans la cuisine, le deuxième courant sur ses talons. Après trois semaines de vie commune, je ne parvenais toujours pas à les distinguer. Les mêmes cheveux bruns étonnamment droits couvraient la moitié de leur front. Les mêmes yeux noirs s'intéressaient à tout, et la même bouche vermeille savait rire, chanter, hurler et faire la moue. On aurait dit deux gentils diablotins sautillant constamment l'un près de l'autre.

— Olivier, Guillaume, ne courez pas dans la maison ! gronda Henri.

Ysabel arriva à la porte.

— Je suis désolée, ils m'ont échappé.

Angélique se leva, déposa son bébé dans les bras d'Henri et immobilisa ses bessons de chaque côté de ses jupes.

— Vous n'y êtes pour rien, Ysabel, ils ont du vif-argent dans les veines.

Ysabel retourna aussitôt à la cuisine. Nourrir tout ce monde n'était pas une mince affaire. Angélique s'accroupit près des jumeaux.

— Qu'y a-t-il, Guillaume ? Pourquoi courir ainsi après votre frère ?

— Il a brisé mon bateau, le mât est cassé. Je n'ai plus de voiles. Monsieur de Champlain devra partir en mer sans moi, larmoya-t-il en frottant ses yeux avec ses poings.

— Votre frère dit-il vrai, Olivier ?

— Je ne l'ai pas fait exprès. Son bateau est tombé tout seul de la table.

— Non, vous l'avez poussé ! hurla l'autre.

— Et si on allait voir ça de plus près. Venez, montrez-moi.

Elle s'apprêtait à quitter la pièce lorsque monsieur mon époux entra en se frottant vigoureusement les mains.

— Brrr ! Quel froid de canard ! s'exclama-t-il. Vous êtes prêt, Henri ? Paul nous attend en bas. Nous n'avons pas de temps à perdre. Les Jésuites n'ont qu'une heure à nous accorder.

Henri se leva, remit le bébé dans les bras de sa mère et posa les mains sur la tête de ses jumeaux. Ils levèrent simultanément leur visage rondelet vers leur père.

— Soyez sages, les garçons.

— Et mon bateau ?

— Un bateau, quel bateau ? s'enquit monsieur de Champlain.

— Le mien, pardi ! Olivier l'a brisé.

— Briser un bateau ! Alors cet Olivier serait un pirate ! s'amusa-t-il en posant les mains sur son ventre qu'il gonfla exagérément.

— Non, non ! s'écria Guillaume dans un éclat de rire.

— Alors, Olivier, nous réparerons ce bateau dès que je reviendrai. Préparez-vous, matelot.

— Oui, je me prépare, capitaine, confirma Olivier en riant à son tour.

— Soit, bonne journée à tous. Après vous, Henri.

Je restai sans bouger, mi-hébétée, mi-amusée. Le talent de négociateur de monsieur de Champlain me surprenait toujours. J'admirai son habileté à convaincre. C'était sa plus grande force. Elle lui avait permis de mériter la confiance des chefs sauvages et de maintenir la paix en Nouvelle-France lorsqu'elle fut dangereusement menacée. Marie entra, une assiette de galettes à la main.

— Qui veut de mes biscuits ?

Les jumeaux se précipitèrent vers elle. Elle n'avait pas sitôt déposé ses gâteries sur le guéridon que les jumeaux s'amusaient déjà à comparer la taille des biscuits qu'ils allaient engloutir. J'adorais Marie. Elle portait fièrement ses dix ans. Enjouée et avenante, elle répandait la joie tel un éclat de soleil. Le nouveau-né, qui n'avait toujours pas de prénom, gémit.

— Donnez, mère, j'en prends soin. Je l'amène à la cuisine.

Elle prit l'enfant, frotta son nez sur sa joue et le pressa contre elle.

— Joli, joli petit frère, heureux Michel.

— Michel ? s'étonna Angélique.

— Ben oui, quoi ! Dame Geneviève m'a raconté l'histoire de l'archange Michel, celui qui sauva des gens des flammes de l'enfer. Notre bébé vous aura tenue éveillée lors de l'incendie, non ?

— Aucun doute là-dessus ! J'étais bel et bien éveillée ! Tout cela est plein de sens. Nous en parlerons à votre père. Michel me convient.

Les grands yeux bruns de Marie débordèrent de reconnaissance. Elle s'approcha de nous.

— Allez, dites un beau bonjour, Michel.

Le poupon entrouvrit les paupières. Le bout de sa minuscule langue rose pointa entre ses lèvres.

— Michel, chuchota Marie. C'est impoli de faire de telles grimaces, plaisanta-t-elle.

Angélique baisa le front de son bébé. Les cheveux blonds de la mère se confondirent avec ceux de sa fille.

— Olivier, apporte l'assiette de biscuits, dit Marie à son frère. Laissons maman et dame Hélène prendre un peu de repos.

— À tout à l'heure, dirent-ils à l'unisson.

Et Marie sortit, suivie des joyeux gourmands.

— Vous en avez de la chance, murmurai-je, quelle belle famille.

Angélique prit mes mains dans les siennes.

— Je sais votre chagrin. Je le comprends.

Malgré l'amitié qui nous liait, je ne pus croire en ses paroles. Personne ne pouvait comprendre les trous noirs de mon esprit, les turbulences de mes humeurs et la débâcle de mon âme. Non, personne ne pouvait me comprendre. Personne !

Angélique s'était assoupie dans le fauteuil près de la fenêtre. Son dernier-né dormait paisiblement dans le panier d'osier lui servant de lit. Nous étions seules à la maison, Marie et les jumeaux avaient insisté pour accompagner Ysabel au marché. Un calme inhabituel engourdissait la pièce. « Une halte apaisante dans le tourbillon de notre journée », me dis-je. Je m'assis sur le plancher devant l'âtre. Curieusement, depuis l'arrivée de nos invités, je supportais davantage le passage de mes nuits. Je dormais plus longtemps, plus profondément. Mes cauchemars étaient moins fréquents.

« La fatigue a du bon », me dis-je.

Angélique se réveilla en sursaut.

— Où suis-je ? s'inquiéta-t-elle.

— Vous êtes chez le sieur de Champlain, Angélique, ne craignez rien, je suis là.

Elle se redressa et me sourit.

— Il est vrai, suis-je sotte ! Tout me revient.

Elle vint s'accroupir près du panier et caressa la joue de son bébé du bout de son doigt.

— Je ne saurais vous remercier assez pour cet accueil généreux, Hélène.

— Votre présence est un cadeau de la Sainte Providence.

— Un cadeau de la Sainte Providence ? s'étonna-t-elle.

— Oui, votre présence me fait le plus grand bien.

Elle se rendit au buffet, alluma la bougie et revint s'asseoir à mes côtés.

— Vous m'avez manqué, Hélène. Pourquoi ce long silence ?

Sa question me troubla. Je ne sus que répondre.

— Voilà plus d'un an que vous êtes ici, en France. Vous vivez à Paris. Pourquoi m'avoir privée de vos visites ? À deux reprises, j'ai remis à votre tante des missives à vous faire parvenir en Nouvelle-France, croyant que vous y étiez toujours. Elle ne m'a jamais informée de votre retour. Pourquoi cette duperie ? Vous ai-je causé quelque ennuyance ?

— Non, qu'allez-vous supposer ? Vous n'êtes nullement en cause, je vous assure ! C'est moi qui...

Je fixai les flammes. Le feu avait besoin d'une bûche. Je me levai, espérant que mon geste fît diversion. Je repris ma place.

— Croyez-vous vraiment qu'Henri ait l'envie de joindre l'infanterie ?

Elle fixa le feu à son tour.

— Qu'est-il advenu de Ludovic, Hélène ?

Je me levai d'un bond et me rendis à la fenêtre. Le ciel d'hiver était gris, l'hôtel d'en face était gris, toute la rue était grise.

— Hélène, pourquoi toutes ces cachotteries ? murmura-t-elle derrière moi.

Ma respiration s'accéléra. J'eus très chaud, le ciel s'assombrit. Ses cheveux dorés auréolaient son visage. Un épais brouillard voila mes yeux. J'étouffai. Une lourdeur m'accabla. Je m'effondrai dans ses bras.

— Hélène, le fauteuil, Hélène !

De l'eau fraîche coula de mon front jusqu'à mon cou. On humecta mes lèvres, on me tapota les joues. L'auréole dorée réapparut autour de son visage.

— Hélène, ça ira ? Je suis confuse. Tout est de ma faute, pardonnez-moi. Un peu d'eau, vous désirez boire un peu d'eau ?

J'acquiesçai et je bus. Le bébé pleura.

— Pardonnez-moi, je n'aurais pas dû. Je suis impardonnable.

— Ce n'est rien, Angélique, la faute me revient.

Le bébé hurlait. Je tentais de me relever, mais un vertige me ralentit.

— Michel a faim, prenez mon fauteuil.

Elle prit mon coude. Les hurlements du petit redoublèrent. Elle prit l'enfant, s'installa dans le fauteuil, dégagea le sein de sa chemise et offrit le mamelon à l'affamé.

— Vous m'inquiétez, Hélène.

— Ne vous tracassez pas pour moi, Angélique. Vous m'entendez ? chuchotai-je. Je me rends à la cuisine, Ysabel a besoin de moi. Le souper…

Elle opina de la tête avant de poser les yeux sur Michel. Décidément, ce petit avait un don pour sauver les gens des situations fâcheuses.

Henri déchira son pain avec énergie et le plongea dans sa soupe. Angélique l'observait avec scepticisme.

— À la mi-février, nous pourrons prendre possession du logis. Les Révérends Pères jésuites m'assurent que les occupants le quitteront sous peu. Le couple s'embarque pour la Nouvelle-France en leur compagnie.

Un frisson parcourut mon échine.

— Des Jésuites partent pour la Nouvelle-France! m'étonnai-je. Des Jésuites!

— Vrai comme je vous dis, assura Henri. Ils seront au nombre de cinq. Votre époux pourra vous le confirmer. Un dénommé Enemond Massé, Jean de Brébeuf, Charles Lalemant et deux frères coadjuteurs.

— Charles Lalemant! Le frère de Jonas Lalemant, secrétaire à la Chambre du roi?

— Je ne saurais le dire.

— Nous aurions un logis, dites-vous! Cette bonne fortune me renverse, enchaîna Angélique.

— Nous avons eu notre lot de malheurs, non? Le sieur de Champlain a bien défendu notre cause. Il a poussé la largesse jusqu'à engager son honneur dans ce contrat de location.

— Et les frais de cette location?

Henri porta le bol à ses lèvres et termina sa dernière bouchée de pain avant de répondre. Angélique tortillait nerveusement une boucle blonde autour de son index rougi.

— Je me rends demain à l'hôtel de ville. Qui sait, les services d'un libraire y seront peut-être les bienvenus?

Il se leva, fit un bref salut de la tête et sortit. Angélique, lasse et inquiète, ne dit plus un mot du reste du repas. Cela me permit d'ébaucher de nouveaux desseins. Le cardinal de Richelieu ne me serait d'aucun secours pour assurer mon retour en Nouvelle-France, mais voilà que la

Sainte Providence m'accordait une deuxième chance : les Jésuites !

Les deux jumeaux sortirent du bureau de monsieur de Champlain en trottinant. L'un des deux tenait un voilier à bout de bras.

— Voyez, m'dame, il est réparé, s'exclama-t-il, les yeux brillants de plaisir.

Je m'accroupis près de lui.

— C'est merveilleux, Olivier. Je suis contente pour toi.

Ils éclatèrent de rire. Je me relevai quelque peu vexée.

— Vous les confondez, madame, dit monsieur mon époux. C'est le voilier de Guillaume, n'est-ce pas, mon garçon ?

Les petits rigolos opinèrent de la tête avant de déguerpir. La lueur de la bougie qu'il tenait à la main fit luire l'ambre des yeux du sauveur, des yeux larmoyants.

— Vous faites des heureux.

— Adorables, ces petits, n'est-ce pas ?

— Quelque peu turbulents, mais adorables. Ils me rappellent les jumeaux de Perdrix Blanche.

— Perdrix Blanche, dis-je en même temps que lui.

Je me surpris de la coïncidence.

— Nos pensées se sont croisées, se réjouit-il en agrippant sa barbichette.

J'évitai son regard insistant. Devinant mon malaise, il ajouta.

— Vous désiriez ?

— Oui, c'est au sujet des Jésuites, avouai-je courageusement.

— Les Jésuites ! s'étonna-t-il.

— Les Jésuites, en effet.

— Vous m'étonnez. Une explication s'impose, dit-il avec une pointe d'ironie dans la voix. Venez, de bons fauteuils sont requis. Après vous, madame.

Lorsque j'osai lui avouer le motif de ma rencontre avec les Jésuites, monsieur mon époux ne s'y opposa pas. Il poussa la générosité jusqu'à m'instruire des liens unissant les Révérends Pères à la cause de la Nouvelle-France. Il m'apprit que le jésuite Philibert Noyrot, procureur du collège de Bourges, avait mis toute son affection dans la conversion des peuples barbares. Or, il s'avérait que ce dernier avait été le directeur spirituel du duc de Ventadour. On prétendait qu'il avait usé de son influence pour que son pénitent se porte acquéreur de la vice-royauté en Nouvelle-France. L'établissement d'une mission de la Compagnie de Jésus en ce pays ne pouvait trouver meilleur bienfaiteur. Avec un zèle religieux, le duc se saisit de la cause. Il partit en croisade et fit si bien que cinq Jésuites furent autorisés à se joindre aux Récollets installés à Québec. Des cinq religieux, Charles Lalemant retint particulièrement mon attention. Fils aîné de la famille d'un honorable juge de Paris, il avait rejoint la confrérie des Jésuites avec deux de ses frères, Pierre et Jérôme. Le dernier fils du juge était bel et bien ce Jonas Lalemant, secrétaire à la Chambre du roi, celui-là même dont mon père vantait les talents, chaque fois que l'occasion s'y prêtait. Une famille, greffée tant aux pouvoirs politiques que religieux, était ce dont j'avais le plus urgent besoin.

Dès le lendemain, je fis parvenir une missive au collège de Clermont, là où résidaient les Jésuites à convaincre. L'éventualité d'une rencontre avec Charles Lalemant ravivait mes plus ardentes espérances. Ce missionnaire sympathiserait avec moi, cela ne faisait aucun doute. Il défendrait ma cause auprès du père Coton, provincial de la Compagnie de Jésus, auprès du vice-roi, le duc de Ventadour, auprès de monsieur de Champlain, mon inébranlable époux. Bientôt, je pourrais retourner en Nouvelle-France, là où ma vie s'était arrêtée. Enfin, je touchais au but !

Charles Lalemant accéda à ma requête. Deux jours plus tard, je fus convoquée au collège.

L'horloge sonna un coup. Eustache franchit la porte de service.

— Bonjour, ma sœur. Ysabel est-elle là ?

— Non, elle est au marché. Inutile de vous torturer. Elle est loin d'être prête pour la réconciliation que vous espérez. Vous devrez user de patience, mon frère.

Il baissa la tête. Le large bord de son chapeau de feutre dissimula à peine sa déception. Il claqua ses gants sur sa cuisse et reprit.

— Qu'est-ce que cette histoire de Jésuites, ma sœur ? N'est-il pas quelque peu audacieux de m'impliquer de la sorte dans cette requête ? Je suis le lieutenant de votre époux. À moins que le vent ait tourné, sur ce point, le sieur de Champlain est formel. Vous resterez à Paris quoi qu'il advienne.

— Sait-on jamais.

— Vous perdez votre temps, ma sœur.

— Eustache, je vous en prie, c'est ma dernière chance ! Le printemps est à nos portes. Les bateaux quitteront les rades de Bretagne dans un mois tout au plus. Je vous en prie ! Qu'y a-t-il de mal à vouloir retourner avec vous en Nouvelle-France ? L'avenir de ces peuples me tient réellement à cœur, vous le savez mieux que quiconque.

Il prit le papier que je lui tendis et lut à haute voix.

Madame de Champlain,

Les préparatifs de mon voyage en Nouvelle-France sont d'une exigence insoupçonnée. Aussi, ai-je à craindre que le temps me manque. Néanmoins, la ferveur de votre requête force mon attention. Il est de bon aloi de croire qu'il me serait profitable de converser avec une des rares femmes ayant connu ces peuples dont la conversion m'est aujourd'hui confiée. Nous avons un but commun, madame ; apporter la Lumière aux âmes de ces moribonds. Elles errent depuis trop longtemps dans la noirceur des superstitions. Puissions-nous trouver la force de les guider sur les voies de la Rédemption. En conséquence, Eustache Boullé et madame de Champlain seront attendus à 2 heures, au collège de Clermont, en date du 2 mars de l'an mil six cent vingt-six.

Pour la gloire de notre Sauveur,
Charles Lalemant, JCJ

— Je refuse de me compromettre dans cette tromperie. Je sais pertinemment ce qui vous attire en Nouvelle-France. La religion est loin d'y tenir la place de vos prétentions. Je vous accompagne chez les Jésuites, soit, mais ne comptez pas sur moi pour appuyer vos doléances. Vous devrez en débattre seule.

— Bien, bien, je n'en demande pas davantage. Votre présence suffira.

Charles Lalemant joignit les mains et glissa son index le long de son nez droit et fin avant de fermer les yeux. Un profond silence régnait dans le parloir des pères jésuites.

Au fond de la pièce, la pluie frappait aux carreaux de l'unique fenêtre. Derrière le penseur, un long crucifix de bois d'ébène touchait presque les ardoises bleutées du plancher. Eustache leva les yeux vers le plafond pendant que je mordillais mes lèvres. Ma destinée se jouait ici. En cet instant précis, cet homme se confondait avec Dieu. La suite de ma vie dépendait de sa volonté. Eustache décroisa les jambes, ajusta les pans de son manteau et me fit un clin d'œil. Le père Lalemant soupira longuement et ouvrit les yeux.

— Avez-vous prié avant notre rencontre, madame ?

— Je… enfin, oui, bredouillai-je.

La culpabilité me gagna. Ce léger mensonge s'ajoutait à mon effronterie. Et si la bonté de Dieu avait des limites ?

— Avez-vous prié pour ces peuples depuis votre retour en France ?

— Je… je pense souvent à eux, presque continuellement. N'est-ce pas là une forme de prière ?

— La prière est dialogue intime avec Notre Seigneur.

— Alors, oui, peut-être, à quelques reprises. Oui, j'ai prié Dieu pour eux à quelques reprises.

— Et quel message vous révéla Notre Seigneur Tout-Puissant en ces occasions ?

Eustache recroisa ses jambes en épurant sa gorge. Je tripotai mes gants de cuir un moment. À la fenêtre, les gouttes d'eau redoublèrent d'intensité.

— Que les pleurs accompagnent le salut, mon père. La souffrance porte le salut. J'offre à l'avance tous les renoncements que la vie de là-bas m'imposera. Le salut de ces gens vaut bien toutes ces peines, je le crois fermement !

— J'en ai aussi la profonde certitude. Mais là n'est pas le véritable principe.

Il se leva, se retourna et fixa le Christ en croix. Je fis de même. Le rouge émergeant des stigmates me bouleversa.

Je frémis. Le sang coulait des mains, du front, des pieds, du cœur. Les remords me frappèrent au ventre avant d'atteindre ma gorge. Mon cou se serra et le souffle me manqua. Je me précipitai vers la fenêtre. La pluie battait le verre. Clac, clac, clac, la pluie. Clac, clac, clac, le fouet de ma conscience. Je me tournai vivement vers l'homme de Dieu.

— C'est faux, je mens ! Je vous ai menti... Par amour, j'ai menti. Mon père, pardonnerez-vous mes fautes ? J'ai commis d'horribles péchés, d'abominables péchés ! Dieu n'aura jamais assez de bonté pour me pardonner. Je suis si lasse de toutes ces fautes. Les démons sont après moi. Je suis une femme de péché, une pécheresse, une grande pécheresse.

Eustache accourut, me prit par la taille et m'attira vers la porte.

— Veuillez excuser ma sœur. Ses humeurs lui causent parfois de vilains tours. Son passage en Nouvelle-France l'aura dépouillée de ses résistances et...

— Madame de Champlain, coupa Charles Lalemant.

La brusquerie de sa voix m'étonna. Elle était si éloignée de la douceur de ses premières paroles. Je me tournai vers lui.

— Je regrette de ne pouvoir satisfaire votre demande, continua-t-il fermement. Sachez cependant que je vous porterai dans mes prières. Votre intérêt pour la Nouvelle-France est louable. Je tiendrai une correspondance assidue avec mon frère Jérôme qui réside ici, dans ce collège. Je l'aviserai de vous transmettre des nouvelles de ce pays. Priez, madame, priez afin que Dieu pardonne nos fautes, toutes nos fautes. Ne cessez jamais de prier. Car notre salut passe par la prière.

Je fis une courte révérence et courus me réfugier dans notre carrosse.

— Heureusement que je m'y connais en formules de politesse, maugréa Eustache en se laissant choir sur la banquette.

— Je suis désolée, articulai-je avec effort.

Paul nous ramenait au logis de monsieur de Champlain. J'étais condamnée à y vivre. Là je vivais, là je resterais. Je retenais mes larmes. Eustache était silencieux. La pluie forte résonnait sur le toit de notre voiture, la pluie du désespoir. La nuit tombait sur ma vie, une nuit sans lune, une nuit de profondes ténèbres. La honte s'ajoutait à mes remords.

— *Mea culpa, mea culpa, mea maxima culpa* ! *Mea culpa, mea culpa, mea maxima culpa* ! répétai-je à voix haute en me frappant la poitrine.

Eustache prit ma main dans la sienne.

— Cessez de vous accabler ainsi ! Tout n'est pas de votre faute. Je me chagrine de vous savoir dans cet état.

Je retirai ma main. Une vie pour expier mes fautes, c'était trop court. Je me devais de faire plus, beaucoup plus !

— Votre salut passe par la prière, a dit le père Lalemant. La prière, la prière, répétai-je à tout rompre.

— Chut, Hélène, supplia Eustache en passant ses bras autour de mes épaules. Chut, taisez-vous, taisez-vous, calmez-vous.

Me consacrer à la prière. Voilà, j'allais consacrer le reste de ma vie à la prière. Il me fallait prier pour mon salut, pour le salut des âmes de la Nouvelle-France et pour le salut de Ludovic. Mon amour, mon inaccessible amour… Le cloître serait ma nouvelle demeure, le cloître de la demeure du sieur de Champlain. La pluie, toujours la pluie qui tambourinait. Clac, clac, clac tambourinait la pluie.

— La pluie, la pluie froide, la pluie, répétai-je en larmes. Ludovic !

6
Le cahier

D'abord, monsieur de Champlain se moqua.

— Vous, cloîtrée ! Vous soumettre à la discipline monastique ? Les murs du couvent n'ont qu'à bien se tenir. Une seule de vos colères risque de les réduire en poussière.

Puis, il se troubla.

— Quel malfaisant sortilège confond votre nature ? Vous qui aimez tant la vie !

Il fit le tour de la pièce telle une bête piégée. Puis, s'arrêtant devant le buffet, il saisit sa pipe de plâtre blanc, souleva le couvercle de sa tabatière, enfonça le pétun dans le fourneau du bout de son petit doigt, enflamma une mince éclisse de bois à la chandelle du bougeoir et tenta de l'allumer. Elle lui résistait. Il insistait, et plus il insistait, plus l'agacement lui venait. Je m'approchai d'un pas décidé.

— Qu'ai-je fait pour mériter à ce point votre mépris ? Si je ne peux retourner en Nouvelle-France, je vous supplie de renoncer à notre mariage. Je veux entrer au cloître !

— Mais il ne s'agit nullement de mépris ! Vos badineries dépassent l'entendement, ma pauvre fille !

— Badineries ! Ai-je bien entendu, badineries ?

— Parfaitement ! Vos propos sont d'un ridicule !

L'écho du soufflet qui atteint sa joue rebondit sur les murs dépouillés. Nous étions tous deux immobiles l'un en face de l'autre, figés d'étonnement. Un océan nous séparait. Il ferma les yeux et soupira longuement avant de se rendre à la fenêtre. Je le suivis. Il revint vivement vers le buffet, ralluma l'éclisse, plaça la flamme dans le fourneau de sa pipe et en happa le manche. Ce fut peine perdue.

— Bougre de pipe ! C'est l'humidité, cette saloperie d'humidité, l'humidité, se plaignit-il en agitant nerveusement sa pipe devant son visage tendu.

— Je veux recouvrer ma liberté afin de me consacrer à Dieu et à la prière. Ma requête ne mérite-t-elle pas au moins autant de considération que votre satanée pipe ?

Je crois bien qu'il arrêta de respirer un moment. Puis, lentement, il revint vers moi, le visage austère, les lèvres pincées et les narines gonflées d'une rage contenue.

— Guillaume de Caën est forcé de nommer un capitaine catholique pour mener ses vaisseaux à Tadoussac. Ce contretemps le contrarie grandement, figurez-vous ! Il menace de retenir les bénéfices des actionnaires de la Compagnie de Montmorency. Advenant une poursuite en justice, vous seule pourrez défendre mes intérêts dans l'affaire, ici à Paris. Comprenez-moi bien une fois pour toutes ! Madame de Champlain restera ici à Paris et défendra les intérêts de son époux comme il convient à une dame mariée de le faire.

— Je rêve ! Dites-moi que je rêve ! Je devrais sacrifier ma vocation religieuse pour défendre vos droits ! J'ai reçu l'appel du Seigneur, moi, monsieur ! Ne craignez-vous point de l'offenser ?

— L'appel du Seigneur ! Votre supercherie ne confond personne, madame ! Comment osez-vous profaner ainsi le nom de Dieu ? hurla-t-il en balayant l'espace d'un brusque mouvement du bras.

Le geste fut si brutal que sa pipe s'écrasa en morceaux sur les lames de bois du parquet luisant. Son visage devint cramoisi. Sa respiration s'accéléra. Il bomba le torse. Je plongeai vivement la main dans la large poche enfouie sous mes jupons afin d'en extirper une autre pipe que je lui tendis. Tout son être se relâcha. La surprise prit le dessus sur sa colère.

— La pipe d'Henri, expliquai-je. Il l'a oubliée en nous quittant. J'ai bien essayé, mais il n'y a rien à faire. Je suis incapable d'en tirer la moindre fumée. Je suis incapable de pétuner.

Ses yeux ébaubis ne quittaient pas les miens. Lentement, il tendit une main ouverte. J'y déposai la pipe, fis une courte révérence et pris vitement le chemin de la porte.

— Elle pétune, s'exclama-t-il derrière moi, elle pétune ! répéta-t-il avant d'être emporté par un fulgurant éclat de rire.

Monsieur de Champlain quitta Paris deux jours plus tard. Il avait pris soin de me dresser la liste de ses recommandations : voir au bon ordre de sa maison, acheminer son courrier, entretenir des relations respectables avec mes parents, aider la famille d'Henri, seconder tante Geneviève dans ses activités de soignante, éviter de me compromettre dans les tracasseries de Christine Valerant et prier pour le salut de nos âmes.

— Il y a plus de cent églises à Paris, madame. Point n'est besoin de s'enfermer dans un monastère pour se recueillir. Dieu est partout !

Il avait posé ses lèvres sur mon front, mis son chapeau et fait déposer son sac de voyage sur le carrosse.

— Et vous pouvez toujours écrire ! s'était-il exclamé avant de refermer sa portière.

Paul avait claqué le fouet.

Il se rendait à Dieppe, là où l'attendait le capitaine catholique Raymond de la Ralde, beau-frère de Guillaume de Caën, le capitaine protestant déchu. En avril prochain, leur navire quitterait la Nouvelle-France sans moi. L'effroyable chagrin que j'éprouvai alors me chavira les sens.

J'étais entrée dans ma chambre et n'en étais plus ressortie. Ysabel m'apportait discrètement de légers repas que je grignotais à peine. Elle se désolait, je la rassurais. Comprenant mon unique désir, elle repartait, me laissant à ma bienfaisante solitude. Je suivais les moments du jour par les bruits de la rue, et les temps de la nuit par la fonte de mes bougies. Au bout d'une semaine, Ysabel fit venir tante Geneviève.

— Tu ne crois pas que tout ce délire a assez duré ? Nous savons ton tourment. Ta peine nous touche, nous émeut, nous bouleverse même. Dis-nous ce qu'il faut faire. Je ne sais plus. Même Antoine est au bout de son latin. Il te faut réagir.

Elle avait beau tourner autour de mon lit, lever les bras au ciel, poser les mains sur ses hanches, taper du pied, rien n'y faisait. Mon corps était de plomb et ma tête de brume. Aucune envie ne me venait : ni parole, ni vœu, ni présence, ni action. Rien. L'hébétude absolue.

— Soit, tu l'auras voulu. Demain, je reviens avec Antoine Marié. Nous te ferons un lavement.

Je restai de marbre. La menace du lavement ne me fit aucun effet.

— Un lavement, Hélène. Tu as entendu, un lavement !

— Va pour le lavement, articulai-je péniblement sans trop y croire.

Je m'engouffrai sous ma couverture de lainage vert et fermai les yeux : verts les feuillages, verts les buissons, verts les prés sans fin. Je me vis courir vers Ludovic, portée par le souffle du vent. Il m'ouvrit les bras et m'enlaça. Je m'endormis.

Ysabel posa une deuxième bassine remplie d'eau bouillie près de la première qui était vide.

— Ils arrivent, me chuchota-t-elle.

Ma tante entra, suivie d'Antoine Marié. Il posa sa valise de cuir noir sur le coffre d'érable au pied de mon lit, enleva son pourpoint, le déposa négligemment près de sa trousse et se redressa sans un mot. Lors de nos précédentes rencontres, seule son assurance paisible avait retenu mon attention. Aujourd'hui, son aspect physique me troubla. Deux mèches de cheveux bruns ondulaient autour de son visage. Ses larges joues et son front fuyant mettaient en évidence un nez légèrement aquilin. Il me sembla que ses yeux gris, enfoncés sous de fins sourcils droits, me regardaient sans me voir. Il devait avoir dans les trente-cinq ans. « Pour un lavement, un barbon eût été plus à-propos », pensai-je.

— Votre tante m'a longuement entretenu de votre condition, madame. Plus d'appétit, insomnie, fatigue extrême, aucun intérêt. Elle vous aura informée du traitement qui s'impose. Nous avons croyance qu'une purgation vous sera favorable. Ce traitement rafraîchira votre intestin, l'humectera et en amollira les matières.

J'aurais voulu me retrouver six pieds sous terre.

— Le médicament purgatif utilisé ici est l'antimoine. Le minéral mêlé au vin frappe l'esprit. Il purge par le haut et le bas toutes les humeurs corrompues qu'il rencontre. Il se peut que des nausées surviennent. Si ce traitement ne réussit pas à rétablir l'équilibre de votre corps, nous procéderons à une saignée.

Un lavement passait encore, mais la saignée !

— Je ne peux supporter la vue du sang.

— Nous ferons en sorte que la vue du sang vous soit épargnée. Bien, Geneviève, préparez la malade. Je vois aux seringues.

Il roula les manches de sa chemise de toile blanche et eut la délicatesse de transporter sa trousse de soignant sur la table près de la porte. Ainsi, mon accommodage s'exécuta derrière lui plutôt que devant lui.

— Vous exagérez, tante Geneviève. Je n'ai aucunement besoin d'un tel traitement. Vous le savez aussi bien que moi, me rebiffai-je à mi-voix.

— Nenni ! Antoine et moi croyons qu'il peut accélérer ta guérison. Sur le ventre, étends-toi sur le ventre, je te prie.

Dès que j'eus le visage enfoncé dans l'oreiller, elle souleva ma chemise de nuit, découvrit le bas de mon dos, tout en prenant soin de camoufler les parties intimes de ma féminité avec une guenille. Ma pudeur serait partiellement sauve.

— Tout est prêt, chuchota-t-elle en revenant à mes côtés.

— Constatez mon embarras.

— Rappelle-toi. Antoine est médecin, qui plus est un médecin d'une grande compétence, chuchota-t-elle en ajustant le drap sur mes épaules.

— Tout est en place, Antoine, avisa-t-elle.

Les pas de l'homme de science approchèrent du pied de mon lit. Je fermai les yeux et serrai les dents. Un objet froid s'inséra entre mes fesses. Un liquide tiède s'en extirpa. Antoine retira l'objet. Le flux fut aussitôt suivi d'un chaud reflux. Une odeur nauséeuse emplit la chambre. La purgation mortifia ma fierté tout autant que mon corps. Une gêne atroce tortura mes esprits. En comparaison, la tente de sudation des Sauvages me sembla une cure de bon temps. Au bout d'un moment, qui me parut une éternité, le pas délicat d'Ysabel quitta la chambre avec, fort probablement, la bassine malodorante.

— Comme les fumées de nos sangs s'évacuent non seulement par la bouche et les narines, mais aussi par les pores de toute notre peau, je vous recommande de nourrir sans arrêt le feu de votre cheminée. Vous devez suer. De plus, dormez la tête relevée, le corps légèrement incliné. Les vapeurs ont meilleure issue quand le corps et la tête sont droits, m'expliqua posément Antoine Marié.

Bien que je fusse sur le point de suffoquer, je n'osai retirer mon nez du creux de mon oreiller.

— Geneviève, je vous remets un peu de poudre de vipère et de santal citrin. Veillez à lui en donner deux potions par jour. Ces médicaments fortifieront son cœur tout en réparant ses esprits.

Je l'entendis se rendre près des bassines. Aux bruits d'eau et de métal, je devinais qu'il nettoyait ses instruments. Tante Geneviève retira la guenille de mon entrejambe et recouvrit le bas de mon dos.

— Voilà qui est fait. C'est terminé, tu peux maintenant te retourner.

Ce que je fis les yeux fermés. Quand le drap fut tiré jusque sous mon cou, j'entrouvris un œil. C'est alors que j'aperçus le léger sourire ornant ses lèvres. Je me redressai d'un bond.

— Puissent ces bêtises vous réconforter, ma tante ! explosai-je en m'assoyant sur le rebord de mon lit.

— Puisse ton corps retrouver son équilibre.

— Mes humeurs s'en portent déjà mieux. Je le sens. Voyez, je souris.

— Hélène, se désola-t-elle.

— Vous plairait-il de me donner ma cape de peau. Ma tenue est inconvenante. Il y a un homme dans ma chambre.

Elle tendit le bras vers la cape déposée sur le dossier de mon fauteuil et me la présenta, le visage triste. Je m'en couvris les épaules et me rendis jusqu'au fauteuil près de ma fenêtre. Antoine Marié déroula les manches de sa chemise, passa son pourpoint et vint se poster devant la fenêtre.

— Les rues sont grouillantes de soldats. Il y aura la guerre à La Rochelle. Beaucoup de blessés en perspective. Aimez-vous les guerres, madame ?

Je gardai les yeux baissés, serrai ma cape près de mon cou, n'osant répondre.

— Aimez-vous les guerres ? répéta-t-il.

— Quelle question ! Seuls les fous aiment les guerres ! marmonnai-je entre mes dents.

— On dit que les Sauvages se délectent des guerres. On les dit barbares et cruels. On dit même qu'ils dégustent le cœur des victimes qu'ils ont préalablement torturées dans l'allégresse. Avez-vous assisté à ces macabres spectacles, madame ?

Je me levai d'un bond et me mis à marteler son dos avec toute la vigueur dont j'étais capable.

— Comment osez-vous parler d'eux ainsi ! Ignare, inculte ! Et les tortures d'ici, vous les oubliez ? On décapite, on pend, on démembre, on brûle, on poignarde, on dépèce dans cette noble France, vénérable maître. Comment osez-vous, comment osez-vous !

Tante Geneviève immobilisa mes bras.

— Hélène, retrouve tes sens, Hélène, je t'en prie. Pardonnez-lui, Antoine. Je ne sais plus que faire…

Antoine Marié se retourna.

— Soyez courageuse, Geneviève. Parler n'est-il pas un autre type d'évacuation ? Peut-être le plus efficace, qui sait ? Il lui faut extirper tous les mauvais souvenirs de sa mémoire.

Un flot de larmes surgit du plus profond de mon être. Je m'effondrai dans les bras de tante Geneviève. Je pleurai intensément. Mon ventre gargouilla. L'envie se fit pressante.

— Ysabel, implorai-je, la bassine !

— Je vous laisse, dit Antoine Marié. Mesdames !

— Il est fort probable que la saignée vous soit épargnée, madame de Champlain, déclara-t-il avant de passer la porte.

Assise sur le pot de chambre, j'évacuais.

Christine déposa sa plume et s'étira.

— Du bon travail ! Exigeant, mais combien bénéfique. Nos lettres dénonçant l'arrogance du Cardinal envers la duchesse de Chevreuse seront portées chez l'imprimeur dès demain.

— L'imprimerie Durand ? demandai-je.

— Oui. D'après Angélique, la besogne se fait de plus en plus rare chez l'employeur d'Henri. Elle craint qu'il perde son emploi.

— Elle craint surtout qu'il joigne l'infanterie.

— Vraiment ? Je l'ignorais.

Christine alla près du perchoir vide.

— Je ne peux m'habituer à la disparition de Sabine. Je ne peux surtout pas me l'expliquer. Un pur mystère ! Pensez donc, quelqu'un aura brisé sa chaîne ! L'inconscience de cette personne mènera notre chouette à la mort, cela ne fait aucun doute. Comment une hulotte peut-elle survivre à Paris avec une seule aile valide ? Enfin, je ne peux plus rien pour elle. N'empêche qu'elle me manque. Je devrais écrire son histoire. Tiens, dès que j'ai un moment, je m'y mets : l'histoire de Sabine, la hulotte à l'aile brisée.

Je griffonnais distraitement. Sabine était bien là où elle était. Libre, enfin ! La liberté était le luxe suprême : la liberté des vastes forêts, des longs fleuves, des rivières sans fin. La liberté d'être, d'aimer. Libres, tels étaient les peuples de là-bas, entièrement et totalement libres. Christine appuya son fessier sur le rebord de la table. Je levai la tête vers elle.

— Elle est libre, Christine. Que sommes-nous sans la liberté ? Des pantins de paille, des marionnettes. Mieux vaut vivre libre et démunie, que prisonnière dans une cage dorée. Là-bas, les peuples vivent librement, sans contraintes, sans courbettes, sans…

— C'est vous ? Pour Sabine, c'est vous ?

Je me levai et pris ma capeline, prête à quitter la pièce.

— À la réflexion, j'approuve ! Vraiment, j'approuve.

Je la regardai, perplexe.

— Jamais je n'aurais eu ce courage. Nous lui devions bien quelques années de liberté. Elle se débrouillera. Une aile valide peut suffire. Et s'il lui prenait l'envie de revenir, elle connaît le chemin. Sa place l'attend.

Elle serra mes mains dans les siennes.

— Merci à vous, Christine. Votre compréhension me touche. Merci.

— Hé, hé, pas si vite, pécheresse ! L'absolution requiert une pénitence.

Elle secoua sa lourde tignasse rousse. « L'ardeur sauvage du loup-cervier, la vigoureuse agilité du loup-cervier », pensai-je.

— Et de quelle nature sera cette pénitence ? badinai-je.

— L'écriture, très chère amie, l'écriture ! Racontez-moi la liberté de ces peuples. J'y tiens !

Le logis des Jésuites était exigu et sombre. Une chambre à coucher, une salle, une cuisine et un bouge, c'était bien peu d'espace pour la grouillante petite famille d'Angélique. Pourtant, j'aimais y venir. Marie égayait mon humeur, les jumeaux s'amusaient à se substituer l'un à l'autre afin de me confondre, et la moins subtile des grimaces de Michel me pâmait. Angélique vivait mon rêve. Je m'approchais toujours de son bonheur avec un serrement au cœur. Il était ce qu'il me restait de plus vrai.

J'entrepris de monter l'étroit escalier de bois dont la couleur brunâtre disparaissait sous les galettes de boue séchée. Une odeur de cuisson d'oignon se mêlait à celle du crottin de cheval. Tout en haut, la porte s'ouvrit.

— Bonjour, dame Hélène ! s'exclama joyeusement Marie.

— Bonjour Marie. Comment as-tu deviné que j'arrivais ?

Elle approcha de la rampe.

— Votre pas est beaucoup plus léger que celui de père.

— Ah, bon ! La prochaine fois, je prendrai celui d'une souris, ou d'un ogre, ou d'une fée.

Elle rit. Je fis une bise sur chacune de ses joues opalines.

— Celui d'une Sauvagesse, j'aimerais celui d'une Sauvagesse.

Je levai le pied et le posai sans bruit sur le plancher de pin : un pas de chasseur. Je poursuivis cette silencieuse marche jusqu'aux jumeaux qui observaient la scène du milieu de la cuisine. Soudain, un craquement. Ils sursautèrent avant d'éclater en un rire qui fut contagieux.

Mes visites servaient plusieurs causes, la principale étant d'alléger la lourde besogne d'Angélique. Curieusement, rien ne m'était plus réconfortant que de préparer le bouillon du souper, de laver les chemises de la maisonnée ou de coudre un pantalon en compagnie de mon amie et de sa fille Marie. Les jumeaux, lorsqu'ils ne se tiraillaient pas pour une grimace, une toupie ou un croûton de pain, sautillaient au travers du logis, s'imaginant galoper tels les coursiers des mousquetaires. Quelquefois, ils fuyaient à toutes jambes d'horribles ennemis, ou encore, conduisaient allègrement le carrosse du roi. Bien qu'ils se fassent tirer l'oreille, je me plaisais à les initier à la lecture et à l'écriture de l'alphabet. Aussi m'efforçais-je d'inventer des historiettes de vaillants chevaliers, de farouches guerriers ou d'intrépides chasseurs, afin de capter leur esprit et les faire tenir tranquilles. J'avais à peine entrepris le récit d'une partie de chasse en compagnie du fils de la Meneuse que l'un des deux, allez donc savoir lequel, s'agenouilla sur sa chaise et appuya son menton rondelet dans sa main.

— Marie dit que les garçons sauvages ont des plumes d'oiseau dans les cheveux. C'est vrai, ça ?

— Et des couteaux à la ceinture ? enchaîna l'autre en s'installant tout comme son frère.

— Hé, pousse-toi, je n'ai plus de place, moi !

— Guillaume, ne bousculez pas votre frère, avisa Angélique qui achevait de donner la tétée au petit Michel.

— Marie dit vrai, Olivier, tentai-je en espérant miser sur le bon.

— Ils les prennent où, les plumes des oiseaux ?

Je fus soulagée. Olivier était bien Olivier.

— Dans le nid, pardi ! répondit le probable Guillaume.

— Et à la chasse, complétai-je, amusée.

— Les garçons chassent ! s'exclama Olivier.

— Chassent les garçons, répéta Guillaume.

— Oui ! Ils piègent parfois des écureuils ou des tourtes ou des lièvres…

— Aaaaah ! s'exclamèrent-ils en chœur, les yeux tout écarquillés.

Vitement, ils sautèrent de leur chaise et coururent répéter la nouvelle à leur mère.

Angélique déposa Michel dans son berceau et se rendit à sa chambre. Elle en ressortit avec un livre. Sans un mot, elle me le tendit. Je passai ma main sur le carton fibreux de sa couverture pourpre. De fines cordelettes de cuir maintenaient sa reliure. Elle me sourit.

— Quel beau livre ! Vous l'avez sauvé de l'incendie ?

— Non. Je l'ai fabriqué.

Je l'ouvris et tournai une page, puis une autre, et encore une autre. Elles étaient blanches. Un livre vierge.

— Je vois, c'est un cahier. Marie saura l'apprécier. Elle se débrouille très bien en écriture. Sa dernière dictée…

— Il est pour vous.

— Pour moi !

— C'est mon cadeau, pour vous remercier.

— De quoi donc ? Ne savez-vous pas que notre amitié est ma seule certitude, Angélique. Tout le reste de ma vie n'est que trouble et désarroi. Je ne sais plus qui je suis. Il me semble que mon passé ne fut qu'un rêve éphémère, un songe dépourvu de sens, un songe sans issue.

Elle m'écouta, le visage stoïque, et mit un petit moment avant de répliquer.

— Je me suis efforcée de respecter votre réserve et je ne vous ai jamais plus reparlé de Ludovic. Cependant, vous avez eu la chance de faire un très long voyage : quatre années en Nouvelle-France, vous, l'épouse d'un grand explorateur. Bien peu d'entre nous ont vu ce que vous avez vu. Racontez-moi la vie de là-bas. J'aimerais tant savoir.

Ses joues avaient rosi. Marie et les jumeaux s'étaient approchés. Un des deux tira sur mes jupes.

— Dessinez-moi des garçons avec des plumes sur la tête.

— Et des écureuils pris au piège, renchérit l'autre.

— Que font les petites filles de ce pays ? ajouta Marie.

Je serrai le cahier sur mon cœur et fermai les yeux pour retenir mes larmes.

— Je vous en fais la promesse. Un jour, je vous écrirai tout ça. Un jour viendra où j'en aurai la force.

— Pas besoin de la force pour tenir une plume, je le fais bien, moi ! s'exclama un des deux merveilleux diablotins.

— Je parle de la force de mon cœur, Olivier.

Ils éclatèrent de rire. Évidemment, je les avais confondus. Olivier était Guillaume.

— La force vous reviendra, Hélène, un jour elle vous reviendra, affirma Angélique.

Elle s'approcha et me serra dans ses bras.

Angélique finit de recoudre la manche, coupa le fil et piqua son aiguille sur la pelote à épingles rouge qu'elle déposa dans le panier d'osier avant d'en refermer le couvercle. Elle se leva, secoua la chemise d'Henri, la déposa sur la table non loin du bougeoir et la plia minutieusement.

— Terminé, enfin ! Le temps s'assombrit. Je déteste coudre à la lueur des bougies. Il pleuvra, le temps est à l'orage. Vous prendrez bien un peu de vin ?

— Je crains de ne pas avoir le temps. Paul ne devrait pas tarder.

Elle ajusta son tablier de toile grège, repoussa la mèche blonde qui l'agaçait sous son bonnet blanc, s'installa debout à la fenêtre du logis et soupira longuement.

— Henri n'a plus de travail. L'imprimerie Durand doit fermer ses portes, on n'achète plus de livres. Les gens craignent la famine. Les combats de La Rochelle affolent les gens.

Je me rendis près d'elle. Elle détourna son visage triste vers le berceau.

— J'ignore comment nous arriverons à nourrir les petits. Henri cherche une besogne, mais il n'est pas le seul dans cet embarras. Qui aura besoin d'un libraire par temps de guerre ?

— Ne désespérez pas. J'en parlerai à Paul. Il connaît plus d'un commerçant.

— Les valets des nobles vendent les vêtements de leurs maîtres tous les jeudis aux portes du Louvre. Si seulement j'avais quelques pécules, je pourrais m'y rendre pour en acheter. On dit qu'il est aisé de trouver à les revendre.

— Je vous y accompagnerai. Je les achèterai pour vous et nous les porterons au Carreau du Temple. Je louerai un étal. Ysabel gardera les petits. Nous irons ensemble.

Des pas lourds résonnèrent devant la porte. Elle s'ouvrit. Il entra. Angélique porta les mains à sa bouche.

— Non, pas ça, pas l'infanterie, non ! Vous m'aviez promis, Henri !

7
Le fil d'Ariane

Henri quitta Paris et sa famille au début de juin, soit moins d'une semaine après son embauche comme fantassin dans les armées du roi. Avant son départ pour la vallée de la Valteline, il expliqua maintes fois la situation politique à Angélique afin d'apaiser ses craintes. Les possessions des Habsbourg encerclaient la France. La vallée de la Valteline, située au nord de l'Italie, était occupée par les troupes pontificales et les trop fréquentes collusions entre l'Espagne et le Saint-Siège inquiétaient. Il était impérieux d'agir, car en cas de conflit, les troupes papales n'interdiraient pas ce passage aux armées espagnoles et autrichiennes, ce qui constituait une véritable menace pour la France. En septembre de l'an 1625, le Roi avait choisi des princes, de grands officiers, de hauts magistrats et des marchands pour former l'assemblée exceptionnelle qui se tint à Fontainebleau. Après audiences, consultations et intenses réflexions, ces notables approuvèrent unanimement la thèse du Roi, qui était aussi celle du Cardinal. À la suite des recommandations, le Conseil royal dépêcha plus de dix mille hommes dans la vallée de la Valteline afin d'y déloger les troupes pontificales. Bien qu'elles fussent fort éloquentes, les explications d'Henri ne parvinrent pas à rassurer celle qu'il laissait derrière lui. Bien au contraire.

Sa lettre, arrivée à la fin de janvier, nous apprit que les conflits étaient terminés. Les armées du roi avaient délogé les soldats du pape et la vallée de la Valteline avait été restituée aux protestants grisons.

En avril, nous pouvions lire dans *Le Mercure* que le traité de Monzon, signé en mars 1626, fermait le passage de la vallée de la Valteline à l'Espagne. La France n'avait plus à se soumettre aux diktats de Rome. Mais Henri était toujours dans la vallée de la Valteline. Son régiment y resterait afin de faire respecter le traité. Angélique maudit la vallée de la Valteline.

Chaque jour, Paul me conduisait chez Angélique, rue Jouy, paroisse Saint-Paul, pour me ramener à mon logis du Marais du Temple, à la nuit tombée. Tout au long de la journée, ma courageuse amie s'efforçait de dissimuler ses angoisses. Surtout ne pas effrayer les enfants, surtout ne rien laisser paraître. La vie devait continuer comme avant. Or, rien n'était plus comme avant. Henri n'était plus là pour partager les tracas de sa vie, les jumeaux se chamaillaient pour un rien et s'excitaient de tout, et Marie s'absentait avant l'aurore. Le boulanger du quartier, soucieux de soutenir la famille de son ami Henri, avait requis les services de sa fille pour aider sa femme qui besognait aux fourneaux dès quatre heures du matin. La proposition avait enthousiasmé notre vaillante Marie. C'était toujours avec une grande fierté qu'elle déposait sur la table du dîner la miche de pain, fruit de son labeur quotidien.

Ce matin-là, le désespoir accablait mon amie Angélique.

— Marie est si jeune ! Se lever à quatre heures de la nuit, ce n'est pas raisonnable. Elle est pleine de talent. Comme j'aimerais avoir les moyens de la faire instruire chez les Ursulines, se désolait-elle.

— Elle sait lire et écrire, c'est déjà beaucoup. Et puis vous êtes là. Elle a une famille, un toit et elle mange tous les jours. Ne vous inquiétez pas pour elle. Sa débrouillardise la mènera là où elle doit aller.

Michel s'égosillait dans son berceau.

— Cette fièvre n'en finit plus. Il refuse le sein, je ne sais plus que faire.

Une chaleur humide alourdissait le moindre de nos mouvements. Angélique sortit un mouchoir de son corsage, le passa sur son front, son cou et sa gorge, avant de le glisser sous l'ourlet de sa chemise.

— Quelle chaleur ! J'étouffe.

Elle se rendit près de Michel et le prit dans ses bras.

— Chut, chut, ne pleure plus, je t'en prie, ne pleure plus. Si seulement il pouvait me parler, me dire d'où lui vient ce mal.

— Je fais porter une missive chez tante Geneviève dès demain. Elle viendra l'examiner.

Elle sourit faiblement.

— Ce serait bien, vraiment très bien. Chut, chut, mon trésor !

Son léger fredonnement s'agrémenta bientôt de paroles.

— *C'est la belle Françoise, Élongué ! C'est la belle Françoise, Qui veut s'y marier, Maluron lurette, Qui veut s'y marier, Maluron luré.*

D'abord, elle balança ses bras, puis ses pieds, pour ensuite tournoyer lentement au rythme de la chansonnette.

— *Son amant va la voir, Élongué ! Son amant vint la voir, Bien tard après souper, Maluron lurette, Bien tard après souper, Maluron luré. Il la trouva si triste, Élongué ! Il la trouva si triste, Sur son lit qui pleurait, Maluron lurette, Sur son lit qui pleurait, Maluron luré.*

Ses murmures et ses pas apaisèrent son enfant. Peu à peu, les pleurs s'atténuèrent.

— *Qu'avez-vous donc, Françoise, Élongué ! Qu'avez-vous à tant pleurer ? Maluron, lurette, Qu'avez-vous à tant pleurer, Maluron luré. J'ai bien entendu dire que vous vous en allez.*

— *J'ai bien entendu dire que vous vous en allez. J'ai bien entendu dire que vous vous en allez*, marmonnai-je en écho. J'ai entendu dire que vous vous en allez, répétai-je, totalement subjuguée par ces mots.

Les jumeaux émergèrent en courant dans la cuisine, le premier tenant un bateau à bout de bras.

— Rends-moi mon bateau.

— Ce n'est pas le tien, c'est le mien !

Une bruyante poursuite s'amorça autour de la table.

— Cessez, cessez immédiatement ! Votre frère est malade, il a besoin de calme, imposa Angélique le plus faiblement possible.

Les pleurs reprirent de plus belle. Je tentai tant bien que mal de réconcilier les inséparables, tout en sachant que si Michel avait besoin de calme, nos joyeux lurons avaient, quant à eux, grandement besoin d'espace et d'air pur. Je les entraînai dans leur chambre, laissant la mère et l'enfant à leur valse de tendresse.

— Tout m'apparaît si lourd depuis son départ, se désola-t-elle avant que je la quitte. Je ne peux plus supporter les jumeaux. Ces cris, toujours ces cris et ces jérémiades. Ils bougent trop, parlent trop, mangent trop ! Si seulement Henri était là, si seulement j'avais mon violon et ma musique !

— C'est compréhensible. Vous n'avez aucun moment de repos. Le jour, la nuit, les tétées…

— Je n'y arriverai pas, je suis sur le point de m'effondrer. C'est au-dessus de mes forces.

Elle éclata en sanglots. Je lui ouvris mes bras.

Tante Geneviève referma sa trousse, replaça le peigne d'ivoire qui retenait son chignon et frotta énergiquement ses mains l'une contre l'autre. Puis, elle indiqua une chaise à Angélique et me fit signe d'approcher de la table.

— Votre petit semble hors de danger. Il est moins fiévreux ce matin, me disiez-vous ?

— Oui.

— C'est de bon augure, le signe que l'infection le quitte. Bien, voilà ce que je vous propose, dit-elle en nous regardant l'une après l'autre. Que diriez-vous d'un séjour à la campagne ?

— À la campagne ! s'exclama Angélique.

Je me sentis blêmir.

— Précisément ! Il y a deux maisons vides à Saint-Cloud. Elles ne demandent pas mieux que de se débarrasser des fils d'araignée qui les hantent.

— Mais...

— Quoi, ma nièce ? N'en avez-vous pas assez des mares de boue et de l'air vicié de la cité ?

— Si, mais...

— Alors, Angélique ? Les jumeaux pourront courir à leur gré à travers champs et sauter de branche en branche si ça leur chante. Rien ne vaut le grand air de la campagne pour rafraîchir les esprits et les cœurs.

— Mais... hésita Angélique

— Mais... répétai-je.

— Il n'y a pas de « mais » qui tienne, ma nièce. Angélique installera sa famille dans la maison de ton père et tu logeras avec moi. D'ailleurs, ton aide me sera d'un grand secours. Deux femmes de Saint-Cloud donneront naissance cet été. Et c'est sans parler des imprévus. L'été est favorable aux accidents de toutes sortes. Il n'y a pas à hésiter, les enfants s'en porteront mieux et vous aussi, mesdames.

— Et Marie ? s'inquiéta Angélique.

— Quoi, Marie ?

— Sa besogne chez le boulanger ?

— Si elle peut aider chez un boulanger, elle pourra assurément aider au jardin.

— Oui, bien sûr qu'elle pourra aider au jardin.

— Dimanche, nous quitterons Paris, dimanche prochain, dans trois jours. Cela vous convient-il, Angélique ?

Angélique, hébétée, acquiesça de la tête et versa quelques larmes. Des larmes de joie coulaient sur son radieux sourire.

Deux jours plus tard, l'étonnement ne m'avait toujours pas quittée. La seule évocation du nom de Saint-Cloud me chavirait les entrailles. J'avais accepté la proposition de tante Geneviève pour Angélique et ses enfants. Pour alléger mon trouble, je me fis une promesse. J'allais demeurer chez ma tante et chez ma tante j'allais rester. Jamais je ne lèverais les yeux vers la maison de mon père, la maison de mes amours.

Hier, Paul nous avait menés dans la forêt de Saint-Cloud. Nous y avions trouvé des branches suffisamment souples et longues pour soutenir l'écorce recueillie sur les plus gros bouleaux croisés en chemin. Tous ensemble, Paul, les jumeaux, Marie, Angélique, Ysabel et moi avions réalisé la plus merveilleuse cabane qui soit, une cabane toute pareille à celle des Sauvages de Québec. Elle était située près de la Seine, au fond du jardin de tante Geneviève. Les perches, piquées dans le sol et appuyées les unes sur les autres en leur sommet, supportaient les écorces blanches que nous avions liées les unes aux autres avec des cordes de chanvre. Le tout formait un joli cône renversé suffisamment grand pour permettre aux enfants d'y dormir.

Olivier saisit le maillet, le souleva avec effort et le laissa retomber sur le piquet. L'outil, trop lourd, lui échappa des mains. Il perdit l'équilibre et chuta dans l'herbe verte. Guillaume se tapa sur les cuisses en se moquant.

— Fillasse, fillasse !

Olivier se releva vitement et se jeta sur son frère. Les deux comparses, enchevêtrés, s'écroulèrent sur le sol comme une poche de sable. J'attrapai le bras d'Olivier afin de le relever. Guillaume se dégagea, se leva d'un bond en relevant le derrière de sa culotte que l'assaut avait malencontreusement abaissée.

— En voilà des manières ! Sachez, jeunes hommes, que les vaillants Sauvages ne se battent pas entre eux.

— C'est de sa faute ! Il me traite de fille. Je ne suis pas une fille ! Qu'il essaie, pour voir, s'il peut faire mieux que moi.

— Et si vous le teniez ensemble, ce maillet. Deux garçons forts sauront bien enfoncer ce petit piquet. Approchez, approchez.

Ils installèrent leurs quatre petites mains le long du manche tandis que je tenais solidement le piquet de bois.

— On compte ensemble jusqu'à trois et à trois vous frappez.

— À trois on frappe.

— Oui, à trois on frappe.

— Un, deux, trois.

Et crac ! Le piquet se fendit en deux. Et nos deux gais lurons de s'esclaffer et moi de me désoler.

— Non, non, brisé le piquet ! Non, non, non ! Trop forts, mes deux petits Sauvages sont trop forts.

Leurs rires redoublèrent. Je souris. Ils étaient heureux. Paul s'amena, un chaudron à la main. Il s'arrêta, le déposa devant les jumeaux et essuya son front.

— Voici le chaudron, mais où sont les piquets ? Il faut deux piquets pour maintenir la branche sur laquelle on accroche le chaudron. Vous voulez faire cuire ce maïs, oui ou non ?

— Oui, oui, nous voulons goûter au maïs des Sauvages qui a poussé dans le jardin de dame Geneviève, mais on est trop forts, les piquets craquent, s'amusa Olivier.

— Comment, comment, comment ? Par tous les diables, trop forts ! Allez je veux voir : une petite démonstration, les garçons !

Ils rirent de bon cœur avant de se remettre à la tâche, cette fois, guidés par un vrai maître du maillet.

Notre séjour à Saint-Cloud tirait à sa fin. Paul s'était surpassé dans ses leçons, au point que tous lui avaient décerné le titre de maître. Il avait initié les jumeaux à la pêche à la truite, à la chasse à la perdrix, à la conduite d'une charrette, sous sa surveillance, bien entendu, et à la poursuite des rats à travers champs. Chacun d'eux avait acquis une flûte de roseau, une petite brouette, un bilboquet et une épée de bois. Ils avaient grimpé aux pommiers, aux pruniers, et même sur le toit de la petite remise au fond du jardin de la maison de mon père. Ils avaient sauté allègrement dans les tas de foin, sur les roches de la rivière et les plates-bandes de fleurs, ce qui ne fut pas sans soulever les protestations de tante Geneviève. Bref, ils avaient pleinement profité de leurs vacances à la campagne. Michel avait recouvré la santé et l'appétit. Notre vaillante Ysabel avait assumé la corvée de la cuisine, de sorte qu'Angélique avait pu retrouver un peu de sa bienfaisante sérénité.

— Fantassin, ce n'est pas la mort assurée. Henri est débrouillard et vigoureux. Il saura se défendre. Il a une bonne santé, affirma-t-elle en essuyant ses mains sur son tablier de toile à fines rayures bleu azur.

— N'ayez crainte, mère, pensez à ce que dit papa dans sa dernière lettre. Le camp militaire est bien tenu, il mange deux bons repas par jour et il n'a jamais eu à combattre jusqu'à maintenant. Son régiment est là pour protéger une frontière, rassura Marie en posant le dernier verre d'étain sur la tablette au-dessus de la pierre d'eau qu'Ysabel s'apprêtait à vider.

— Vous dites vrai, ma fille. Et il reviendra à Paris en décembre, dans moins de quatre mois.

Marie sortit un ruban rouge de la poche de son tablier, que nous avions taillé dans le même tissu que celui de sa mère. Puis, elle noua son épaisse chevelure dorée derrière sa nuque.

— Je rejoins les jumeaux à la cabane. Vous venez, Ysabel ?

— Que oui ! Je ne manquerai pas une mise au lit sur de frais sapinages pour tout l'or de Paris.

— Tu voudras bien remettre cette épée de bois à Olivier, demandai-je en tendant l'arme à Marie. Il en aura besoin demain matin.

— La leçon d'escrime. Je vois, appuya-t-elle en levant ses grands yeux bruns vers le plafond.

Je ris.

— La leçon d'escrime, c'est du sérieux, gentille demoiselle. Olivier a un beau coup de poignet. Quant à Guillaume…

— Dites donc, vous arrivez à les distinguer maintenant ?

— Enfin, me diras-tu ! Mais ce sera de courte durée. Sitôt que l'éraflure d'Olivier disparaîtra de son front, la méprise me reviendra. Quoique Guillaume ait cette manière bien à lui de cligner les paupières lorsqu'il réfléchit. Et Olivier cette habitude d'agiter les bras loin de son corps quand il court.

— Tiens donc, vous les connaissez presque aussi bien que moi, on dirait ! s'étonna Angélique.

— J'en doute. Vous n'hésitez pas un instant. Comment faites-vous, chère amie ?

— Oh, moi, je n'ai qu'à les regarder. Olivier est Olivier et Guillaume est Guillaume.

— Ah ! Les yeux d'une mère...

Elle rit.

— Les yeux d'une mère, si vous voulez.

Je souris, bien que j'eusse plutôt envie de pleurer. Le serrement de mon cœur limita le souffle de mes poumons et engourdit ma pensée. Je ne savais rien de mon fils. Un rouquin, m'avait dit tante Geneviève. C'était tout. Jamais je ne pourrais le connaître. Il serait là, devant moi, que je ne saurais le reconnaître.

— Hélène ? l'entendis-je murmurer près de mon oreille.

Je sursautai.

— Hélène, pardonnez-moi. Je n'ai pas voulu...

Je sentis sa rassurante pression sur mon épaule.

— Ce n'est rien, bredouillai-je, en posant une main sur mon cœur. Je rejoins les enfants à la cabane.

Et je courus vers la porte. L'air frais de la fin du jour me saisit. Je m'arrêtai près du muret couvert de rosiers sur lesquels ne restaient plus que quelques fleurs éparses.

— L'été tire à sa fin, me désolai-je.

Des pétales couvraient le sol. Je fis un effort pour ne pas pleurer. La maison de mon père, de l'autre côté du muret, la maison de mon père.

— J'y retournerai avant de regagner Paris. Je dois y retourner, c'est forcé, je dois y retourner !

À notre arrivée à Saint-Cloud, au début de l'été, j'avais mis deux semaines avant de me décider à venir chez Antoinette et le pasteur Claude, son tendre époux. Antoinette étant la sœur de Ludovic, je redoutais plus que tout que sa curiosité m'amène à parler de lui. À la vérité, je redoutais d'évoquer ce que fut notre vie, là-bas, si loin des campagnes de France, si loin de tous ceux qu'il aimait tant. D'une part, il me semblait que ces souvenirs n'appartenaient qu'à moi. C'était tout ce qu'il me restait de lui. D'autre part, la douleur de son absence était si intense, qu'il m'arrivait de croire qu'il valait mieux tout oublier. Je crois bien qu'Antoinette comprit ma réticence. À chacune de mes visites, elle avait su éviter l'épineux sujet.

Retrouver ses filles, Rosine la brune et Clotilde la blonde, avait été pour moi un grand bonheur. Je m'étais réjouie de leur débordement de vie. Elles s'occupaient si bien de leur petit frère Jean-Jacques qu'on aurait dit deux petites mamans.

Tout au long de l'été, les enfants d'Angélique et ceux d'Antoinette avaient joyeusement fraternisé. Ce matin, Rosine et Clotilde se rendaient à la maison de mon père pour une dernière fois. Angélique et sa famille allaient quitter Saint-Cloud à la fin de la semaine.

Antoinette se pencha devant Jean-Jacques pour que le gamin puisse s'agripper à son cou. Il recourba ses jambes autour de ses rondeurs. Elle se releva.

— Hé, hé, prenez garde à vous, ma mie ! s'inquiéta Claude. Ce jeune gaillard pèse lourd. Il y a l'autre…

— J'en profite. Encore un peu de temps et il ne sera plus mon bébé.

— Je suis plus un bébé, j'ai cinq ans ! s'offusqua Jean-Jacques.

— Il est vrai. Soit, mon grand garçon, alors, cela vous va ?

Le grand garçon éclata de rire, posa un gros baiser sonore sur la joue de sa mère, délia ses jambes et se laissa glisser sur son ventre arrondi. Clotilde et Rosine, vêtues de leurs capelines, attendaient leur jeune frère sur le paillasson, devant la porte. Clotilde tenait le panier à provisions, tandis que Rosine portait sur son épaule le baluchon de toile rouge destiné à Angélique. Tante Geneviève connaissait depuis toujours dame Philomène, la propriétaire de l'atelier de tissage de Saint-Cloud. Cette dernière offrait aux femmes de la région le moyen d'amasser quelques sous en faisant d'elles des bobineuses. Elle leur distribuait des écheveaux de fils de coton de toutes les couleurs, et ces dernières devaient lui retourner le fil bien enroulé sur des cylindres de bois, longs de deux palmes. Cette activité avait été la besogne la plus assidue d'Angélique durant ces deux mois de vie à la campagne. Chaque soir, dès que les enfants étaient au lit, elle ouvrait le coffre de bobines et s'appliquait à les couvrir de fil jusqu'à tard dans la nuit.

— Venez, Jean-Jacques, venez, s'impatienta Rosine, maître Paul nous attend.

Le neveu de Ludovic rejoignit ses sœurs à grandes enjambées.

— Bonne journée ! dit Antoinette. Amusez-vous bien ! Surtout, écoutez les conseils de maître Paul.

Je les regardai s'éloigner par la fenêtre. Ils se rendirent à la charrette dans laquelle Paul les aida à monter. Jean-Jacques s'assit joyeusement entre ses sœurs. Quels adorables enfants ils étaient ! Ludovic eût été fier des enfants de sa sœur et particulièrement de ce joyeux garçon. Que de fois ne l'ai-je vu prendre plaisir à partager les jeux des petits Sauvages. Pourquoi n'était-il pas là, avec nous aujourd'hui ? Pourquoi ?

— Alors, permettez-moi de me retirer, gentes dames, le devoir m'appelle, intervint Claude.

Il s'approcha et exécuta une courtoise courbette devant moi. Je lui tendis une main qu'il baisa gentiment.

— Honorez cette maison le temps qu'il vous plaira, madame. Votre compagnie réjouit ma femme. N'est-elle pas radieuse, ainsi, les mains croisées sur ce ventre généreux ? Une vraie madone, Dieu en est témoin, une vraie madone !

— Claude, vous m'étonnez ! Badiner de vos croyances ne vous est pas coutume !

— Dieu pardonnera mon excès de galanterie. Bien, puisqu'il faut sauver les âmes… Transmettez mes salutations à tout votre monde, dame Hélène.

— Je n'y manquerai pas.

Puis, il retourna vers Antoinette, posa sa large main sur son ventre et baisa son front.

— N'en faites pas trop.

— N'ayez crainte, allez. Je range un peu et je profite de la présence d'Hélène, tout simplement.

Claude prit le chemin de l'église protestante de Saint-Cloud, l'église de mes premiers serments d'amour. Qu'il était loin le temps de notre folle jeunesse, qu'il était loin ce temps ! De l'autre côté de l'océan se languissait mon pauvre amour, de l'autre côté de l'océan. Antoinette s'appuya sur le rebord de la fenêtre et me sourit tristement.

— Comme je regrette que Ludovic ne soit plus là. J'aurais tant aimé qu'il les voie grandir. Pas une journée ne se passe sans que j'aie grand ennui de lui, pas une journée.

Je la regardai sans la voir, insensible au sens de ses mots. Ses paroles coulaient sur moi sans m'atteindre. Des paroles de glace.

— Hélène, depuis que vous êtes à Saint-Cloud, nous n'avons jamais reparlé de Ludovic. Vous fuyez tout ce qui lui était cher : la ferme d'oncle Clément, ses enfants.

Franchon a près de seize ans maintenant. Elle se chagrine de votre distance.

— Tante Geneviève m'a appris que Mathurin a joint l'infanterie.

— C'est vrai. Et Isabeau est entrée au service des Ursulines du faubourg Saint-Jacques depuis le printemps dernier.

— Isabeau chez les Ursulines !

— Une amie de votre tante aura favorisé son entrée au couvent.

— Sœur Bénédicte !

— Oui, il me semble bien l'avoir entendu parler de cette religieuse. Vous la connaissez ?

— Son enseignement a favorisé ma conversion au catholicisme, il y a fort longtemps. Comme le temps file !

— La vie court envers et contre tout ! Elle est plus forte que nous, Hélène, beaucoup plus forte…

Elle me sourit, baissa les yeux vers son ventre, prit ma main et la posa sur la source de sa grande espérance. Sous ma main, une ondulation laissa deviner la vivacité du bébé.

— Voyez comme il bouge ! Et je n'y suis pour rien !

— La vie est d'une telle arrogance ! Peut-être ne sommes-nous que d'impuissantes marionnettes après tout, de fragiles marionnettes de chiffon ?

— Nous avons notre petite part à jouer tout de même…

— Une part ? La mienne m'échappe complètement, totalement. Un puits sans fond, le gouffre…

Le regard fixé sur sa promesse de vie, je tortillai nerveusement le bout de ma tresse.

— Hélène ?

Elle plongea ses yeux gris dans les miens.

— Si j'osais aujourd'hui, si j'osais vous demander ce qu'il est advenu de Ludovic ? Que lui est-il arrivé ? Le pire, le plus terrible, c'est de ne pas savoir. Quelle est la véritable cause de votre discrétion ? Si vous avez encore quelque amitié pour moi, je vous en prie, parlez-moi de mon frère. Dites-moi pourquoi. Dites-moi ce que fut sa vie en Nouvelle-France. Je vous en conjure, parlez-moi de lui, supplia-t-elle.

Elle avait joint ses mains et les tenait serrées comme on prie. Une confusion extrême brouilla mes esprits. Je ne savais rien de plus qu'elle. Je ne comprenais rien à son propos, hormis le fait qu'elle s'en remettait à moi pour alléger un tourment dont j'ignorais la cause.

— Vous me voyez désolée, mais je crains fort de vous décevoir. Je ne sais rien de plus que vous, Antoinette. J'ai perdu le fil. Depuis un bon moment déjà, j'ai perdu le fil de ma vie. Vous me voyez ici, totalement dépourvue, comme si ma mémoire errait ailleurs, dans les profondeurs des ténèbres.

— Mais vous deux, votre vie dans la colonie, votre voyage ! Il doit bien vous en rester des bribes de souvenirs. Ses dernières années, j'aimerais tant connaître ce que furent ses dernières années.

— Ses dernières années en Nouvelle-France ? Mais Ludovic vit toujours en Nouvelle-France ! Voilà bien ce qui m'afflige et trouble ma raison. J'ai été victime d'une supercherie, Antoinette, d'une effroyable supercherie ! Sinon, je serais encore auprès de lui, à ses côtés, pensez donc ! Et je ne suis absolument pour rien dans toute cette histoire honteuse, pour rien, pour rien ! N'allez surtout pas supposer que je l'ai abandonné ! Non, ça, jamais je ne l'aurais abandonné ! On m'a piégée, on m'a forcée à le quitter. Là-bas, il m'attend, sous l'érable rouge. Il m'attend, Antoinette. Et je le rejoindrai un jour, je vous promets que je le retrouverai un jour. Antoinette, je vous en prie, dites-moi que je le retrouverai un jour, je vous en prie, Antoinette !

Un bras serra ma taille et m'entraîna vers un lit sur lequel je m'étendis. Je m'endormis.

La solitude me plaisait, me convenait, me réconfortait. J'errais dans la maison de ma tante, me levant avec le soleil et me couchant avec lui. Tante Geneviève avait rejoint Antoine Marié à Paris, depuis trois semaines déjà. Oncle Simon, qui était passé nous saluer en trombe à la mi-juillet, nous avait rapporté de si pénibles nouvelles qu'elle n'avait pu terminer le mois d'août à Saint-Cloud. La paix de La Rochelle, signée à Paris, dévoilait les politiques libérales du Cardinal. Elle établissait une nette distinction entre la religion et le pouvoir, ce qui provoqua le déluge de protestations et le mépris de fervents catholiques. « Le Cardinal de La Rochelle », « le Patriarche des athées », « le Pontife des calvinistes », tels étaient les quolibets adressés à son Éminence rouge. Dans les pays catholiques, le peuple insultait les réformés durant leurs manifestations religieuses et les protestants faisaient de même envers les catholiques, dans le Bas-Languedoc et dans le Béarn, plus particulièrement. Et pendant que nos gens se tiraillaient à cause de leurs croyances, les Anglais en profitaient pour arrêter les vaisseaux battant pavillon français, allant même jusqu'à s'en emparer, peu importa qu'ils fussent catholiques ou protestants. Bref, si ce n'était pas encore la guerre, nous n'en étions pas loin.

— Les gens de médecine sont directement impliqués. Nous devons nous attendre aux pires éventualités. Des épidémies sont à craindre. Il nous faut tout prévoir : les ressources médicales, les hôpitaux, les médicaments, tout, je te dis, tout. Je regrette de te laisser ainsi, seule à Saint-

Cloud, mais tu me comprends, je sais que tu me comprends, m'avait fébrilement dit tante Geneviève la veille de son départ.

— Tu y arriveras, Hélène, ta guérison est proche. Je le sais, je le sens, ta guérison est proche, m'affirma-t-elle avant de fouetter la croupe de Pissedru.

La cavalière solitaire disparut au détour de l'allée de roses, sa trousse de sage-femme bien fixée à l'arrière de sa selle. L'admiration que je lui portais était sans borne. Ainsi en serait-il à tout jamais.

Aujourd'hui, je me devais de le faire, il le fallait. J'ouvris les volets de ma chambre tout en inspirant profondément. L'air était frais et sentait bon le foin coupé.

— Les dernières moissons, murmurai-je, les dernières moissons... L'automne approche. Deux ans depuis mon retour en France. Deux longues années.

Je frissonnai, refermai les volets et me couvris de ma cape de peau. La chatte Minette sortit de dessous mon lit et courut vers l'escalier.

— En voilà une qui sait où elle va !

Je descendis à la cuisine, saisis la dernière pomme du panier et m'approchai du tableau de Nicolas. Tante Geneviève m'avait raconté qu'il était venu à Saint-Cloud dans la maison de notre père à l'été 1623. Son ami Philippe l'avait quitté brusquement afin de rejoindre l'atelier du peintre Pierre Paul Rubens à Anvers. Nicolas, profondément malheureux, avait trouvé refuge dans son art en réalisant cette toile d'une exquise beauté. Le rayon de soleil entrant par la fenêtre la couvrait d'une lumière blanche. Je m'en approchai afin de bien discerner la jeune fille qui se tenait debout devant un muret de roses.

— L'évasion suprême, avait confié mon frère à notre tante. Pour la peindre, il me faut puiser dans les moindres recoins de mes souvenirs afin de recréer son âme, son souffle même. Ce que l'on voit se doit d'être le chemin menant à la vérité. Ces roses ne sont pas que des roses. Chaque pétale doit parler d'elle. Sa fraîcheur, sa fougue, sa vérité, son courage, son audace, sa ténacité, tout, tout doit transparaître dans chaque couleur, chaque forme, chaque ligne. Tout est dit ou rien n'est dit. Tel est le défi. Retrouver la courbe de ses sourcils, le galbe de ses épaules, la clarté de sa peau. Elle revivra et alors, je serai moins seul.

— Hélène vous manque-t-elle à ce point? lui avait demandé ma tante.

— Pour toute réponse, il ajouta un trait cuivré à ta chevelure, m'avait-elle tristement confié.

Le rayon de soleil s'était déplacé et les teintes vives du tableau étaient apparues. Un fort joli portrait, bien trop joli! «L'absence idéalise la vérité», me dis-je. Je me reconnaissais à demi. Beaucoup trop doux, beaucoup trop angélique, trop élégant pour être totalement moi: un moi idyllique, un moi rêvé.

Sur la toile, une jeune fille observait les roses couvrant un muret tout semblable à celui entourant le jardin de tante Geneviève. De belles roses orangées, non, pas orangées, d'un subtil mélange de rose et d'orangé, un rose de coucher de soleil. Son épaisse chevelure cuivrée, torsadée sur sa nuque, était joliment garnie de rubans de satin blanc. Un voile de mousseline laissait entrevoir son épaule et le galbe de ses seins.

Je croquai dans ma pomme et reculai d'un pas. Elle semblait préoccupée... non, intriguée... non, songeuse. Souriait-elle? Je ne saurais le dire. Peut-être que si, un sourire énigmatique. Je fixai son regard afin d'en suivre le parcours. À la réflexion, elle n'observe pas les roses, mais scrute plutôt tout au fond de la scène, par-dessus le muret. Au loin, dans les brumes de la fin du jour, derrière la cime des pommiers, émergeait un saule. Oui, elle fixait le saule, le saule de mes amours ! Ma pomme roula sur le sol. Le saule de mes amours… Je courus au dehors, pieds nus dans l'herbe humide, et me rendis près du muret, à l'endroit précis d'où l'on pouvait apercevoir le saule pleureur.

— « *L'arbre pleure, de toute éternité l'arbre pleure. Tout n'est que beauté.* » Un chagrin d'amour ! Mon frère est allé vers la mort pour un chagrin d'amour ! m'exclamai-je. Mon frère est mort par amour. Le saule de mes amours…

Sans trop savoir pourquoi, je fus attirée par la cabane d'écorce installée pour les jumeaux au bord de la Seine. Je soulevai la toile brune tenant lieu de porte et m'assis sur les couvertures en recroquevillant mes jambes sous moi, comme c'était coutume chez les Sauvages. J'éprouvais une forte envie de pleurer, mais j'étais sans larmes. Alors, je me surpris à geindre et à me lamenter comme le faisaient les femmes de là-bas : douleurs sans mot, douleurs sans larmes, lancinantes complaintes extirpées des profondeurs de la terre, des profondeurs de l'âme.

On léchait ma joue. J'ouvris les yeux. Minette fit un bond et agrippa une bobine de fil rouge avec ses pattes de devant. Puis elle la fit rouler devant mon visage. Je me redressai, intriguée.

— Une bobine oubliée par Angélique. Tiens donc !

Je la pris et j'entrepris d'enrouler le fil. Pour ce faire, je dus sortir de ma cabane. J'avançais à l'aveugle, m'appliquant à enrouler le fil autour de la bobine sans trop me soucier du chemin parcouru. L'herbe mouillée du pré aux moutons, puis le tour du jardin de simples, roule le fil rouge, roule le fil, les roches froides du ruisseau à traverser, la terre humide, et roule, roule le fil rouge. Je levai les yeux. Devant moi, le pavillon couvert de vignes. Je m'arrêtai. Sa voix, j'entendis sa voix.

— Cette chemise de nuit vous habille à merveille, murmura Ludovic.

— Habille à merveille, répétai-je en souriant.

— Cette hongreline vous sied à ravir, dit-il avant de m'enlacer.

Il disparut.

— Ludovic, où êtes-vous ? Ludovic ?

La bobine, il me fallait suivre le fil. Je passai près de la grange, il rit en m'attirant à lui.

— J'ai envie de vous, là, maintenant. Je peux, belle dame ?

Je ris. Il disparut à nouveau. Le fil, suivre le fil, rejoindre la porte de la clôture de métal rouillé menant au vieux saule. Je l'ouvris, elle grinça. Le fil au bord de la rivière, jusque sous les branches de l'arbre qui pleure. Sur la roche s'arrêta le fil, sur la roche je m'étendis. Mon visage apparut près du sien. Il me sourit longuement avant de murmurer.

La lune pleine au miroir de l'onde,
Emporte à jamais dans sa folle ronde,
L'âme des visages qui dans l'eau profonde,
Auprès d'elle s'y seront noyés.

Séléné, Séléné, des profondeurs de l'onde,
Se languit de toi mon âme vagabonde,
Séléné, Séléné, du fond des eaux profondes,
Je t'attendrai de toute éternité.
Je t'attendrai de toute éternité.

— Je t'attendrai de toute éternité, répétai-je.

Son visage disparut. Je regardai vers le ciel, il était bleu. Le soleil m'aveugla. La Lune, où était la Lune ?

— Non, hurlai-je à tout rompre. Je veux la Lune, où est la Lune ? Noooonnn !

Je me réveillai en sursaut.

— Miaou, miaou ! geignit Minette, apeurée, en déguerpissant vers l'ouverture de la cabane. J'étais dans la cabane, je m'étais endormie dans la cabane et j'avais rêvé de lui. Un merveilleux rêve d'amour ! Un rêve, le pouvoir des rêves des gens de là-bas. Quel pouvait bien être le sens de ce rêve ? Le fil rouge, lui, le saule. Si seulement l'Aînée était là. Je pourrais lui raconter, elle saurait me guider. Remonter le temps, suivre le fil, revenir au début, tout revivre.

Je frissonnai. Sous la poussée du vent d'automne, les écorces de la cabane vibraient. Une tente branlante, l'esprit s'est manifesté, l'esprit des songes. Non ! Idiote, c'est le vent. Tout chambranle, me dis-je. Demain, je détruirai tout ça, demain je mettrai le feu à cette cabane. Demain.

Je regagnai la cuisine dans la maison de tante Geneviève, me coupai un morceau de pain, y posai une tranche de saucisson et regagnai ma chambre. Je me vêtis de deux jupons de toile blanche, d'une jupe de gabardine de laine de couleur verte, puis je couvris ma chemise de nuit d'une camisole de droguet gris. Je coiffai vitement mes cheveux en une seule tresse que je laissai tomber sur mon épaule, pris ma bible et me rendis à la fenêtre. J'ouvris les volets. Je m'assis dans la lumière et j'entrepris de tourner les pages négligemment, ne sachant trop où m'arrêter : Job, les Psaumes, Esther... ? Et si j'ouvrais au hasard ? *Le Cantique des cantiques.*

— Non, pas ça ! Non, non, pas *Le Cantique des cantiques !*

— Pourquoi pas ? insista la petite voix de mon cœur.

— Au fait, pourquoi pas ? me dis-je. Une lecture n'est qu'une lecture.

— Non, ce sera plus qu'une lecture, tu souffriras, réfuta la petite voix.

— Autant regarder les choses en face. Courage !

Je lus hâtivement, m'efforçant de glisser sur les phrases sans m'attarder au sens. Je réussis fort bien, jusqu'à ce que mon doigt bute sur les mots qui me parlaient de lui.

— « *Qu'il me baise des baisers de sa bouche. L'arôme de tes parfums est exquis. Tes amours sont délicieuses plus que le vin* », murmurai-je lentement.

Et je tournai la page.

— Je t'avais prévenue, condamna la petite voix.

— Je ne suis pas une mauviette, tais-toi !

N'y voyant plus qu'au travers le brouillard de mes larmes, je lus à voix haute.

— « *Sur ma couche, la nuit, j'ai cherché celui que mon cœur aime. Je l'ai cherché, mais ne l'ai point trouvé ! Je me lèverai et parcourrai la Ville. Dans les rues et sur les places. Je chercherai celui que mon cœur aime. Je l'ai cherché, mais ne l'ai point trouvé.* » Je l'ai cherché, mais ne l'ai point trouvé, me répétai-je, je l'ai cherché, cherché, j'ai cherché celui que mon cœur aime.

— Le message de mon rêve, l'oracle de l'esprit des rêves ! Le chercher ! m'exclamai-je.

Je déposai la sainte Bible sur ma chaise, tirai sur ma malle d'osier rangée sous mon lit et en sortis les croquis de la Nouvelle-France, l'herbier de monsieur de Bichon ainsi que le cahier vide dont m'avait fait cadeau Angélique. Je refermai ma malle, la replaçai sous le lit, descendis au rez-de-chaussée et me rendis dans la chambre de tante Geneviève. Je dispersai les croquis sur le plancher de bois, tout autour de son secrétaire, j'ouvris l'herbier de monsieur de Bichon et en retirai la feuille d'érable rouge. Je passai mon doigt sur son pourtour.

— Elle est si rouge, malgré tout ce temps. Merci, monsieur de Bichon, dis-je en faisant un rapide signe de croix.

Je sentis la feuille, y posai les lèvres et la déposai sur le coin du bureau. Puis, je serrai fortement le cahier d'Angélique sur mon cœur.

— Le chercher, affirmai-je fermement, le chercher au travers des mots. Réinventer les formes et les couleurs de ma mémoire, remonter le fil du temps, écrire ce que fut notre vie, là-bas, au pays de l'érable rouge.

Je n'allais écrire ni pour la liberté de Christine, ni pour la curiosité d'Angélique, ni pour l'ennui d'Antoinette. J'allais écrire pour moi, pour lui, pour nous. J'allais écrire pour retrouver Ludovic. J'allais écrire pour retrouver mon âme perdue.

Je passai ma main sur la couverture rêche du cahier rouge, le cahier porteur de toutes mes espérances. Une page blanche, un nouveau souffle, la promesse d'une histoire, de notre histoire, notre merveilleuse histoire sur les rives du fleuve aux grandes eaux. Je soulevai le couvercle d'étain de l'encrier, saisis la plume d'aigle et la fis glisser entre mes doigts. Son noir lustré se teintait de bleu.

— Oiseau de force, de courage, de puissance, messager du Grand Esprit auprès des hommes, guide ma main vers les terres de là-bas. Ouvre la porte de mes souvenirs afin qu'ils revivent et que je sache enfin. Libère-moi de la noirceur qui m'afflige. Aide-moi, je t'en supplie, aide-moi !

Je fis le signe de la croix et trempai la pointe de la plume dans l'encre noire. Lentement, je glissai ma main jusqu'au centre de la page vide. J'écrivis :

Voyage d'Hélène de Champlain

Récit de ce qui s'est passé en Nouvelle-France,
de l'été 1620 à l'automne 1624

DEUXIÈME PARTIE

CE QUI FUT ENTRE CIEL ET TERRES

Printemps, 1620

8
Le sablier

Au commencement, il y eut l'eau; l'eau vibrante de lumière, l'eau terne des jours sombres, l'eau ténébreuse des nuits sans lune. Entre les terres de France et de la Nouvelle-France, il y eut de l'eau. Tout autour, par-devant la proue, par-derrière la poupe, de l'eau à bâbord, à tribord, de l'eau à perte de vue, de l'eau à n'en plus finir. Au-dessus de l'eau, le spectacle mouvant de la coupole céleste, volatil tableau modulant la trajectoire de notre voyage. Parfois, le bleu du ciel se parait de rondelets nuages blancs, de soyeuses mousselines ou de lamelles pommelées. Parfois, il s'encombrait de lourdes et grises montagnes, irrévocables alliées des pluies, des lames et des gouffres marins. Au centre de cet écrin sans bornes, à mille lieues des terres, abandonné aux caprices des vents, aux grâces divines et à l'astrolabe du capitaine de Razilly, voguait le *Saint-Étienne.*

Sous un soleil radieux, nous avions quitté la rade de Honfleur, le cœur gonflé de joie tout autant que les voilures l'étaient du vent d'est. Cinq jours déjà, cinq jours de frénétique bonheur, car sur notre navire de trois cents tonneaux, toujours si près de moi, folâtrait mon fantôme bien-aimé.

La routine de vie en mer s'installa aisément. Ysabel et moi étions, pour ainsi dire, amatelotées. Le temps du voyage, tels deux matelots partageant le même branle pour le meilleur et pour le pire, nous occupions la chambre exiguë qui nous avait été assignée. Située sur le troisième pont, sous le gaillard d'avant du navire, elle était pourvue d'un lit en alcôve et d'un hamac. Sous ce hamac, un caisson bourré de chemises, de coiffes, de gants et de foulards, était solidement fixé au plancher. Un seau de bois, servant au transport de l'eau potable, un gobelet d'étain, un pot de chambre et une lanterne complétaient notre équipement de traversée.

Ysabel posa le pied sur le caisson, se hissa tant bien que mal dans son hamac, et se couvrit de sa couverture de laine grise.

— J'ai bientôt terminé, dis-je en tenant le mouchoir au-dessus du seau d'eau potable que j'avais préalablement parfumée de quelques gouttes d'eau de rose.

Je le tordis délicatement, en étirai soigneusement les pourtours de dentelle et tendis la fine toile blanche afin de la déplisser. Puis, je l'étalai avec précaution sur le rebord de bois, au pied de ma couchette.

— Si Noémie avait su en m'offrant ce mouchoir qu'il allait être le fidèle complice de notre passion. Depuis la poule dans le carrosse...

Un intense bonheur me réchauffa le cœur.

— Il en aura fait du chemin !

— Vous me parlez ?

— Non, pardon, je me parlais.

— Ah !

Je grimpai sur mon lit, soufflai sur la bougie de la lanterne suspendue près de notre porte et me glissai entre les draps froids et humides.

« Je vous aime, Noémie. Je vous aime, Ludovic », pensai-je, éperdue de joie et de confiance. « Demain, je lui remettrai notre mouchoir. Demain, je passerai un moment avec lui. Demain. »

— Bonne nuit, Ysabel.

— Bonne nuit, Hélène, chuchota-t-elle derrière le rebord de son hamac.

La constance du bruit des vagues clapotant sur la coque m'engourdit l'esprit. Le tintement de la cloche du *Saint-Étienne* se perdit dans le brouillard de mon sommeil.

Peu à peu, les bruits se précisèrent. Des battements de tambour, des porteurs de voix hurlant des ordres, des coups de sifflet stridulés pour les manœuvres des gabiers. Tout ce tapage couvrait presque entièrement le bourdonnement des voix psalmodiant en latin.

— Les protestants sont à leur office du matin, constatai-je. L'aube, déjà !

J'ouvris les yeux. Dans la pénombre, Ysabel, tout habillée, tirait les filins afin de hisser son hamac au plafond. L'air était humide et froid. Je m'assis en retenant ma couverture de laine verte autour de moi.

— Toute fin prête, Ysabel !

— Les roulis de la nuit m'ont quelque peu incommodée. Et puis, j'ai peine à me rendormir après la cloche des quarts de minuit et de quatre heures.

Elle ôta son bonnet blanc, dénoua les torsades de ses cheveux, sortit un peigne de sa poche et le passa rapidement dans les ondulations de sa longue chevelure. Puis, d'un geste rapide, elle refit une torsade et remit son bonnet.

— La place est toute à vous. Je me rends sur la dunette.

Elle ouvrit le coffre, saisit vivement sa capeline et la revêtit sans un mot. Je l'observai, quelque peu intriguée.

— Dis-moi franchement, les propos malveillants de Marie-Jeanne t'auraient-ils blessée au point de troubler ton sommeil ?

Elle gagna la porte sans me regarder.

— Je me rends à la prière du matin. Une servante doit savoir tenir sa place, comme le dit si bien dame Marie-Jeanne.

— Ysabel !

Elle referma la porte derrière elle.

— Soit, comme il te plaira, me résignai-je.

Marie-Jeanne ignorait la nature du véritable lien m'unissant à Ysabel. Assurément, vue de l'extérieur, notre complicité pouvait surprendre. Si Marie-Jeanne savait, elle comprendrait. En temps opportun, j'allais lui expliquer.

— Bien, bien, si je passais à autre chose. Le mouchoir. Petit mouchoir, où es-tu, petit mouchoir ?

Je me levai et allumai le falot afin de vérifier l'état de mon mouchoir. Il était toujours sur le rebord de ma couchette, là où je l'avais déposé la veille. Je le pris et le sentis. Oh ! maître Ludovic aimera.

Je le pliai de manière à ce que le H rouge soit sur le dessus, et le respirai à nouveau avant de le déposer sur mon oreiller de plumes. « Il me faut absolument passer un moment avec Ludovic, projetai-je, peut-être à la salle d'armes en fin d'après-midi, à moins qu'un heureux hasard… Voilà, allez ouste, presses-toi si tu ne veux pas attirer les foudres de ton lieutenant de mari. Monsieur de Champlain supporte mal les retards. »

— La discipline du navire n'a pas à souffrir des fantaisies de ces dames, m'a-t-il maintes fois répété. Déjà que la présence féminine chatouille les superstitions de certains marins. Ils sont nombreux à croire que les femmes attirent le mauvais sort.

— Tout en invoquant la protection de la très Sainte Vierge Marie tous les matins. Surprenante contradiction, maugréai-je tout haut en remontant mon premier jupon, si justement appelé la secrète.

Vivement, je le couvris du second jupon, la modeste. J'attrapai une cordelette de ma large poche contenant ma gamelle et mon couteau, y glissai l'anneau de mon miroir avant de l'attacher autour de ma taille. Enfin, je passai mon troisième jupon, la friponne, fine toile blanche bordée de cinq rubans de soie. De bien jolis gréements, encombrants, mais jolis. Si seulement les vents amoureux parvenaient à s'y glisser. Hier, les doigts de mon bien-aimé avaient furtivement effleuré ma main d'une si douce manière. Et ses yeux appelant le désir… Pour peu que le tangage nous rapproche l'un de l'autre, la friponne allait trahir la modeste et dévoiler la secrète, je n'avais pas à en douter.

Cette fois, c'étaient les catholiques que la cloche conviait à la prière. Je m'empressai d'en finir avec ma robe, mon corset et ma camisole. Mon front heurta l'énorme barrot du pont.

— Aïe ! Satanée poutre !

Je croisai mon foulard de flanelle noire sous ma gorge, le nouai derrière mon cou, et laçai mes socles de cuir à talons plats, si pratiques pour déjouer les tangages. J'allais retrouver les astres de ma vie : le soleil et Ludovic, non, Ludovic et le soleil. Je soufflai la bougie de ma lanterne, ouvris ma porte, longeai l'étroit passage sombre menant vers l'escalier, montai jusqu'au panneau du pont et l'ouvris. La lumière m'éblouit. Je mis ma main en visière et reconnus la silhouette de Paul en contre-jour.

— Ah, vous voilà, mademoiselle ! Vite, l'aumônier n'attend plus que vous.

Il agrippa mon bras et nous fit hâter le pas.

— Mais pourquoi tant de politesse ?

— Vous êtes la femme du lieutenant de la Nouvelle-France, jeune dame. L'auriez-vous oublié ? Attention où vous mettez les pieds, le pont n'est pas complètement asséché.

— Les matelots chargés du nettoyage ont-ils perdu leurs balais ?

— Non, ils auront été quelque peu retardés. Les charniers étaient vides. Il leur a fallu monter quelques barils d'eau douce de la cale. Cinq jours de mer, ça donne soif! Une besogne qui leur revient. Chacun a sa part de charges sur un navire.

Nous contournâmes trois matelots qui enroulaient des cordages au pied du mât central.

— Tenez, ces gabiers s'en tiennent à l'entretien des agrès du grand mât.

Marchant vers nous, deux rangs de quatre matelots précédaient Ludovic, Marie-Jeanne et François de Thélis. Ils revenaient de la dunette, le pont le plus élevé à l'arrière du bateau. Là était autorisée la pratique des offices protestants avant le lever du jour. En nous croisant, certains matelots baissèrent la tête et firent le signe de la croix.

— Le mauvais sort des femmes, déplorai-je en limitant mes salutations à un faible sourire.

L'intrigante Marie-Jeanne égrena un bref éclat de rire. Masquée, capuchon noir resserré autour du visage, étole de renard roux entourant ses épaules et retroussis de jupe découvrant presque entièrement sa soyeuse friponne, elle avançait lentement, à petits pas entre son frère et l'élu de mon cœur, telle une précieuse au milieu de sa cour. Décidément, mon amie d'enfance s'était métamorphosée. En quoi, je l'ignorais encore. Il y avait ces regards fuyants, ces prétextes pour abréger nos rencontres et tous ces éclats de rire maniérés, imprévisibles, embarrassants. De la défiance, voilà bien ce qu'elle m'inspirait, une subtile défiance.

— Bien le bonjour, madame de Champlain. Paul, salua François avec une joyeuse courbette.

Marie-Jeanne détourna son visage masqué à bâbord.

— Bonjour à vous, François, maître Ferras, répondis-je poliment.

— Madame, Paul, enchaîna maître Ferras.

Son clin d'œil repoussa du coup mes sombres pensées.

— Cette nuit fut-elle plus agréable que la précédente, Marie-Jeanne ? demandai-je.

Elle ricana fortement avant d'enchaîner :

— Difficile qu'il en soit ainsi, très chère, je suis toujours sur le même bateau ! Ces craquements et clapotements incessants ! Cette cloche infernale qui vous écorche les oreilles toutes les demi-heures ! Des tintouins insupportables entre le bêlement des chèvres et les beuglements des vaches ! D'abominables agacements, n'est-il pas vrai, maître Ludovic ?

En fait, c'est à lui et à lui seul qu'elle s'adressa.

— Certes, madame doit s'accommoder de pénibles circonstances, raisonna-t-il courtoisement en sourcillant.

— Allons, ma sœur, cessez vos jérémiades. Nous sommes tous sur la même galère ! Reléguez vos aises parisiennes aux oubliettes ! Toutes mes mises en garde furent donc à ce point inutiles ! continua François, quelque peu impatienté.

Le nouvel éclat de rire de Marie-Jeanne coupa court à la réprimande. Un cocorico retentit à l'avant du bateau. Les cages de poules, déposées dans chacune des trois chaloupes, transformaient ces dernières en poulailler improvisé. Paul s'inclina.

— Si je peux me permettre, madame, le temps nous presse.

— Nous reprendrons cette conversation cet après-midi, Marie-Jeanne. Bonne journée à vous tous, dis-je en frôlant délibérément le bras de Ludovic au passage.

— Bonne journée, madame. Paul, un peu d'escrime avant le souper ? s'enquit Ludovic.

— Je vous rejoins à la salle d'armes vers les cinq heures.

Deux matelots se rendirent au pas de course devant la dunette et activèrent leurs fauberts à vive allure sur le parquet humide : une perte de temps à rattraper. Quant à moi, il m'apparut évident que j'avais une amie d'enfance à apprivoiser.

Monsieur de Champlain m'attendait en haut de l'escalier de la dunette, les bras croisés. J'agrippai la main courante de l'escalier et montai le plus rapidement possible.

— Satanés jupons ! pestai-je.

— Madame, nasilla monsieur de Champlain, le regard chargé de reproches.

— Veuillez excuser ce fâcheux retard, monsieur. Demain, je vous rejoindrai plus tôt.

— J'y verrai personnellement, appuya-t-il en levant la main vers le père Le Baillif. L'aumônier du navire, posté près du pavois arrière de la dunette, leva les bras vers le ciel bleu sur lequel pérégrinaient de joyeux nuages blancs.

Le capitaine Razilly, l'intendant Dolu et le commissaire Guers coupèrent court à leur conversation.

— *In nomine Patris, et Filii, et Spiritus Sancti*, commença le père Le Baillif, la face tournée vers la proue.

— *Amen*, conclurent les officiers, les matelots et les passagers en s'agenouillant devant lui.

— *Amen*, répétai-je, un œil sur Ysabel qui s'était réfugiée auprès de monsieur de Bichon, derrière l'artimon, le mât de la dunette.

— *Veni Creator Spiritus*, entonna l'officiant.

— *Viens, Esprit créateur, visiter les âmes de tes fidèles : emplis de la grâce d'en haut, les cœurs que tu as créés*, enchaînâmes-nous en chœur.

Et tandis que notre chant montait vers Dieu, au loin, devant le château avant du navire, tout près des chaloupes poulaillers, Ludovic, François et Marie-Jeanne discutèrent un moment avec le timonier Gaillot, premier officier de barre, avant de disparaître dans la descente menant au premier pont.

— Ils vont déjeuner, murmurai-je.

— Vous dites ? chuchota monsieur mon époux en tendant l'oreille.

— *Kyrie, eleison*, clama le père Le Baillif.

— *Christ, ayez pitié*, enchaînai-je en baissant les yeux.

— *Kyrie, eleison*, répéta l'aumônier.

— *Christ, écoutez-nous*, nasilla fortement le sieur de Champlain.

— *Christ, exaucez-nous*, insistai-je en songeant au mouchoir de dentelle.

Le vent était doux et les vagues, légères. Les *Litanies* m'apparurent interminables. Le soleil brillait, mon esprit errait dans les cuisines et mon cœur battait au rythme de ses désirs.

— *Et ne nous laissez pas succomber à la tentation. Mais délivrez-nous du mal. Amen*, conclurent les pénitents.

— *In nomine Patris, et Filii, et Spiritus Sancti. Amen.*

— *Amen*, répétai-je en me relevant.

— Bonne journée, madame, dit sèchement monsieur de Champlain.

Les matelots se dispersèrent vitement sur le pont. Le lieutenant s'empressa de rejoindre le capitaine Razilly devant lequel un matelot se tenait, l'air penaud. Sa ferveur à la prière n'avait peut-être pas été à la hauteur des exigences du capitaine ? Peut-être aura-t-il commis quelques négligences ou quelques maladresses ? Le capitaine décroisa les bras. Le matelot recoiffa le bonnet brun qu'il tenait devant sa ceinture beige et déguerpit, visiblement soulagé. Je regardai tout autour : plus d'Ysabel, plus de monsieur de Bichon. L'ombre des deux matelots grimpant au hauban plana sur la dunette. Ils gagnèrent la hune de l'artimon, large plate-forme située tout en haut du mât, sur laquelle les matelots travaillaient. Le capitaine et ses compagnons approchaient.

— Madame, interpella le capitaine Razilly, n'auriez-vous pas une petite faim ?

— Certes, oui.

— Alors suivez-nous à la grande chambre. Notre coq, le cuisinier Perrier, nous a promis un œuf frais pour le déjeuner. Ça nous changera du biscuit matinal. Comme on dit en mer, « Dieu envoie les vivres et le diable, les cuisines ».

— Merci, capitaine. J'accepte volontiers.

Il tapa sur l'épaule de monsieur de Champlain.

— Après vous, Champlain.

Monsieur de Champlain me regarda, s'inclina et m'invita à le devancer d'un geste courtois.

— Après vous, madame.

Sitôt mon repas terminé, je n'eus plus qu'une idée en tête : quérir mon mouchoir et tenter de favoriser le hasard d'une rencontre avec Ludovic.

— À quoi comptez-vous occuper cette journée, madame ? s'informa poliment le capitaine Razilly en remettant son chapeau noir galonné d'or.

— Ce matin, je compte avancer ma lecture des *Voyages et découvertes faites en Nouvelle-France* de monsieur de Champlain.

Le capitaine écarquilla les yeux. Son visage austère et plissé s'éclaira d'un suspicieux étonnement.

— Comment, comment, une dame qui s'adonne à la lecture ?

— J'ai à cœur de m'instruire sur les peuples qui nous accueilleront.

— Vous instruire sur ces nations !

— Certes. N'est-ce pas avisé ?

Le capitaine se leva prestement, tira sur les pans de sa tunique bleue ornée de boutons dorés et releva son menton garni d'une barbiche toute semblable à celle de monsieur de Champlain.

— Peste ! Des dames sur mon bateau, passe encore, mais des dames infatuées d'instruction, alors là ! Champlain, dites quelque chose !

Monsieur de Champlain posa sa main sur mon épaule et se dressa devant le capitaine Razilly.

— Il est avisé que la dame du lieutenant de la colonie en apprenne sur le pays où elle aura à vivre.

— Vous savez ce qu'on en dit, se gourma le capitaine. La connaissance surchauffe l'esprit de ces êtres fragiles et mène à la révolte, voire la dépravation des mœurs.

Je voulus me lever. Monsieur mon époux pressa mon épaule et contra mon élan.

— Madame sera des nôtres, ce matin même, à la salle du conseil. Les renseignements dont elle prendra connaissance ne pourront que l'avantager. Tout comme vous tous, d'ailleurs. Vous approuvez, messieurs ? Messieurs ? insista-t-il devant les visages hébétés.

Messieurs Dolu, Guers et Le Mons acquiescèrent timidement de la tête. Le capitaine serra le manche de son épée et bomba le torse.

— Soit, comme il vous plaira, Champlain ! concéda-t-il. Il s'agit de votre femme, après tout ! C'est vous qui aurez le plus à souffrir. Une femme instruite parle trop, se mêle de tout et n'en finit plus de raisonner !

Monsieur de Champlain accentua la pression de ses doigts.

— Madame, dit-il, vous voilà officiellement convoquée, ce matin même.

— Soit, soit, soit ! s'impatienta le capitaine. Pas question de faire querelle sur un pied de mouche ! Je n'ai pas de temps à perdre. Le travail m'attend. Les cartes, le journal de bord à tenir à jour, les instruments à vérifier ; la routine des hommes de mer, quoi ! Maintenir le cap commande une rigueur sans faille. Moussaillon, remettez le sablier des demi-heures à madame. Puisqu'il le faut, rendez-vous à la salle du conseil dans une heure, madame ! Une heure sans faute ! Lieutenant, messieurs, hâtons-nous !

La main de monsieur de Champlain délaissa mon épaule.

— Madame, me salua-t-il en soulevant légèrement son chapeau.

Un faible sourire se dessina sur ses lèvres minces. Je quittai ma chaise et lui fis une courte révérence.

— Bonne journée, monsieur.

— Bonne journée à vous, madame.

— Maître Blanchard, faites border les voiles au comble, ordonna la voix forte du capitaine. Le vent faiblit dangereusement.

— Le piège d'une molle, enchaîna le maître d'équipage en dodelinant de la tête.

— Vous la sentez venir ? Ah, le flair des vieux loups de mer, Blanchard, ça ne trompe pas !

Les maîtres du navire se rendirent à la descente menant vers la chambre de veille, là où se trouvaient les équipements de navigation. Au-dehors, les matelots porte-voix transmettaient déjà l'ordre du capitaine d'un mât à l'autre.

— Bordez les voiles, bordez les voiles !

— Peste de capitaine, peste, peste, peste ! maugréai-je à mi-voix en secouant nerveusement les plis de mes jupes.

Le moussaillon, un garçon d'environ seize ans, s'approcha timidement. Il renversa le sablier et me le tendit.

— Madame, dit-il en clignant nerveusement les paupières de ses yeux bleus.

— Quel est votre nom, moussaillon ?

— Fougère, ma… madame, bégaya-t-il en regardant par-dessus mon épaule. Je peux me retirer, madame ?

— Quelle hâte, moussaillon. Me craignez-vous ?

— C'est que les dames…

— … portent malheur sur un navire.

— C'est ce qu'on en dit, madame.

La peau basanée de son visage rondelet se teinta de rouge. Il tordit son bonnet entre ses mains.

— Croyez-vous ces horribles sornettes ?

— Je n'en sais trop rien, madame, c'est ma première traversée.

— Rassurez-vous, la très Sainte Vierge Marie veille sur nous. Une sainte dame !

La brièveté de son sourire dénonça son scepticisme.

— Madame voudra bien m'excuser, le capitaine m'attend.

— Alors, gagnez vite votre poste, moussaillon Fougère.

Il courut vers la porte.

— Vierge Marie, je vous en conjure, au nom de toutes les femmes, faites que les vents nous soient favorables et que les malheurs nous soient épargnés ! dis-je tout bas en me signant.

Je me rendis au fond de la pièce afin de vérifier l'état du rosier et des deux vignes que monsieur de Champlain entretenait soigneusement. Je pressai la terre des pots de grès installés dans la boîte solidement fixée au rebord des étroites fenêtres.

— Humide à souhait ! Elles ne semblent pas trop souffrir de la traversée. Feuilles vertes vigoureuses, bourgeons de croissance… Quel plaisir ce sera de les planter au jardin de l'Habitation, notre jardin en Nouvelle-France !

En bas, les crêtes des sillages creusés par le navire se frangeaient d'écume blanche avant de se dissoudre dans l'immensité de l'océan : élégantes volutes, éphémère beauté.

— Nous ne sommes que de passage. Le temps efface tout. Le temps ! m'exclamai-je.

Je levai le sablier à bout de bras. Deux coups de sablier, avait dit le capitaine. Il me faut moins d'un quart pour gagner ma cabine, peut-être une demie pour trouver Ludovic, un quart pour que mon bien-aimé récupère discrètement son mouchoir, et un autre quart pour revenir à la salle du conseil sur la dunette. Resterait plus d'un demi-coup de sablier : une réserve au cas où le mouchoir favoriserait une certaine intimité. Le ciel était toujours bleu et mon cœur aussi frais que le vent. Il me fallait absolument voir Ludovic, ne serait-ce que le temps d'un grain de sable. Je posai le sablier sur le rebord de la fenêtre, relevai mes jupons, traversai la dunette et descendis sur le pont que je parcourus aussi vite que je pus. Je soulevai l'écoutille du gaillard d'avant et me rendis à ma chambre. J'ouvris ma porte et la refermai. J'allumai la bougie de la lanterne et m'approchai de mon oreiller.

— Mon mouchoir ! Où est passé mon mouchoir ? m'affolai-je en déposant la lanterne sur le caisson.

Je soulevai mon oreiller de plumes, rien. Je passai la main entre le matelas de paille et le rebord de ma couchette, toujours rien. Où est notre mouchoir ! Je l'ai déposé là, ce matin, sur mon oreiller ! Ysabel ? Non, elle ne l'aurait pas déplacé sans m'en parler. À moins que...

Je retirai la lanterne, la déposai sur le sol et ouvris le caisson. Je soulevai les chemises une à une en les secouant, déplaçai les bas, les jupons et les coiffes dans l'espoir d'y retrouver le précieux tissu. Rien n'y fit. Toujours pas de mouchoir. Le hamac...

Je dénouai les filins et le descendis lentement. Je soulevai les rebords et en tapotai le fond. Ce fut peine perdue. Le mouchoir de mes amours n'était vraiment plus dans ma cabine. Mais où était-il, et surtout qui avait osé le prendre ?

— Ysabel, je dois absolument trouver Ysabel. Il est presque neuf heures. Où peut-elle être à cette heure ? raisonnai-je. Chez le maître commis à réclamer des bougies ? Non, nous en avons suffisamment pour une semaine entière. Aux cuisines ? Oui, peut-être aux cuisines pour aider à la préparation du dîner. Non, le coq n'admet aucune femme dans sa cuisine. Elle m'a parlé d'un moussaillon qu'elle comptait assister dans l'entretien des draps des officiers. Oui, peut-être aux cuvettes de lavage, au milieu du deuxième pont.

— Le sablier ! Le sable ? m'exclamai-je. Un coup, oui, il reste probablement un coup de sablier.

Je sortis précipitamment, longeai la coursive, gravis l'escalier, et aboutis devant les cuves de lavage.

— Personne, me désolai-je. Je n'ai plus de temps. Vite, à la salle du conseil !

J'entrai sans frapper. Tous les hommes présents autour de la table me dévisagèrent. Je restai debout devant la porte, quelque peu honteuse et passablement essoufflée.

— Veuillez m'excuser. J'ai eu un léger contretemps.

Monsieur de Champlain m'observa un moment. Je détournai le regard vers le sablier. Tout son sable reposait au fond.

— Léger, dites-vous ?

— J'ai fait aussi vite que...

— Avez-vous des ennuis ? Ces rougeurs et cet essoufflement portent à croire...

— Rien, enfin presque. Je vous assure, rien d'important.

Je mordis ma lèvre et me tordis les mains.

— J'arrive trop tard pour...

— Trop tôt, enchaîna le capitaine. Moins vous en saurez, mieux ce sera !

Sa remarque fouetta ma fierté. D'un pas décidé, je gagnai la chaise libre au côté de monsieur de Champlain, qui était debout. Il me jeta un regard noir avant de se pencher au-dessus de l'immense carte de la Nouvelle-France étalée sur la table.

— Nous étions en train de parler des Andatabouats, les Cheveux Relevés ou Hurons, du pareil au même, poursuivit-il en pointant son doigt à l'ouest de la carte. Au sud-ouest de cette grande baie, dix-huit villages, dont six entourés de palissades, regroupant près de vingt mille Sauvages. Cette nation se consacre au labourage du maïs dont elle se nourrit abondamment.

— Un nombre impressionnant ! coupa Jean-Jacques Dolu, conseiller du roi.

— Surprenant ! renchérit le père Le Baillif.

— Des hommes bien formés, enchaîna monsieur de Champlain, forts, robustes et d'une hauteur extraordinaire. Qui plus est, de vaillants guerriers !

— Guerriers ? s'étonna le commissaire Batiste Guers.

— Des hommes habiles au maniement de l'arc et du casse-tête.

— Casse-tête ? Vous parlez de ce manche embouti d'une roche pouvant fendre une bûche ?

— Et un crâne ! s'écria le lieutenant en martelant sa tête de son poing.

Les Récollets ouvrirent grand les yeux. Le commissaire porta une main à son cou et le capitaine releva le menton.

— Ce sort est réservé à l'ennemi, précisa l'explorateur, visiblement satisfait de l'effet produit.

Les exclamations de soulagement lui extirpèrent un léger sourire en coin. Il lissa sa moustache et poursuivit.

— Cette contrée n'est pas très grande. Une semaine de marche suffit pour la parcourir : vingt-cinq lieues d'est en ouest et un peu plus de sept, du nord au sud. On y trouve de belles et grandes prairies produisant quantité de bon foin, de froment sauvage et d'épis de seigle. À quelque quinze lieues au sud-ouest vit une nation alliée parlant la même langue. La qualité du tabac qu'elle cultive est si remarquable qu'ils sont surnommés les Pétuns, pétun signifiant tabac, enchaîna-t-il en extirpant de sa poche une minuscule pipe de plâtre blanc qu'il déposa à l'endroit désigné.

— Tabac dont ils font la traite, ajouta le commissaire.

— Assurément ! Tous les Sauvages l'estiment fort. Ils pétunent à toute heure du jour et de la nuit. Cette fumée les réchauffe et trompe leur faim. Ils vont jusqu'à croire qu'elle aiguise leur raisonnement et favorise la communication avec leurs Esprits, qui sont fort nombreux.

— Seigneur Dieu, quelle effroyable ignorance ! s'offusqua le père Le Baillif.

— L'effroyable est qu'ils y croient vraiment ! Les Pétuns donc, de la nation des Loups et de la nation des Cerfs, occupent cette partie du territoire. Ils sont regroupés en neuf villages, conclut monsieur de Champlain en se redressant.

— Combien d'individus ?

— Peut-être deux mille. Difficile d'être précis.

— Deux mille ! Une véritable infanterie !

— Et combien imprévisible ! Il faut savoir que les superstitions régentent la vie de ces peuples. Tenez, par exemple, vous travaillez à organiser une attaque depuis plusieurs jours. Tout est près pour le départ. Il suffit qu'un de ces païens rêve qu'il faut y renoncer, et vlan ! Voilà tous vos préparatifs envolés en fumée !

— On renonce alors à l'attaque ? s'indigna l'intendant Dolu.

— Comme vous dites ! On désarme en attendant un rêve favorable. Dans ce pays, messieurs, les jongleries l'emportent sur la raison.

— Effarant ! s'exclama le père Le Baillif, des primitifs ! Aux temps anciens, les prêtres de la Grèce et de la Mésopotamie consultaient les oracles : de la pure déraison ! Nous partons de loin, une tâche colossale attend nos missionnaires.

— Nous attend tous, vénérable Père. Voyez cette rivière, la rivière des Algommequins...

Chacun se pencha au-dessus de la carte afin de suivre le doigt de monsieur de Champlain.

— La route idéale menant vers le fleuve. Dans toute cette région du centre, des bandes de la nation des Algommequins : ici, les Matoueskarinis, là, les Kinonchesipirinis. Et postés autour de cette île, sise au milieu de périlleuses rapides, les Kichesipirinis, qui ont la main haute sur le portage obligé.

Il redressa le torse tout en retroussant le pan droit de son manteau par-dessus son épaule. Les yeux rivés sur le grand explorateur, tous attendaient la suite.

— Donc, tous ces peuples sont, pour ainsi dire, les maîtres d'œuvre du commerce des fourrures. Au sud, les Pétuns produisent maïs, tabac et filets de pêche, tandis qu'au nord, les nations Népissignes et Achiligouans chassent. Le printemps venu, les nations du nord trafiquent leurs fourrures avec celles du sud contre maïs et pétun. Les Hurons acheminent alors ces fourrures vers les Algommequins, qui sont nos intermédiaires. Et vous connaissez la suite, les fourrures parviennent à Tadoussac et aux Trois-Rivières dans les canots des Algommequins. Messieurs, voilà à qui nous aurons affaire !

L'intendant Dolu s'adossa à sa chaise, le commissaire Guers hocha la tête et le père Le Baillif s'éclaircit la gorge. Monsieur de Champlain soupira longuement, agita un moment son index devant son visage et enchaîna.

— Mais la véritable menace, messieurs, la véritable menace vient de là, clama-t-il en pointant fermement sur la carte, de là, des comptoirs flamands !

— Les Flamands, les Flamands ? répéta tout un chacun.

— Les Yrocois, peuple ennemi de nos alliés, commercent ici avec nos farouches concurrents.

Il glissa son doigt d'ouest en est.

— Et entre les Yrocois, la nation des Neutres, nation favorable à nos alliés tout autant qu'aux Yrocois.

— Oh ! Ah ! Hola ! s'exclamèrent ses auditeurs.

— S'il advenait que les Hurons favorisent le réseau de traite menant aux Neutres et aux Yrocois, malheur à nous !

— Ah ! Oh ! Non, non, non !

Il se frotta énergiquement les mains avant de les poser sur la carte.

— Dieu nous en préserve ! souhaita-t-il. Pour prévenir ce désastre, une seule solution, une seule : le pouvoir politique !

— Politique ? s'étonna le commissaire Guers tandis que les autres se figeaient d'hébétude.

— Parfaitement, l'organisation politique ! En premier lieu, il m'apparaît impératif de maîtriser les nations contrôlant les routes fluviales de nos commerces. Créer des liens solides basés sur la connaissance de leurs mœurs et de leurs coutumes, comprendre pour mieux gouverner. D'où l'importance des truchements. Mentionnons seulement les séjours d'Étienne Brûlé chez les Hurons, de Jean Nicollet chez les Algommequins et de Nicolas Vignau chez les peuples du Nord. D'une part, ils apprennent leur langage et leurs coutumes ; d'autre part, ils les incitent à venir traiter sur les rives du Saint-Laurent au retour du printemps.

— D'une lumineuse évidence ! Bravo, Champlain ! L'astuce est bonne. Le commerce des fourrures en Nouvelle-

France est tributaire de nos bons rapports avec les Sauvages, approuva l'intendant Dolu.

— Plus encore ! Ne jamais perdre de vue que le commerce des fourrures porte la colonisation ! Traite des fourrures et colonisation vont de pair, s'emporta-t-il.

— La perte du commerce sonnerait le glas de la Nouvelle-France ! répéta l'intendant en portant la main au collet de sa chemise. Le défi est de taille !

— L'épée de Damoclès est suspendue au-dessus de nos têtes !

— Pourquoi ne pas traiter ces fourrures directement dans les territoires de chasse ? proposa l'intendant.

— Ah, c'est que les Algommequins et les Montagnes protègent farouchement les routes menant aux sources d'approvisionnement des fourrures. Nul Français ne peut remonter le Saguenay. Je l'ai appris à mes dépens : promesses non tenues, pièges d'une finesse sans nom. Ne vous y trompez pas, messieurs, ces peuples sont de fins renards. Les trajectoires menant vers la possible mer du Nord et les passages de commerce sont pour ainsi dire des secrets d'État.

— Des passages interdits ? s'étonna le commissaire.

— Comme vous dites. Sinon, gare aux casse-tête !

Sa réplique provoqua quelques rires étouffés. Je souris. Décidément, monsieur de Champlain avait l'art de la parole.

— Une boutade, laissa-t-il tomber en lissant sa barbiche. Reste que nous avons affaire à des êtres bien disposés de corps et d'esprit.

La surprise se lisait sur tous les visages, y compris le mien. Des peuples vivant dans les bois, pourvus de fine intelligence. Cette association me sembla incongrue. On n'en attribuait pas tant aux femmes !

— Ne pensons qu'aux Kichesipirinis qui s'installent à l'archipel de la rivière des Algommequins, l'été venu. Ils perçoivent un droit de passage de ceux qui descendent jusqu'au Saint-Laurent pour la traite, la pêche ou l'écorce de bouleau.

— Ai-je bien ouï ? Écorce de bouleau ? s'enquit le commissaire en portant une main près de son oreille.

— Leur ingéniosité vous étonnera, renchérit monsieur de Champlain. Encore faut-il voir ce que nos Sauvages en font : des canots, des habitations, des contenants de toutes sortes.

— Vous parlez bien des Montagnes de Tadoussac et de Québec ? osai-je.

Les regards étonnés des messieurs se braquèrent sur moi. Monsieur de Champlain fronça les sourcils.

« Une question de trop », pensai-je en baissant la tête.

— Les Montagnes, s'empressa-t-il de poursuivre avec complaisance, désignent toutes les nations vivant sur la rive nord du fleuve, depuis les Sept-Iles jusqu'aux Trois-Rivières : les Betsiamites, les Naskapis, les Papinachois, les Chekoutimis, les Attikamèques, sans oublier nos Canadiens de Tadoussac et de Québec. Ceux-là mêmes que vous aurez à côtoyer, madame.

Je lui souris. Il eut un léger rictus, agrippa sa barbiche et bomba le torse.

— Chasseurs et pêcheurs émérites ! s'exclama le capitaine.

— Mais Sauvages à convertir ! insista le récollet Le Baillif. N'oublions pas les résolutions de la première assemblée sur les affaires religieuses tenue en Nouvelle-France en 1616. Vous y étiez, Champlain.

— Parfaitement, j'y étais. Humaniser ces peuples avant de les convertir. Pour ce faire, nous devrons promouvoir une nouvelle politique de peuplement excluant les huguenots de la colonie. De plus, il nous faudra favoriser l'établissement de ces nomades. Plus intenses seront les échanges entre les Français et ces indigènes, plus il sera aisé de les soumettre à nos manières et à nos lois.

— Sans les huguenots, sans les huguenots ! insista le père Le Baillif.

— La sédentarisation ne risque-t-elle pas de nuire à l'approvisionnement des fourrures ? demanda le commissaire.

Le sieur de Champlain prit un temps d'arrêt, essuya son front du revers de sa manche, fit quelques pas devant la table et revint à sa position de départ.

— Laissons les dés se mettre en place et nous aviserons. La vigilance et la perspicacité sont les vertus dont nous devons nous prémunir.

Il hésita un moment avant de poursuivre.

— Ces Sauvages méritent une règle de vie plus douce, plus tolérable.

— Vous omettez l'essentiel, Champlain, la politique de recrutement missionnaire : établir un séminaire, y instruire les jeunes Sauvages, lesquels pourront aider les missionnaires à convertir leur nation au christianisme.

— L'essentiel, Père, oui, l'essentiel, la conversion au christianisme, l'essentiel.

Monsieur de Champlain observa l'arrière du navire tout en tâtant à nouveau sa barbiche, perdu dans ses pensées. Puis, il soupira et ouvrit largement les bras.

— Messieurs, telle est la situation en Nouvelle-France. Un réseau d'alliances et de commerce bien implanté, des politiques à instaurer.

Il sortit une lettre de l'intérieur de la large manche de sa veste et la déplia lentement.

— De notre roi Louis XIII, en date du 7 mai de l'an de grâce 1620, dit-il en présentant le sceau royal au bas du parchemin.

Il s'éclaircit la gorge et déclama fortement.

« Le roi verra de manière agréable les services rendus à l'occasion de cette commission, surtout si votre lieutenance parvient à maintenir cedit pays en son obéissance, faisant vivre les peuples qui y sont, le plus conformément qu'il pourra aux lois de notre royaume de France et ayant le soin qui est requis de la religion catholique. »

Il replia soigneusement le parchemin.

— Tout est dit. Raffermir les alliances avec ces nations, les sédentariser afin de mieux les assujettir aux coutumes et aux lois françaises, les convertir à notre sainte religion. Tels sont, messieurs, les audacieux défis à relever. D'énormes défis, des défis à la démesure de cette nouvelle colonie, à la démesure de ce Canada !

Les applaudissements retentirent. Tous se levèrent. Monsieur de Champlain avait su enthousiasmer et convaincre. Son regard croisa le mien. Nos fiertés étaient partagées. Son auditoire l'entoura et leur discussion se poursuivit.

Sur le rebord de la fenêtre, près du rosier et des vignes, le sablier avait arrêté le temps. Tout ce que j'appris sur la Nouvelle-France ne m'avait pas libérée de l'obsédante pensée de la perte de mon mouchoir. Où pouvait-il bien se trouver ? Je laissai ces messieurs à leur discussion et quittai discrètement la salle du conseil.

9
Dans la tourmente

Je baissai la tête et j'entrai dans la pièce réservée aux dames, un carré à peine plus grand que ma cabine. Au fond, dans le coffret agrippé au mur de chêne, les livres de monsieur de Champlain s'entassaient près d'un panier de broderie. Au centre, sur une petite table ronde, un damier proposait une diversion habituellement réservée aux hommes. Deux chaises de bois garnies de cuir couleur sang-de-bœuf marquaient le luxe de la pièce. Je m'installai et répartis les pastilles rouges et noires sur le jeu tout en réfléchissant à la disparition de mon mouchoir de dentelle. Je me devais de le retrouver avant de reparler à Ludovic. C'était son bien le plus précieux. Il me l'avait confié. Ma fierté était en jeu.

— Ma chambre, qui a accès à ma chambre ? Ysabel, Ysabel et tout l'équipage, il suffit d'ouvrir la porte. Qui peut convoiter un bout de tissu sans valeur marchande ? Une bague de pierres précieuses, un collier de perles, je comprendrais, mais un mouchoir... !

Marie-Jeanne entra, une main gantée de fin chamois jaune clair couvrant son nez.

— Quelle puanteur ! Par quel miracle parvenez-vous à supporter cet air fétide, très chère ?

— Étouffant, dès que l'on quitte le pont, j'en conviens. Les odeurs du brai et des eaux usées de la sentine composent un bouquet rebutant.

— Le brai ?

— Oui, ce mélange de suif et de goudron entre les planches de la coque et du pont, pour l'étanchéité.

— L'étanchéité, ricana-t-elle en agitant sa main libre autour d'elle. Oui, l'étanchéité, bien entendu ! Ces relents d'étable me lèvent le cœur ! insista-t-elle en s'installant sur la chaise libre. Il est vrai que mon odorat est d'une telle sensibilité !

— Tout votre être dégage un pur raffinement ! raillai-je en le regrettant aussitôt.

Elle redressa les épaules. Le vent du large avait rougi le bas de son visage. Un masque de soie noir couvrait son front bombé et la moitié de ses joues rondes. Dans les orifices s'animaient ses yeux dorés en forme d'amande, des yeux de louve inquiète. Ses lèvres gourmandes émirent un faible sourire.

— La chenille devenue papillon. Et quel papillon !

— Je n'ai jamais vu de chenille en vous, Marie-Jeanne.

— C'est que vous étiez aveugle, très chère !

— Marie-Jeanne, vous étiez ma compagne de jeu et j'éprouvais de l'amitié pour vous.

— De ridicules jeux d'enfants, ridicules, maugréa-t-elle en flattant la patte noire du renard roux dont la tête flasque et vide tombait sur un sautoir de grosses perles blanches.

— Dans le jardin de la maison de mon père, dans les bois de Paris ? Ridicules, ces aventures menées par Paul, ces courses folles, ces trésors enfouis, ces ennemis à poursuivre ?

Elle ferma ses paupières, bomba le torse et se releva d'un bond.

— Poursuites, poursuites ! Mais que ne suis-je sotte ! Désolée, très chère, j'allais oublier cette rencontre avec maître Ferras ! s'exclama-t-elle.

Je me levai lentement.

— Une rencontre avec maître Ferras ?

— Parfaitement, sur le pont. J'ai insisté. Ces messieurs résistent difficilement à mes charmes…

Une sage prudence freina ma criante curiosité. Ses yeux dorés étincelaient d'une lueur indéfinissable ; un étonnant mélange de tristesse et de hargne.

— Vous devriez faire usage d'un masque, votre teint se brouille, madame de Champlain, dit-elle avant de me tourner le dos.

Je restai figée d'hébétement. Décidément, Marie-Jeanne jouait une bien étrange partie de dames.

Sitôt que l'écrivain du navire se rendit dîner au carré des officiers, Ysabel et moi nous étions installées à sa table. Tout en terminant notre portion de lard salé, nous passions en revue la liste de tous les passagers du navire, espérant y repérer un possible voleur de mouchoir.

— Maître charpentier Tillet, maître armurier Dugué, barbier-chirurgien Paradis… Non, je ne vois pas…

Je regardai Ysabel qui terminait le feuillet des matelots.

— Girard, Lemaire, Mallette, Martin, Roussel, Roy, Sénéchal, Tanguy, Viau. Une idée vous vient ?

— Non.

Je soupirai longuement.

— Ne reste que les moussaillons, me désolai-je.

— Un moussaillon… ! Oui, peut-être bien le moussaillon Fougère ! s'exclama Ysabel.

— Le moussaillon Fougère, pourquoi lui ? m'étonnai-je.

— Hier, j'ai surpris ce jeune homme dans le couloir près de notre cabine.

— Vraiment !

— J'avais proposé de l'aider pour l'entretien des draps du capitaine et nous devions nous retrouver à la salle des cuves. Je l'ai attendu un moment. Comme il ne venait pas, je suis retournée à notre cabine. C'est alors que je l'aperçus devant notre porte. Peut-être aura-t-il eu l'audace d'entrer et de s'emparer du mouchoir avant mon arrivée ? suggéra-t-elle en essuyant sa bouche avec le coin de son tablier gris.

— Mais pour quel motif ? Un simple mouchoir. De plus, il serait surprenant qu'un voleur s'attarde sur le lieu de son méfait. Bien, puisque c'est notre seule piste. Sais-tu où il peut se trouver à l'heure qu'il est ?

— Probablement là où on recoud les voiles. Il m'a dit s'y rendre en après-midi afin d'apprendre l'art de l'épissure.

— L'épissure ?

— Comment réunir les bouts de cordage.

— Ah, bon ! Si nous allions constater de visu cet art de l'épissure, Ysabel ?

Plus nous avancions le long du couloir sombre du deuxième pont, plus les paroles du chant guilleret des marins couturiers se précisaient.

Nous étions trois marins, tous jolis capitaines,
Y'en a un à Paris et l'autre à La Rochelle.

Ysabel s'arrêta et pencha la tête dans l'ouverture de la porte. Elle se tourna vers moi.

— Il est là, articula-t-elle tout bas, voyez sur la gauche.

Vive les matelots, dessus la mer jolie !

— Allons-y, répondis-je.

Elle repoussa une mèche brune sous sa coiffe blanche et entra. Le chant s'arrêta net. Les trois matelots piquèrent leur aiguille dans la voile qui, toute repliée sur elle-même, formait un énorme paquet de toile. Ils se levèrent.

— Mesdames, répétèrent-ils l'un après l'autre.

— Maître voilier Léger, pour vous servir, madame, se présenta un matelot maigrelet en soulevant son chapeau de feutre noir.

— Maître Léger, serait-il possible de nous entretenir avec le moussaillon Fougère ?

— Faites, madame, dit-il en pointant son chapeau vers le moussaillon.

— En privé, précisai-je.

— Ah, bon ! Des cachotteries de moussaillon ! badina-t-il en tapant sur l'épaule de son voisin.

Il attendit que cessent les éclats de rire de ses deux compagnons avant de poursuivre.

— Puisqu'il le faut ! Permission accordée, moussaillon, clama-t-il en claquant son chapeau sur sa cuisse.

Le moussaillon Fougère déposa la corde qu'il tenait à la main, inclina la tête devant le maître voilier au passage et nous suivit sans un mot jusqu'au dispensaire. Je tirai la bobinette. Le chant, qui avait repris de plus belle, défia les portes closes.

Marin, prends garde à toi ! On te coupera l'herbe
Vive les matelots, naviguant sur les eaux !

Tout le temps que je lui expliquai le pourquoi de notre rencontre, le moussaillon fixa le coffret aux multiples tiroirs du barbier-chirurgien.

— Vous n'avez rien vu de comparable ? insistai-je.

Il leva les paupières. Son regard était franc, direct, honnête.

— Non, madame ! Aucun mouchoir, aucun tissu marqué d'un H, comme madame le dit.

— Un témoin vous aura vu traînant devant ma cabine.

Il rougit et baissa la tête en tordant son bonnet brun.

— Il m'importe de connaître le motif qui vous mena à cet endroit. C'est important pour moi et pour vous.

— Pour moi ? s'étonna-t-il.

— Comprenez que si vous aviez une raison valable d'être là, il me serait plus aisé de ne pas vous compromettre dans cette affaire de mouchoir perdu.

— Jamais je n'oserais toucher au mouchoir de madame. Je le jure sur la tête de… de Juliette, hésita-t-il, en frappant le poing tenant son bonnet sur son cœur.

Ysabel s'approcha de lui.

— Hier, après le déjeuner, nous devions nous retrouver à la salle des cuves. Je vous ai attendu, dit Ysabel.

— C'est que madame de Champlain tardait à revenir.

Je me tournai vers Ysabel qui partageait mon étonnement. Il enchaîna.

— Madame de Champlain a l'habitude de gagner sa chambre après le déjeuner.

— Oui, et alors ?

— L'autre matin, dans la salle du conseil, madame a dit qu'elle sait lire.

— Et ?

— Je me suis dit que si madame savait lire, elle devait pouvoir écrire.

— Et ?

Vive les matelots, dessus la mer jolie !
Vive les matelots, naviguant sur ces eaux !

— C'est que j'espérais que madame puisse écrire une lettre pour moi, murmura-t-il.

Il tripotait son bonnet.

— Je suis grossier, mille excuses, madame, s'empressa-t-il d'ajouter. Ne parlez pas de ce mouchoir à notre capitaine, je vous en prie. Je risque d'être mis aux câbles ou pire encore, de passer au fouet. Soyez généreuse, madame, ayez pitié de moi. Ma pauvre mère...

Ysabel recula de quelques pas.

— Vous désirez écrire à votre mère ?

— Non, non, pas à ma mère. À Juliette, avoua-t-il péniblement dans un profond soupir.

Je me tournai vers Ysabel. Sa main camouflait un délicieux sourire.

Marin, prends garde à toi ! On te coupera l'herbe,
L'herbe dessous le pied de ta jolie maîtresse.
Vive les matelots dessus la mer jolie !
Vive les matelots, naviguant sur les eaux.

Le moussaillon Fougère regagna son poste, soulagé et confiant. Son innocence ne faisait plus aucun doute et notre promesse serait tenue. Ni Ysabel ni madame de Champlain n'allaient parler de sa demande au capitaine. Le soir même, juste après la cloche du quart de vingt heures, il me rejoignit sur le pont, près du hauban du grand mât. Là, sous les étoiles, il me parla des yeux doux de sa belle Juliette, me montra le joli bateau qu'il était en train de sculpter pour elle et me confia les mots de son cœur.

L'inquiétude du capitaine se concrétisa le lendemain. Le vent nous priva définitivement de son souffle lorsque le soleil atteignit son zénith. Deux jours plus tard, le *Saint-Étienne* errait toujours sur une mer indolente, toutes voiles carguées aux vergues, entre le bleu profond des eaux et l'éclat d'un ciel sans nuage. Le capitaine, le timonier, le maître d'équipage et monsieur de Champlain allaient du gaillard d'avant au gaillard d'arrière, les arpentant de bâbord à tribord, boussoles à la main, cartes sous le bras et lorgnettes pointées au bout de l'horizon. De temps à autre, le matelot de vigie, installé au nid de pie, au bout du mât de misaine, hurlait le décevant message: «Molle toujours.» Le maître gabier profitait du répit pour inspecter les gréements des mâts en compagnie de l'écrivain du navire que monsieur de Bichon suivait comme une ombre, son écritoire sous le bras. Ici et là, au-dessus du pont, les hamacs fraîchement lavés séchaient sur les cordages au son du pipeau du moussaillon Fougère. Certains matelots, bien assis dans un coin d'ombre, sculptaient des pièces de bois ou des dents de cachalot. Pendant ce temps, à califourchon sur les rebords du pavois, d'autres pêchaient dans l'espoir d'agrémenter le menu de leurs maigres repas. Car, plus les quarts passaient et plus l'inquiétude montait: une possible dérive, une possible famine…

Afin de prévenir le pire, le maître commis Perret réduisit la pitance des passagers. Certaines portions furent coupées de moitié: plus qu'une demi-livre de biscuits et de lard par jour, un hareng au dîner du lundi et du mercredi, et un pot de cidre au déjeuner. Chacun aurait droit à son bol de pois séchés et à sa pinte de vin du dimanche, jusqu'à nouvel ordre. L'équipage accueillit les restrictions sans trop de rouspétance, la durée des traversées étant imprévisible: vingt jours, quarante ou cent, nul ne pouvait savoir. Au crépuscule du troisième soir, après le rituel quotidien de l'observation des astres sur la dunette, le capitaine Razilly, octant à la main, s'adressa à tous les passagers réunis sur le pont.

— Remercions le ciel et la très Sainte Vierge Marie, le *Saint-Étienne* court sur son erre, mais garde le cap.

Les exclamations de joie se perdirent dans le chant montant vers les étoiles.

Salut, étoile de la mer, Sainte Mère de Dieu
Et Vierge toute pure, Porte bénie du ciel...

— Vous me fuyez, madame, chuchota Ludovic derrière moi. Je me languis de mon mouchoir de dentelle.

— Il nous faut gagner notre ciel, maître Ferras, murmurai-je discrètement dans le rebord de mon capuchon.

— La pénitence, je vois, badina-t-il, un sourire aux lèvres.

— *Et vive les matelots, dessus la mer jolie ! Et vive les matelots, naviguant sur les eaux !* entonnèrent en chœur les joyeux passagers.

Je refermai le couvercle du bastingage inséré entre les tubes des deux canons, qui étaient solidement arrimés au pavois du château avant.

— Nous perdons notre temps, Ysabel, je le sens. Quel intérêt pousserait un matelot à cacher un mouchoir de dentelle dans un caisson de hamac ? Ridicule ! Où peut bien être ce fichu mouchoir ! Et Ludovic qui m'attend à la salle d'armes. Que vais-je lui dire ?

Elle soupira longuement, se leva et laissa retomber ses épaules.

— Lui expliquer tout simplement !

— Simplement ?

— Simplement.

Elle me sourit. Je regardai au large. L'horizon n'était-il pas d'une simplicité absolue ? Un bleu de mer, un bleu de ciel. Simplement...

— Alors, je lui raconte que j'ai lavé son mouchoir avant de le déposer sur mon oreiller d'où il est disparu voilà plus de quatre jours.

— Je crois que c'est encore ce qu'il y a de mieux à faire. Nous avons fouillé autour des cuves de lavage, sous les tables des cuisines, entre les voiles à recoudre, soulevé tous les cordages du pont, tous les bancs du salon des officiers, les cartes de la salle de veille, et parcouru tous les couloirs entre la poupe et la proue à quatre reprises, et toujours pas de mouchoir !

— C'était son bien le plus précieux, Ysabel ! Il me l'avait confié.

— Et vous l'avez égaré. Je crois que maître Ludovic ne vous le pardonnera jamais, plaisanta-t-elle en levant les bras vers le firmament.

— Reste les cales et les soutes, osai-je.

Elle croisa les bras et tapa du pied.

— Ah, ça non, non et cent fois non ! Les barils d'eau, de vin, de poudre à canon, les sacs de farine, Dieu m'en garde ! Je regrette, mais je suis incapable de vous suivre au fond des soutes.

— D'autant qu'elles sont interdites aux dames.

— Point n'est besoin de cette règle. Les soutes sont le royaume des rats !

Je me ressaisis. Une règle pouvait toujours être transgressée, mais les rats imposaient leur présence sans réserve aucune.

— Allez, courage ! Oubliez un peu votre fierté.

— Peste de mouchoir !

— Hé ! Peste ! Voilà bien le patois de notre capitaine ou je me trompe ?

— Peste ! Oui, le patois du capitaine et oui, tu as raison, approuvai-je doublement en redressant l'échine. Il pourra me blâmer, je suis prête à tout. J'ai fait ce que j'ai pu, tant pis ! À la guerre comme à la guerre ! Il ne me reste qu'à foncer droit sur l'ennemi, tout droit vers l'ennemi... Vers l'ennemi...

Ysabel fut prise d'un rire qui alla s'amplifiant jusqu'à ce qu'elle s'élance en courant vers le pot d'aisance camouflé derrière les bastingages.

— À nous deux, maître Ferras ! m'exclamai-je bravement en me rendant en direction de l'écoutille avant du pont, le bras gauche tendu, telle l'épée d'un mousquetaire.

— Il vous manque l'épée, avisa monsieur de Champlain en surgissant de l'arrière du grand mât.

Je repris une position normale.

— Le temps plat vous inquiète ? lançai-je promptement en guise de diversion.

— Il aurait fallu qu'il se prolonge encore quelques jours. Non, ce qui m'inquiète est d'une autre nature, dit-il en sourcillant.

— D'une autre nature ?

Il agrippa sa barbiche et la tortilla un moment avant de se détourner vers le large. J'espérais de tout mon être que la nature de son trouble fût à des nœuds de mon mortifiant tracas.

— Suivez-moi.

Il se dirigea vers le pavois de tribord. Je le suivis. Il ne pouvait avoir surpris ma conversation avec Ysabel. Non, les bruits du pont, les vagues, non. Il me tendit la lorgnette.

— Regardez à l'horizon, tout au bout.

Je posai la lorgnette sur mon œil et ajustai la lentille.

— Remarquez cette fine ligne grise entre la mer et l'eau.

— Oui, on dirait un troupeau de moutons gris.

— Une tempête nous rejoindra avant l'aube, j'en donnerais ma tête à couper.

— Une petite tempête ? osai-je timidement en lui remettant la lorgnette.

— Une tempête est une tempête, madame ! Préparez-vous au pire. Vous devrez faire preuve de courage.

— Sachez que le courage ne me fait pas défaut, monsieur !

— Soit, j'en suis fort aise ! Permettez-moi toutefois l'audace d'un conseil.

— Un conseil ? m'inquiétai-je.

— Un conseil d'ami, gardez-vous des sorties nocturnes. Ne tardez pas à gagner votre lit sitôt le soleil couché.

— Bien, fort bien ! J'éviterai les sorties nocturnes, acquiesçai-je, soulagée.

— Une tempête se lève brusquement, parfois sournoisement. Vous serez mieux dans votre cabine.

— J'en prends note. Merci.

— Bien, on m'attend à la salle du conseil. Bonne fin de journée, madame.

Il se rendit vitement à l'escalier de la dunette, hésita et se retourna.

— Si l'escrime vous manque à ce point, demandez à Paul. Il saura vous trouver un lieu discret pour donner libre cours à votre envie lorsque le calme reviendra.

— Merci de votre obligeance. J'en parlerai à Paul.

Il me salua de la main, saisit la rambarde, gravit allègrement l'escalier et entra dans la timonerie.

— Une tempête, murmurai-je, une tempête sur mer. Vite à la salle d'armes !

La salle d'armes était en fait l'espace entourant le chapeau du safran, situé sur le troisième pont, au centre du navire. Chaque jour, Paul et Ludovic s'y rencontraient pour croiser le fer, dans l'heure précédant le souper. Je descendis précipitamment, bien décidée à dévoiler à mon fantôme adoré les deux profonds tourments de mon esprit. Une tempête menaçait et son mouchoir s'était mystérieusement envolé au vent du large. L'annonce de la tempête allait assurément amortir le désagrément de la perte. Après tout, une tempête pèse plus lourd qu'un mouchoir. Derrière la porte, Paul riait. Je frappai trois coups et attendis. La porte s'ouvrit sur un Ludovic resplendissant.

— Madame, s'exclama-t-il, l'œil réjoui, avant de claquer les talons de ses bottes et de se plier exagérément en deux, le bras droit croisé sur sa poitrine.

Derrière, Paul déposa son épée sur le chapeau du safran et s'essuya le visage de son mouchoir.

— Que nous vaut l'honneur de votre visite, très chère dame ? badina mon bien-aimé en pressant la main que je lui tendais dans les siennes.

Paul s'approcha d'un pas vigoureux.

— Madame saura-t-elle pardonner mon impolitesse ?

— Impolitesse ?

— Je vous laisse aux bons soins de maître Ferras. Nous avons un urgent besoin d'une bonne ration d'eau potable. Bien qu'elle soit brouillée et sente les œufs pourris, c'est encore ce qu'il y a de mieux pour se remettre d'une défaite. Ce bougre de Ludovic n'en finit plus de m'humilier !

— Vous êtes tout pardonné, mousquetaire.

— Si je peux me permettre, soyez discrets. Les parois sont minces sur un navire. On ne sait jamais.

— N'ayez crainte. Je rejoins Ysabel aux cuisines sitôt ma… enfin mon…

— Je reviens dans une quinzaine de minutes, coupa-t-il.

Et il referma la porte derrière lui. Ludovic s'appuya sur le chapeau du safran et croisa les bras. Mes révélations, je devais me concentrer sur mes révélations.

— Ludovic ! clamai-je en tirant les rebords de ma capeline.

— Madame ? répondit-il avec un éblouissant sourire.

— Vous savez pour la tempête ?

— Le feu de Saint-Elme !

— Le feu… ?

— De Saint-Elme. Une boule de feu serait apparue au-dessus du mât de misaine cette nuit. C'est un feu de Saint-Elme, un présage de tempête pour les matelots. Ne croyez pas à ces balivernes, madame, le ciel est si bleu !

— Non, vous vous méprenez. J'ai personnellement vu de sombres et troublants nuages à l'horizon, au bout d'une lorgnette. Monsieur de Champlain me l'a assuré ; une terrible tempête nous menace. Nous devons nous attendre au pire. À cette menace s'ajoute le fait que…

Le véritable pire resta bloqué dans le fond de ma gorge. L'aveu du mouchoir perdu résistait à ma bonne volonté. Ludovic s'assombrit.

— Alors, préparons-nous au pire, madame. Faisons confiance au capitaine, à son maître d'équipage et à ses matelots. Je me joindrai à eux. Ensemble nous saurons résister. Nous mettrons tous nos efforts pour combattre le danger. Rassurez-vous, ils en ont vu d'autres. Monsieur de Champlain a plus d'une vingtaine de traversées à son crédit. Et je suis là, tout près de vous, pas assez à mon goût, mais c'est une autre histoire.

Il décroisa les bras et s'approcha dangereusement de moi.

— Il y a pire encore, articulai-je faiblement.

— Vous m'étonnez, quoiqu'en y pensant bien, je sois de votre avis, il y a pire qu'une tempête.

Il glissa sa main le long de mon bras.

— Vous voir sans pouvoir vous toucher, vous entendre rire sans pouvoir vous étreindre, vous parler sans pouvoir vous caresser, voilà des supplices bien pires que la plus effroyable des tempêtes. Ils vous broient le cœur, vous chavirent les sens, vous torturent l'esprit au point de rendre fou. Pire qu'une tempête, termina-t-il, ses lèvres frôlant ma joue.

Son baiser appela nos caresses et nos caresses appelèrent tous les autres frénétiques baisers. On frappa à la porte. Je sursautai, replaçai nerveusement le collet de ma chemise, ramenai les pans de ma capeline sur le devant de mon corsage et redressai les épaules. Ludovic ouvrit la porte. Paul entra, le visage austère, une cruche dans chaque main. Ludovic prit celle qu'il lui tendit et la déposa sur le chapeau du safran.

— Vous avez fait vite, dis-je timidement.

— Par tous les diables ! Je ne suis pas allé puiser cette eau en France, mademoiselle !

— Bien sûr, excusez-moi. Bien je vous laisse, Ysabel m'attend.

Il posa sa lourde main sur mon épaule.

— Mademoiselle, j'ai le regret de vous annoncer que nous devons nous préparer au pire !

— Au pire ! m'exclamai-je en retenant mon sourire.

— Ludovic, mademoiselle, une tempête monte ! Ces nuages à l'horizon ne laissent aucun doute. Le capitaine et les matelots sont sur un pied d'alerte. Vous devrez rester dans votre cabine tout le temps de la tempête. J'insiste, mademoiselle. Il vaudrait peut-être mieux vous ligoter à votre couchette afin de vous éviter d'être projetée dans tous les sens et de vous blesser.

— Paul, calmez-vous, je ne suis plus une petite fille ! Ne craignez rien, je saurai braver cette tempête.

— Vous me promettez d'être extrêmement prudente ?

— Promis.

— Ne nous alarmons pas si vite, vieux corsaire, rouspéta Ludovic. Auriez-vous oublié que les bourrasques de mer sont aussi imprévisibles que les humeurs de ces dames ? Les courants et les vents changent de direction sans crier gare. Vous les croyez venant vers vous et voilà qu'ils s'éloignent sans raison apparente, guidés par on ne sait quel caprice.

Paul soupira.

— Cette fois, nous n'y échapperons pas, mon brave ! s'exclama-t-il tandis que je m'efforçais de résister à la provocation de mon bien-aimé. Ces nuages qui montent… À votre santé !

Il leva la cruche, but quelques gorgées d'eau, grimaça et passa le poignet de sa veste sur sa bouche.

— Poisseux ! Eaux de forçats ! Des larves nageant dans un bain d'œufs pourris, tel est l'élixir des mers ! À la santé du roi ! À votre santé !

Il se pinça le nez, but à nouveau et grimaça encore.

— Il faut être obligé, foi de corsaire. Il faut être obligé !

Il rebut, déposa sa cruche près de l'autre et se frotta les mains.

— Vous avez peut-être raison, mon garçon. Les dames, la mer… Soit, gardons notre calme, ouvrons l'œil et restons sur le qui-vive. Je me rends de ce pas sur la dunette. Venez, Ludovic, nous aiderons les matelots à vérifier les arrimages. Tout doit être inspecté, de la cale aux gaillards, avant la tempête, enfin, la possible tempête. Mieux vaut que tout soit solidement fixé, sinon… Imaginez un peu la force d'un canon rompant ses amarres ! Un effroyable danger pour l'équipage. Mademoiselle, si le vent forcit, rejoignez votre cabine.

Je posai un baiser sur la joue du vieux corsaire.

— Ne vous inquiétez pas pour moi, Paul.

Il recula de deux pas, se retourna vitement et frappa la porte de plein fouet.

— Paul !

Il frotta son front, prit ma main et la baisa.

— Prenez garde à vous aussi, Paul.

— Ce n'est rien, ce n'est rien. Bonne tempête, mademoiselle.

Je ris. Ludovic s'approcha et me serra dans ses bras.

— Ce soir, après le quart de vingt heures, rendez-vous devant le dispensaire. Il y a urgence, susurra-t-il à mon oreille.

Paul s'éclaircit la gorge. Je délaissai les bras de mon fantôme, le corps gorgé de désir et la conscience à demi soulagée. Restait l'aveu de la perte du mouchoir. À la réflexion, cela pouvait attendre.

Depuis l'heure du souper, de puissantes turbulences agitaient les gigantesques et mystérieuses montagnes de nuages gris. Les matelots allaient et venaient dans tous les sens, réglant les écoutes, vérifiant l'arrimage des canons, des chaloupes, des agrès, et ajustant les bastaques retenant les mâts. Tout en haut, les gabiers recourbés par-dessus les vergues affalaient les voiles qui se gonflaient sitôt larguées.

— Le vent forcit, s'écria monsieur de Champlain en retenant tant bien que mal son chapeau à large bord. Demeurez dans votre cabine et n'en sortez plus qu'en cas d'extrême nécessité. La mer se creuse.

Je m'agrippai au rebord d'une chaloupe d'où s'échappaient les caquètements épouvantés des pauvres poules.

— Ne vous inquiétez pas. Ysabel est avec moi. Prenez garde, criai-je tant les hurlements du vent et les claquements des vagues frappant sur la coque étaient vigoureux.

Il tira fortement sur le panneau et je m'engageai dans l'escalier les mains bien appuyées aux murs.

« Le dispensaire, a dit Ludovic », pensai-je.

Je descendis jusqu'au deuxième pont du château avant et avançai en tanguant de part et d'autre de l'étroit couloir jusqu'au lieu de notre rendez-vous. Je rebondis sur la porte close. Ludovic l'ouvrit. Je fus propulsée sur son torse. Il agrippa d'une main la poutre du plafond afin de maintenir son équilibre et saisit mon bras de l'autre. Puis, sans un mot, il nous entraîna hors de la pièce et referma la porte.

— Où allons-nous ? demandai-je.

— Là où nous pourrons parler dentelle sans crainte d'être dérangés.

Je fis un pas en avant et reculai de deux. Il passa son bras autour de ma taille et dirigea notre marche vacillante jusqu'à la soute des voiles. Il referma la porte et appuya une planche sous la chevillette. Un brusque balancement me propulsa contre la pile de toile sur laquelle je m'affalai. Il rebondit contre moi. Nos corps s'amarrèrent l'un à l'autre et roulèrent dans le creux des voiles.

— Quelle veine que cette tempête ! s'exclama-t-il en retroussant mes jupons.

— Des vents foudroyants, ajoutai-je en déboutonnant sa braguette.

— Vous êtes d'une cruauté, madame !

Sa main glissa le long de ma jambe et s'arrêta sur ma cuisse.

— Et cette Marie-Jeanne toujours à vos basques ?

— Et ce moussaillon vous déclarant son amour ?

Il était déjà trop tard pour tenter de comprendre son allusion. Mon esprit n'était plus disponible. Sa main chaude erra sur mon ventre. Je mordis sa lèvre avant de l'embrasser fougueusement. Je m'accrochai à ses épaules, les jambes enroulées autour de ses reins. Il me prit énergiquement. Je gémis de plaisir, enivrée par la tourmente de son désir. Le vent pouvait toujours souffler et le navire se tordre, j'étais là où je devais être, dans les bras de mon bien-aimé. Lorsqu'il ne resta plus que les tangages du navire, il me serra contre lui, baisa mon front et s'affaissa à mes côtés.

— Hélène, sorcière des navires, bourreau des cœurs !

— Comment, comment, bourreau des cœurs ? dis-je en mordillant son oreille.

Il me couvrit de son torse et m'embrassa tendrement.

— Comment osez-vous torturer ce moussaillon ?

— Quoi ? Quel moussaillon ?

— Votre visage m'apparaît dans chaque goutte d'eau. J'entends votre nom dans le souffle du vent, déclama-t-il, stoïque.

— Ah, ça !

— Oui, ça !

Je tortillai une mèche de ses cheveux autour de mon doigt.

— Et alors, ça ? insista-t-il.

— Fou, vous êtes le fou du navire.

— Fou de vous. Alors ?

— Alors, il s'agit d'un jeune garçon de seize ans.

— Voilà bien ce qui fait de vous une sorcière.

— Un jeune garçon de seize ans qui ne sait pas écrire.

Ludovic sourcilla.

— Mais qui sait parler.

Je l'embrassai.

— Idiot ! Amoureux, il est amoureux de Juliette. Il me dictait son message d'amour pour Juliette.

Il soupira avant de se laisser retomber sur le dos.

— Idiot, répétai-je en m'agenouillant.

— Serait-ce que le capitaine de mon cœur m'espionne ?

— Nenni, madame ! Je revenais des poulaines et je vous découvre minaudant sous les étoiles. J'étais en droit de vérifier les craintes qui m'étouffaient, d'autant que madame tarde à me remettre mon dû.

— Votre dû ? repris-je naïvement.

— Auriez-vous oublié le mouchoir de dentelle, ce bien auquel je tiens plus qu'à la prunelle de mes yeux ?

— Prunelles, vraiment, bafouillai-je en tentant de garder mon équilibre. Ludovic ?

— Oui, malveillante sorcière.

— Croyez que je suis profondément désolée, mais je me dois de vous apprendre que j'ai…, que malheureusement votre mouchoir…

Il s'assit et promena son doigt sur mes lèvres.

— Oui, mon mouchoir ?

Le coup de tonnerre retentit si violemment que je crus que le navire éclatait. Je me jetai dans les bras de Ludovic. Il me serra fortement contre lui.

— La bravoure, vous connaissez ? ironisa-t-il.

— Je crois.

— C'est impératif ! Vous en aurez besoin.

Il posa un doux baiser sur mon front.

— Je vous conduis à votre chambre. Restez-y, jusqu'à la fin.

— La fin de quoi ?

— De la tempête, délicieuse sorcière. Pour le mouchoir, il n'y a pas de faute.

— Comment, pas de faute ?

— Ysabel m'a tout raconté. Je vous pardonne.

Le tonnerre claqua à nouveau. Je me collai contre son torse.

— Ludovic, vous saviez pour le mouchoir !

— Bien sûr que je savais, jolie idiote. Vous tourmenter ainsi pour un mouchoir…

— Mais… mais, la prunelle de vos yeux !

— Vous êtes la prunelle de mes yeux.

Je passai mes bras autour de son cou.

— Ainsi donc, vous me pardonnez !

Il mordit mon cou. Un nouveau coup de tonnerre retentit. On aurait dit que tout le bateau se tordait.

— Ludovic, vous me promettez la prudence, la plus grande prudence ?

— Je vous aime. Venez.

— Ludovic, promettez.

Il m'embrassa langoureusement.

— Je promets.

Le vent hurlait. Les lames déferlaient sur la coque du navire dans un bruit d'enfer. Le *Saint-Étienne* piquait dans le creux des vagues en gîtant. Ludovic se hissa sur le rebord des voiles et se remit debout. Il saisit la main que je lui tendis et me tira vers lui. La nausée me vint dès que je posai les pieds sur le plancher. Elle ne me quitta plus durant les dix jours que dura cette maudite tempête !

10

Une mer de glace

Une bienfaisante accalmie succéda à la tempête. Le capitaine s'appliqua à corriger notre embardée afin de recouvrer le cap, le maître charpentier à redresser la hune du mât de misaine, et le maître voilier à remplacer le grand perroquet, la plus haute voile du grand mât, qui s'était déchirée en son milieu. Un vent régulier soulevait les vagues clémentes et la cloche des quarts cadençait à nouveau les manœuvres des matelots. La vie avait repris son cours normal. Chaque jour, les rouges, les roses et les orangés des levers et des couchers de soleil attestaient d'une divine magnificence, car sur mer, l'astre embrasait l'infini de l'infini.

Le soleil glissait lentement derrière l'horizon. Tout rougeoyait. Le moussaillon Fougère prit la lettre que je venais de lui lire dans ses mains, l'observa un moment et tourna son visage réjoui vers le large.

— Juliette aimera vos mots, madame.

— Ce sont les mots de votre cœur, Thomas.

— Vous le croyez vraiment ? insista-t-il.

Des points d'or scintillaient sur ses prunelles larmoyantes.

— Ne m'avez-vous pas confié que vous voyiez son visage dans chaque goutte d'eau ?

— Si.

— Que Juliette habite votre première pensée à chacun de vos réveils ?

— Si.

— Que vous ne pouvez fermer les paupières sans la voir dansant dans le pré, comme au jour de votre première rencontre ? Que vous espérez que son cœur soit gardé secrètement dans un écrin afin que personne d'autre ne puisse vous le voler ?

— Oh, ça, c'était un peu fou !

— Rien n'est trop fou quand on aime, matelot Fougère.

Il roula le parchemin entre ses mains et le glissa dans la large poche de son manteau.

— Vous savez si bien dire ces choses, madame !

Je posai ma main sur son bras.

— Je vous le répète, je n'ai fait que traduire les mots de votre cœur.

Il approuva d'un hochement de tête.

— Et ce petit bateau tout semblable au *Saint-Étienne* que vous lui sculptez ?

Son visage s'éclaira d'un large sourire.

— Ne reste plus qu'à en graver le nom. Je le termine ce soir. Demain, je vous l'apporte, au coucher du soleil, si vous le voulez bien.

— Il me tarde de connaître le nom de votre bateau, jeune moussaillon. À demain donc, au coucher du soleil.

Il remit son bonnet pointu. Le brun du lainage se confondait à celui de ses cheveux.

— Bonne nuit, madame.

— Bonne nuit, Thomas.

— Oh, moi, j'ai encore à faire. Je rejoins maître Ferras à la timonerie. Nous apprenons l'art de la navigation.

— Maître Ferras apprend l'art de la navigation ? Tiens donc, murmurai-je en le regardant s'éloigner.

Le moussaillon Fougère hâta le pas vers la dunette. Ludovic sortit de la timonerie et agita son bras dans notre direction, en guise de salutations. Je posai un baiser dans le creux de ma main et le soufflai vers lui. Il ôta son chapeau et s'inclina bien bas. Je regardai le croissant de lune. Il le regarda et s'inclina à nouveau. Le moussaillon Fougère l'aborda. Ils entrèrent dans la timonerie, là où le fanal de compas éclairait les instruments guidant notre voyage.

À l'autre bout du navire, au pied du gaillard d'avant, la frêle silhouette d'Ysabel se dessinait dans la pénombre. Je l'avais croisée vitement après le déjeuner et elle avait fui mon regard. Cela m'intriguait. Je me rendis rapidement près des chaloupes poulaillers et ralentis le pas. Elle pleurait. Je l'approchai. Elle me tourna le dos et se moucha.

— Ysabel… ?

Les soubresauts de ses épaules accompagnaient ses soupirs saccadés.

— Ysabel ! dis-je en allant près d'elle.

Elle ferma les yeux.

— Ysabel, je t'en prie, raconte-moi.

Ses larmes coulèrent à nouveau. Elle enfouit son visage dans son mouchoir et éclata en sanglots. J'attendis aux côtés de mon amie. Une première étoile apparut dans la dernière lueur du jour, puis une autre et une autre. Bientôt, le firmament ne fut plus qu'un immense dôme bleu noir percé de mille et mille et mille petites lumières. La cloche du quart de vingt heures résonna dans l'espace. Les poules se mirent à caqueter.

— En haut le monde ! hurla le maître d'équipage.

— En haut le monde, répétèrent les porte-voix.

Aussitôt, les gabiers s'élancèrent à vive allure dans les haubans, escaladèrent les enfléchures à une vitesse impressionnante et s'alignèrent derrière les vergues.

— Quelle adresse ! m'exclamai-je en fixant le haut du grand mât. Je n'ai qu'à m'imaginer tout en haut de ces cinquante pieds de mâture et le vertige me gagne. Et ce vent nordet ! Brrr ! Le pont me suffit.

— Il fera de plus en plus froid. Nous approchons des côtes de Terre-Neuve, dit Ysabel entre deux soupirs.

— Déjà ! Enfin ! Tu crois ?

— C'est ce que m'a raconté le moussaillon Fougère au déjeuner ce matin.

— Et ta peine viendrait de là ?

— Non, ma peine vient de... de...

— ... de Marie-Jeanne, soupçonnai-je.

Elle resserra les pans de sa cape de laine.

— Ysabel, dis-moi, je t'en prie. Je sais la moquerie dont elle est capable. Elle ne cesse de me défier.

— Vous défier, vous !

— Oui, et précisément parce que je suis qui je suis. Tiens, encore ce soir, avant le souper, elle s'amène à la salle d'armes et ne tarit pas de déplaisantes remarques tout le temps de mon assaut avec Ludovic. « Madame de Champlain et son épée ! raillait-elle. Quelle outrageante situation pour votre illustre époux ! On ne saurait être une véritable dame et s'adonner à l'escrime ! »

— Quelle insolente !

— Et pire encore... Maître Ferras perd son temps à distraire la femme du lieutenant. Maître Ferras, par-ci, maître Ferras, par-là... Et toujours ses outrageants ricanements.

Ysabel passa son bras autour de mes épaules.

— Vous frissonnez. Rentrons.

Je me réveillai en sursaut. Notre lanterne et notre seau vide roulaient sur le plancher. Le navire gîtait dangereusement. À chaque nouveau balancement, le hamac d'Ysabel frappait la paroi de la cabine. Je tendis la main vers le seau d'eau vide et le saisis au passage.

— Ysabel ?

— Oui.

— Une autre tempête ?

— Si ce n'en est pas une, ça lui ressemble, hurla-t-elle, tant le vacarme était grand.

Une masse d'eau s'abattit sur le navire dans un bruit d'enfer. Je fus projetée hors de ma couchette et rebondis contre le caisson sous le hamac d'Ysabel.

— Êtes-vous blessée ? s'écria Ysabel.

J'entrouvris les yeux et discernai son bonnet blanc pardessus le hamac. Une lourdeur, un engourdissement. L'effroyable battement des eaux sur le pont, les hurlements des matelots... Je roulai et me frappai contre un mur...

— Ysa...

Le bonnet blanc apparut et disparut.

— Hélène, Hélène ! criait Ysabel.

La chaleur d'une main sur mon front. Le bonnet blanc..., la détonation des paquets de mer sur le navire.

— Ysabel ?

— Ouvrez les yeux, je vous en prie, ouvrez les yeux !

Je fis l'effort. Le visage apeuré d'Ysabel était tout près du mien. La porte s'ouvrit. Un coup de mer couvrit le plancher. L'eau glacée me saisit.

— Mademoiselle, hurla la voix de Paul. Mademoiselle, je suis là, je suis là.

La deuxième tempête s'éternisa. Plus de sept jours à vomir, vomir et vomir encore. Plus de sept jours à tenter vainement de défier les ballottements du navire et ceux de mon estomac. Ysabel, qui n'en menait guère plus large que moi, eut beau me forcer à prendre des bouillons tièdes, poser des emplâtres de safran sur ma poitrine afin de me délivrer de cette mauvaise humeur, rien n'y fit. Ce mal de mer tint bon jusqu'à la toute fin de la glaciale tempête.

Enveloppé dans un morceau de voile et lesté d'un boulet de canon, son corps reposait sur le bastingage. Le malheureux avait manqué le pas en se hissant dans le hauban du mât de misaine. Son cou se brisa. Il mourut aussitôt.

— Les cordages glacés ne pardonnent pas. Le manque d'expérience, avaient déploré les vieux matelots.

— ... *Toi qui maintiens les montagnes par ta force, qui te ceins de puissance, qui apaises les fracas des mers, le fracas des flots*... récitait le père Le Baillif.

Je vacillai. Paul passa son bras sous le mien.

— Courage, mademoiselle, l'office tire à sa fin.

Au loin, tels des clochers de cathédrale, d'énormes pics enneigés pointaient vers le royaume des cieux. Monsieur de Champlain se tenait droit debout au pied du mort, entre le moussaillon portant une croix et le matelot dressant un flambeau.

— *Requiem aeternam dona eis, Domine*, entonna le célébrant en levant les bras vers le Très-Haut.

— *Seigneur, donnez-leur le repos éternel*, répétèrent les membres d'équipage réunis sur le tillac.

— *Et lux perpetua luceat eis. Requescat in pace.*

— *Et que la lumière brille à jamais sur eux, Qu'ils reposent en paix.*

— *Amen.*

— *Amen.*

Le célébrant aspergea le corps d'eau bénite. Monsieur de Champlain souleva le grabat tandis que le matelot lançait son flambeau par-dessus bord. Paul serra mon bras. Il n'y eut qu'un léger bruit d'éclaboussure. Tous les participants firent le signe de la croix et se dispersèrent lentement en silence, la tête basse. Les battements du tambour résonnèrent en écho. Je frissonnai.

— Ramenez-moi à ma cabine, mon frère. Je ne saurais en supporter davantage. Pourquoi avoir insisté ? reprocha Marie-Jeanne à François. M'imposer la vue de ce macabre spectacle et dans cette froidure, de surcroît ! Mais, regardez un peu, les voiles sont figées et les vergues sont couvertes de glaçons. C'est bien de vous !

François remit son chapeau.

— Dépêchez-vous, je gèle, moi ! s'impatienta-t-elle, en agitant la queue de son renard devant le visage de François.

Il leva les yeux au ciel.

— Je suis de votre avis, un peu de repos vous calmera les humeurs, approuva-t-il en lui indiquant le chemin de l'escalier de la dunette.

— Mais prenez donc mon bras, je dérape au moindre pas !

— Venez, me chuchota Paul.

— Non, allez. Je me recueille un moment.

Je m'approchai du pavois. En bas, tout au fond, dans l'eau noire, sous les blocs de glace, près des côtes de Terre-Neuve, Thomas Fougère allait reposer à tout jamais.

— *Séléné, Séléné, du fond des eaux profondes*, murmurai-je.

— *Je t'attendrai de toute éternité*, compléta la voix de mon bien-aimé.

Je me tournai vers lui. Il me tendit un parchemin et un petit bateau de bois.

— L'écrivain a déjà procédé à la vente de ses effets personnels.

— Déjà !

— Je les ai achetés pour vous, pour lui.

— Et pour Juliette.

Il essuya de son doigt la larme chaude coulant sur ma joue et regarda au loin, par-delà le brouillard.

— Et pour Juliette, murmura-t-il.

Il n'y a pas de mots pour décrire les paysages de là-bas tels qu'ils m'apparurent. Notre navire contourna les bancs de glace de Terre-Neuve et pénétra dans le grand fleuve Saint-Laurent. Je n'en finissais plus de couvrir les pages de mon carnet d'esquisses : des banquises couvertes de troupeaux de loups marins se dorant au soleil, des îles désertes baignant dans les reflets argentés ou azurés des eaux, des falaises rouges chapeautées de sombres conifères ou de velours verdoyant. Puis, toutes ces roches polies par les vagues et les vents, émergeant ici et là des profondeurs de l'onde, telles des dos de tortues. Tout au long de ces quatre jours, un cap nous mena à une baie et une baie à un autre cap. Une nature sauvage, une nature profondément silencieuse, complice de ses épais brouillards : un royaume issu de l'aube des temps, un royaume inviolé. L'origine des temps…

— Baleine en vue, baleine en vue, hurlait de temps à autre le matelot de vigie du haut de la hune.

Et voilà tous les passagers penchés au-dessus du pavois, hébétés d'émerveillement devant le spectacle grandiose de l'avancement de ces géants de la mer, escortes royales de notre humble navire. Il aurait fallu le raffinement de la musique des violons du roi pour accompagner leur nage ondoyante, le jet de bruine propulsé dans l'air par leur souffle puissant, et le paisible balancement de leur large nageoire arrière, qui émergeait et replongeait dans les vagues presque sans éclaboussures. Toujours, ces moments magiques de pur émerveillement se terminaient par un charmant sourire de Ludovic. Je l'embrassais du regard.

— Extraordinaire ! s'extasia Marie-Jeanne en ce doux après-midi de juillet. Des poissons de cette taille… sans effort. Ils se projettent et avancent sans le moindre effort. Vous avez remarqué François, comme… sans le moindre effort ! Fascinant !

— Un spectacle de cour, ma sœur. Nous avons droit à un spectacle digne de la cour des rois.

— C'est royal, vous avez le mot juste, mon frère, royal, conclut-elle en balançant la queue noire de son renard par-dessus son épaule.

— Voyez cet étrange rocher ! s'exclama Ysabel

— Percé de deux portes ! s'étonna Paul.

— Une muraille en pleine mer, s'éblouit-elle.

Des ribambelles d'oiseaux tourbillonnaient en piaulant autour du navire avant de retourner vers l'imposant rocher sur lequel des centaines d'autres étaient nichés. Le *Saint-Étienne* contourna le portail du Nouveau Monde.

Nous fîmes escale à Gaspé le 24 juin de l'an 1620, le jour de la fête de saint Jean le Batiste. Les chaloupes, dans lesquelles ne restaient plus que cinq malheureuses poules, nous menèrent sur une pointe de terre, celle-là même où le sieur Jacques Cartier avait planté une croix au nom du roi François Ier, en l'an 1534.

— La terre ferme ! s'exclama Marie-Jeanne en retroussant ses jupons.

Elle fit quelques pas chancelants sur la grève rocailleuse.

— Quelle étrange sensation. Est-ce le sol qui tangue ou…, ricana-t-elle en s'appuyant sur le bras de son frère.

— Cette sensation est tout à fait normale, madame. Il faut parfois plus d'une semaine avant que le tangage vous délaisse, expliqua monsieur de Champlain.

Il écarta les jambes, ancra solidement ses bottes sur le sol et posa ses mains sur ses hanches.

— Plus de deux mois en mer, mes amis. Deux mois en mer, deux tempêtes effroyables, et nous y sommes ! Nous y sommes ! s'exclama-t-il.

Il ouvrit largement les bras et tourna sur lui-même comme pour se rassurer.

— Nous y sommes, Razilly, nous y sommes, nous y sommes ! Madame, madame, dit-il en venant vers moi. Vous avez vu ? Constatez ! N'avais-je pas raison ? Tant de générosité, tant de plénitude, tant de richesses ! Ah, merci, merci, Seigneur, merci, mille fois, merci tous les saints !

Il s'agenouilla, prit une poignée de sable, la porta à ses lèvres et la leva vers le ciel.

— Terre de France ! Terre de la Nouvelle-France ! Messieurs, mesdames, rendons grâce à Dieu !

Le père Le Baillif monta sur une large roche, s'installa face au fleuve et entama le *Te Deum*. Jamais une prière ne fut récitée avec tant de vigueur et de conviction. Jamais une prière ne me parut si belle. De temps à autre, les yeux de mon bien-aimé croisaient les miens et notre joie s'exaltait de tous les parfums du monde. Quand le Seigneur et tous les saints furent remerciés, acclamés et vénérés, chacun y alla de son exploration. Délier ses jambes, courir sur la grève en riant à gorge déployée, sauter par-dessus les épaves de bois, sentir une fleur d'espèce inconnue, et rire, et rire, et rire encore. La terre, la terre, la terre enfin ! Furtivement, mon bien-aimé m'attira derrière les épais buissons à l'orée du bois. Il arracha une feuille du bel érable sous lequel nous étions enlacés et la piqua dans ma tresse rousse.

— Une feuille d'érable rouge. Bienvenue en Nouvelle-France, madame.

— Verte, cette feuille est verte, Ludovic.

— Mais elle rougira, je vous le prédis, madame, elle rougira.

— Vraiment !

— Vraiment.

Et mon bien-aimé posa ses lèvres rêches sur les miennes. Et je le crus. La feuille verte rougira.

— Je suis fou de vous, murmura-t-il en enfouissant son nez sous le rebord de ma capuche.

— Désolée, répondis-je en claquant les trois minuscules moucherons posés sur son cou.

— Ah, la marque de vos doigts sur ma peau, madame ! plaisanta-t-il en saisissant mon poignet.

Il approcha ma main de sa bouche et en baisa la paume. Je caressai sa joue velue.

— Il vous faudra raser cette barbe, monsieur. On m'a rapporté que les Sauvages se moquent des barbus.

— Et quelle estime madame porte-t-elle aux barbes ?

— Pour la vôtre, la plus grande estime.

— Alors pourquoi la couper ?

— Pour le poids, monsieur.

— Le poids !

— Certes ! L'opinion de milliers de Sauvages pèse davantage que la mienne dans la balance.

— Leur nombre, quelques milliers… Votre sagesse m'impressionne, madame. La barbe sera coupée.

Monsieur de Champlain s'inquiéta de l'absence des « Sauvages » à ce poste de traite. Il arpenta la grève de long en large, escorté de part et d'autre par le capitaine Razilly et le père Le Baillif.

— Ce sol a été piétiné depuis peu. Voyez ces pistes dans le sable, ces herbes recourbées et ces cendres… Des échanges de traite ont été conclus ici même, j'en donnerai ma tête au bourreau. Un navire malouin ou basque ou… rochelais nous aura précédés. Des contrebandiers, pour ne pas dire des pirates ! Ces mécréants outrepassent les lois françaises sans vergogne. Comment voulez-vous qu'une compagnie de monopole survive dans de telles conditions ?

Il claqua son chapeau sur la manchette de son pourpoint incarnat et le projeta sur les galets humides. Le capitaine Razilly s'immobilisa. Le père Le Baillif alla chercher son chapeau et le lui tendit.

— Puissent ces outrages forcer notre clairvoyance. Les réformés protestants ne craignent ni Dieu, ni le Roi, ni les monopoles de traite.

Monsieur de Champlain remit son chapeau et releva le menton.

— Quoi qu'il en soit, nous aurons le temps d'en découdre. L'été est jeune, mon père.

En après-midi, les matelots avaient pêché tant de poissons qu'il fallut en rejeter à la mer.

— Je crois n'avoir jamais mangé de si bon poisson de toute ma vie, Ysabel.

— Je crois n'avoir jamais tant mangé de toute ma vie. Il faut dire qu'après deux mois de biscuits, de hareng salé et d'eau brouillée…

Et le fou rire nous gagna. Un bienfaisant fou rire, un fou rire d'après la détresse, un fou rire d'après le courage, un fou rire apaisant. Quand j'eus repris mon sérieux, je me tournai vers elle.

— Ysabel, me diras-tu enfin ce qui t'a tant fait pleurer ?

— Je ne pleure pas, je ris.

— Tu sais très bien de quoi je parle. Mais si tu tiens au secret, libre à toi. Je respecte trop notre amitié pour t'obliger à la confidence. Si jamais tu as envie de raconter, tu peux toujours compter sur moi. Tu le sais, dis, tu le sais ?

Elle s'était légèrement soulevée au-dessus du rebord de son hamac.

— Me promettez-vous le plus grand secret ?

— Ysabel, comment oses-tu seulement en douter ?

— Bien, mais n'en parlez à personne, surtout pas à monsieur Eustache.

— Surtout pas à mon frère Eustache !

— Dame Marie-Jeanne m'a avoué tenir beaucoup à monsieur Eustache. Il lui voue un profond attachement et elle a beaucoup à lui offrir. Une dot appréciable et une renommée, tandis que moi, une pauvre servante...

— Peste de Marie-Jeanne ! Sorcière ! As-tu vu ses yeux jaunes ? Des yeux de sorcière, je te dis ! Et tu l'as crue ! Tu as cru ces mensonges ?

— C'est qu'ils ne sont pas totalement faux. Je n'ai ni dot ni renommée. Je suis pauvre, Hélène, pauvre et ignorante. Votre frère mérite mieux que moi.

— Et le cœur, songes-tu un peu à son cœur ?

— Le cœur n'a rien à voir dans tout cela. Vous le savez mieux que quiconque. Aimer est souvent une folie.

— Peste d'époque ! Ysabel, tu affectionnes Eustache et Eustache t'affectionne.

— Attention, monsieur Eustache a eu un léger béguin pour moi, il y a près de trois ans déjà. Trois ans, vous y pensez, une éternité ! Je crains presque de le retrouver.

— Ysabel ! Je t'en prie, Ysabel ! Promets-moi seulement de ne pas baisser les bras avant de te battre.

Elle se laissa retomber dans le creux de son hamac. Un moucheron piqua mon front. Je le frappai fortement.

— Peste de moucheron !

— Je promets, murmura-t-elle dans un éclat de rire. Ce capitaine vous aura marquée, on dirait.

— Moins que les moucherons. J'ai des boursouflures sur tout le corps. Pas toi ?

— Quelques-unes. Personne n'y échappera, je le crains.

— Quelle audace tout de même ! Elle ne l'a pas revu depuis des lustres ! Plus de quinze ans ! Tu te rends compte ?

— Calmez-vous un peu, j'ai promis de ne pas baisser les bras.

— Bien, bien, je me calme. Promis, tu as promis, ne l'oublie pas.

Elle rit à nouveau et je me laissai entraîner dans son délectable abandon.

Au commencement, entre la France et la Nouvelle-France, il y eut l'eau. Au-dessus de l'eau, le ciel. Longtemps, il n'y eut que l'eau et le ciel à l'infini. Puis, notre navire croisa les vastes banquises de glace flottant sur une mer noire, pénétra dans la grande baie du Canada, longea des caps abrupts, des falaises rouges et des îles invitantes peuplées d'oiseaux de multiples espèces. Peu à peu, de longues collines s'immiscèrent entre les rochers escarpés. Dès lors, entre le bleu du ciel et le bleu de l'eau, il y eut l'immensité des espaces verdoyants : du bleu et du vert à perte de vue. Du vert porteur de toutes les espérances.

Le *Saint-Étienne* mouilla l'ancre au moulin Baudé, à une lieue du port de Tadoussac, le 7 juillet de l'an 1620, peu avant le coucher du soleil. Les matelots ferlèrent les voiles au rythme du tambour, le pied alerte et le cœur en liesse.

— Hissez le petit pavois, hurla le capitaine Razilly du haut de la dunette.

— Hissez le petit pavois, répétèrent les porte-voix.

Nous observâmes religieusement la montée du drapeau blanc à trois fleurs de lys, exécutée en l'honneur du lieutenant général de la Nouvelle-France, et du drapeau bleu à la croix blanche, symbole de la marine française.

— Vive la France ! hurla le capitaine.

— Vive la France ! répétâmes-nous allègrement.

— Vive le Roi de France !

— Vive le Roi de France !

Puis, les foulards rouges, bleus, bruns et noirs des matelots virevoltèrent au gré des danses improvisées, des embrassades et des tournoiements bras dessus, bras dessous. Les notes cristallines du pipeau, la résonance des piétinements sur le pont et le tintamarre des voix joyeuses éclataient dans le calme du soir tombant.

— *Vive les matelots dessus la mer jolie ! Vive les matelots naviguant sur ces eaux !* entonnèrent en chœur les valeureux marins.

À mes côtés, sur le devant de la dunette, monsieur de Champlain sonna la cloche. Tous se tournèrent vers lui, soudainement silencieux. Puis, il ôta son chapeau et le projeta dans les airs.

— Vive Tadoussac ! Vive la Nouvelle-France !

Le capitaine Razilly avança près de lui et agita le drapeau blanc couvert de fleurs de lys d'or. La clameur des vivats rebondit sur les rochers de Tadoussac.

— Vive Tadoussac ! Vive la France ! Vive la Nouvelle-France !

Le long du rivage, des colonnes de fumée émergeaient de la forêt sombre. Je me rendis près du pavois et inspirai profondément. L'air frais sentait le sel, les algues, les poissons et le feu de bois. Une brume flottait au-dessus des eaux calmes. Un épais nuage couvrit la lune. D'étranges vibrations retentirent dans le noir profond de la nuit, de sourdes vibrations, de fascinantes vibrations. C'était comme si le pays nous interpellait.

« Un autre monde, un nouveau monde. Thomas Fougère ne le verra jamais », pensai-je.

Je sortis le bateau de Thomas de ma poche et passai mon index sur les lettres de sa proue, sur le *Juliette*.

— Juliette ne le reverra jamais plus, soupirai-je.

Je ne sais si c'est la peine ou la joie qui força mes larmes. Ludovic frôla ma capeline de son chapeau, regarda le petit bateau et me sourit tendrement.

— Il ne faut pas... chuchota-t-il, l'air chagrin.

Puis, il se tourna vers la terre.

— Il ne faut pas, la vie est devant nous, madame.

Je remis le bateau de Thomas dans ma poche et passai le coin de ma capeline sur mes joues humides.

— Une autre vie commence, ici, en Nouvelle-France, ajouta-t-il, avec un doux sourire.

— Une nouvelle vie avec vous, avec vous, Ludovic, murmurai-je en lui rendant son sourire.

TROISIÈME PARTIE

AU PAYS DES POISSONS

Nouvelle-France, 1620-1621

11

Les alliances

Monsieur de Champlain ôta son chapeau et s'inclina bien bas devant les chefs montagnes et atticameques. Postés à ses côtés, mon frère Eustache, le capitaine Razilly, Baptiste Guers et Jean-Jacques Dolu firent de même. Devant eux, plus d'une centaine de Sauvages se tenaient fièrement derrière leur chef. Sur la pointe Saint-Mathieu, seul le roulis des vagues troublait le long silence qui suivit la révérence du lieutenant du vice-roi. Derrière le rang des dignitaires, Ludovic, François de Thélis, monsieur de Bichon et Paul observaient la scène. Monsieur de Champlain m'avait indiqué clairement la place convenant aux dames.

— Tenez-vous en retrait, derrière les matelots.

À ma gauche, Marie-Jeanne contenait tant bien que mal les trémoussements provoqués par les nuées de moucherons qui assaillaient nos peaux asséchées par le vent du large. Je m'efforçais de réprimer l'ardent besoin de me gratter l'oreille, me limitant à secouer une jambe de temps à autre, afin de déloger les désinvoltes moustiques encagés sous mes jupons. Le moment était à la solennité. Au fond du grand champ, au pied du coteau couvert de sapins et de cyprès, les femmes et les enfants sauvages s'étaient regroupés devant un immense dôme d'écorce de bouleau. Un chef, escorté de deux chiens pareils à des loups, avança d'un pas. Il souleva ses bras ornés de bandes colorées vers le ciel bleu d'azur, les tendit vers monsieur de Champlain, décrivit un vaste demi-cercle devant le fleuve et croisa ses larges mains au-dessus de son pagne de peau de bête. Puis, d'une voix profonde, il entreprit une longue tirade dont les étonnantes modulations me semblèrent empreintes de vigueur, de respect et de dignité. Sa parole cessa et le silence revint. Deux hommes postés derrière lui s'approchèrent de monsieur de Champlain. Le premier lui présenta un paquet de fourrures brunes. Monsieur de Champlain remercia par un bref salut et les remit à Eustache. Le second lui tendit un arc et un carquois. Il inclina à nouveau la tête, se retourna lentement et les confia à Ludovic. Surpris, monsieur de Bichon étira son cou vers l'avant et toisa Ludovic du coin de l'œil. Puis, le commissaire Guers tendit la cape repliée sur son avant-bras. Monsieur de Champlain l'offrit au chef. Les deux traits vermillon peints sous ses joues accentuèrent son large sourire.

— *Eshe* ! s'exclama-t-il.

— *Eshe*, reprirent en chœur tous les autres.

Le chef souleva la cape devant lui, la fit tourbillonner et la déposa sur ses épaules.

— *Eshe*, *eshe* ! répéta fièrement le chef.

— *Eshe*, *eshe* ! firent tous les autres.

Quand le silence fut revenu, monsieur Dolu retira deux couteaux du rebord de ses bottes de cuir noir, les donna à monsieur de Champlain qui les déposa dans les mains tendues du chef. Les Sauvages hochèrent la tête. Le cliquetis de leurs boucles d'oreilles cadença la rumeur.

Le chef tendit les mains vers monsieur de Champlain. Ce dernier s'approcha. Ils se firent l'accolade. Puis, le chef leva ses bras étonnamment musclés au-dessus des cinq plumes d'oiseau piquées au bandeau qu'il portait autour de la tête. Le silence revint. Il croisa les bras et prononça quelques mots dans sa langue. Lorsqu'il se tut, monsieur de Champlain interrogea Eustache du regard. Eustache parla au chef.

— *Eshe*, répondit le chef.

Eustache se tourna vers nous et traduisit le message du chef d'un ton solennel.

— Plusieurs saisons ont passé depuis que nos deux frères messagers revinrent du grand pays des Français avec les promesses de votre roi: «*Sa Majesté des Français veut du bien à nos peuples, désire peupler nos terres et faire la paix avec nos ennemis ou nous envoyer des forces pour les vaincre.*» La voix du grand *sagamo Anadabijou* avait alors répondu: «*Nous devons être contents d'avoir sa dite Majesté pour grand ami, et je suis fort aise que sa dite Majesté peuple notre terre et fasse la guerre à nos ennemis. Il n'y a pas de nation au monde à qui nous voulons plus de bien qu'aux Français.*» Les chefs des Estechemins, Algommequins et Montagnes reçurent ces bonnes paroles et leurs fils se souviennent. Aujourd'hui, les chefs sont fort réjouis de revoir le capitaine Champlain, qui était en ce lieu lorsque parla le grand *Anadabijou*. À ce jour, le capitaine Champlain soutint nos nations dans trois guerres contre nos ennemis. La parole du grand capitaine des Français dit vrai. Son retour contente notre peuple. À la fin du prochain jour, nous ferons festin pour nos amis français. L'esprit du grand *sagamo Anadabijou* a parlé il y a longtemps. Honorons l'esprit du grand *sagamo*.

Eustache se tut. Un Sauvage remit au chef un large cerceau de bois couvert d'une peau tendue. Le chef le souleva au bout de ses bras avant de poser sa main sur la peau qu'il frotta un moment avant de la battre. Les vibrations sourdes de son instrument emplirent l'immensité de l'espace.

«Ainsi bat le cœur du Nouveau Monde», pensai-je.

Je fermai les yeux. Ces mots de la Genèse…

«*Au commencement, Dieu créa le ciel et la terre. Or la terre était vague et vide…*» Et l'esprit planait sur les eaux, Et l'esprit planait sur les eaux, murmurai-je.

Je me tournai vers l'immensité du fleuve aux eaux vibrantes.

«Et l'esprit planait sur les eaux», répétai-je.

Les deux chiens accroupis près du chef hurlèrent à l'unisson.

La matinée du lendemain fut occupée à terminer nos bagages. Sur le *Saint-Étienne*, les passagers poursuivant leur route vers Québec se devaient d'être prêts pour le départ. Les chaloupes françaises accostées dans la baie de Tadoussac nous mèneraient là où tout allait recommencer. Ludovic et moi, moi et lui… La vie nous a refusé notre ferme sous les chênes de Bretagne, mais il doit bien y avoir une toute petite place pour notre amour dans toute l'immensité de ces territoires. Un coin de pays pour nous deux, le rêve, enfin! Bien sûr, nous ne sommes pas seuls dans l'aventure. Bien sûr, je ne suis pas libre, mais nous sommes ensemble. Découvrir avec lui, bâtir avec lui, dormir avec lui…

— Tes rêves dépassent l'entendement, marmonnai-je en terminant de plier ma couverture de lainage vert. Avec lui, disons plutôt, près de lui.

Le couvercle du coffre claqua. Je sursautai.

— Aïe! m'exclamai-je en portant la main à mon front. Peste de poutre!

— Excusez-moi, se désola Ysabel en se grattant une cheville. Ces piqûres d'insectes, une vraie damnation!

— Cesse de te gratter ainsi, tu avives l'irritation!

— Peste de moustiques!

— Eh bien, eh bien ! Le capitaine Razilly nous aura légué son patois.

Elle leva les yeux au ciel.

— Hé, ce long et périlleux voyage nous aura marquées à jamais. Tant que ce n'est pas au fer rouge… Vous avez remarqué comme ces gens ont la peau rouge.

— Ils s'enduisent le corps d'une huile couleur ocre, afin d'éloigner les moustiques. Enfin, c'est ce que m'a appris Eustache.

— Étrange…

Elle s'agenouilla devant notre malle d'osier et pressa nos vêtements. Je soulevai la paillasse de ma couchette.

— Plus rien ici.

Je me levai sur la pointe des pieds afin d'abaisser le rebord du hamac.

— Toujours rien.

L'enflure de mon front picota. Je plongeai la main dans notre seau d'eau et tapotai la bosse.

— Cette traversée m'aura fait cadeau d'une dizaine de bosses.

— Seulement dix ? badina Ysabel en soufflant sur la mèche de cheveux folâtrant devant son nez.

« La mèche rebelle de Noémie. Elle est avec nous, je le sens, elle est à Tadoussac », me dis-je.

Cette certitude me stimula. Mes rêves ne sont peut-être pas si fous, après tout !

— As-tu bien vérifié les moindres recoins de la pièce ?

— Oui. Et le coffre est vide ?

— Plus de deux mois à dormir dans cette minuscule pièce, tu y penses un peu !

— Je n'ai plus qu'une envie.

— Laquelle ?

— Courir dans un pré fleuri. Vous avez remarqué, les herbes des côtes sont parsemées de fleurs jaunes, blanches, indigo un peu de rose par-ci, du bleu par-là. Courir, courir, m'évader loin de tous, comme sur les coteaux normands. Vous souvenez-vous des coteaux normands ?

Je posai une main sur les plis de ma jupe. Ludovic, notre chaumière normande, notre enfant... Tout cela me parut si loin !

— Oh, pardonnez-moi, je ne voulais pas, s'excusa-t-elle.

— Les coteaux normands me manquent et me manqueront toujours.

Je relevai hardiment la tête et repoussai mes sombres pensées. Je lui tendis ma couverture.

— Mais la vie est devant nous, Ysabel.

Elle la déposa par-dessus les chemises.

— Heureux ceux qui espèrent, soupira-t-elle.

— Tes souvenirs te chagrinent. Regrettes-tu ce voyage ?

— Oui et non. C'est qu'il m'arrive parfois de me sentir si peu à ma place.

— Marie-Jeanne ? Encore elle ?

— Elle a raison. Je suis ridicule de croire que monsieur Eustache et moi...

— Fadaises ! Tu as vu comme il est intimidé quand tu l'approches ?

— Lui, intimidé !

— Bien sûr, lorsqu'il te regarde.

— Des regards intimidés ?

— Ne joue pas l'indifférente, tu sais son malaise. C'est bien ce qui déplaît à Marie-Jeanne. Et c'est bien ce qui l'a poussée à t'envoyer des piques comme elle l'a fait.

— M'humilier, moi ! Allons donc ! Dame Marie-Jeanne trépigne dès que j'ouvre la bouche, s'interpose dès que monsieur Eustache tente de me parler et ne manque pas une occasion de me rappeler que je ne suis qu'une...

Elle me tourna le dos. Je m'approchai et passai mon bras autour de ses frêles épaules.

— Une irremplaçable amie. Ysabel, ne te retourne pas les sangs, elle n'en vaut pas la peine. Son affectation cacherait un intime désarroi que je n'en serais pas surprise.

Ysabel tortilla le coin de son tablier de toile brune.

— Pardonnez-moi. Ce long voyage en mer nous aura toutes un peu aigries. Les incommodités auront excédé dame Marie-Jeanne. Peut-être qu'à Québec, une fois installée à l'Habitation...

— Nous serions tous bien aises si la gentillesse lui revenait. Ses extravagances ne me plaisent guère plus qu'à toi.

Elle se retourna et me sourit.

— Voilà qui est mieux. Nous n'en sommes qu'au début du périple. Secouons-nous, gente dame, l'aventure ne fait que commencer, dis-je en feignant un tourniquet d'escrime.

Mon geste lui extirpa un sourire.

— Il faudra que je m'y mette un jour.

— T'y mettre à quoi ?

— À l'escrime, pardi ! Vous tirez votre ardeur de cette épée, c'est connu !

— Hum, de l'escrime et de Ludovic. Mais Ludovic m'est réservé. Vous devrez vous satisfaire de l'épée, mousquetaire.

— Mousquetaire, prends garde, le cœur est engagé. J'ai compris.

— Une femme avertie en vaut deux.

Elle rit de bon cœur.

— Alors, me ferez-vous l'honneur de me prendre pour maître, gente dame ? déclamai-je en simulant un salut de l'épée.

— Tout l'honneur sera pour moi, s'extasia-t-elle en exécutant une élégante révérence.

Puis, elle souleva ses jupes, enjamba la malle d'osier, ouvrit la porte et inspira lentement.

— Un peu d'air pur, rien de mieux pour sceller une promesse.

Je grimpai sur ma couchette, la rejoignit près de la porte et jetai un dernier regard sur notre cellule de mer.

— Je n'ai qu'un regret, exprimai-je dans un soupir.

— Un regret ?

— Mon mouchoir de dentelle.

— Ah, le mouchoir ! Avouons qu'il n'y a rien de tel qu'un mouchoir pour soulager un nez bien garni, nasilla-t-elle.

Je tirai un chiffon de ma poche et le lui tendis.

— Désolée, il est dépourvu de dentelle.

— Et pas de joli H non plus. J'aimais bien ce H brodé de fil de soie rouge.

J'ouvris mes bras, elle ouvrit les siens et nous nous serrâmes l'une contre l'autre, unies par les fils soyeux de nos secrets.

Sur le versant sud de la pointe de Saint-Mathieu, s'étendait une terrasse sablonneuse haute de près de dix à quinze pieds au-dessus du niveau du fleuve. Là, devant les trois cabanes d'écorce de bouleau, brûlaient les feux autour desquels la centaine d'hommes prenaient place. Marie-Jeanne, Ysabel et moi attendions près de deux énormes sapins dont l'odeur me ravissait.

— Quel heureux mélange, ne trouvez-vous pas ?

— Heureux mélange ! s'étonna sèchement Marie-Jeanne en agitant son éventail.

— Oui, ces arômes de sapin, de feu de bois et de grillades de saumon frais.

— Il est vrai que ces effluves sont moins rebutants que les odeurs fétides du navire.

Tandis que les messieurs français s'installaient autour d'un feu avec les chefs, les femmes et les enfants se regroupèrent et vinrent vers nous. L'une d'elles les précédait. Ses longs cheveux noirs, collant à sa peau rougeâtre, couvraient presque entièrement ses seins nus. À chacune de ses foulées, sa jupe de peau, retenue autour de sa taille par un cordon de cuir, battait au-dessus de ses genoux. Les breloques ornant ses chevilles rythmaient sa marche. Cinq rangs de colliers paraient son cou. Elle avançait lentement sur le sable doré.

— Que nous veulent-elles ? Déjà que nous avons à subir ces outrageantes bizarreries ! Manifestez-vous, madame de Champlain ! Vous êtes la femme du lieutenant de ce pays, après tout ! Il vous incombe de repousser ces créatures du diable ! Toutes à demi nues ! Ignobles, perverses, insolentes !

— Calmez-vous un peu, Marie-Jeanne, vous risquez de les effrayer. Elles sont ici chez elles. Nous sommes leurs invitées.

— Nous sommes sur la terre du roi de France !

— Très chère Marie-Jeanne, deux mois de mer nous séparent de la cour de France.

Elle égrena un rire sarcastique.

— Soit, la cour est assez éloignée, mais les colonies, vous connaissez ?

— J'ai vaguement entendu parler d'une colonie en devenir et...

— Suffit ! Faites quelque chose, elles arrivent ! coupa-t-elle en s'agitant telle une toupie déréglée.

— Cessez de vous trémousser, ces femmes sont inoffensives.

— Inoffensives, inoffensives ! Qu'en savez-vous ? On m'a rapporté que ces diablesses allaient jusqu'à manger des cœurs... des cœurs humains ! précisa-t-elle fortement.

— Les enfants me semblent enjoués, tenta Ysabel.

— Ah vous, la servante, taisez-vous !

L'esclandre arrêta la Meneuse. Toutes l'imitèrent. Elle inclina la tête d'une épaule à l'autre, le visage visiblement intrigué. Au bout d'un moment, elle émit un son ressemblant à *kuei*. Les autres répétèrent. Je fis une courte révérence. Ysabel m'imita. Marie-Jeanne agita son éventail devant son visage masqué.

— *Kuei*, *kuei*, reprit la Meneuse en souriant.

— *Kuei*, m'entendis-je répondre.

Apparemment, cela lui convenait. Elle soupira d'aise et s'approcha. Petit à petit, le groupe se referma autour de nous. On nous scrutait, nous dévisageait, tâtait les toiles de nos jupes colorées, s'étonnait des reflets du miroir de Ludovic suspendu à ma taille, soulevait le pan de la capeline d'Ysabel et agitait la plume du chignon de Marie-Jeanne. Quand une main s'approcha de son masque, la pauvre se raidit telle une statue de pierre. Nous étions les étrangers à découvrir. Nous n'eûmes d'autre choix que de nous soumettre à la curiosité de nos hôtesses, jusqu'à ce que les yeux bridés et les mains agiles se fussent apaisés. Lorsqu'elles eurent terminé leur exploration, elles nous encerclèrent.

— Que nous réservent-elles ? s'inquiéta Ysabel d'une voix ténue.

— Madame de Champlain, cherchez votre époux immédiatement ou...

C'est alors que la Meneuse s'amena devant moi et ancra ses pieds dans le sable. Elle enleva un de ses colliers, se leva sur la pointe des pieds et le glissa autour de mon cou. Étonnée, je mis un moment avant de la remercier d'un sourire. Le regard vif et pénétrant de ses yeux noirs me subjugua. Une force émanait d'elle, une force bienfaisante, la force d'un arbre aux racines profondes.

— *Kuei, Napeshkueu*, clama-t-elle d'une voix chaude.

Sa peau luisait sous les rayons de la lune. Je regrettai d'être ignorante de sa langue et de son nom. Elle pointa une main en direction du sous-bois, là où les autres s'étaient déjà rendues. Je compris qu'elle nous invitait à les suivre.

Marie-Jeanne s'appuya à la roche sur laquelle Ysabel et moi étions assises. Nous agitions nos éventails afin de repousser la cruelle persécution des maringouins.

— Jamais je n'aurais pu imaginer pareil spectacle, s'exclama Marie-Jeanne.

— Quel spectacle ! Étonnant, n'est-ce pas ?

— Elles se pavanent à moitié nues et pas un moustique ne les approche. Je le répète... Euh ! Euh ! fit-elle en portant une main à sa gorge.

Son toussotement alla s'accentuant. Ysabel se leva et entreprit de lui tapoter le dos. Marie-Jeanne déploya brusquement son bras en guise de protestation. Surprise, Ysabel recula. Je me levai.

— Besoin d'aide, Marie-Jeanne ?

— Euh ! Euh ! Un mous... j'ai ava... un moustique.

Une jeune Sauvage plongea sa louche de bois dans un seau d'écorce rempli d'eau, s'approcha d'elle et la lui tendit. Elle but.

— Merci, dis-je à sa bienfaitrice.

Son sourire souleva ses pommettes saillantes, ce qui réduisit ses yeux bridés à deux minces lignes obliques. Elle tendit la main. Je remarquai que deux de ses doigts étaient coupés juste au-dessous de la phalangette. Marie-Jeanne lui remit son écuelle et elle retourna s'asseoir par terre, non loin d'un feu. Tout en haut, derrière nous, les battements de tambour reprirent. Marie-Jeanne se retourna brusquement vers les cabanes.

— Ah, mais quel affront ! Ces messieurs se font bienvenir des chefs et pétunent en jacassant tandis que nous... ici, abandonnées à ce... à ces créatures... au milieu de bestioles grillant au bout de piquets.

— Sans compter celles qui nous dévorent, badinai-je.

— Ah ! Enfin une parole sensée !

— Néanmoins, vous admettrez que nous avons droit à l'amabilité de ces femmes et à notre festin : cinq lièvres, trois perdrix et un porc-épic. Voilà qui suffira à apaiser votre appétit, non ?

— Un porc-épic, vous divaguez !

— Aucunement. Tu as vu comme moi la cuisinière retirer la peau de la bête, Ysabel ?

— C'est comme dit madame. Nous sommes arrivées du bateau un bon moment avant vous, dame Marie-Jeanne. Et slac ! Un coup de couteau par-ci, un coup de couteau par-là, on tire d'une main et le tour est joué, s'amusa-t-elle en refaisant les gestes.

— Mais les piques ?

— La bête en était dépourvue. On l'aura dépiquée avant de la cuire, si vous me permettez l'expression.

— Assez, c'est assez ! C'est répugnant à la fin ! se vexa Marie-Jeanne en relevant son nez en trompette.

Depuis notre arrivée à Tadoussac, une question me turlupinait.

— Dites-moi, Marie-Jeanne, pourquoi porter continuellement ce masque ? Sur le bateau, je comprenais, mais ici, ce soir...

— Je ne puis l'enlever. C'est obligé.

— Ah ! Étrange obligation... Et si je vous défiais de l'enlever ?

Elle tapa du pied en pointant énergiquement un doigt en direction d'un feu.

— Et moi je vous défie de manger le brouet de Spartiates qui cuit dans ce pot de bouleau, articula-t-elle, rageuse.

— Une chaudrée de poisson ; de l'eau, une poudre juste un peu plus jaune que notre farine, peut-être de ce maïs dont on parle tant, et des morceaux de saumon… du saumon frais, il va sans dire. Que c'est ingénieux, cette chaudière de bouleau.

— Répugnant ! Cette couleur brunâtre… Il y a de quoi avoir la nausée juste à regarder.

Soudainement assaillie par une cohorte de moustiques, elle agita vigoureusement ses bras autour de sa haute chevelure.

— Vos gigotements les attirent.

— Aaaah ! Ces moustiques vont me rendre folle !

Les ébats de Marie-Jeanne ne distrayaient aucunement les femmes qui allaient et venaient autour des trois feux. La Meneuse plongea une pince de bois dans la chaudière de bouleau où mijotait le potage de poisson, en ressortit quatre pierres une à une et les jeta dans le feu. Puis, elle en retira quatre autres des braises et les laissa tomber dans le mélange.

— Des pierres chauffantes ! m'étonnai-je. Qui l'eût cru ?

— On ne peut chauffer par l'extérieur, alors on chauffe de l'intérieur. Astucieux ! s'exclama Ysabel.

Lorsqu'elle eut terminé, la Meneuse essuya ses mains sur les poils noirs du chien rôdant autour d'elle.

— Dégoûtant ! Il suffit ! C'en est trop ! s'écria Marie-Jeanne en s'éloignant de nous.

Elle entreprit de marcher de long en large en bordure de la terrasse en agitant son éventail de tous bords tous côtés afin de repousser la nuée d'insectes qui l'enveloppait. De temps à autre, elle perdait pied, le sable ne favorisant pas le port de souliers à talons raffinés. La généreuse Ysabel fit mine d'essuyer sa bouche du revers de son tablier. À la vérité, elle étouffait tant bien que mal ses envies de rire. Je me contentai de me mordre la lèvre en levant les yeux vers la coupole céleste.

— Que d'étoiles ! Des milliers d'étoiles rieuses !

Peu après, les femmes et les enfants s'étaient accroupis autour des feux, leurs jambes repliées sous leurs cuisses. Ysabel, Marie-Jeanne et moi attendions le début du repas, bien assises sur une immense roche plate naturellement intégrée au cercle des convives. La Meneuse se leva, tendit ses bras vers nous et prononça quelques mots à l'intention des autres.

— Hô-ô-ô, répondirent-elles à leur interlocutrice.

— Quel patois ! s'exclama Marie-Jeanne, qui était revenue s'appuyer sur notre roche.

— Il nous faudra apprendre leur langage, très chère.

— Apprendre ce baragouinage ! Plutôt... plutôt...

— ... mourir, complétai-je.

— Oh ! Oh ! s'offusqua-t-elle en agitant son éventail.

— Hô-ô-ô, reprirent les autres en saluant Marie-Jeanne de la tête.

— Vous apprenez vite, très chère.

— Oh ! Oh ! vous ! s'exclama-t-elle à nouveau.

— Hô-ô-ô, répondirent nos hôtes visiblement réjouies de la complicité de Marie-Jeanne.

Notre Meneuse déposa les têtes des lièvres et du porc-épic dans des écuelles d'écorce et la jeune fille aux doigts coupés les offrit aux femmes aînées en répétant à chacune *khimichimi*. Puis, elle en remplit trois autres de cuisses de lièvre et nous les fit porter.

— *Khimichimi*, *khimichimi*, répéta la Meneuse à notre intention.

Ainsi les femmes et les enfants reçurent-ils leur part du festin. Puis, tous mangèrent en silence.

Je terminais de déguster la chair de lièvre quand la Meneuse plongea son écuelle dans la bouillie de la chaudière d'écorce de bouleau et en remplit deux pots. Elle les remit à la jeune Sauvage aux doigts coupés qui vint nous les offrir. Dans les orifices du masque noir, les yeux jaunes de Marie-Jeanne roulèrent vers moi.

— Vous n'avez d'autre choix que de savourer, très chère, raillai-je, sinon vous risquez d'offenser nos hôtesses, et Dieu seul sait ce dont ces femmes sont capables. Manger des cœurs, avez-vous dit.

Son éclat de rire attira tous les regards. Ses lèvres se pincèrent sous le rebord de son masque.

— La foudre vous frappe, madame de Champlain ! maugréa-t-elle entre les dents.

— À votre santé, très chère. Au fait, le pari du brouet de Spartiates a été relevé, alors le masque doit révéler son mystère.

Ysabel couvrit à nouveau le bas de son visage du coin de son tablier. Je me détournai quelque peu, désireuse avant tout d'éviter à notre rébarbative Marie-Jeanne l'humiliation de mes regards. Je bus mon potage. Les délicats morceaux de saumon fondirent dans ma bouche. Le tout était bien un peu trop consistant, un peu fade même, mais il me rassasia complètement. Mon estomac était rempli à se fendre. Je léchai le bout de mes doigts et repris ma position devant le feu. L'écuelle de la Meneuse reposait sur le sol, vide de son contenu. Marie-Jeanne passa le revers de sa main sur sa bouche. Le brouet des Spartiates s'était apparemment assaisonné des relents de son orgueil.

— Et ce masque ?

— Peste soit de vous deux ! susurra-t-elle.

Ysabel me fit un clin d'œil complice.

— Peste, le capitaine Razilly ! conclut-on d'une même voix.

Tandis que les garçonnets, habillés d'un simple pagne, couraient sur la grève avec les chiens, les femmes et les fillettes retournaient vers les cabanes, les bras chargés des ustensiles ayant servi à la cuisson du repas. Le festin des hommes allait bon train. Les murmures des voix s'étaient amplifiés. Je m'éloignai quelque peu de notre roche afin de repérer Ludovic parmi le groupe de Français. Les Sauvages éparpillés sur toute la terrasse entravaient ma recherche. Debout, près d'une cabane, monsieur de Champlain discutait ferme avec Eustache, le commissaire et le père Le Baillif. Il gesticulait des bras, soulevait son chapeau, essuyait son front. Depuis qu'il avait appris que deux vaisseaux de La Rochelle étaient venus traiter à Tadoussac dès le 30 du mois de mai, sa nervosité n'avait d'égal que sa colère.

— Rochelais à la potence ! s'était-il exclamé en apprenant la nouvelle. Ces rebelles ne cessent de mal faire. Ils ne respectent pas l'ordonnance de Sa Majesté qui défend le droit de traite par commission sous peine de vie ! Pour ces Rochelais, point de justice qui tienne !

Quand, par la suite, Eustache l'informa que quantité d'armes à feu, de poudre et de plombs avaient été remis aux Sauvages en échange de peaux, il éclata.

— Rochelais aux enfers ! Ces méchants larrons discourent pernicieusement devant les Sauvages contre notre religion et contre les catholiques, avant d'armer les infidèles. Stratégie du diable ! Fomenter d'odieuses opinions sur notre compte, semer le doute et la discorde, voilà le but visé ! Tout est en place pour que les canons des fusils se tournent contre nous. Maudits soient ces impies !

Sa colère n'avait pas dégrossi depuis. Jamais je ne l'avais vu dans un pareil état. Je tâtai le collier de petites perles nacrées autour de mon cou. Chez ces peuples sauvages, les liens de commerce et d'amitié s'entretiennent par des échanges de dons équitables, m'avait appris le sieur de Champlain. J'avais reçu ce collier de la Meneuse, je me devais de lui offrir un présent en retour. Si seulement mon geste pouvait aider la cause... Je fixai la chaudière d'écorce vide de son brouet. La chaudière d'écorce, mais oui, une chaudière !

— Ysabel, je dois me rendre sur le navire, chuchotai-je près de la barbe de sa cornette blanche.

— Quoi ! Au navire, seule, maintenant !

— Non, avec Paul. Il est sur la droite, un peu en retrait. Regarde, il observe le Sauvage qui frappe sur une écorce. Je le rejoins et l'entraîne près des barques de l'autre côté de la pointe. Il nous suffira d'une heure pour aller et revenir de la rade.

— Et Marie-Jeanne ?

— Marie-Jeanne ! Reste auprès d'elle et distrais-la pendant mon absence.

— La distraire ? Mais, elle ne peut souffrir ma présence !

— Rends-toi près d'Eustache, elle te suivra.

— Où se trouve-t-il ?

— Penche-toi un peu par ici. Tout près de la cabane sur la gauche. Regarde, tu le vois derrière ce groupe de Sauvages ?

— Oui, il discute avec monsieur de Champlain et le commissaire.

— Hâte-toi, Marie-Jeanne revient du sous-bois. Elle a probablement les fesses piquées à vif.

— Alors, vous ! s'exclama-t-elle en posant les mains sur ses hanches.

— En échange d'un cours d'escrime, s'il te plaît ?

— Alors là !

Elle ajusta son tablier, releva fièrement la tête et se dirigea tout droit vers mon frère, l'homme ardemment convoité.

— C'est bien de vous, ça, voler une chaudière ! dit Paul en dirigeant notre barque le long de la coque du *Saint-Étienne*.

— En 1605, en Acadie, une chaudière fut la cause de la première escarmouche entre les Français et les… les Amou… Amouchiquois.

— Non !

— Si ! On ne badine pas avec les chaudières dans ce pays, mademoiselle. Un Français fut sacrifié pour une chaudière !

— Il… est mort pour une chaudière ?

— Vrai comme vous êtes là. Par tous les diables ! Mademoiselle, vous êtes bien certaine de savoir ce que vous faites ?

Je ris.

— Certaine ! Avec vous, je ne crains rien. Allons, pirate, à l'abordage !

Paul leva ses yeux bleus et oscilla de la tête. Puis il agrippa l'échelle de corde.

— Vous l'aurez voulu, montez, *Napeshkueu*.

— Eh, j'ai déjà entendu ce mot. Oui, la Meneuse…

— Ainsi vous nomme la femme du chef, gente dame. Ce qui flatte Samuel, pardon, monsieur de Champlain.

— Et cela signifie ?

— Femme intrépide.

— *Napesh*…

— *Napeshkueu*, femme intrépide… J'aime bien.

Je relevai lestement mes jupons, les fixai autour de ma taille, agrippai l'échelle et me hissai jusqu'au pavois. Paul attacha notre embarcation au cordage et grimpa.

— À l'heure qu'il est, notre vieux coq doit ronfler comme une vieille bourrique.

— Chut ! Chut !

— Et s'il se réveille, *Napeshkueu* ?

— Alors, je compte sur vous pour lui offrir vos dernières rations de vin. Venez !

Nous atteignîmes la cuisine sans croiser âme qui vive. Les ronflements du coq traversaient la porte close.

— Il nous faut un plan, chuchota Paul. J'ouvre et je me dirige près du dormeur. Vous vous glissez jusqu'aux crochets des chaudières de cuivre. Vous en saisissez une et remontez au plus vite sur le pont. S'il se réveille, je m'en occupe.

— Que ferez-vous ?

— Un vieux tour de corsaire. Prête ?

J'acquiesçai de la tête. Au fond de la cuisine, le coq dormait, allongé sur un banc. Paul s'y rendit à pas de loup. J'approchai des chaudières de cuivre suspendues au-dessus de la table du boucher et décrochai la première. Je vis un tas de poches de chanvre sous la table.

« Le sac idéal pour transporter ma chaudière », pensai-je.

Je m'étirai pour l'atteindre. La manche de ma chemise frôla une louche. Elle tomba. Le dormeur grommela. Paul saisit une bouteille vide sur la table tout en m'indiquant la porte du bout du menton. Je déguerpis le plus silencieusement possible, l'anse de la chaudière dans une main et le sac de chanvre dans l'autre.

Je ramais en évitant les éclaboussures. Usant de prudence, Paul nous fit dévier un peu plus avant à l'intérieur de la rivière Saguenay, afin que notre barque accoste sur la grève de la pointe Saint-Mathieu le plus discrètement possible. Ses eaux sombres rutilaient sous les rayons de lune. Des falaises emmuraient le lit de la rivière, tels les remparts d'une imposante forteresse. Vus de notre barque, ces rochers escarpés m'apparurent d'une hauteur comparable à celle de deux cathédrales posées l'une par-dessus l'autre.

— Où mène cette rivière du Saguenay, Paul ?

— D'après Samuel, pardon, monsieur de Champlain, les embranchements de cette rivière mèneraient à la mer du Nord, le passage vers la Chine et ses merveilles. Il rêve encore de s'y rendre un jour.

— Vous croyez ! Il me semblait que la colonisation...

— Oh, c'est son intérêt premier, enfin l'intérêt du lieutenant de la colonie. Mais son rêve d'exploration l'habite toujours.

— Vous le connaissez mieux que moi.

— Y a pas de doute ! Il semble que plusieurs nations vivent dans ces contrées éloignées, des Montagnes et des Algommequins. Chaque été, certaines bandes voyagent pendant plus de cinquante jours sur les lacs et les rivières pour venir traiter à Tadoussac. Elles y font la pêche et la cueillette de l'écorce des bouleaux anciens. Elles ont besoin de cette écorce pour la fabrication des canots, des cabanes...

— Et des chaudières.

— Et des chaudières, reprit-il avec un clin d'œil.

— Et ces cours d'eau sont les routes de commerce gardées comme des secrets d'État ?

— Par tous les diables, des secrets d'État !

— Ainsi en parle monsieur mon époux.

— Il faut le croire, il faut le croire. S'il le dit, il faut le croire. Des routes de commerce gardées comme des secrets d'État. Eh bien !

— C'est ce qu'il rapporte.

— Au fait, comment lui expliquerez-vous la présence de cette chaudière, *Napeshkueu* ?

— Je n'aurai rien à expliquer, Monseigneur. Tout cela est affaire de femmes.

— Oh, oh ! Une entourloupe à la Noémie !

— Un petit peu de Noémie dans l'histoire de la chaudière ? Elle en serait bien fière !

Nous rejoignîmes le lieu des réjouissances sans encombre. À l'orée du sous-bois, je ralentis le pas.

— Ça ira, Paul, je peux me débrouiller maintenant.

— Soit, je retourne au navire. Je n'ai pas le cœur à la fête, ma vieille carcasse tire de la patte.

— Ah, votre vieille carcasse. La victoire de nos assauts m'est assurée, alors ?

— Oh la coquine ! Attention, attention, quand on parle escrime, le vieux loup se réveille.

Il serra mes mains dans les siennes.

— Merci mille fois, Paul. Bonne nuit.

— Ce fut un honneur de braver le danger avec vous, *Napeshkueu.*

Je baisai son front. Il souleva son chapeau, me fit une extravagante salutation et reprit la piste d'où nous étions venus. À la vérité, je savais son besoin de solitude. Il lui venait toujours quand le souvenir de Noémie le surprenait au hasard des mots.

Sur la terrasse de sable, autour des feux, les hommes, les femmes et les enfants y allaient de sautillements, de piétinements, de tortillements, de levées de bras et de secouements de tête. Ils dansaient en émettant des sons rauques et des cris répétitifs qui m'apparurent dénués d'harmonie. Pour toute musique, des battements de bois sur des écorces d'arbre et des branlements de hochets faits de dos de tortues. De temps à autre, le son aigu d'un chalumeau s'infiltrait dans le brouhaha sonore. Les Sauvages fêtaient d'une rude manière, une manière dont nous n'avions pas coutume.

Je repérai Ludovic. Il était à l'autre bout de la terrasse avec Marie-Jeanne, monsieur de Bichon et Eustache. Ysabel, quelque peu en retrait, les observait. De toute évidence, l'astuce avait réussi ; mon absence n'avait pas été remarquée. Je me faufilai derrière un groupe de matelots et reconnus le maître voilier Léger.

— Foi de marin, jamais je n'ai vu tant d'appas se dandiner en même temps ! Eh, Tanguy, y en a t'y pas assez à observer ?

— Plus qu'il n'en faut ! Aucun bordel de France n'en offre autant. Regarde-moi celle-là ! s'esclaffa-t-il en agitant ses grosses mains largement ouvertes devant sa poitrine.

Je tapai sur son épaule. Il se retourna vitement.

— Ho ! Pardon… ma… madame de Champlain, bredouilla-t-il en enlevant son bonnet.

— Matelot… ?

— Tanguy, matelot Tanguy, à votre service, madame.

— Eh bien, matelot Tanguy, vous avez l'œil bien aiguisé, à ce qu'il paraît.

— Oui, assez, madame.

— Je cherche une femme sauvage, assez trapue, bien en chair. Elle a les cheveux noirs, les yeux bridés et quatre colliers autour du cou. Vous l'apercevez dans la cohue ?

Il écarquilla les yeux et gratta ses cheveux crasseux.

— Ben, sauf votre respect, madame, elles ont toutes les cheveux noirs et les yeux bridés.

— Et les colliers, quatre colliers.

Il s'étira le cou et scruta tout autour.

— Elles ont toutes des colliers au cou, des bracelets au bras, et plein de babioles dans les cheveux, se désola-t-il en levant ses épaules.

— Ah, il est vrai qu'elles sont toutes parées pour l'occasion. Elles fêtent notre arrivée. Elles ont préparé notre repas et nous ont accueillis comme des amis. Celle que je cherche m'a fait cadeau de ce joli collier.

Le matelot Tanguy fixa mon cou et me dévisagea, hébété.

— Madame, si je peux me permettre, interrompit le maître voilier Léger, l'autre joyeux plaisantin, regardez près du chef, dit-il en pointant son doigt vers la première cabane.

— Nous y voilà, c'est bien de cette femme dont il s'agit.

Le matelot Tanguy retrouva son sourire.

— Alors, matelot Tanguy, j'ai une mission pour vous, une mission secrète.

Il redressa les épaules.

— À votre service, madame.

Je soulevai mon sac de chanvre et me dirigeai derrière un haut treillis de bois sur lequel séchaient des rangs de poissons. Je n'eus pas à attendre longtemps. Le matelot Tanguy apparut suivi de la Meneuse.

— Merci, matelot Tanguy.

Le matelot repartit. La Meneuse s'installa devant moi et croisa les bras sur sa poitrine. Je lui présentai la chaudière de cuivre. Elle ne broncha pas. Je la déposai sur le sol, portai une main sur mon cœur et la tendit vers elle.

— *Assik*, *eshe*, dit-elle.

— *Eshe*, répétai-je.

Elle posa ses mains sur mes épaules. Ses yeux perçants m'envoûtèrent. J'eus alors l'étrange impression que mes pieds s'enfonçaient dans le sable et que mon âme s'envolait vers les étoiles. Un vent léger portait les cris rauques et le son des tambours. J'étais dans un ailleurs, j'étais au pays de la femme aux racines profondes.

— *Napeshkueu eshe*, dit-elle en croisant les bras sur sa poitrine.

Puis, elle saisit l'anse de la chaudière, la souleva, l'observa et me sourit. Je tendis la main vers elle et la ramenai sur mon cœur avant de poser mon index sur ma bouche. Elle posa une main sur son cœur, la pointa vers moi, et posa son index sur sa bouche. Je lui tendis la main, elle la serra dans les siennes. Au loin des chiens hurlaient à la lune.

12
La vieille rivière

L'eau était si claire que je voyais distinctement les bancs de poissons frétillant sous l'eau. Assise à ma droite, Ysabel observait la barque voisine dans laquelle Eustache et Ludovic ramaient côte à côte. Elle soupira longuement et me sourit.

— Pas trop engourdie, Ysabel ? fis-je.

— Un peu. Il s'est bien écoulé trois heures depuis notre départ de Tadoussac.

— Presque trois heures et demie, dit monsieur de Champlain, posté sur le siège avant, près de François de Thélis.

— Voyez par vous-même, dit-il en se retournant afin de nous montrer le sablier qu'il tenait à bout de bras.

Les derniers grains de sable coulèrent sur le temps passé.

— Trois heures et demie pile ! Connaissez-vous la provenance de ces grains de sable, mesdames ? demanda-t-il en renversant le sablier.

— Les grains de sable ! s'esclaffa Marie-Jeanne sous son ombrelle.

Son éclat de rire rebondit sur les parois rocheuses et se perdit dans l'air chaud de ce magnifique après-midi d'été. François arrêta le mouvement de sa rame.

— Alors, qui saura me répondre ? insista le lieutenant. Vous, dame Hélène ?

« La rose des sables, pensai-je, la rose de la collection de cailloux de Ludovic. » Les sables s'agglomèrent et créent une masse dense et dure, m'avait-il expliqué dans notre repaire de la forêt de Saint-Cloud.

— Des roches, monsieur, répondis-je fièrement.

— Madame ! s'étonna-t-il, le visage réjoui. Votre connaissance est juste. Le sable provient de l'érosion des rochers.

— Mâdâme ! railla tout bas Marie-Jeanne.

— Par tous les diables ! s'étonna Paul qui ramait derrière moi.

— Le temps qu'il aura fallu à l'eau pour créer les grèves sablonneuses de ce fleuve : une durée inimaginable ! poursuivit le sieur de Champlain, en levant son chapeau vers le rivage.

Marie-Jeanne se trémoussa sur sa banquette.

— Le temps, le temps... Combien de temps encore avant d'accoster, monsieur ? L'immobilité m'indispose à un tel point !

— Vous pourriez toujours ramer, ma sœur, proposa François en plongeant vigoureusement sa rame sur le sommet d'une vague.

— Mais vous m'éclaboussez ! Prenez garde à la fin, mon frère !

— Mille excuses, petite sœur.

— Insolent ! Je... enfin, quelqu'un aurait-il l'obligeance de m'indiquer le moment où nous toucherons terre ?

— Dès que le fleuve étale, dame Marie-Jeanne, répondit courtoisement monsieur de Champlain.

— Le fleuve étale... ? répéta-t-elle en s'étirant le cou.

— Le fleuve étale. Savez-vous ce dont il s'agit, mesdames ? enchaîna monsieur de Champlain.

— S'immobilise, lança spontanément Ysabel, le moment entre le flot et le jusant.

— Le flot et le jusant, ricana Marie-Jeanne. Que de savoir sous ce bonnet de servante !

Les rames de monsieur mon époux et de François restèrent figées au-dessus de l'eau. Ysabel cessa de respirer. Je m'approchai au-dessus de l'épaule de notre précieuse.

— Le flot et le jusant, vous connaissez, très chère ?

— Bien sûr que si !

— Tant mieux ! Il eût été embarrassant de convenir que le bonnet d'une servante fût mieux garni que le vôtre. Alors, Marie-Jeanne, cet étale, quand arrive-t-il ?

— Mais, entre le flot et le jux... le juxtant, s'énerva-t-elle.

Monsieur mon époux et François piquèrent l'eau de leurs rames. Le premier s'éclaircit la gorge, le second étouffa son rire. Ysabel retrouva son souffle.

— Touché ! déclara Paul dans mon dos.

Notre flottille, composée des quatre barques françaises et de quinze canots sauvages, avançait rapidement sur la grande rivière du Canada. Nous longions sa côte nord. Le paysage y était grandiose, d'une impressionnante démesure. Ici, des conifères et des arbustes rabougris émergeaient des caps stériles. Là, d'énormes fissures précédaient les strates obliques qui piquaient du nez dans les profondeurs du fleuve. Parfois, des colonies de mouettes et de cormorans nichaient dans les replis des falaises. De temps à autre, d'étranges oiseaux trapus, pourvus d'un large bec rouge et jaune, animaient un rocher poli par les vents et les marées. Derrière chaque cap, se cachait une baie. Elle pouvait être resserrée et rocailleuse, plus ouverte, aux abords intensément boisés, ou encore ample et généreuse, aux rives dégagées, longues et invitantes. Ainsi était celle qui nous apparut.

— La Malbaye, nous informa monsieur de Champlain.

— Magnifique ! m'exclamai-je.

— Que c'est beau ! renchérit Ysabel.

— Lieutenant, arrêtons-nous dans cette baie, dit Marie-Jeanne.

— Impossible, madame. Nous devons traverser l'étroit passage de l'île aux Coudres avant la fin de la marée montante.

— Et pourquoi cet empressement ?

— La fin des marées provoque des courants d'une grande violence en ce lieu. Il nous faut éviter les écueils et les bancs de sable. Quelquefois, les tourbillons du vent y sont méchants. Une étroite bande de terre basse s'étend un peu au sud de l'île. Les Sauvages ont coutume d'y cabaner. Nous y passerons la nuit.

— Hola, hola ! hurla Eustache de sa barque, les mains en porte-voix. Au large, regardez vers le large.

Les ronds chapeaux noirs des pères Le Baillif, Jamet et du frère Bonaventure étaient tournés vers l'endroit désigné. Dans leurs canots, les Sauvages immobilisés scrutaient le fleuve.

— Regardez, s'écria Ludovic, des bancs de marsouins.

— *Uapimek*, *uapimek*, avertissaient les Sauvages d'un canot à l'autre en pointant les bras vers le sud.

J'eus beau me soulever jusqu'à la limite du possible, je ne vis rien.

— Comme c'est regrettable que leur parcours soit si éloigné du nôtre. Les sauts de ces baleines blanches sont d'une rare beauté, dit monsieur de Champlain.

— Des baleines blanches ? m'étonnai-je.

— Un présage de bonheur, compléta-t-il en replongeant son aviron.

François s'était levé. Il parcourait l'horizon des yeux, une main en visière.

— Des arcs blancs bondissent hors de l'eau, au loin, par là. Regardez, mesdames, par là, s'excitait-il, le bras tendu.

— Je les vois, se réjouit Paul.

— Levez-vous et appuyez-vous sur mon épaule, m'offrit gentiment Ysabel.

Je me levai. Une forte vague fit tanguer notre barque. Son balancement me fit perdre pied. Je chancelai et rebondis sur mon banc.

— Tant pis, me résignai-je.

— Peuh ! Risquer de nous faire chavirer pour des poissons ! rouspéta Marie-Jeanne en agitant son éventail.

— Qui ne risque rien n'a rien, très chère Marie-Jeanne, répliqua François.

Sa réplique resta sans réponse. Cela me surprit. J'en conclus que la chaleur et la fatigue étaient venues à bout de la hargne de notre Marie-Jeanne. J'en remerciai le ciel. Sa fâcheuse insistance m'irritait.

La cadence des avirons avait repris de plus belle. Je regardai vers Ludovic. Il ramait, le visage droit devant. Nous étions accompagnés par des Algommequins et des Montagnes qui montaient vers Trois-Rivières pour commercer. Dispersés autour de nos barques, leurs canots fendaient les eaux. Certains étaient menés par une dizaine de Sauvages, d'autres par quatre d'entre eux. Au centre de ces derniers s'entassaient peaux, sacs de tabac, maïs, ainsi que rouleaux d'écorce, paniers, sacs à provisions, arcs, carquois, flèches, filets et harpons. Tous ces gens voyageaient en silence, réduisant leurs paroles à l'essentiel de ce qui devait être dit. La plupart des hommes et des jeunes garçons fumaient en ramant. De temps à autre, une parole suscitait rires et exclamations. Curieux, les chiens soulevaient alors leur museau, frétillaient de la queue un moment, puis retournaient à leur somnolence. Un canot devançait tous les autres, le canot du chef *Erouachay.* Il transportait deux femmes âgées, quatre enfants et leurs bagages. À l'arrière, la Meneuse dirigeait le canot. Je regardai à nouveau vers Ludovic. Il arrêta le mouvement de son aviron, souleva son chapeau et salua en direction de notre barque. Je regrettai de ne pouvoir lui exprimer mon bonheur.

Un cri retentit du premier canot. Le chef se leva et pointa son aviron. Son message rebondit d'un canot à l'autre.

— L'île aux Coudres, reprit Eustache.

— L'île aux Coudres, voyez, voyez cette masse sombre à l'horizon. Moins d'une heure et nous y serons, s'enthousiasma le capitaine de Champlain. Accrochez-vous, mesdames, d'ici peu, les flots risquent de grossir.

Le vent s'était fait clément de sorte que les écueils et les bancs de sable avaient été évités. Avant la fin de la marée, nous avions accosté sur la berge au sud de l'île aux Coudres sur un site nommé Vieille Rivière, car il s'y trouvait un étonnant saut d'eau issu d'une rivière. Emmuré dans une profonde crevasse rocailleuse, il chutait d'un promontoire de plus de six brasses de haut. Le flot descendait avec une telle force qu'il rebondissait avec fracas dans un étang profond avant de se déverser dans le fleuve. Son bruit emplissait l'espace.

— Fantastique ! murmurai-je, totalement éblouie.

— Un saut d'eau, madame, me dit Ludovic avec un clin d'œil.

— Une chute, répétai-je bêtement en réprimant l'émoi suscité par l'évocation de nos souvenirs.

— Éblouissant ! s'exclama monsieur de Champlain. Ce monde déborde de pures merveilles ! Il ne cessera de vous étonner, madame !

— Oui, de pures merveilles, repris-je en reluquant Ludovic, qui avait croisé les bras.

— Et tous ces poissons ! s'étonna monsieur Guers. Le fond de l'étang en est couvert !

— Une eau claire propice à la baignade, lança Ludovic. Quel plaisir nous pourrions y prendre, n'est-ce pas, mesdames ?

— Oh ! Oh ! se vexa Marie-Jeanne.

— Oui, peut-être bien, répondit timidement Ysabel.

Je me contentai de sourire. Le bouillonnement de mon désir égalait bien celui de la chute.

Nous en étions encore à l'éblouissement quand cinq garçons sauvages, entièrement nus, se précipitèrent dans l'étang de la chute en criant. Ils sautillaient, rebondissaient et nageaient au milieu des poissons avec une étonnante agilité. De l'autre côté du bassin, la Meneuse s'approcha, leur fit signe des bras et leur dit quelques mots. Ils oscillèrent de la tête et reprirent leurs joyeux ébats. Puis, elle souleva un panier d'écorce et m'interpella de la main.

— Que me veut-elle ? demandai-je.

— Elle vous offre d'aller cueillir des framboises, traduisit Eustache, qui nous avait rejoints avec un paquet de couvertures sous le bras.

— Cueillir des framboises ? Mais nous arrivons à peine !

— Il semble que les Sauvages soient plus gaillards que nous. Voyez leurs cabanes, me dit-il en m'attirant vers lui.

Je restai bouche bée. Au fond de la grève, en lisière des arbres, les canots s'étaient transformés en cache. Ils avaient été renversés sur le côté. Des piquets de bois soutenaient leurs rebords et du sapinage couvrait le sol de chaque abri. Les femmes et les fillettes portant des contenants d'écorce rejoignirent la Meneuse, tandis que les hommes et les garçons, équipés de dards et de filets, se hissèrent habilement sur les rochers menant aux berges de la rivière.

— Bien entendu que vous pouvez ! s'exclama monsieur de Champlain. Messieurs, quelqu'un d'entre vous peut-il accompagner ces dames à la cueillette des framboises ? Ces petits fruits feront notre régal.

— Mais, Ysabel et moi devons installer le campement. Je ne sais pas si… hésitai-je.

— Il n'y a pas de « mais » qui tienne !

— Et comment trouverons-nous ces framboises, monsieur ? s'inquiéta Ysabel.

— Suivez ces femmes, elles connaissent les bois comme le fond de leurs poches, enfin de leurs sacoches. Elles parcourent ces territoires tous les étés. Je parie qu'elles vous conduiront aux framboisiers les yeux fermés. À la réflexion, peut-être pas, à cause des ours. Ces énormes bêtes raffolent aussi des petits fruits.

— Les ours ! Aaaaaaaaah ! s'écria Marie-Jeanne. Soutenez-moi, mon frère. Aaaaaaah ! continua-t-elle en ramollissant dans les bras de François.

Les autres se précipitèrent pour l'aider.

— Ça ira, ça ira, ne vous inquiétez pas. Je la conduis près de notre barque. Ça ira, les rassura François.

Il s'éloigna en soutenant sa sœur qui marchait en chancelant. Monsieur de Champlain souleva son chapeau, s'essuya le front du revers de la manche et se recoiffa.

— Alors, ces framboises bien mûres ? Bichon ? Bichon ? répéta-t-il en s'approchant de lui.

Monsieur de Bichon posa une main autour de son oreille en guise de cornet et le tendit dans sa direction.

— Pourriez-vous accompagner les dames à la cueillette des framboises, Bichon ?

Il balança la tête de gauche à droite.

— Si monsieur le permet, je préfère m'appliquer à trouver un endroit sûr pour le coffret des livres et des cartes. On ne sait jamais, le ciel peut se couvrir à l'improviste. Je n'ose imaginer le gâchis qui surviendrait, argumenta-t-il en tapotant la pointe de son nez de son index crochu.

— Soit, soit, le ciel est sans nuage, mais on ne sait jamais. Paul ? Allons Paul, un mousquet et une fine lame… pour les ours… au cas où…

— Si monsieur le permet, j'avais promis mon industrie à messieurs Guers et Dolu… pour leurs cabanes. Si monsieur le permet…

Monsieur de Champlain posa les mains sur ses hanches et se tourna vers Ludovic.

— Ferras ?

— Escorter ces dames pour la cueillette des framboises mûres ? Un honneur, monsieur !

— Votre mousquet et votre épée contre les ours. Je compte sur vous, Ferras.

— Je pourrais seconder Ferras, monsieur, proposa hardiment Eustache.

— Une autre fois, Eustache. Nous avons à discuter des satanés bateaux rochelais ancrés au Bic. Dolu, Guers, venez. Bonne cueillette, mesdames, et gare aux ours !

Ysabel sourit à Eustache qui nous salua de la main. Les femmes sauvages attendaient, mi-intriguées, mi-rieuses. La jeune fille aux doigts coupés portait un arc, un carquois et des flèches. Je m'approchai de la Meneuse. Elle me tendit un pot d'écorce et passa sa main au-dessus du contenant avant de la lever vers le ciel.

— *Nisha-kashtin*, dit-elle de sa voix profonde.

— La lune des framboises, nous expliqua Eustache en s'éloignant. D'après leur calendrier lunaire, le mois de juillet est celui de la lune des framboises.

— *Eshe, eshe,* répondis-je en lui souriant.

Nous suivions tant bien que mal les femmes sauvages malgré nos encombrants jupons. J'avais fixé les miens à ma ceinture, davantage préoccupée par le rythme de marche à tenir que par la modestie. En France, le simple dévoilement des chevilles constituait un fâcheux outrage aux convenances. Mais ici, dans la forêt, le bon sens exigeait d'exposer chevilles, mollets et genoux aux broussailles et aux moustiques. Ludovic me suivait pas à pas, le mousquet à la main, l'épée à la ceinture et le sourire aux lèvres.

— Comment va madame ?

— Excitée, madame est excitée, répliquai-je en me penchant afin d'éviter une branche d'une gigantesque épinette.

Il posa son bras autour de mes épaules.

— Et excitante, chuchota-t-il en baisant furtivement ma joue.

— Ludovic, pas ici !

— Faites plus vite, cria Ysabel devant nous. Elles ont disparu. Nous risquons de perdre leurs traces.

La Meneuse s'extirpa d'un buisson et surgit devant elle. Ysabel sursauta. Sans rien dire, la Meneuse lui emboîta le pas.

— Allons, madame, empressons-nous, les framboises sont mûres, conclut Ludovic en laissant sa main derrière mon cou.

— Ludovic !

Notre guide nous entraîna dans un étroit sentier bordé de bouleaux. Après plus d'un quart de lieue, nous atteignîmes une clairière entièrement couverte de buissons tout picotés de rouge. Dispersées çà et là, des femmes et des filles accroupies entre les talles recueillaient les petits fruits. Seule la fille aux doigts coupés, carquois au dos et arc à la main, circulait en bordure de la forêt. Elle observait les alentours, sans se soucier de la récolte. Sa silhouette m'apparut plus fine que celle des autres femmes. Un vent léger soulevait ses longs cheveux d'ébène tombant librement sur son dos. Elle avançait lestement entre les herbes hautes, à demi nue, n'ayant pour seul vêtement qu'une courte jupe de peau. La corde de son carquois séparait les seins fermes qu'elle offrait naturellement au soleil.

« Diane, divinité de la nature sauvage, déesse de la chasse… », pensai-je.

— Mesdames, déclama Ludovic en déployant largement ses bras, les framboisiers vous réclament. À vos paniers !

Ysabel rit. Je sourcillai.

— À quoi s'occupera maître Ludovic pendant que nous remplirons nos pots ? demandai-je.

— Il préservera les cueilleuses de la gourmandise des ours. Cueillez l'esprit tranquille, mesdames, j'ai l'œil.

— L'œil pour les ours et seulement les ours, précisai-je.

Il se rembrunit, regarda au-dessus de ma tête, arrêta son regard sur la déesse, souleva le menton, leva les yeux au ciel et me sourit.

— Ah, madame ! Qu'allez-vous supposer ? Un gentilhomme s'en tient à son devoir. D'autant qu'il fut déjà victime de griffes fort redoutables et qu'il…

— Fort bien, fort bien ! Je tenais simplement à… à… puisque, vous me comprenez…

— Oh, que si ! Comme je vous comprends ! Nous sortons d'un long carême, vous et moi.

— Un long carême ?

— Plus de deux mois en mer, deux mois au régime de moine avec la tentation continuellement sous les yeux. Une pénitence, un jeûne abominable!

— Ludovic!

Il rit, pressa ma main dans la sienne, la baisa et s'éloigna à l'orée du bois. Ysabel, accroupie à quelque vingt pas de moi, avait déjà la tête dans un framboisier. Je lançai un baiser à Ludovic. Il ne le vit pas.

Il avait raison. Sa proximité avivait mes désirs. Entendre sa voix, sentir sa chaleur, humer sa peau et réprimer mes envies à cause de la proximité de tous les autres était une véritable mortification.

Ludovic me regarda, je lui lançai un autre baiser. Il me le retourna. Son geste me rassura. Je soulevai mon panier et me penchai vers les fruits à cueillir. Remplir ce joli panier orné de motifs d'oiseaux en plein vol. Le vol des terres nouvelles, le vol de la liberté…

Les framboises étaient bien mûres. Il suffisait de passer la main sous une talle pour qu'elles se détachent. En peu de temps, mon panier fut à demi rempli. Le soleil était chaud. Je me levai, bus un peu d'eau de ma gourde et la tendis en direction de Ludovic. Il délaissa sa position de guet et s'approcha.

— Un peu d'eau?

— Volontiers. Avec ce soleil qui plombe…

Il but. Je sortis délicatement une poignée de framboises de mon panier et la lui offris.

— Vous désirez goûter?

Il porta ma main à sa bouche, happa les fruits et pressa ma paume sur ses lèvres.

— Ludovic, je vous en prie, m'offusquai-je faiblement.

Il dégusta les fruits et se lécha les lèvres.

— Vous m'ouvrez l'appétit, madame.

— Je…

— Vous... ?

Je soupirai de résignation.

— Et ces ours ?

Il mit une main en visière et pivota sur lui-même.

— Toujours pas d'ours en vue, conclut-il, mi-sérieux, mi-rieur.

— Bien, fort bien. Alors, je peux retourner à ma cueillette.

— Je vous en prie, badina-t-il en me saluant bien bas.

Il recula de quelques pas et s'appuya sur son mousquet.

— Je vois tout d'ici. N'ayez crainte.

Je regardai autour. La déesse Diane était postée à l'autre extrémité de la clairière.

— Suffisamment loin, marmonnai-je.

— Vous dites ? s'enquit Ludovic.

— Je disais que je me devais de remplir tout ce panier.

— Ce sera fait en peu de temps. Surtout, écartez cette vilaine pensée de votre esprit, affirma-t-il en posant son mousquet sur son épaule.

— Vilaine pensée...

Il prit ma main et la baisa.

— Comment avez-vous... ?

— Rappelez-vous, je sais lire dans vos yeux, madame.

Mon panier s'emplit rapidement tant les buissons étaient bien garnis. Je saisis délicatement une framboise entre mes doigts et l'observai attentivement. De minuscules billes écarlates, collées les unes aux autres, formaient la délectable coupe. S'appliquer à découvrir la complexité de la simplicité, m'avait enseigné Nicolas.

— J'en dessinerai dès notre arrivée à l'Habitation, dis-je à Ludovic.

— Vous dessinerez les bois ?

— Non, des framboises. Elles sont jolies, toutes ces petites billes rouges...

Je humai l'odeur sucrée et projetai le fruit dans ma bouche. Les billes juteuses éclatèrent sous mes dents.

— Hum, délicieux ! m'exclamai-je en revenant à ma cueillette.

Au loin, une jeune fille chanta. La pureté de sa voix cristalline m'étonna.

« Le chant d'une nymphe répondant à la sérénade des oiseaux : la chorale de la nature », me dis-je en déposant mon panier dans l'herbe.

Puis, tout en m'efforçant d'éviter les épines, je me penchai afin d'atteindre quelques grappes bien camouflées au centre du framboisier. J'en étais à détacher la dernière framboise de la talle quand une main glissa sur mon mollet. Je sursautai. Mes framboises se répandirent et nous nous retrouvâmes agenouillés l'un devant l'autre.

— Ludovic ! fis-je à voix basse, que faites-vous là ?

— Je suis un ours affamé...

— Ludovic !

Il m'embrassa fougueusement, délicieusement. Puis, il bécota mon cou, mon visage et repris mes lèvres. Je ne pus que savourer le fruit défendu.

— Hé... Mademoiselle, pardon ! s'excusa Ysabel.

J'aperçus sa jupe brune et je relevai la tête. Elle avait détourné le regard, un coin de son tablier gris cachant sa bouche.

— Quoi ? Qu'y a-t-il ? dis-je nerveusement tandis que nous nous remettions debout. Nous, enfin... Ludovic et moi ramassions les framboises tombées de mon panier. Tu disais, Ysabel ?

Ludovic se posta entre nous deux, tenant son mousquet d'une main et mon *ouragana* de l'autre.

— Que désirez-vous, dame Ysabel ? demanda-t-il simplement.

Elle laissa tomber le coin de son tablier et s'efforça de retrouver son sérieux.

— C'est que les femmes ont terminé leur cueillette, annonça-t-elle en levant un bras vers l'orée du bois. Elles sont parties par là.

— Nous vous suivons. Après vous, capitaine Ysabel, badina Ludovic.

Il se pencha sur mon épaule.

— Dommage ! chuchota-t-il, avec un appétit d'ours affamé plein les yeux.

La Meneuse avait indiqué le chemin du retour à Ysabel. Bien vite, nous rejoignîmes tout le groupe. Les femmes sauvages avançaient en jacassant. Autour d'elles, les petites filles sautillaient en riant. Celles qui revenaient de la clairière portaient les *ouragana* débordant de framboises. Les autres, celles qui s'ajoutaient au groupe au fil de notre marche, portaient sur le dos des fagots de bois sec et des rouleaux d'écorce fraîchement taillée. Un bandeau de cuir ou d'écorce de bouleau protégeait leur front autour duquel étaient sanglées leurs charges. Arrivées en bordure de la crevasse au creux de laquelle coulait la rivière, elles s'alignèrent et observèrent en silence les Sauvages pêchant tout en bas. Nous nous approchâmes lentement. Les pêcheurs dardaient vivement leurs harpons dans la rivière et les ressortaient garnis d'un poisson frétillant. Les jeunes garçons s'empressaient d'enfermer les prises dans des sacs en filet. La Meneuse les interpella. Ils éclatèrent de rire. Le chef *Erouachy* leva la tête et les bras vers elle. Elle répondit vivement. Ils rirent à nouveau. Alors, tous soulevèrent leur harpon vers le ciel.

— *Eshe*, *eshe*, *eshe*, crièrent-ils à l'unisson.

Puis, ils saisirent les filets remplis de poissons et se dirigèrent vers la chute. La Meneuse rit à son tour. Les femmes l'imitèrent.

— Que leur a-t-elle dit ? demandai-je à Ludovic en emboîtant leurs pas.

— Qu'il était temps de revenir à la cabane.

— Ah ! Vous connaissez à ce point leur langue, monsieur Ferras ?

— Un peu, pas beaucoup, un peu.

— Il est vrai que vous êtes déjà venu en ce pays.

— Il est vrai.

— Et que vous connaissez certaines de ces femmes personnellement ? osai-je.

Il rit, souleva son chapeau et me fit une courte révérence.

— Vaine curiosité, madame. En ce domaine, je sais être le plus galant des hommes. Or, la galanterie oblige parfois au secret.

— Ludovic ! me désolai-je.

— À la vérité, je ne connais réellement qu'une vraie dame et sa beauté m'aveugle, chuchota-t-il en baisant ma main.

— Vraiment, bien que les autres soient presque...

— Eh, oui, malgré leur nudité !

Il reluqua vers le col entrouvert de ma chemise.

— Ce qui est à demi découvert possède un charme irrésistible. Du moins en ce qui me concerne, s'empressa-t-il de préciser.

Je soupirai d'aise, saisis une framboise entre mes doigts et la lui tendis. Il couvrit mes doigts de ses lèvres chaudes et savoura le fruit.

Devant nous, les femmes chantaient et riaient de bon cœur. La déesse aux doigts coupés fermait la marche.

— Comment peuvent-elles être si joyeuses, si sereines ? confiai-je à mon bien-aimé.

— Le sens de vos propos m'échappe, belle framboise.

— Ludovic !

— Oh, pardon, belle et mûre à souhait.

— Ludovic ! Je parle sérieusement.

— Moi aussi. L'ours est toujours affamé.

— Vous n'allez tout de même pas m'attaquer en plein jour ?

— Non, mais gare à vous une fois la nuit venue…

— Qu'allez-vous insinuer ?

— Les ours s'accouplent la nuit. Ne le saviez-vous pas ?

— Ludovic !

— Eh, vous connaissez le proverbe : « La vie sourit aux audacieux », belle dame !

— Pardonnez mon ignorance.

— Ah ! Quoi qu'il en soit, il est d'une justesse !

— Je ne comprends rien à vos balivernes d'ours affamé.

— Tiens donc !

— Maître Ferras aura-t-il remarqué la grotte au bord de la rivière ?

— Une grotte, tiens donc !

— Elle m'intrigue. Je m'y rendrai la nuit venue.

— La nuit venue ?

— On dit qu'un ours y dort.

Ludovic prit une framboise du panier et la posa sur ma bouche. J'ouvris les lèvres, les enveloppai autour de ses doigts et les mordis.

— Aïe ! badina-t-il en retirant ses doigts. Il n'y a pas que l'ours qui soit affamé…

Ludovic projeta son harpon et le ressortit vitement de l'eau. Aucun poisson ne gigotait au bout de la lance. Les jeunes Sauvages, debout autour de la pierre sur laquelle il était juché, éclatèrent de rire. Simulant la vexation, Ludovic repoussa ses cheveux dorés derrière ses épaules et repiqua le harpon sans atteindre de cible. Les rires redoublèrent. Le plus grand des garçons tapa sur son épaule, prit son arme, observa l'eau un moment et piqua d'un geste vif. Il souleva sa perche : deux poissons frétillaient au bout de sa pointe. Les rires reprirent de plus belle. Ludovic souleva les épaules et se résigna à rire lui aussi. Je regardai brièvement vers notre campement. Tous étaient absorbés par les préparatifs du souper. Discrètement, je portai la main à ma bouche et lançai un baiser à Ludovic. Il piqua à nouveau son harpon et retira un poisson de l'eau. Il avait bien appris la leçon.

— *Eshe*, *eshe*, *eshe*, se réjouirent les jeunes Sauvages.

Ludovic détacha le poisson et le déposa sur la roche. Je lui envoyai un autre baiser. Il s'appuya sur sa perche et regarda un moment dans ma direction.

— Vous plairait-il d'apprendre l'art du harpon, madame ?

— Non, à la vérité, je venais puiser de l'eau. Le souper est prêt : de la truite fraîche et des pois séchés. Ce menu conviendra-t-il à maître Ferras ?

Ludovic toucha l'épaule du plus âgé des garçons et lui remit son harpon.

— *Eshe*, *eshe*, s'exclamèrent en riant les jeunes garçons.

Ludovic les salua, sauta en bas de sa roche et me rejoignit. Derrière lui, les enfants sauvages opinaient de la tête avec un large sourire.

— Ce menu me conviendra, madame. Néanmoins, je crains fort qu'il ne laisse l'ours sur son appétit.

— Ah bon ! L'ours est gourmand.

— L'ours sait se régaler des mets les plus fins.

— Les mets les plus fins…

— Il adore lécher les peaux satinées, surtout si elles sont parfumées à la framboise.

— Ah, ah, ah ! Je crois comprendre de quoi il s'agit. Si l'ours peut patienter encore quelques heures…

Il rit.

— L'ours patientera, chuchota-t-il. Sous ces arbres, près de la chute, là-bas.

Il pointa discrètement l'endroit du bout de son doigt.

— Quand ?

— La nuit venue, lorsque la chouette hululera quatre fois, à trois reprises.

— Où me conduira l'ours ?

— Dans son repaire, belle dame, dans son repaire.

— Quand la chouette hululera trois fois.

— Quatre, quatre fois à trois reprises, précisa-t-il avec un clin d'œil. Chut !

Marie-Jeanne venait vers nous.

Ma main s'accrocha dans une branche de sapin.

— Aïe !

— Qu'y a-t-il ?

— Rien, une branche de sapin, simplement une branche.

— Tant mieux, murmura-t-il dans mon cou, une main enfouie sous ma chemise, tant mieux.

Il poursuivit ses langoureux mouvements sur mes seins. Ses cheveux chatouillaient mon visage au point que je dus les repousser d'une main.

— Quoi encore ? s'inquiéta-t-il à nouveau.

— Rien, vos cheveux me chatouillent le nez.

— Tant mieux, répéta-t-il en s'étalant délicatement sur moi. Hélène, mon Hélène…

Il nous renversa d'un brusque élan. Je m'assis en croupe sur ses hanches. Ses mains déjouèrent la friponne, la modeste et la secrète, puis folâtrèrent sur mon ventre. Je fermai les yeux. Il émit un étrange sifflement. J'ouvris les yeux. Une ombre fine et allongée se dressa sur la sombre paroi de la grotte.

— Ludovic ! m'exclamai-je en me relevant péniblement, tout empêtrée que j'étais dans mes jupons. Là, là derrière vous, un, un serpent ! criai-je d'une voix étouffée. Un serpent !

Il se leva, souleva la torche d'écorce fixée dans la fente d'une pierre, observa le mortel danger, agrippa sa dague et la projeta vivement sur le serpent. La lame scinda le reptile en deux parties. Elles frétillèrent un moment avant de s'immobiliser complètement. Ludovic récupéra son arme, l'essuya sur sa culotte de cuir, la déposa au sol et me sourit. Puis, il replaça la torche dans la fente et m'ouvrit les bras.

— Là, le danger est écarté. Nous pouvons revenir aux câlins de l'ours.

J'hésitai à avancer un pied. Je frissonnais. Il m'attira à lui.

— Vous tremblez ? dit-il en me serrant contre son torse chaud. Allons, ce serpent n'était qu'une inoffensive petite couleuvre. Il fera une jolie parure dans vos cheveux cuivrés.

— Une parure pour mes cheveux !

— Oui, comme le font les femmes d'ici. N'avez-vous pas remarqué ces fines lanières de cuir entrecroisées dans leur chevelure ?

— Une parure dans la chevelure des femmes ! Vous avez l'œil, maître Ferras !

Il s'approcha en souriant, me souleva dans ses bras et me déposa sur sa houppelande étalée sur un épais tapis de branches de sapin. Puis, il s'étendit près de moi.

— Vous aurez de nombreux dangers à affronter, madame. Tout cela vous effraie-t-il ?

— Oui et non. Je ne devrais pas avoir peur. Vous êtes près de moi et vous savez si bien soumettre les serpents, monsieur, le rassurai-je en me pressant contre lui.

Il effleura le bout de mon nez de sa bouche.

— Nous devrons user d'une extrême vigilance. Le venin des hommes est beaucoup plus redoutable que celui des serpents.

Je mordis son épaule tant j'étais impatiente de me livrer à l'appétit de l'ours.

— Me promettez-vous d'être prudente ? chuchota-t-il en mordillant mon cou.

— Oui, affirmai-je en enroulant mes jambes autour de ses cuisses.

— S'il vous arrivait malheur, je ne me le pardonnerais pas.

— Ludovic ?

— Hum ?

Je l'entraînai dans une roulade, m'étendis sur mon ours et lui offris toutes les délices de la framboise. Il lécha chacune des petites billes rouges du fruit sucré, les croquant avant de les déguster. Lorsqu'il rugit de plaisir, je posai une main sur sa bouche. Il la mordit.

— Aïe !

— Méfiez-vous des crocs de l'ours affamé, madame.

Il m'embrassa.

— Je croyais pourtant que ces framboises...

Il m'embrassa à nouveau et je m'abandonnai à la gourmandise de l'ours.

Nous étions allongés l'un contre l'autre, bien enroulés dans sa houppelande.

— Comment font-ils pour vivre ainsi ?

— Vivre ainsi ?

— Sans toit, sans pays, à voyager au gré des vents et des marées.

— Ne vous méprenez pas sur leur compte, jolie framboise. Ces peuples nomades habitent ce pays depuis toujours. Ils savent pertinemment où ils vont. Chaque nation possède un territoire. Tenez, l'été, les Montagnes et les Algommequins viennent au pays des poissons pour le temps de la pêche.

— Au pays des poissons ?

— C'est ainsi qu'ils nomment les régions du bord du fleuve entre Tadoussac et le Sault Sainte-Marie. Il y a tant de lacs et de rivières par ici.

— Le pays des poissons... c'est un bien joli nom.

— À l'approche de l'automne, ils s'éloignent du fleuve et retournent à l'intérieur des terres, au pays des bêtes sauvages. Là se trouvent les caribous, les chevreuils, les orignaux, les ours, les castors et bien d'autres proies qu'ils dévorent à belles dents, termina-t-il en chatouillant ma taille.

Je me recroquevillai en riant.

— Eh ! arrêtez ! suppliai-je en empoignant ses bras.

Au fond des bois, un oiseau offrit son cri à la première lueur du jour.

— Hélas, je me dois d'arrêter ! Allons, belle framboise, la nuit s'achève. Madame de Champlain doit retourner à sa cabane avant l'aurore.

Je m'appuyai sur un coude et m'étirai afin d'atteindre ma chemise. Sur le sol, un miroitement attira mon attention.

— Voyez, Ludovic, cette chose qui brille.

Il enfila sa culotte et se pencha au-dessus de l'objet. Il prit sa dague et gratta tout autour.

— Une pierre fendue en deux parties. Au centre, d'anguleux cristaux translucides. En pourtour, des lignes fluides... Fascinant !

Il exposa les deux parties à la lumière de la torche. Des cristaux, tout pareils à du sel, brillaient en leur centre.

— Depuis l'aube des temps, vous y pensez, cette roche provient de l'aube des temps.

— Deux parties d'une même roche, vous croyez ?

Il les fit tourner devant la flamme.

— Mêmes bruns rougeâtres, même apparence vitreuse… Qui sait, un homme primitif l'aura peut-être taillée ainsi ? Et si on les joint…

Il les posa l'une sur l'autre. Elles formaient un cœur.

Le bruissement de la chute de la rivière s'amplifia. Ludovic ralentit le pas, s'arrêta un peu avant l'escarpement, éteignit sa torche et pointa vers le large.

— Regardez, chuchota-t-il.

Au loin, dans le rayon de lune, de mystérieux croissants nacrés bondissaient hors des eaux sombres. Ils apparaissaient et disparaissaient l'un après l'autre, l'un devant l'autre, l'un derrière l'autre, sans arrêt, au même rythme, à la même cadence.

— Des marsouins ! s'émerveilla-t-il.

— Des perles de mer dansant sur l'encre des eaux !

— Des perles de mer, répéta-t-il en recouvrant mes épaules de sa houppelande.

Nous restâmes ainsi, béats d'admiration, serrés l'un contre l'autre, jusqu'à ce que l'incessant roulis de perles ne soit plus que léger sautillement de minuscules points de lumière à l'horizon.

— Un gage de bonheur, a dit monsieur de Champlain.

— Le bonheur au pays des poissons, belle framboise.

Ludovic m'attira à lui et m'embrassa longuement.

13
Pétakuts hun

Des faisceaux de soleil entraient par les quatre fenêtres de la petite chapelle des Récollets qui était, pour l'occasion, bondée à craquer. Des gouttes de sueur luisaient sur tous les visages, tant la chaleur était suffocante. Sur les premiers bancs, devant la balustrade, monsieur de Champlain, le commissaire Guers et l'intendant Dolu écoutaient, têtes levées, le sermon du père Jamet. Derrière eux, assis entre les frères convers Charles Langoisseux et le commis Caumont, le révérend père Le Baillif s'épongeait énergiquement le front. À ma gauche, Ysabel tortillait son mouchoir, tout en partageant son attention entre le prédicateur et le dos d'Eustache qui lui jetait un œil par-dessus son épaule de temps à autre. Le père Jamet continuait, imperturbable.

— ... *pétakuts hun*, là où les eaux se rapprochent. Capitaines, officiers, commis, marchands, engagés, ouvriers, colons, n'oubliez jamais que Dieu vous convie au service de votre roi. Le nouveau vice-roi de la Nouvelle-France, monseigneur Montmorency, a reconduit le sieur de Champlain dans ses fonctions de lieutenant de la colonie. Ce noble titre fait de lui le premier représentant de Sa Majesté Louis XIII en ce pays. Je vous exhorte, mes frères, à vous soumettre à ses volontés et à son commandement. Offrez-lui sans réserve votre labeur et votre loyauté. Telle est la volonté de notre roi, telle est la volonté de notre vice-roi, telle est la volonté de Dieu! s'exclama-t-il en levant les mains vers le plafond. Puis, d'un geste lent, il les ramena devant sa bouche en inclinant la tête.

À l'arrière de la chapelle, des chuchotements brouillèrent le silence. Après une minute de recueillement, le célébrant se posta devant l'autel, ouvrit la porte de la balustrade et invita monsieur de Champlain à le rejoindre. Le lieutenant s'avança et s'agenouilla devant le père Jamet. Ce dernier prit l'encensoir que lui tendit le frère Le Presle, le balança religieusement autour du représentant du roi et le redonna à son assistant.

— Puisse Dieu transmettre force et courage au lieutenant du vice-roi de Montmorency en Nouvelle-France. Puisse Dieu vous bénir, sieur de Champlain.

Puis, levant les yeux vers le Très-Haut, il joignit les mains et décrivit un large signe de croix au-dessus du distingué fidèle.

— *Benedicat vos omnipotens Deus, Pater, et Filius et Spiritus Sanctus. Amen.*

Monsieur de Champlain se signa lentement.

— *Amen*, répéta la foule en imitant son geste.

Le père Le Baillif s'épongea de plus belle. À nouveau, derrière, de légers chuchotements se firent entendre.

L'office de consécration terminé, les protestants joignirent les rangs des catholiques au sortir de la chapelle. Tous ensemble, au son du fifre et du tambour, nous fîmes procession derrière l'officier porteur du drapeau français. C'était un élégant emblème. Tout blanc, orné de trois fleurs de lys d'or, il devait être hissé au mât de l'Habitation, au-dessus du cadran solaire, à la fin de la cérémonie. Cette dernière étape allait officialiser l'entrée en fonction du sieur de Champlain.

Nous passâmes entre la paroi septentrionale de l'Habitation et ses jardins puis descendîmes vers les berges du grand fleuve. Les dames avançaient derrière le rang des dignitaires. À ma droite, Marie-Jeanne, le visage couvert par le tulle noir qu'elle avait épinglé à sa cornette, marchait la tête haute. Ce tulle était le stratagème qu'elle avait trouvé pour dissimuler l'objet de sa honte. Son masque ayant mystérieusement disparu à Vieille Rivière, elle s'efforçait de camoufler son visage mi-rouge, mi-blanc. Le soleil et les vents du large avaient malencontreusement rougi tout ce que son masque ne couvrait pas. Ainsi Marie-Jeanne avait-elle le menton et la moitié des joues d'un rouge si flamboyant que l'épaisse couche de poudre blanche utilisée pour le camoufler ne parvenait qu'à les rosir.

Le commis Caumont, responsable du magasin de la Compagnie de Rouen et Saint-Malo, se faufila dans le rang des dignitaires et aborda le lieutenant de la colonie d'un ton assuré.

— Sieur de Champlain, certains engagés de la compagnie, ceux qui ont hiverné à Québec sous les ordres du capitaine Du Pont, boudent l'idée de la prise de possession de l'Habitation en son absence. Déjà que toute cette parade… commença-t-il avant de s'arrêter soudain devant le port altier du sieur.

— Poursuivez, Caumont ! Déjà que cette parade…

— Cette… cérémonie sans le capitaine…

— Finissez, finissez !

— Le drapeau… Ils s'opposent à la levée du drapeau, termina-t-il vitement en dirigeant le chapeau qu'il tenait à la main vers le cadran solaire.

— Eh bien, Caumont, je ferai mieux encore, s'enhardit le sieur de Champlain. Informez-les que le commissaire Guers et six de mes hommes rejoindront Du Pont aux Trois-Rivières dès demain. Le drapeau attendra leur retour.

Le commis Caumont, visiblement satisfait, salua de la tête, remit son chapeau et retourna dans les rangs arrière.

« Tant mieux. Ludovic n'aura pas à grimper sur le toit par ce grand vent », me dis-je, soulagée.

Devant l'Habitation, près d'une centaine de personnes s'entassèrent sur la grève afin d'entendre le discours du commissaire Guers. Ce dernier s'installa sur le renflement d'une large roche, dos au fleuve, enfonça son chapeau de feutre noir menacé par le fort vent et redressa ses larges épaules. L'intendant Dolu sortit une lettre de sa poche et la lui remit. Le commissaire déplia le précieux document en le tenant à deux mains afin d'éviter qu'il ne s'envole.

— Lieutenant, honnêtes hommes, messieurs, mesdames, habitants de Québec, déclama-t-il fortement. En ma qualité de commissaire du duc de Montmorency, me revient l'immense honneur de vous faire lecture de la lettre écrite de la main même de notre roi, Sa Majesté Louis XIII, à l'intention du très honorable sieur de Champlain, ici présent.

Soulevant le royal feuillet, il lut.

Champlain,

Ayant su le commandement que vous aviez reçu de mon cousin le duc de Montmorency, amiral de France et mon vice-roi en la Nouvelle-France, de vous acheminer audit pays, pour y être son lieutenant et avoir soin de ce qui se présentera pour le bien de mon service, j'ai bien voulu vous écrire cette lettre, pour vous assurer que j'aurai bien agréables les services que vous me rendrez en cette occasion, surtout si vous maintenez le pays en mon obéissance, faisant vivre les peuples qui y sont, le plus conformément aux lois de mon royaume, que vous pourrez, et y ayant le soin qui est requis de la religion catholique, afin que vous attiriez par ce moyen la bénédiction divine sur vous, qui fera réussies vos entreprises et actions à la gloire de Dieu, que je prie vous avoir en sa sainte et digne garde. Écrit à Paris le 7, jour de mai, 1620.

Signé,
Louis Brulard

— Vive le Roi ! s'écrièrent tout un chacun. Vive le Roi, vive le sieur de Champlain !

Le commissaire souleva son chapeau et salua bien bas. Un léger grognement se faufila entre les vivats d'allégresse. Je regardai vers le haut de la pente. Derrière les jardins, le chef *Erouachy* se tenait debout, les bras croisés sur sa poitrine rougeâtre. Derrière lui, les hommes de sa famille observaient la scène en silence. Un peu en retrait, la Meneuse, les femmes et les enfants les imitaient.

— Gens du pays, déclarait le lieutenant de la colonie, moi, noble homme Samuel de Champlain, promets aujourd'hui de servir dignement Sa Majesté, le roi Louis XIII. Peuple de la Nouvelle-France, ensemble, nous développerons cette colonie. Ensemble, nous bâtirons ce nouveau pays, par la volonté de notre Seigneur, le Dieu Tout-Puissant. Que la Divine Providence nous vienne en aide…

Les vivats retentirent de plus belle. On jubilait d'allégresse tant les cœurs débordaient d'espérance. Marie Rollet baisa la joue de Louis Hébert, son époux, tandis que Marguerite Langlois entraînait Abraham Martin dans un gai tournoiement. Pierre Desportes enroula ses bras autour de leurs épaules et entra dans leur danse. Je tentai d'apercevoir les Sauvages au travers des sauts de joie. Ils n'étaient plus là.

« *Pétakuts hun*, là où les eaux se rapprochent, pensai-je. Puissiez-vous dire vrai, Dieu, roi, lieutenant, et commissaires. Puisse le ciel répondre à vos prières. Puisse cette terre être le lieu de tous les rapprochements. »

Près du quai, Ludovic, Paul, Eustache et François de Thélis applaudissaient aux royales requêtes. Le sieur de Champlain agita son chapeau en direction de l'Habitation. Sur la pointe d'éperons est, trois soldats armèrent le canon et mirent le feu aux poudres. Un bruit de tonnerre percuta le profond silence du grand fleuve. Le boulet troubla les eaux.

14
La petite fleur de lys

— Quelle horrible perfidie, quelle odieuse vanité ! On a fanfaronné à mes dépens, vociférait Marie-Jeanne en arpentant la petite salle des dames. Une maison château, une maison château ; grotesque fumisterie ! Une palissade, trois logis de moins de quinze pieds tombant en ruines, un magasin presque vide et une cour digne des champs de bataille ! On m'a bernée ! J'exige qu'on me ramène à Tadoussac sur-le-champ ! Vitement la France, vitement la France !

Sa colère atténuait la source de sa honte. Elle n'avait plus de blanc, que du rouge sur tout le visage. Elle s'élança vers la porte. Un talon de ses souliers de satin doré se coinça entre deux planches du parquet. Son pied s'extirpa de sa chaussure. Elle trébucha. Le brusque hochement de sa tête projeta sa coiffe de plumes sous la table.

— Rrrrr, ragea-t-elle en trépignant sur place.

— En avez-vous fini, oui, ma sœur ! Une colonie est une colonie, que diable ! Oubliez les marbres, les dorures et les candélabres. Nous sommes au bord du Saint-Laurent, au pays des Sauvages ! s'emporta François en déployant ses bras. J'en ai plus qu'assez de vos extravagances ! Ne vous ai-je pas maintes fois mise en garde avant notre départ ? J'ai usé de toute l'industrie dont j'étais capable afin de vous dissuader de faire ce voyage. Rien n'y fit. « Vous exagérez, mon frère », me répondiez-vous. « Vous ne connaissez rien à ce pays. » Convenez que s'il y a des reproches à formuler, c'est à vous et à vous seule qu'ils doivent s'adresser, à vous et à votre stupide entêtement !

— Oh ! Oh ! Aïe ! Aïe ! s'exclama-t-elle en se penchant pour récupérer son soulier.

Elle tira si énergiquement pour le dégager que son talon craqua. Elle rebondit sur son fessier, le soulier sans talon au creux de la main. Ysabel s'approcha d'elle et lui tendit la main.

— Déguerpissez ! Allez, déguerpissez, vile servante ! Sortez d'ici, sortez de ma vie à tout jamais ! Allez, sortez ! hurla-t-elle en lançant sur elle le soulier.

La chaussure effleura l'épaule d'Ysabel. Celle-ci recula lentement, regarda froidement l'enragée, ouvrit la porte et sortit. Je coiffai mon chapeau de paille, agrippai mes jupons et je la suivis.

Au dehors, le tintamarre des outils couvrait presque complètement les hurlements de Marie-Jeanne. Dans la cour, les charpentiers de la Compagnie de Rouen et Saint-Malo étaient en train de reconstruire le magasin. François nous rattrapa.

— Je suis désolé, dit-il, visiblement troublé par l'esclandre de sa sœur. Veuillez pardonner la méchanceté de ma sœur, Ysabel.

Elle baissa la tête. François passa ses doigts effilés dans ses épaisses boucles brunes.

— Ma sœur est une éternelle insatisfaite, expliqua-t-il tristement. Rien ni personne ne parvient à la contenter. À la moindre contrariété, elle déverse sa hargne sur la personne la moins menaçante.

— Comme je ne suis qu'une domestique…

Il hésita un moment.

— Une simple servante, une cible parfaite, il est vrai, se désola-t-il.

Ysabel s'éloigna sans mot dire. François la suivit d'un regard triste jusqu'à ce qu'elle atteigne le pont-levis.

— Saurez-vous me dire ce qu'il est advenu de la Marie-Jeanne de notre enfance, François ? lui demandai-je.

— Je l'ignore, répondit-il en baissant la tête.

— Il doit bien y avoir une explication.

— ...

— Vous pouvez compter sur ma discrétion.

Il sourit faiblement, prit ma main et la baisa longuement.

— Très chère Hélène, comment osez-vous douter de la confiance que je vous porte ?

Je retirai ma main.

— Alors, pourquoi cette réticence ? L'âpreté de Marie-Jeanne cacherait-elle un secret si terrifiant ?

Son visage s'assombrit. Il balaya les alentours d'un bref coup d'œil et s'approcha.

— Comprenez qu'il m'est pénible de me commettre.

— Je serai muette comme une tombe.

— Votre discrétion n'est pas en cause.

— Quel est donc l'objet de vos craintes ?

— L'estime qui nous lie.

— François ! me désolai-je. Vous faites offense à notre amitié !

Ses longs doigts s'enfouirent à nouveau dans sa chevelure.

— Soit, soit, vous méritez de connaître la pénible vérité.

Il fit un pas et se pencha légèrement par-dessus mon épaule. Je tendis l'oreille.

— Notre père est mort en octobre dernier.

— Je l'ignorais. Vous m'en voyez navrée, murmurai-je.

— Bien peu l'ont su, mis à part les créanciers.

— Oh ! fis-je en posant une main sur ma bouche afin de retenir mon exclamation.

Il baissa le ton.

— Il nous a fallu vendre nos trois propriétés et tous les titres de la famille. Marie-Jeanne et moi sommes ruinés. Nous n'avons plus de sous, plus de maison ni de charges.

— Plus de charges !

— La richesse attire le pouvoir et le pouvoir attire les contrats. Plus d'argent, plus de pouvoir, plus de pouvoir, plus de charges. La Chambre de commerce de Paris n'admet aucun notaire dédoré dans ses rangs. On m'a donc congédié. N'eut été de votre père…

— De mon père !

— Comme vous le savez, votre père et le mien se connaissaient depuis toujours. Dès qu'il eut vent de notre infortune, il eut la courtoisie d'user de son influence auprès de votre époux.

— Mon époux !

— Grâce à son intervention, je fus engagé à titre de notaire dans la Compagnie de Rouen et Saint-Malo. D'où ma présence en ce pays, termina-t-il en reculant d'un pas.

— D'où la présence de Marie-Jeanne.

— Un choix obligé. Seule, sans dot, sans appui à la cour, elle n'a plus que moi.

— Tout s'éclaire.

— Si on veut.

Il reprit ma main et la serra entre les siennes. Ses yeux noirs luisaient plus que de coutume.

— Votre père et votre époux nous auront sauvés du déshonneur.

Puis, allongeant ses longs bras vers le ciel bleu, il ajouta presque joyeusement :

— Et la cause de la Nouvelle-France m'interpelle. Un noble défi, un très noble défi ! s'exclama-t-il en forçant sa conviction.

— Laissez-vous un peu de temps.

— Un peu de temps ?

— Nous avons tous besoin d'un peu de temps pour apprivoiser ce Nouveau Monde. Tout est si différent ici.

— Un peu de temps, peut-être bien, qui sait ? se résigna-t-il.

— Vous n'y croyez guère.

— Qui sait, la Sainte Providence aidant, conclut-il en haussant les épaules.

Il observa le cadran solaire.

— Je vous suis reconnaissant de votre appui. Votre amitié me réconforte.

— Votre amie s'en réjouit.

Il reprit ma main et y porta les lèvres.

— Je vous quitte à regret. Bichon m'attend au magasin. Il y fait l'inventaire des biens avec Caumont, le commis de la société. Il n'y a rien de simple avec tous ces chantiers.

— C'est une lourde tâche, je le sais. Le lieutenant tient à ce que tous les livres soient à jour avant…

Un craquement retentit du haut de la falaise. Je sursautai. Nous entendîmes de suite un bruit sourd.

— Un arbre qui tombe, un des grands noyers, probablement, expliqua François. Bien, je me sauve. Nous reverrons-nous au dîner ?

— Non. Ysabel et moi devons nous rendre chez Françoise. Son temps approche, plus que quelques jours d'attente.

— Dame Françoise, la femme de Pierre Desportes ?

— Elle est aussi la sœur de Marguerite Langlois, femme d'Abraham Martin.

— Je les ai croisés à quelques reprises, sauf dame Françoise, vu son état. De biens braves gens… Bien, dommage, votre absence ternira le charme du repas.

— Votre amabilité me touche, François.

Il fit deux pas en direction du magasin et s'arrêta.

— Quelqu'un vous accompagne-t-il à la maison des Desportes ?

— Maître Ferras. Nous avons rendez-vous à dix heures devant la tour des pigeons.

Il revint vers moi, intrigué.

— C'est que maître Ferras et Eustache ont quitté l'Habitation au lever du soleil.

— Vraiment ! Nous avions pourtant convenu, hier...

— Votre époux tenait à leur présence. Ils accompagnent le commissaire, l'intendant, deux tailleurs de pierre et le forgeron serrurier au chantier du couvent des Récollets, près de la Saint-Charles. Les recherches de pierre de chaux débuteront dans cette région. Comme maître Ferras s'y connaît en pierre...

— J'ai vaguement entendu parler de ce projet, répondis-je, quelque peu déçue. Soit, alors nous irons seules. La maison des Desportes est à moins d'une heure de marche et j'ai mon épée.

— Les ours n'ont que faire d'une épée, gente dame.

— Les ours ! m'étonnai-je.

— La bête la plus redoutée par les Sauvages.

— Allons donc, François, il n'y a pas d'ours dans les environs, bien que...

— Quelle imprudence, madame ! Les sentiers de la falaise exigent une escorte de qualité. Il est de mon devoir de vous y accompagner.

— Mais, votre tâche auprès de monsieur de Bichon ?

— Nenni, Bichon sera le premier à m'approuver. Je vous rejoins à la tour de guet à dix heures précises.

— Vous croyez que... Et Paul ?

— Paul est aussi avec le lieutenant, dit-il en s'élançant vers le magasin.

Il contourna la charrette chargée de planches que les ouvriers étaient en train de vider. Elles étaient arrivées de l'atelier d'aix, la veille. François disparut dans le long bâtiment qu'était le magasin.

— Bien, dis-je tout bas. Tant pis, ou tant mieux. Je reverrai Ludovic au souper.

Je regardai le logis du centre, celui abritant la petite salle des dames. Marie-Jeanne avait apparemment décidé de s'y confiner. L'aveu de François m'invitait à la clémence, et l'état lamentable des lieux, à la compréhension. Je me souvenais des plans de l'Habitation que nous avait présentés monsieur de Champlain, avant notre départ de Honfleur. Nous y avions vu que trois corps de logis occupaient la partie nord-est d'une vaste enceinte elle-même entourée d'une haute palissade de pieux de bois. Autour de ces trois logis, une large galerie permettait des promenades d'agrément tout autant que des rondes de garde. En face de ces maisons, un magasin s'étendait sur toute la largeur de la cour. À son extrémité ouest s'élevait une tour carrée, refuge d'une colonie de pigeons. Un fossé sec creusé à l'extérieur de la palissade, et trois canons installés sur des pointes d'éperons assuraient la défense de cette Habitation. Le tout constituait un petit château fort qui n'attendait plus que ses habitants pour s'animer d'une vie heureuse.

Toutefois, l'Habitation qui nous accueillit en ce début de juillet 1620 différait largement des plans. Selon les explications de monsieur mon époux, les gels et les dégels de l'hiver avaient été d'une rigueur telle qu'ils avaient soulevé les assises de pierre et fragilisé les parois de toutes les constructions. Le logis du fond, celui des ouvriers, n'était plus qu'un amas de planches et de poutres, le magasin manquait de s'effondrer et la cour intérieure, entièrement couverte d'outillage, de barils, de caisses et de débris, n'avait rien d'une cour d'aisance. Les planches des toits, des murs et des parquets s'étaient rétrécies, tant et si bien que l'eau, l'air et la lumière entraient allègrement par les nombreuses fissures. Au bout du magasin, dans l'enclos provisoire, cinq cochons, quatre chèvres, cinq poules et un coq tenaient compagnie aux deux vaches. Leurs cris se mêlaient au tapage des ouvriers et leurs odeurs, à celle du bois fraîchement coupé : une étonnante maison château ! Oui, le désenchantement de Marie-Jeanne se comprenait aisément. Mais il n'expliquait pas tout. Un cilice malveillant blessait cette femme de l'intérieur, j'en avais l'intime conviction.

Les ordres du lieutenant avaient été formels. Les ouvriers, occupés aux constructions des maisons de Louis Hébert, de Guillaume Couillard, du serrurier, du boulanger ainsi que du couvent des Récollets devaient absolument prêter main-forte à la consolidation du magasin et à la reconstruction du logis effondré de l'Habitation. Il importait avant tout d'assurer un abri sûr pour l'arsenal et les vivres devant arriver bientôt de Tadoussac. Le lieutenant se devait d'offrir un gîte convenable aux engagés qui allaient hiverner en Nouvelle-France. Aussi, les bruits des marteaux, des scies et des massues résonnaient-ils dans l'enceinte de l'Habitation, du lever du jour au coucher du soleil. Seuls les pigeons, indifférents à cette cacophonie, roucoulaient d'aise, bien juchés aux fenêtres de la tour de guet.

Je traversai le pont-levis enjambant le fossé sec, me rendis jusqu'à la palissade et ralentis le pas. Une brise rafraîchissante venait du large, une brise porteuse de nouveaux bonheurs. J'inspirai profondément. Un courant d'air fit ballonner mes jupons, tandis que le scintillement des eaux du grand fleuve avivait ma joie.

— Les eaux vives de la Nouvelle-France, m'émerveillai-je. Les diamants du Nouveau Monde, un large chemin de diamant coulant entre ses berges d'émeraude.

En face, sur la côte orientale, trois lacets de fumée blanche montaient des cimes vertes vers le bleu du ciel, un ciel presque sans nuage.

— Un campement de Sauvages, murmurai-je, sûrement pas ceux d'*Erouachy*, ils sont aux Trois-Rivières pour la traite.

Un autre craquement retentit du haut de la falaise, un autre bruit sourd, un autre noyer tomba.

« La forêt offre ses arbres à la colonisation », pensai-je.

Je regardai vers le haut du cap Diamant, cette impressionnante muraille de roc s'élevant derrière notre fragile maison château.

« Cette force puissante appelle l'humilité, me dis-je. Nous sommes si petits devant cette grandiose nature. »

Derrière ce promontoire coulait la rivière Saint-Charles, là où on bâtissait le couvent des Récollets.

— Curieux, ce départ précipité de Ludovic, marmonnai-je en m'acheminant vers la grève, et sans me prévenir. Vitement le souper !

Accroupie entre deux rangs de navets, Ysabel s'appliquait à désherber. L'installation des jardins avait été la deuxième préoccupation du lieutenant.

— L'été est avancé, avait-il dit au lendemain de notre arrivée. Nous n'avons plus de temps à perdre. Notre survie en dépend. Si nous voulons avoir des victuailles pour passer l'hiver, semons au plus tôt.

Avec l'aide de son jardinier, il s'était empressé de créer deux immenses jardins : six carrés au sud, entre la palissade et la grève, et trois du côté septentrional de l'Habitation.

— Si la récolte est bonne, nous déjouerons la famine du printemps, avait-il prédit. Nous aurons du bon blé français de surcroît, les plaines d'Abraham Martin en sont couvertes.

Je longeai le carré des choux, pois et carottes pour m'arrêter au bout du rang dans lequel travaillait Ysabel. Elle m'ignora. Je remontai les coins de mon tablier, les fixai à ma taille et entrepris de désherber tout comme elle. Encore une fois Marie-Jeanne l'avait profondément blessée. Le mieux était de laisser passer un petit moment. Je me concentrai sur ma tâche. Lorsque le sac formé par mon tablier fut plein, je m'approchai d'elle et m'accroupis.

— Il y a beaucoup de mauvaises herbes, ne trouves-tu pas ?

— Faute de binage…

— Elles sont faciles à déraciner, continuai-je.

Ysabel ralentit son geste, déposa la pousse de chiendent qu'elle venait d'extirper dans son tablier et m'interrogea de ses grands yeux gris. La gracieuse ondulation du rebord de son chapeau de paille couvrait la cicatrice de sa joue droite.

— Que lui ai-je fait ?

— Rien. La racine de son mal est en elle.

— Une racine ?

— Oui, un malaise profond, inexplicable, incompréhensible.

— Toute racine peut s'extraire.

— J'en doute. Une racine de la sorte, j'en doute.

— Quelqu'un a-t-il jamais essayé ?

Ma vue s'embrouilla. La générosité d'Ysabel dépassait la mienne. Elle se leva, frotta ses mains l'une contre l'autre et me les tendit. J'y déposai les miennes.

— Nous, peut-être ? proposai-je en me levant.

— Nous, peut-être, approuva-t-elle dans un sourire.

Pour atteindre le sentier tortueux de la côte menant sur le plateau du cap Diamant, il nous fallait gravir un escalier de plus de soixante marches.

— Et toujours pas de drapeau, dis-je en m'attardant sur le deuxième palier de l'escalier.

François retira le brin d'herbe qu'il mâchouillait.

— Il flottera très bientôt. Les habitués affirment que la traite aux Trois-Rivières tire à sa fin. Le commandant Du Pont et ses commis reviendront sous peu.

« Nous sommes au début d'août. Un mois, déjà ! » pensai-je en observant l'emplacement de Québec.

— Déjà un mois ! s'exclama François.

— Je me faisais la même réflexion. Un mois...

— Un mois, répéta-t-il, l'esprit ailleurs.

Au pied de l'escalier, au niveau du fleuve, s'étendait une large bande de terre.

— Cette bande de terre a plus de cent soixante pieds de long, avait fièrement précisé le sieur de Champlain, lors de la première promenade des dignitaires.

À mi-chemin entre l'escalier et l'Habitation, des rondins de bois s'entassaient autour de l'atelier du scieur d'aix, le maître de coupe. Plus loin, entre les deux pointes d'éperons nord, les pousses divisaient joliment les trois carrés du jardin. À l'ouest, entre la falaise et l'Habitation, la chapelle et la maison des Récollets assuraient la présence divine dans la colonie. Au sud, tout au bout de la grève, en bordure de l'anse où mouillaient nos barques, des charpentiers travaillaient aux futures maisons du boulanger et du forgeron, sises sur le chemin des Roches. Tel était le site de tous les espoirs, les lieux de tous les commencements.

— Quelle chaleur humide ! s'exclama Ysabel en haut de l'escalier.

Elle déposa son panier et tapota son visage du revers de son tablier.

— Un peu de courage, gentes dames, la fraîcheur du bois est proche, dit François.

Il grimpa prestement quelques marches et me tendit galamment la main.

— Non, merci, dis-je, quelque peu essoufflée.

— Toujours cette fierté, belle damoiselle ?

— Allons donc, monsieur ! Je n'ai que deux mains ; une pour le panier, une pour les jupons.

— Ah, madame ! Me pardonnerez-vous jamais cette rustauderie ? Donnez-moi ce panier sans plus attendre. Il y va de mon honneur.

— Je me disais aussi, vous, un chevalier de la Table ronde, un Lancelot du Lac.

— Vous avez souvenance de ce bal du printemps !

— Comment oublier de telles promesses ?

— Mâdâme ! s'extasia-t-il. Un mot de vous et je suis à vos pieds.

Je ris. Sur l'anse du panier, sa main enveloppa la mienne.

— Nous parlons toujours d'une amicale courtoisie, Seigneur chevalier.

Il retira sa main. Je lui tendis le panier.

— Amicale courtoisie, admit-il, les yeux rieurs.

— Ysabel, voici un chevalier voué au service des damoiselles. N'aurais-tu pas un panier à lui confier, à tout hasard ?

— Non, je peux...

— François...

Le vif empressement du vaillant chevalier masqua à peine son étonnement.

— J'insiste, dame Ysabel, s'empressa-t-il d'ajouter. Mon honneur de chevalier est mis à l'épreuve.

— Si le chevalier insiste, fit-elle, rieuse, en lui remettant le panier de victuailles.

Notre vaillant chevalier, un panier dans chaque main, ouvrit la marche. Je passai mon bras sous celui d'Ysabel et nous le suivîmes allègrement dans le sentier abrupt. La première courbe longeait une pente déboisée.

— Dommage, soupirai-je.

— Quel mystère inspire ce délicieux soupir, gente dame ? badina François.

— Dommage pour la famille de Louis Hébert, me désolai-je. Cette double mort en travail d'enfant… Leur fille Anne et son bébé…

— « *La femme enfantera dans la douleur* », dit la sainte Bible, clama François.

— Les souffrances de la naissance sont rédemptrices, nous dit-on, ajouta Ysabel.

— Elles nous permettent de racheter la faute originelle. Tu y penses un peu, Ysabel ? Quel fardeau nous avons là ! Souffrir pour se racheter du péché originel, comme si nous étions les seules à l'avoir commis. Donner la vie en risquant la mort comme un vaillant soldat. La vie au risque de la mort…

La pente obligeait à l'effort et la mort, à la réflexion. Nous fîmes quelques pas en silence.

— On dit que Marie prie chaque jour sur leurs tombes, repris-je en m'arrêtant afin de reprendre mon souffle.

— Chaque jour ! s'étonna Ysabel.

— Regarde.

Au milieu de la clairière, dissimulés entre les foins ondoyants, des bouquets de fleurs des champs reposaient au pied des deux petites croix blanches.

— Tous les jours depuis le printemps, précisai-je.

— Ce grand malheur doit inquiéter dame Françoise.

— Certes. Une première naissance apporte toujours son lot d'inquiétudes, marmonnai-je tout bas.

Je posai une main sur mon ventre.

— Autrefois, il y a si longtemps… plus de cinq ans, me rappelai-je.

De sourdes paroles bourdonnaient autour de moi. On frôla mon bras.

— Eh, nous voguons de mystère en mystère. Vous voilà bien songeuse, se soucia François.

— Pardonnez-moi, vous disiez ?

— Dame Desportes est bien la sœur cadette de dame Martin ?

— Cadette ? Non, elles sont jumelles.

Il ouvrit de grands yeux et figea sur place. Les paniers qu'il portait tombèrent sur les cailloux.

— Vous l'ignoriez ! m'étonnai-je.

— …

— François, m'inquiétai-je. Vous voilà bien pâle. Auriez-vous un malaise ? Qu'y a-t-il ?

Ysabel sortit un mouchoir de sa poche et le lui tendit. Il le prit distraitement et essuya son visage. Puis, sans un mot, il se pencha, récupéra les paniers et continua sa marche. Il fit si vite qu'il disparut bientôt derrière les buissons au dernier détour du sentier.

— Étrange ! marmonna Ysabel.

— Intrigant, ajoutai-je, quelque peu déconcertée.

— Il vaudrait mieux s'abstenir de parler des jumelles devant lui.

— Devant lui et devant Marie-Jeanne. Souviens-toi, ce matin, la simple évocation des jumelles Langlois l'a chavirée.

— Il est vrai. Vous l'avez invitée à nous accompagner chez dame Françoise. Elle allait accepter. Lorsque vous avez mentionné que Marguerite était sa jumelle, son affolement m'obligea à chercher son frère. Oui, vous voyez juste, Hélène. Le mot « jumelle » chamboule les Thélis.

— C'est donc un sujet à éviter en leur compagnie.

— Surtout au bord du cap Diamant.

— Au bord de la falaise… ?

— Ben oui ! Il met le feu au derrière de monsieur François. Le pauvre risque une chute. Une mort assurée.

— Ysabel ! m'exclamai-je en retenant tant bien que mal le rire qu'elle suscita.

Les jumelles Langlois et leur époux vivaient à Québec depuis le printemps de l'an 1619. Ces deux couples avaient construit leur maison non loin l'une de l'autre. Pierre Desportes et Françoise Langlois s'étaient installés sur le cap Diamant, à moins d'une lieue au sud des nouveaux labourages de Louis Hébert. Ce dernier avait récemment acquis ce lopin de terre des Récollets, en échange de celui qu'il avait défriché au bord de la rivière Saint-Charles, depuis son arrivée en 1617. Abraham Martin et Marguerite Langlois avaient préféré les abords d'une vaste plaine, un peu plus au sud, sur le mont du Gua. Le charpentier Martin disait que cet endroit lui rappelait son Écosse natale. Les deux maisons étaient reliées par un sentier suffisamment large pour permettre le passage d'une brouette, ce qui s'avérait fort commode.

À les voir, rien ne laissait croire que les sœurs Langlois fussent jumelles. Marguerite, grande et costaude, n'hésitait pas à vous ouvrir les bras. Cordiale, enjouée, la voix grave et le verbe aisé, elle agrémentait chacune de nos rencontres de joyeux bavardages. Françoise, plus mince et plus réservée, écoutait plus qu'elle ne parlait, le plus souvent avec un sourire aux lèvres. La douceur de ses propos reflétait celle de sa nature. Sa présence apaisait, sa bonté rassurait et sa délicatesse invitait à la confidence. De longs cheveux châtain clair ramassés en chignon sur leur nuque et de petits yeux bleu pâle enfoncés sous leurs fins sourcils étaient les seuls traits qu'elles avaient en commun. Travailleuses infatigables, elles besognaient toutes deux de l'aurore jusqu'à la nuit tombée. Une solide connivence les liait. Elles nous avaient accueillies dans la confrérie des dames de la colonie de Québec avec enthousiasme.

La chaleur nous accablait. Sur notre gauche, au bout du champ couvert de verges d'or, les ouvriers, assis à califourchon sur les chevrons du toit des Hébert, martelaient en cadence. J'eus beau scruter entre les espacements des colombages, je n'aperçus ni la silhouette de Marie Rollet, ni celle de sa fille Guillemette.

— Je suis touchée par la demande de Françoise, avouai-je à Ysabel. L'honneur aurait pu revenir à Marie ou à Marguerite. Elles vivent ici depuis plus de trois ans.

— C'est vous qui lui faites honneur.

— Non, je lui suis redevable. J'aurai un enfant à chérir.

Elle s'arrêta et prit le temps de me sourire avant de poursuivre.

— Et s'il plaît à dame Hélène, j'aurai aussi un enfant à chérir.

— Il plaira à dame Hélène, s'il plaît à dame Françoise, évidemment, répondis-je en lui rendant son sourire.

Nous atteignîmes enfin le boisé, dernière étape du trajet menant à la terre des Desportes. La bienfaisante fraîcheur de la forêt allégeait la pesanteur de l'air tandis que la promesse de cette nouvelle vie allégeait le souvenir de nos enfants perdus. Deux chardonnerets jaunes, apeurés par notre approche, volèrent d'un grand pin jusqu'à la plus haute branche d'un chêne.

— Je persiste à dire que vous faites honneur aux Desportes. Vous êtes la première épouse d'un lieutenant de colonie à vivre en Nouvelle-France, après tout.

— Je n'ai qu'un seul véritable époux, Ysabel.

— Un seul fait battre votre cœur, certes, mais pour tous ces gens, vous êtes l'épouse du sieur de Champlain.

— Puisse cette épouse ne pas décevoir.

Tout autour, le soleil mouchetait les verts feuillages de multiples points d'or. Aux branches de certains arbrisseaux rutilaient des grappes de petits fruits rouges. De temps à autre, une mousse veloutée tapissait le relief d'une roche.

« Un royaume, pensai-je. Un merveilleux royaume. Si seulement nos fils perdus étaient là... »

Un corbeau croassa. Deux écureuils sautillèrent vitement au travers du sentier avant de disparaître sous une broussaille.

— Je serai la marraine du premier enfant à naître en Nouvelle-France. Un petit garçon, peut-être.

— Ce sera une fille, affirma Ysabel.

— Une fille, tiens donc ! Aurais-tu un don ?

— Peut-être bien, badina-t-elle en soulevant ses jupons.

— Ysabel, tu me taquines ?

Une flaque boueuse entravait le passage. Elle la contourna en posant ses sabots sur de plats cailloux.

— Peut-être bien, répéta-t-elle en trottinant vers la clairière.

— Ysabel voyante, marmonnai-je, pantoise.

Je la regardai s'éloigner. La Nouvelle-France lui allait bien. Il est vrai qu'avec Eustache tout près... Seulement, il y avait une ombre au tableau : Marie-Jeanne. Puissions-nous extirper cette haine de son cœur, avant qu'elle ne nous envenime. Les lugubres croassements s'intensifièrent. On aurait dit que les corbeaux commentaient mes réflexions.

Ysabel s'arrêta à l'orée du bois, en bordure de la terre des Desportes. Je m'approchai d'elle discrètement. Elle observait. Ça et là, dans le champ de blé, des souches d'arbres laissaient deviner l'exigeante tâche de défrichement effectuée par le maître des lieux. Tout au fond, devant la coquette maison dont les murs blanchis à la chaux éclataient au soleil, une clôture de perches ceinturait deux jardins. Sur la gauche, la porte ouverte de la dépendance nous permit de constater qu'elle servait à la fois de rangement pour les outillages et d'abri pour les chèvres, les poules, les lapins et l'âne.

— J'envie ces gens, avouai-je à ma voyante.

— Moi aussi, soupira-t-elle.

— Allons, madame, la femme enviée doit nous attendre, reprit-elle vivement après un moment de silence.

— La voyance refait surface.

Elle rit.

— Mon estomac gargouille. Comme dame Françoise nous attend pour le dîner… Dans son état, il est facile de prédire que la faim la tenaille.

Plus nous approchions de la maison et plus mon pas se faisait pressant. Il me semblait entendre des gémissements qui m'étaient familiers.

— Une fille, dis-tu ?

— Une fille, c'est assuré.

— Allons-y voir.

— Comment, maintenant ! Mais dame Françoise n'est pas en gésine !

— Oh, que si !

— Mais… Auriez-vous un don de voyance, très chère Hélène ?

— Non, une ouïe fine me suffit.

— Nos paniers ! s'étonna-t-elle en les apercevant sur le parvis de la porte. Où est donc passé monsieur François ?

L'urgence était ailleurs. Je frappai à la porte et l'ouvris sans attendre. Au fond de la pièce, assise au milieu du lit, Françoise haletait, les mains agrippées à ses genoux.

— Ysabel, sors les langes du panier et apporte le beurre et l'eau.

— L'eau… de l'eau… ? s'énerva-t-elle en tournoyant sur place.

— Là, dans le demi-baril près de la pierre d'eau, le beurre dans notre panier. L'enfant vient, presse-toi !

Françoise hurla.

— Françoise, c'est moi, Hélène. Ne vous inquiétez plus, nous sommes là. Je sais… je sais y faire. Tante Geneviève est sage-femme.

Elle retomba sur son oreiller. Je m'approchai d'elle afin d'éponger son visage rouge et humide avec mon tablier. Elle ferma les yeux. Un faible sourire se dessina sur ses lèvres.

— Permettez-moi de recevoir votre bébé. Il est prêt pour la délivrance on dirait bien.

Elle acquiesça de la tête. Je palpai délicatement son ventre.

— Du beurre, Ysabel, vite !

— Du beurre !

— Oui, du beurre, pour lubrifier les parties de la génération, du beurre dans notre panier, dans notre panier, vite !

Après avoir relevé ses jupons humides, je couvris ma main du gras de beurre et tâtai le passage.

— La position est bonne. La matrice est dilatée de la longueur de la paume. Le bébé vient. Ysabel, du beurre, encore.

J'en recouvris les tissus tendus du vagin de Françoise. Une autre contraction… Une touffe de cheveux noirs apparut dans l'orifice.

— Sa tête, je vois sa tête. La délivrance approche, Françoise. Criez, criez, cela favorisera l'évacuation.

Son ventre durcit. Elle souleva ses épaules, agrippa ses cuisses et poussa à s'en faire éclater les joues.

— Criez, criez, Françoise, ne retenez pas vos cris, votre gorge risque d'éclater. Poussez, encore, poussez, poussez !

— Aaaaaaaaah ! Aaaaaaaaah ! s'égosilla-t-elle avant de relâcher.

— Là, on y est presque. Votre petit arrive. Il y a sûrement des aiguilles et du fil chez vous, Françoise ?

Elle souleva mollement son bras vers le coffre rangé sous la fenêtre.

— Ysabel, cherche du fil et une aiguille, vite.

— Une aiguille, du fil, du fil, répéta Ysabel en s'élançant vers le coffre.

— Cela recommence... Poussez, poussez.

Je palpai le cou de l'enfant.

— Ne poussez plus ! clamai-je soudainement. Arrêtez, ne poussez plus ! Le cordon... attendez. Seigneur Dieu, aidez-moi !

— Je ne peux pas... va tout seul... gémit-elle.

Prestement, j'enfouis un doigt entre le cou et le cordon afin de le dégager. Il s'étira suffisamment pour glisser par-dessus la petite tête. Une première épaule, puis l'autre... et l'enfant naquit. Je déposai le bébé vagissant sur le ventre de sa mère.

— Une fille, Françoise, c'est une fille ! m'exclamai-je. Ysabel, le fil, l'aiguille... Vite, retire mon couteau de ma poche.

Elle me le tendit. Je coupai le cordon. Sitôt l'aiguille enfilée, je cousis l'extrémité liée à l'enfant.

— Apporte de l'eau et des langes pour le bébé, et un seau pour le délivre.

— Tout va bien, Hélène, tout va bien, murmura Ysabel.

J'étais en eau et mes mains tremblaient.

— Tout va bien, tout va bien, répéta-t-elle.

Je tirai sur l'autre partie du cordon, dégageai les suites et les jetai dans le seau que tenait Ysabel. Puis, je coupai le fil devant servir à recoudre les chairs déchirées de l'accouchée, mais fus incapable de l'enfiler. Voyant mon désarroi, Ysabel prit l'aiguille, l'enfila d'un coup et me la remit.

— Tiens sa main, Ysabel.

Un point, deux points, trois… La couture la plus ardue de ma vie… Françoise geignit à peine.

— Terminé, enfin ! murmurai-je, les larmes aux yeux.

Sur le sein de Françoise, une petite fille hurlait à la vie.

— Tout va bien, Françoise, dis-je. Un peu de nettoiement et c'est fini.

Françoise agrippa le bras d'Ysabel et se souleva.

— Merci, merci, souffla-t-elle.

L'émotion m'étouffa.

— Je… nous… la petite… son nom… articulai-je péniblement.

— Hélène, dit Françoise, le visage réjoui. Ma petite s'appellera Hélène, Hélène Desportes.

Je me levai si brusquement qu'un étourdissement me vint.

— L'eau, les langes, annonça Ysabel en me les présentant.

J'agrippai son bras et me ressaisis.

— Oui. Cherche le vin de notre panier. Un peu de vin, de l'eau… pour la toilette d'Hélène.

— De notre petite Hélène, répéta-t-elle, une lueur de bonheur au fond des yeux.

Plus d'une demi-heure plus tard, lorsque Marie et Guillemette entrèrent en trombe dans la pièce, Françoise donnait la tétée.

— Françoise ! s'exclama Marie. Vous… vous avez accouché !

— Rendons grâce au Seigneur, affirma-t-elle, sans détacher son regard de l'enfant langé qu'elle tenait dans le creux de ses bras.

Louis Hébert mit le pied dans la porte et s'immobilisa.

— J'arrive trop tard ! s'exclama-t-il, un brin de déception dans la voix.

Il déposa sa trousse d'apothicaire, jeta son chapeau sur le banc des seaux et s'approcha à pas feutrés.

— Venez, voyez mon bébé, chuchota Françoise.

Il se pencha au-dessus du poupon.

— Il a bon appétit.

— Elle, elle a bon appétit.

— Ah, une fille...

— Hélène, précisa Françoise, notre petite fille.

Maître Louis posa sa large main sur les cheveux mouillés de Françoise.

— Réjouissons-nous, ce jour est un grand jour. Une belle petite et vive comme son père, à ce qu'il semble. Moins de quatre heures pour venir au monde. De ma vie d'accoucheur, c'est bien la première fois que je vois une chose pareille. Pour un premier enfant... Elle sera vite, votre petite, je vous le prédis. Avant longtemps il vous faudra l'attacher.

Françoise sourit.

— Dame Hélène, c'est grâce à dame Hélène, tout ça, dit-elle.

— Dame Hélène ?

— Permettez, maître Louis, osai-je. Le bébé était sur le point de naître lorsque nous sommes arrivées. Le nombril fut cousu ainsi que les chairs de la mère qui s'étaient quelque peu déchirées : un pouce environ. La saignée a été normale et le délivre fut brûlé dans l'âtre.

Louis Hébert, visiblement surpris, recula d'un pas.

— Une matrone dans la colonie !

— Non, mais comme ma tante Geneviève est sage-femme, j'ai acquis certaines connaissances en l'assistant.

— La vérité est que vous venez de recevoir cet enfant, madame !

— Dame Françoise a mis cet enfant au monde, maître Louis. Je l'ai aidée, simplement aidée. À mon arrivée, tout était fait, mis à part le cordon… enroulé autour du cou, l'informai-je en portant la main à mon cou. L'ouverture de la matrice était déjà de la grandeur de la paume de la main. Tout, tout était fait.

— Délier un cordon n'est pas une mince affaire.

La gêne me gagna. Cet homme, fils d'apothicaire, était le médecin attitré de la colonie. Sa reconnaissance me toucha. Ysabel me sourit. Je regardai Françoise qui n'avait d'yeux que pour le petit visage rose collé à son sein.

— Maître Hébert, Marie, Guillemette, voici la petite Hélène, ma filleule, annonçai-je en guise de diversion.

Guillemette s'approcha du lit.

— Qu'elle est belle, murmura-t-elle. Que c'est beau !

La porte s'ouvrit. Pierre Desportes laissa tomber son chapeau sur le plancher, traversa la pièce en trois longues enjambées et s'agenouilla près du lit. Il observa un moment sa femme et son enfant, posa un long baiser sur le front de Françoise, effleura la joue de sa fille du bout de son doigt, se releva et ressortit sans un mot. Il pleurait.

À l'intérieur de la maison, Françoise reposait sur une paillasse de coutil fraîchement regarnie et la petite Hélène dormait dans son berceau. Les draps blancs, que nous avions soigneusement lavés, séchaient sur la corde à linge installée dans la cour arrière.

Nous étions regroupés au dehors, devant la porte close, entre les deux jardins. Marie Rollet et maître Louis Hébert s'apprêtaient à retourner vers leur maison au bord de la rivière Saint-Charles. Ils l'habiteraient tant et aussi longtemps que la crémaillère ne serait pendue dans celle qu'ils construisaient sur le cap Diamant. Guillemette, leur fille, qui allait sur ses quinze ans, ne demandait pas mieux que de rester chez Françoise pour aider aux relevailles.

— Je me débrouillerai, Mère, avait-elle insisté. Je suis en âge de me marier, après tout.

— Encore te faudrait-il un prétendant, ma fille, avait rétorqué Marie.

Guillemette avait rougi avant de détourner la tête vers Françoise et son enfant.

— S'il advenait un ennui, vous savez où nous trouver.

— N'ayez crainte, Marie, rassura Pierre. J'envoie Guillemette vous chercher à la moindre difficulté. Encore merci, madame de Champlain.

— Merci à vous pour l'honneur que vous me faites. Je me rends à la maison des Récollets dès aujourd'hui. Le père Jamet doit être informé de la naissance.

— Ah, oui, pour le baptême ! Françoise a bien choisi la marraine.

— Je ferai de mon mieux, maître Pierre.

Le nouveau papa nous salua de la main et referma la porte sur son nouveau bonheur.

— À bientôt, madame, nous dit maître Louis.

— Nous pourrions reparler de médicaments, un de ces jours, lui dis-je. Je m'y connais un peu dans ce domaine. Ma tante Geneviève…

— Ma très chère dame, la porte de ma remise de simples vous est grande ouverte ! Quel plaisir ce sera de partager nos savoirs. Les Sauvages m'ont appris tant de choses !

— Louis, interrompit Marie. Mille excuses, dame Hélène, mais c'est un sujet si vaste ! Comme je connais Louis, vous pourriez en avoir pour des heures. Les ouvriers... le souper dans moins d'une heure.

— Juste, ma femme. Nous reparlerons de tout ça, enchaîna-t-il en remettant son chapeau. Il y a tant à faire, tant à découvrir...

— Je serai flattée de partager nos connaissances, maître Louis. À bientôt.

Louis Hébert et Marie Rollet s'engagèrent dans le sentier menant à la vallée de la rivière. Je regardai tout autour. Aucune trace de François.

— Et François ? m'inquiétai-je. Où peut-il bien être ? Au couvent des Récollets, avec le père Caron ? Des affaires à régler, probablement. J'ai mon épée, nos paniers sont vides et les ours, ma foi...

— Notre chevalier s'est peut-être évanoui dans la nature ?

— Ysabel !

Elle releva fièrement le menton.

— Quoi, quoi ! Je ne fais que constater, voilà tout ! Notre vaillant chevalier s'est bel et bien volatilisé.

— Vaillant et troublant, complétai-je. Enfin...

— Nous ne sommes pas isolées. Les ouvriers besognent encore, enchaîna Ysabel. J'entends leurs coups de marteau.

— Allons sans crainte, très chère amie ! Le ciel nous protège.

— Courage ! Ensemble, nous vaincrons tous les dangers.

Nous reprîmes gaiement le chemin du bois. Une fierté si intense m'habitait que je dus faire un effort pour retenir mon cri de joie. J'avais aidé un enfant à naître, pour la première fois ! Je venais de toucher au grand mystère de la vie, pour la première fois !

— Merci, merci, merci, tante Geneviève, merci ! m'écriai-je sans retenue.

Ysabel s'immobilisa en me dévisageant.

— Hélène ?

— Je n'ai jamais été aussi heureuse. Tu y penses ! Nous avons accueilli un enfant dans ce monde !

— Je crois que je n'ai jamais été aussi nerveuse de toute ma vie.

— Toi aussi ! Je t'ai crue si calme.

— Calme, moi ! J'ai tremblé du début à la fin.

— Moi aussi !

— Non ! Vous aviez tant d'assurance.

— De l'assurance, moi !

Notre verbiage coula entre les feuillages du boisé, indifférent aux gazouillis des oiseaux, au frémissement des feuilles et au ramage des corbeaux. Sur le plateau du cap Diamant, la besogne des charpentiers se poursuivait sans que nous y portions attention. Nous gambadâmes, paniers sous le bras et légèreté au cœur. En passant devant le cimetière, je fis un signe de la croix.

— Merci à Dieu, merci à la vie, murmurai-je.

— Et merci aux accoucheuses, aux matrones et aux sages-femmes de tous les temps ! compléta Ysabel.

— Sans toi, tu sais…

— Nenni, nenni.

Et notre bavardage reprit de plus belle.

— Vous dites, « jamais aussi heureuse », insista-t-elle en haut de l'escalier menant vers l'Habitation. Et maître Ludovic, dans tout ça ?

— Attends, il ne faut pas tout confondre. Avec Ludovic, c'est…

Ysabel avait dit ce qu'il fallait pour nous détourner de la naissance de la petite Hélène. Rien ne pouvait égaler mon amour pour Ludovic. Rien.

Le commissaire Guers, le capitaine Du Pont Gravé, les commis et les engagés revinrent des Trois-Rivières et de l'île Saint-Ignace le lendemain, en fin d'après-midi. Il y avait tant de barques à Québec que l'anse du chemin des Roches en était presque entièrement couverte. Les Sauvages s'étaient dirigés de l'autre côté de l'embouchure de la rivière Saint-Charles, sur la longue grève, là où l'on chassait le canard.

Sitôt arrivés, le capitaine et le commissaire furent invités à la table de monsieur de Champlain. Ysabel terminait à peine de servir le dernier convive que la discussion s'anima entre François Du Pont et le lieutenant de la colonie.

— Il est hors de question d'attendre le départ de vos engagés à la fin du mois d'août. Je suis le lieutenant de cette colonie, tout de même ! Ce drapeau sera hissé dès demain ! Il ne saurait y avoir de jour plus convenable. Le 10 août est le jour de la fête de saint Laurent, patron de notre grand fleuve. Par la même occasion, le père Jamet aura l'honneur de baptiser le premier enfant à naître dans cette colonie. Le 10 août, jour mémorable entre tous, messieurs !

— Mes engagés craignent que votre arrivée au poste de lieutenant ne limite leurs revenus, précisa le capitaine Du Pont Gravé.

— Les peaux de traite de vos engagés ne sont aucunement menacées.

— Qui sait ? Le magasin est dans un état lamentable ! Aucune sécurité possible !

— Ah, pour ça, mon ami, la faute vous revient ! Vous commandez l'Habitation depuis plus d'un an !

Le capitaine Du Pont se leva, frotta son ventre rondouillet de ses larges mains couvertes d'un épais duvet noir, et redressa son triple menton. Messieurs Guers et Dolu portèrent lentement leurs portions de lièvre à la bouche, tout en suivant la discussion.

— Retirez cette injure, Champlain ! Vous connaissez autant que moi les limites des fonctions du lieutenant. La traite prévaut sur tout !

Le sieur de Champlain laissa tomber son poing sur la table. Le civet de lièvre sauta dans nos assiettes d'étain.

— Oseriez-vous insinuer que la Nouvelle-France n'est qu'un simple comptoir de traite, Du Pont ?

— Force est de l'admettre, Champlain ! Les colons promis par la société de Rouen et Saint-Malo croupissent encore dans les campagnes de France, si je ne m'abuse.

— Du Pont ! Il est de mon devoir d'établir une colonie en ce pays. La colonisation est le dessein ultime ! Vous avez lu la lettre du roi. Pas une ligne, pas un mot sur la traite. Colonisation et conversion sont les requêtes royales !

Le capitaine Du Pont s'inclina au-dessus de la table, de sorte que son nez en chou-fleur touchait presque le nez aquilin du lieutenant.

— Le Roi a ses rêves, les compagnies ont leurs exigences. Notre amitié force cette mise en garde, Champlain. Votre projet s'en ira en eau de boudin si vous négligez les intérêts des compagnies. Il est de notre devoir de servir le Roi, certes, mais n'oubliez jamais que nous ne pouvons rien sans les compagnies de traite, insista-t-il en picotant l'épaule du lieutenant de son index.

Le capitaine redressa les épaules et rentra le menton. Le lieutenant respira profondément en rougissant, posa les mains sur la table et se leva lentement.

— Allons, allons, Du Pont, affinez votre raisonnement. Une colonie ne peut vivre sans argent, je le sais pertinemment, déclara-t-il sur un ton exagérément doucereux.

— Or, les fonds viennent des compagnies et des compagnies seules ! Où est-il, votre roi, quand il s'agit de trouver les sommes pour reconstruire l'Habitation, bâtir les maisons des engagés, avitailler nos bateaux ? Rien de tout cela ne serait possible sans les compagnies ! s'enflamma le corpulent capitaine.

Monsieur de Champlain versa du vin dans la coupe de son ami, remplit la sienne et la leva.

— Du Pont, Du Pont, vous vous égarez. Qui signe les actes de commissions ? Qui choisit d'avantager la colonie de la Nouvelle-France plutôt que celle des Antilles ? réfuta le lieutenant.

Le capitaine vida son verre d'une traite et le posa fortement sur la table. Le lieutenant le remplit à nouveau.

— L'art de la diplomatie n'est-il pas de ménager la chèvre et le chou ? Reconnaissez ma force en ce domaine, Du Pont. Nous avons navigué sur tant de mers ensemble. Oseriez-vous prétendre que je sois dépourvu de diplomatie ?

— Pour ça, vous êtes un maître incontesté. Je suis forcé de le reconnaître, approuva le capitaine.

Les verres s'entrechoquèrent.

— Le drapeau français sera hissé au sommet de l'Habitation avec l'accord de tous les engagés, foi de Champlain. Trinquons, mon ami ! Nous procéderons à la consolidation de l'Habitation. Ce château fort sera l'assise de la colonisation en Nouvelle-France, n'en déplaise aux compagnies. Des maisons solides seront bâties pour nos engagés. Qui plus est, un fort sera érigé tout en haut du cap Diamant. Assurons nos défenses, affirma fièrement le sieur de Champlain, son verre de vin levé à bout de bras.

La gorgée de vin s'échappa de la bouche du capitaine tel un jet de feu.

— Un fort ! Bougre de Champlain ! Vous perdez complètement la tête !

Un léger rictus souleva l'élégante moustache du lieutenant.

— Ne craignez pas pour ma tête. Elle est plus solide qu'elle n'y paraît.

Ce soir-là, à la lueur de la bougie de ma table d'écriture, je terminai la lettre commencée la veille. J'y avais fait la description de la naissance de la petite Hélène. Pas un cri, pas une hésitation, pas un geste ne fut oublié. La cire rouge coula sur le repli du parchemin. J'y posai le sceau du lieutenant de la colonie, j'attendis qu'il sèche et j'inscrivis au centre de la missive :

Madame Geneviève Lesage, sage-femme de Paris

Je présentai la tête de la petite Hélène au-dessus de la fontaine baptismale.

— *Ego te baptizo in nomine Patris et Filii et Spiriritus Sancti*, répéta trois fois le père Jamet en versant l'eau en forme de croix.

Puis, il plongea le pouce dans le Saint Chrême, fit une onction sur le front de la nouvelle baptisée, couvrit son visage d'un voile blanc et pria. Hélène s'éveilla. Son cri emplit la chapelle. Son père, mal à l'aise, s'épongea nerveusement le front du revers de sa manche de toile blanche. Le célébrant retira le voile. Je serrai la petite contre moi. Ses cris redoublèrent. Le célébrant me tendit le cierge. Je remis Hélène dans les bras de Guillemette et pris le cierge allumé.

— Recevez ce cierge allumé. Gardez sans reproche la grâce de votre baptême. Observez les commandements de Dieu…

Les pleurs d'Hélène persistèrent malgré les balancements de Guillemette. Son père s'approcha, le visage rougi de honte.

— … avec tous les saints dans la cour céleste et vivre dans les siècles et les siècles. *Amen* ! termina le père Jamet.

— *Amen*, répétai-je soulagée.

« Enfin terminé », pensai-je.

J'enveloppai la petite Hélène dans sa tavaïolle de toile blanche autour de laquelle j'avais brodé de petits lys d'or. Dès que le père Jamet ouvrit la porte de la chapelle, le frère convers Le Presle agita la cloche au-dessus du portail. Le soleil radieux m'éblouit. Un coup de canon retentit. Dans l'Habitation, sur le toit du logis du centre, Ludovic, debout tout près du cadran solaire, agita son chapeau en direction de la porte de la chapelle. Puis, tirant sur les cordages, il hissa le drapeau français au bout du mât, un joli drapeau blanc garni de trois fleurs de lys d'or. Je ne pus saluer mon bien-aimé. Dans mes bras pleurait ma petite fleur de lys.

15
Le cœur de pierre

Le feu de la cheminée asséchait l'humidité accumulée dans les bois du logis de monsieur de Champlain. Les nombreux chaudrons déposés sur tous les planchers de l'Habitation n'avaient pu contenir toute l'eau tombée du ciel, tant les averses des deux derniers jours avaient été fortes et abondantes.

— Le toit et les murs de ces constructions sont de véritables passoires ! s'était-il exclamé, en constatant l'ampleur des dégâts. Tout est à reconstruire !

Au rez-de-chaussée, en retrait derrière le rideau de velours isolant sa table d'écriture de la pièce commune, je m'efforçais tant bien que mal de poursuivre la compilation des deux inventaires de l'arroi de la colonie : le premier, rédigé lors de notre arrivée à Québec et le second, terminé la veille par monsieur de Bichon. Le capitaine Du Pont Gravé, retourné à Tadoussac dix jours plus tôt, nous avait fait expédier les marchandises demeurées dans les cales du *Saint-Étienne*, comme le lui avait recommandé le lieutenant. L'arrivée des vivres et des outillages avait réjoui les gens de Québec. C'était maintenant confirmé, le capitaine Du Pont Gravé, le commissaire Guers et l'intendant Dolu avaient tous quitté Tadoussac. Monsieur mon époux était de nouveau le seul représentant du vice-roi en Nouvelle-France. Personne n'allait plus freiner ses rêves de colonisation.

L'ouverture entre les pans du rideau me permettait d'observer Ludovic sans être vue. Assis derrière le groupe d'une dizaine d'hommes, il suivait le cours de la vive discussion tenue par le commis Caumont, Eustache et monsieur de Champlain. Il agitait nonchalamment un objet dans sa main droite. Sa culotte brune était tachée de boue et ses bottes de cuir, recouvertes d'une croûte grisâtre. Ses cheveux, retenus en faisceau sur sa nuque par un lacet de cuir, étaient plus blonds qu'ils n'avaient jamais été.

— Le soleil de la Nouvelle-France, pensai-je en baissant mon nez sur les colonnes d'écriture du cahier de l'inventaire. Je relus une deuxième fois.

L'arsenal de la colonie de la Nouvelle-France,
été 1620, Québec.

40 mousquets et leurs baudriers, 24 piques, 1000 livres de poudre à feu fine, 1000 livres de poudre à canon, 1000 livres de boulet à canon et 6000 livres de plomb pour les balles de mousquets, 24 piques, 4 roues de braquage de 4 à 5 pieds de long, un baril d'amorces de canons.

— Nous voilà fin prêts pour la guerre, marmonnai-je.

Ludovic tourna discrètement la tête dans ma direction. Je lui souris. Il fit rebondir l'objet qu'il tenait dans sa main. Je reconnus le demi-cœur de pierre de la grotte. Le souvenir de notre nuit à Vieille Rivière échauffa mes joues. Ludovic avait reporté son attention sur la causerie. Je forçai ma concentration. « Poursuis ta lecture », me dis-je.

Les outils et matériaux

12 faux à poignée, des marteaux et autres outils, 12 faucilles, 24 pelles pour creuser la terre, 12 pioches…

Sentant qu'il me regardait, je ne pus résister à l'envie de soulever légèrement les paupières. La pierre bondissait dans sa main.

12 pioches, 4000 livres de fer, 2 barils d'acier…

Et hop, le demi-cœur ! J'ajustai le col de ma chemise et redressai les épaules. « L'inventaire, il me faut terminer la révision de cet inventaire au plus tôt », me raisonnai-je.

10 tonnes de chaux à ciment, 10 000 tuiles incurvées et plus de 10 000 tuiles plates pour les toits, 10 000 briques pour construire des fours et des cheminées, 2 meules pour le grain.

Non, je n'allais pas le regarder, il me fallait continuer. La chaleur m'accablait et la fumée des pipes brouillait ma vue. Non, surtout ne pas le regarder. Soit, juste un bref coup d'œil. Le demi-cœur qui sautille, sa moue, son regard insistant…

Pour la table du chef

Un service de 36 écuelles, bols et assiettes, 6 salières, 6 pots à eau, 2 bassins, 6 cruches à pain, cruches à pain, 6 cruches à pain…

Il inclina la tête vers l'arrière et fit rouler la pierre le long de sa gorge.

6 cruches à pain, 6 pots d'une demi-pinte, 6 quarts de pinte en étain, 24 nappes, 24 douzaines de serviettes, terminai-je hâtivement.

Quelle chaleur ! Je sortis un mouchoir de ma poche, un bien morne mouchoir. Aucune broderie, aucune dentelle ne l'ornait, aucun souvenir n'y était rattaché. Si seulement j'avais pu retrouver celui de nos premiers serments, le précieux mouchoir perdu en mer. En m'essuyant le front et le cou, je me dis que sa disparition resterait toujours un mystère. J'entrouvris le col de ma chemise. Dans la main de Ludovic, le demi-cœur sautillait à nouveau.

Pour la cuisine

12 chaudrons de cuivre, 6 paires de landiers, 6 poêles à frire, 6 grils.

— Le chaudron de la Meneuse, femme d'*Erouachy*, le chef, murmurai-je.

L'image de leur étreinte traversa mon esprit. Une cabane, une couche de sapin et les bras d'un chef... « Seigneur, aidez-moi, suppliai-je en mon for intérieur, je perds l'esprit ! » Ludovic étira ses longues jambes, ouvrit la sacoche de cuir noir qui reposait sur sa cuisse et y laissa tomber le demi-cœur. Le demi-cœur sur sa cuisse... Il croisa les bras sur sa poitrine. Ces bras-là savaient si bien m'enlacer !

Dix sacs de graines de semence, toutes sortes de graines, lis-je en dernière ligne de la liste.

Voilà, c'était complet, rien ne manquait. La liste était enfin terminée. Je sortis mon demi-cœur de ma poche, l'enveloppai dans mon mouchoir et le déposai sur le coin de ma table. Rapprocher ces deux demi-cœurs trouvés dans la grotte de Vieille Rivière, recomposer notre cœur...

— Ramenons quelques chefs avec nous, ici à l'Habitation, afin de discuter avec eux. Il est temps de calmer les rancœurs et d'effacer les peurs de nos gens à tout jamais. Ces Sauvages sont inoffensifs, proposa monsieur de Champlain.

— Ces inoffensifs ne sont pas sans tache. Ils ont tué deux des nôtres ! s'offusqua le commis Caumont.

— Au cap Tourmente, en l'an 1616. Voilà plus de quatre ans ! rétorqua Eustache.

— Et leur crime est toujours impuni !

— Caumont, Caumont, Caumont ! Un esprit échauffé n'est jamais de bon conseil, rétorqua le lieutenant. Le double meurtre du serrurier et du matelot aurait mené les fautifs tout droit à la potence si nous étions en France. Mais ici, dans la colonie, notre infériorité numérique commande l'extrême prudence. Que peut une poignée de Français contre plus de huit cents Sauvages ? Nous ne faisions pas le poids en 1616 et nous ne faisons toujours pas le poids aujourd'hui !

Le silence du commis l'incita à poursuivre.

— Dans pareille situation, j'estime qu'il est impératif d'esquiver toute brouillerie. Rappelons-nous que le fils d'un chef est au banc des accusés.

— Et l'autre meurtrier, ce *Cherououny* qui cabane sur la rive d'en face. C'est un affront à la justice française !

— Comme vous y allez ! Convenez avec moi que les enjeux sont de taille. Provoquer les Montagnes risque de nuire au commerce des fourrures et à l'établissement de la colonie. S'il advenait que nos imprudences nous mènent à la guerre, je ne donne pas cher de nos vies.

— À quel tribunal les convoquer ? Il n'y a aucune cour de justice officielle en Nouvelle-France, déplora François de Thélis.

Le commis aspira sur le tuyau de sa pipe. Le lieutenant se rendit devant la cheminée et nettoya le fourneau de la sienne au-dessus des flammes. Quand il eut terminé, il la déposa sur le manteau de bois brun, entre l'horloge et le bougeoir, et revint vers le commis.

— Si je peux me permettre, chef, dit l'interprète Jean Nicollet, en se levant.

— Faites, faites, mon bon ami.

— J'ai passé deux ans au pays des Algommequins, monsieur. Il importe que vous sachiez que les rumeurs de ce malheureux événement ont couru jusque-là, des rumeurs fort désobligeantes à l'égard des Français.

L'interprète, étrangement habillé d'une longue robe chatoyante, abondamment garnie d'oiseaux et de fleurs aux vives couleurs, s'appuya sur sa canne de pèlerin comme pour y puiser des forces.

— Mais encore, mon ami, continuez, continuez !

— On raconte que les Français sont sans courage. Que de laisser la mort d'un des leurs impunie est signe de faiblesse.

— Que tuer un Français, ce n'est pas grand-chose, vu que ce geste reste sans conséquence, précisa le commis.

L'interprète opina du chapeau, un chapeau noir à large bord orné d'une plume.

— Ils disent cela aussi, chef, approuva l'interprète.

— La plus insidieuse menace, je l'admets. Il importe d'être craint et vénéré, admit monsieur de Champlain en portant une main à son front.

L'air surchauffé s'alourdit. Les esprits aussi. Les crépitements du feu de bois s'intensifièrent. Chacun semblait figé sur sa chaise. Ludovic se leva. Le lieutenant releva sa barbiche vers lui et attendit.

— Malgré cette rumeur, n'oublions pas que la plupart des Sauvages tiennent à nos alliances. Ils sont toujours sur un pied de guerre contre les Yrocois, que je sache. Notre appui leur est précieux. Et, ma foi, ils ne dédaignent pas les produits que nous leur proposons. La preuve en est qu'ils laissent circuler nos bateaux sur le fleuve et s'élever nos logis sur ses rives sans opposition. Si nous leur étions si hostiles, ils nous auraient soit repoussés, soit exterminés depuis belle lurette !

Le visage du sieur de Champlain s'éclaira.

— Juste, très juste, mon garçon ! s'exclama-t-il.

Son soulagement délia les langues. Tous approuvèrent. Le maître de la colonie leva les bras et les agita afin d'apaiser son auditoire.

— Nos alliances font foi de tout. Nous apportons à ces peuples les arts, les sciences et les métiers, ils nous livrent leur manière de chasser, de pêcher, de survivre aux périls des grands froids. Chacun de nos peuples y gagnera au change. Je le répète, un jour, leurs filles épouseront nos gaillards et nous ne serons plus qu'un seul peuple, une seule nation, la nation de la Nouvelle-France.

Les applaudissements retentirent.

— Vive la Nouvelle-France ! Vive le Roi !

Le commis Caumont resta de glace. La clameur s'éteignit peu à peu. Quand elle ne fut plus qu'un faible murmure, le commis reprit la parole.

— En attendant ce jour béni, les meurtriers du cap Tourmente courent et menacent. Nos engagés craignent qu'ils ne répètent leur crime. Il importe de réprimer ces mauvais esprits avant qu'il ne soit trop tard.

— Nous devons user de ruse et de patience. Misons sur l'amitié et les alliances déjà en place. Appliquons-nous à les renforcer, recommanda le lieutenant.

— L'automne approche. Nous sommes cernés par les campements. À l'est, à l'ouest et au nord, ils sont partout. Nous sommes entourés de toutes parts par d'éventuels tueurs. Permettez-moi de douter des pouvoirs de l'amitié.

— Soit, que proposez-vous ? nargua le sieur de Champlain, un doigt pointé sous le nez du rébarbatif.

Le commis passa lentement une main sur son crâne à demi dégarni, se leva tout aussi lentement et bomba le torse.

— Lieutenant, en ma qualité de commis de la Compagnie de Rouen et Saint-Malo, il est de mon devoir de faire en sorte que les actionnaires de ladite compagnie reçoivent les profits escomptés. Pour ce faire, nos engagés se doivent de travailler en toute sécurité. Par ailleurs, il est de votre devoir d'assurer cette sécurité.

— A... a... a... a... atchoum ! répondit l'autre en portant une main devant sa bouche.

Le commis Caumont recula d'un pas.

— Les pluies... Pardonnez-moi ce léger rhume. A... a... a... atchoum !

Un sourire apparut sur toutes les lèvres. L'air s'allégea. Le torse du commis se dégonfla.

— A... a... a... atchoum !

L'enrhumé enfouit son visage dans son large mouchoir, s'essuya les yeux, la bouche et se moucha fortement. Ludovic se tourna vers mon isoloir et sourit. Profitant de la diversion, j'écartai quelque peu le rideau afin qu'il voie le sourire que je lui rendais.

— Bien, bien, revenons à nos moutons, dit le lieutenant.

Le visage du commis se rembrunit.

— À nos moutons ! s'indigna-t-il.

— À nos soucis, tracas, nos lourdes préoccupations.

Le commis croisa les bras sur sa poitrine.

— Comme vous le dites si bien, Caumont, nous sommes entourés de Sauvages. Il faut comprendre qu'à cette époque de l'année, ils profitent des dernières pêches pour faire provision de poissons séchés. L'hiver approche et la chasse étant toujours incertaine... C'est une question de survie.

— Là n'est pas la question ! s'offusqua le commis.

— A... a... a... atchoum !

Le commis recula d'un autre pas. Le lieutenant se moucha vigoureusement.

— J'en conviens, nasilla-t-il plus que de coutume. Il est de mon devoir d'assurer la sécurité, dites-vous ? Voici ma stratégie. La crainte de vos engagés vient de leur méconnaissance des Sauvages. Mettons en présence les engagés et des chefs afin qu'ils nous exposent leur point de vue dans l'affaire du cap Tourmente.

— Excellente idée, approuva Eustache.

— C'est un début, renchérit François.

— Favorisons le rapprochement des deux parties. Qu'en dites-vous, Caumont ?

Il décroisa les bras et saisit énergiquement les pans de sa veste.

— Et si tous ces beaux discours tournaient au vinaigre ?

Des eh !, oh !, hola ! retentirent de toutes parts. Le lieutenant leva et abaissa les bras plusieurs fois avant que le calme revienne. Il enfouit son mouchoir dans le revers dentelé de sa chemise.

— Ludovic et Eustache, interpella-t-il, demain, à la première heure, vous irez au campement de *Miritsou* à l'embouchure de la Saint-Charles. Caumont, Thélis, Nicollet et moi rejoindrons la rive d'en face. La famille de *Cherououny* y cabane depuis plus de deux semaines. Rassurez-vous, Caumont, les chefs montagnes témoigneront devant nos gens de ce qui s'est passé. Nous avons nos codes de justice, ils ont les leurs. Nos gens comprendront.

— Des codes primitifs ! Racheter les morts par des présents ! Aucun présent ne saurait compenser la mort de nos hommes.

— Et nous ne tuerons aucun des leurs par esprit de vengeance, comme ils le font parfois. Je vous le répète, ils ont leurs coutumes, nous avons les nôtres.

— Puissiez-vous ne pas l'oublier, mon lieutenant.

Le maître des lieux accrocha ses pouces à sa large ceinture de cuir noir et pointa sa barbiche vers l'insolent.

— Nous sommes au pays des Sauvages, puissiez-vous ne pas l'oublier, commis Caumont !

Caumont baissa la tête et glissa sa pipe dans sa sacoche. Le chef des Français lui tourna le dos, claqua ses mains l'une contre l'autre, et les frictionna vivement.

— Alors, Ferras, ce voyage à la Saint-Charles ?

Ludovic se leva.

— Avec Eustache, chez *Miritsou* ? Je serai à la tour demain, dès l'aurore.

— Soit, tâchons de ramener les chefs sauvages ici même, avant la tombée de la nuit. S'ils y consentent, précisa-t-il en affinant sa moustache. Patientons s'il nous faut patienter. Les Sauvages consultent tout un chacun, pour tout et pour rien. Suffit qu'un *chaman* soit embesogné à un rituel de guérison pour que notre attente se prolonge indéfiniment.

— Nous ferons comme il se doit, confirma Eustache. Je connais *Miritsou*, il viendra, bien qu'il ne soit pas encore chef.

— Qu'importe ! *Miritsou* est un homme respecté par tous les chefs. Bien, alors il ne me reste qu'à vous souhaiter une bonne nuit. À demain, messieurs.

L'occasion était trop bonne. Je m'élançai si vitement pour repousser les pans du rideau que je dus retenir ma chaise afin qu'elle ne tombe. Le fracas entraîna un lourd silence.

— Monsieur ? Veuillez m'excuser, monsieur !

Le sieur de Champlain referma la porte qu'il ouvrait.

— Plaît-il, madame ?

— J'aimerais, enfin, je souhaiterais accompagner mon frère chez *Miritsou*.

Les hommes me détaillèrent. Ludovic arbora un large sourire.

— Accompagner votre frère !

— Oui, afin de rencontrer les femmes sauvages.

— Les femmes sauvages !

— Favoriser des liens d'amitié avec les femmes de ces nations me paraît souhaitable pour le bien de la colonie.

Mon époux plissa les yeux et empoigna sa barbichette.

— Cela ne saurait nuire à notre cause, il est vrai.

— Dame Françoise est complètement remise, Guillemette se rend chaque jour auprès d'elle. La petite Hélène dort et boit, boit et dort. De plus, pas une mauvaise herbe ne traîne dans les jardins, et les ouvrages de couture en prévision de la saison froide sont presque terminés. Je peux donc quitter l'Habitation une journée entière sans nuisance, m'empressai-je d'expliquer.

Tous les hommes restèrent figés sur leurs bancs. Ludovic porta une main à son front. Je compris la maladresse de mon enthousiasme.

— Cependant, il sera fait selon votre bon vouloir, monsieur, complétai-je avec ferveur.

Le lieutenant tortilla sa barbichette à quelques reprises, ce qui donnait à penser que sa réflexion était intense. Je maudis la fougue de mon tempérament.

— Soit, laissa-t-il tomber au bout d'un moment, à la condition qu'Eustache et Ludovic y consentent.

Ma respiration reprit. Ludovic enchaîna.

— Seulement si madame peut tenir la cadence. Nous aurons à marcher dans d'étroits sentiers et à monter des pentes abruptes. Une ondée est toujours prévisible, le temps est si changeant en ce pays. Le bien-être de madame risque d'en souffrir

— Je peux marcher longuement dans d'étroits sentiers et…

— Et naviguer au-delà de la rivière Saint-Charles ? coupa Ludovic.

— Nous n'aurons pas à nager, tout de même !

Eustache cacha le bas de son visage avec le rebord de son chapeau. Ludovic fixait le lieutenant en tapotant sur sa sacoche de cuir du bout de ses doigts.

— Madame, nous avons rendez-vous à la tour, demain au lever du jour. Soyez-y, décréta le lieutenant.

— Avec Ysabel, osai-je.

— Avec Paul, Paul et Ysabel, dicta-t-il fermement.

— Merci, monsieur.

Je retournai derrière ma table en espérant que la lenteur de mes gestes voile ma joie. Les hommes saluèrent et sortirent l'un derrière l'autre. Ludovic s'approcha du rideau.

— Pour l'amitié des femmes sauvages ? murmura-t-il, les yeux rieurs.

— Oui, pour les femmes ! rétorquai-je sèchement, quelque peu vexée de ses précédentes réticences.

Il s'inclina au-dessus de la table.

— Allons, allons, retrouvez votre joli sourire. Ce n'était que tactique de diversion, chuchota-t-il.

Je mordis ma lèvre pour éviter de sourire. Il plongea une main dans sa sacoche, déposa son poing fermé sur le cahier de l'inventaire et l'ouvrit. Son demi-cœur reposait sur sa paume. Je soulevai les coins de mon mouchoir et déposai mon demi-cœur tout près du sien. Notre cœur de pierre était complet.

— Un peu pour les femmes, beaucoup pour vous, soufflai-je en plongeant les yeux dans l'ambre des siens.

16
À vau-l'eau

L'odeur des pains montait de nos paniers et flottait dans l'air frais de l'aurore. Une brume opaline ondoyait au-dessus des eaux du fleuve. Nous étions à marée descendante. Les deux barques s'éloignèrent du quai de l'anse. Le coq chanta trois fois.

Accompagnés par François et l'interprète Nicollet, le sieur de Champlain et le commis Caumont dirigèrent leur embarcation vers la rive d'en face, tandis que Paul, monsieur de Bichon, Eustache et Ludovic mirent le cap sur l'embouchure de la Saint-Charles. Ysabel et moi étions assises au centre de la barque, tout juste derrière les élus de nos cœurs. Nous n'avions qu'à profiter de la randonnée en admirant le paysage.

Par-delà la rive orientale du fleuve, le jour se levait. Peu à peu, derrière les vastes collines, les jaunes et les orangés se teintèrent d'un rose de plus en plus intense, de plus en plus lumineux. Et le disque de feu parut. Pendant un court instant, le maître des jours dora les brumes du grand fleuve. Fugaces splendeurs de la pointe du jour, ineffable beauté des commencements.

Ludovic plongea sa rame à l'eau et me regarda pardessus son épaule. Son sourire éclipsa le soleil.

— Êtes-vous confortablement installée, madame?

— Je suis très bien, répondis-je en lui rendant son sourire.

— Qu'en est-il de vous, Ysabel? s'enquit Eustache.

— Je suis tout à mon aise, monsieur, répondit-elle, le visage réjoui.

— Par tous les diables ! Puisque tout ce beau monde est bien campé, en avant, toute ! clama Paul, pour qui la moindre escapade se teintait d'aventure.

— Le vieux corsaire refait surface, badina Ludovic.

— Et comment ! Dommage que la Saint-Charles soit si proche.

— Dommage, en effet, approuva Ludovic.

Il glissa furtivement une main derrière son dos. Je la serrai dans la mienne. Une bienfaisante chaleur envahit tout mon être. Je délaissai sa main à regret. Elle retourna vers sa rame.

— Plus loin en aval, en face de la pointe de l'île d'Orléans, il y a ces chutes magnifiques, les chutes les plus hautes qu'il m'ait été donné de voir, m'enthousiasmai-je.

— Ah, les chutes ! s'exclama mon bien-aimé. Quel attrait irrésistible, n'est-ce pas, madame ?

— Surtout si on est deux à les admirer.

— Il est regrettable que le lieutenant s'attende à notre retour avant la tombée de la nuit. Le temps nous manquerait si...

— Oh, loin de moi l'idée de proposer de nous y rendre ! Je disais ça à la légère. Le souvenir des chutes m'excite toujours, maître Ferras.

— Je partage votre avis, mademoiselle. Ces chutes sont une véritable merveille de la nature, enchaîna monsieur de Bichon derrière moi.

Le secrétaire de mon époux avait insisté pour être du voyage. Cette escapade lui faisait espérer l'ajout de quelques spécimens à son herbier.

— Combien de brasses de haut fait cette chute ? demanda Ludovic. Près de vingt ?

— Bien davantage, corrigea Eustache, plus de vingt-cinq.

— Vingt-cinq brasses de haut ! s'exclama Ysabel. Je les croyais hautes, mais jamais à ce point !

— En hiver, ses bruines se givrent et forment un mont de glace. Les Sauvages prennent plaisir à y glisser, expliqua Eustache.

— Y glisser ! m'étonnai-je.

— Oui, sur leur *tabaganne*.

— Leur *tabaganne* ?

— Oui, ma sœur, une traîne de bois qui glisse sur la neige. Elle sert à transporter vieillards, enfants, malades, bagages et gibiers, bien entendu. Quelquefois, les enfants l'utilisent pour dévaler les pentes à toute vitesse. Toutes les industries dont ces Sauvages sont capables pour apprivoiser les glaces et les neiges, vous n'avez pas idée !

— On dit qu'en hiver, il fait si froid que le fleuve tout entier se glace. Est-ce vrai, monsieur Eustache ?

— Tout à fait, Ysabel. La glace forme, pour ainsi dire, un pont. Il est alors possible de traverser d'une rive à l'autre avec des raquettes, en moins d'une heure.

Monsieur de Bichon toussota.

— Disons deux heures, pour être plus précis.

— La précision est de mise, surtout en ce pays, renchérit monsieur de Bichon. J'ajouterais surtout en hiver. Prenons pour exemple la traversée du fleuve sur les glaces. Si on connaît le moment exact du départ du voyageur, il nous est possible de prévoir l'heure de son retour.

— Et ? poursuivit Paul.

— Connaître le moment du retour permettrait de convenir d'un retard, si retard il y avait.

— Et ? répéta Paul.

— Un retard dont la cause pourrait bien être un malencontreux accident sur ces dites glaces.

— Par tous les diables, aboutissez, Bichon ! Vous insinuez qu'un accident peut survenir sur ces glaces. Et puis ?

— Constatant le retard, nous pourrions organiser un secours, conclut-il vitement.

— Ah, enfin, je vois la lumière ! Dire où on va avec précision, afin de faciliter les recherches si on ne revient pas.

— Précisément, maître Paul, précisément ! admit monsieur de Bichon.

— Votre démonstration est éloquente. La précision est de mise, nous en convenons, Bichon, approuva Eustache. Vous entendez, mesdames. Prévenir des moindres allées et venues. Ainsi, nous pourrions voler à votre secours.

Eustache regarda Ysabel. Elle lui sourit. Le long de la côte, dans la profondeur de la forêt, les oiseaux pépiaient d'allégresse. Une famille de canards se faufilait entre les roches des berges. Les rames de notre barque plongeaient en cadence dans les vagues légères.

— Il est vrai que la vue du haut de ces chutes a de quoi faire rêver, reprit Ludovic.

— Vraiment ? dis-je, quelque peu déconcertée par sa réplique fort éloignée des glaces de l'hiver.

— Avez-vous eu l'occasion de vous y rendre souvent, maître Ferras ? s'enquit monsieur de Bichon.

— À deux occasions. Nous avions à repérer les pierres des environs.

— Ah ! Cette recherche de pierre à chaux, la cause de vos nombreux éloignements, échappai-je bien malgré moi.

— Bâtir un pays oblige, ma sœur, argua Eustache.

Je me tournai vers l'est. L'astre poursuivait sa montée. Tout autour, les couleurs s'étaient estompées. Ne restait plus que l'indéfinissable puissance du dieu de la lumière, un dieu si généreux ! J'étais honteuse de l'égoïsme dont je faisais preuve dès que Ludovic était en cause. Ma raison comprenait ses longues absences de l'Habitation, mais mon cœur s'acharnait à revendiquer l'impossible. J'aurais voulu être à ses côtés d'un matin à l'autre, l'accompagner dans ses explorations à l'île d'Orléans, au cap Tourmente, par-delà les plaines d'Abraham Martin. Je l'aurais assisté dans ses corvées à l'entrepôt, sur les chantiers de construction du couvent des Récollets. Je l'aurais suivi partout où le lieutenant exigeait sa présence. Hélas, en tant que femme de ce lieutenant. Je me devais d'être raisonnable. Mais ce matin…

— Et cette vue du haut de la chute a de quoi faire rêver, disiez-vous, maître Ferras ? relançai-je.

Ludovic ralentit son coup de rame et redressa ses larges épaules.

— Du lit des eaux profondes monte l'appel des sirènes. N'entendez-vous pas leur chant d'amour, madame ?

Paul s'esclaffa, Eustache égrena un éclat de rire et Ysabel porta une main à sa bouche.

— Ah, l'appel des sirènes, quelle délicieuse menace ! s'extasia monsieur de Bichon.

La surprise fut totale. Tous se tournèrent vers lui.

— L'irrésistible complainte du désir, un désir inavouable, un désir insensé. Ah, le bonheur d'être désiré à l'infini ! termina-t-il faiblement en levant ses longs doigts crochus vers le ciel bleu.

L'étonnement nous laissa muets.

— Enfin, c'est ce qu'on dit, dit-il à voix basse en penchant la tête vers la large sacoche de cuir noir couvrant ses genoux.

Un long silence suivit la surprenante révélation de monsieur de Bichon, un silence chargé de compassion. La vie lui imposait la solitude du cœur. Son physique ingrat et sa timidité extrême éloignaient l'appel des sirènes. Il en souffrait.

Les rameurs reprirent la cadence. Sur les eaux, la brume s'était dissipée. Un grand héron s'éleva gracieusement d'un rocher en criant. Dans la barque, mon cœur de sirène retenait son chant.

— Et ces pierres à chaux ? demandai-je afin de dissiper le malaise.

— Nous en avons trouvé une impressionnante quantité, un peu plus en aval des chutes, dit Ludovic.

— Ces pierres vous sont-elles indispensables ?

— Forcément ! Comment produire le mortier utilisé pour construire les fondements, les murs et les cheminées de nos maisons sans chaux, dites-moi ?

— Trouver les pierres, bâtir un four à chaux et le tour est joué. Plus besoin d'attendre les cargaisons venant de France, expliqua Ysabel.

— Ysabel !

— C'est Eustache, pardon, monsieur Eustache qui m'a appris tout ça. Lorsque je viens de la fontaine, le matin, quelquefois, il m'aide..., pour le transport des cruches et des seaux, il...

— Eustache !

— Par tous les diables, il s'en passe des choses dans cette colonie ! s'étonna Paul.

Nos rires se perdirent dans l'embouchure de la rivière Saint-Charles.

Près de deux tables de bois, quatre Sauvages installaient des filets à plat sur la grève. Ils s'immobilisèrent et nous observèrent un moment avant d'agiter les bras en guise de salutations. Eustache, Paul et Ludovic soulevèrent leurs chapeaux afin de leur rendre la politesse.

— Les filets d'anguille, déjà ! s'exclama Eustache. Alors là, l'automne est définitivement à nos portes, mes amis !

— Ils pêchent avec des filets posés à plat sur la grève, m'étonnai-je.

— Je vous l'ai dit, ces Sauvages sont pleins d'astuce. Durant leur migration, les anguilles nagent en eau peu profonde le long des rivages. Vous voyez ces murets de pierre avançant vers le large ?

— Bien entendu que nous les voyons ! répliqua Paul.

— À marée montante, ces murets orientent les anguilles vers les filets. Dès que la marée redescend, les filets retiennent les anguilles. Ce procédé est utilisé sur les rives des baies et des cours d'eau. À Tadoussac, j'ai vu, de mes yeux vu, des centaines d'anguilles capturées d'un coup !

— Par tous les diables !

— Plus la mer est agitée, plus la pêche est fructueuse.

— Migrent-elles bientôt, ces anguilles, monsieur Eustache ? demanda Ysabel.

— Du 15 septembre au 15 octobre, quand vient la lune des feuilles aux couleurs de feu.

— Les feuilles s'enflamment ! s'étonna Ysabel.

— Quelqu'un m'a parlé de ce phénomène, murmurai-je en m'inclinant vers mon bien-aimé. Les feuilles se colorent plus intensément qu'en France. Bientôt, la forêt ne sera plus qu'une flambée de couleurs.

— Vraiment ! dit-elle. Et que vient faire la lune dans tout ça ?

— Ah, la lune... ! Il faut savoir que les Sauvages divisent l'année en six saisons d'une durée de deux lunes chacune. Septembre et octobre sont de la saison des feuilles de feu. La saison de l'érable rouge ! m'émerveillai-je.

— La saison des feuilles de feu, ajouta Ludovic.

— Dans leur langue, s'il vous plaît, maître Ferras, badinai-je.

— *Takuatshin.*

— Ludovic, vous connaissez leur langue !

— Si peu, si peu...

— *Takuatshin*, *takuatshin*, m'amusai-je à répéter.

— Que d'imprécision, que d'imprécision ! s'indigna monsieur de Bichon. Je ne comprendrai jamais ces Sauvages ! J'ai moi-même vainement tenté d'inculquer à quelques-uns d'entre eux la notion des heures, des semaines et des mois lors de leur passage à l'Habitation. Ce fut peine perdue. Ces êtres se complaisent dans le chaos, mes amis, le chaos !

— Vous y allez fort, Bichon ! s'opposa Eustache. Le soleil rythme leur journée et les cycles de la nature, leur année. La migration des oiseaux, des poissons, la conception et la naissance des animaux, l'apparition des fruits, des herbes, des feuilles, tous ces phénomènes modulent leur vie.

— Force est d'admettre qu'il y a un aspect rassurant à leur façon, renchérit Paul. Le printemps revient toujours, guerre pas guerre, famine pas famine.

« L'éternel recommencement des saisons module leur vie », pensai-je. « L'amour renaît encore et toujours, avait dit la dame blanche de Carnac. Le cercle de vie, la vie éternelle. »

— *Kuei, kuei*, bonjour, bonjour, cria Eustache à ceux qui s'affairaient aux filets à moins d'un quart de lieue de notre embarcation.

— *Kuei, Kuei*, Eustache, répondit celui qui portait deux ailes d'oiseau au-dessus de ses oreilles.

Le projectile siffla au-dessus de nos têtes et rebondit sur la barque que nous étions en train de hisser sur le rivage. Un deuxième, puis un autre…

— Une attaque ! Tout le monde à terre, hurla Paul.

Le bras de Ludovic encercla mes épaules et força ma chute. Je piquai du nez sur le sable mouillé de la plage.

Ysabel, entraînée par la poussée d'Eustache, s'écrasa tout près. Une flèche se piqua dans un pain de mes paniers. Paul rampa jusqu'à nous.

— Ne bougez pas, ne vous levez surtout pas ! On nous attaque !

Mon capuchon obstruait ma vue. La main de Ludovic serra mon épaule. Je repoussai ma capuche. Derrière les canots d'écorce, la jeune fille aux doigts coupés se précipita vers la grève, son arc à la main. Elle s'approcha de la rive, observa tout autour et courut vers le petit boisé derrière la palissade.

— Par tous les diables, une femme armée !

Les poseurs de filets éclatèrent de rire.

— Bien, bien, une femme guerrière, dit Ludovic en me souriant.

Sa main descendit le long de mon dos. Il déposa un furtif baiser sur ma joue.

— Une attaque a du bon, fit-il avant de se relever.

— Ludovic, couchez-vous !

— Pour le coucher, il nous faudra patienter, gente dame, plaisanta-t-il en souriant.

Il ramassa un menaçant projectile. C'était en fait un bois mince affûté d'un bout et joliment garni d'une plume blanche de l'autre.

— Voilà donc les armes meurtrières ! rigola-t-il en la projetant vers Paul.

— Par tous les diables, s'exclama ce dernier en bondissant sur ses pieds.

Eustache assista Ysabel tandis que monsieur de Bichon époussetait son pourpoint de lainage noir. Ludovic me tendit les mains.

— Mais l'attaque ? bredouillai-je en déposant mes mains dans celles de mon bien-aimé.

— Regardez, dit-il en pointant le boisé.

La fille aux doigts coupés revenait, entourée de quatre jeunes garçons qui devaient avoir dans les sept ans. Ils riaient à fendre l'air. Chacun d'eux tenait un arc de petite dimension.

— Des enfants ! La Guerrière mène une armée d'enfants !

— Eh oui ! Il semble bien que nous soyons victimes d'une redoutable bande de jeunes guerriers.

— Qui plus est, sans armure, nus comme des vers ! s'esclaffa Paul.

Son rire grave stimula celui des poseurs de filets. Tout ce tapage attira les chiens qui accouraient vers nous en aboyant. Je soulevai mes paniers en me glissant derrière Ludovic. Ysabel saisit le bras d'Eustache. Monsieur de Bichon pressa sa sacoche de cuir contre son torse maigrelet.

— Une charge de bêtes féroces ! Pour le cérémonial d'accueil, on ne peut faire mieux ! ironisa-t-il fortement.

Sa voix éraillée supporta difficilement son emportement. Une quinte de toux le laissa sans défense devant les trois chiens qui le bousculaient. Paul s'efforça de les repousser. Ludovic en profita pour me serrer contre lui. Je n'opposai aucune résistance, les chiens m'effrayaient. Lorsque ses lèvres approchèrent des miennes, une énorme bête bondit sur nous.

— Ludovic ! m'écriai-je en levant mes paniers pardessus mes épaules.

— Tout doux, tout doux ! répétait-il en se penchant devant le chien, tout doux, tout doux.

Il offrit sa main au museau pointu, tapota le dessus du crâne et caressa la gorge.

— Là, tout doux ! Bonne bête, tu es une bonne bête, là, tout doux...

La bête gémit de plaisir, agita sa queue couverte d'un poil court et redressa ses oreilles droites et pointues.

Ludovic flatta son échine dorée. Elle lui lécha le menton. La Guerrière s'arrêta près du chien. Je regrettai que la mode parisienne ne soit pas de mise sur les grèves du Nouveau Monde. Ses seins avaient beau être plutôt petits, il n'en restait pas moins qu'ils s'offraient impunément au vent du large… et au regard de mon bien-aimé ! Elle dit quelques mots. Le rire des cinq garçons redoubla de plus belle. Le chien s'assit à ses pieds près de Ludovic.

— Que dit-elle ? demandai-je à Eustache.

— Tranquille, au pied.

— Ah bon !

— *Kuei*, dit Ludovic, en se redressant.

— *Kuei, kuei*, continua Eustache. *Tankispanin* ?

— *Niminupan. Tan eshpinin ?* dit la Guerrière.

— *Niminupan, niminupan*, répondit Eustache.

Je tirai la cape d'Eustache.

— Elle me demande comment je vais, me dit-il sans détourner les yeux de la jeune fille.

Leur discussion se poursuivit. Bien que je n'y comprenne rien, j'écoutais avec admiration. L'habilité avec laquelle mon frère manipulait la langue de ces Montagnes m'épatait. Tous ces sons bizarres avaient pour lui un sens. Il les comprenait. Et si j'apprenais, moi aussi ? Peut-être n'était-ce pas si compliqué après tout. Eustache pourrait m'enseigner. Je prendrai avis auprès du père Le Caron dès que possible. On dit qu'il est à ébaucher un dictionnaire de la langue montagne tout comme il l'a fait en langue huronne. À moins que Ludovic n'en sût plus qu'il ne l'avouait. Oui, il me fallait apprendre leur langue.

Le son d'un sifflet retentit. Du coup, la Guerrière, les garçons et les chiens coururent vers le campement et disparurent derrière la palissade. Les Sauvages de la grève délaissèrent leurs filets et s'approchèrent de notre groupe. Eustache nous entraîna à leur rencontre. Monsieur de

Bichon lui colla aux talons. Je retroussai mes jupons tout en regrettant de n'avoir pas revêtu mes culottes d'escrime et mes bottes de cuir. Ludovic passa son bras sous le mien.

— Courtoisie oblige, madame. Vous pourriez tomber, vous blesser, et que sais-je encore ? Les galets d'une plage, rien de plus glissant pour des galoches, murmura-t-il tout près de mon visage.

— Et s'il y avait un ruisseau à traverser, aurais-je droit à vos bras pour me transporter ?

— Il ne faut jurer de rien, gente dame. Trouvons le ruisseau d'abord.

Je souris à sa proposition tout en reportant mon attention sur Eustache qui s'entretenait avec les Sauvages.

— Madame est distraite.

— Hum, pardon Ludovic, vous disiez ?

— Qu'il y a moult ruisseaux en ce pays.

— Un langage inconnu est fascinant à entendre, ne trouvez-vous pas ?

— C'est donc ça !

— Quoi, quoi ?

— C'est ce qui asticote votre esprit. Me voilà rassuré. Pour un moment, j'ai pensé que l'intérêt que vous me portiez s'étiolait.

— Eh bien non ! Mon intérêt ne s'étiole aucunement, monsieur. Je dirais plutôt qu'il s'aiguise. Ces contrées regorgent de splendeurs.

Il rit et pressa sa main autour de mon bras.

— Je suis totalement de votre avis. Des splendeurs envoûtantes. Ayons l'œil ouvert.

— Je garde les deux yeux grands ouverts, tant qu'à moi, les deux yeux et les deux oreilles.

— Les oreilles ?

— Tout peut servir, maître Ferras.

Je lui souris.

— Délectable, ce sourire. C'est la plus grande merveille de ce lieu.

— Flatteur !

— Femme incrédule !

Je ris.

— Et cette langue étrangère, vous la comprenez, maître ? demandai-je.

— En partie.

— De quoi parlent-ils ?

Nous approchâmes d'Eustache et des Sauvages. Ludovic porta attention.

— Si je comprends bien, Eustache demande au Sauvage dont la tête est ornée d'ailes d'oiseau si *Miritsou* et les chefs cabanent ici… Le Sauvage lui répond qu'ils cabanent bien ici, mais qu'ils sont absents pour la journée… Ils sont partis en expédition sur l'île d'Orléans… Eustache lui demande s'ils reviendront bientôt… Ça dépend des poissons et des racines, lui répond le Sauvage.

— Des racines ! s'exclama Eustache en dodelinant de la tête. Non, je dois mal comprendre, ils me parlent de racines, dit-il à notre intention.

— Bien sûr ! Des racines pour les onguents et les teintures, expliquai-je.

Un Sauvage saisit l'os pointu qui ornait la torsade de sa chevelure noire et le pointa vers Eustache.

— Eustache ! m'écriai-je.

— Ne craignez rien, ne craignez rien, ma sœur. Il est surpris de ma réaction et m'offre son couteau afin que je m'explique en traçant des signes sur le sable.

Eustache refusa le couteau d'un geste de la main et reprit la parole. Quand il eut terminé, les trois Sauvages se consultèrent. Le Sauvage coiffé d'ailes d'oiseau répondit en pointant en aval vers l'extrémité de l'île.

— Et puis ? demandai-je à Ludovic.

— Le Sauvage lui suggère de se rendre à l'île d'Orléans.

— Je vous le répète, mes amis, un pays sans convenances est un pays de chaos ! s'indigna monsieur de Bichon. Rien ne vaut une missive pour prévenir de notre visite. Nous aurons fait tout ce trajet pour moins que rien.

— Ça reste à voir, rétorqua Ludovic. Eustache ?

Mon frère leva la main afin de signifier un arrêt de la discussion à ses interlocuteurs.

— Demandez-leur où se trouvent exactement *Miritsou* et ses chefs. Je connais suffisamment cette île pour les retrouver.

Eustache s'exécuta.

— À la rencontre des ruisseaux, non loin de la pointe.

— J'ai repéré cet endroit, le mois dernier. Nous pouvons nous y rendre. Si nous partons maintenant, nous reviendrons en fin d'après-midi.

— À cinq heures donc, dit monsieur de Bichon.

— Vers les cinq heures. Il importe d'anticiper une part d'imprévisible dans nos prévisions, Bichon. Sinon, nous risquons fort de crier au loup inutilement, réfuta Ludovic.

— Vers les cinq heures, quelque part au bout de l'île, que d'incertitudes, que d'incertitudes ! Je ne m'habituerai jamais à ces mauvaises habitudes ! déclara monsieur de Bichon en plissant les lèvres.

— Il se trouverait plus d'un Sauvage pour reporter de mauvaises habitudes sur notre compte, répliqua Paul.

— Informez-les que nous partons à la rencontre de *Miritsou* et de ses chefs, Eustache, dit Ludovic.

Eustache n'avait pas terminé de leur rapporter nos intentions qu'ils hochaient de la tête, un large sourire aux lèvres.

— *Eshe, eshe*, répétaient-ils en chœur.

— Nous partons à l'instant, Eustache.

— Je viens avec vous, m'écriai-je.

Ludovic jeta un coup d'œil à Eustache.

— Impossible, ma sœur, nous ferons plus vite sans vous.

— Mais, Ludovic, ces meurtriers toujours en liberté, vous n'y pensez pas !

— Ne craignez rien. Paul et de Bichon veilleront sur vous. N'est-ce pas, messieurs ?

— Ce sera une joyeuse corvée, badina Paul.

— Mais c'est pour vous que je m'inquiète !

— Madame, il importe de ramener *Miritsou* et les chefs à l'Habitation avant la tombée de la nuit. Le malaise est réel. Il est urgent de rassurer les engagés de la compagnie.

— Souvenez-vous, ces meurtriers ont ligoté leurs victimes avec des pierres et les ont jetées dans le fleuve. S'il vous arrivait malheur, m'énervai-je en cherchant du regard l'appui d'Ysabel.

— Il s'agissait d'une vengeance, ma sœur, une question d'honneur pour eux. *Cherououny*, un des meurtriers, avait été maltraité par un serrurier à Québec, quelque temps avant ce double meurtre, expliqua Eustache.

Ludovic lissa ses cheveux derrière ses oreilles, redressa les épaules et claqua les talons de ses bottes l'un contre l'autre.

— Nous avons fait des explorations dans tous les environs à maintes reprises, madame, et jamais nous n'avons été incommodés par qui que ce soit.

— Il est vrai, mais depuis que ce malheur m'a été conté…

— Rassurez-vous, madame, nous serons d'une extrême vigilance. Nous avons nos épées et nos mousquets. C'est plus qu'il n'en faut.

— Allons, allons, ma sœur, je vous sais plus courageuse. Ne faites pas de caprice. Je vous assure que nous ne courons aucun danger, si ce n'est celui des moucherons. Et encore, ils se font plus rares en septembre.

Il souleva son chapeau.

— Bonne journée, Ysabel. Nous reviendrons dans moins de neuf heures. Venez Ludovic, le temps file.

— Bonne journée, dit mon bien-aimé.

— Nous vous attendrons ici, dis-je en me retenant de lui sauter au cou.

Il prit ma main, la serra dans les siennes.

— Et si, par bonheur, il advenait que madame trouve un ruisseau, termina-t-il avec un clin d'œil.

— Madame trouvera, répliquai-je en faisant une courte révérence.

Nous étions tous debout sur la grève à observer notre barque s'éloigner de la rive quand Ysabel s'écria :

— Votre dîner, votre dîner !

— Par tous les diables ! Il ne sera pas dit que nos vaillants chevaliers partiront en croisade sans provisions.

Paul saisit un de mes paniers à bout de bras, s'élança à grandes enjambées dans la rivière et le remit à nos explorateurs.

— Mille mercis, Ysabel, hurla Eustache, une main en porte-voix.

Ludovic agita son chapeau et reprit les rames. Des cliquetis nous firent sursauter. Derrière nous se tenait la Meneuse. Ses bras levés désignaient l'entrée de la palissade.

— Elle nous invite à la suivre, dis-je.

— Allons-y, décréta Paul.

Près des filets, les Sauvages riaient aux éclats.

17
Le pain de vie

Sitôt passée la palissade, la quiétude des lieux me surprit. Il me sembla que le froissement de nos habits profanait cet univers feutré, paisiblement égayé par le bruissement des feuilles et le chant des oiseaux. À la gauche du portail, un homme et une femme réparaient l'écorce d'un canot. Sur la droite, une jeune fille attisait une faible flamme sous un treillis couvert de poissons. Son geste provoqua la montée d'une épaisse fumée bleutée. L'odeur de feu de bois s'amplifia. La Meneuse leur adressa quelques mots. Chacun d'eux sembla approuver ses dires.

— Comme Nicolas aimerait être ici ! m'exclamai-je. Toutes ces formes et ces couleurs ! Les bruns, les beiges et les blancs des écorces, les ocres et les dorés des bois, des peaux et des plumes, les bleus, les rouges, les jaunes des colliers, les noirs de jais des cheveux, des yeux et les traits de ces visages… Tous ces signes sur les objets et les vêtements…

— Dessinez, mademoiselle, dessinez, dit monsieur de Bichon. J'ai quantité de papier, de fusains et de sanguine en réserve dans mes malles.

— Vous dessinez, monsieur ?

Il dodelina de la tête.

— Parler de dessins en ce qui me concerne est un tantinet prétentieux. Disons que je gribouille.

— Voyez-vous ça ! Je parie que votre modestie nous prive d'agréables croquis.

— Je n'irais pas jusque-là. Par contre, je sais votre talent. Vos images dévoileront les beautés de ce pays bien plus que les mots. Pour tous ceux qui n'ont pas vu et qui ne verront jamais, dessinez, mademoiselle.

— Je m'y appliquerai sitôt revenue à l'Habitation. Qui sait, Nicolas y puisera peut-être quelque inspiration ? Des peintures du Nouveau Monde, quelle fantaisie à la cour de France !

— Par tous les diables, je vois ça d'ici ! De belles Sauvagesses à demi nues, carquois au dos et arc à la main. Ah, la couronne de notre roi Louis n'a qu'à bien se tenir !

— Et ces enfants jouant, armes à la main, renchérit Ysabel.

Elle couvrit son nez d'une main et s'immobilisa.

— Quelle étrange odeur !

Devant une tente, deux femmes s'efforçaient d'étirer une peau de bête tandis qu'une troisième en épilait une autre à l'aide d'un grattoir en os. La Meneuse s'arrêta, secoua le pan de sa jupe en pointant la gratteuse.

— Assurément des peaux utilisées pour la confection de vêtements, déduisit Paul. Regardez ces tuyaux de peaux suspendues au-dessus de ce feu sans flamme, un feu de bois pourri assurément. Un procédé ancien pour prévenir la putréfaction, d'où l'odeur et la couleur des peaux.

— Ah, bon ! dit Ysabel en se penchant vers les trois tuyaux.

Un chien accourut à vive allure et fonça sur Ysabel qui s'agrippa au bras de Paul pour ne pas tomber.

— Encore ! s'écria monsieur de Bichon en reculant vitement près d'un arbre.

Deux des petits garçons du matin couraient derrière le fugitif. La Guerrière accourut à son tour, rattrapa les gamins et les agrippa par les oreilles.

— Aïe ! Ouille ! cria le plus petit des deux.

Le plus âgé se moqua de l'autre. La Guerrière redoubla d'ardeur.

— Aïe ! hurlèrent-ils en chœur.

— Enfin des mots qui s'entendent ! s'exclama Paul.

La Guerrière s'inclina à quelques reprises en guise d'excuses et disparut avec ses galopins entre deux *wigwams*. Le chien s'immobilisa un peu plus loin, observa ses arrières avant d'aller s'accroupir devant un tronc d'arbre creux d'où sortait le manche d'un long bâton.

— Quel énorme pilon ! s'étonna Ysabel. Vous avez vu, Hélène ?

— Probablement pour le maïs. Oui, je me rappelle, à Tadoussac, une femme broyait des grains de maïs séchés dans ce genre d'appareil.

— Cette farine de maïs étant la base de leur alimentation, énonça monsieur de Bichon.

— Allons donc, Bichon, ces chasseurs et pêcheurs émérites ne s'encombrent pas de farine.

— Je vous assure que…

La Meneuse interrompit la réplique de monsieur de Bichon en nous indiquant les trois tentes regroupées autour d'un grand pin blanc. Elle nous mena vers l'arbre. À notre approche, la jeune femme assise au pied du conifère cessa de fredonner et nous observa un moment. Une fois rassurée, elle continua d'enfiler un lacet de cuir dans l'ouvrage qu'elle fabriquait. Elle tissait dans un cadre de bois ressemblant à une énorme goutte d'eau.

Au-dessus d'elle, des ossements cliquetaient non loin d'un porte-bébé suspendu verticalement à l'arbre, tel un gros fruit mûr. Dans le sac de peau de ce porte-bébé, un enfant dormait paisiblement. Une planchette formait un demi-cercle autour de sa tête. Ficelé à cette planchette, un poisson de bois se balançait devant le visage rondelet de l'enfant.

La Guerrière s'amena en courant et s'arrêta près de lui. Elle cherchait à nouveau. La Meneuse lui dit quelques mots. Elle repoussa vigoureusement ses longs cheveux derrière ses épaules, ajusta la courroie de son carquois, posa le bout de son arc devant ses pieds nus et discuta un moment avec elle. Lorsque la conversation prit fin, elle arbora un sourire rayonnant, s'inclina devant nous et retourna là d'où elle était venue. Les femmes qui travaillaient les peaux avaient délaissé leurs ouvrages et s'étaient approchées. Celle qui tissait dans la larme de bois se leva, saisit le porte-bébé par la planchette et le décrocha de l'arbre. Les quelques mots de la Meneuse attirèrent le consentement de tous. Elle s'avança jusqu'au *wigwam* du milieu et nous invita à y entrer.

Chacun des invités s'installa autour de la base de l'immense cône d'écorce de boulot qui constituait la cabane. Nous étions tous accroupis sur les nattes couvrant le tapis de sapinage. Tout en haut de l'habitacle, les piquets sur lesquels étaient déposés les écorces s'entrecroisaient l'un dans l'autre. De long en large du *wigwam*, des chairs de poissons, des peaux de lièvres et des chaussures de cuir étaient suspendues à des perches au-dessus des têtes. Des peaux, des rouleaux d'écorces, des contenants tressés et des sacoches de toutes tailles s'empilaient autour de ses parois. À notre arrivée, une vieille dame au visage plissé avait à peine détourné les yeux de l'étrange bottine qu'elle était en train de coudre. Ses longs cheveux blancs descendaient jusqu'à sa ceinture. Un bandeau rouge couvrait son front. Cette vielle femme était assise sur une peau d'ours noir, face à l'entrée. Au-dessus d'elle, un faisceau de bâtons, un tambour et un calumet, ornés de lanières de cuir, d'osselets, de billes et de plumes, marquait assurément un emplacement privilégié. Les trois petites filles s'étaient accroupies à ses côtés. La femme avait déposé son porte-bébé devant elle.

La Meneuse s'adressa aux fillettes.

— *Shaeh istripa atamishkuauau Napeshkueu.*

La plus jeune des trois petites filles se leva et vint m'offrir son contenant d'écorce, un petit *ouragana*.

— Pour moi ! m'étonnai-je.

Son sourire découvrit la repousse inégale de ses dents. Elle devait avoir environ quatre ans. Deux petites billes noires brillaient entre ses paupières. Une frange de cheveux noir jais couvrait son front et un lacet garni de plumes blanches pendait à son cou. Je soulevai le plat d'écorce. Sur le rebord, une jolie fleur de marguerite avait été dessinée ou gravée. Non, on avait plutôt gratté la fine couche blanchâtre de l'écorce et les fleurs beige rosé étaient apparues. Prise de gêne, la petite fille mit un doigt dans sa bouche.

— Merci, Petite Fleur, dis-je en m'inclinant pour baiser sa joue.

Vivement elle déjoua mon approche et retourna s'accroupir près de la vieille dame.

— *Kuesipan*, dit la Meneuse en s'adressant à celle qui devait avoir huit ans.

Ses cheveux, sagement repoussés derrière ses oreilles, dégageaient son large front. Des rangs de perles violacées pendaient à ses oreilles. Deux petits traits bleus striaient ses joues. Elle m'offrit son *ouragana*. Trois oiseaux ornaient son pourtour. J'observai la finesse de la couture reliant les parois du contenant.

« Une ficelle faite de racines, probablement », me dis-je.

Je mimai l'action de coudre. Elle approuva de la tête en mimant aussi. Une fierté illumina son regard.

— C'est toi qui l'as fabriqué ? Mille mercis, Perle Bleue.

Je lui tendis la main. Elle effleura le bout de mes doigts avant de déguerpir en riant. Je remis le présent à Ysabel. Elle enfouit le premier dans le second. La dernière devait avoir près de dix ans. Elle portait son présent à deux mains tant il était large. Je me levai. Elle recula, l'air inquiet. Je repris ma posture. Elle retrouva son sourire. Un bracelet de piquants de porc-épic teints de rouge et de jaune ornait son avant-bras. Un autre fait de coquillages décorait sa cheville. Trois étoiles brillaient entre les nuages de son *ouragana*.

— Merci à toi, Étoile Blanche.

Elle rejoignit Perle Bleue et Petite Fleur. Ysabel emboîta les deux premiers contenants dans le dernier. La Meneuse s'approcha, posa une main sur mon épaule. Je me levai. Ma respiration s'accorda à la sienne. Ses yeux de braise me parlèrent de chaudron d'étain et de reconnaissance. Je souhaitais que les miens lui témoignent mon amitié.

— Hum, hum ! Charmants, ces paniers, dit monsieur de Bichon.

— Quoi ? Oui, les paniers... dis-je. Les pains, il est temps de leur offrir les pains apportés en cadeau.

Ysabel sortit deux pains de son panier.

— Pour toi, Meneuse, dis-je en les lui présentant.

Intriguée, elle hésita.

— Pain, dis-je en faisant mine de déchirer une bouchée pour la porter à ma bouche. Manger, pain, nourriture...

Son visage s'éclaircit. Elle alla les présenter à la vieille femme. Celle-ci les tâta, les sentit et dit quelques mots. Les autres femmes sauvages se regroupèrent autour d'elle.

— Quelle gentillesse ! Ils sont fort beaux, ces paniers, chuchota Ysabel.

— Il ne reste plus qu'à les remplir, dit Paul en tapotant son estomac.

— Plutôt agréable, cette coutume, poursuivit monsieur de Bichon.

— Je vous parle de faim, Bichon !

— Nourriture de l'âme, nourriture de l'âme, répliqua ce dernier en agitant une main vers le sommet du *wigwam*.

— Par tous les diables ! Vous divaguez, Bichon !

— On m'a rapporté que ces gens ne dînent pas. Ils déjeunent et soupent, mais ne dînent pas.

— Quoi ! Mon ventre ne saurait se passer d'un dîner. Les cent quarante-trois jours de jeûne imposés par notre religion catholique m'affligent suffisamment. Remarquez qu'ici, avec la variété de poissons…

— Cent quarante-trois ! reprit monsieur de Bichon. Certains comptes vous tiennent à cœur, vieux corsaire.

— Au ventre, Bichon, au ventre !

Chacune des Sauvages reprit sa place. La Meneuse se rendit près d'une bûche sur laquelle étaient posés un petit sac de cuir noir et un large coquillage. Elle déposa des herbes sèches au fond du coquillage, extirpa un peu de cendre rouge du sac et mit le feu aux herbes. Puis, elle souleva bien haut le coquillage, déclama une courte tirade et le remit sur la bûche. Ensuite, elle agita une longue plume noire afin que le mince filet de fumée qui s'en échappait se répande dans toutes les directions. Enfin, elle prit un pain, en déchira un morceau et le lança à la vieille dame. Cette dernière l'attrapa et le laissa tomber dans l'*ouragana* posé près des crocs de la tête de l'ours. Chacune reçut son morceau de pain, le prit du bout des doigts et attendit. La Meneuse souleva le sien, l'examina soigneusement et le mit dans sa bouche. Elle mâcha et plus elle mâchait, plus le sourire lui venait.

— *Eshe, eshe*, s'exclama-t-elle en opinant de la tête.

— *Eshe, eshe*, répondirent les autres femmes avant de manger à leur tour.

La Meneuse rompit le second pain et en redonna.

— Deux bouchées, c'est bien peu, dis-je. Ysabel, si nous partagions le reste de notre pain ?

Paul me regarda de travers.

— Allons, Paul, vous y survivrez. La forêt regorge de groseilliers, de glands et de racines.

Monsieur de Bichon toussota avant d'approuver.

— Je suis d'accord pour le partage.

J'offris nos deux autres pains à la Meneuse. L'arôme des herbes brûlant dans le coquillage parfumait l'air. Étoile Blanche et Perle Bleue plongèrent une louche de bois dans la poterie de grès et offrirent de l'eau fraîche. Une fois désaltérées, les femmes sauvages demeurèrent accroupies sans parler. La vieille dame avait cessé de coudre et les petites avaient fermé les yeux. Une bienheureuse paix nous unissait comme si nous vivions un rituel sacré. Le bienfaisant silence s'étira jusqu'à ce que le bébé s'éveille. Sa mère alla le chercher, dénoua les lacets du sac de peau fixé au porte-bébé, sortit l'enfant nu et enfouit sa fille dans le repli avant de sa robe. L'enfant s'abreuva à son sein. La vieille dame parla. La Meneuse prit une branche ressemblant à une canne, la lui porta et lui tendit la main. La vieille dame se leva péniblement, ajusta les nombreux colliers ornant le haut de sa robe, s'appuya sur la branche qui lui servait de canne et demanda d'un geste de la main que la Meneuse lui remette son *ouragan*a Il contenait les croûtons de pain qu'elle y avait déposés. Puis, tenant son *ouragana* d'une main et sa canne de l'autre, elle gagna lentement l'ouverture menant à l'extérieur et disparut. Presque aussitôt, la Guerrière entra. La Meneuse nous fit signe de la suivre. Au sortir du *wigwam*, les cinq jeunes chasseurs du matin, sagement alignés sous le grand pin, nous saluèrent en inclinant la tête. Ils se tenaient bien droits, tels de petits soldats, leur arc bien accroché à leurs épaules et des flèches plein leur carquois. Des traits noirs avaient été peints sur leur visage. L'espièglerie les avait quittés.

« De petits hommes, pensai-je, de jeunes chasseurs. »

La flèche partit à vive allure. L'oiseau battit des ailes et s'écrasa au sol. Le chien s'élança vers lui et le rapporta aussitôt à l'archer. Sans un mot, le chasseur tendit la molasse perdrix à la Guerrière postée derrière lui. Elle la glissa dans le filet attaché à sa ceinture, tendit l'oreille et nous fit signe d'avancer vers le buisson sur sa gauche. Paul écarta les herbes hautes. Ysabel devança monsieur de Bichon. Je les suivis. Sans bruit, les jeunes chasseurs se dispersèrent derrière des troncs d'arbre. La Guerrière nous rejoignit à pas de loup et pointa son arc vers un rocher à l'autre bout de la clairière. Nous comprîmes qu'elle désirait s'y rendre. Un garçon arma son arc et tira. Le chien courut dans les broussailles et revint vers la Guerrière, une deuxième perdrix dans la gueule.

La partie de chasse à laquelle nous avions été conviés se déroulait dans le plus pur des plaisirs. Nous assistions à un véritable ballet orchestré par la Guerrière. D'un geste de la main, elle dirigeait ses jeunes danseurs, qui allaient et venaient, tantôt en rampant au sol, tantôt en sautillant au-dessus d'un obstacle tels des faons agiles. Ils se recroquevillaient sous un buisson, s'agrippaient à une branche et montaient au sommet d'un arbre avec la vivacité des chats. Leurs yeux vifs perçaient tous les mystères du boisé. Une piste sur les mousses gorgées d'eau, un crottin sec, une plante brisée, la trace d'une griffe, une feuille croquée devenait un indice sûr, une orientation à suivre, la signature du gibier. Ils savaient les odeurs de l'air et déjouaient les caprices du vent. Toute cette nature m'était étrangère. Elle les habitait. La beauté de leur art me fit envie. Une idée me vint.

— J'aimerais apprendre, chuchotai-je à Paul, accroupi à mes côtés, derrière un vinaigrier chargé de lourdes grappes de velours cramoisi.

— Apprendre quoi ?

— À chasser.

— Par tous les diables ! s'exclama-t-il tout bas.

— Et si je demandais à la Guerrière ?

— Quoi, maintenant ?

— Chut, pas si fort, vous allez effrayer les bêtes.

— Par tous les diables !

Sans me lever, je relevai mes jupons et m'approchai de la Guerrière qui flairait le vent. Elle se pencha vers moi avec son index coupé sur ses lèvres. Je lui indiquai son arc et fis comme si je tirais. Écarquillant les yeux, elle désapprouva de sa main droite, replia tous ses doigts hormis ses deux doigts coupés avec lesquels elle toucha la corde de son arc. Je compris qu'il devait y avoir un lien entre son arc et ses doigts coupés. Elle les pointa ensuite vers Paul, monsieur de Bichon et le jeune garçon qui scrutait le sous-bois, à quelques pas devant nous. Ce dernier tendit son arc.

— Les hommes et les garçons, murmurai-je.

Et je compris. La chasse était réservée aux hommes et aux garçons, et ses doigts coupés étaient la cause de son privilège. Son visage s'éclaira. Elle posa sa main sur mon épaule et me sourit. L'étincelle au fond de ses yeux brillait d'une joyeuse impudence. Sa main toucha mon miroir et longea le pan de ma jupe.

— Mon épée ! lui dis-je tout bas.

Des broussailles craquèrent. Le jeune garçon tendit de nouveau son arc, la flèche vola. Un oiseau battit des ailes et chuta entre les branches. Une autre flèche, une autre chute. Le chien accourut près de la Guerrière, une tourte entre les dents. Elle se leva. Le jeune chasseur la suivit, une deuxième tourte à la main. Elle ficela les deux oiseaux ensemble et les attacha au cordon de cuir retenant le pagne de l'habile chasseur. Ce dernier lui sauta au cou. Elle dégagea délicatement ses bras et s'éloigna de lui en parlant d'une voix douce. Alors, le garçon délaissa son sourire, redressa fièrement les épaules, gonfla le torse et retourna à l'orée du sous-bois. La Guerrière le suivit. Je revins vers Paul.

— Et puis ? chuchota-t-il.

— Nous avons conclu un pacte, enfin presque.

— Vous croyez arriver à vos fins ?

— Paul, vous en doutez vraiment ?

Pour toute réponse, il leva les yeux au ciel, un ciel couvert de nuages gris.

Tout au long du parcours bordant la rivière, les pièges à lièvre avaient été relevés. À notre retour au campement, trois lièvres et cinq perdrix s'entassaient dans le filet de la Meneuse, et quatre tourtes pendaient au ceinturon des jeunes chasseurs.

Dans l'enceinte de la palissade, le calme feutré du matin avait cédé la place à une bourdonnante frénésie. Tout autour des *wigwams*, des femmes besognaient à parer les groseilles, les pommettes et les racines cueillies durant la journée. En un rien de temps, sous le regard réjoui de nos jeunes chasseurs, la Guerrière dépouilla les lièvres de leur fourrure tandis que la Meneuse et la mère de la petite fille du porte-bébé déplumèrent les tourtes et les perdrix.

Leur extrême vivacité nous ébahit. Bien vite, les chairs rougeâtres furent embrochées au-dessus des feux.

Le sang dégoulinait encore des peaux suspendues aux branches quand l'écho des voix des Sauvages naviguant sur la Saint-Charles rassembla tous les gens sur la grève. La pêche avait été bonne. Les trois canots débordaient de poissons. Les femmes s'empressèrent de les transporter sur des tables de la grève afin de les vider. Certaines lavaient soigneusement les arêtes et les déposaient dans de petits paniers, tandis que d'autres entassaient soigneusement les flancs de poisson dans leur *ouragana.* Les chiens rôdant autour se précipitaient sur tout ce qui tombait par terre. L'un d'eux sauta près d'une table et s'enfuit avec un poisson. Les autres le pourchassèrent.

L'estomac de Paul gargouilla.

— J'ai l'estomac dans les talons. Que ces Sauvages puissent courir les bois une journée durant sans dîner relève du miracle !

— Question d'habitude, raisonna monsieur de Bichon.

— Toujours pas de traces de nos joyeux promeneurs, Paul ? m'inquiétai-je.

— Ils ne devraient pas tarder. Les Sauvages n'étaient peut-être pas à l'endroit supposé.

— Le soir vient. Ces nuages menacent. Et ces meurtriers... S'il fallait que...

Paul s'approcha de la rive, s'étira le cou vers l'île d'Orléans, releva son chapeau, passa sa large main dans sa chevelure clairsemée et se recoiffa.

— Chassez immédiatement ces idées noires, mademoiselle. Nos matelots se pointent au large. Voyez par vous-même.

— Ludovic ! Enfin ! m'exclamai-je.

Monsieur de Bichon toussota.

— Maître Ferras, me repris-je, maître Ferras...

— Et Eustache, compléta, Ysabel. Pardon, monsieur Eustache.

L'arrivée de nos explorateurs provoqua une étonnante hilarité chez nos hôtes.

— *Mishnakau, mishnakau* ! s'exclama le Sauvage aux ailes d'oiseau.

Tous s'esclaffèrent : les hommes, les femmes, les enfants et même la vieille dame au visage ridé. Tous, tous riaient à gorge déployée. Sitôt sur la grève, mon bien-aimé remonta le rebord d'une de ses bottes et projeta les pans de sa cape derrière ses épaules. Il n'avait visiblement pas le cœur à rire. Du sang ourlait la manche déchirée de la chemise d'Eustache.

— Eustache, monsieur Eustache, vous êtes blessé ! s'écria Ysabel en courant vers lui.

— Rien de grave, une égratignure, une simple égratignure.

— Toute cette boue sur vos habits !

— Seigneur, que vous est-il arrivé, mon frère ? Ludovic ?

— Eh bien, sachez, ma sœur, que l'île d'Orléans mérite d'être visitée, de fond en comble, de fond en comble, vous dis-je.

Ludovic tourna le dos aux trop joyeux Sauvages et fixa l'île rougie par le soleil couchant.

— *Mishnakau*, répéta un Sauvage en tapotant son épaule.

Ludovic le dévisagea.

— Oui, elle est grande cette île, s'exclama-t-il froidement. Nous l'avons appris à nos dépens.

— Eustache, tous ces chefs que vous deviez ramener ? s'étonna Ysabel.

— Alors, là ! S'il y avait un seul Sauvage sur cette île, je veux bien être pendu !

— Pas un seul Sauvage ! Aucune trace de pas, pas le moindre feu, aucun pêcheur et pas même de ruisseaux.

— Pas de ruisseaux ! Mais Ludovic, vous disiez que...

Ludovic ne daigna ni bouger ni répondre.

— Un lit boueux et sans poisson, il va sans dire. Un ruisseau asséché ! Voilà tout ce que nous avons trouvé, expliqua Eustache.

— Oh, oh, oh, oh, oh ! s'exclama Paul en se tapant dans les mains. Non ! Pas de Sauvages, pas de ruisseau, et pas de poisson non plus ! Non, non, non, quoique le poisson...

Son rire précéda celui de monsieur de Bichon. Ysabel camoufla le sien dans ses mains. Je mordis ma lèvre afin de retenir le mien.

— Pas de poisson, pas... dis-je avant d'éclater à mon tour.

— Une pantalonnade, ma sœur ! Nous sommes les victimes d'une énorme farce !

Ludovic ne broncha pas d'un iota. Nos rires cessèrent et ceux des Sauvages s'atténuèrent.

— Mais, je, enfin...

— Toute la journée à fouiller inutilement la pointe de cette île à la recherche de Sauvages ! Oui, ma sœur.

— Et pas de...

— Comme vous dites !

La Meneuse s'arrêta devant moi et leva les bras, les épaules et les yeux vers le ciel orangé en souriant. Puis, elle roula une main sur son estomac avant de la porter à sa bouche.

— Elle nous convie au repas du soir, conclut prestement Paul.

Derrière nous, les femmes portant des *ouraganas* débordant de poissons se rendaient à la palissade. Ayant fini d'amarrer les canots à l'aide de pierres et de cordages, les hommes prenaient les avirons, les filets de pêche et les suivaient. Je me tournai vers Ludovic. Il regardait toujours vers l'île déserte. Paul me fit un clin d'œil.

— Par tous les diables, allons-y, je meurs de faim ! Venez, mon garçon, dit-il à l'intention de l'homme de ma vie. L'odeur de toutes ces grillades a de quoi mettre l'eau à la bouche, ne trouvez-vous pas ? Lièvres et perdrix n'attendent plus que nous. Après vous, mesdames.

— Je vous attends ici. Ne tardez pas. Nous devons regagner l'Habitation avant la tombée de la nuit, dit-il sans se retourner. De menaçants nuages montent.

Paul me fit signe de passer outre. Il avait raison. À certains moments, Ludovic avait besoin d'être seul. Celui-ci en était un. Nous suivîmes la Meneuse. Avant de franchir le portail, je me tournai vers mon bien-aimé. Sa silhouette me fit penser à une statue, une statue appâtée dans des filets d'anguilles. J'allais lui réserver une part de mon repas afin de calmer mes remords.

La Meneuse nous invita autour d'un feu, sous le grand pin, près de son *wigwam*. Les convives s'étaient installés en cercle autour du lièvre, de la perdrix et des tourtes qui grillaient au-dessus des flammes. Une femme grosse était accroupie face à moi. Son ventre couvrait presque toutes ses cuisses. « Aussi rond qu'était le mien, pensai-je. Une autre naissance, un autre espoir de vie, un autre avenir… Un garçon ou une fille ? Un habile chasseur ou une fée des bouleaux ? »

— Quel délice que ce lièvre grillé ! s'exclama monsieur de Bichon en tapotant ses lèvres de son mouchoir.

— J'en prendrais bien une autre portion, renchérit Eustache en mâchouillant un os. Vous ne mangez point, ma sœur ?

— Si, si, je mange !

Je pris une bouchée de ma cuisse de perdrix et enfouis discrètement le reste dans ma poche. Je bus un peu d'eau. La vieille dame aux cheveux blancs emplit son *ouragana* de nourriture, s'appuya sur sa canne et s'éloigna. Elle se rendit en boitant vers une construction en forme de dos de tortue située en retrait et remit son *ouragana* à la main qui se présenta dans l'ouverture.

— Ysabel, regarde, là-bas, près de la palissade.

— Étrange *wigwam*.

— Quelqu'un y habite. La vieille dame porte de la nourriture là-bas.

— Pourquoi cette personne ne sort-elle pas ?

— Je l'ignore. Ah, peut-être s'agit-il d'une Sauvage qui a ses menstrues. Françoise m'a expliqué que durant cette période, les femmes devaient s'isoler.

— Étrange coutume. Et pourquoi donc ?

— On n'en sait trop rien. Cela aurait à voir avec les mystères de l'écoulement du sang.

La vieille dame regagna le *wigwam* de la Meneuse et y entra.

Tous les autres feux s'étaient éteints. Seules quelques braises rougeoyaient encore devant certains *wigwams*. La Meneuse nous accompagna jusqu'au portail de la palissade. Avant de nous quitter, elle me donna un sac de cuir plein de grains de maïs.

— *Tshetshi ashamakan*, dit-elle.

— Pour nourrir l'homme, traduisit Eustache.

— Merci, Meneuse.

— *Tshinishkumitin*, *Kanikanitet*, répéta Eustache.

Sans plus, elle tourna les talons et s'en retourna vers les siens.

Le retour vers l'Habitation se fit dans la pénombre crépusculaire. Les rameurs y allèrent bon train. La fatigue et le délicat de la situation avaient étouffé toute envie de conversation. Ludovic m'avait remerciée sèchement avant de dévorer la cuisse de perdrix que je lui avais remise. Ce furent ses seules paroles. D'un côté, valait mieux en rire. De l'autre, la déception du lieutenant risquait d'être grande. Comment lui expliquer, sans y perdre trop de plumes, que deux de ses hommes s'étaient laissé prendre à la comédie des Sauvages ? Pas de *Miritsou* sur l'île, aucun chef, personne. Ludovic et Eustache étaient dans leurs petits souliers. Par ricochet, nous l'étions aussi.

Dès notre arrivée à l'Habitation, le père Jamet, qui attendait patiemment le retour de monsieur de Champlain dans son logis, nous fit part de son inquiétude. Le lieutenant et son escorte n'étaient toujours pas revenus. Ludovic fut soulagé. Après un discret bonsoir, il avait quitté la pièce afin de se rendre dans sa chambre située au bout du magasin. Le père Jamet nous assura alors que la Sainte Messe du lendemain serait offerte pour la réussite des projets du lieutenant. Puis, il revêtit son chapeau et sa cape noire et s'en retourna au logis des Récollets jouxtant la chapelle.

Avant de monter à nos chambres, à l'étage du logis, Ysabel et moi allâmes déposer nos paniers à la cuisine située au rez-de-chaussée du deuxième logis.

— Je suis si fatiguée ! Je crains de ne pas avoir la force de me dévêtir. Bonne nuit, me chuchota Ysabel avant de disparaître derrière sa porte.

— Bonne nuit, Ysabel, lui répondis-je avant de fermer la mienne.

Je me rendis à ma fenêtre afin d'observer celle de la chambre de Ludovic. Lorsque son bougeoir s'éteignit, je retirai ma jupe, deux de mes jupons et mon corselet, revêtis ma cape noire et en ajustai soigneusement le capuchon afin de bien dissimuler mes cheveux et mon visage. La faible lueur du croissant de lune allait favoriser mon déplacement.

Je contournai les chevalets, les chariots et les outillages avec précaution. L'Habitation dormait. Nul bruit, à part le souffle des bêtes, nulle âme qui vive, à part le pâle reflet de mon ombre. Discrètement, je me faufilai sous le promenoir derrière le magasin et me rendis jusqu'à la porte derrière laquelle dormait l'élu de mon cœur. Je l'ouvris en douce. Elle grinça faiblement. Le dormeur m'apparut de dos, tout recroquevillé sous sa couverture de laine. Il dormait profondément. Forcément, après une telle journée.

Une légère réticence me tenailla. Il méritait son sommeil, après tout. Je m'apprêtais à rebrousser chemin. J'hésitai. Ses mèches de cheveux ondoyaient sur l'oreiller. Non, il avait besoin du chant de sa sirène. Je restai.

Lentement, je m'agenouillai près de sa couche, tirai sur un bout de paille émergeant de sa paillasse et entrepris de chatouiller sa main qui reposait sur sa hanche. Je glissai la paille le long de son auriculaire, parcourus les monts et les vallons de ses jointures, remontai jusqu'à son poignet et pénétrai sous sa manche. J'appuyai ma tête sur le rebord de sa paillasse et attendis. Son petit doigt se souleva avant tous les autres, puis sa large main se posa doucement sur ma tête. Ses doigts coulissèrent dans ma chevelure, suivirent la courbe de mon cou et s'arrêtèrent à l'attache de ma cape. Il en dénoua les cordons. Elle tomba au sol. Il parcourut le galbe de mon épaule et longea mon bras. Sa main recouvrit le dos de la mienne et nos doigts s'entrecroisèrent.

— Votre main est froide, madame, chuchota-t-il avant de se retourner.

Il souleva sa couverture. Je coulai dans son lit comme on coule en eau vive. D'abord, il y eut les fougueux remous des rapides. Ses baisers se firent vifs, virulents, insatiables. Ses bras empoignaient mon corps comme on saisit une proie, fortement, désespérément, de peur que le courant ne l'emporte. Allongée sur lui, je m'efforçai d'enlever jupon et chemise tout en m'abandonnant à sa turbulence. Il mordit mes épaules, écorcha ma croupe de ses ongles, pressa mes hanches contre les siennes, serra ma taille, caressa mes seins et baisa mon cou avant de me capturer. Les flots puissants saisirent nos corps. Les vagues chaudes nous happèrent. Nous étions les bienheureux amants de l'onde, sorciers des profondeurs, magiciens des eaux. De pétillantes écumes couvrirent tous mes rivages et je m'affaissai sur la plage chaude de mon bien-aimé. Le courant s'apaisa. L'eau retrouva son cours tranquille.

— Mon bien-aimé, murmurai-je, en tortillant la chaîne argentée de son médaillon.

— *Aie*, chuchota-t-il à mon oreille.

— *Aie* ?

— *Aie*, mon bien-aimé en langue montagne.

— Ah, *Aie* ! Voilà bien le seul mot qui m'importe. *Aie*, répétai-je dans son cou.

— Et ce ruisseau ? chuchota-t-il à mon oreille.

— Chaud, chaud et fougueux, fougueux et irrésistible. Désaltérant et assoiffant tout à la fois. Apaisant, oui, formidablement apaisant.

— On le dit envoûté par une redoutable sirène, une si belle sirène…

Ses mains effleurèrent la courbe de ma taille et de mes hanches. Il m'enlaça.

— *Aie*, dis-je en m'assoupissant dans la chaleur de ses bras.

Une odeur de pain qui cuit titilla mes narines. Une main effleura ma joue. J'ouvris les yeux. Il me sourit.

— Le jour se lève, *Napeshkueu*.

Je voulus l'embrasser. Il déjoua mon approche et posa un chaste baiser sur mon front.

— Le jour se lève, belle sirène. Il vous faut regagner votre royaume.

— Je sais, me résignai-je, en saisissant la chemise qu'il me tendait.

— Je le regrette autant que vous. L'eau était si fraîche…

— Et si généreux le ruisseau.

— L'Habitation s'éveille. Le boulanger est déjà à ses fourneaux. Faites vite, sirène de mon cœur.

J'attachai mon jupon, remis ma cape. Il se leva, enroula sa couverture autour de mes épaules et m'embrassa.

— Je rejoins Ysabel à la fontaine. Elle s'y rend tous les matins. Je vous revois au déjeuner, murmurai-je en mordillant le lobe de son oreille.

— Sortez par la porte arrière, longez le magasin sous le promenoir, sans bruit, la passerelle et…

Je l'embrassai fougueusement. Il retira sa couverture. Je sortis.

— *Les brebis du roi s'abreuvent au ruisseau d'or, Le pâtre du roi s'abreuve à mon sein*, fredonnai-je.

— Plutôt jolie cette chansonnette, affirma Ysabel en me regardant du coin de l'œil.

— Noémie la chantait en me berçant, il y a de cela si longtemps.

— D'autres bras vous bercent, et revoilà la chansonnette.

Je ralentis mon pas.

— Tu étais très fatiguée, hier soir, Ysabel ?

— Je suis tombée comme une roche dans mon lit.

— Ah bon ! Alors tu as dormi toute la nuit ?

Elle s'arrêta et pointa son index vers mon jupon.

— Mon jupon !

— Vous avez négligé de revêtir votre jupe ce matin, madame de Champlain.

Nous rîmes de bon cœur.

Je portais une cruche pleine d'eau, elle portait un seau. La fontaine desservant l'Habitation était en fait le ruissellement d'une faille dans le rocher du cap Diamant. Elle coulait non loin du chemin des Roches, le chemin des maisons du serrurier et du boulanger.

— Le pain sera doré à point dans moins d'une demiheure, mesdames, nous informa le boulanger comme nous approchions du four installé devant sa maison.

— Juste à temps pour le déjeuner, comme toujours, répondit Ysabel.

— Quelle odeur agréable, compère Jonas. J'aime m'éveiller en humant l'odeur de votre pain.

— Bien aimable, madame de Champlain.

Il retira son chapeau de paille effilochée et le tendit vers Ysabel. Ce grand gaillard timoré redoublait de politesse dès qu'Ysabel apparaissait. Il n'avait d'yeux que pour elle. Ce matin, il valait mieux pour moi qu'il en soit ainsi.

— L'odeur vous plaît-elle aussi, dame Ysabel ?

— Assurément, maître Jonas. Qui n'aime pas l'odeur du pain, dites-moi ?

Maître Jonas remit son chapeau et passa une main sur son tablier tout enfariné.

— J'en suis bien aise, dame Ysabel, bien aise. Ils seront dorés à souhait, vous verrez. Une peau croustillante, la mie humide.

Ysabel baissa les yeux sans répondre.

— À bientôt, maître Jonas, conclus-je vitement.

Nous contournâmes les obstacles de la cour intérieure sans un mot. Intuitivement, je regardai au-dessus du promenoir vers la chambre de Marie-Jeanne. Depuis le jour de l'esclandre provoqué par l'évocation des jumelles Langlois, elle y vivait en recluse, limitant ses sorties aux heures des repas. Elle y venait sobrement vêtue, parlait peu, ne riant jamais. Sitôt le repas terminé, elle retournait à sa solitude.

— Pauvre Marie-Jeanne ! Quelle abominable existence elle se crée !

— Vous la voyez ?

— Non.

La flamme d'une bougie vacilla à sa fenêtre et s'éteignit. Le coq chanta trois fois.

18

La pendaison de crémaillère

Le sieur de Champlain était revenu tout aussi bredouille que nous à l'Habitation. Selon les gens de la famille d'*Erouachy*, leurs chefs s'étaient rendus à l'île d'Orléans afin d'y pêcher, tout comme ceux de la famille de *Miritsou*. Le lieutenant avait flairé la chausse-trappe et choisi de les attendre au village. Il en avait profité pour s'informer de la situation des traites aux Trois-Rivières, tout en fumant le pétun avec les aînés.

— Ces Sauvages auraient été avertis de nos intentions que je n'en serais pas surpris, déclara-t-il au déjeuner du lendemain.

— Par quel stratagème ? s'étonna François de Thélis. La décision de faire appel à eux pour l'affaire des meurtres fut prise ici même, en soirée, avant-hier.

Le commis Caumont garda les yeux rivés sur le morceau de lard salé qu'il tenait entre ses doigts.

— Marie Rollet m'a raconté que certains d'entre eux possèdent des dons de voyance, hasardai-je.

— Allons donc ! s'exclama fortement Marie-Jeanne. Comment croire à de telles sornettes ! Qu'ils agitent des osselets en sautillant autour d'un tambour, je veux bien l'admettre. De là à leur attribuer des dons de voyance !

Sa réplique stimula mon discours. J'eus envie d'en remettre.

— Certains voient des présages dans leurs rêves. D'autres s'enferment pendant des jours dans des tentes tremblantes et communiquent avec les Esprits. C'est bien ce que m'a appris Marie.

— Et vous croyez ces superstitions ? Charmante bonasserie, très chère !

Le commis mordit dans son lard.

— Justement ! répliqua François. Le témoignage de ces Sauvages qui nous fuient risquerait fort d'éclairer nos lanternes, très chère sœur. Se pourrait-il que leurs absences ne soient pas un simple hasard ?

— Expliquez-vous, demanda le lieutenant en s'étirant afin de plonger son croûton de pain dans le bol de lait situé au centre de la table.

— Supposons qu'un des engagés, mécontent de la tournure des événements, soit allé prévenir un Sauvage de notre visite durant la nuit.

— Un espion, voire un traître parmi nos hommes ! Non, jamais ! s'opposa aussitôt le commis Caumont avant de remordre dans son lard.

Le lieutenant lui jeta un coup d'œil, s'appuya sur le dossier de sa chaise, flatta sa barbiche et sourcilla.

— Traître, le mot est peut-être un peu fort, poursuivit Ludovic. Néanmoins, il me semble que cette possibilité doive être envisagée. Sans le point de vue des Sauvages sur les crimes, les engagés peuvent toujours crier à l'injustice.

— Les défendeurs des meurtriers ne se présentant pas au procès, la condamnation est probable, renchérit François.

— Oseriez-vous accuser mes hommes de corruption ? s'offusqua le commis.

— Admettez que la situation est plutôt louche, Caumont, s'interposa le lieutenant.

Le commis se leva prestement. Il lança sa serviette sur son assiette et sortit.

— Plutôt louche, répéta monsieur de Champlain en plongeant un autre croûton de pain dans le bol de lait chaud.

Ludovic se pencha afin de relever la chaise du commis.

— Admirable ! Votre sang-froid est admirable, lieutenant ! s'exclama Marie-Jeanne. Une simple réplique et notre homme est piégé. Admirable, vous dis-je, admirable ! N'êtes-vous pas de mon avis, mon frère ?

Son ricanement irrita mes oreilles. Je fus attirée par le mouvement de l'index de Ludovic, qui glissait négligemment sur la jointure de sa main gauche. Je lui souris. Ses yeux rieurs défiaient les miens. Je plongeai mon croûton dans le bol de lait chaud et le portai à ma bouche. J'en suçai la mie afin d'en extraire le divin nectar. Mon bienaimé se lécha les lèvres.

Dans les jours qui suivirent ce déjeuner, l'étonnante transformation de Marie-Jeanne s'accentua. L'extrême discrétion dont elle avait fait preuve les semaines précédentes se volatilisa totalement. Elle avait retrouvé sa verve et son éclat. À son extravagant décorum s'ajouta une agaçante manie apparentée au racolage. Dès que l'occasion se présentait, elle minaudait autour d'un élu, telle une abeille autour d'un pot de miel. Tout devenait alors sujet de compliments, d'éloges et de vaines flatteries. Plus souvent qu'autrement, elle jetait son dévolu sur l'homme le plus puissant de l'Habitation, soit le lieutenant de la colonie.

Au début, il reçut les hommages avec un certain plaisir. Après quelques jours, il en était venu à fuir l'amadoueuse, tant son insistance l'agaçait. Plus il la fuyait et plus Marie-Jeanne lui donnait la chasse. S'il advenait qu'il lui manifeste trop ouvertement son déplaisir, la flatteuse, loin d'être mortifiée, se tournait vers un des hommes présents. Quand il était là, Eustache devenait sa proie. Malgré tous ses efforts, ses adulations coulaient sur le dos de mon frère comme l'eau sur le dos d'un canard. Souvent, ses coups d'encensoir restaient sans écho. Elle pavoisait seule, sous le regard désespéré de François.

La veille de la bénédiction de la redoute, lorsque tout le monde eut déserté la table du souper et qu'Ysabel eut rejoint maître Jonas pour l'aider aux cuisines, l'envie me prit d'aller retrouver Marie-Jeanne sur le promenoir de l'Habitation. Elle avait habitude de s'y attarder avant de regagner sa chambre.

« Comment l'aborder sans l'effaroucher, sans la contrarier ? pensai-je en m'y rendant. La complexité de son agir dépasse l'entendement. Arriverai-je jamais à la comprendre, à la toucher ? »

Je m'arrêtai un moment à l'encoignure du logis afin de l'observer. Seule, debout près de la balustrade donnant sur le fleuve, elle regardait vers le large. La silhouette de sa cape de lainage noir se découpait dans la brunante. Le vent ébouriffait ses cheveux noirs. On aurait cru un spectre, une âme morte s'ingéniant à briser les fers de sa solitude.

Une chouette hulula. Marie-Jeanne tourna la tête dans ma direction. La blancheur de son visage m'effraya. Elle reporta son attention vers le fleuve. J'avançai vers elle.

— La France vous manque-t-elle ? osai-je.

— La vie me manque.

Sa réplique me sidéra.

— Rien n'est aussi simple qu'il n'y paraît, madame de Champlain.

— Je… je sais que…

Elle rit.

— La femme du lieutenant de la colonie se doit de tout savoir, n'est-ce pas ? railla-t-elle.

— Vous connaissez bien peu de cette femme, Marie-Jeanne.

— Je connais son bonheur, cela me suffit.

— Mon bonheur !

— La vie vous comble, très chère !

Je me ressaisis. Savait-elle pour Ludovic et moi ? Non, c'était insensé ! Impossible !

— Le bonheur est en nous, murmurai-je, en chacun de nous.

Son rire se perdit dans une soudaine bourrasque du vent. Elle resserra les pans de sa cape.

— Si vous en veniez au fait, très chère ?

— Au fait ?

— Vous auriez provoqué cette rencontre dans le simple but de m'instruire sur le bonheur ?

— Ma prétention n'est pas de vous instruire.

— Tout de même !

— Demain matin, le père Le Caron procédera à la bénédiction de la redoute.

— La redoute, cette cabane tout en haut de l'escalier menant au cimetière, une bénédiction pour ces rondins de bois ?

Elle rit à nouveau.

— Cette cabane, comme vous dites, sera bénie par le père Le Caron, demain matin, après la messe. François y viendra.

— Alors, la pauvre Marie-Jeanne devrait l'accompagner. Ça la distrairait, pense votre petit cœur de bigote.

Je me tournai vers le fleuve et pris le temps d'essuyer le quolibet.

— Est-ce qu'Ysabel y sera ? demanda-t-elle froidement.

— Non. Elle doit aider maître Jonas à la préparation du déjeuner.

— Grand bien nous fasse ! S'il est une habitude qui m'agace, c'est bien celle-là !

— Une habitude vous agace ?

— En France, très chère madame, les servantes savent tenir la place qui leur revient.

— Il est vrai que les convenances y sont plus strictes.

— J'ajouterais qu'en France, madame, les vraies dames ne fricotent pas avec la populace.

— Sachez qu'une amitié sincère me lie à Ysabel.

— Bigote et pure, ricana-t-elle, la sainteté incarnée ! N'y aurait-il pas une toute petite faille dans cette vertueuse statue ?

Le vent redoubla d'intensité. J'agrippai la balustrade en tentant de me convaincre qu'il était impossible qu'elle sache quoi que ce soit à propos de Ludovic et moi. Je décidai de mettre fin à cette conversation stérile au plus vite.

— Il me plairait que vous assistiez à cette bénédiction, dis-je en élevant quelque peu la voix tant le vent était fort. Ma demande est simple, honnête et sans artifice. Si vous préférez ne pas y paraître, libre à vous. Je ne vous en tiendrai pas rigueur. Nous vous reverrons au déjeuner, voilà tout. Bonne nuit !

Je regagnai ma chambre, inquiète, mais satisfaite malgré tout. Pour la première fois, Marie-Jeanne avait laissé tomber son véritable masque. La guerre n'était pas gagnée, mais je m'étais approchée de la tranchée ennemie.

Le lendemain, Ludovic, François et Marie-Jeanne nous attendaient au sortir de la messe. La rébarbative tenait le bras de son frère. Ces trois protestants allaient assister à la bénédiction.

Monsieur de Champlain ouvrit la porte de la redoute. Elle grinça.

— Des pentures à huiler, Couillard.

— Un peu d'huile de baleine suffira, répondit le matelot charpentier. J'y verrai avant la tombée du jour, mon lieutenant.

— Entrez, entrez, mesdames, nous invita le sieur.

Il tendit son bras vers l'intérieur. La garniture plissée de sa chemise de toile blanche emboutissait le revers de son gant de cuir. Son manteau de laine noir, savamment fixé sur son épaule droite, laissait paraître son pourpoint bleu outremer : une tenue de cérémonial. J'entrai la première dans la redoute, cette petite fortification érigée tout en haut du dangereux escalier menant vers le sommet du cap Diamant. Marie-Jeanne me suivit et se dirigea pompeusement jusqu'à la fenêtre donnant sur le fleuve.

— Quelle vue incroyable ! Et ce canon qui pointe droit sur l'effroyable ennemi. Quel astucieux gouverneur vous faites, sieur de Champlain !

— Lieutenant, madame, lieutenant de la colonie, rectifia le sieur.

Elle rit fortement.

— Lieutenant, gouverneur, la nuance est mince. Cette modestie vous honore. Tous les pouvoirs sont entre vos mains : la justice, l'administration, le commerce. Nous inaugurons bien à présent la redoute qui fut construite sous vos ordres, malgré l'opposition des engagés. Et ce fort, tout là-haut, qui est à se bâtir…

— Je vous en prie, ma sœur, s'impatienta François.

Marie-Jeanne reluqua du côté d'Eustache, qui se tenait fièrement debout devant la porte. Puis, elle détourna le regard vers Ludovic posté près de Louis Hébert au dehors.

— Serais-je la seule de cette société à reconnaître vos mérites, sieur de Champlain ?

Personne ne répondit. Louis Hébert offrit son bras à sa femme. Ils pénétrèrent dans la redoute. Marie-Jeanne s'approcha d'Eustache.

— Il est vrai qu'une personne de grande valeur vous seconde. Monsieur Boullé tient un rôle de prestige en Nouvelle-France.

Elle déploya brusquement son éventail devant lui. Eustache, visiblement décontenancé, recula d'un pas. François saisit le coude de sa sœur et l'attira près de la cheminée. Elle agita nerveusement son éventail.

— Alors, Eustache, cette redoute? demanda le lieutenant.

— La redoute, oui, hésita-t-il en reprenant ses esprits. Par temps clair, les barques et les canots sont visibles à plusieurs lieues, tant en aval qu'en amont. Nous pouvons observer par-delà l'île d'Orléans.

Il regarda vers Ludovic.

— L'île aux poissons, ironisa mon bien-aimé.

Je mordis ma lèvre pour réprimer mon sourire. Eustache fixa le lieutenant.

— Oui, l'île d'Orléans, reprit ce dernier avec un léger rictus au coin des lèvres. On dit que les chefs indiens y pêchent au début de l'été.

Ludovic se raidit, écarta les jambes et agrippa le manche de son épée.

— Chefs indiens et poissons y font bon ménage. Oui, au début de l'été, comme vous dites, monsieur, s'empressa d'ajouter Eustache. Mais le canon, le canon de la redoute pointe vers, vers…

— L'ennemi, mon ami, l'ennemi! s'exclama le lieutenant. Bien, bien, bien, assez badiné. Cette place est à vous, Eustache, à vous et à Ludovic. Vous y logerez jusqu'à l'hiver. Il importe que deux hommes y demeurent en permanence afin d'assurer la vigie, du moins jusqu'à ce que la construction du fort soit assez avancée. Cela vous convient-il, messieurs ?

Ludovic soupira d'aise et se ramollit. Le délicat sujet de la dérision des Sauvages avait été écarté.

— Veiller à la sécurité de la colonie ? La proposition m'honore, mon lieutenant, enchaîna Eustache.

— C'est un honneur, mon lieutenant, se réjouit l'homme de ma vie.

— Des engagés de la compagnie seront mis à votre disposition. Caumont s'est plié à ma demande.

— Entendu, mon lieutenant, répondirent en chœur, les deux préposés à la défense.

— La construction du fort va bon train, enchaîna le charpentier Couillard. Quatre des neuf ouvriers travaillant au couvent des Récollets se joindront aux nôtres dès demain. Nous serons plus de seize pour terminer le logis et la palissade.

— Une générosité toute à l'honneur de nos bons pères, louangea le lieutenant.

Le père Le Caron inclina son crâne soigneusement tonsuré.

— D'ici la fin de l'hiver, une poignée d'hommes pourront y résider afin d'assurer la sécurité de la colonie. La sécurité de la colonie... répéta lentement le lieutenant en relevant le menton.

Il soupira d'aise et empoigna l'épaule de Guillaume Couillard.

— Du bon travail, mon ami, du bon travail ! Continuez !

— Et nous pendrons la crémaillère, déclara soudainement Marie Rollet demeurée près de la porte.

Le lieutenant figea d'étonnement.

— La crémaillère du fort ! s'étonna son mari.

— Mais non ! De notre maison, Louis, de notre maison ! Nous organiserons une fête digne de la Nouvelle-France, affirma-t-elle hardiment, les deux mains appuyées sur ses hanches.

Embarrassé par son aplomb, le lieutenant se tourna vers moi.

— Qu'en pensez-vous, madame ?

— Pendre la crémaillère ? Voilà une idée sans pareille, monsieur ! J'ajouterai que nous pourrions en profiter pour souligner l'avancement des travaux du fort Louis par la même occasion, proposai-je.

Le lieutenant frappa ses mains gantées l'une contre l'autre.

— Parfait, parfait ! Le drapeau français sera hissé au pavillon du fort et la crémaillère sera pendue chez les Hébert !

— Un bal, enfin ! s'exclama Marie-Jeanne en ouvrant brusquement son éventail au-dessus de la plume d'autruche noire de son élégante coiffure.

— Pas un bal, une fête, précisa Marie Rollet, une fête !

Marie-Jeanne agita son éventail sous son nez retroussé.

— Et s'il me plaît à moi d'imaginer un bal ?

— Imaginez si cela vous chante, très chère mademoiselle. Ma maison peut se transformer en château, si telle est votre fantaisie, concéda Marie.

— J'entends déjà la musique. Sous les candélabres, d'élégants danseurs avancent majestueusement au bras des dames. Sur les tables fument des mets raffinés. Ah, la cour de France ! s'extasia-t-elle en tournoyant.

Chacun l'observa, mi-intrigué, mi-rieur. Marie Rollet ajusta sa coiffe blanche et reprit :

— Si vous y consentez, lieutenant, le tambour et le fifre de la colonie s'accorderont à la viole de dame Françoise. Des chandelles illumineront notre maison, les récoltes de nos champs et les gibiers de nos bois garniront notre table. Si vous avez l'ambition d'une danse, le plancher sera à vous, très chère demoiselle.

Le lieutenant sourit. Le père Le Caron roula ses grands yeux de gauche à droite en se signant vitement.

— Qui plus est, ajouta le sieur de Champlain, je vous octroie les services d'Ysabel et de maître Jonas. Les plats de ce boulanger sont dignes de la table du roi. La réussite de cette fête vous est officiellement confiée, dame Hébert.

— J'aiderai aussi, fis-je.

— Ce sera un honneur pour les cuisines de mon château, noble dame, badina Marie en étalant les pans de sa jupe afin d'effectuer une gracieuse courbette.

— Nous irons à la chasse, proclama Eustache. Outardes, tourtes, dindons et perdrix abondent dans les environs l'automne venu.

— Je vous accompagnerai, proposèrent d'un même élan François et Ludovic.

— Moi aussi...

La sagesse freina mon emballement.

— Ce sera une fête mémorable, conclus-je, en désespoir de cause.

Marie-Jeanne arrêta le battement de son éventail. Le lieutenant tortilla sa barbiche.

— Comme vous dites, madame. Ce sera une fête mémorable si chacun sait tenir la place qui lui revient, affirma-t-il fermement.

Il se tourna vers le père Le Caron.

— Tout est dit. Si nous procédions à la bénédiction de cette redoute, mon Père ?

Le père Le Caron fit le signe de la croix et prit la parole. La solennité s'imposa aussitôt. Cet homme rustaud et grassouillet, dont le nez minuscule semblait perdu au centre des bouffissures de son visage, inspirait un profond respect. Même le lieutenant, dont il se permettait parfois de remettre en question la ferveur religieuse, lui vouait une solide admiration.

— Sieur de Champlain, mesdames, messieurs, proclama le récollet de sa voix grave. Dieu nous réunit ici, en ce premier dimanche d'octobre, afin que nous Lui rendions grâce. Les bontés dont Il nous comble sont infinies. Une redoute fut érigée en ce lieu choisi par notre lieutenant. Puisse-t-elle assurer la protection de Dieu aux habitants de notre colonie.

Il s'avança au fond de la pièce, tout près de la fenêtre, déposa son bénitier sur la petite table et leva les bras vers le Très-Haut.

— Exaucez-nous, Seigneur, Père Saint, Dieu éternel et Tout-Puissant. Daignez nous envoyer vos saints anges du ciel, afin qu'ils veillent sur tous ceux qui œuvrent en ce pays de la Nouvelle-France. Qu'ils nous gardent et nous défendent contre nos ennemis de ce monde, incarnations diaboliques des armées de Belzébuth.

Le révérend joignit les mains au-dessus de sa tête et décrivit une large croix dans l'espace de la redoute.

— Par le Christ, notre Seigneur, fils de Dieu Notre Père. *Amen.*

— *Amen*, répondit l'assemblée en chœur.

Il sortit son goupillon du bénitier et aspergea la redoute dans toutes les directions.

— *In nomini patris, et filii, et spiritus sancti. Amen.*

— *Amen.*

Nous fîmes le signe de la croix, les yeux baissés. Ludovic me regarda du coin de l'œil.

— Merci, mon Père. Ainsi Dieu sera avec nous, déclara le lieutenant.

— Et avec notre esprit, conclut le père Le Caron.

— Et avec notre esprit, répéta le lieutenant en claquant ses mains l'une contre l'autre. Bien, le canon. Avez-vous vu ce canon, mon Père ? Venez, suivez-moi.

Ludovic sortit le premier, suivi d'Eustache. François prit le bras de sa sœur. Nous nous rassemblâmes autour du canon pointant vers le fleuve. D'aussi loin qu'il nous était possible de voir, la forêt claironnait d'une flamboyante beauté. Dispersées entre des bouquets de verts conifères, les taches cuivrées, dorées, orangées et rouges vibraient sous le chaud soleil de ce début d'automne. Leurs reflets ourlaient les eaux bleutées d'une luxuriante dentelle colorée.

— Quelle magnifique tapisserie de velours, murmurai-je.

Ludovic avança près de la roue du canon.

— Nous sommes au temps des feuilles de feu, madame, déclara Ludovic dans un sourire.

Des feuilles se détachèrent des branches et dansèrent gracieusement dans le vent doux. Il tendit la main, en attrapa une et me l'offrit.

Chacune des pointes de cette feuille d'érable était d'un coloris différent ; rouge violacé, rouge écarlate, rouge rosé.

— Par quelle magie, quel miracle ? Un mystère de la vie, dirait tante Geneviève. Je lui écris ce soir même. Si seulement il était possible de conserver quelques-unes de ces feuilles afin qu'elle puisse en admirer la beauté.

— De Bichon et son herbier, avança Ludovic.

— Oui, il m'a parlé d'un procédé…

D'étranges bruits sourds détournèrent notre attention vers la cime des arbres.

— Les oies blanches ! Regardez tous, le passage des oies, une splendeur ! s'exclama le lieutenant.

Il ôta son chapeau et le tendit vers les cieux.

— Elles approchent ! s'écria Eustache.

Les bruits s'intensifièrent. De fébriles jacassements emplirent l'immensité de l'espace. Puis, une bruyante volée d'oies sauvages défila au-dessus de nos visages ébahis. Elles battaient énergiquement des ailes, tels les vaillants soldats d'un imposant cortège. De mouvantes enfilades nacrées marbraient le bleu du ciel. Le défilé s'étendit bientôt jusqu'au-dessus de l'île d'Orléans. Ludovic tira sur un repli de ma cape. Mes yeux éblouis croisèrent les siens. Mine de rien, je m'approchai de lui.

— Chaque automne, des milliers d'oies blanches s'arrêtent au cap Tourmente, s'emballa le sieur de Champlain. Elles y séjournent plus d'un mois avant de poursuivre leur route vers le sud. Au printemps, elles refont le chemin inverse afin de se rendre plus au nord. Phénomène admirable, admirable, mes amis !

— Elles s'y nourrissent des blés de mer, poursuivit Eustache. Les fonds glaiseux entourant le cap Tourmente en produisent en quantité. Ne cherchez plus les Montagnes ailleurs en ces périodes de l'année. Ils sont à la chasse aux oies blanches.

— Aaaaaah ! hurla soudain Marie-Jeanne.

Saisis de crainte, tous les hommes épièrent les alentours. Je m'approchai d'elle. Une fiente blanchâtre coulait le long de la petite frisure tombant devant son oreille droite. Je sortis un mouchoir de ma poche.

— Ce n'est rien, Marie-Jeanne, ce n'est rien. Une fiente d'oie blanche, rien de plus…

— Aaaaaah ! Aaaaaah ! rugit-elle en piétinant sur place.

— J'essuie le petit dégât. Laissez-moi approcher, calmez-vous. Ce n'est qu'une simple fiente.

— Aaaaaah ! s'égosilla-t-elle, terrorisée.

Derrière Marie-Jeanne, les autres retenaient leur fou rire. J'approchai, sa respiration s'accéléra. Elle ferma les paupières.

— Voilà, plus rien n'y paraît.

Comprenant l'atteinte faite à son orgueil, je m'empressai de me retourner vitement vers le large. La nuée d'oies blanches survolait l'île d'Orléans.

— Quel nuage chatoyant, n'est-ce pas? m'exclamai-je en lui souriant.

Son visage était aussi rouge que la plus rouge des feuilles.

— François ! s'écria-t-elle. Ramenez-moi sur-le-champ à mes appartements ! Sur-le-champ, vous entendez, sur-le-champ !

Les préparatifs de la fête se déroulèrent selon les plans élaborés par Marie. Tandis qu'Ysabel et Guillemette virent à la mise en place des accessoires dans la nouvelle maison des Hébert, Françoise, Marguerite et maître Jonas cuisinèrent les viandes et les desserts dans la cuisine de l'Habitation.

Marie s'acquittait de sa tâche avec une scrupuleuse minutie. De temps à autre, elle redressait sa coiffe, s'essuyait fermement les mains sur son tablier et tâtait, goûtait, salait, sucrait ou épiçait. Tous les mets seraient à la hauteur de l'heureux événement. La crémaillère se devait d'être pendue de succulente manière.

Ficelées par les pattes, cinq oies blanches étaient suspendues aux crochets du mur de la cuisine. Au bout de leur long cou, leurs têtes s'étaient gorgées de sang. Devant l'âtre, Marie brassait la viande des tourtes cuisant dans la chaudière.

— Le feu baisse, remettez quelques bûches, Jonas.

Le boulanger cuisinier essuya ses mains enfarinées sur son tablier de toile brune, mit deux autres bûches sous le chaudron de cuivre et retourna à son rouleau à pâte.

— Merci. Encore une demi-heure, et la cuisson de ces tourtes sera chose faite. Et vos tartes, maître Jonas ?

— J'achève la dernière, répondit le gaillard. Nous en aurons six en tout, dites, dame Marguerite ?

— Six, approuva Marguerite : trois aux prunes, trois aux pommes. Les pommiers du cap Diamant ont produit plus que jamais cette année. De robustes pommiers de Normandie transplantés chez nous par le sieur de Monts, il y a six ans, déjà.

— Le sieur Pierre Du Gua de Monts ! m'étonnai-je.

— Celui-là même ! répliqua Marie. Mon Louis l'a bien connu lorsqu'ils furent à Port-Royal.

— Votre époux fut à Port-Royal !

— Certes oui ! Il s'y rendit à plusieurs reprises entre l'an 1606 et l'an 1613. C'est lui qui sema les premiers blés de l'île Sainte-Croix. Il y fut apothicaire, médecin, et explorateur, oui, il explora les côtes de la Nouvelle-Angleterre avec votre lieutenant de mari.

— Monsieur de Champlain !

— Précisément, très chère dame. Ces deux-là se connaissent depuis des lunes !

— Des lunes ! m'étonnai-je. Saviez-vous tout cela, Françoise ?

— Sûr ! Louis est le cousin du sieur de Poutrincourt à qui fut octroyé la première commission de traite en Acadie. La colonisation est quasiment une passion de famille.

— Si le capitaine anglais Ar... Argall n'avait brûlé l'Habitation de Sainte-Croix et chassé les Français en 1613, il y serait encore, compléta Marie.

— Et voilà ! s'exclama Marguerite.

Elle souleva son plat et racla la bordure avec son couteau.

— Regardez-moi ça ! Qu'en dites-vous ? Une tarte épaisse à souhait. Votre four à pain est-il prêt pour la cuisson de ces tartes, Jonas ?

Le visage du boulanger s'illumina.

— Tout paré qu'il est, mon four. Confiez-moi vos tartes, dame Marguerite. Dans moins d'une heure, elles seront dorées à souhait.

Marie se rendit près des oies et pressa sur les ventres du bout du doigt.

— Juste à point.

Elle empoigna les pattes de la plus grosse et alla revêtir sa cape déposée sur le banc des seaux.

— Venez, Françoise, mieux vaut déplumer ces oiseaux dehors. Hâtons-nous, il reste un peu moins de cinq heures avant la fête.

Françoise regarda vers sa petite Hélène. Elle dormait paisiblement dans mes bras.

— Ne vous inquiétez pas. Si elle s'éveille, je vous préviendrai.

Le soir venu, après les vêpres, tous les gens de la Nouvelle-France se réunirent dans la cour intérieure de l'Habitation. Le sieur de Champlain se tenait debout sur la balustrade du promenoir, à côté de François. J'étais un peu en retrait derrière lui. En bas, chacun portait une torche d'écorce de bouleau. Les halos de lumière scintillaient autour de leurs flammes, tant le frimas était dense. Devant le pigeonnier, Eustache frappa hardiment l'épaule de Ludovic. Paul sortit du magasin, deux cruches de vin à bout de bras, et se rendit près de Guillaume Couillard qui discutait avec Jean Nicollet, non loin des pères récollets. Le lieutenant agita son chapeau à l'intention de Paul. Jean Nicollet remarqua son geste et en avisa Paul. Celui-ci déposa une cruche sur un coffre et salua le lieutenant d'un geste de la main.

— Prête, madame ? me demanda-t-il.

— Oui, il ne manque que Marie-Jeanne. Elle ne devrait pas tarder.

— François, attendez votre sœur, nous…

— Ah, la voilà, dis-je, effarée par le clinquant de ses atours.

L'éclat des bracelets disparates entassés sur ses longs gants de cuir noir et les colliers rutilants accrochés à son cou donnaient à penser qu'elle profitait de l'occasion pour faire étalage de tous ses bijoux. Sans un mot, elle glissa son bras sous celui de François. Les reflets de sa jupe de soie moirée s'animèrent.

— Bonsoir, madame, dit le lieutenant en inclinant légèrement la tête.

— Lieutenant, répondit pompeusement Marie-Jeanne en faisant une révérence.

— Bien, bien, bien ! Puisque nous sommes tous là, rejoignons les autres dans la cour, clama-t-il. On n'attend plus que nous.

Plus de cinquante personnes suivaient le fifre et le tambour. La festive procession longea les jardins dépouillés de l'Habitation, monta le glissant escalier escarpé, contourna la redoute, se recueillit au détour du cimetière, grimpa la côte boueuse et s'engagea dans le sentier menant à la palissade du fort.

— Couillard ! interpella le lieutenant.

Le charpentier délaissa Paul, s'approcha du sieur de Champlain et lui emboîta le pas.

— Lieutenant ?

— Qu'advient-il de ce bois de charpente, pour le logis principal ?

— L'hiver nous sera bénéfique.

— La neige facilite le transport du bois, déduisit le lieutenant.

— Précisément. Les Sauvages ont de ces astuces. Rien ne vaut leurs traînes pour faire glisser les billots d'un endroit à un autre.

— Et les pierres, qu'en est-il des pierres ?

— Il y a du schiste ardoisier en abondance dans les environs. Les pierres à chaux trouvées près des chutes vont permettre la fabrication de tout le ciment nécessaire. Comme le four à chaux des Récollets fonctionne depuis quelques jours, il n'y a plus d'inquiétude à avoir de ce côté.

— Le logis du fort sera-t-il prêt avant la fin de l'hiver ?

— Vers la fin janvier, si Dieu le veut.

— Fort bien ! Des armes arriveront par les bateaux du printemps. Il importe d'avoir un endroit propice où les déposer. L'entrepôt de l'Habitation est plein à craquer.

— Nous ferons le plus vite possible, mon lieutenant.

Nous nous attardâmes devant le fort. Le drapeau blanc à fleurs de lys d'or fut hissé au son du fifre et du tambour… et des acclamations de tous les habitants de la nouvelle colonie. Après cette heureuse étape, nous nous rendîmes là où la crémaillère devait être pendue.

La nouvelle maison des Hébert comprenait deux parties. La plus vaste était de pierres. Elle devait mesurer un peu plus de vingt-cinq pieds de longueur sur vingt pieds de largeur. L'autre, plus petite et plus étroite, était faite de bois. Le long du sentier menant à la porte centrale, les flammes des torches installées à l'extrémité des piquets invitaient à la fête. Au bout du parcours, les premiers châtelains de la Nouvelle-France attendaient leurs convives. Les coiffes blanches de Guillemette et de Marie luisaient dans le noir. Guillaume, leur fils de six ans, se tenait debout, non loin de son père.

— Soyez le bienvenu dans notre demeure, monsieur le lieutenant, dit fièrement Louis en s'inclinant devant l'illustre invité.

— Madame, poursuivit-il en baisant la main que je lui tendis.

Il s'écarta de la porte et déploya son bras vers l'intérieur. Champlain s'arrêta, enleva son chapeau et l'appuya sur sa poitrine.

— C'est un grand jour, messire Hébert, un très grand jour !

Puis il entra.

Au rez-de-chaussée, au fond de la grande pièce commune, les marmites, les poêlons et la tourtière s'entassaient près des bûches de bois soigneusement cordées autour de la cheminée. C'est dans l'âtre de cette cheminée que la crémaillère allait être pendue.

Les fruits du labeur de la journée s'étalaient sur une longue table de pin. Louis invita Champlain à le suivre près de la cheminée. Ce dernier rassembla le commis Caumont, Eustache et le charpentier Couillard autour de lui. Lorsque tous les invités furent entrés dans la maison, le lieutenant tira une chaise et y grimpa. Puis, il décrocha la pelle à feu et frappa sur un chaudron d'étain. Peu à peu, le silence se fit.

— Mes amis, ce jour est un grand jour ! Ou ce soir… il serait plus juste de dire ce soir. Ce soir est un grand soir !

Sa précision entraîna de légers rires. Il releva le menton et sourit. L'audience lui était acquise.

— Mes amis, nous sommes réunis ce soir afin de pendre la crémaillère sous le toit de la famille de Louis Hébert.

Cette fois, sa pelle frappa trois coups sur une longue pièce métallique crantée, fixée au milieu de l'âtre.

— Une crémaillère ! Quel symbole, mes amis ! L'outil essentiel pour la cuisson des plats, des plats tirés des produits de nos terres, les terres de la Nouvelle-France ! s'exclama-t-il en brandissant sa pelle à feu tel un étendard.

Les applaudissements retentirent. Il croisa les mains devant lui et attendit le retour du silence.

— Des plats abondants, des plats consistants, des plats qui nourriront tous ces bras vigoureux qui défricheront nos terres, bâtiront nos maisons, bâtiront ce pays, notre pays !

Il balança la pelle de gauche à droite dans un large mouvement. L'amplitude de son geste lui fit perdre l'équilibre. La chaise s'inclina. Le secours de Louis lui évita une chute.

— Oh, oh, oh ! murmura-t-on dans la foule.

Le lieutenant retrouva son aplomb, redressa le pan de son manteau sur son épaule droite et poursuivit comme si de rien n'était.

— D'autres crémaillères seront pendues, des centaines, voire des milliers d'autres crémaillères ! Ici même sur le cap Diamant s'élèvera une ville aussi grande que celle de Saint-Denis. Nous y amènerons plus de trois cents familles par an, avec enfants et serviteurs. Bientôt le représentant du vice-roi logera au fort Louis à moins d'une demi-lieue du couvent des Récollets. Une ville où Dieu, le roi et le peuple auront leur juste place. Ludovica sera son nom !

Les martèlements de sa pelle firent rebondir la plume de son chapeau. Les gens applaudirent. Il remit la pelle dans les mains de Louis, baissa les bras et attendit que revienne le silence.

— Et vous êtes tous conviés à la réalisation de ce rêve, tous, tous autant que vous êtes ! Ne nous méprenons pas. Rien ne serait possible sans vous, mes amis. Mais j'ai la conviction que nous partageons le même rêve. La preuve en est que vous avez quitté notre France pour œuvrer ici, au Nouveau Monde.

Un murmure approbateur courut dans la foule. Les engagés, les colons et leurs femmes opinèrent de la tête.

— Pour ce faire, il est indispensable d'utiliser toutes les industries en place, je dis bien toutes les industries. Il serait insensé de nous priver de l'adresse des Sauvages, vous en conviendrez.

La réticence fut perceptible.

— Je sais les inquiétudes que vous nourrissez vis-à-vis d'eux, mes amis. Je le sais et vous comprends. Il est urgent d'implanter nos lois et nos règles en ce pays. La justice française doit régner sur ces terres, nos vies en dépendent. Pour veiller à cette tâche, il nous faut un procureur du roi, un homme dont la tâche première sera de veiller à l'administration de la justice sur les rives du grand fleuve. Qui de mieux pour relever ce défi, mes amis, qui de mieux que celui qui s'acharne depuis plus de trois ans à se créer une place en ce Nouveau Monde ? J'ai nommé, Louis Hébert !

Les acclamations retentirent et s'attardèrent. Le lieutenant descendit de sa chaise et invita Louis à y monter. Une fois installé, ce dernier salua la foule. Marie posa une main sur sa bouche et lança un baiser volant à son époux. Guillemette en profita pour se rapprocher de Guillaume Couillard qui applaudissait debout, près du commis Caumont.

— Louis, je vous cède la parole, dit le lieutenant.

— Merci, merci à vous tous, compagnons de fortune. L'honneur que me fait le lieutenant est grand. La tâche est colossale, mais la foi que j'ai en cette colonie est sans borne. Avec l'aide de Dieu, et des colons présents et futurs, nous ferons de ce pays un grand pays. Avec travail, patience et longueur de temps, j'ai la certitude que Québec prendra la forme de nos rêves, sieur de Champlain. Ludovica sera une grande ville.

L'homme était beau et fier. Son corps élancé transpirait d'honnêteté et de vaillance. Son front large et sa mâchoire carrée inspiraient clairvoyance, confiance et ténacité.

— Mes amis, en ma qualité de procureur du roi, il m'incombe maintenant de vous faire part de la décision de notre lieutenant concernant le peuple montagne. Après de sérieux pourparlers, une invitation a été faite à l'un d'eux.

Il hésita, regarda Marie. Elle lui sourit.

— Le Montagne *Miritsou* et sa famille hiverneront près de l'Habitation.

La consternation des auditeurs fut totale. Louis Hébert descendit de sa chaise. Le lieutenant y remonta et reprit la parole.

— Le moyen est hardi, nous en conviendrons tous ! Mais c'est le seul dont nous disposions. Nous ne pourrons investir les territoires du Nouveau Monde sans l'appui de ces peuples ! Les échanges sont essentiels. L'expérience nous apprend que les rapprochements nous sont avantageux. Nicollet, avancez.

L'interprète Nicollet sortit des rangs et se rendit à la gauche du lieutenant. Il enleva son étrange chapeau garni d'une longue et fine plume et le tint devant son torse.

— Nicollet a séjourné plus de deux ans près de la rivière des Outaouais chez les Algommequins. Il y a appris leur langue et leurs coutumes. Sa présence parmi eux a fortifié notre volonté commune de maintenir le commerce des fourrures entre nos peuples. Nicollet prépare un nouveau départ, vers les terres des Népissingues cette fois : une nation algommequine vivant plus au nord. Avec le même but : apprendre la langue, les mœurs et affermir le commerce avec les marchands français.

— Pour servir mon pays et mon roi ! clama Jean Nicollet, en brandissant son chapeau.

Les applaudissements approuvèrent son nouveau mandat.

— Servir ! enchaîna le lieutenant. Et pour servir l'avancement de la colonie, il nous incombe de promouvoir les échanges avec les Montagnes, ce peuple avec lequel nous partageons les rives du fleuve Saint-Laurent depuis Gaspé jusqu'aux Trois-Rivières.

Un grognement força l'arrêt de son discours. Il brandit les bras.

— Ces rapprochements visent à faire des habitants de ces Sauvages. De nomades, ils deviendront sédentaires. Ainsi nous pourrons les convertir à notre foi et à nos lois. Donc, *Miritsou* et sa famille hiverneront à l'Habitation. Ils apprendront notre langue, nos coutumes et sèmeront le blé le printemps venu. *Miritsou* deviendra le premier Montagne francisé et converti, le premier d'une longue tradition : la tradition française !

Pendant un moment, rien ne se fit, rien ne se dit. Jean Nicollet applaudit le premier, Guillaume Couillard suivit, Eustache fit de même, puis les autres les imitèrent. Louis Hébert serra la main du commis Caumont.

— Paul, posez ces cruches de vin sur la table, clama le lieutenant. Mes amis, que la fête commence !

Les fumets alléchants s'élevant de la table avaient aiguisé les appétits. Chacun détacha l'écuelle fixée à sa ceinture, sortit une cuillère de sa poche et attendit patiemment de pouvoir la plonger dans les tourtières et les terrines. Tandis que Marguerite, Marie et Guillemette veillaient à remplacer les plats qui se vidaient à vive allure, Françoise frottait de son archet les cordes de sa viole de gambe. Elle s'était installée au pied de l'escalier menant à l'étage. De là, elle était assurée d'entendre les pleurs de la petite Hélène advenant un brusque réveil.

J'étendais une cuillerée de terrine d'oie sur mon dernier croûton de pain lorsque je vis Guillemette découper soigneusement une pointe de tarte aux pommes, la glisser dans son assiette d'étain et la porter à Guillaume Couillard. Le galant lui sourit, prit l'assiette, plongea sa cuillère dans la tarte et offrit une première bouchée à la belle. Elle ouvrit la bouche, libéra la cuillère et dégusta en le regardant droit dans les yeux.

— Guillemette et Guillaume ! m'ébahis-je.

J'examinai l'assemblée tout autour afin de repérer Ludovic. Il se trouvait dans le groupe au centre duquel s'agitait la plume fébrile du chapeau de Champlain. Depuis la fin des discours, le lieutenant et le nouveau procureur n'avaient pas eu une minute de répit. Les questions pleuvaient de toutes parts.

Le service à la table s'achevait. Je me levai. Ysabel déposa un chaudron près de la pierre d'eau et se faufila vitement vers l'autre pièce du rez-de-chaussée. Maître Jonas n'était plus à ses côtés. Cela m'étonna. Depuis son arrivée, il s'était accroché à ses talons et ne l'avait plus quittée. Où pouvait-il bien être ? Dehors, aux latrines, peut-être ?

Les notes du fifre s'échappaient gaiement de cette autre partie de la maison. L'envie me prit d'y rejoindre Ysabel.

Au fond de la petite pièce, suspendues au plafond, quelques bottes de plantes séchaient, non loin de la fenêtre. Sous ces herbes, les manches de trois pilons de bois émergeaient des mortiers alignés sur une table étroite. Les deux plus petits étaient de cuivre. L'autre, celui dont la taille approchait celle d'une assiette de cuisine, était de marbre rose. Appuyées au mur, au-dessus de cette table, les portes vitrées d'une armoire haute, permettaient d'observer les six tablettes sur lesquelles s'alignaient des pots de faïence et de verre soigneusement étiquetés. Je m'approchai pour lire.

— Eau de goudron, berdane, catholicum, polypode de chêne, semences de violette et d'anis, castoréum, suif de mouton, fumier de cheval, poumons de renard, yeux d'écrevisse.

— Yeux d'écrevisse ! s'étonna Ysabel.

— Oui ! Cloporte, poursuivis-je, sel marin, alun, antimoine, absinthe, tanaisie, cerfeuil, camomille, bourrache... Comme dans la remise des simples de tante Geneviève !

Ysabel, accroupie devant le rebord de la fenêtre, observait un bocal de verre.

— Qu'y a-t-il de si passionnant dans ce bocal ? demandai-je.

— Une plante verte y est enfermée. On la distingue à peine à cause de la buée fixée aux parois. N'est-ce pas intrigant ?

Je me penchai près d'elle.

— La plante respire.

— La buée proviendrait de cette plante ?

— Je le crois. Pour en savoir plus, il faudrait demander à maître Louis. À moins que maître Jonas...

— Ne me parlez plus de ce boulanger ! Il colle à mes jupes comme une mouche à un morceau de sucre.

— Eustache n'apprécie guère.

Elle se redressa vitement. Je me levai aussi.

— Non ! se chagrina-t-elle.

— Si, il s'inquiète.

— Il vous en a parlé ?

— Non, mais je connais mon frère.

— Il s'inquiète sans raison. Il est gentil, maître Jonas, mais son insistance m'agace. Je ne sais trop que faire.

— Ce serait plutôt à Eustache de faire quelque chose.

— Monsieur Eustache n'a pas à se compromettre pour moi.

— S'il tient à toi, il devra pourtant oser un jour ou l'autre.

— Oser quoi ?

— Demander ta main, pardi !

Des cliquetis métalliques nous firent sursauter. Derrière nous, Marie-Jeanne tournait les talons.

— Marie-Jeanne !

— Seigneur Dieu ! s'exclama Ysabel en couvrant sa bouche de sa main.

L'intruse se faufila entre deux engagés et retourna dans l'autre pièce.

— Seigneur Dieu ! répéta-t-elle. Elle aura entendu notre conversation, malheur à moi !

— Que dis-tu là ! Nos propos étaient légitimes.

— Pour le commun des mortels, peut-être.

— J'en conviens. Notre Marie-Jeanne n'a rien du commun des mortels. J'en parlerai à Eustache.

— Non ! Non, il ne faut pas. Eustache a droit à la plus entière liberté. Je m'en voudrais de brusquer les choses en ce qui nous concerne.

— Es-tu bien certaine que c'est ce que tu désires ?

— Absolument certaine !

— Soit, je ferai comme tu veux, soupirai-je.

Elle retourna à la contemplation de la plante. Je l'imitai.

— Je m'étonne qu'elle puisse vivre ainsi, prisonnière dans ce bocal, dis-je au bout d'un moment. Probablement que la lumière...

Une goutte se détacha de la plaque de métal recouvrant l'ouverture du pot, glissa dans la nervure de la feuille dentelée et s'égoutta sur la racine.

— La goutte d'eau nourrit la plante. Sa transpiration crée une autre goutte et ce cycle assure sa survie, poursuivis-je. La douleur de Marie-Jeanne l'isole. Son isolement nourrit sa douleur, sa douleur force son isolement.

— Il suffirait donc d'ouvrir le pot, réfléchit Ysabel.

— ... pour libérer la douleur, poursuivis-je.

— … et libérer Marie-Jeanne.

— Comment ouvrir le pot ? Toute la question est là.

— Comment ouvrir le pot ? répéta Ysabel.

— Cette plante est d'un si beau vert, un vert profond teinté de bleu. Tu vois ce bleu ?

— Du bleu !

— La peinture verte provient d'un judicieux mélange de pigments jaunes et bleus. S'il y a plus de jaune que de bleu, alors le vert semble doré. S'il y a plus de bleu, le vert est plutôt bleuté.

— Vert bleuté. Oui, je vois, je comprends.

— Découvrir la beauté de Marie-Jeanne.

— La beauté de Marie-Jeanne !

— Oui, sa beauté est cachée, étouffée. Découvrir sa beauté pour ouvrir le pot.

— La tâche est ardue, ne trouvez-vous pas ?

Ysabel se releva. Je me redressai en tapotant mes jupons.

— Ni toi ni moi n'avons les talents d'un peintre, je sais, soupirai-je.

— Le véritable talent du peintre n'est-il pas de pouvoir discerner l'invisible ? L'invisible teinte tout ce qui se voit.

Mes yeux s'attardèrent sur la délicate cicatrice de sa joue droite. Ysabel avait raison. Nos yeux devaient s'ouvrir à l'invisible.

— Si seulement Marie-Jeanne entrevoyait ne serait-ce qu'un peu de la beauté qui t'habite, Ysabel.

Prise de gêne, elle saisit un livre et l'ouvrit. La grandeur de son âme se nourrissait-elle de souffrance, d'humiliation ou avait-elle simplement reçu ce don de la Divine Providence ?

— Dis, tu savais à propos de Guillemette et de Guillaume ? demandai-je en guise de diversion.

— Guillemette et Guillaume Couillard ? répondit-elle négligemment, les yeux rivés sur la première page du livre.

— Oui, le charpentier Couillard.

— Que devrais-je savoir ?

— Si ces deux-là ne sont pas amoureux… !

— Non ! C'est donc ça ! s'exclama-t-elle en déposant le livre sur la pile d'où il provenait. Je mettais la nervosité de Guillemette sur le compte de la fête. Elle a pris un tel soin à coiffer ses cheveux. Jolies, ses torsades, n'est-ce pas ?

— Fort jolies !

— Guillaume Couillard est un honnête travaillant. Et bel homme de surcroît ! Vous avez remarqué la jolie fossette de son menton.

— Fossette ? Votre œil s'affine avec l'âge, gentille demoiselle.

Ysabel rit, dégagea l'oreillette de son bavolet coincée sous le col de sa chemise et retrouva son sérieux.

— Vous croyez que maître Louis approuvera leur amour ?

— Je l'espère, je l'espère de tout mon cœur.

19
Innikueu, *la poupée*

Le lendemain de la pendaison de la crémaillère chez Louis Hébert, la première neige tomba sur Québec. Elle recouvrit complètement le sol d'un velours blanc, un blanc réjouissant, exaltant. Le jour suivant, elle fondit au soleil. Il ne resta plus que les sols boueux et ternes, tout semblables à ceux des rues de Paris. Il nous fallut attendre une longue semaine avant que la magie de la neige ne revienne. Cette fois, ce fut pour de bon. Une bordée de neige en couvrit une autre sans que le soleil n'y puisse rien. Le sol était définitivement gelé.

C'est à cette époque que *Miritsou* et sa famille s'installèrent près de l'Habitation, à l'ouest de la rue des Roches, entre la falaise du cap Diamant et la rade de Québec. J'appris alors que la Meneuse était la femme de *Miritsou* et non pas celle du chef *Erouachy*, comme je l'avais supposé à Tadoussac. Le chef *Erouachy* était plutôt son frère. *Miritsou* et la Meneuse avaient quatre enfants : les trois petites filles des *ouraganas* et un fils, le plus habile des garçons avec qui nous avions chassé à la rivière Saint-Charles. La vieille dame rencontrée alors était, quant à elle, la mère de *Miritsou*. C'est elle qui avait adopté la Guerrière alors qu'elle était encore une enfant. Il y avait de cela plusieurs lunes, quelques Montagnes avaient effectué un raid chez les Yrocois cabanant plus au sud. Les parents de la Guerrière furent alors faits prisonniers par les Montagnes qui les torturèrent jusqu'à la mort. Leur petite fille s'enfuit dans les bois. La vieille femme la retrouva inconsciente au fond d'une grotte. Elle lui sauva la vie. Depuis, l'enfant grandit auprès d'eux. Ses doigts coupés l'éloignèrent des tâches réservées aux femmes, ce qui amena les garçons à lui apprendre le tir à l'arc, activité peu familière aux filles.

La famille de *Miritsou* ne mit qu'une demi-journée à monter les deux cabanes qui allaient leur servir d'abri durant la saison froide. À l'aide de leurs raquettes en forme de larme, ils creusèrent deux cercles d'inégale grandeur en pelletant la neige jusqu'au sol gelé. Autour du plus grand cercle, ils plantèrent une vingtaine de perches, les disposant à la manière d'un cône. Au-dessus du plus petit, ils en recourbèrent une dizaine d'autres afin de créer un dôme. Les femmes déposèrent des écorces de bouleau sur ces deux structures, les liant entre elles avec des coutures de racines d'épinettes. Lorsqu'elles eurent terminé, elles déposèrent des peaux de caribou par-dessus leur ouvrage.

À l'intérieur de la plus vaste cabane, les paniers et les *ouraganas* s'entassaient entre les sacs de maïs, de folle-avoine, de fruits séchés, de racines, de noix, d'anguilles et de poissons fumés. Des quartiers de viande encore couverte de poils s'empilaient non loin de l'ouverture servant de porte. Des vessies d'orignal remplies de graisse pendaient au-dessus d'un tas de bois pourri utilisé pour essuyer les mains et nettoyer les enfants. Un peu partout dans le *wigwam*, des osselets pendouillaient ici et là. Au centre, un feu brûlait jour et nuit.

La plus petite cabane n'avait qu'une raison d'être : isoler les femmes, chaque fois que le sang s'écoulait de leurs entrailles.

Miritsou n'était pas un chef, mais il aspirait à le devenir. Le sieur de Champlain n'avait aucun pouvoir sur l'organisation politique des Montagnes, mais il aspirait à en acquérir. Un arrangement fut ainsi conclu : *Miritsou* passerait l'hiver près de l'Habitation. L'été venu, si tout se passait à la satisfaction des deux parties, les Français apprendraient aux Sauvages comment cultiver la terre. Si les Sauvages cultivaient dignement la terre, alors, le lieutenant tiendrait sa promesse. Advenant une élection chez les chefs montagnes, il appuierait la candidature de *Miritsou*. Sa parole ferait foi de tout. C'est ce qu'il croyait, c'est ce que croyait *Miritsou*.

Louis Hébert avait défriché la terre le long des rives de la rivière Saint-Charles, à une demi-lieue de l'Habitation. Les Récollets avaient fait de même sur le haut plateau de Québec. En 1619, d'un commun accord, ils avaient procédé à l'échange du fruit de leur labeur. Ainsi, Louis Hébert put construire sa maison sur le cap Diamant, et les pères récollets, leur couvent aux abords de la Saint-Charles. François Gravé, alors commandant temporaire de Québec, octroya aux bons pères les services de douze ouvriers. L'édifice s'éleva rapidement au centre d'une longue et large cour, tel un donjon au milieu de l'enceinte d'un château : le donjon protecteur des droits de Dieu dans cette lointaine colonie de France. Le rez-de-chaussée de l'imposant bâtiment se divisait en deux grandes salles : la cuisine et la chapelle. C'est là que les révérends pères Jamet, Le Caron et Le Baillif allaient concélébrer les trois messes de minuit de ce 25 décembre de l'an 1620.

Faisant fi des divergences religieuses et culturelles, le lieutenant proposa que toute la communauté de Québec soit invitée à la célébration.

— N'est-ce pas là le sens même de la fête ? Unir tous les hommes de bonne volonté dans l'espérance d'une vie meilleure. *Paix sur terre aux hommes de bonne volonté*, lut-il textuellement dans la Bible ouverte qu'il brandissait devant le commis Caumont regimbant devant sa proposition.

— Une vie de foi, Champlain, une vie de foi ! Christianiser ces païens, leur révéler la gloire de Dieu, les délivrer des griffes du Mal, voilà le fondement de notre mission ici, renchérit le père Le Baillif.

— Vous avez mon appui, Le Baillif, s'emporta le lieutenant. Les œuvres de l'Église favoriseront l'ouverture de leur cœur. N'oublions pas que notre salut dépend du salut de ces âmes moribondes. En sauver une nous approche des portes du ciel !

Le lieutenant se rembrunit. Il déposa sa bible sur la table, croisa les bras dans son dos et s'approcha de la fenêtre.

— Ils ont leurs croyances, mon Père. Protestants ou Sauvages, ils ont leurs propres croyances, et leurs prières. Les Sauvages invoquent des Esprits tout comme nous invoquons notre Seigneur Tout-Puissant.

— Paroles du diable, Champlain ! Que faites-vous du saint baptême ? Nos fonts baptismaux n'attendent que les conversions.

— Comme vous y allez, Le Baillif ! poursuivit le sieur en revenant vers le père consterné. Les conversions doivent s'appuyer sur une authentique compréhension des préceptes et des mystères de notre Sainte Mère l'Église.

— Nos supérieurs s'attendent à des résultats !

— J'abonde en votre sens, admit-il. Voilà pourquoi nous devons permettre à tous de participer à la fête religieuse ainsi qu'au réveillon. Une saine réjouissance, rien de tel pour déjouer la longueur de l'hiver. Souvenez-vous de l'Ordre du bon temps, en Acadie. Ah, messieurs ! Que de souvenirs ! Mais ceci est une autre histoire… Vous avez compris, Caumont ? L'assistance à la messe est un premier pas vers les fonts baptismaux.

— Oui, mon lieutenant, je vous suis.

— Et tous y viendront.

— Et tous y viendront, répondirent ensemble le père Le Baillif et le commis, convaincus.

Ainsi, au soir de Noël, Français et Montagnes chaussèrent leurs mocassins afin d'accompagner le lieutenant à la célébration de la Nativité.

Les Montagnes ouvrirent le cortège. *Miritsou* et sa famille allèrent devant, vêtus de leurs parures des grands jours. Une fourrure de loup gris recouvrait la camisole de peau de *Miritsou*. Des peaux de castor réchauffaient les femmes et les enfants. Leurs visages étaient peints, et leurs cheveux garnis d'osselets, de plumes et de perles. Tous avancèrent silencieusement, au point qu'il nous était possible d'entendre le halètement de la chienne dorée qui nous accompagnait. La grosseur de son ventre donnait à penser qu'elle allait mettre bas dans les prochains jours. Il neigea à peine cette nuit-là. Quelques flocons épars folâtraient dans la lueur des flambeaux. Lorsque les nuages libéraient la lune, son reflet satinait les blancs coussins de neige déposés sur les branches des épinettes et des sapins. Le froid était sec. La neige crissait sous nos pas.

De temps à autre, Ludovic venait vers le lieutenant, discutait un moment, me souriait et retournait auprès de François de Thélis. Eustache escorta Marie-Jeanne. Le pauvre avait dû se soumettre à la volonté de notre extravagante qui avait habilement plaidé sa cause auprès de monsieur de Champlain. Selon son argumentation, il était impératif qu'une dame de sa qualité paraisse au bras d'un honnête homme pour une telle cérémonie. Le lieutenant avait hésité : les affaires galantes l'embarrassaient. Constatant sa réticence, elle allégua que la force d'un pays s'appuyait avant tout sur les solides alliances contractées entre les gens de son aristocratie et de sa bourgeoisie. Il était, insista-t-elle, du devoir du représentant du roi de favoriser les rapports entre gentilshommes et nobles dames. Or, Eustache était un bourgeois en âge de se marier !

Le lieutenant admit la pertinence du propos et insista auprès d'Eustache pour qu'il accompagne la demanderesse à la messe de minuit. Mon frère acquiesça à son corps défendant. Le couple nous suivit de près. Marie-Jeanne pérora allègrement au bras d'Eustache tout au long du parcours menant à la chapelle. Pour maître Jonas, l'occasion fut un cadeau du ciel. Ysabel devrait s'en accommoder. Il serait son compagnon pour toute cette nuit de Noël.

Louis Hébert et Marie Rollet s'étaient réjouis des amours de leur fille au point que Guillemette et Guillaume Couillard se fiancèrent après la communion de la troisième messe de minuit. Ils se promirent l'un à l'autre et s'embrassèrent devant l'assemblée. La viole de Françoise entama un hymne à la joie. Jésus notre Sauveur venait de naître sous le regard amoureux de nos deux tourtereaux.

— Alléluia, alléluia, alléluia ! claironnèrent les fidèles.

Je regardai Ludovic les yeux pleins de larmes. Il me sourit faiblement. Notre fils avait cinq ans.

La pointe de mon épée toucha la manche de cuir de sa robe. La Guerrière recula tant et si bien qu'elle tomba par-dessus une poche de blé. Agile, elle se releva d'un bond en redressant son épée. Je me rapprochai afin de croiser son fer. Elle déjoua mon approche et toucha le cuir de ma culotte au niveau de ma cuisse.

— Touchée, s'écria Paul, touchée, touchée ! Assez, assez, mademoiselle, ou je ne réponds plus de moi. Cette Guerrière a la vivacité de l'éclair. Vos assauts vont finir par me faire tourner en bourrique.

J'éclatai de rire. La Guerrière m'interrogea du regard.

— Rien, *shetshen*, *shetshen*, ce n'est rien. Qu'avez-vous tant à craindre, Paul ?

— Regardez-la sautiller comme une gazelle. Pour un peu, elle grimperait sur les murs. Et forte de surcroît ! Qui l'eût cru !

La porte de l'entrepôt s'ouvrit. Ludovic entra vitement, referma la porte, déposa une poche de chanvre sur un baril et vint vers nous.

— Nos combattantes ont-elles la forme ?

— Comment donc ! répliqua Paul. C'est qu'elle apprend vite, cette Guerrière !

— Et madame ? dit-il en prenant ma main, les yeux rieurs.

— Mis à part le fait que je ne vous vois plus, madame se porte bien.

— Vous ne me voyez plus ! Que faites-vous des déjeuners, des soupers et de toutes ces discussions avec votre... monsieur de... le lieutenant ?

— Bien dit. Cet homme possède tant de titres qu'il occupe maintenant toutes vos pensées.

Paul se plaça devant la Guerrière.

— Sans vouloir vous offenser, Guerrière, je crois que l'exercice du matin tire à sa fin.

— Non, non ! Je m'excuse, Paul, Ludovic, non, continuons.

— Serais-je arrivé au mauvais moment ? s'enquit Ludovic.

— Non, non, répétai-je, confuse.

À notre grande surprise, la Guerrière courut vers la poutre à laquelle était suspendu le baudrier de Paul, y glissa l'épée qu'il lui prêtait, reprit son arc et ses flèches et revint vers nous.

— *Tshin tshinatuun*, dit-elle, en agitant son arc.

— Elle nous convie à la chasse ? m'étonnai-je.

— C'est bien ce que j'avais compris.

— Par tous les diables, mademoiselle, l'enseignement du père Le Caron fait des miracles !

— Un peu du père Le Caron, un peu de l'interprète Marsolet, un peu de Ludovic.

— Alors, cette partie de chasse, madame ? reprit Ludovic.

— La chasse à l'arc ! Je n'y connais rien, hésitai-je.

— C'est qu'elle manie drôlement bien l'épée, cette Guerrière ! déclara Paul en enfonçant profondément son chapeau.

Sa remarque fouetta ma fierté. Le défi était trop beau.

— Vous pourriez y venir, maître Ferras ?

— S'il plaît à madame que je l'accompagne, dit-il en s'inclinant.

— Il plaît à madame.

— Alors je viendrai, *Napeshkueu*.

Près de la porte, le sac de chanvre tomba du baril et s'écrasa au sol. De faibles jappements plaintifs s'en extirpèrent. Ludovic courut l'ouvrir. Une boule de poil doré apparut. Il la souleva bien haut.

— Un chiot de la chienne dorée ! m'exclamai-je en allant à sa rencontre.

— Un petit de la chienne de la Guerrière, le plus robuste. Votre nouveau compagnon.

— *Aie*, murmurai-je en prenant le petit chiot aux yeux bleus. Aie sera ton nom.

— Je pourrais m'offusquer.

— Pourquoi ? demandai-je distraitement en flattant la pauvre bête qui tremblait.

— Jusqu'à ce jour, *Aie* m'était réservé.

— Eh bien, il faudra vous y faire, monsieur. Dorénavant, deux bien-aimés se partagent mon cœur.

Ludovic posa sa main sur la mienne. Sa caresse fut plus douce que le fin duvet de Aie. Je baisai sa joue.

— Merci, murmurai-je à son oreille.

La Guerrière tendit la corde de son arc jusque sous son nez. La flèche fendit l'air et perça le tronc du jeune frêne en plein centre. Vitement, elle en sortit une deuxième de son carquois et tendit la corde à nouveau. La deuxième flèche s'ancra tout près de la pointe de la première. Satisfaite, elle se tourna vers nous. Nous étions béats d'admiration.

— Par tous les diables ! Une déesse de l'arc dans nos bois !

La déesse s'était déjà précipitée vers la cible, aussi alerte avec ses raquettes qu'une perdrix courant sur la neige. Enfin, c'était selon la légende qu'on m'avait rapportée, car jamais je n'avais vu courir de perdrix sur la neige. D'après ce récit, les Sauvages eurent l'idée de fabriquer des raquettes en observant une perdrix marcher sur la neige sans s'enfoncer. La Guerrière en faisait la preuve. Elle revint prestement vers nous et me tendit l'arc et la flèche. J'hésitai, regardai Ludovic et Paul. Tous deux, mi-sérieux, mi-amusés, m'incitèrent à accepter son offre d'un mouvement de la tête. La Guerrière tira sur ma hongreline. J'avançai d'un premier pas. Ludovic poussa légèrement sur mon épaule. J'avançai d'un second pas.

— Par tous les diables, mademoiselle, douteriez-vous de votre adresse ?

— Mon adresse ! Hum, mon adresse…

Je pris l'arc et la flèche, soulevai mes jupons tout en m'efforçant de maintenir mon équilibre en avançant sur mes encombrantes raquettes. Force était d'admettre que je n'avais rien d'une perdrix. Je me rendis péniblement devant le jeune frêne, levai l'arc, pris la flèche et refis les mêmes gestes que la Guerrière. Placer mes raquettes perpendiculairement à la cible, tenir solidement l'arc en son centre et enfiler le bout de la flèche garnie de plumes sur la corde tout en la maintenant avec le pouce contre l'arc. Je tendis la corde, la flèche glissa sous mon pouce et disparut dans les branches dénudées d'un arbuste. Je me mordis la lèvre.

— *Eshe*, *eshe* ! dit la Guerrière en s'élançant vers le buisson.

— Un peu d'entraînement et les bêtes de la forêt seront à vous, mademoiselle, badina Paul.

— Nous aurons grandement le temps de mourir de faim, répliquai-je vertement.

— C'est bien la première fois que vous tâtez de l'arc ? continua Paul.

— Vous le savez autant que moi !

— La toute première ? insista-t-il.

Je plantai l'arc dans la neige et me tournai vers lui.

— Et ce ne sera pas la dernière !

— À la bonne heure ! conclut-il en appuyant ses mains sur ses hanches.

— Mon premier gibier sera pour vous, impitoyable maître !

— J'y tiens !

Ludovic frotta ses mains l'une contre l'autre et s'approcha de l'élève.

— Une question de jour ! déclara-t-il hardiment.

La Guerrière revenait, la flèche à la main. Elle me la remit avec une détermination qui ne faisait aucun doute.

J'allais réussir à projeter ce bout de bois là où il fallait avant longtemps. Confiante, je repris les armes.

— Prenez le temps de bien placer vos épaules, fixez la cible, tirez plus vigoureusement sur la corde, proposa Ludovic en m'enveloppant de ses bras.

— Ludo…

— Pour l'apprentissage, les gestes.

Sa joue effleura la mienne. Je faiblis.

— Ludovic, je ne pourrai…

— Mais si, vous pourrez !

Il installa la flèche, posa ses mains sur les miennes et tira. La flèche rebondit sur le jeune frêne avant de disparaître sous la couche de neige.

— Avez-vous senti le mouvement ?

— Le mouvement ? Un peu.

Il se redressa.

— Pas beaucoup, à la vérité.

— Alors, recommençons, gente dame.

Il se rapprocha.

— Tournez davantage la tête. Regardez le bout de votre flèche, continua-t-il en guidant mon menton du bout de ses doigts.

— Déployez complètement le bras, termina-t-il en couvrant la main avec laquelle je tenais l'arc.

— Là, nous y sommes.

La tendresse de ses gestes embrouillait mes sens. Il parlait près de mon oreille et son souffle effleurait mon cou.

— Fixons la cible, bandons, tirons.

La flèche atteignit le jeune frêne. Paul et la Guerrière se réjouirent. Je regrettai que mon maître archer s'éloigne.

— Seule, maintenant, dit-il en croisant les bras sur sa poitrine.

Malgré toute mon application, la petite flèche erra à gauche et à droite, volant dans les branches du sapin, bondissant sur le rocher, s'affaissant à mes pieds, fermement disposée, semblait-il, à éviter le jeune frêne qu'elle devait atteindre. Chacun y alla de ses recommandations et de ses encouragements. De temps à autre, une plaisanterie allégeait l'atmosphère qui se tendait et se détendait au rythme de l'arc. Quand, enfin, je réussis à atteindre ma cible pour une quatrième fois, mes trois maîtres s'accordèrent pour affirmer que j'étais prête pour la chasse.

Commença alors une minutieuse exploration des lieux. Il fallait avant tout repérer des pistes fraîches sur la neige. La Guerrière découvrit la première. Nous la suivîmes en silence. Elle s'accroupit sous un grand pin. Deux écureuils sautèrent d'une branche et déguerpirent à vive allure sous des épinettes. La Guerrière sourit, détacha ses raquettes et grimpa dans le pin. Des noix et des noisettes se mirent à pleuvoir de l'arbre. La Guerrière sauta dans la neige et nous invita à ramasser la surprenante manne. Tandis que Paul et Ludovic emplissaient leurs sacs de cuir, elle m'attira près d'un tremble et me fit observer les marques creusées dans son écorce. Nous fîmes le tour de la talle de trembles. Ils avaient tous subi le même sort. Ses doigts coupés pointèrent une piste, deux grands triangles suivis de deux plus petits. Nous la suivîmes. Elle nous mena vers un talus couvert de sapins. La Guerrière se baissa et m'invita à m'accroupir près d'elle. Alors, je vis ce qu'elle visait.

— Non ! m'écriai-je à mi-voix.

Les deux lièvres à l'ouïe fine disparurent dans le sous-bois à la vitesse d'un éclair. La Guerrière se leva vivement, accrocha son arc sur son épaule, me tourna le dos et descendit le coteau menant à la rivière. Ma maladresse avait provoqué la fuite de la chasseresse et de la proie.

— En principe, nous allons à la chasse dans le but de tuer du gibier, mademoiselle, dit Paul derrière moi.

Je bondis de peur.

— Paul !

— Qui voulez-vous que ce soit ?

— Je ne sais trop. Cet indien criminel…

— Hormis *Miritsou* et sa famille, tous les Sauvages passent l'hiver sur leur territoire de chasse, mademoiselle.

— Je sais, ils sont à l'intérieur des terres, je sais. Croyez-vous qu'elle me méprise ?

— Mépriser est un bien grand mot. Je serais enclin à croire qu'elle vous trouve un peu sotte.

— Sotte, moi ! Vous avez vu ces lièvres ? Ils étaient si mignons, tout recroquevillés sous les branches de sapin, avec leur jolie fourrure blanche.

— Vous savez, les Sauvages prient le Grand Esprit des bêtes avant de les chasser. Ils lui font même des offrandes afin de le remercier pour le gibier qu'ils captureront. Ils vont jusqu'à penser que l'animal s'offre en sacrifice pour assurer leur survie.

— Il est vrai qu'un lièvre peut nourrir plus d'une bouche. Je suis si ignorante de leurs coutumes ! Vous m'en voyez désolée.

— Ce n'est pas à moi qu'il convient de le dire, mademoiselle.

— Vous la voyez encore ?

— Non. Elle serait près de la rivière que je n'en serais pas surpris. Il y a un « frôlage de loutres » un peu plus bas.

— Un « frôlage de loutres » !

— Un endroit où les loutres viennent se rouler dans la neige avec passion, expliqua Ludovic qui nous avait rejoints.

— Avec passion ?

— Février est la saison des amours, madame, précisa-t-il d'un air taquin.

— Ah ! La saison des amours et la Guerrière ?

Il rit. Paul en profita pour diriger ses raquettes vers la pente du coteau derrière lequel il disparut.

— La saison des amours attire les loutres au « frôlage » situé près de la rivière. Ces bêtes raffolent des poissons, comme chacun le sait, madame.

— Notre Guerrière rendrait visite aux loutres de la rivière ?

— Je dirais plutôt aux pièges à loutre posés par *Miritsou* près de la rivière.

Ludovic s'approcha dangereusement de la piètre chasseresse que je faisais. La confusion gagna mon esprit. Ses bras s'enfouirent sous ma hongreline et pressèrent ma taille. Ses lèvres se posèrent sur mon front.

— La saison des amours, murmura-t-il, avant de m'embrasser.

Il étendit sa cape sur le tapis de sapinage, s'allongea et m'enlaça. Puis, il souleva mes jupons et y enfouit ses mains froides.

— Qu'est-ce que c'est ? s'exclama-t-il en les retirant d'un coup.

— Mes chausses, monsieur.

— Vous portez des chausses, maintenant !

— Parfaitement ! Que faites-vous du froid et de la neige, monsieur ?

— Le froid et la neige, oui, oui, admit-il en remontant ses mains le long de ma culotte.

— Il est vrai qu'il convient de protéger ces trésors des gelures, plaisanta-t-il en pétrissant mes fesses.

— Que proposez-vous de mieux, dites-moi ?

Rien ne fut dit, tout fut fait. Il délia mes mocassins qui rebondirent l'un après l'autre dans un recoin du *wigwam*. Mes chausses volèrent je ne sais où, et des braises chauffèrent tous mes trésors. Dans la froidure de l'hiver, mon bien-aimé me baisa de mille baisers. Ses caresses m'enflammèrent plus que mille feux. L'arôme de ses parfums sentait bon le sapin. Sous nos corps brûlants fondit la neige.

Je tirai mes chausses sous mes jupons. Agenouillé à mes côtés, il s'affairait à entrelacer mes cheveux avec la peau du serpent tué dans la grotte de Vieille Rivière.

— Du calme, princesse des neiges. Juste un petit moment et ça y est. Dorénavant, vos cheveux porteront le poids de notre amour. Le serpent de la tentation vous hantera à tout jamais.

— Connaissez-vous l'existence de ce *wigwam* depuis longtemps ?

— Je l'ai repéré lors de notre dernière exploration. Des Sauvages ont dû cabaner ici, l'été dernier. Il est fréquent qu'ils laissent les piquets de leur tente sur place. Quand ils reviennent, ils n'ont qu'à déposer les écorces sur la charpente de leur abri.

— Et vous l'avez recouvert de sapinages.

— À votre intention, juste pour vous, dit-il en baisant ma main. Là, madame est joliment coiffée.

Je me relevai pour mieux attacher le ceinturon de mes chausses. Il m'enlaça et posa sa tête sur mon ventre.

— Pensez-vous à notre fils de temps à autre ?

— Il est toujours dans mes pensées, dis-je en passant mes doigts dans ses cheveux. Cinq ans, l'âge de Petite Fleur. Il m'arrive de l'imaginer s'amusant dans la neige comme elle le fait avec ses sœurs et son frère.

— Qui est Petite Fleur ?

— La plus jeune des filles de *Miritsou* et de la Meneuse.

— Ah oui, je vois de qui il s'agit. Mignonne, mais pleine de poux.

— Quoi ? m'étonnai-je en m'agenouillant devant lui.

— Vous n'avez pas remarqué comme elle se gratte le crâne ? grimaça-t-il en grattant vigoureusement le sien.

— Si, quelquefois elle se gratte, il est vrai, comme ses sœurs. Non ! Jamais je n'aurais pensé que… Vous en êtes certain ?

Il fit la moue.

— Vous n'allez tout de même pas partir en guerre contre les poux de ces petites ?

J'approchai mes lèvres des siennes et l'embrassai.

— Nullement ! Nul n'ignore que les poux sont d'habiles sauteurs, monsieur.

— Comment pourrais-je l'ignorer ? J'en suis couvert.

Je me levai d'un bond. Il rit à fendre l'air et se leva aussi.

— Seriez-vous en train de vous moquer ?

— Parfaitement ! Les poux sautent d'une tête à l'autre, dites-vous ?

Il picota son crâne et le mien. Je levai la main. Il agrippa mon poignet et l'embrassa.

— Adorable sotte ! Puissent mes poux conquérir votre crâne, jolie dame.

— Mon crâne est déjà conquis, monsieur.

— Ne vous avisez surtout pas de vous en débarrasser.

— Promis. Que vos poux soient avec moi à tout jamais.

Il me serra contre lui.

— Oubliez aussi les poux de vos petites protégées. Vous les priveriez d'un honnête plaisir.

— Quoi !

— N'avez-vous jamais assisté à l'une de leur séance d'épouillage ?

— Que dites-vous là ?

Il baisa mon nez.

— Je vous l'assure. Ils s'amusent avec leurs poux avant de les manger. Une douce vengeance, disent-ils. « Mangeons ceux qui nous mangent. » Pas bête !

Il mordit mon cou.

— Ludovic !

— Je me suis bien amusé, voici venu le temps de vous dévorer, belle dame.

Je m'éloignai en riant. Il rit.

— C'est un rituel du matin. Pour les poux, s'entend, parce qu'en ce qui me concerne...

Il revêtit sa cape et remit son chapeau. Je mis un mocassin.

— Vous seriez toujours prêt pour une séance d'épouillage, je sais ! dis-je en tirant sur mon autre mocassin.

Mon geste provoqua des froissements de feuilles. Cela m'intrigua. Je soulevai la branche de sapin et vis le sac de cuir qui se trouvait dessous. Je le soulevai.

— Ludovic, il y a quelque chose dans ce sac.

Je dénouai les lanières de cuir du bout des doigts et en sortis un objet de feuilles séchées ressemblant à une poupée.

— Une poupée de feuilles de maïs ! s'exclama-t-il. Une petite fille a dû l'oublier ici, l'été dernier.

— Une algommequine, probablement. Petite Fleur l'aimerait.

— Oui, une poupée pour Petite Fleur. Ça la distraira des poux.

— Ludovic !

— Je vous taquine. Cette petite est aussi adorable que vous.

Je rangeai la poupée dans son étui, remis mon mocassin et pris la main qu'il me tendit.

— Allons, madame, le temps nous presse.

Il m'embrassa une dernière fois.

— Surtout, prenez garde aux mangeurs de poux.

Le chantier du fort allait rondement. Sitôt abattus, les arbres étaient traînés vers l'immense appareil sur lequel le scieur taillait les planches à l'aide d'une longue scie appuyée au bout d'un imposant chevalet. Il était si haut qu'il fallait y monter à l'aide d'une échelle. Nous en étions à la fin de février. Les ouvriers craignaient que le chaud soleil du printemps ne fonde complètement la neige si commode pour le transport des billots de bois. Le lieutenant avait ordonné à tous les hommes de la colonie de délaisser momentanément leurs occupations afin d'accélérer les travaux. Le logis du fort se devait d'être prêt avant l'arrivée des bateaux français.

Ce matin-là, Ysabel et moi avions rejoint le *wigwam* de *Miritsou* afin de remettre la poupée de feuilles de maïs à Petite Fleur. Elle la prit et courut la montrer à sa grand-mère assise au fond de la cabane. Cette dernière lui dit quelques mots. Elle revint s'agripper à mon cou et baisa ma joue. La joie illuminait ses yeux noirs. La vieille dame prit sa canne et se leva. Elle étira le bras derrière sa tête, retira la plume d'aigle du bandeau passant sur son front, la balança devant elle, comme si elle voulait nettoyer l'air avant de parler. La chienne dorée, étendue tout près du feu avec ses chiots, releva le museau.

— *Akushimu pishim u nepananuti. Minu-kanuenimat tshitinnuat*, proclama-t-elle d'une voix tremblotante.

— *Matishu*, m'étonnai-je. Un présage de mort... Je dois mal comprendre.

L'aînée retourna aux filets qu'elle était en train de fabriquer. Par gestes, je lui expliquai que nous devions nous rendre au fort du cap Diamant et que j'aimerais y amener ses trois filles. Elle acquiesça de la tête.

Aie sautillait devant nous. Je tenais Petite Fleur d'une main, elle tenait sa poupée de l'autre. Perle Bleue marchait près d'Ysabel, tandis que Nuage Blanc fonçait tout droit devant en repoussant herbes et branches à l'aide de son épée de bois. Tout au long du sentier, je tenais solidement mon cahier à dessin, de peur qu'il ne tombe dans la neige mouillée. Je me proposais de réaliser quelques croquis à l'intention de mon frère Nicolas et de tante Geneviève. Qui sait, peut-être allaient-ils aussi intéresser mon père et ma mère ?

— Il serait imprudent de nous approcher davantage du chantier, dis-je à Ysabel. Longeons plutôt le sentier menant chez Françoise. Nous nous arrêterons quelque part à l'orée du bois. J'y trouverai bien une place pour dessiner.

— Savez-vous où se trouve Eustache ?

— Il a quitté l'Habitation avec monsieur de Bichon et Ludovic, tôt ce matin. Chacun d'eux avait une tâche urgente à faire aux environs du fort. Où exactement, je l'ignore.

Nous avancions aisément dans la mince couche de neige. Une paisible fumée blanche s'échappait de la cheminée de la maison des Hébert.

— Marie doit être à ses chaudrons. Connais-tu la nouvelle ?

— Une nouvelle la concernant ?

— Concernant Marguerite. Ses fleurs du mois tardent à venir.

— Non ! Marguerite serait enceinte !

— Peut-être bien. C'est ce que m'a confié Françoise, hier. N'en parle à personne.

— Promis, la tombe. Un nouveau bébé, quel bonheur !

— La petite Hélène perce ses dents. Elle fait peine à entendre. Si seulement il y avait quelque onguent pour apaiser ses douleurs. J'en parle à maître Louis à la première occasion.

Les reflets du soleil sur la neige nous éblouissaient. Nous approchions du bois, les coups de hache résonnaient plus fortement. Plusieurs hommes étaient regroupés aux abords d'un sentier. Je repérai monsieur de Bichon, Eustache, Ludovic et *Miritsou*. Petite Fleur reconnut son père, délaissa ma main et s'élança vers lui.

— *Nutaui*, *nutaui* ! cria-t-elle en brandissant sa poupée.

— *Puni*, *Uapikuniss*, *puni* ! Arrête, Petite Fleur ! m'écriai-je en retroussant mes encombrants jupons.

Un gigantesque craquement retentit. Un arbre s'inclina lentement. Petite Fleur courait droit vers lui. Un homme s'extirpa du groupe et se précipita vers elle. Le craquement de l'arbre s'intensifia. L'homme saisit l'enfant et la projeta dans la neige. L'arbre s'effondra au sol dans un fracas d'enfer. L'homme disparut sous lui.

— Nonnnnnnnn ! hurlai-je à fendre l'âme.

QUATRIÈME PARTIE

LES REMOUS

France, 1627-1628

20

Des appels fracassants

Le cavalier noir galopait à travers bois sans que rien ne fasse obstacle à sa folle chevauchée. À son approche, les arbres géants s'effondraient. Les serpents s'entortillaient entre les racines extirpées des profondeurs de la terre. La cape du chevalier claquait telle une voile et les sabots de sa monture percutaient le silence de la nuit. Il fonçait tout droit vers un bûcher aux flammes gigantesques. Des *wigwams* flambaient. Des tambours vibraient en écho...

Je m'éveillai en sursaut. Des bruits sourds, des... Il faisait jour. Où étais-je... ? Je n'étais plus en Nouvelle-France, j'étais à Saint-Cloud, dans la maison de tante Geneviève. Je m'étais endormie la tête dans mon cahier aux souvenirs. J'y avais passé la nuit entière.

On frappa à ma porte.

Je me levai si vitement qu'un étourdissement ralentit mes pas. Je m'appuyai sur l'armoire. Les coups redoublèrent. Je me ressaisis, me rendis jusqu'à la porte et l'ouvris.

— Hélène ! s'exclama tante Geneviève en couvrant sa bouche de sa main gantée. Seigneur Dieu, que t'est-il arrivé ?

Son étonnement me surprit tout autant que sa présence.

— Tante Geneviève ! Vous ici ? Quelle heure est-il ?

— Ma pauvre enfant ! s'exclama-t-elle en refermant la porte derrière elle. Mais que s'est-il passé durant mon absence ?

Elle avança vers le milieu de la pièce.

— Ma pauvre enfant, ma pauvre enfant ! répéta-t-elle en revenant vers moi.

— Pourquoi une telle affliction, ma tante ?

— Mais, pour toi, pour tout ça ! se désola-t-elle en déployant les bras. Te laisser seule ici, si longtemps, dans ton état. Où avais-je la tête ? N'ai-je donc rien compris ?

— Compris quoi ? m'impatientai-je.

Sa main s'approcha de mon visage en tremblotant.

— Tes joues amaigries sont plus pâles que l'albâtre. Ces yeux cernés… Dors-tu au moins ? Dis-moi que tu manges et que tu dors correctement. Serais-tu malade ?

— D'où sortez-vous ces sottises ?

— Quand as-tu coiffé ces cheveux pour la dernière fois ? Ces taches d'encre sur tes lèvres et tes doigts… Seigneur ! se désespéra-t-elle en prenant mon visage entre ses mains.

— Ne vous affolez point ainsi. Je vais bien, ma tante, je vais même très bien.

— Très bien ! Et moi je suis la princesse d'Orléans, sans l'ombre d'un doute. Me crois-tu complètement bêtasse ?

— Ni bêtasse, ni princesse d'Orléans.

Elle se tourna en direction de la pierre d'eau.

— Toutes ces piles d'assiettes sales éparpillées aux quatre coins de la pièce, ces torchons… Qu'est-il advenu durant ce dernier mois pour que… ?

Ses dernières paroles m'étonnèrent.

— Un mois déjà ! murmurai-je.

Je fixai ma chatte Minette qui ronronnait paisiblement, toute recroquevillée dans un fauteuil devant la cheminée. Tante Geneviève soupira longuement, posa ses mains sur mes épaules, se souleva sur la pointe des pieds et posa un baiser sur mon front.

— Noémie.

Elle écarquilla les yeux et recula jusqu'à ce qu'elle bute sur un banc de table.

— Hélène, tu me reconnais au moins ? Tu sais qui je suis ?

— Je vous reconnais, tante Geneviève.

— Tout de même ! soupira-t-elle en se laissant choir sur le banc.

— Noémie m'embrassait souvent comme vous venez de le faire, précisai-je afin de dissiper ses doutes.

Le froid me saisit. Je frissonnai. La cheminée était sans flamme. Je regardai tout autour et compris la cause des émois de ma tante. Le désordre m'apparut, un désordre d'abandon. Je soulevai mon bras gauche. Mes doigts et ma manche étaient tachés d'encre. J'enfouis mes doigts dans mes cheveux en broussailles. Tante Geneviève voyait juste. La maison, mes habits, ma toilette, tout était dans un état lamentable. J'avais tout négligé au profit de mon écriture. J'allais devoir lui avouer mon secret. « Le plus tôt sera le mieux », me dis-je.

— J'écris, m'exclamai-je en laissant tomber mes bras le long de mes jupes.

— Tu quoi ?

— J'écris, avec une plume d'aigle, précisai-je, j'écris.

Son visage se détendit peu à peu. Une lueur pointa au fond de ses yeux bruns. Elle se leva et s'approcha lentement.

— Une plume d'aigle, dis-tu ?

— Hum, d'aigle, oui, cet oiseau majestueux. Les Sauvages lui prêtent des pouvoirs particuliers.

— Lesquels ? demanda-t-elle de sa voix douce.

— L'aigle a une vue perçante, ses pattes sont puissantes et sa mâchoire, solide. Il vole très vite et très haut. Les Sauvages croient qu'il est le messager du Grand Esprit.

— Je vois.

— Et ce Grand Esprit m'inspire grâce à la plume de l'aigle.

Elle hocha la tête tout en enlevant ses gants.

— Écris-tu depuis longtemps ?

— Depuis le départ d'Angélique et de ses enfants.

— Depuis notre retour à Paris, donc.

— Cela peut sembler idiot, je sais. Mais je voudrais tant comprendre. Je sais que tout est là, dans ma mémoire. Si j'arrive à remonter le temps, ce que j'ai oublié surgira tôt ou tard dans ma mémoire, cela tombe sous le sens.

— Cela tombe sous le sens, approuva-t-elle.

— Si vous saviez le plaisir que j'en tire ! Je me rappelle de tant de choses… tant de choses.

— Tant de choses de la Nouvelle-France ?

— Oui, de là-bas.

— Tu piques ma curiosité. J'aimerais bien lire tes écrits.

« L'arbre tomba dans un fracas infernal. La terre vibra. Les corbeaux s'envolèrent en croassant. »

— Nooooon ! m'écriai-je. Non, non, je vous en prie, non ! Tout est arrivé par ma faute, non, pas maintenant !

Je m'élançai vers la porte de sa chambre, l'antre de mes secrets. Sa main agrippa mon bras au passage.

— Laissez-moi, laissez-moi ! hurlai-je.

— Hélène, Hélène, dit-elle en saisissant mes épaules. Hélène, calme-toi, je t'en prie, calme-toi. Je lirai tout ça quand il te plaira et pas avant, pas avant, tu m'entends, pas avant !

Je fondis en larmes. Elle m'ouvrit les bras.

Il nous fallut deux jours de travail pour que la maison de tante Geneviève retrouve son allure coutumière. Nous nettoyâmes et rangeâmes assiettes et chaudrons, cuillères et fourchettes, nappes et serviettes, chemises et draps. Nous grattâmes les amas de cire autour des bougeoirs, époussetâmes et polîmes la surface des armoires et des tables. J'avais caché mon cahier d'écriture et mes croquis du Nouveau Monde sous l'herbier de monsieur de Bichon, au fond d'un coffre, afin de libérer le plancher de la chambre de ma tante. Ainsi, nous pûmes balayer tous les parquets de la maison de fond en comble. En aucun moment tante Geneviève ne me reparla de mes écrits.

Je bus une gorgée de vin chaud tout en l'observant du coin de l'œil. Tante Geneviève rêvait, la tête appuyée sur le dossier de sa chaise, une jolie chaise couverte d'une tapisserie de roses : des roses rouges et grèges se détachant sur un fond noir, des roses en bouton, des roses fraîches écloses. De temps à autre, elle ouvrait les yeux et fixait la danse des flammes. J'inspirai profondément. J'aimais l'odeur des feux de bois. Il y en eut tant de feux là-bas : les feux des *wigwams*, les feux de grève, les feux en pleine forêt. Je déposai ma tasse de vin chaud sur la petite table de noyer placée entre nos deux chaises et joignis mes mains sur ma jupe de fin lainage gris. Restait encore un peu d'encre sur le bout de mes doigts.

— Des feux brûlent presque toujours au centre de leurs cabanes, dis-je faiblement.

Elle me sourit. Je poursuivis.

— Chaque famille a son feu. Comme plusieurs familles vivent dans un *wigwam*, il arrive que la fumée y soit si intense qu'ils doivent se tenir face contre terre pour ne pas étouffer. Contre sapin, devrais-je dire, car le sol de leurs cabanes est couvert de sapinages, de verts sapinages par-dessus lesquels ils posent des tapis de nattes ou des peaux. Ces *wigwams* sont faits de perches et d'écorces de bouleau cousues par les femmes…

Mon récit, parfois clair, parfois confus, surgissait du plus profond de mon être, telle une source fraîche jaillissant de l'abîme. Tous les feux de là-bas flambèrent dans l'âtre devant lequel je lui racontais mes souvenirs. Nous fûmes tour à tour devant la cheminée de Françoise, de Marguerite, de Guillemette, de Marie. Nous fûmes au feu de grève de la rivière Saint-Charles en compagnie de la Guerrière, et à Tadoussac avec la Meneuse. Tante Geneviève m'écouta sans m'interrompre, approuvant de la tête, souriant, s'émouvant, s'étonnant. Le flot de mes paroles ralentit peu à peu. Ma tête bourdonna. Un tison pétilla.

— Est-ce que toutes ces femmes te manquent ? demanda-t-elle posément.

— Beaucoup, avouai-je dans un profond soupir.

— Et les petites Sauvages ? Tu les dis si mignonnes.

— Mignonnes, oui. Si vous voyiez la frimousse de Petite Fleur. Avec ses yeux rieurs, des yeux bridés comme ceci, dis-je en étirant mes paupières.

Elle rit.

— De bien jolis yeux, il est vrai.

— Oui. Et leur adresse ! Nul ne peut imaginer la finesse de leurs ouvrages : de petites perles fabriquées de leur main.

— De leur main ?

— Elles roulent des coquillages entre des pierres afin de les transformer en perles. Avez-vous regardé de près mon collier ?

— Il pare joliment ton cou depuis ton retour.

— Ce collier, le miroir de Ludovic, cette bague, un demi-cœur de pierre, une hongreline, une robe et une cape de peau… Les seuls témoins de notre histoire, soupirai-je.

— Porteurs de souvenirs.

Je posai la bague de mon bien-aimé sur mes lèvres.

— Je regrette la perte de mon mouchoir, celui que j'avais offert à Ludovic à la fin du premier été de notre amour.

— Tu l'as égaré ?

— On me l'a volé sur le *Saint-Étienne*. J'ignore qui et pourquoi. Je ne l'ai plus revu depuis.

— Dommage pour le mouchoir. Reste qu'il y a tous ces autres trésors.

— Oui, regardez ces perles, dis-je en me penchant vers elle.

Elle s'avança, souleva délicatement mon collier et l'observa attentivement.

— Je vois le travail. Quelle patience elles ont ! Ces bâtonnets nacrés agrémentés de petits pois rougeâtres. Joli, fort joli.

— La Meneuse me l'a offert en cadeau à Tadoussac en gage de notre amitié. Elles utilisent aussi des piquants de porc-épic, qu'elles cousent de manière à former de jolis motifs sur les mocassins, les robes, les sacs, les porte-bébés.

Tante Geneviève se redressa.

— As-tu vu naître un enfant sauvage ? Comment accouchent ces femmes ?

— Les enfants naissent tous de la même manière, dans la douleur et dans la joie.

— Mais encore ?

— Je n'ai vu naître aucun enfant sauvage. Ces femmes donnent naissance là où elles se trouvent quand l'enfant arrive. Si elles sont en train de voyager à travers bois avec leur clan, elles s'éloignent de la file des marcheurs, s'accouchent elles-mêmes et reprennent la file, leur nourrisson enfoui dans le repli de leur robe. Si l'enfant vient alors qu'elles sont en canot, on les mène sur la rive, elles donnent vie et retournent aussitôt dans le canot, le bébé tétant à leur sein. Une naissance ne doit pas compromettre la vie du clan. Ils voyagent pour leur survie. Le caprice n'a rien à voir avec leurs déplacements.

— Étonnant ! Ces femmes donneraient vie sans douleur ? C'est contre les principes de notre Église. Les femmes doivent souffrir afin d'expier la faute d'Ève. Notre salut passe par ces souffrances. Et la fatigue, et les relevailles ?

— Point d'Ève et de péché en ce pays, ma tante, pas plus que de relevailles. Au meilleur des cas, une femme accouchera dans un *wigwam*, accompagnée par les femmes de sa famille.

— Comme le font les femmes de notre pays ?

— En quelque sorte. Elles aident l'accouchée comme les matrones et les femmes mises au courant de l'événement.

— Dans une de tes lettres, tu m'as raconté la naissance de ta filleule, la petite Hélène Desportes.

— Oui, un moment merveilleux, si… troublant. Je me suis appliquée à refaire chacun de vos gestes, redisant vos paroles afin de réconforter Françoise.

La lueur des flammes miroitait dans ses yeux humides.

— Vraiment ?

— Vraiment.

Une larme coula sur sa joue. Elle l'essuya vitement.

— Je suis profondément touchée, tu sais, profondément.

Je m'agenouillai devant elle et posai ma tête sur ses genoux, comme je le faisais étant enfant.

— Ainsi, la naissance lie les femmes les unes aux autres, peu importe la race et le continent. C'est fascinant, ne trouves-tu pas, Hélène ?

— La naissance, la vie et la mort…

— Tu saurais me dire ce qu'il est advenu de cette femme sauvage qui accoucha de jumeaux.

Je me tournai vers le feu dans l'âtre.

— De jumeaux ? Je vous ai parlé de jumeaux ?

— Attends que je me rappelle. C'était dans une de tes toutes premières lettres, une lettre reçue à l'automne

1620. Perdrix Blanche, je crois bien que c'est ainsi que tu la prénommais, Perdrix Blanche.

— Perdrix Blanche, murmurai-je.

Mon corps s'alourdit. Mes idées devinrent confuses : l'automne, l'odeur des feuilles mortes, le vent froid, les cris d'un enfant malade. Un frisson tiédit mes chairs. Je saisis ma cape de peau laissée à la traîne, au pied de ma chaise, et m'en couvris les épaules.

— Une autre fois, peut-être, ma tante. Je suis si fatiguée. Je ne sais plus.

Elle se leva et s'assit sur le tapis, à mes côtés.

— Une autre fois, approuva-t-elle en fixant le feu, une autre fois.

— Pourquoi avoir tant tardé à me la remettre ? m'offensai-je en brandissant le parchemin au-dessus de la soupière. Une semaine s'est écoulée depuis votre arrivée !

— J'ai pensé que ton état...

— Mon état ! Vous imaginez peut-être que cette lettre améliorera mon état ?

— Voilà pourquoi j'ai tant tardé.

Tante Geneviève déposa sa cuillère dans son bol de panade et se leva.

— Prends tout de même un peu de temps pour y réfléchir. Il compte sur toi.

— Il compte sur moi ! explosai-je en me levant à mon tour. Au nom de quoi, dites-moi, au nom de quoi se permet-il de revendiquer quoi que ce soit ? Il m'a tuée, vous m'entendez, il m'a tuée ! Je suis une morte-vivante, un spectre perdu dans le monde des hommes. Qu'il aille au diable !

Le parchemin rebondit sur le tapis, tout près de Minette.

— Miaou ! fit-elle en fuyant derrière le coffre.

Ma tante soupira fortement.

— Le sieur de Champlain est toujours ton époux, Hélène. Il a tous les droits en ce qui te concerne. Réfléchis !

— Et François de Thélis ! Je n'ai aucune envie de revoir cet homme. Sa sœur est une sorcière, une abominable sorcière ! Cette Marie-Jeanne est enchaînée au diable !

— C'est de l'habilité du notaire de Thélis dont il est ici question. Cet homme n'est-il pas ton ami depuis toujours ?

— Sa sœur a tout gâché : les amitiés, les amours, tout !

— Sa sœur ? Marie-Jeanne de Thélis, une harpie !

Des coups martelaient mon crâne.

« Des profondeurs de la forêt surgit le bruit sourd des tambours. Les loups hurlèrent dans la nuit. Dans le brasier chantait le courageux guerrier. »

Je me levai d'un bond.

— Je l'ignore, hurlai-je à tout rompre, je l'ignore ! Vous ne comprenez donc rien à rien ! Parfois, tout s'embrouille. Mes pensées errent dans un épais brouillard. Je ne vois que des ombres diffuses.

— Assieds-toi, calme-toi. Nous discutons, simplement. Assieds-toi, je te le demande.

Je m'éloignai de la table.

— Soit, comme il te plaira.

Tante Geneviève retira les épingles fixant son tablier à sa chemise, le déposa sur la table et repiqua les épingles dans la toile finement rayée de brun.

— Cette question est légitime, continua-t-elle. D'autre part, je doute que maître Thélis soit l'homme que tu redoutes.

— Vous le fréquentez ?

— Non, mais ton père m'a rapporté qu'il aurait acheté une charge de chambrière à sa sœur chez une comtesse de la suite de la marquise de Chevreuse. Un geste d'une grande générosité quand on sait les sommes que met en jeu pareil marché.

— Une charge de chambrière, chez la Chevreuse, pour Marie-Jeanne ! Du même acabit, ces femmes. Deux traîtresses !

Ma tante se rendit près de la porte.

— Ces femmes vivent comme elles l'entendent. Elles rendront compte de leurs actes à Dieu comme nous tous, au jugement dernier. Pour nous, la vie continue, Hélène.

— Ludovic est là-bas. Ma vie est là-bas !

— Que cela te soit difficile, je l'admets volontiers. Malgré tout, tu dois réapprendre à vivre dans notre France, à Paris, avec les tiens. Tu ne retourneras jamais dans cette colonie. Tu dois accepter ton destin. Je sais ta peine, je comprends ton chagrin, mais ta vie est ici.

— Vivre ici, mais pour qui, pour quoi ?

Elle décrocha sa cape de la patère et s'en revêtit.

— Il nous faut parfois traverser de longues ténèbres avant de trouver la lumière.

— La vie m'est si pénible !

— Je sais ton courage. Je crois en toi. Sois patiente, elle te reviendra.

— Qui, qui me reviendra ?

— L'espérance.

Elle sortit. Le revers de ma manche trempa dans mon bol de panade. Ah ! Cette soupe de misère ! Je lançai le tout sur le parquet. Le bol éclata en mille miettes.

Je ne dérougis pas de tout l'après-midi. J'arpentais le rez-de-chaussée de long en large, en tortillant nerveusement le bout de ma tresse et les nœuds de ma chemise. De temps à autre, je m'arrêtais pour ajuster mon corsage ou resserrer la ceinture de ma jupe à laquelle était attaché le précieux miroir de Ludovic. Et je repartais vers un fauteuil afin de le déplacer d'un pouce, ou vers la fenêtre pour redresser un pli du rideau de dentelle, tout en observant, sans trop en avoir l'air, les sentiers du jardin de roses dont il ne restait que les tiges épineuses, totalement dépourvues de feuilles et de fleurs. Tante Geneviève n'y était pas. Déçue, je reprenais ma marche belliqueuse.

— Me demander, à moi, de le représenter en cour de justice, de voir à son courrier, passe encore, mais de le représenter en cour de justice pour défendre ses intérêts ! Il a fait la sourde oreille à toutes mes requêtes ! Pourquoi avoir précipité notre départ de la Nouvelle-France en 1624, alors qu'il venait tout juste de commander la reconstruction de l'Habitation ? Pourquoi me refuser d'y retourner, sans aucune explication ? Chaque fois que j'ai voulu intervenir dans ses affaires, il m'a repoussée. Les femmes ontelles eu leur mot à dire lors des assemblées de délibération à Québec, au sujet des compagnies, en 1621 ? Et lors des pourparlers de paix entre Montagnes et Yrocois, en 1623 ? Non ! Si ! Vous exagérez, madame de Champlain ! Soit, je l'admets, les femmes ont quelque peu influencé les décisions. Oui, il est vrai qu'en ces occasions...

Je reluquai le tapis de Perse sur lequel reposait le parchemin. Écrit de la main même du lieutenant de la colonie, il était parvenu à Paris, au début de ce mois d'octobre. Monsieur mon époux avait remis sa cause entre les mains de son ami, le notaire François de Thélis. Il serait le défenseur de ses droits dans le recours qu'il intentait contre la Compagnie de Montmorency. Guillaume de Caën, codétenteur de ce monopole de traite avec son oncle Emery de Caën, négligeait, depuis 1621, de payer le salaire du lieutenant de Québec. Le retard impliquait une somme de plus de trois mille six cents livres.

« C'est considérable, compte tenu du fait que le salaire moyen d'un ouvrier en Nouvelle-France est d'environ cent livres par an. Je veux bien l'admettre », me dis-je.

Comme aucune doléance du lieutenant n'avait porté fruit, une demande d'assignation au Conseil d'État s'avérait nécessaire.

— Sa requête est simple et juste, il est vrai, marmonnai-je en m'assoyant sur un des fauteuils couverts de roses. Avec l'appui de François de Thélis, je dois me présenter devant le Conseil pour défendre ses droits.

Je repris ma marche.

— Or, je suis complètement ignorante des affaires de justice et totalement indifférente aux finances du sieur de Champlain. Certes, tante Geneviève voit les choses autrement. Tante Geneviève raisonne lucidement. Tante Geneviève souhaite que je réponde à l'appel de cet homme.

La honte noua ma gorge. J'avais passé ma hargne sur elle. Elle ne méritait pas cet outrage. Je me rendis vitement à la petite table sur laquelle étaient rangés les bocaux de confitures, pris le premier qui me tomba sous la main et sortis une cuillère de la boîte d'ustensiles. Puis, j'allai m'asseoir sur les roses d'une chaise devant le feu. Je plongeai ma cuillère dans le pot et mangeai gloutonnement la confiture de coings. Ma rage s'apaisa à mesure que disparaissait la confiture. Quand il ne resta plus rien à lécher sur les parois de verre, mon courroux s'était presque totalement apaisé. L'appel du sieur de Champlain allait me mener vers François de Thélis. Au pire, je trouverai en lui un froid notaire soucieux de mener à bien l'affaire de justice impliquant Guillaume de Caën. Au mieux, je renouerai avec un ami, un ami dont les souvenirs pourraient sans doute me guider vers la lumière.

— Le jeu en vaut la chandelle, conclus-je.

J'approchai du tapis de Perse, m'installai à croupetons et relus le parchemin.

— *Madame... à regret, je me vois contraint de vous imposer cette tâche... l'obligeance du notaire François de Thélis de vous assister... assigner à comparaître Guillaume de Caën en cour de justice... Ce qu'attendant je demeure votre affectionné serviteur, Champlain, ce 19 août de l'an 1626.*

— Votre affectionné serviteur... Formule de politesse mensongère !

— Nous y sommes presque, mademoiselle, m'informa Paul. L'hôtel particulier du notaire Thélis est au prochain tournant, rue Venise.

— Vous m'attendrez à sa porte ?

— Si vous n'y voyez pas d'inconvénient, j'en profiterai pour me rendre chez votre père. On aura besoin de mes services la semaine prochaine. Je dois voir de quoi il retourne. Votre sœur Marguerite emménagera rue Tournon, non loin du logis de notre régente, le palais du Luxembourg.

— Comme il convient à sa nature. La proximité des palais lui est indispensable.

— Et quel palais, mademoiselle ! Ce Salomon de Brosse a fait des merveilles !

— Qui est ce Salomon de... ?

— De Brosse, l'architecte et l'entrepreneur choisi par Marie de Médicis pour transformer ce lieu champêtre en palais royal. Je vous menais dans les boisés de ce quartier au temps de votre enfance.

— Je m'en souviens. On y trouvait des parcs, des potagers, des fermes et des vignes. N'y avait-il pas un couvent de Chartreux dans les environs ?

— Notre reine leur acheta un lambeau de leur parc pour ses jardins.

— Tout cela n'était qu'un vaste chantier de construction lors de notre départ pour la Nouvelle-France, en 1620.

— Nous pourrions y faire une incursion un de ces jours. Cela vous fera le plus grand bien de voir tous ces beaux ornements. On rapporte que de nombreux peintres français et italiens mirent leur talent à contribution pour orner les murs, les plafonds et les cheminées. La merveille des merveilles serait la Galerie de la vie de Marie de Médicis. Vingt et un tableaux y relatent son histoire.

— De qui sont ces tableaux ?

— De Rubens, ce Flamand...

— Flamand de malheur !

— Que dites-vous là, mademoiselle ? Selon la rumeur, ce peintre serait un véritable génie. Enfin c'est ce qu'on en dit, parce que moi, vous savez, en matière de peinture... Nous y voilà. L'hôtel de maître Thélis à votre droite. Attendez, je vous aide.

La rue Venise était particulièrement étroite. Notre carriole frôlait presque les murs des habitations. Paul sauta de son siège. La boue gicla autour de ses bottes. Il baissa la marche du carrosse et me tendit une main.

— Prenez garde où vous mettez les pieds.

Je contournai une large flaque. Paul enleva son chapeau et fronça ses épais sourcils grisonnants.

— Mademoiselle, dit-il, Rubens est un grand peintre et monsieur Philippe de Mans, un gentilhomme. Ce Rubens lui offrait son prestige en l'admettant dans son atelier. Peut-être aura-t-il délaissé votre frère Nicolas afin de profiter de l'occasion qui s'offrait à lui, tout simplement.

— Tout simplement ! Son abandon a pourtant conduit Nicolas à la mort !

— Être admis à l'atelier d'un grand maître est un rare privilège. C'est tout à fait regrettable pour monsieur Nicolas, j'en conviens. Sa mort m'a profondément attristé. Saura-t-on jamais où se cache la vérité vraie de cette histoire, mademoiselle ?

— Les vérités m'échappent, Paul. Je confonds trop de choses. Mes pensées sont aussi brouillées que l'eau de cette mare.

— Méfiez-vous. Si on n'y prend garde, nos pensées peuvent devenir d'impitoyables bourreaux.

— Certaines nous obsèdent, nous empoisonnent et nous conduisent parfois à la mort.

— Mademoiselle, vous m'inquiétez !

— C'est ce qu'il est advenu de Nicolas, je le sens, je le sais.

Il posa ses larges mains sur mes épaules en soupirant.

— Nicolas est mort en duel pour défendre son honneur d'artiste.

Deux porteurs de chaise s'arrêtèrent derrière notre carriole.

— Holà, le passage est requis ! cria le meneur.

— Patientez un moment, compère, répliqua Paul.

— Venez me quérir ici vers les deux heures, dis-je.

— Comme convenu, mademoiselle. Nous reparlerons de tout cela.

— Oui. Prenez soin de bien vous couvrir, Paul. Cet air froid et humide… Les grippes vous assaillent aussi facilement que les poux.

Il rit.

— Si je peux m'enorgueillir d'une chose, c'est bien de n'avoir jamais été visité par les poux ! Les grippes, par contre…

— Holà, cocher ! s'impatienta le porteur.

Paul remit son chapeau, agrippa les montants de la carriole, se rassit et tira sur les rênes de Pissedru.

— À bientôt, mademoiselle, cria-t-il avant de claquer le fouet.

L'escalier intérieur de l'hôtel de François de Thélis donnait sur un large palier richement décoré. Le mur du fond, percé de trois portes de bois blond, était entièrement peint d'une fresque représentant un cortège de chevaux de la Grèce antique. La porte du centre s'ouvrit. Une dame vêtue d'une cape noire en sortit. Elle tira le rebord de son capuchon afin de me dissimuler son visage et disparut bien vite dans l'escalier. François apparut.

— Madame de Champlain, dit-il poliment. Entrez donc, je vous attendais.

Il s'attarda au baisemain plus qu'il n'était nécessaire. C'était la première fois que je le revoyais depuis notre retour de la Nouvelle-France. Son visage me parut empreint de morosité. Il me sourit faiblement.

— Il y a si longtemps ! Un siècle ou deux, dites-moi ?

Je lui souris.

— C'était hier, François.

— Remercions les travers des de Caën, ajouta-t-il en m'offrant son bras. Venez, le bureau du notaire de Thélis est au bout de ce long et ténébreux corridor.

« La lumière jaillira des ténèbres », pensai-je en glissant ma main sous la manche veloutée de son pourpoint gris.

Tous les documents concernant les affaires de monsieur de Champlain furent examinés avec soin. Pas une lettre, pas une ordonnance, pas un acte notarié ne fut oublié. Avec toutes ces preuves à l'appui, il paraissait évident que Guillaume de Caën n'aurait qu'à se soumettre à l'arrêt du Conseil. La requête fut rédigée, signée et marquée du sceau officiel du notaire François de Thélis, nouvellement réadmis au tribunal du commerce de Paris.

Ses quatre années passées en Nouvelle-France lui avaient permis d'accumuler les sommes nécessaires pour racheter ses charges, tout en faisant de lui un spécialiste des causes ayant trait au commerce de fourrure dans l'estuaire du Saint-Laurent. Il s'en était tenu à une conversation rigoureuse, toujours liée à la tâche qui nous avait réunis. À aucun moment, il ne fit allusion à nos années passées à Québec, à notre départ précipité en août de l'an 1624, à la traversée de retour, dont il ne me restait qu'un vague et douloureux souvenir. Il évita le sujet des nombreuses lettres qu'il m'avait fait parvenir depuis notre retour à Paris, lettres que je lui avais retournées une à une, sans même en avoir brisé le sceau. De temps à autre, il leva les yeux et me sourit. Ses sourires trahissaient sa retenue et dénonçaient tous nos souvenirs.

Alors qu'ils replaçait les documents dans son étagère, je me rendis à la fenêtre d'où je ne pouvais apercevoir qu'une parcelle de nuages gris, tant les murs d'en face étaient hauts et rapprochés.

— Il pleuvra bientôt, dit-il par-dessus mon épaule.

— Je le crains, répliquai-je en me tournant vers lui.

Il me regarda si intensément que la gêne me gagna.

— Il fut un temps où j'étais terriblement amoureux de vous, Hélène.

— François, pitié, non !

— N'étais-je pas celui qui vous protégeait des pièges d'Eustache ? Tenez, ces cordes enroulées autour de vos poignets. N'étais-je pas celui qui en déliait les nœuds ?

— Ah, vous parlez de ce temps-là ! soupirai-je, soulagée. Quels heureux dimanches nous passions alors, noble chevalier !

— En cette époque, je croyais qu'il suffisait de voler au secours d'une belle pour qu'elle nous ouvre son cœur à tout jamais. Quelle naïveté, n'est-ce pas ?

— Seriez-vous soucieux des destinées sentimentales, maître Thélis ? Seriez-vous de ceux qui osent miser sur les vertus de l'amour malgré les diktats de la noble société ? Le ridicule vous guette, mon pauvre ami.

Une pointe de déception passa dans ses yeux noirs. Un sourire narquois lui vint.

— Non, bien entendu. Il faudrait être fou.

La tournure de la conversation m'indisposa. Il valait mieux oublier. Parler de la Nouvelle-France me sembla au-dessus de mes forces. François n'en savait peut-être pas plus que moi, après tout.

— Maître Thélis, croyez-vous que nous serons appelés à comparaître devant le Conseil avant la fête de Noël ? demandai-je avec le plus de détachement possible.

— Juste, tout juste, madame. Tenons-nous-en au sujet qui nous préoccupe. Venez, je vous raccompagne.

Il prit mon bras et m'entraîna dans le long et sombre corridor.

— Je crains fort que nous ne soyons obligés de patienter jusqu'en janvier. Les avocats, les procureurs et les maîtres de la chicane ploient sous les causes en souffrance. Vous n'êtes pas sans savoir que les Parisiens sont friands des affaires de justice. Presque tous les événements de la vie courante requièrent des actes notariés : du déménagement aux charges, des charges aux brevets. Enfin, vous connaissez un peu la situation.

— J'en ai une vague idée. À la vérité, tout cela m'indiffère. La vie était si simple là…

La vue de la porte modéra mon élan de souvenance. J'en fus soulagée.

— Je vous fais prévenir dès que je reçois la convocation, dit-il en déposant ma cape sur mes épaules.

J'enfilais déjà mes gants quand j'osai donner libre cours à ma curiosité.

— La dame qui sortait d'ici à mon arrivée...

Il tourna la tête vers la haute fenêtre au fond de la salle d'entrée.

— ... m'a paru bien mystérieuse, continuai-je.

— Toutes les dames qui sortent de mon bureau ont leur part de mystère, très chère amie.

— Elle a pour nom ?

— Le secret absolu est le joug du notaire.

Il se rembrunit, me tourna le dos et se rendit au buffet au-dessus duquel s'alignaient trois petites eaux-fortes.

— Un peu de vin pour célébrer nos retrouvailles, madame ?

Sa voix se voulait intime, presque suppliante. Je compris que son offre dépassait la simple invite. François espérait prolonger notre conversation.

— Soit, une coupe seulement. Je dispose encore d'un peu de temps. L'efficacité que vous avez démontrée est toute à votre honneur.

Je retirai mes gants. Il versa le vin et s'approcha, deux coupes à la main.

— À chacun son métier, déclara-t-il, en m'en offrant une. Venez, assoyons-nous.

Il m'entraîna vers les chaises de cuir installées devant la fenêtre. Derrière chacune d'elles tombait une tenture de serge brune, retenue en son milieu par un épais cordage doré. François vida sa coupe d'un trait, retourna l'emplir et revint se poster devant la fenêtre. Ses doigts tapotaient nerveusement le verre de sa coupe.

— Il pleuvra, reprit-il.

— Oui, je sais, nous en avons convenu. Pourvu que la pluie tarde encore un peu. Paul doit me mener chez mon amie Angélique.

François prit une gorgée de vin et regagna sa place tout en évitant de me regarder. Puis, il croisa, décroisa et recroisa une jambe, sans un mot.

— François, qu'hésitez-vous à me confier ?

— Rien... enfin, rien de bien... C'est juste que...

— Ma discrétion vaut celle d'un notaire.

Il eut un sourire narquois.

— Je sais. Là n'est pas le motif de ma réticence.

— Qu'est-ce, alors ?

— Votre état. Votre tante...

— Ma tante exagère. Ma santé s'est beaucoup améliorée ces derniers mois. Me voici en votre compagnie à préparer un avis de comparution devant la cour de justice de Paris. N'est-ce pas suffisant pour vous rassurer sur mon état ? Je reprendrais bien un peu de vin, fis-je en lui présentant ma coupe.

Il la prit et retourna près du buffet, un large buffet de bois brun pourvu de deux portes. Sur chacune d'elles, une fleur de lys était sculptée en bas-relief.

— C'est que je porte un lourd fardeau, prévint-il en versant le vin.

— Rien ne vaut une confidence pour alléger un fardeau.

— Vous comptez beaucoup pour moi, Hélène. Votre amitié m'est...

— Votre amitié m'est précieuse, François.

— J'ai vainement tenté de vous joindre. Malheureusement, mes lettres restèrent sans réponse.

— Je le regrette. Mon retour en France m'a profondément bouleversée. Mes humeurs...

Il me remit ma coupe et reprit sa place.

— Me promettez-vous le secret ?

— Absolu !

— Il s'agit de la dame que vous avez croisée en entrant. En réalité, elle est à ma charge. Tout doit être fait dans le plus grand secret. Des réputations sont en jeu. Il serait malheureux que l'information s'ébruite par-delà ces murs.

— Vous m'intriguez.

Il s'avança sur le bout de sa chaise de manière à pouvoir me parler de plus près.

— Je l'ai appris de la bouche même d'un notaire rencontré au Châtelet, peu après mon retour à Paris, avoua-t-il à mi-voix.

— Appris quoi ? chuchotai-je près de son visage.

— L'existence de mon fils naturel.

Ma coupe glissa de ma main. Le verre éclata sur le plancher et le vin gicla. François se leva promptement.

— Pardonnez-moi, je n'aurais pas dû. Votre tante m'avait pourtant prévenu que le moindre choc…, s'énerva-t-il en allant vers le buffet. Il fit tinter une clochette.

Un fils, François a un fils, un fils… Ces mots se heurtaient dans mon esprit.

— Un fils, vous auriez un fils, François ! m'étonnai-je.

Il acquiesça en baissant la tête.

— C'était le propos de mes lettres. J'aurais souhaité votre intervention auprès de votre tante afin d'en apprendre davantage. Votre tante est sage-femme, alors je me disais qu'elle pourrait bien avoir entendu parler de la mère de mon fils. C'est naïf, je sais.

— Si seulement j'avais su ! Croyez que je regrette amèrement ma négligence.

Une vieille dame ronde, coiffée d'un bonnet gris, entra dans la pièce.

— Vous pourriez nettoyer le plancher, Florentine ?

— Je cherche le balai, monsieur.

François s'approcha du buffet et s'y appuya.

— J'ai connu cette femme peu avant notre départ pour le Nouveau Monde. J'avais presque oublié son existence quand je fus mis au courant de la suite des événements. Depuis, je vis un véritable calvaire. Cette idée m'obsède jour et nuit. Je veux retrouver mon fils. Voilà pourquoi j'ai requis les services de la mystérieuse dame. Elle connaît tant de courtisanes ! Bien entendu, elle agit dans le plus grand des secrets. Un ami notaire m'a informé que la mère de mon fils était de la suite de la Chevreuse avant que cette dernière ne se réfugie en Lorraine après l'affaire de Chalais. J'ai bon espoir que l'espionne retrouve sa trace.

Une chaleur intense envahit tout mon être. François désirait retrouver un fils perdu, un fils ! Or, j'avais aussi un fils perdu. Oui, je me devais de retrouver mon fils ! La déclaration de mon ami était assurément le signe de la Divine Providence. Voilà que la lumière m'apparaissait enfin ! Un nouveau défi se dessinait là, très clairement : retrouver mon fils. La chaleur se fit plus intense. Mes mains devinrent moites. Je sentis des gouttes de sueur couler sur mon front.

Toutes les glaces du fleuve se heurtèrent dans un fracas infernal. La débâcle libéra les eaux vives trop longtemps prisonnières de la froidure. Une vive lumière jaillit de toutes parts. Les tam-tams vibraient à l'unisson. Le cavalier blanc me hissa sur sa monture. Elle s'élança entre les glaces scintillantes, fonçant tout droit vers le soleil.

— Hélène, disait une voix, Hélène, vous m'entendez ? Hélène.

Un vertige m'obligea à appuyer mon front sur son épaule. J'ouvris les yeux. François était agenouillé devant moi.

— Retrouver votre fils, retrouver votre fils, répétai-je tandis qu'il tapotait gauchement mon dos.

— Cette absence… Votre tante avait raison. Pardonnez-moi, j'ai abusé de vos forces, de votre bonté.

Je relevai lentement la tête, puis le torse. Le vertige m'avait quittée. Il se leva.

— Ma tante a tort, m'efforçai-je d'articuler. Votre révélation me… me ressuscite, François, me ressuscite. M'entendez-vous ?

Il acquiesça de la tête. Je m'appuyai sur son épaule et me relevai lentement.

— Prenez garde, votre malaise, s'inquiéta-t-il en entourant ma taille.

Il me supporta jusqu'à la porte.

— Il n'y a plus de malaise.

— Mais… ce vertige ? Êtes-vous bien certaine que ça ira ?

— Certaine, répliquai-je en balayant ses doutes du revers de la main. Terminés les vertiges. Je n'ai plus une minute à perdre !

Je mis ma capuche en prenant soin de bien tirer sur les rebords de chaque côté de mon visage.

— Et s'il y avait deux dames mystérieuses en ce mirifique royaume de France, François ? Pensez donc, deux femmes à la recherche du fils perdu. Pas une, deux !

Il écarquilla les yeux.

— Deux femmes… à la recherche… articula-t-il péniblement en posant une main sur son front.

— Je parle à ma tante de tout cela dès que je la vois, avec discrétion, bien sûr. Vous pouvez compter sur la discrétion des sages-femmes. Aussi solide que celle des notaires ! Nous trouverons, foi d'Hélène, nous trouverons !

Florentine émergea du long corridor, armée de son balai.

— Merci mille fois, maître Thélis, François. Merci, merci, répétai-je en baisant sa joue.

La surprise fut telle qu'il sursauta.

— À bientôt !

— Je vous soutiens dans l'escalier. Vous n'êtes pas en état, s'empressa-t-il d'ajouter.

— Nenni, mon bon ami ! dis-je en m'appuyant sur le cadre de la porte. Il y a des obstacles qu'il nous faut surmonter seul ! Enfin, descendre seule...

— Attention à l'escalier !

J'ouvris la porte. Florentine souleva légèrement son balai en guise de salutation. Son attention me toucha.

— François, déclarai-je. Florentine mérite qu'on bonifie ses gages.

— Ses gages ! s'étonna-t-il.

— Oui, parfaitement ! Elle est d'une politesse hors du commun. De plus, je parie qu'elle vous sert au doigt et à l'œil.

— Certes, mais...

Florentine me sourit de toutes ses dents. Elle en avait bien six ou sept. Je sortis.

— Madame de Champlain, prenez garde à vous, s'écria François devant sa porte.

Je m'appuyai à la rampe de l'escalier, descendis, faillis trébucher sur une marche. Je me ressaisis et déguerpis aussi vite que l'étourdissement me le permit.

Je ne pus me rendre chez Angélique tant ma joie était intense. Paul, que mon soudain débordement d'enthousiasme laissa pantois, acquiesça à ma demande, bien qu'il n'y comprît rien. Je me fis conduire à l'église Saint-Germain l'Auxerrois, celle-là même où on avait donné ma vie au sieur de Champlain, quelque seize ans plus tôt. Sitôt notre carriole arrêtée devant le haut clocher carré, je courus vers l'ébrasement droit du porche central pour m'arrêter devant la statue de sainte Geneviève. Cette sainte me fascinait depuis toujours. Elle tenait à la main un cierge qu'un diablotin, situé derrière son épaule, essayait d'éteindre. Derrière l'autre épaule, il y avait aussi un ange prêt à rallumer sa flamme.

« La toute petite flamme vibrant au fond de nos cœurs », me dis-je.

Quand bien même tous les diablotins du monde s'efforçaient de l'éteindre, ils n'y parviendraient pas, car un ange veillait à la rallumer.

— L'espérance te reviendra, avait dit tante Geneviève.

— Sainte Geneviève, un ange a rallumé ma flamme. François m'a montré le chemin. Je dois retrouver mon fils, notre fils, Ludovic ! déclarai-je en tombant à genoux.

— Père Très-Haut, Dieu Tout-Puissant, permettez que François retrouve son fils et que je revoie le mien. Je remets nos quêtes entre vos mains, Père Tout-Puissant. Je me ferai ursuline, je vous en fais ici la promesse. En échange, faites que la vie me mène jusqu'à mon enfant, pour que je puisse l'embrasser une fois, une toute petite fois. Soyez bénie, sainte Geneviève et tous les saints. *Amen !* Alléluia, alléluia ! Béni soit le très saint nom de Dieu.

Je fis le signe de la croix et retournai vers Paul, quelque peu apaisée.

L'obsession de François devint aussi la mienne. L'idée de retrouver mon fils s'ancra dans ma tête et mon cœur et ne me quitta plus, ni de jour ni de nuit. Je me livrai à Dieu totalement et entièrement en promettant de répondre à tous ses appels, pourvu que la Voie divine me conduise vers mon fils, vers le fils de Ludovic.

— Très Sainte Providence, aidez-moi à retrouver notre enfant.

Telle fut, dès lors, ma seule et unique prière.

21

Les marchandages

D'abord transportée de joie, je fis et refis les plans de l'odyssée qui devait me mener tout droit vers notre fils. Au bout de ce long périple, je me voyais serrant ce garçon de douze ans dans mes bras, l'embrassant exagérément, comme pour rattraper tous les baisers dont la vie nous avait privés. Assise tout contre lui, j'écoutais, éblouie, le récit enthousiaste des faits saillants de son enfance. Le charmant jeune homme savait, d'ores et déjà, manier l'épée. Ses lectures des romans de chevalerie avaient avivé son sens de l'honneur, et celle des *Voyages du sieur de Champlain*, son esprit d'aventure. Le métier de pelletier l'attirait. Il s'intéressait aux sciences, à la médecine, à la théologie, à la musique. Je lui parlais de son père, lui révélant les secrets de notre amour, lui relatant la vie qui avait été la nôtre, sur les bords du grand fleuve, dans cette colonie du Canada. Chacun de nous buvait avidement les paroles de l'autre. Nous débordions de joie.

Tante Geneviève se désola de n'avoir aucune information pertinente à transmettre à François de Thélis.

— Retrouver la trace d'une mère abandonnée voilà plus de six ans équivaut à chercher une aiguille dans une botte de foin. Autant dire que cela relève du miracle !

Quand j'osai lui confier l'espoir que François avait éveillé chez moi, elle s'étonna de mon discours et s'inquiéta de mes humeurs. Mon étourderie prenait assurément sa source dans la sournoise détérioration de ma santé. Je semblais aller mieux, mais à la vérité, il devait assurément y avoir un mal inavoué expliquant ma coupable déraison.

—Je vais très bien, rétorquai-je. À la vérité, je ne me suis jamais sentie aussi bien depuis mon retour de la Nouvelle-France.

— Impossible ! réfuta-t-elle. Une idée si saugrenue ne peut éclore dans un corps sain. Elle contrevient à toutes les promesses faites lors de la naissance de ton enfant. As-tu seulement pensé à tout le tort que ta démarche insensée pourrait causer ?

Plus je m'entêtais et plus elle s'opposait. Elle me reprocha mon inconscience et mon égoïsme.

— Si tu as le moindre respect pour ton fils, la moindre reconnaissance envers les bienfaiteurs en qui j'ai mis ma confiance un jour, tu dois absolument l'oublier à tout jamais !

Ce fut là son dernier mot.

L'euphorie qu'avait provoquée la révélation de François de Thélis s'étiola au gré des brumes de l'automne. Une peur s'installa sournoisement dans l'espace qu'elle libéra. Et si mon fils devait travailler nuit et jour sous les coups de fouet ? Mangeait-il seulement à sa faim ? Souffrait-il du froid au fond d'une mansarde ? Pire encore, était-il obligé de mendier dans les rues boueuses de Paris, dormant à la belle étoile, exposé aux malfaiteurs, aux voleurs et aux bandits de grands chemins ? Ces craintes me talonnaient le jour durant. Le soir venu, je ne trouvais plus qu'un maigre réconfort dans la supplique précédant mon sommeil.

— Très Sainte Providence, je vous en supplie, rendez-moi mon fils !

En réalité, le sommeil venait par bribes. L'autre promesse, celle faite au pied de la statue de sainte Geneviève, hantait désespérément mes nuits. La folie à laquelle je m'étais aveuglément garrottée m'imposait de consacrer le reste de ma vie à Dieu. La vie religieuse exigeait avant tout le célibat. Or, j'étais doublement mariée. Quitter le sieur de Champlain au profit de Dieu me laissait de glace. Par contre, la seule pensée de sacrifier Ludovic au bûcher de mes délires me précipitait au plus profond de l'enfer. Mon tourment s'amplifia au fil des jours. Ma conscience était en lambeaux.

Ysabel et moi revenions de passer l'après-midi chez Angélique. Il pleuvait à torrents. J'essuyai la buée obstruant la fenêtre de ma portière du revers de la main. La rue était couverte de tant de flaques d'eau que les malheureux passants devaient longer les murs afin d'éviter les éclaboussures. Deux garçons vêtus de haillons couraient près de notre carrosse, une écuelle rouillée attachée à leur ceinture. Un chien brun les suivait, le museau collé au ras du sol. Il flairait en tous sens, espérant dégoter quelque chose. Son long poil mouillé pendouillait sous des flancs maigrelets. Les trois comparses trouvèrent refuge sous un étal laissé à l'abandon. Sitôt recroquevillés dans leur abri de fortune, les garçons mordirent dans un croûton de pain. Leur misère m'étrangla. Le souffle me manqua.

— Qu'y a-t-il? s'inquiéta Ysabel. Vous voilà tout essoufflée.

— Tu as vu ces enfants vagabonds? dis-je péniblement. Regarde, là, sous l'étal. L'un et l'autre pourraient être mon fils.

Ses yeux s'attristèrent. Elle couvrit ma main de la sienne.

— Cessez de vous torturer ainsi. Nous en avons discuté à maintes reprises. Votre tante n'aurait jamais permis qu'un tel malheur arrive.

— Les temps ont bien changé depuis sa naissance. Il y a tant de miséreux !

— Hélène, il me peine de vous voir ainsi.

— Il n'y a qu'une solution, une seule ! Tant que j'avais l'amour de Ludovic, je pouvais supporter ce malheur. Maintenant que nous sommes séparés, j'en suis incapable. Je n'ai plus la force, Ysabel. Je n'ai plus la force… Je remets mon âme entre les mains de Dieu.

— Vous n'allez pas… ? Non, je vous en prie, ne parlez pas ainsi. Mademoiselle Hélène, non, il ne faut pas !

Sa main couvrit sa gorge et ses yeux s'emplirent de larmes.

— Je me ferai religieuse. J'offrirai ma vie à Dieu. Puisse ce sacrifice me conduire vers mon fils.

Des larmes coulèrent sur les joues d'Ysabel.

Ce soir-là, appuyée à ma fenêtre, j'observais de lourds nuages noirs passer devant la lune. De temps à autre, j'essuyais mes larmes et mouchais mon nez. *Le Cantique des cantiques* et le poème de Séléné chahutaient dans mon esprit tourmenté.

— *La lune pleine au miroir de l'onde…* murmurai-je. *Les parfums de mon bien-aimé…*, mon bien-aimé.

Un violent sanglot me secoua. Je me précipitai sur mon lit et pleurai tout mon saoul la perte de ma raison de vivre. Lorsque mes yeux furent asséchés, je revins près de la fenêtre.

— Où êtes-vous, mon bien-aimé ? Pourquoi ce cruel silence ? Pas un mot de vous pour supporter cette douleur. Pourquoi ?

La noirceur était complète. L'opacité des nuages condamnait tous les reflets de lune.

— Craignez le courroux de Dieu ! répètent nos saints prêtres. Craignez !

La crainte ne m'était pas familière. J'avais défié les desseins du Seigneur, désobéi aux commandements de notre Sainte Mère l'Église catholique, bravé les lois des hommes. Mon châtiment était à la hauteur de mes impudences.

— *Séléné, Séléné, du fond des eaux profondes, je t'attendrai de toute éternité*, l'entendis-je murmurer.

Sa présence me sembla si réelle que je sursautai. Je me retournai en scrutant tout autour, dans l'ombre de ma chambre.

— Folle, tu entends des voix, chuchotai-je. *Je t'attendrai de toute éternité, de toute éternité.*

Et si l'éternité n'était qu'un mirage, un irrésistible mirage, un fourbe et malicieux mirage ?

Une seule étoile brillait encore dans ma nuit. Une seule voie à suivre. Je frissonnai tant elle me bouleversait. L'impitoyable châtiment me condamnait à trahir notre amour pour la troisième fois. Il le fallait. Je devais me libérer des liens du mariage avec le sieur de Champlain afin de pouvoir m'offrir à Dieu.

Le lendemain, je me rendis au couvent des Jésuites et remis au frère tourier la lettre destinée à mon légitime époux. Il m'affirma qu'elle parviendrait au père Charles Lalemant bien avant son départ pour la Nouvelle-France.

Christine s'était remise de la perte de Sabine, la hulotte à qui j'avais audacieusement redonné la liberté. Et pour cause, une splendide effraie l'avait remplacée. Christine agita le mulot qu'elle tenait par la queue devant sa cage. La chouette déploya ses ailes roussâtres en émettant un long cri aigu.

— Tu as faim, ma belle ? demanda Christine. Approche un peu, viens quérir ta proie.

— Piètre proie qu'un mulot sans vie, dis-je en m'accroupissant entre la cage et le palmier.

Tout autour de ses yeux jaunes, de délicates plumes blanches formaient une large collerette donnant à sa tête la forme d'un cœur.

— Ces taches grises sur son ventre blanc, quelle douceur ! Vous l'avez dénichée dans votre grenier, dites-vous ?

— Tout juste, confirma Christine en lançant le mulot entre les barreaux.

Il tomba près du bac d'eau. L'oiseau s'élança dessus, l'agrippa avec ses serres et piqua son bec dans le poil gris. Les chairs se percèrent, le sang coula. Quelque peu dégoûtée, je me relevai en détournant le regard vers Françoise. Elle terminait la rédaction d'un pamphlet dénonçant les préjudices faits aux veuves des fantassins. La misère et la faim étaient le lot de la plupart d'entre elles. Non seulement se retrouvaient-elles sans ressources, mais encore les privait-on injustement des gages que leurs époux avaient mérités au prix de leur vie.

— Le repas est déjà terminé, Cassandre ? C'est qu'elle est gourmande, notre chouette ! Deux mulots par jour, au moins. Ne vous avisez surtout pas de lui rendre sa liberté à celle-là, très chère amie ! Je tiens à sa compagnie, vous m'entendez ? badina-t-elle en agitant son index devant mon nez.

Je ris.

— Je retiens la consigne.

— Connaissez-vous l'histoire de Cassandre ?

— Je l'ignore.

— Eh bien, ma très chère dame, permettez que je vous en instruise.

— Permission accordée, dis-je en faisant une brève révérence.

Christine s'inclina élégamment et se redressa en repoussant sa crinière rousse derrière ses épaules d'un geste vif. Puis, elle dirigea ses bras vers l'effraie.

— Cassandre, princesse troyenne, était aimée d'Apollon. Il la gratifia du don de prophétie, espérant que la belle, se croyant redevable, lui accorde son amour : un marché divin en quelque sorte. Mais Cassandre ne put aimer Apollon, son cœur étant ailleurs. Pour la punir, il décréta que personne ne croirait en ses prophéties.

Elle entreprit d'arpenter la pièce de long en large.

— Joli marchandage ! s'indigna-t-elle. Goujat d'Apollon ! Pleutre, cet Apollon n'était qu'un minable pleutre ! Vous m'aimez : voici un don. Vous ne m'aimez pas : personne ne croira en votre don.

Elle retourna vers la cage, posa ses mains sur ses hanches et soupira longuement.

— N'empêche que Cassandre conserva le don ! affirma-t-elle en faisant volte-face. La morale de cette histoire : nous devons croire en nos dons ! Peu importe ce qu'en disent tous les Apollon de ce monde, nous les possédons !

— Qui plus est, méfions-nous de tous les despotes auréolés, renchérit Françoise. Il est probable que Cassandre possédait le don avant même qu'Apollon ne jette son dévolu sur elle.

— Tout juste, tout juste, mon amie ! Les dons nous habitent. N'attendons pas que les dieux nous les dévoilent. Cherchons en nous, cherchons-les courageusement, et trouvons-les ! conclut Christine en frappant son poing contre sa poitrine.

— Quelle combativité, Christine ! m'étonnai-je. Votre récent veuvage ne vous afflige-t-il donc en rien ?

— Le veuvage ! C'est la liberté, très chère amie ! Il me donne des ailes ! Je vis enfin à ma guise ! Je n'ai plus de comptes à rendre, si ce n'est à Cassandre.

Elle courba le torse devant l'effraie, balança ses cheveux couleur de feu retombant en cascade de gauche à droite. Puis, elle se redressa promptement, les projetant vers l'arrière, et étendit les bras.

— Je suis enfin libérée de tous mes fers ! Adieu, père tyrannique et mari encombrant !

— Force est d'admettre que votre héritage favorise votre condition, précisa Françoise.

— Mon honorable époux m'a légué une fortune considérable, il est vrai. Paix à son âme ! dit-elle en faisant le signe de la croix. Un privilège, un formidable privilège réservé à bien peu de veuves ; trop peu, beaucoup trop peu !

— Terminé, mesdames ! clama Françoise en se levant. Désirez-vous prendre connaissance de ma déclaration ?

— Un papier digne du *Mercure*, à n'en pas douter, proclama Christine en se rendant vers la table de rédaction.

Elle souleva le feuillet et le parcourut à vive allure. Plus sa lecture avançait et plus ses hochements de tête ébranlaient sa tignasse.

— *Légiférons judicieusement afin que tous les salaires des maris défunts aboutissent là où ils devraient être, dans les goussets de leurs veuves, souvent mères nécessiteuses de nombreux enfants…* énonça-t-elle en haussant le ton. Scélérats ! Les officiers de la Chambre des comptes s'en mettent plein les poches au détriment des femmes en détresse. Voleurs sans vergogne ! accusa-t-elle en dressant le poing bien haut.

— *Les embrouilles tant administratives que législatives condamnent, trop souvent hélas, les veuves et leurs enfants de France à la misère, à la famine et à la mort. Redonnez à ces femmes ce qui leur revient de plein droit. La justice est notre étendard !*

Françoise déposa sa plume et frotta vigoureusement ses mains l'une contre l'autre. J'applaudis.

— Bravo! félicitai-je. Puisse ce feuillet aboutir sur les bureaux du Châtelet au plus tôt! Tante Geneviève ne cesse de décrier les misères engendrées par le siège de La Rochelle. Ce Richelieu n'en finira-t-il donc jamais de conduire les fantassins à la mort?

— Paris et ses environs sont vidés de tous les hommes en âge de combattre, déplora Françoise. Valets, artisans, paysans sont recrutés pour défendre les fleurons de la couronne française. Pensez donc, pas moins de dix-sept régiments d'infanterie et douze compagnies de cavalerie furent envoyés au Fort Saint-Martin de l'île de Ré, face à La Rochelle, expliqua Françoise.

— Certes, Henri, le mari de notre amie Angélique, s'y trouve avec plus de six mille hommes, afin de supporter le maréchal Toiras et sa garnison. Les troupes anglaises, commandées par Buckingham, cherchent à les faire capituler en les réduisant à la famine.

— Buckingham, le galant de notre reine! Ce bellâtre a plusieurs cordes à son arc, railla Christine.

— La résistance de Saint-Martin doit être assurée, réfléchit tout haut Françoise. Si elle s'effondre, l'île de Ré passera aux mains des Anglais. Et si l'île de Ré tombe, La Rochelle risque de tomber à son tour.

— Si on ajoute les quatre mille hommes appelés par le Cardinal pour construire la fameuse digue devant bloquer le canal menant au port de La Rochelle... Imaginez le nombre de femmes laissées à elles-mêmes, seules dans Paris! s'alarma Christine.

— Elles vivent assurément dans la crainte d'un malheur, tout comme notre amie Angélique. L'annonce de la mort d'Henri l'obsède. S'ajoutent à son tracas, les soucis causés par le manque d'argent. Nourrir ses quatre enfants, jour après jour, n'est pas une mince affaire. Comme la solde d'Henri lui parvient un mois sur trois... Encore heureux que sa fille Marie besogne chez le boulanger du quartier. Elle est assurée qu'un pain aboutira sur sa table tous les jours, bon an, mal an.

— Il est aisé de croire que ces familles ne mangent pas toujours à leur faim, admit Françoise. Nous devons agir pour défendre les droits de ces femmes trop souvent réduites à mendier, à voler, ou pire encore.

— Pire encore ! Que peut-il y avoir de pire que la mendicité ?

— Réfléchissez un peu, dit Christine en empoignant ses seins.

— Pas ça !

— Oui, ça ! Elles vendent leur corps au plus offrant, très chère. Notre bonne Marie de Médicis aura beau ouvrir des maisons pour accueillir les miséreux et les prostituées, tant que le clergé et la noblesse seront pratiquement exempts d'impôts et que le peuple en sera accablé, la misère est là pour rester.

— Faut-il qu'elles aient faim pour se livrer à de tels marchandages ! me désolai-je.

— Faim et froid ! Alors, assez péroré, le temps nous presse. Je porte ce papier à l'imprimerie. Qui m'accompagne ?

— J'y tiens, répondit Françoise.

— Je ne peux m'y rendre, je regrette. Je suis attendue rue de Tournon. Ma sœur Marguerite inaugure son nouvel appartement. Un repas de famille...

— Depuis quand vos repas de famille prévalent-ils sur vos activités de combattante ?

— Il est probable que mon père a reçu des nouvelles du père Charles Lalemant.

— Le jésuite Charles Lalemant ! s'étonna Christine.

— Oui. Avant son départ pour la Nouvelle-France, je lui ai remis une missive importante à l'intention du sieur de Champlain. Comme le bateau sur lequel il voyageait fut détourné vers la Belgique par un navire anglais, dirigé par un certain Kirke…

— Votre missive s'est égarée en mer, coupa Françoise.

— Je le crains.

— Qu'aviez-vous de si appréciable à confier à votre époux, très chère amie ?

— J'exige l'annulation de notre mariage.

Christine s'esclaffa tandis que Françoise tomba assise sur sa chaise.

— Non ! continua Christine en se tapant dans les mains. Vous délivrer de votre mariage ! La belle affaire ! Et pourquoi donc cet époux d'outre-mer consentirait-il à vous délier de vos chaînes ?

— Pour ma vocation religieuse.

Françoise se releva d'un bond. Christine s'immobilisa, la bouche grande ouverte.

— Qu… qu… quoi ? bégaya-t-elle.

— Vous m'avez bien comprise. Je désire consacrer le reste de ma vie à Dieu. Son fils Jésus sera dorénavant mon seul amour.

— Mais Hélène !

— Irréel, totalement insensé ! S'il y a la moindre fibre religieuse en vous, je veux bien être brûlée vive, affirma calmement Françoise. Que dissimule cette soudaine dévotion, dites-nous ?

— Un divin marchandage ! clama bien haut Christine. Attendez voir. On consacre sa vie à Dieu dans l'espoir d'obtenir une bénédiction, un bienfait, une protection, un privilège. Et pourquoi pas un don de prophétie ? Voir toutes choses cachées du passé et de l'avenir, c'est alléchant, railla-t-elle en agitant ses bras levés.

— Il y a peut-être un peu de cette aspiration, avouai-je en regardant bien humblement la pointe de mes bottes.

L'effraie poussa un cri strident. Ma fierté s'amoindrit.

— N'est-ce pas un peu trop aisé, très chère amie ? blâma Christine. Baissons les bras et remettons nos embarras à Dieu. N'oubliez pas que le Cardinal est un homme de Dieu. Le pouvoir de Dieu et celui des hommes se confondent tant et si bien qu'il devient impossible de les départager. De la folie, de la pure folie ! Autant s'en remettre au diable !

Je comprenais son étonnement et son aversion. Certains jours, il m'arrivait de les éprouver tout aussi intensément. Mille fois, j'avais ragé et pleuré sur ma décision. Le doute et le remords me rongeaient, tant il est vrai que ma vocation religieuse ne tenait qu'au fil ténu de mon égoïsme. Mais je n'avais pas d'autre choix. L'idée de retrouver mon fils était la seule lumière parvenant à repousser les charmes lancinants de la mort aux jours de profond désespoir.

Je me rendis près de la cage de Cassandre. L'effraie avait les yeux clos. Dormait-elle ? Il est si aisé de baisser les paupières. Ne plus rien voir, ne plus rien espérer. Dormir tout simplement. Françoise posa sa main sur mon épaule.

— Christine s'emporte exagérément, me rassura Françoise. Vous connaissez son peu d'inclination pour la religiosité. Et ne parlons pas du clergé. Quant à moi, vous savez, mon métier de sage-femme étant si près des souffrances terrestres… Il y a tant à faire ici-bas.

— Je conviens aisément que cette ambition puisse vous sembler étrange. Elle est pourtant mon ultime recours, mon seul et unique recours, affirmai-je en retenant mes larmes.

— Votre vie vous appartient, Hélène, du moins, vous appartiendra lorsque votre époux…

— Merci, dis-je en me dirigeant vers la chaise sur laquelle j'avais déposé ma hongreline.

Des grêlons martelaient les fenêtres. J'ouvris la porte.

— Hélène ! m'interpella Christine en me rattrapant.

— Oui, répliquai-je faiblement.

— Un pamphlet vaut mille prières. Si jamais nous pouvions faire quoi que ce soit pour votre cause, n'hésitez pas.

— Certaines causes doivent se gagner seule.

— Nous sommes là, vous m'entendez !

— J'entends votre amitié et votre générosité. La solidarité dont vous faites preuve envers la cause de toutes les femmes est admirable, Christine, admirable.

Elle prit ma tête entre ses mains et déposa un baiser sonore sur mon front.

— Christine, je me bats aussi. Il faut me croire, je n'ai jamais baissé les bras. Je me bats.

Elle eut un long soupir de soulagement.

— Vous m'en voyez ravie !

J'embrassai ses joues cramoisies.

— Merci, Christine.

— N'oubliez surtout pas, les dons sont en vous, en vous !

— Je n'oublierai pas.

Ma sœur Marguerite lissa le court toupet couvrant le haut de son large front. La pâleur de son teint rehaussait l'éclat de ses cheveux d'un noir de jais. Bien que l'aigrette piquée dans les savantes torsades de son chignon fût plus exubérante que les plumes d'outarde ou de chouette ornant les coiffures des femmes sauvages, cette similitude me réjouit. Je l'imaginai vêtue d'une simple jupe de peau d'élan, des colliers de coquillages couvrant ses seins nus.

Je réprimai un fou rire. Ma sœur s'étira le cou comme le font les perdrix flairant le chasseur.

— Vous semblez bien joyeuse, ma sœur.

J'agitai négligemment la main.

— N'y portez pas attention, rien d'important.

— Je me méfie. Avec vos humeurs…

— Léonora Galigaï vécut dans cet appartement, me disiez-vous ?

Elle me fit un si large sourire qu'un soupçon de poudre se détacha de ses joues et se déposa sur la bordure de velours noir de sa robe.

— La sœur de lait de notre reine mère elle-même. J'habite le logis d'une princesse italienne en quelque sorte.

— Une princesse italienne… appuyai-je en reportant mon attention sur les deux colonnes torsadées bordant la porte du grand salon.

— Ce riche décor en est la preuve. Ces lambris dorés, ces plafonds en caisson, ces frises… Du grand art, ma sœur, du grand art ! s'extasia-t-elle en tournoyant, les bras levés.

Le déploiement de son étole de moire lui donna l'allure d'un paon faisant la roue. Je levai la tête. Dans chacun des caissons, un angelot était finement peint d'ors, d'azurs et de rouges profonds.

— Posséder toute cette richesse, moi, Marguerite Boullé ! Le paradis sur terre !

— Baroque.

Elle se rembrunit.

— Serait-ce là une insulte de mauvais goût ?

Le diamant de sa bague scintilla.

— Baroque : décor chargé, démesure, grandiloquence, mouvements exagérés, expliquai-je en décrivant des torsades devant elle.

— Une rechute, cria ma sœur, apeurée. Mère, mère, Hélène fait une rechute !

— Mon mari, mon mari, venez ! s'alarma ma mère en agitant fébrilement son éventail.

Du coup, mon père et Charles déposèrent leurs cartes sur la table de jeu et se levèrent.

— Que vous arrive-t-il, ma fille ? Auriez-vous un malaise ? s'enquit mon père en s'approchant.

J'éclatai de rire. L'étonnement figea tous les visages. Ma sœur tapota tant et si bien ses joues, que la mouche qui y était collée voltigea jusqu'au parquet.

— Elle ne va pas bien ? fit ma mère en s'appuyant sur le manteau de la cheminée.

— Calmez-vous, Marguerite, surtout, ne vous énervez pas ! supplia mon père en tendant les bras vers ma mère.

— Ho ! Ho ! se vexa ma sœur.

Les bras de mon père se détournèrent vers elle.

— Non, non, Marguerite, je m'adressais à votre mère.

Ma sœur releva le menton tandis que mère délaissa son appui.

— Je préfère qu'il en soit ainsi, père.

— Soit, soit ! Et ce malaise, ma fille ?

— Je n'éprouve aucun malaise, père, le rassurai-je vigoureusement.

— Pourquoi tous ces émois ?

— Nous parlions tout simplement des richesses de la décoration de cette demeure.

— Ah ! De la décoration ! J'avais cru...

— Ma sœur m'a insultée ! s'offusqua Marguerite.

— Une insulte ? Vous vous méprenez. Baroque est le style d'art mis en valeur dans votre logis.

— Un... un style d'art ?

— Le style baroque : dorures abondantes, tout en mouvement, couleurs resplendissantes, comme celles de ce merveilleux tableau des sibylles au-dessus de votre cheminée.

Charles croisa les bras sur sa poitrine.

— Vous en connaissez long sur l'art italien, charmante belle-sœur, me nargua-t-il.

— Tout ce que j'en sais me vient de Nicol…

Ma mère ferma son éventail d'un coup si sec qu'il résonna dans tout le salon.

— Me vient de mon frère Nicolas, terminai-je en élevant la voix.

Mère se ramollit, porta la main à son front et s'écroula. Père, Charles et Marguerite se précipitèrent vers elle.

— Marguerite ! Mère ! Madame Boullé ! crièrent-ils confusément.

— Monsieur et madame Alix, annonça le laquais.

Tante Geneviève entrait au salon au bras d'oncle Simon. S'étonnant de l'affolement, elle m'interrogea du regard.

— Mère vient de s'évanouir, l'informai-je froidement.

Elle s'élança vers l'attroupement des âmes secourables armées de sels, de linges humides et d'apitoiements.

— Le bon vieux stratagème de l'évanouissement ; un art en soi, conclus-je.

Oncle Simon, un habitué des évanouissements de mère, se rendit calmement au buffet.

— Voilà une occasion inespérée, murmurai-je en l'imitant.

— Du vin, ma nièce ? m'offrit-il tout en emplissant sa coupe.

— Après tant d'émotions, pourquoi pas, mon oncle ? raillai-je.

— Trinquons à la santé de votre mère.

Nos coupes se frappèrent.

— Et à la mémoire de Nicolas, ajoutai-je fermement.

Après la deuxième gorgée, je me sentis d'attaque. Je m'approchai de lui jusqu'à la limite imposée par mon vertugadin.

— Je suis au courant de tout, dis-je à voix basse.

— Au courant de quoi ? demanda-t-il sur le même ton.

— Tante Geneviève est mon amie. Alors, forcément, nous nous confions l'une à l'autre.

Il sourcilla. Je vidai mon verre.

— Je sais tout à propos de votre maîtresse, de votre famille.

L'étonnement l'étouffa. Tante Geneviève, occupée à appliquer une compresse sur le front de ma mère, le regarda. Oncle Simon lui fit un signe rassurant de la main. Elle poursuivit sa tâche.

— Je respecte votre concubinage. Rassurez-vous, je vous comprends. J'aurais tant aimé avoir des enfants ! Malheureusement...

Il me fusilla du regard. Sa main se crispa sur sa coupe.

— Quel père admirable vous devez être !

Son visage s'empourpra. J'eus alors l'impression que le vernis de sa galante courtoisie éclatait.

— Il s'agit de ma vie privée. Comment osez-vous !

— Je vous imagine stimulant leur courage, forçant leur talent. Le plus jeune aurait dans les douze ans. Je me trompe ?

— Cessez immédiatement ce vil chantage ou...

— Loin de moi l'idée de vous faire chanter ! Lancer la révélation de votre double existence dans les couloirs de la Cour ? Ça jamais !

Une soudaine pâleur chassa le pourpre de ses joues. Des sueurs froides perlèrent sur son front.

— Croyez que ma discrétion vous est acquise depuis toujours. Tout cela me fut révélé sous le sceau du secret il y a fort longtemps. J'entends le respecter fidèlement, d'autant que vous vous apprêtez à satisfaire un tantinet ma curiosité. N'est-il pas, très cher oncle ?

Le vin s'agita dans sa coupe.

— Et pourquoi maintenant ? maugréa-t-il entre ses dents.

— Allez donc savoir ? Les penchants d'une dame sont imprévisibles. Une soudaine nostalgie, un fol engouement, que sais-je encore ? Alors, oncle Simon, votre fils dernier-né… ?

Il s'efforça de sourire, sourcilla, ferma les yeux et soupira fortement.

— Mon fils dernier-né… Si jamais vous osez ébruiter ces aveux…

— Le bûcher m'attend, je présume ?

— Pensez à nos réputations : à celle de vos parents, du sieur de Champlain, de la mienne.

— Faites-moi confiance. Je vous promets une retenue exemplaire. Ces confidences resteront entre nous.

Sa mâchoire se relâcha. Il vida sa coupe.

— L'âge de mon benjamin ?

— Celui-là même, très cher oncle.

— Un peu plus de douze ans. Il est né en décembre 1615, chuchota-t-il en détournant le regard vers le tableau au-dessus du buffet.

Je le reluquai. Ce tableau gigantesque représentait David et Goliath au combat. L'audace de David requinqua mon aplomb.

— Ah ! Et l'accouchement fut-il difficile ?

Il se raidit.

— C'est que je m'intéresse aux accouchements. J'assiste souvent tante Geneviève. En Nouvelle…

— Ce genre de conversation…

— … ne vous est pas familier.

Il inclina la tête et leva son verre en guise d'approbation.

— Ne révélez que ce qu'il vous convient de dire.

Il leva les yeux vers le somptueux plafond et soupira.

— En réalité, j'étais absent à la naissance de Bastien. Mes affaires...

— Bastien est son nom. Et votre... la mère s'est-elle bien remise ? Comment se sont passées les relevailles ?

— Tout s'est bien déroulé. Enfin, lorsque je l'ai retrouvée quelques semaines après l'événement, il n'y avait rien de particulier, hormis la présence du nourrisson.

— Et l'allaitement ?

Il déposa son verre.

— En voilà assez, ma nièce !

Au fond de la pièce, les bras secourables aidaient mère à se relever du fauteuil de cuir sur lequel sa contrariété s'était finalement évanouie. Elle agita son éventail et releva le nez. Le temps me pressait.

— Et l'allaitement ? insistai-je.

Oncle Simon essuya son front de son mouchoir. Tante Geneviève délaissa ma mère et s'amena vers nous.

— Elisabeth ne peut allaiter, susurra-t-il dans le creux de son mouchoir

— Ne peut allaiter ! Comment cela peut-il être possible ?

Une joie fulgurante m'envahit. Accouchement sans témoin, point de relevailles, point d'allaitement. Tante Geneviève, possible entremetteuse... Et si ce Bastien était mon fils ! Mon cœur éclata de bonheur. Je fus étourdie.

— Geneviève ? murmura oncle Simon, dès que ma tante nous eut rejoints.

— Oui ?

— Notre très charmante nièce ignore que certaines femmes ne peuvent allaiter leur enfant.

— N'aurais-tu jamais entendu parler des bébés nourris au lait de chèvre ? Cela m'étonne !

Je pris appui sur le buffet. Tout tournait autour de moi.

— Hélène, tu te sens mal ? Une chaise, qu'on apporte une chaise, cria tante Geneviève.

On empoigna mes bras. Une chaise glissa sous mes fesses, une main tapota mes joues.

— Une autre ! hurla la voix de mon père.

Un verre d'eau suffit à dissiper mon heureux trouble.

Notre repas débuta sous le couvert d'une savoureuse convenance. Mère, qui avait retrouvé ses aises, écouta avec un intérêt soutenu ma sœur pérorer au sujet des nombreuses courtisanes rencontrées sur les terrasses des magnifiques jardins du palais de notre reine mère, Marie de Médicis. Mon attention lui fut acquise lorsque son discours dévia sur l'exécution de deux duellistes survenue en juin dernier.

— La princesse de Condé m'a raconté comment le Roi resta insensible aux doléances des dames de la Cour. Les duchesses de Montmorency, de Vendôme et madame de Bouteville eurent beau demander grâce à genoux en criant : « Sire, miséricorde ! », rien n'y fit. « Leur perte m'est aussi sensible qu'à vous, leur répondit tristement Louis XIII, mais ma conscience me défend de leur pardonner. » C'est ainsi que les têtes de Bouteville et des Chapelles tombèrent place de Grève, le 22 juin dernier.

Tous les convives étaient suspendus à ses lèvres, mâchoires inertes et yeux arrondis. Mère redressa le torse en soupirant et père porta son verre à sa bouche avec un léger tremblement.

— Le Roi n'avait pas le choix, il se devait de faire exemple. Ces deux frondeurs avaient défié la loi interdisant les duels. Son autorité était en jeu, déclara oncle Simon.

— Cette mode du duel est fort répandue chez notre chatouilleuse noblesse, ajouta Charles.

— Noblesse fournissant les cadres de nos armées, précisa père. Ils sont si nombreux à périr de cette imbécile manière que le Roi se doit de mettre un terme à cet affreux gaspillage.

— Si seulement le Roi et son Cardinal avaient légiféré plus tôt, Nicolas serait encore de ce monde, me désolai-je.

Mère projeta sa fourchette dans son assiette de porcelaine hollandaise.

— Délicieux ce fromage de chèvre, ma très chère fille Marguerite ! En connaissez-vous la provenance ? demanda-t-elle d'une voix pointue et saccadée.

— Une ferme non loin d'ici, s'empressa de répondre ma sœur.

— Saviez-vous que certaines dames ne pouvant donner le sein à leur enfant les nourrissent de lait de chèvre, lançai-je avec le plus de désinvolture possible.

— Mademoiselle ma fille ! explosa mon père. Il suffit !

— Qu'y a-t-il de répréhensible dans mes propos, père ? Je vous parle d'une simple réalité de la vie.

— Rustaude ! m'injuria ma sœur.

— Qui, moi ou la chèvre ?

Père ferma les yeux, mère pinça les lèvres, et ma sœur roula nerveusement le lourd diamant de sa bague autour de son doigt. Tante Geneviève jeta un œil vers oncle Simon. Il termina d'étendre le fromage sur son croûton de pain, déposa délicatement son couteau sur la nappe blanche et dégusta lentement sa bouchée.

— J'appuie votre commentaire, madame Boullé. Ce fromage est un véritable délice !

Mère planta son couteau dans un autre fromage, en tailla une pointe, et la lui tendit.

— Essayez celui-ci. Plus corsé…

Charles s'appliqua à faire glisser la conversation sur le siège de La Rochelle. Tous admirent le bien-fondé du déploiement des armées. Les huguenots avaient transformé la ville en forteresse. Si le pouvoir royal ne réagissait pas, La Rochelle deviendrait, avec la complicité de l'Angleterre, la capitale des réformés.

— Les grands de la république indépendante de La Rochelle ont poussé l'impudence jusqu'à délivrer des commissions visant au recrutement de partisans armés dans toutes les régions du sud de la France, poursuivit oncle Simon.

— Les coffres royaux se vident, renchérit Charles.

— Et le peuple est affamé ! déclarai-je.

— Le peuple, le peuple ! s'énerva Marguerite.

— Hélène dit vrai, reprit calmement tante Geneviève. Les pauvres gens de Paris et de La Rochelle sont dans la misère. Quant aux militaires…

— Quoi, les militaires ? Il en faut des militaires ! grogna mon père.

— La dernière missive parvenue à Antoine Marié relate qu'une épidémie sévit au sein des troupes. Le froid ajoute aux misères des soldats. Plusieurs désertent, de sorte que des cadavres se retrouvent partout, sur le bord des routes, dans les fossés. De plus, le blocus se resserre autour de La Rochelle. Richelieu s'ingénie à priver les Rochelais d'approvisionnement. Je lisais tout récemment dans *Le Mercure* qu'on s'y nourrit de gelée de bottes et de pâtés de souliers !

— Aaaaaaah ! se pâmèrent les deux Marguerite.

Ma sœur porta une main à sa bouche, mère à son front.

— Qu'ils se rendent, très chère, qu'ils se rendent ! clama oncle Simon.

— L'énergique Guiton, maire de La Rochelle, dirige la résistance. Il jure à qui veut l'entendre qu'il tuera de son poignard le premier qui parlera de capituler. Le siège risque d'être long, déduisit père.

— Morbide personnage ! s'indigna tante Geneviève. Il expulse les aides inutiles à la défense de la ville. Vieillards, femmes et enfants sont lamentablement livrés à eux-mêmes entre les camps ennemis. Autant les jeter en enfer !

— Livrer leurs gens à l'ennemi, sans secours ! C'est inimaginable ! dis-je, stupéfaite. Jamais je n'ai vu pareille cruauté. Même les Sauvages ne permettraient pas un tel massacre de leurs gens.

— Vous et vos Sauvages ! Personne ici ne vous demande une chronique du Nouveau Monde, ma sœur. Sachez…

— Je me joindrai à l'équipe d'Antoine, coupa fermement tante Geneviève.

— Oh, oh, oh ! s'offusqua Marguerite.

— Antoine Marié, notre cousin par alliance, mon frère ? enchaîna mère du bout des lèvres.

— Celui-là même, répondit oncle Simon.

— Mon lavement ! m'exclamai-je.

— Aaaaaaah ! Vous me dégoûtez ! s'écria ma sœur.

Faisant fi des exclamations de ma sœur, tante Geneviève poursuivit.

— Hélène, te souviens-tu de Claude Boursier, le frère de Françoise ?

— Un marchand apothicaire, je crois.

— Oui. Il se joindra à l'équipe d'Antoine. Ils ont l'intention de se rendre aux abords de La Rochelle pour y organiser des secours. Ils quitteront Paris dès qu'ils auront trouvé…

— Que cherchent-ils ?

— Un endroit propice à l'installation d'une infirmerie. Elle doit être située ni trop près, ni trop loin des lieux de combat. Laisser ces pauvres moribonds sans secours est inhumain. Dans de telles situations, Dieu a besoin de notre aide.

Les voies du Seigneur s'illuminèrent subitement. Elles menaient tout droit vers le vignoble de monsieur mon époux, le sieur de Champlain.

— *Real del Rey Nuestro Señor* ! clamai-je en pointant ma cuillère vers ma tante.

— Quoi ? Quoi ? Quoi ? s'étonnèrent les autres convives.

— Le domaine du sieur de Champlain est situé à quelques lieues de La Rochelle. Voilà le refuge qu'il vous faut !

Tante Geneviève passa de l'étonnement à la réflexion. Puis, les traits de son visage s'épanouirent. Elle me sourit.

— C'est que le sieur de Champlain est bien loin d'ici, opposa-t-elle.

— Madame de Champlain est devant vous.

— Il est vrai que votre contrat de mariage…

— Communauté de biens, ma tante, communauté de biens !

Mon père se racla la gorge. Mère gloussa. Oncle Simon leva les yeux vers les angelots.

— J'hésite, dit tante Geneviève en passant sa serviette sur sa bouche. Si un malheur advenait ?

— Une infirmerie soulage les miséreux. Elle combat les malheurs.

— Un incendie, un assaut des troupes anglaises, tout est à craindre près d'un champ de bataille.

— J'assume tous les risques. Informez Antoine Marié qu'il peut y installer son infirmerie moyennant une seule condition.

— Une condition ?

— Je vous y accompagne.

Père se leva d'un bond.

— Il ne saurait en être question, ma fille ! clama-t-il fortement.

Je me levai.

— Seul mon époux est autorisé à contrer ma volonté.

— Ce caprice contrevient à votre rang ! Songez un peu à la réputation de notre famille !

— Quelle vaniteuse effronterie, ma fille ! renchérit mère.

— Je dispose d'une vaste maison munie de dix chambres, de deux cuisines, d'une grande salle et d'une serre. Le domaine comprend une grange, une écurie, un cellier, une maison où habite le couple Brûlé. Quatre domestiques et deux cuisinières y travaillent en permanence. Des gens souffrent et meurent non loin de là, et je m'abstiendrais d'offrir ce domaine à des gens secourables au nom de la fierté de notre famille !

— Absolument ! tonitrua père. Qui plus est, vous ignorez tout de la médecine !

J'inspirai fortement afin de réfréner la montée de moutarde qui assaillait mon nez.

— Père, repris-je le plus calmement possible, j'ai deux bras, un ardent désir de servir, et j'ajouterais que j'en connais plus que vous ne sauriez l'imaginer sur l'usage des plantes médicinales. Que vous faut-il de plus, dites-moi ?

— De la décence ! s'écria mère.

— Partir à la guerre armée de plantes ! ironisa père. Les boulets de canon, les mousquets et la famine ne suffisent-ils pas à éclairer votre jugement, ma fille ?

— La foi chrétienne n'oblige-t-elle pas à la charité envers les miséreux ?

— Utiliser la sainte Bible pour parvenir à vos fins est blasphématoire !

— Négliger ses enseignements l'est tout autant ! J'irai à La Rochelle ! Paul nous y mènera. Tels sont les desseins de Dieu.

— Honte à vous, ma sœur ! s'exclama Marguerite, honte aux Boullé ! Vous compromettre au milieu des fantassins ! Honte à notre sang ! Charles, intervenez !

Les pans de son étole de moire suivaient la cadence de ses bras.

— Qu'y a-t-il de répréhensible dans le fait d'offrir asile à nos combattants, Marguerite ? demanda ce dernier.

— Follette ! Si vous osez défier votre père, sachez que les portes de notre demeure vous seront fermées à jamais ! menaça mère en quittant la table.

— Madame ! s'exclama mon père en tentant vainement de la retenir. Marguerite ! Hélène, je vous en conjure, abandonnez cette nigauderie !

Mère disparut dans le couloir abondamment éclairé par un somptueux candélabre de cristal.

— Rustaude ! injuria ma sœur. Les ragots, pensez un peu aux persiflages de la Cour ! Hélène Boullé racole les soldats de La Rochelle. Ma propre sœur, une putain de La Rochelle ! ricana-t-elle avant de s'effondrer en larmoyant dans les bras de père.

— Je crois que le repas est terminé, proclama oncle Simon, en m'adressant un regard plein de reproches. Votre voyage en Nouvelle-France vous aura bien changée, ma nièce, bien changée.

— Et de belle manière ! réfutai-je.

— Il est temps de tirer notre révérence, Hélène, coupa tante Geneviève en se levant. Viens, nous avons beaucoup à faire avant notre départ. Charles, Marguerite, merci pour le savoureux repas.

— Ahhhhhhhh ! s'égosilla ma sœur en lançant sa serviette dans sa direction.

Je glissai mon bras sous celui de ma tante et nous quittâmes le salon si richement décoré.

— Le style baroque, vous connaissez ? raillai-je en passant près des colonnes torsadées.

— Baroque, dis-tu ? Un peu trop chargé, ne trouves-tu pas ?

Le sort de la lettre remise au père Charles Lalemant s'était perdu dans l'encombrant décor.

CINQUIÈME PARTIE

LE SIÈGE

La Rochelle, 1628

22

Le passage de l'ange

Je posai ma plume sur l'écritoire. Perçant ma fenêtre, un rayon de lune étirait son reflet sur le mur de l'étroite garde-robe dont j'avais fait ma chambre.

— La plume de l'aigle, messager des dieux, dis-je, les dieux de là-bas… Oiseau superbe au regard perçant, du haut de ton ciel, vois-tu mon bien-aimé errer dans les forêts sans fin ? Vers quels rivages mène-t-il son canot ? Chasse-t-il les grands cerfs, pêche-t-il le saumon ? Pense-t-il seulement encore à moi ? Il y a si longtemps, Ludovic. Pas une lettre, pas un mot de vous. Ce cruel silence si proche de la mort…

— *La lune pleine au miroir de l'onde…* poursuivis-je tout bas. La lune est pleine, il est vrai, mais l'onde depuis longtemps s'est retirée. La rivière s'est tarie, mon amour… *Je t'attendrai de toute éternité…*

Dehors, la lune brillait. La Rochelle dormait.

La grande maison du domaine du sieur de Champlain n'avait jamais été si occupée. Il y avait des malades dans chaque pièce. Des toussotements vinrent de l'étage. Je tendis l'oreille. Ils s'atténuèrent peu à peu.

— Jacob, probablement, devinai-je. J'irai lui porter un peu d'eau avant de me coucher. Et cette lettre ? Je l'expédie à Paris par le premier courrier. D'ici trois semaines, Ysabel aura de nos nouvelles.

J'épandis la poudre à sécher, j'attendis un moment, je secouai ma lettre puis je m'allongeai pour la relire.

La Rochelle, ce 6 février de l'an 1628

Ma très chère Ysabel,

Un moment de répit m'est enfin accordé ! Il y a tant à faire au domaine ! Si tu savais, si tu voyais ! Chaque jour nous apporte son lot d'affamés, de blessés et de mourants. Notre maison et celle des Brûlé sont parfois si bondées que nous devons aménager des couches de fortune dans la grange. Nous tentons de réconforter et de soigner tous les indigents que cet interminable siège mène à notre porte. Malgré nos maigres ressources, nous arrivons à leur procurer un lit, un peu de pain et du vin, pris à même les réserves de notre cellier. C'est bien peu et beaucoup tout à la fois, car la plupart de ces pauvres gens n'ont plus que les yeux pour pleurer. Oserais-je t'avouer que des joies insoupçonnées émergent des décombres de tant de misères ? Il te suffit d'imaginer le visage de l'affamé à qui on offre une tranche de pain ou une tasse de bouillon, ou encore, celui du vagabond qui aura une paillasse fraîche pour dormir paisiblement, à l'abri, pour la première fois depuis des jours. Tu vois l'infinie gratitude au fond de ces yeux larmoyants ? Je te le dis, ma bonne amie, ce vignoble n'aurait pu trouver plus noble vocation. Il est l'ultime espoir de tous ceux qui s'y réfugient. Rendons grâce à Dieu.

Je parviens à supporter les cris de douleur et les lamentations en asséchant mon cœur. Existe-t-il un autre stratagème pour survivre à tant de souffrances, dis-moi, ma bonne amie ? Je craindrais d'avoir perdu toute sensibilité, si la mort ne me rassurait pas de temps à autre. Les souffles rauques, les toux persistantes, les fièvres et les amputations, je parviens à les tolérer. Mais les paupières qui se ferment à tout jamais, ça non ! C'est au-dessus de mes forces. Dès que notre bon père Gédéon approche d'un moribond pour lui administrer l'Extrême-Onction, moi, je disparais. Depuis notre arrivée, en décembre dernier, quatre dépouilles ont été ensevelies de l'autre côté de notre verger. Le domaine du sieur de Champlain a d'ores et déjà son cimetière.

Si la plupart d'entre nous parviennent à prendre quelques heures de sommeil, il en va tout autrement pour maître Antoine. À n'en pas douter, cet homme est doté d'une force surhumaine. Il court d'un blessé à l'autre, administrant le remède, tâtant le pouls, recousant une blessure, bandant un front, replaçant une cassure de ses mains, avant d'installer une attelle autour de la jambe ou du bras blessé. Il se nourrit d'une bouchée de pain prise à la hâte. S'il advient que l'un d'entre nous le presse au repos, il argue que le soulagement des malades importe davantage que son bien-aise. Une force admirable, te dis-je, admirable ! Sa générosité et son humanité sont sans limites. Plus d'un malade lui doit la vie.

Certains soldats nous ont rapporté que des troupes françaises relâchent la surveillance dans les tranchées entourant La Rochelle. Ces négligences favorisent la sortie des militants rochelais hors de la ville. Ces derniers auraient détruit des fortins abritant l'artillerie de nos troupes. Lorsque le vent vient de la mer, il nous arrive d'entendre les coups de mousquets et les canonnades. On dit que le Roi galope d'un bout à l'autre de la circonvallation, indifférent aux bourrasques et aux rafales d'embruns. Il partage le repas du troupier, fait camaraderie avec les sous-officiers, voire avec les simples soldats. Installé à Aytré avec son médecin Héroard, il surveille les travaux et encourage ses troupes. Dieu le protège.

Remercions la Sainte Providence. Jusqu'à maintenant, les vivres ne nous ont pas manqué. Une partie du ravitaillement de nos armées est acheminée depuis le port des Sables d'Olonne, jusqu'aux garnisons. Une fois la semaine, Paul et le vigneron Brûlé s'y rendent, afin d'y traiter des bouteilles de vin contre de la nourriture. Ce marchandage nous est indispensable. Sans lui, la famine nous guette. Dieu nous en préserve. Le vigneron Brûlé est veuf depuis un an. Sa femme a succombé à une colique de miséréré. Puisse le Seigneur Tout-Puissant être préservé de son abondant verbiage.

Je m'en voudrais de passer sous silence le petit miracle dont nous avons tous été témoins. Mardi dernier, une dame grosse se réfugia chez nous, au milieu de la nuit. À peine eut-elle franchi le seuil de notre porte qu'elle s'effondra de tout son long dans le vestibule devant le grand escalier. Tante Geneviève la réanima bien vite et la fit transporter aux cuisines. Une heure plus tard, son vigoureux garçon naissait. Le bon père Gédéon prit grand plaisir à le baptiser. Jacques est le premier bébé à naître à Real del Rey Nuestro Señor. Comme quoi la vie est plus forte que la guerre !

Il me tarde de recevoir des nouvelles de Paris. Comment se comportent les enfants d'Angélique ? Dis bien à notre amie que je m'informe au sujet d'Henri auprès de tous les militaires qui se réfugient sous notre toit. Hélas, aucun d'entre eux n'a entendu parler de lui, à ce jour. Gardons espoir.

Le sommeil me gagne. Je vous laisse à regret. Nos conversations me manquent. Soyons courageuses. Un jour, la paix reviendra et nous nous retrouverons.

Que Dieu nous garde en sa divine bonté, ma tendre amie,

Hélène de Champlain

Je me relevai et pliai minutieusement la lettre. Je plaçai le bâton de cire rouge près de la flamme de ma bougie. Une goutte tomba sur la lettre. J'y pressai mon sceau. Mes paupières s'alourdirent. Je glissai la lettre dans la poche de ma jupe, m'étendis et fermai les yeux.

— La mort, la vie, la mort, l'aigle superbe, Ludovic, marmonnai-je en accueillant le sommeil.

Des trots de chevaux me firent sursauter. Intriguée, je me levai, traversai la cuisine à la hâte pour m'arrêter devant la fenêtre du vestibule. Les croix argentées ornant les casaques des cavaliers luisaient dans le noir. Ils immobilisaient leurs montures.

— Les mousquetaires du roi ! À cette heure de la nuit !

Paul sortit de la grande salle et me rejoignit.

— Paul, vous avez vu ? Des mousquetaires !

De violents coups de poing firent vibrer la porte.

— Ouvrez ! Par ordre du roi, ouvrez !

Une dizaine de mousquetaires entrèrent dans la foulée du premier. Ils se dispersèrent vitement autour du vestibule. Deux d'entre eux se postèrent sous le portrait de Guillaume Hellaine, près du grand escalier. Le premier mousquetaire retira son chapeau et fit une généreuse révérence.

— Monsieur, madame ! Le Roi fut informé qu'il se trouvait un barbier-chirurgien en cette demeure. Est-il vrai ?

— Tout juste, répondit Paul.

— Présentez-le-moi. C'est de la plus haute importance.

La porte de la grande salle s'ouvrit. Antoine parut. Il finit d'essuyer ses avant-bras, projeta sa serviette sur son épaule et s'approcha, tout en balayant l'entrée du regard. Le devant de sa chemise chiffonnée était taché de sang.

— Antoine Marié, barbier-chirurgien, dit-il, stoïque. Que puis-je faire pour vous, gentilshommes ?

Le mousquetaire remit son chapeau.

— Je souhaite m'entretenir en privé avec vous, somma-t-il fermement.

— Venez, répondit Antoine en lui indiquant le chemin des cuisines.

Le premier mousquetaire lui emboîta le pas. Les autres s'éparpillèrent de tous bords, tous côtés. Le fracas de leurs bottes et de leurs armes résonna dans toute la maison.

— Ces militaires vont réveiller nos malades !

— Ainsi est faite la politesse des rois, mademoiselle.

— Pourquoi un tel chahut en pleine nuit, dites-moi ?

— Quand les mousquetaires apparaissent, le Roi n'est pas loin, réfléchit-il tout haut, en tortillant un de ses épais sourcils. Insister pour parler à un barbier-chirurgien au milieu de la nuit... ? Par tous les diables, le Roi serait-il blessé ?

— Le Roi, blessé !

— Pourquoi pas ! Les couronnes n'arrêtent pas les boulets. Quand ils tombent, ils tombent ! Notre roi serait donc blessé...

— Ou malade. Son médecin de toujours, ce Héroard, n'est-il pas avec lui, à Aytré ?

— Nous y sommes ! La rumeur de la mort de ce médecin a récemment couru dans les troupes.

Tante Geneviève dévala l'escalier derrière deux mousquetaires en terminant de coiffer son bonnet blanc. Les mousquetaires allèrent se poster de chaque côté de la porte d'entrée.

— Que se passe-t-il ? s'inquiéta-t-elle. Tout ce tintamarre a réveillé nos malades. Le petit Jacques hurle.

Antoine et le premier mousquetaire revenaient à grands pas.

— Geneviève, Hélène ! Il nous faut libérer la chambre des maîtres sur-le-champ !

— Cinq personnes dorment dans cette chambre, Antoine ! répliqua ma tante.

— Il le faut ! précisa-t-il, les mains sur les hanches. Nous n'avons pas le choix. Hélène, tous vos domestiques sont requis dans la chambre. Nous devons transporter tous les convalescents qui s'y trouvent chez les Brûlé. Réveillez Claude et demandez-lui d'apporter du quinquina et de la bardane pour combattre les fortes fièvres, ainsi que du mercure et de la fleur d'oranger. Des spasmes sont probables. Regarnissez le lit de draps propres et dégagez la chambre. Faites-y transporter de l'eau bouillie, du vin, du bouillon chaud. Qu'il y ait du feu dans la cheminée. Le malade doit transpirer le plus possible. Prévoyez suffisamment de bougies. Je devrai pratiquer une saignée. Paul, Geneviève, suivez-moi.

Tous trois s'engagèrent dans l'escalier. À la deuxième marche, Antoine s'arrêta.

— Tous les événements qui se dérouleront entre ces murs dans les prochaines heures devront rester secrets. La sauvegarde de notre dispensaire en dépend. Paul, Geneviève, Hélène, je compte sur vous ?

— Soit, bien, le plus grand secret, acquiesça tante Geneviève.

— Il sera fait comme vous le souhaitez, Antoine, affirmai-je.

— Faisons vite, le temps nous presse.

— Rien de suspect à signaler, mon capitaine, annoncèrent tour à tour les mousquetaires en réapparaissant dans le hall.

— Fort bien, mousquetaires. Montez la garde. Je reviens avec le convoi dans la prochaine heure.

Il ouvrit la porte. Le galop de sa monture retentit dans la nuit.

Roger et Bernadette me précédèrent dans la chambre des maîtres. Les malades n'y étaient plus. Sur la table, trois lancettes, sortes de petits couteaux utilisés pour percer la peau, et deux palettes, bols de métal servant à recueillir le sang extirpé des veines, étaient disposées tout autour d'une large assiette. Je posai les draps propres sur une chaise, mon bougeoir sur le coffre, puis j'entrepris de refaire le lit.

— Roger, déposez les bûches et attisez le feu. Bernadette aidez-moi, changeons les draps. Les bougies, Roger, les bougies… Nous devons faire vite.

— Ce sera fait, madame, dit-il en empilant une bûche sur celle qui achevait de se consumer.

Nous terminions à peine de replacer le drap quand Thérèse, la fille unique de mes domestiques, entra avec son plateau.

— Dépose la carafe de vin sur le guéridon, Thérèse, là, tout près du lit. Sur le guéridon, le vin.

Notre rondelette Thérèse avança lentement, à petits pas, et fit ce que je lui demandais. Puis, elle observa son plateau un moment et se gratta le crâne.

— Il reste le bouillon, m'dame Hélène, se désola-t-elle d'un ton enfantin.

L'ambiguïté de sa personne ne cessait de me confondre. En dépit du fait que son corps ait la taille de ses douze ans, son esprit lui, n'était pas plus dégourdi que celui d'un tout jeune enfant. J'éprouvais un pincement au cœur chaque fois qu'elle ouvrait la bouche.

— Mets-le devant la cheminée, il sera au chaud, lui dis-je le plus calmement possible.

— Oui, m'dame Hélène.

Son flegme m'irrita plus qu'à l'habitude.

— Presse-toi un peu, Thérèse. Maître Antoine a demandé de faire vite.

— Oui, m'dame Hélène.

Les bruits d'un attelage montèrent de la cour. Une fois son plateau déposé, elle mordilla le coin de son tablier.

— M'dame Hélène, pourquoi il y a tant de bruit dans la maison cette nuit ?

Je m'approchai d'elle, bien résolue à lui parler dans le blanc des yeux. Ce n'était pas simple, vu la déviance des petits yeux ronds qui brillaient au milieu de son visage bouffi.

— Thérèse, dis-je sérieusement en empoignant ses épaules.

— Oui, m'dame Hélène ?

— Hier, nous avons parlé des anges. Tu te souviens des anges ?

— Les anges rallument les feux de nos bougies.

— Ces anges-là, oui. Eh bien, cette nuit, nous aurons la visite du roi des anges.

— Ah ! Il vient pour nous protéger ?

— Oui, pour protéger tous nos malades.

Elle délaissa son tablier et regarda au plafond.

— Mais les anges, on peut pas les voir, m'dame, s'exclama-t-elle en hochant sa tête de gauche à droite.

— Vrai. Habituellement, les anges ne se voient pas et ne s'entendent pas.

— Alors comment on peut savoir que l'ange viendra ?

La discussion dans laquelle elle m'entraînait risquait de s'éterniser. Je me devais d'inventer.

— Comme il est fatigué, il vient chez nous pour se reposer. Lorsque les anges sont fatigués, il arrive qu'on puisse les voir et les entendre. Ainsi, nous pouvons en prendre soin.

— Ah bon ! se réjouit-elle en claquant ses mains l'une contre l'autre.

Je retins ses mains entre les miennes.

— Cependant, tu ne dois parler à personne de la visite du roi des anges. Cela risquerait de le fâcher, et s'il se fâche, il ne voudra plus nous protéger. Tu me comprends bien ?

— J'ai deux oreilles, m'dame Hélène, répliqua-t-elle en riant.

— L'heure n'est pas à la rigolade, Thérèse ! Jure-moi sur ce que tu as de plus précieux que tu ne diras rien.

— Précieux, précieux... ? La tête de Filou, ça ira ?

— La tête de Filou !

— Je jure sur la tête de mon chat Filou. C'est ce que j'ai de plus précieux, m'dame Hélène, avoua-t-elle en soulevant les épaules.

— Je verrai à lui faire comprendre, madame, me rassura Bernadette qui s'était approchée d'elle. Ne vous inquiétez pas.

Des pas résonnaient dans l'entrée. Des voix clamaient des ordres. Des bottes claquaient dans l'escalier.

— Je crois qu'on vient, m'dame Hélène.

— Thérèse, tu as juré, n'est-ce pas ?

— Sur la tête de Filou. Pour sûr que je ne dirai pas que le roi des anges est parmi nous.

— Viens près de moi, ma biche, dit calmement Bernadette en passant le bras par-dessus ses épaules.

Thérèse se blottit contre sa mère. La porte de la chambre s'ouvrit.

— Sa Majesté, le roi Louis XIII, annonça fortement le premier mousquetaire.

Une escouade de valets suivait Antoine. Derrière eux, les plumes des chapeaux des nombreux mousquetaires s'agitaient fébrilement.

— Le Roi, répéta l'un d'eux tout aussi fortement.

— Le... le roi des anges ! s'étonna béatement Thérèse.

— Chut, la révérence, fais la révérence, lui dit sa mère en s'inclinant.

Je soulevai les pans de ma jupe et me pliai en deux. Pour un peu, j'avais le nez collé à mes genoux. Les pointes de deux bottes couvertes de boue apparurent sur le parquet. Une main gantée de cuir noir s'avança sous mon menton.

— Madame de Champlain... énonça faiblement une voix étouffée.

Je me redressai. Notre pauvre roi cligna des paupières et chancela. Deux gardes saisirent ses bras. Quatre autres le portèrent sur le lit.

— Demandez à Claude de préparer les remèdes pour combattre les fièvres virulentes, me chuchota Antoine.

— J'y cours, dis-je en faisant signe à mes domestiques de me suivre. Je pris la main de Thérèse et la secouai afin de la sortir de l'état d'hébétude dans lequel l'apparition du roi des anges l'avait laissée. Rien n'y fit.

— Viens, ma biche, chuchota sa mère à son oreille.

Thérèse la regarda en souriant.

— Le roi des anges ne va pas bien du tout, maman, pas bien du tout. Il aura besoin de Filou.

— Chut, répondit sa mère en posant son index sur ses lèvres. Viens !

Les mousquetaires avaient passé le reste de la nuit dans le vestibule, allongés sur leurs couvertures. À la première lueur du jour, ils envahirent la cuisine. Je remplis les trois grands bols de lait et servis les pains chauds. Bernadette trancha le lard salé qu'elle distribua dans les écuelles de nos visiteurs. Tous mangèrent en silence. Quand le frugal déjeuner fut terminé, chacun s'inclina, remercia courtoisement et quitta la pièce.

— Des mousquetaires du roi ! Vous y pensez un peu, madame, des mousquetaires du roi !

Elle se rendit à la fenêtre.

— Regardez, en v'là qui croisent le fer devant le cellier.

Le capitaine entra vitement.

— Le Roi s'éveille. Qu'on apporte son déjeuner, sans plus attendre.

— J'y vais, dis-je en me rendant près du plateau royal. Vous y avez déposé la panade ?

— Oui, et le vin est chaud. C'est tout ce que nous avons à offrir. Les œufs se font rares. Pas un seul depuis trois jours. Ça m'inquiète ! Nos poulaillers auraient la visite de renards à deux pattes que je n'en serais pas surprise. Roger fera une tournée de vos fermes dès aujourd'hui.

— Ne nous affolons pas. Un homme malade a rarement grand appétit, Bernadette. Nous lui offrons ce que nous avons de mieux. Un bouillon de pain, d'eau et de beurre. Du beurre, voilà une denrée rarissime s'il en est une ! Nos pauvres vaches font bien ce qu'elles peuvent. Encore faut-il que nos paysans puissent délaisser leur fusil le temps de les traire !

— Souhaitons que notre roi comprenne les tracasseries de nos poules et de nos vaches, madame.

Je ris.

— Bernadette, vous êtes merveilleuse !

— Allez, allez, ouste, madame ! Notre roi attend son déjeuner, badina-t-elle en posant les mains sur ses hanches.

Son clin d'œil me donna des ailes. Je montai allègrement le grand escalier menant à notre roi. Claude lui avait fait porter tous les médicaments qu'il fallait pour le soulager dès son arrivée. Les tisanes de bourrache et d'achillée étaient ce qui convenait le mieux pour combattre la fièvre et les maux de tête. Il arrivait que les femmes sauvages utilisent des décoctions de menthe ou de branches d'épinette blanche pour des cas semblables. Louis Hébert prétendait qu'elles étaient d'une grande efficacité. Je me promis d'en parler à notre apothicaire dès que je le verrais.

La chambre des maîtres, située à droite du palier de l'étage, était valeureusement gardée par quatre mousquetaires.

— Messieurs, bonjour, saluai-je.

Chacun d'eux inclina légèrement la tête.

— Je suis madame de Champlain. J'apporte le déjeuner du roi.

L'énoncé resta sans écho.

— J'apporte ce plateau pour notre roi.

La porte s'entrouvrit. Antoine sortit et la referma derrière lui.

— Merci, Hélène. Le Roi est dans un triste état. Une forte fièvre, des maux de tête intenses… On m'a appris qu'il a été victime de semblables malaises en octobre dernier. La typhoïde est à craindre, chuchota-t-il près de mon visage.

— La typhoïde ! dis-je du bout des lèvres.

— Au pire, au pire, ajouta-t-il devant ma mine déconfite. Une rechute, probablement.

— Son séjour ici ?

— Il n'est que de passage. Le Cardinal a concentré sa flotte…

Un mousquetaire toussota, un autre se pencha pour ouvrir la porte. Un troisième saisit mon coude et m'incita fortement à le suivre jusqu'en haut de l'escalier. Je jetai un œil par-dessus mon épaule. Antoine était retourné auprès du roi.

— Je vous remercie, dis-je sèchement au courtois chevalier en dégageant mon coude de sa poigne.

D'un geste vif, il effleura son chapeau du bout des doigts et regagna son poste.

— Tout de même, soupirai-je, tout de même ! Je suis ici, chez moi ! marmonnai-je.

J'empoignai le miroir de Ludovic et tournai le dos aux sentinelles.

— De quel droit osent-ils ? Des patients m'attendent, monsieur le mousquetaire. Vider les bassines, distribuer les tisanes, refaire les cataplasmes, les bandages... Même un ange n'aurait pas une minute à perdre !

Dans la première chambre du haut, trois soldats terminaient de manger le pain et le lard du déjeuner. Jacob, le plus jeune des trois, se remettait d'une blessure à l'œil droit. Bien qu'Antoine ait retiré l'éclat de métal avec le plus de précautions possible, il n'avait pu prévenir la perte de la vue. Jacob serait borgne pour le reste de ses jours.

— Bonjour Jacob, dis-je en prenant le verre vide qu'il me tendait.

— Bonjour, madame Hélène. Ce sera fait aujourd'hui !

— Aujourd'hui... ?

— L'écriture de la lettre pour ma sœur.

Cette nouvelle me surprit agréablement. Depuis plus d'une semaine, je m'ingéniais à le convaincre d'écrire à ses proches.

— Vous m'en voyez ravie, Jacob. Ce sera une joie pour eux de recevoir enfin de vos nouvelles !

— Tout n'est pas réjouissant.

— Vous savoir en vie les réconfortera.

Je l'aidai à se soulever. Il s'assit au bord de son grabat et me sourit.

— Vous avez raison. Il est temps pour moi de regarder la vie en face, madame. Me reste un œil après tout ! J'en remercie le Seigneur. Un bon ange veille sur moi.

— Un ange, dites-vous ?

— Un ange, oui. Filou m'a parlé des anges ce matin. Son idée est pleine de bon sens.

— Filou !

— Enfin, une façon de parler. Thérèse a écouté le discours de son chat et m'a transmis son message.

— Le chat parle ! Et que dit le chat ?

— Il dit que le roi des anges veille à ce que chacun de nous ait un ange pour le protéger. Cet ange s'empresse de rallumer la flamme de notre cœur chaque fois que le malheur l'éteint. C'est pourquoi il ne faut jamais désespérer.

— Thérèse ! m'exclamai-je.

— Je crois bien que mon ange a rallumé ma flamme, madame. Quand vous aurez un moment, je suis prêt à vous dicter ma lettre.

— Un petit miracle, on dirait bien.

— Comme vous dites, madame.

— Je suis si heureuse pour vous. Je viendrai après le souper et nous écrirons votre lettre. J'y tiens.

— Merci, madame.

— Et si nous regardions un peu ce pansement ?

Tandis que j'en vérifiais l'attache, le soldat Godet, couché au fond de la pièce, fut pris d'une quinte de toux.

— Parfait, le pansement devrait tenir le coup pour aujourd'hui. Dites-moi, votre flamme serait-elle suffisamment forte pour que vous m'accordiez un peu d'aide ? Maître Antoine sera très occupé aujourd'hui.

— Forcément, avec des anges à demeure, badina-t-il en s'efforçant de cligner son œil valide.

— Des anges à demeure ? m'inquiétai-je.

— Forcément, si chacun de nous a son ange.

— Forcément, des anges à demeure. Sacré Filou ! marmottai-je faiblement.

— Vous dites ?

— Oh, rien de particulier. Je pensais au chat Filou.

— Ah, le chat bavard !

Je ris.

— Le chat bavard, oui. Et cette aide, soldat Jacob ?

Il s'appuya sur le bras que je lui tendis et se leva. C'était la première fois depuis son opération. Ses cheveux bruns, retroussés par la bande de tissu cintrant son crâne, formaient une houppe à la manière des Sauvages hurons.

— Vous ai-je déjà parlé de ces peuples sauvages de la Nouvelle-France ? demandai-je en l'entraînant vers la couche du soldat Godet.

— Sauvages ? Qui sont ces Sauvages ?

L'avant-midi fila à la vitesse de l'éclair. Jacob m'accompagna partout. Nous constatâmes avec amusement que tous nos visiteurs avaient eu droit à la révélation de Filou. À l'heure du midi, tous nos gens savaient qu'un ange veillait sur eux. Il me sembla qu'un brin de légèreté avait infiltré les murs de notre domaine.

Bernadette et moi finissions notre dîner quand Thérèse réapparut à la cuisine. Elle poursuivait Filou. Le gros matou, au pelage tacheté de jaune, de noir et de blanc, traversa la cuisine en courant et disparut dans le hall. Bernadette accrocha le bras de sa fille.

— Tu dois prendre un peu de soupe, Thérèse.

— Filou ! s'écria cette dernière.

— Laisse-le filer. Mange, tu le retrouveras plus tard.

Thérèse se résigna et s'assit devant moi. Sa mère lui versa un bouillon dans lequel avaient cuit les carottes et les navets rapportés par Roger de la ferme voisine. Après une première bouchée, elle grimaça.

— Et Filou ?

— Ton chat n'est jamais bien loin. Mange !

Je lui souris. Elle se trémoussa sur sa chaise. Une cordelette du bonnet blanc posé de travers sur ses mèches ébouriffées pendait au milieu de son front.

— Il est bien bavard, ton Filou, à ce qu'on me dit, mademoiselle Thérèse, badinai-je.

Sa cuillère resta collée à ses lèvres. Elle se tourna vers sa mère.

— Ce n'est pas un reproche. Je disais ça comme ça, pour faire la conversation.

Bernadette m'interrogea du regard. Je la rassurai de la main.

— Filou ne parle qu'à moi ! se défendit Thérèse.

— Hum, hum ! Je sais.

— Il ne dit à personne que le roi des anges est ici.

— Je sais. Tu as juré de ne rien dire sur la tête de Filou.

Elle vida rapidement son bol. Sa mère redressa sa coiffe et noua les cordelettes sous son menton. Thérèse leva la tête vers elle avec le plus éblouissant des sourires, un sourire d'une angélique candeur.

— Tu n'as plus à t'inquiéter, maman, un ange veille sur moi.

Bernadette soupira et posa un baiser sur son front en lui souriant.

— Je sais, un ange veille sur toi. Et ton Filou, il a son ange lui aussi ?

— Filou ! s'exclama-t-elle en déguerpissant dans l'entrée de la maison.

Roger entra avec un lièvre au bout du bras.

— Roger ! s'étonna Bernadette.

— Roger ! D'où tenez-vous ce lièvre ?

— Sacrebouille, madame ! Il ne sera pas dit que le Roi mourra de faim sous votre toit !

Roger lança le lièvre sur la table et tapota les fesses de Bernadette.

— À toi de jouer, Nénette.

Et il ressortit.

— Eh ben ! Eh ben ! Eh ben ! s'exclama Bernadette.

— Il y a peut-être du vrai dans ces histoires d'anges, après tout ! conclus-je en relevant mes manches.

Habituellement, l'heure suivant le souper me laissait un peu de liberté. J'en profitais pour rejoindre Claude dans la petite pièce du rez-de-chaussée, à l'arrière de la maison, là où il avait installé sa boutique d'apothicaire. Mais ce soir-là, je gagnai plutôt ma chambre afin d'y prendre mon nécessaire d'écriture. Jacob m'attendait. Sitôt que j'entrai dans la salle des blessés, il baisa le crucifix de son chapelet, le glissa dans la poche de sa culotte et se leva.

— Bonsoir, madame. Vous venez pour la lettre.

— Votre flamme est-elle toujours allumée ?

Il rit.

— Toujours.

Il posa sa grosse main velue sur son pansement et tiqua.

— Avez-vous mal ?

— Quelques élancements à la tête de temps à autre.

— Prévenez-moi si la fatigue…

— Non, non. Je dois bien cette lettre à Juliette.

— Juliette ?

— C'est ma sœur.

— Alors, allons-y. Au bonheur de Juliette.

Jacob dictait, j'écrivais. Plus la lettre avançait et plus Jacob y allait de ses confidences. Plus les confidences avançaient et plus le malaise me gagnait. Juliette avait perdu son amoureux quelques années plus tôt… un amoureux moussaillon décédé en mer… mort sur un bateau le conduisant en Nouvelle-France. Thomas était son prénom, Fougère était son nom. Lorsque ma première larme coula, Jacob cessa de parler. L'inquiétude se mêla à sa gêne. Une peine intense m'envahit. J'étais sans défense. Mes pleurs s'amplifièrent. Je me confondis en excuses avant d'abandonner Jacob à son désarroi.

Je trouvai refuge derrière le cellier afin de pleurer tout mon saoul sans être vue. Ma peine s'enragea.

— Minable folle ! Pleurer comme une Madeleine pour un récit, le simple récit de...

Un sanglot m'étouffa. J'enfouis ma tête dans mon tablier. Le mouchoir était à la dimension de ma peine.

— *Il ne faut pas, la vie est devant nous, madame*, avait murmuré Ludovic sur le *Saint-Étienne*.

— Il ne faut pas pleurer, les pleurs ne servent à rien, me répétai-je afin de me raisonner.

Je soupirai plusieurs fois afin de retrouver le souffle.

— Où est passée notre vie, Ludovic ? me lamentai-je à la lune pleine. Dans les forêts profondes, sur les eaux glacées, au bout des sentiers, sous notre érable rouge ? Que faites-vous à mille lieues de celle qui ne vivait que pour vous ? Vous êtes si loin et si près à la fois. Pourquoi cette abominable torture ?

Au travers des pleurs et des jérémiades, je me pris à envier le sort de Juliette. Son malheur était grand, mais sa peine avait un nom. Elle pleurait la mort de son fiancé. La mienne était aussi nébuleuse qu'une brume de mer. Le petit bateau de Juliette, la lettre de Thomas...

— La lettre de Thomas, oui, dis-je entre deux sanglots. Remettre ce bateau et cette lettre à Juliette dès que possible, oui. C'est ce qu'il me fallait faire.

La consolation me vint de là, du petit bateau sculpté et des derniers mots d'amour de l'amoureux gisant au fond de la mer de glace. Telle serait ma prochaine mission. Retrouver Juliette et lui parler de son amour, lui parler de Thomas, lui parler de celui qui n'est jamais revenu. J'allais lui offrir ce dont la vie me privait si cruellement.

La rumeur se fit de plus en plus intense. Il se passait des choses dans la cour. Des voix fortes commandaient. J'essuyai mon visage, contournai le cellier tout en prenant soin de ne pas me faire voir. Autour de l'attelage royal, des mousquetaires tenaient les rênes de leur monture. D'autres, alignés devant la porte de service, montaient la garde. La porte s'ouvrit et Thérèse parut. Le Roi suivit. Le premier mousquetaire soutint le Roi jusqu'au carrosse. Le Roi déploya sa cape et remit Filou dans les bras de Thérèse. Elle fit la révérence. Sa coiffe glissa. Le Roi la saisit au vol et posa sa main sur son épaule. Puis, il replaça le bonnet blanc sur l'amas de cheveux, posa un baiser sur le front de notre Thérèse et disparut derrière la portière de la royale voiture.

Le nuage de poussière soulevé par le départ de nos prestigieux visiteurs n'ébranla d'aucune façon la béatitude de Thérèse. Elle resta là où le Roi l'avait laissée, le visage enfoui dans le pelage de son chat. Bernadette et Roger allèrent vers elle et tentèrent de l'attirer dans la maison. Rien n'y fit. Elle ne broncha pas. Connaissant l'état d'entêtement dans lequel Thérèse se réfugiait parfois, Bernadette se résigna. Elle entraîna Roger dans la maison. Thérèse, debout sous le platane, fixait inexorablement le chemin par lequel le roi des anges s'était envolé. La lune étirait son ombre sur le mur de la maison.

« L'ombre de l'ange, pensai-je, l'ombre de l'ange… »

23
Le péché

Nous avions fait lavage. Les draps, étendus sur trois rangs de corde, éclataient au soleil. On aurait dit les voiles blanches d'un navire se balançant au gré du vent, un vent chaud, un vent d'été. Un drap frôla ma joue. Je le repoussai de la main. Il me frôla encore et encore. Plus je le repoussais et plus sa caresse se faisait douce. C'est alors que Ludovic m'apparut, tout de blanc vêtu. Il avançait à grandes enjambées à travers le pré verdoyant. Ses cheveux dorés se balançaient à chacun de ses pas. Je voulus courir vers lui. Les draps m'enveloppèrent. Il sortit son épée, les fendit d'un coup et m'enlaça. Ses bras me serraient si fortement que j'étouffais.

— Ludovic, Ludovic, murmurai-je tandis qu'il embrassait fébrilement mon cou. Ludovic!

Il dénoua mes cheveux et y glissa les doigts.

— Le péché nous guette, madame, chuchota-t-il dans mon oreille.

— Quel doux péché ce sera, mon maître!

Il enleva ma chemise. Elle s'envola. Puis, agrippant ma taille, il me souleva de terre.

— Quel fabuleux péché ce sera, ma reine!

Son sourire, ses yeux d'ambre… Ses lèvres chaudes chatouillaient mon ventre. Sa main folâtrait sur mes cuisses tel un doux papillon.

— Ludovic, l'appelai-je, Ludovic!

Son membre erra dans le mystère de mes entrailles. Une chaleur, un frisson, un délicieux frisson m'envahit.

Le vent fit claquer les draps. Je sursautai.

— M'dame, m'dame, m'dame ! criait Thérèse à ma porte.

Des mèches de cheveux collaient à mon visage. Ma chemise était mouillée. J'étais en transe.

— M'dame, m'dame, s'égosillait Thérèse. Ce matin, le père Gédéon enterre le bébé. Il faut venir, m'dame.

Le père Gédéon, le bébé Jacques… Oui, hier, l'enfant est mort hier, me rappelai-je.

— Quelle chaleur ! Je viens Thérèse, je viens.

— Maître Antoine vous attend à la cuisine, m'dame.

— Cours lui dire que je viens, Thérèse. Je m'habille, et je viens.

— J'y cours, m'dame.

— Quelle chaleur ! Et ce rêve, Seigneur, ce rêve !

Je me levai et me vêtis le plus vitement qu'il me fut possible de le faire. Je devais oublier ce rêve, oublier mon foudroyant désir, oublier le délectable frisson.

— Bernadette aura besoin de moi, aujourd'hui. C'est jour de lavage.

Claude regardait Antoine avec étonnement. Notre barbier-chirurgien, habituellement si calme, si réservé, arpentait nerveusement la cuisine en brandissant une lettre.

— C'est inhumain, inimaginable ! Le Roi et le Cardinal s'entêtent à attendre la capitulation des Rochelais. La résistance du maire Guiton et de ses fanatiques notables décime la population de la ville. Tous les chevaux et les mulets de La Rochelle ont été mangés. Vous imaginez un peu le désastre, s'indigna-t-il en agitant la lettre devant nous.

— La famine tue plus effroyablement que les boulets de canon, continua-t-il. Les morts encombrent les rues. La peste est à redouter !

Il brandit la lettre au-dessus de sa tête.

— Pendant que nous nous échinons à sauver des vies ! Serions-nous les seuls, les seuls à respecter la vie humaine ? Fous du roi, naïfs sauveurs ! L'un coupe le bras, l'autre le recoud. Fous, vous dis-je, fous, nous sommes tous fous !

Tante Geneviève se mit sur son parcours. Il s'arrêta.

— Antoine, quand avez-vous dormi pour la dernière fois ?

Il passa vitement les mains sur son visage, agita ses longs cheveux châtains et replia la lettre.

— Vous avez raison. Tout cela n'est que vaine agitation. Veuillez m'excuser, concéda-t-il calmement.

Il ouvrit la porte de la cuisine et sortit.

— C'est insensé ! reprit notre apothicaire en se levant. Antoine est à bout. Sitôt qu'un malade est soulagé, deux frappent à notre porte.

Il déposa son bol dans la pierre d'eau et s'y appuya. Claude était plutôt trapu. Ses cheveux fins tombaient droit de chaque côté de sa ronde figure. Il croisa les bras sur sa large poitrine.

— On dit que le duc de Buckingham a été assassiné. Un certain Lyndsay le remplace aux commandes d'une impressionnante flotte anglaise. Les Rochelais attendent son arrivée avec une confiance inaltérable.

— Nous sommes au début de septembre. Voilà près d'un an que La Rochelle est en état de siège. Si on se fie aux dires d'Antoine, il n'y aura plus que des cadavres à sauver à leur arrivée, railla Paul.

Une cloche tinta dans l'entrée.

— Le père Gédéon, l'enterrement ! s'exclama tante Geneviève. Il est temps, venez !

Le père Gédéon, vêtu d'une chasuble violacée, portait une croix d'une main et un bénitier de l'autre. Devant lui, dame Irène, debout près du petit cercueil, essuyait ses joues. Paul et Roger se tenaient à ses côtés.

— *In nomine Patris, et Filii, et Spiritus Sancti. Amen.*

— *Amen*, répondions-nous en chœur.

— Mes amis, nous voici réunis pour mener en terre le corps de notre frère Jacques. Il fit un court passage en ce monde. Réjouissons-nous, réjouissons-nous, mes frères! Dieu en fera son ange.

Irène éclata en sanglots.

— Le roi des anges a retrouvé la santé, s'exclama Thérèse. Filou me l'a dit.

Bernadette se pencha vers elle et lui chuchota quelques mots. Le père Gédéon, visiblement attristé, fit mine de n'avoir rien entendu. Il prit le goupillon et aspergea le petit cercueil.

— Seigneur, bénissez l'âme de cet enfant. Accueillez-la dans votre royaume. Qu'elle vive à jamais afin qu'un jour, son corps ressuscite joyeusement.

La peine d'Irène s'intensifia. Le père Gédéon aspergea à nouveau le cercueil.

— Soumettons-nous, mes frères, soumettons-nous à la divine volonté. Soumettons-nous et prions.

— Prions.

Paul et Roger relâchèrent les cordes de la petite tombe déposée au fond de la fosse. Antoine aida la mère à jeter la première poignée de terre. Chacun de nous l'imita. Lorsque ma motte frappa le bois de la tombe, je me laissai distraire par le croassement des corbeaux qui se réfugiaient dans la pinède, depuis le début de l'été. Le funèbre ramage était si intense qu'on aurait pu croire à des bruissements d'arbres géants. Antoine se moucha, me regarda vitement et détourna le regard vers la mère éplorée. Je savais les remords qui l'accablaient. Il se pardonnait difficilement le trépas d'un de ses patients. Dans ces circonstances, des plis striaient son front. C'était le seul signe d'émoi que son visage aminci laissait paraître. Sa rigueur, sa science et sa ténacité m'impressionnaient. Nous vivions sous le même toit depuis bientôt dix mois, et jamais il n'avait failli à sa tâche. Discret, il ne s'était jamais laissé aller à quelques confidences ou familiarités. Antoine Marié s'appliquait à être l'irremplaçable barbier-chirurgien, tout bonnement.

Après le dernier *amen*, tante Geneviève prit le bras de dame Irène tandis que Roger tenait celui de Bernadette. Thérèse glissa sa main dans la mienne.

— Bébé Jacques ira au ciel ? me demanda-t-elle.

Je regardai vers Antoine. Il détourna les yeux vers la pinède. Le funeste croassement des corbeaux perdurait.

— Oui, je le crois.

— Alors pourquoi elle pleure, dame Irène ?

Je suivis Antoine du regard. Il se dirigea vers la grange.

— Est-ce que les chats peuvent entrer au ciel ?

— Pourquoi pas ?

— Alors, Filou ira au ciel, affirma-t-elle fortement.

— Filou ira au ciel. Viens, Thérèse. Entrons.

Les cuvettes d'eau avaient été remplies à ras bord. Nous y avions vigoureusement frotté les draps, les linges de soin, les lavettes, les chemises et les bas. Les cinq cordes ployaient sous le poids de nos lingeries. Le blanc éclatait au soleil.

— Entendez-vous ces bruits ? demandai-je à Bernadette.

— On croirait des cloches d'église. Est-il possible qu'on entende les cloches de La Rochelle jusqu'ici ?

— Avec ce grand vent, je le crois.

— Si les cloches sonnent ainsi, c'est qu'il s'y passe des choses d'une grande importance. Je cours prévenir Roger.

— Je préviens Antoine.

— Vous devrez le faire à cheval.

— Ah, pourquoi cela ?

— Maître Antoine a chevauché en direction de la pinède, sitôt le petit Jacques mis en terre.

— Alors, j'irai à cheval.

Ma monture dévala l'autre versant de la colline et longea le ruisseau. Les souvenirs se bousculaient dans mon esprit. Autrefois, Ludovic, ivre de colère plus que de vin, avait suivi ce sentier. Il m'avait conduite dans la clairière pour me prendre rageusement. J'étais mortifiée, humiliée, mais éperdument heureuse. Ludovic était près de moi. C'était avant qu'il ne mette cette horrible distance entre nous. Il m'avait fallu errer en Bretagne jusqu'à la pointe du monde pour que les hasards de la vie nous rapprochent. Après ce fut la Normandie, notre fils... Ludovic, comme il me manquait ! Ma monture galopait. La pinède, la pinède de tous les péchés... Perchés à la cime des conifères, les corbeaux croassaient sans vergogne. Je ralentis le galop de mon cheval. Il passa au trot, puis au pas et s'arrêta.

— Là, tout doux, tout doux !

Dans la clairière, devant une talle de bouleaux, Antoine était étendu non loin de sa monture. Je mis pied à terre et j'attachai les rênes de mon cheval autour d'un frêne. J'avais à lui parler des cloches de La Rochelle, de notre inquiétude. Silencieusement, je m'approchai de lui. Couché sur sa cape, il dormait. J'hésitai à l'éveiller, il avait tant besoin de repos. Je m'assis dans l'herbe et m'appuyai sur un large tronc blanc.

« Le blanc de l'autre monde, pensai-je. Le blanc des bouleaux, le blanc de la neige, le blanc des draps qui claquent au vent, le blanc... »

Antoine soupira, ouvrit les paupières et me regarda intensément. Son regard portait le poids de son impuissance.

— La souffrance est infinie, lui dis-je.

— La bêtise est partout.

Il me tendit la main. Les corbeaux croassaient. Les blancs bouleaux éclataient de lumière.

— Venez, dit sa voix douce.

Le croassement des corbeaux s'intensifia.

— Venez, insista la voix, cette voix...

Les draps blancs éclataient sous le soleil. Je posai la main en visière tant cette blancheur m'éblouissait. Ludovic me tendit la main. Je touchais le bout de ses doigts.

— Venez, approchez, venez, répétait la voix.

— Ludovic, murmurai-je.

Sa main serra la mienne. Lentement, je m'étendis près de lui. D'abord, il frôla ma joue légèrement, du bout des doigts. Sa caresse était douce, si douce...

« Les ailes d'un papillon », me dis-je en fermant les yeux.

Sa bouche erra dans mon cou.

— Il y a si longtemps, chuchota-t-il.

Sa main glissa sur ma hanche.

— Il y a si longtemps que je n'ai aimé, acheva-t-il.

— Aimé, répétai-je en caressant son visage.

— Il nous faut vaincre...

Le ciel bleu était sans nuage ; un ciel de mer.

— ... vaincre la mort, terminai-je avant de l'embrasser.

Notre étreinte confondit tous les malheurs du monde. Il releva mes jupons, j'agrippai ses cuisses musclées. Il assiégea ardemment mon ventre et me vola comme l'affamé vole un pain. Je mordis à la mie avec la ferveur de l'amante éperdue. Il broya mes chairs. Je lapidai mon âme.

— Ludovic, croassaient les corbeaux. Ludovic, Ludovic répéta l'écho.

Un noir corbeau se posa sur une glace blanche, si blanche ! Un fracas infernal... La glace se fendit, les eaux bouillonnèrent emportant les glaces... Un faible grognement...

— Hélène, Hélène ! répétait sa voix.

On soulevait ma tête, frottait mes tempes, tapotait mes joues.

— Hélène, Hélène, Hélène ! se désespérait la voix.

J'ouvris les paupières. Une lumière blanche m'éblouit. Je vis le visage d'Antoine si près, si inquiet !

— Antoine ! Que nous arrive-t-il ?

Ce soir-là, à la lueur de la flamme de ma bougie, j'écrivis en tremblant.

La Rochelle, en ce jour du 28 septembre de l'an 1628

Ysabel, ma très chère amie,

Aujourd'hui, nous avons mis le petit Jacques en terre... « Je suis la Résurrection et la Vie : celui qui croit en moi, même s'il meurt, vivra. Aucun de ceux qui vivent et croient en moi, ne mourra pour toujours. » Telles furent les dernières paroles de consolation qu'adressa notre bon père Gédéon à la mère éplorée. Elle est inconsolable.

Aujourd'hui, une flotte anglaise de quatorze bâtiments mouilla près de La Rochelle... Si les troupes françaises, vaillam-

ment menées par le Cardinal et notre roi, ne parviennent à les repousser, La Rochelle risque de tomber aux mains des Anglais. Dieu nous en préserve.

Mais il y a pire que j'ai peine à t'avouer, tant ma honte est grande. Aujourd'hui, ma bonne amie, aujourd'hui, j'ai péché…

24
Capituler

Octobre succéda à la turbulence de septembre. Comme la plupart des engagés de nos fermes étaient dispersés sur les champs de bataille, les vendanges exigèrent que les pensionnaires valides du domaine secondent maître Brûlé, notre vigneron. Chaque semaine, j'inscrivais le montant de leurs gages dans mon livre de comptes, tout en regrettant qu'ils ne puissent les toucher avant mon retour à Paris. Mais il fallait que les choses se passent ainsi, le sieur de Champlain ayant confié l'administration de ses finances à François de Thélis. Lui seul avait accès aux avoirs de ses coffres.

Souvent, après une journée bien remplie, je prenais un moment de répit dans l'atelier de notre apothicaire, maître Claude. Issu du mélange des odeurs des herbes séchées, des huiles et des graisses, un subtil parfum flottait dans l'air. J'aimais m'en repaître. Il m'apaisait.

Je profitais de ces moments de solitude pour lire quelques extraits dans *Le Recueil de remèdes*, les *Œuvres du médecin charitable* ou le *Traité des femmes grosses*. Selon le besoin du moment, je hachais des feuilles de simples, tels le sauge, le cerfeuil, le tussilage, je coupais des racines de bryone, de jusquiame, d'iris, ou encore, je pulvérisais quelques fleurs de centaurée, de violette, de rose ou de camomille. Bien que je n'aie pas accès aux recettes des préparations médicamenteuses, maître Claude me permettait parfois de diluer les huiles utilisées pour les cataplasmes, les emplâtres et les collyres, ou encore de préparer des onguents nécessaires à la cicatrisation des plaies, au soulagement de démangeaisons et à l'assèchement de pustules.

— Aujourd'hui, nous avons soigné un abcès intestinal, un ictère. Nous avons traité deux inflammations des yeux et nettoyé les dégâts de quatre vomissements, murmurai-je en m'assoyant à la chaise de la table d'écriture.

La flamme de ma bougie se reflétait sur chacune des bouteilles de verre colorées, soigneusement alignées l'une contre l'autre sur les trois tablettes de la pharmacie. Chacune d'elles portait une étiquette différente. *Médicaments évacuants*, pouvait-on lire sur la première, *Médicaments altérants*, sur la deuxième, *Médicaments fortifiants* et *Remèdes céphaliques*, sur la troisième.

— Cette rigueur est tout à l'honneur de maître Claude. Sels volatils, salsepareille, coloquinte, casse, rhubarbe, jalap, évacuants, lis-je avec intérêt sur les fioles. Thériaque, alkermès, jacinthe, esprit de vitriol, suc de citron. Le monde de la connaissance est infini, soupirai-je longuement.

La flamme vacilla. Sur les rouges, les jaunes et les verts des bouteilles, les points de lumière frémirent.

— La danse des couleurs, murmurai-je, la danse des feuilles aux couleurs de feu. La légèreté de leur chute... Ludovic, mon ami égaré...

Ce soir-là, mon cœur était presque aussi léger qu'une feuille tombant de l'arbre. Le bienheureux hasard m'avait permis d'éviter une rencontre avec Antoine Marié. Ce matin, alors qu'il cherchait tante Geneviève dans la cour, je m'étais dissimulée derrière le platane. Il désirait son assistance pour l'intervention qu'il s'apprêtait à faire : il devait couper la main effritée d'un soldat. Je regrettai de ne pouvoir me faire amputer de la honte qui me torturait. En après-midi, je m'étais glissée dans le bouge d'Ysabel le temps qu'il parle avec maître Claude. Il demandait à ce dernier de lui fournir la bétoine qui allait permettre une vapeur agréable au cerveau de celui à qui il allait extraire quatre dents. Si seulement la bétoine pouvait dissiper ma gêne...

— Antoine Marié, murmurai-je.

La simple évocation de son nom m'étouffait. Antoine Marié, mon abominable péché !

Je fixai le feu de la flamme. Au centre, un jaune si vif ! Son halo diffusait une douce lumière dans la profonde noirceur de la nuit. Je tendis l'oreille. Une bienfaisante accalmie régnait au domaine. Seul un toussotement brisait, de temps à autre, le profond silence. Le silence des abbayes, des couvents et des chapelles, rêvai-je, l'infini silence de là-bas... Là-bas... Ludovic, mon amour. Un long bâillement me tira de ma songerie. Les comptes, vitement, les comptes...

Je trempai ma plume dans l'encrier. Colonne Jacob Fabert. Jacob travailla six jours durant la dernière semaine de septembre. À six sols par jour, cela fait bien trente-six sols. Trente-six sols de plus pour le frère de Juliette. Juliette.

Comment a-t-elle pu supporter la mort de Thomas ? soupirai-je. L'aura-t-elle oublié ? Il m'arrive parfois d'avoir si peur d'oublier Ludovic ! Ce bateau et cette lettre que je lui porterai réveilleront-ils inutilement sa peine ?

Je m'apprêtais à inscrire la somme due à Jacob quand je sentis une présence derrière moi. J'hésitai à me retournai.

— Bonsoir, Hélène. Permettez que je vous entretienne un moment, dit-il faiblement.

Je ne le voulais pas, mais il le fallait bien. Je me levai. Antoine, debout devant la porte, me souriait. Il était si rare de le voir sourire.

— Que puis-je pour vous ? demandai-je le plus dignement possible.

Il passa ses mains fines dans ses cheveux châtains, releva la tête et me sourit à nouveau.

— Vos cris nocturnes m'inquiètent.

— Mes cris nocturnes ?

— Oui. Il vous arrive de crier durant votre sommeil. Cela m'inquiète.

Embarrassée, je saisis ma cape de peau déposée sur le dossier de ma chaise et m'en couvris les épaules.

— Vous confondez sûrement, affirmai-je. Plusieurs de nos gens crient la nuit.

— Votre voix...

— Ma voix parmi toutes ces voix !

— Précisément. Faites-vous des cauchemars ?

Mon trouble s'amplifia. Je reculai vers la sombre encoignure de la pièce.

— Un lourd fardeau vous accable. Cette agitation incessante vous éloigne de vos tourments. Vous travaillez sans relâche.

— Mon agitation n'égale pas la vôtre, maître Antoine !

Il avança d'un pas.

— Pourquoi repousser ma complaisance ? Je sens votre embarras dès que je vous approche. Ma faiblesse, mon inconduite... Enfin, je crains d'avoir aggravé votre trouble.

Sa plaidoirie ébranla ma résistance. J'avançai vers la lumière.

— Vous êtes sans faute, Antoine. Le sortilège qui me poussa dans vos bras est le seul véritable coupable. Car c'est bien de cela qu'il s'agit, Antoine. Nous avons été les victimes d'un perfide sortilège.

Il s'approcha de la table de travail, observa les bouteilles colorées, glissa son doigt sur le cahier des comptes, releva la tête et plongea ses yeux dans les miens. Un frisson me parcourut. Je resserrai ma cape. Mon geste émoustilla son odeur. Les fumées de la Nouvelle-France...

— Aucun remède ne peut vaincre le mal qui m'afflige, Antoine, aucun. Un désir inassouvi est la source de mes tourments.

Sans un mot, il fixa la flamme de la bougie.

— Malade de désir ? s'étonna-t-il en plissant son large front.

— Les peuples sauvages de la Nouvelle-France croient que nos maladies sont de trois espèces : les faiblesses du corps, les sortilèges et les désirs de l'âme.

— Vraiment ?

— Les faiblesses du corps peuvent être traitées simplement avec des plantes et des remèdes. Certaines gens de ces nations possèdent des connaissances semblables à celles de nos apothicaires.

— Intéressant !

— D'autres faiblesses proviennent des mauvais sorts jetés par les sorciers. Celles-là doivent être exorcisées par un *chaman*, sorte de médiateur entre le monde des vivants et le monde des esprits. En faisant des jeûnes, cet homme a des visions durant lesquelles les esprits lui enseignent les remèdes qui libéreront le malade des affres du sorcier. Au cours d'un rituel sacré, les femmes dansent et chantent dans la cabane de celui qui souffre du mal, pendant que le *chaman* souffle sur lui, agite des amulettes, jette du tabac sur le feu en offrande aux esprits, les priant de prendre soin de celui pour qui il intervient. Quelquefois, il lave le corps avec des décoctions d'écorce de frêne, de sapin, de pruche ou de merisier.

— Curieux, étrange même… Ils prient donc. Ces *chamans* sont des prêtres en quelque sorte.

— Bien sûr qu'ils prient ! Leur vie entière est une prière. Ils prient et remercient l'esprit de l'arbre avant de le couper, l'esprit des bêtes avant de tuer pour s'en nourrir, l'esprit de l'eau pour qu'il pleuve, l'esprit du vent pour qu'il arrête. Pour eux, tout être vivant a une âme, un esprit. Oui, ils prient...

Antoine accueillit mes propos sans broncher. Seul son sourcil droit se souleva quelque peu.

— Fascinant. Ces peuples seraient religieux.

Son regard s'illumina.

— Et ces maladies de l'âme ? s'empressa-t-il d'ajouter.

— Les *ondinnonk*.

— *Ondinnonk*, dites-vous ?

— Lorsque la cause de la maladie provient d'un désir inassouvi. Le remède se trouve dans le rêve.

— Le rêve ! s'étonna-t-il.

— Selon leurs croyances, durant le sommeil notre âme quitte notre corps pour errer dans le monde des esprits. Nos rêves seraient les messages des esprits, révélateurs de la source de notre mal, notre désir inassouvi. Tant que le message des rêves est incompris, l'âme souffre et le corps est malade.

— Comme c'est étrange ! Le corps malade de l'âme. Vous y croyez ?

— Le mal qui m'afflige relève à la fois de la sorcellerie et du désir, j'en ai la profonde certitude.

— Sorcellerie ?

— Des souvenirs m'échappent. Des souvenirs ont disparu de ma mémoire. J'ai oublié des choses dont personne n'a voulu me reparler, des choses mystérieuses survenues l'été de 1624, peu avant notre retour en France.

Il sourcilla.

— Perte de mémoire, sorcellerie.... Et le mal de l'âme ?

— Mes cauchemars me parlent de dérive, de glace, de brasier, de fuite, de scalps...

— De scalps ?

— Il s'agit d'une atrocité digne de nos plus cruelles tortures françaises. Après avoir tué un ennemi, le guerrier découpe son cuir chevelu qu'il portera fièrement à sa ceinture, avant de l'installer au bout d'un piquet devant sa cabane : un macabre trophée en quelque sorte. Plus le guerrier accumule de scalps, plus on lui reconnaît courage et bravoure. Celui qui ne craint pas d'affronter les ennemis menaçant sa vie et celle des siens est un homme respecté de tous.

— Ah ! Je vois. Ici, nous décapitons, démembrons et brûlons au nom de la justice. Là-bas, tout est question de survie.

— De survie, il est vrai, car on doit se nourrir, se vêtir et s'abriter. Les Sauvages sont des gens de grande vaillance, Antoine. La nature est leur maître. Et si je vous disais qu'ils surmontent l'adversité sans se plaindre. Chez eux, tout est occasion de fête, de rire, de chant, de danse et de reconnaissance. Les femmes y accouchent presque sans douleur et les enfants y vivent dans une telle liberté !

Le gris de ses yeux étonnés était tout semblable au gris des yeux d'Ysabel.

— J'ai si peu de courage, soupirai-je.

Il se rendit à l'étroite fenêtre et scruta le noir de la nuit. La lueur de la flamme dorait le blanc de sa chemise.

— Venir à La Rochelle par temps de guerre démontre une hardiesse hors du commun, Hélène.

— Cette guerre ne m'effraie pas. Elle m'afflige, mais ne m'effraie pas.

— Seriez-vous téméraire ?

— Mes pires ennemis m'habitent.

— D'où vos cauchemars…

Il se retourna et me sourit avant de poursuivre

— Courageuse, vous l'êtes, Hélène, courageuse, dévouée et passionnée. Jamais une plainte, jamais un reproche… Votre grandeur d'âme est toute à votre honneur.

— Mon honneur ! Pour ce qu'il en reste…

Je mordis ma lèvre.

— Hélène, vous n'avez rien à vous reprocher. Nous travaillons côte à côte comme des forcenés depuis des mois. Ni vous ni moi n'avons abusé de l'autre avant… cet incident. J'implore votre pardon pour ce moment de faiblesse.

— Un mauvais sort m'a menée vers vous. Si vous avez quelque estime pour moi, oubliez ce qui s'est passé entre nous.

Il avança d'un pas. Je reculai de deux.

— Si j'osais vous demander… Qui est ce Ludovic ?

— Qui vous a parlé de Ludovic ? Ma tante, ce ne peut-être que ma tante ! m'affolai-je.

— Vous, vous en avez parlé. Cet après-midi-là, dans mes bras, vous l'avez appelé à maintes reprises.

— Non ! m'exclamai-je.

Mes jambes faiblirent. Je m'appuyai sur la table. Mes oreilles bourdonnèrent. Des points de lumière scintillèrent sur les murs de la pièce. Des bras m'enveloppèrent.

— Hélène, je vous mène à votre chambre. Pardonnez-moi, pardonnez-moi, répétait une voix.

Je me réveillai en sursaut. La pluie frappait violemment à ma fenêtre. Dehors, le vent se déchaînait. Les arbres craquaient. Un arbre tombait assurément, un arbre tombait. Je m'enfouis sous mes couvertures en tremblant.

La tempête se déchaîna pendant quatre jours et quatre nuits. Lorsque la grêle s'abattit sur les vignes, maître Brûlé désespéra. Le vignoble du sieur de Champlain ne produirait aucune bouteille cette année. Tel était le destin des travailleurs de la terre, tel était le destin des peuples de là-bas. Devant les forces de la nature, l'homme devait capituler.

Quelques jours plus tard, peu après le dîner, un messager entra au galop dans la cour. Intriguée, je déposai la pomme que j'étais en train de peler afin d'aller à sa rencontre. Roger, qui l'avait rejoint, le ramenait vers la cuisine.

— Bonjour, dis-je en lui ouvrant la porte. Soyez le bienvenu au domaine du sieur de Champlain.

— Du courrier de Paris, pour madame de Champlain, m'informa le jeune homme en soulevant son chapeau de feutre noir tout empoussiéré.

Il le claqua sur ses hauts-de-chausses, ce qui eut pour effet de soulever un léger nuage gris.

— Des lettres de Paris, pour moi ! Vous m'en voyez ravie. De quel relais arrivez-vous ?

— Celui de Fontenay, madame… de Champlain ?

— Oui, je suis madame de Champlain.

— À votre service, madame.

— Je mène votre monture à l'écurie ? demanda Roger.

— Si madame le permet, je passerais bien la nuit sous son toit.

— Certes, je vous fais préparer une couche. Combien de temps avez-vous mis pour faire le trajet ? Y a-t-il beaucoup de fugitifs sur les routes ? Vous prendrez bien un peu de bouillon ?

— Comme vous êtes bonne, madame. Un bol de bouillon, et je vous suis, mon ami, dit-il à Roger.

Après avoir reconnu l'écriture de François de Thélis et d'Angélique, j'avais glissé leurs lettres dans ma poche. Je brassais les pommes cuisant dans le chaudron suspendu à la crémaillère tout en rêvassant. Je me désolais de n'avoir pu recueillir aucune nouvelle au sujet d'Henri. J'aurais tant aimé pouvoir rassurer mon amie. La lettre de François, quant à elle, m'intriguait. Pourquoi m'écrire ? Aurait-il retrouvé son fils ? Je le souhaitais pour lui, je le souhaitais ardemment. S'il y parvenait, j'y parviendrais aussi. Étrangement, cette pensée m'attrista. Et s'il était plus sage d'abandonner l'espoir de retrouver mon fils ? S'il était plus sage de le laisser à sa vie, plus sage de capituler ?

— M'dame Hélène, vous avez vu mon chat ? cria Thérèse en passant la porte de la cuisine.

— Non, je n'ai pas vu ton chat. Veux-tu un peu de compote de pommes ?

— Oh oui ! s'exclama-t-elle. Thérèse aime la compote.

Elle s'approcha, m'entoura de ses bras et me serra fort. J'appuyai ma joue sur son bonnet posé de travers.

— Thérèse aime aussi m'dame Hélène, très, très fort !

Une telle pureté émanait de sa candeur, une telle sincérité, une telle simplicité ! Thérèse était comme une douce brise du printemps chargée de réjouissantes odeurs. Un nuage rose nous enveloppa. Une joie profonde me submergea.

— Dame Hélène aime Thérèse très fort, murmurai-je.

— C'est vrai ? dit-elle en me regardant avec ses petits yeux noirs qui fixaient inexorablement le bout de son nez.

— Bien sûr que c'est vrai !

Elle resserra son étreinte.

« Il y a tant d'enfants à aimer en ce monde, pensai-je. Si tout était là, dans les bras de cette enfant. Aimer, tout simplement... »

Tante Geneviève et moi avions dû retarder notre souper. Un nouveau venu, blessé à la jambe, avait exigé nos soins.

Nous finissions notre assiettée de fricassée d'oignons quand Paul fit irruption dans la cuisine.

— Mesdames, mesdames ! s'exclama-t-il, les bras levés. La Rochelle a capitulé, La Rochelle a capitulé, CA-PI-TU-LÉ, s'égosilla-t-il.

— Capitulé ! m'écriai-je en me levant d'un bond.

Sceptique, tante Geneviève essuya ses mains sur son tablier rayé de bleu et se leva lentement.

— Par tous les diables ! La guerre est finie, la guerre est finie !

Paul saisit tante Geneviève, la souleva à bout de bras et la fit virevolter en riant.

— Paul, Paul, allons donc, Paul ! le gronda-t-elle.

Roger entra, suivi de notre messager.

— La Rochelle a capitulé ! s'exclamèrent-ils tour à tour.

Bernadette accourut du vestibule. Claude arriva sitôt après.

— Oyez, oyez, oyez, bonnes gens ! clama maître Brûlé, surgi on ne savait d'où. La Rochelle a capitulé !

Dans la cuisine, les cuillères battirent les chaudrons, les écuelles se frappèrent l'une contre l'autre et les serviettes volèrent de toutes parts. C'était la joie, c'était la fête ! Chacun agrippait un bras, pinçait une joue, embrassait un front. Les mains claquaient, les jambes sautillaient. Le Roi et le Cardinal avaient gagné la guerre. Alléluia, alléluia, alléluia ! Sonnez clairons et trompettes, La Rochelle resterait française ! Les seigneurs protestants n'auraient plus qu'à retrouver leur juste place sous la couronne de France. La menace d'un État indépendant d'huguenots allié aux Anglais était dorénavant chose du passé. Vive le Roi ! Vive la France ! Vive le Cardinal !

— Nos malades, s'exclama soudainement tante Geneviève. Allons aux chambres leur apprendre la bonne nouvelle.

Tante Geneviève s'élança vers l'entrée. Nous la suivîmes.

— Vous n'aurez pas à vous donner cette peine, nous dit Jacob. Voyez.

Attirés par le tapage, nos malades s'étaient dispersés sur le palier, dans l'escalier et dans l'entrée.

— La Rochelle a capitulé ! hurla Paul.

Ils éclatèrent d'allégresse. L'un levait une béquille, l'autre agitait un bras valide, tandis que d'autres s'embrassaient. Je levai les yeux vers la peinture du capitaine Guillaume Hellaine. Il me sembla plus joyeux qu'à son habitude.

Le calme ne revint qu'au petit matin tant le bonheur avait émoustillé les sens de nos gens. Moi, j'avais profité de la nuit pour écrire ma joie à mon amie Ysabel.

... L'acte de capitulation de La Rochelle fut signé ce 28 octobre 1628. Ainsi prit fin l'abominable siège de La Rochelle, ma bonne amie. Alléluia, alléluia ! Rendons grâce à Dieu.

Mon retour à Paris ne saurait tarder. Faisant suite à la demande du notaire François de Thélis, je devrai me présenter au Châtelet de Paris sous peu. Il me faudra inscrire le sieur de Champlain sur la liste des membres de la Compagnie de la Nouvelle-France. On nous rapporta que notre roi confirma l'acte de cette nouvelle compagnie en signant les vingt articles ratifiés par le Conseil du roi au camp devant La Rochelle, le 6 mai dernier. Tout cela ayant été instigué par notre Éminence rouge, le cardinal duc de Richelieu. Puisse Dieu supporter l'audacieux projet. Puisse Dieu protéger la Nouvelle-France !

Il me tarde de vous retrouver, ma bonne amie,

Hélène de Champlain

Le premier novembre 1628, le cardinal duc de Richelieu quitta sa cuirasse d'homme de guerre pour le camail. Il célébra la messe de la Toussaint au couvent des Oratoriens de La Rochelle. On dit qu'il ordonna aux soldats de raser les remparts et les fortifications de la ville reconquise. On dit aussi que quinze mille Rochelais périrent pour la cause durant le temps que dura le siège. Le farouche et têtu maire Guiton et ses dix notables eurent la vie sauve.

Notre domaine se vida peu à peu de ses protégés. Il ne resta bientôt plus que quelques blessés, dont l'état de santé retardait le départ. Nous les avons rassurés. Nous leur offririons le gîte et les vivres le temps de leur convalescence.

Au début de décembre, tante Geneviève me fit part de son intention de regagner Paris. Il était temps pour elle de retrouver sa vie normale ; son métier de sage-femme, tant à Paris qu'à Saint-Cloud, là où oncle Clément se désespérait de son absence.

— Il me tarde de le retrouver. Voilà bientôt plus d'un mois que je n'ai reçu de ses nouvelles. Il est vrai que l'automne est une saison exigeante pour les pelletiers...

— Les pelletiers ne manquent pas de travail, conclus-je. Les ateliers de fourrures avant les froids de l'hiver... Vous n'avez pas à vous inquiéter. Oncle Clément est assurément surchargé de travail. Comment va-t-il ? Il y a si longtemps que je ne les ai revus tous, Mathurin, Isabeau, Louis et la petite Franchon.

— Hé, la petite Franchon aura bientôt dix-sept ans, très chère nièce.

— Vraiment ! Comme le temps passe vite !

— Et elle serait amoureuse, d'après ce que m'a confié son père.

— Amoureuse à dix-sept ans. Quelle merveilleuse aventure... Il y a si longtemps !

— Je fêterai Noël auprès d'eux. Si tu pouvais y venir, ce serait un bonheur pour nous tous.

Elle prit ma main dans la sienne et me sourit.

— Peut-être, je verrai.

— Le siège de La Rochelle t'aura permis de retrouver une certaine joie de vivre, je me trompe ?

— Il est vrai. Il y a tant de défis en ce monde... hors de nous. Il y a tant à faire, ici-bas.

— Alors, je sais que tu viendras.

Nous nous serrâmes l'une contre l'autre, fidèles combattantes, fidèles amies.

— Merci, lui murmurai-je. Merci pour tout.

Elle relâcha son étreinte, ajusta sa coiffe blanche et releva fièrement le menton.

— Nous sommes de la race de celles qui savent tirer profit des larmes, Hélène, ne l'oublie pas !

— Profit des larmes... ?

— Tu l'ignorais ! Non, ne me dis pas que je te l'apprends, je n'en crois rien.

— Oui, oui... non, enfin, je crois que je comprends... osai-je en me grattant exagérément la tête. Oui, les larmes... profit... oui, oui.

Elle rit.

— Non ! Ne me dis pas que tu ignores encore que les larmes portent le secret de la consolation ? Non ! Non ! Non ! s'exclama-t-elle en posant les mains sur ses hanches.

Je ris à mon tour.

— Allons donc, très chère tante, repris-je en l'imitant, bien sûr que je savais ! Je vous ai bien eue, allez !

Au matin de notre départ, un bienfaisant soleil dissipa les brumes des collines entourant le vignoble. Jacob, Irène, maître Brûlé, Bernadette, Roger et Thérèse s'étaient rassemblés autour de notre carrosse sur lequel Paul terminait d'attacher ma dernière malle. Tout au fond, j'y avais déposé la lettre que Jacob avait écrite pour Juliette. Il m'avait recommandé d'insister sur le fait qu'il reviendrait auprès d'elle, sitôt qu'il aurait amassé suffisamment de gages pour racheter sa charge à l'atelier du luthier Amati de Paris. Je fus étonnée d'apprendre que ce luthier tenait boutique non loin du Marais du Temple, à moins d'une lieue de l'appartement du sieur de Champlain. Juliette était une de ses trois domestiques.

— Juliette recevra de vos nouvelles sous peu, lui promis-je.

— Je ne crains pas, madame. Ma lettre est entre de bonnes mains.

Maître Brûlé posa son bras autour des épaules d'Irène. Notre vignoble l'avait accueillie sous son toit et, tout probablement aussi, dans un recoin de son cœur. Thérèse, debout entre son père et sa mère, tenait Filou dans ses bras. Je m'approchai d'elle, redressai son bonnet blanc sur ses cheveux en bataille et posai un baiser sur son front.

— Au revoir, Thérèse, dis-je la larme à l'œil.

Elle souleva Filou.

— Il aimerait bien une p'tite caresse de vous, m'dame.

Tandis que je flattais le long poil de Filou, elle se hissa sur la pointe des pieds et me chuchota à l'oreille.

— Ne craignez plus, m'dame Hélène, un ange veille sur vous.

25

Les Sonnets pour Hélène

Sitôt rentrée à Paris, je me rendis au Châtelet en compagnie de François de Thélis. Les trois mille livres qu'il déposa sur le bureau du notaire chargé du recrutement firent du sieur de Champlain le cinquantième actionnaire de la Compagnie de la Nouvelle-France, aussi appelée des Cent-Associés puisque le nombre de ses membres était limité à cent.

La bibliothèque, s'étalant sur tout le mur derrière le bureau du notaire Santis, m'impressionna. Disposés ici et là entre les piles de documents et les rouleaux de parchemins, les cuirs vert, rouge sang-de-bœuf, brun et noir de l'épine des livres animaient joliment les rayons. Un titre me surprit : *L'institution chrétienne* de Calvin.

« Tiens donc, notre notaire serait de la religion des réformés ? » pensai-je en poursuivant mon investigation : *Les Essais* de Montaigne, *La vie très horrifique du grand Gargantua, père de Pantagruel*, le *Tiers Livre*, le *Quart Livre* et le *Cinquième Livre*, tous de Rabelais. Sur la tablette du milieu, *Amours*, *Odes*, *Hymnes*, *La mort de Marie* et *Sonnets pour Hélène*, de Ronsard.

— *Sonnets pour Hélène* ! murmurai-je.

— Madame ? s'enquit le notaire en soulevant son nez fin du document qu'il était en train de lire.

— Pardonnez-moi, rien d'important. Les *Sonnets pour Hélène* ont attiré mon attention.

L'austère visage du notaire s'illumina. Les rides de son front s'atténuèrent.

— Ah, Ronsard ! s'exclama-t-il.

Il inclina la tête par derrière et ferma les yeux, comme pour mieux s'abreuver à la source de sa béatitude.

— Le poète des amours ! Cassandre : « *Mignonne, allons voir si la rose, Qui ce matin avait déclose…* »

Un long silence parfumé de l'odeur des roses plana avant que l'esprit du notaire ne revienne parmi nous.

— Connaissez-vous Ronsard, maître Thélis ? demanda-t-il à François.

— Non, répondis-je à sa place.

François croisa les jambes. Le notaire, dérouté par ma hardiesse, nous dévisagea l'un et l'autre avant de poursuivre.

— Vous ignorez tout des *Sonnets pour Hélène*, madame !

— Il est vrai. J'ignore tout de Ronsard et de ses *Sonnets*.

Il agita la main en direction de François.

— Une brève parenthèse, pour le bon plaisir de madame, maître Thélis ?

— Faites donc, rien ne presse, dit François qui flattait négligemment la plume grise de son chapeau de feutre.

Le notaire Santis s'éclaircit la gorge.

— Reportons-nous autour de l'an 1575. Hélène de Surgères, fille d'honneur de la reine Catherine de Médicis, ayant perdu son fiancé à la guerre, était inconsolable. Espérant la détourner de son chagrin, la souveraine invita le poète Ronsard à immortaliser la belle. L'artiste, bien qu'étant sur le déclin de sa vie, s'éprit de sa jeune muse. Cet amour d'automne lui inspira des sonnets d'une émouvante mélancolie. Il les nomma : *Les sonnets pour Hélène*.

Après avoir minutieusement repoussé les boucles de son épaisse chevelure noire derrière ses épaules, le notaire releva son menton garni d'une barbiche et se lança dans une citation :

Quand vous serez bien vieille, au soir, à la chandelle,
Assise auprès du feu, dévidant et filant,
Direz, chantant mes vers en vous émerveillant :
Ronsard me célébrait du temps que j'étais belle !

Sa main folâtra devant lui, le temps de sa pompeuse déclamation.

— La jeune Hélène pleura son fiancé sa vie durant ? me surpris-je à demander.

— Hélas !

La mélancolie de Ronsard me gagna. Je serrai le miroir de Ludovic.

— *Du temps que j'étais belle*, soupirai-je, au temps de notre fol amour.

— Si nous en venions au propos de notre rencontre, maître Santis, reprit François en rompant l'écho de la poésie.

— La Compagnie des Cent-Associés, se ravisa le notaire. Pardonnez cette incartade, maître.

— Mettons la faute sur la beauté du verbe, badina François.

Le notaire souleva le document qu'il avait délaissé.

— Ce Ronsard, tout de même, quel poète ! Revenons au sérieux de l'affaire. Maître Thélis, concernant le dépôt de trois mille livres…

Le notaire précisa les tenants et aboutissants de la nouvelle compagnie qui allait supplanter celle des de Caën. La Compagnie des de Caën, l'été 1621… Tous les remous soulevés par l'arrivée de cette nouvelle à Québec resurgirent à ma mémoire. L'été 1621, l'été des grands bouleversements, l'été où le sieur de Champlain, coincé entre l'écorce et l'arbre, s'échina à tempérer les ardeurs des engagés des deux compagnies. À coup de lettres royales, chacune d'elles revendiquait les droits légitimes et exclusifs du commerce en Nouvelle-France : la Compagnie de Rouen et Saint-Malo contre la Compagnie de Montmorency ou de Caën. Cet été-là, Québec passa à un cheveu d'une guerre civile. N'eut été de la fine diplomatie du lieutenant de la colonie...

— Cette nouvelle compagnie diffère des précédentes sous plusieurs aspects, déclarait le notaire. Elle se veut le fondement de la politique coloniale élaborée par notre Éminence, le cardinal duc de Richelieu. Cette politique dotera la Nouvelle-France d'un système administratif et financier capable de résister à l'invasion de quelque ennemi que ce soit.

« Ludovic appuya fidèlement le sieur de Champlain en tous points », pensai-je avec un pincement au cœur.

— Aucun profit de l'entreprise ne sera distribué durant les trois premières années. Après quoi, à moins qu'il n'en soit décidé autrement, chacun des associés touchera le tiers de ce qui lui revient, les deux autres tiers s'additionnant progressivement à son capital accumulé. Ces mesures assureront à l'entreprise des fonds de plus en plus abondants.

« Tandis que moi, je pris le parti des femmes et des engagés de la Compagnie de Rouen et Saint-Malo, au nom de la justice, me rappelai-je. De la justice ! La fidélité à mes opinions défiant la fidélité à mon amour... Un dilemme sournois : deux compagnies, deux visions, deux amants écorchés », me chagrinai-je en fixant le rouge du cuir sur lequel était inscrit *Sonnets pour Hélène* en lettres d'or.

— ... conviendrez, madame ?

Ma distraction m'obligea à acquiescer d'un simple hochement de tête.

— Puisque tout est bien compris, poursuivons.

Je me devais de faire un effort. La cause était louable. Je redressai les épaules, bien décidée à accorder une oreille attentive à la discussion. Le notaire prit un second parchemin, y jeta un bref coup d'œil et poursuivit.

— Un comité directeur de douze membres régira cette compagnie. Bien que non salariés, ces membres détiendront le plein pouvoir pour distribuer les charges, disposer des fonds, faire construire les navires, recruter les émigrants, préparer les embarquements, concéder les terres et nommer le receveur chargé de tenir les comptes.

Puis, il se leva lentement, délaissa son bureau et se rendit devant l'immense carte déployée sur le mur, au fond de la pièce. Il ajusta les pans de sa toge sur son ventre arrondi, releva la barbiche de son double menton et déclama :

— En plus du fort et de l'Habitation de Québec, des deux navires de guerre tout équipés et de leurs quatre canons, le Conseil royal concède à cette compagnie tout le territoire de la Nouvelle-France.

Sa main potelée décrivit un cercle englobant presque toute la surface de la carte.

— De Terre-Neuve à l'est, jusqu'à la mer douce de l'ouest, de la Floride au sud jusqu'au cercle arctique au nord ! s'extasia-t-il tout en tapotant successivement du revers de la main les lieux mentionnés. N'est-ce pas incroyable, mes amis ! Un pays presque dix fois plus vaste que la France, entre les mains de cette compagnie, tant et aussi loin qu'il pourra s'étendre au nom de Sa Majesté de France !

Son exaltation m'intimida. Je réprimai ma stupéfaction.

— Tout cela me laisse quelque peu perplexe, dit François en se rendant près de lui.

Il pointa un endroit précis sur la carte.

— À ma connaissance, cette région de la Virginie est occupée par les Anglais.

Son index frappa un second point de la carte.

— Des Hollandais vivent ici, en Nouvelle-Néderlande. N'est-il pas mensonger de prétendre à la possession de tous ces territoires alors que d'autres puissances les occupent ?

La bouche du notaire s'ouvrit si grande que la pointe de sa barbiche noire frôla son jabot blanc. La peau de son visage rougit subitement. Il soupira profondément.

— Maître Thélis, seriez-vous à ce point ignorant de l'éthique des notables ? Pensez-vous que les résolutions de la Cour causent préjudice ? Méfiez-vous, compère, méfiez-vous ! Les murs du royaume de France ont des oreilles. Méfiez-vous, semonça-t-il en agitant le doigt devant François, méfiez-vous, l'espionnage est parure de Cour.

Les épaules de François s'affaissèrent.

— J'admets volontiers que ce territoire soit à la mesure des ambitions de notre Cardinal. Un projet fulgurant, une compagnie sûre, une compagnie...

— Digne de la France, mon ami, une compagnie digne de notre foi ! Que Dieu lui vienne en aide. Vive la France ! Vive la Compagnie des Cent-Associés ! clama-t-il en levant les bras vers le plafond.

— Vive... vive la France, répéta bêtement François.

Apparemment, la certitude du notaire imposait.

— Ainsi sera fait et bien fait, clama-t-il fièrement.

Vraisemblablement satisfait des résultats de son intervention, le notaire retourna derrière son bureau et appuya ses mains sur les documents.

— Qu'adviendra-t-il des Sauvages ? lançai-je spontanément.

La bouche du notaire s'étira à nouveau.

— Les Sau... quoi ? Plaît-il, madame ?

— Des peuples primitifs vivent sur ces territoires, l'informa prestement François.

— Peuples primitifs !

François posa sa large main sur la carte et écarta ses doigts de manière à couvrir le centre de l'ambitieuse colonie.

— Des peuples sauvages habitent les forêts sur toute l'étendue de ces terres. Les familles, regroupées en clans ou tribus, vivent de chasse, de pêche et des produits de la traite. La plupart sont nomades, quelques-unes sont semi-sédentaires. Elles se déplacent d'un lieu à l'autre selon les saisons afin d'assurer leur survie, créer des liens entre les tribus, échanger des informations pertinentes, planifier des actions communes, participer au commerce de traite.

Le notaire mordilla nerveusement sa moustache. Sa barbiche sautilla. Il leva son visage vers le plafond en fermant les yeux.

— Des Sauvages ! Attendez, attendez. Je les imagine vivant comme des bêtes, sans finesse d'esprit, totalement ignorants des sciences, des arts et des commerces de notre civilisation. Ont-ils seulement une langue propre, au propre comme au figuré ? Notre langue a de telles subtilités !

Il serra les lèvres, se pinça le nez. François me regarda avec un sérieux qui ne laissait aucun doute sur le mauvais goût de la remarque. Je me mordis la lèvre tout en fixant l'infatué personnage, qui étouffait dans un soubresaut, le rire absurde provoqué par son imaginaire tordu. Le tapage de ses mains frappant le bois de sa table me fit sursauter.

— Reconnaissons ici la magnificence de la France qui daigne poser sur ces pauvres moribonds un regard bienveillant. Insuffler à ces primitifs civilité et religion, quelle admirable cause !

Cette goutte de mépris fit déborder la coupe de mon indignation. Je me levai, ajustai les plis de mes jupes, les ourlets de mes poignets, et avançai d'un pas en direction du personnage.

— Maître, votre esprit savant se réjouira assurément d'apprendre que ces peuples ont des traditions qui, bien qu'étant fort différentes des nôtres, n'en sont pas moins pleines de sens.

L'hébétude du notaire stimula ma ferveur. J'entrepris de marcher entre l'espace séparant la carte géographique de son bureau.

— Leur société, car société véritable il y a, leur société, dis-je, est composée de chefs, de guerriers, de chasseurs, de soigneurs, de prêtres, et de femmes.

J'inspirai profondément tout en remarquant au passage que François dodelinait de la tête.

— *Eshe*, *eshe*, poursuivis-je, des femmes à qui l'on reconnaît des talents, des femmes qui ont leur mot à dire et des rôles spécifiques à jouer dans l'organisation de leur communauté.

Le notaire suivait ma trace les yeux farcis d'étonnement. J'arrêtai devant lui. Il me gratifia d'un sourire bêta. Je repris ma marche et poursuivis.

— Il y a des enfants aussi, de magnifiques petites filles aux doigts de fée qui vous transforment une écorce de bouleau en panier, en chapeau ou en bijou, et ce, en moins de temps qu'il ne faut pour le dire. Et de courageux garçons qui courent à travers bois afin de ramener le lièvre, la perdrix ou la tourte qui nourrira leurs frères et sœurs. Ils sont nus, la plupart du temps, sauf en hiver. Vous comprendrez que par temps de grand froid la chaleur des peaux de fourrure soit plus appropriée que la nudité.

La barbiche tremblota. Ma fougue s'amplifia.

— Presque chaque matin, les femmes retirent les poux des chevelures de leurs enfants et les mangent. Œil pour œil, dent pour dent ! Lorsque, par malheur, un des leurs est tué, voir torturé par l'ennemi, on court le venger. Celui qui rapporte le scalp dégoulinant du sang de l'assassin est acclamé, que dis-je, honoré ! Œil pour œil, dent pour dent ! Telle est la loi de ce pays, monsieur !

Le notaire se laissa choir sur son fauteuil. Son affaissement fit plaisir à voir.

— Là-bas, monsieur le notaire, m'excitai-je davantage, là-bas l'âme des humains respecte l'âme de l'arbre, de la rivière, des bêtes. Chaque nation a son langage propre, une langue, est-ce possible ! Les signes, les symboles de leur écriture, s'inscrivent sur l'écorce, dans le sable, sur le flanc d'un rocher. Car, il nous faut bien l'admettre, ces êtres, bien que Sauvages, sont bel et bien pourvus d'intelligence. *Eshe*, d'IN-TEL-LI-GEN-CE !

Les mains de l'homme de lettres se crispèrent sur les bras de cuir de son fauteuil. Je me penchai au-dessus des documents afin d'amener mon regard à la hauteur du sien.

— J'oserais même affirmer, de fine intelligence !

— De… fine… bégaya-t-il d'une voix étouffée.

Je me redressai.

— Car pour eux, monsieur, chaque son, chaque odeur, chaque couleur de la forêt porte un message. Il faut les voir décoder les sortilèges du vent, les tourbillons des rivières et les pistes incrustées dans les glaises ou les neiges. Il faut les entendre chanter et danser leurs joies et leurs peines, hurler avec les loups, courir avec les cerfs. Ils connaissent chaque recoin de leur territoire. Ils savent où pousse la mousse dont ils se nourriront en cas de famine, où passent l'élan et l'orignal, où vit l'ours, où nichent les outardes, où copulent les renards. Et les castors, que dire des stratagèmes déployés pour obtenir sa fourrure !

François se leva. Le visage bouffi du notaire s'empourpra. Un subtil plaisir m'enfiévra. Mes pas avaient cessé, mes bras battaient l'air en tous sens.

— On pense, chez eux, on va même jusqu'à penser, figurez-vous ! Étonnant, n'est-ce pas ? Des Sauvages penseurs ! Incroyable, non ? Des Sauvages pensants ! Et la religion, que dire de leur religion ? Nous prions Dieu et tous les saints. Ils invoquent les esprits. Parce que pour eux, tout être vivant est animé ! Et pourquoi pas ? L'important n'est-il pas de croire, monsieur le savant notaire, de croire ? Croyez-vous sincèrement, monsieur ? Croyez-vous vraiment ? Malheureux celui qui ne croit en rien, malheureux !

François agrippa mes épaules. Le plancher se déroba sous mes pieds. Je portai la main à mon front.

— Inspirez, me dit-il, inspirez. Madame est quelque peu perturbée, poursuivit-il à l'intention du notaire. Son séjour à La Rochelle, ces blessés, la fatigue…

Ses excuses me firent l'effet d'une gifle. Je me raidis.

— Nenni, mon ami ! Vous me voyez bien portante. Tenez, si j'avais mon épée, je serais toute disposée pour un assaut. Un assaut, qu'en diriez-vous, notaire Santis ? raillai-je. À moins que vous ne préfériez l'arc et les flèches ?

— Madame, ressaisissez-vous ! implora François en me secouant légèrement. Madame de Champlain, je vous en prie, finissons-en. Retournez à votre chaise, je vous en prie. Nous sommes ici pour le contrat de votre époux, le sieur de Champlain. Hélène, la Compagnie des Cent-Associés, rappelez-vous !

Ma respiration ralentit. Le fracas d'une bulle de verre éclatant dans mon crâne fut suivi d'un bienfaisant silence. J'étirai mon cou, je passai un doigt sous le collet montant de ma chemise tout en inspirant profondément. Une odeur d'encre mêlée à celle de la cire des bougies emplit mes narines.

« Ce soir, me dis-je, ce soir, il faut que j'écrive, il le faut. Cet été 1621, il me faut m'en souvenir… »

— Là, respirez, chuchota François en cherchant mon regard, respirez. Tout va bien, respirez.

L'effet me sembla curieux. L'esclandre m'apporta une bienfaisante sensation, comme une libération. Il me laissa dans un état d'extrême légèreté. Je me sentais aussi légère qu'une rose fraîchement éclose. Allégée, purifiée, régénérée comme la forêt après l'orage. Je pouvais maintenant dévisager froidement l'homme de robe en toute quiétude.

« S'il préfère mariner avec complaisance dans la saumure de la bêtise, tant pis, pensai-je en retournant m'asseoir sur ma chaise. Je déteste les gens bien nés aux œillères dorées. L'ignorance fortifie bien des vertus. Juger sans savoir, sans connaître, outrage les esprits et les cœurs, et pourquoi pas Dieu lui-même, tandis qu'à y être ? »

Les mains sagement croisées sur mes jupes, les épaules redressées et la tête droite, j'attendis la suite des événements. Le notaire, rassuré par l'accalmie, se releva lentement. Il prit le document et le tendit à François.

— Lisez, maître ! Dès aujourd'hui, appuya-t-il fortement, dès aujourd'hui, j'écris une missive à l'intention du sieur de Champlain. Toutes les obligations et tous les avantages de ladite Compagnie y seront dûment expliqués.

Puis baissant la voix, il se pencha vers François et ajouta.

— Ne craignez rien, je passerai sous silence l'hystérie de madame, rassura-t-il en pointant une main mollasse vers moi.

— Les obligations ? De quelles obligations s'agit-il ? demandai-je calmement.

Le notaire me regarda d'un œil noir. Il mordilla sa moustache, ce qui provoqua aussitôt les sursauts de sa barbiche noire. François délaissa sa lecture.

— Madame est curieuse de tout ce qui concerne la Nouvelle-France, précisa-t-il. Nous y avons vécu quatre années.

— Ah, mais cela explique tout ! convint le notaire.

— Explique quoi ? ripostai-je.

— Seigneur ! s'exclama François.

— Votre intérêt, madame, votre louable intérêt, s'empressa de préciser le notaire. Avez-vous terminé cette lecture, maître ?

— Non, encore un moment, je vous prie.

Il me supplia du regard, revint au document qu'il s'appliqua à parcourir tandis que le notaire me scrutait comme si j'eus été un spécimen étrange.

— Bien, je vois de quoi il retourne. Tout est conforme, indiqua François en lui remettant le parchemin. Les formalités étant acquittées, madame, considérez l'affaire conclue. Nous pouvons partir.

— Sitôt la signature de madame apposée ici, au bas du document. Si madame veut bien s'approcher, demanda le notaire en me tendant la plume à bout de bras. Reste qu'il est tout à fait surprenant de découvrir une telle véhémence chez…

Le document signé, je remis délicatement la plume dans la main de l'homme qui ne savait plus trop sur quel pied danser.

— Chez une femme, terminai-je avec le plus resplendissant des sourires.

— Chez une femme, disons, hors du commun, ajouta-t-il poliment afin d'amadouer la bête.

— Votre flatterie me touche, maître Santis, me réjouit même.

— Ah, fort bien, soupira-t-il quelque peu rassuré.

— Ce n'est pas tous les jours qu'il m'est donné d'instruire un homme de brillante culture, un homme féru de philosophie, de littérature, de poésie.

— Sur ces peuples, oui, évidemment, sur ces peuples. Je retiendrai la leçon, assura-t-il en reculant d'un pas.

— Sur ces peuples, il y a de ça, oui.

François déposa ma hongreline sur mes épaules.

— Je vous en prie, madame, implora-t-il, les yeux craintifs.

Maître Santis prit la main que je lui tendis et déclama :

— « *Vivez, si vous m'en croyez, n'attendez à demain ; Cueillez dès aujourd'hui les roses de la vie.* » Ronsard, précisa-t-il devant mon air ahuri.

— Ronsard, poète des amours, *Sonnets pour Hélène ?*

— Précisément, jubila-t-il en déployant un large sourire.

— Tel est l'acquis d'importance, notaire de Santis.

— Plaît-il, madame ?

Je retirai ma main de sa patte velue.

— Une femme peut apprendre et raisonner. *La tête des femmes si souvent décriée, Du dedans et du dehors savamment ornée, Saura confondre, charmer, voire étonner, Le courageux galant qui d'audace armé, Œillères et fourbes préjugés osera délaisser.* D'une poétesse inconnue.

La barbiche frôla le jabot tant sa bouche s'étira.

— Notaire de Santis, ce fut un plaisir, ironisai-je. Venez, François, je n'ai plus une minute à perdre. La route sera longue.

— Maître Santis, salua François en remettant son chapeau.

François serra fortement mon bras et ne relâcha pas sa poigne tant que Paul n'eut refermé la portière du carrosse derrière nous. Il s'assit à mes côtés et s'appliqua à fixer la fenêtre de la portière. François fulminait. Je décantai la déception qu'il avait suscitée. Comment pouvait-il baisser les bras ainsi, renoncer à ses opinions, lécher les bottes du premier beau penseur venu ? Bien sûr, il avait une réputation à tenir. Bien sûr, les couloirs des palais étaient-ils plus grouillants d'ennemis que les forêts du bout du monde. Mais abdiquer sans se débattre !

Je n'allais tout de même pas laisser cet énergumène brouiller notre amitié ! J'avais de toute évidence dépassé les bornes, je voulais bien l'admettre. Après tout, j'aurais pu faire semblant, faire comme si ces sottises m'indifféraient. Pourquoi me révolter ainsi et si fortement ? Croire pour la croyance ? Le notaire avait-il exacerbé mes remords ? Croire en quoi, en qui ? Dieu, les esprits, les hommes... L'important est de croire, avais-je affirmé, alors que je doutais de tout ou presque. Pourtant, à La Rochelle, j'avais cru aux bienfaits de l'ange. Le souvenir de Thérèse et des révélations de son chat Filou me firent sourire. Thérèse qui a cru sans voir... Quoi qu'il en soit, j'avais vaillamment défendu la cause de ces peuples. Pour cet aspect des choses, j'étais assez fière de moi. À présent, il était temps de veiller l'amitié, de faire amende honorable.

François regardait toujours dehors. Une pluie diluvienne se mit à tomber. Son fracas couvrit le malaise de notre mutisme.

— Pardonnerez-vous à votre amie ? osai-je. Cet emportement fut si imprévisible, d'une telle force !

Sa joue se contracta. Il me gratifia d'un regard en coin.

— La bêtise me chavire, continuai-je. Vous connaissez ma fragilité.

— Votre fragilité !

Son éclat de rire alla s'amplifiant. Il rit bientôt à gorge déployée. Il rit à s'en taper les cuisses avec les gants de cuir qu'il tenait à la main. Un rire libérateur, un rire mérité.

— Quoi ? Qu'ai-je dit de si loufoque ? Encore un peu et je me vexe.

— Madame ! Vous, fragile ! Dites plutôt une guerrière, une adorable guerrière ! réussit-il à exprimer entre deux gloussements.

— Adorable guerrière ! Maître Thélis, mesurez vos propos. Je suis madame de Champlain, poétesse devant l'Infini, Sauvagesse intrépide, captive en terre de France !

Je saisis le pan de ma hongreline et couvris le bas de mon visage. Son rire cessa.

— Seuls les fous osent s'attaquer à la bêtise des grands, madame.

— Alors, consacrez-moi folle sur-le-champ, monsieur. Folle je suis, folle je resterai !

— Hélène, votre ami craint pour vous. Mieux vaut ménager la susceptibilité de tous ces hommes de robe, croyez-moi ! Chacun d'eux peut être un allié favorable tout autant qu'un ennemi redoutable. Il ne dépend que de vous !

Je posai la main sur celle de mon ami.

— Seuls deux désirs m'habitent, François, deux puissants désirs ; avant tout, retrouver le souvenir des dernières semaines passées en Nouvelle-France. Aidez-moi !

— J'étais à Tadoussac en août 1624. Je vous l'ai maintes fois répété. Votre incrédulité m'afflige.

— Vous en savez plus que vous ne voulez l'admettre. Je le sens. Je sens lorsqu'on me ment.

— Vous le sentez ? Pourquoi vous refuserai-je la vérité, surtout si je la savais capable d'alléger vos peines ?

— Je n'en sais rien, voilà le drame. Tous me refusent la vérité. Au nom de quoi ? Pourquoi ? Pour qui ?

— Si tous ceux-là pensaient d'abord à votre bien-aise.

— Le mensonge ne sert que la folie.

François prit mes mains entre les siennes.

— Hélène, il faut me croire. Je vous dis tout ce que vous êtes en droit de savoir.

Je retirai vivement mes mains.

— En droit ! Je ne le sens que trop ! Vous, mon ami, tout autant que les autres, me refusez la vérité sur ce qui s'est passé en Nouvelle-France avant votre retour. Sachez, François, sachez qu'un seul notaire de France m'importe en ce qui me concerne. Son entêtement me chavire le cœur et l'esprit. Aussi...

— Aussi, déversez-vous votre hargne sur le premier notaire venu, blâma-t-il vertement.

Mon regard croisa le sien. Bien que je sois convaincue que son affront fut teinté de tendresse, l'abominable envie de lui arracher les yeux m'effleura l'esprit. Je m'efforçai de résister à ma diabolique tentation, quand un léger rictus apparut au coin de ses lèvres.

Pressentant une feinte, j'inspirai profondément.

— N'est-il pas quelque peu téméraire d'insulter une dame de ma qualité, maître Thélis ? Qui sait les influences dont je suis capable ? Tenez, si je vous offrais mes services pour suppléer à l'échec de l'espionne, envoyée par vous, chez la duchesse de Chevreuse ? N'a-t-elle pas compromis l'espoir de retrouver la piste de la mère de votre fils ?

Il se redressa. Son visage se rembrunit.

— Vous m'inquiétez ?

— Double attaque, maître. Voilà maintenant que ma discrétion est mise en doute !

— Non ! Qu'allez-vous supposer ? Je vous sais discrète comme tombe. Seulement, vos humeurs...

— Quoi, mes humeurs ?

— Admettez qu'elles sont quelque peu imprévisibles.

« Attaque en tierce, riposte, riposte... », pensai-je avant de poursuivre.

— Je jure sur ce que j'ai de plus cher à mon cœur, que jamais je ne dévoilerai à quelque notaire du Châtelet que ce soit que vous, honorable maître Thélis, avez soudoyé sous cape le pauvre valet de votre ami avocat... Quel est son nom, déjà ?

— Marquis, l'avocat Marquis, dit-il mi-fâché, mi-rieur.

— Marquis ! Ah, cette mémoire ! Donc, vous avez outrageusement soudoyé ce pauvre valet qui vous révéla avoir aperçu la dame recherchée dans la boutique d'un luthier, aux environs du Marais du Temple, en septembre dernier.

— Je me suis rendu à maintes reprises à cette boutique sans jamais y recueillir le moindre avis à propos de cette dame.

— Par contre, moi, j'ai une lettre à remettre à une certaine Juliette.

— Et alors ?

— Une Juliette servante chez le luthier Amati du Marais du Temple, très cher ami.

— Non ! s'exclama-t-il en saisissant mes mains.

— Si ! Ma proposition vous intéresse-t-elle, maître Thélis ?

— Hélène, si jamais vous permettez que ce miracle survienne...

— Sanctifiez-moi à l'instant même ! plaisantai-je.

— Et pour le reste de mes jours. C'est une promesse.

— Supportez mes humeurs, mes emportements. Soyez mon ami à tout jamais.

— À tout jamais.

Notre carrosse s'immobilisa.

— *« Vivez, si vous m'en croyez, n'attendez à demain ; Cueillez dès aujourd'hui les roses de la vie »*, clama-t-il bien haut.

— Miséricorde, Ronsard vous aura rendu fou !

— Alors, nous serons deux fous, gente dame, deux fous extirpés de l'origine des temps, perdus dans ce pays de la douce France. La joie que vous me faites, vous n'avez pas idée !

— Douce, la France ? ! ! Vous seriez plus profondément atteint qu'il n'y paraît !

Paul ouvrit la portière. Des gouttes de pluie dégoulinaient tout autour du large rebord de son chapeau.

— Monsieur de Thélis, votre hôtel. A… a… atchoum !

François baisa chacune de mes mains avant de les délaisser.

— J'accepte votre offre. Prenez garde, gentille Poétesse, prenez garde aux loups.

— Une louve ne craint pas les loups.

— Vous, une louve !

— Oui, une louve.

— Pardonnez mon désaccord. Une louve ne rugit pas, madame.

— À moins que l'on n'attaque ses petits. Méfiez-vous, dis-je en transformant mes doigts en griffes acérées.

— Je vous crois, je vous crois. Une louve, une vraie louve, approuva-t-il entre deux éclats de rire.

Il descendit du carrosse.

— Chacun de nous a des secrets inavouables dans les profondeurs de son être, maître Thélis.

— Les plus lourds secrets se partagent avec l'ami.

— A… a… atchoum ! fit Paul.

— Je vous rapporte les nouvelles sitôt après ma visite chez le luthier.

— À très bientôt.

Et l'ami courut vers la porte de son logis.

— A… a… atchoum ! éternua Paul.

— À la maison, Paul, il vous faut une tisane.

Je retins la porte qu'il allait refermer.

— Paul, sauriez-vous retrouver mon épée ?

Le visage de mon cocher adoré s'illumina tel un soleil après la tempête.

— Mademoiselle, enfin !

— Enfin ! J'avais oublié à quel point les combats ont du bon.

— Par tous les diables ! Mademoiselle, mademoiselle ! s'extasia-t-il en claquant ses gants mouillés l'un contre l'autre. Vous voilà de nouveau comme avant ! Je retrouve mon mousquetaire. Quel bonheur, mademoiselle ! Vite, à la maison, toute !

La pluie s'arrêta aussi brusquement qu'elle avait commencé. Le long du quai de l'Horloge, les gens retournaient à leur activité.

— Du pain, du bon pain frais du jour, clamait le boulanger devant son étal.

Le boulanger me rappela Marie, qui besognait toujours chez le boulanger de son quartier. Marie, treize ans déjà ! Le même âge que notre fils. Angélique ne recevait aucune nouvelle d'Henri. Que lui était-il arrivé ? Le siège de La Rochelle était pourtant levé depuis bientôt quatre mois ! Peut-être était-il à faire soigner des blessures dans un refuge de fortune ? Avait-il perdu la raison ? Non, c'était impossible ! Henri reviendrait, un jour, bientôt. Je l'espérais ardemment pour sa famille. Et si la piste de ce luthier me fournissait l'occasion de procurer un nouveau violon à Angélique ? Oui, un violon atténuerait sa peine, éloignerait son ennui. J'irai chez ce luthier dès le lendemain. Pourquoi ne l'avais-je pas fait plus tôt ? Un violon, la musique, et tous ces mots à porter à Juliette, la servante de ce luthier.

Notre carrosse s'immobilisa. Paul ouvrit la portière.

— Les roues sont embourbées. Cela prendra un moment…

— Rien ne presse, Paul, rien ne presse.

— Préparez notre assaut. Dans votre tête, révisez vos leçons.

Je ris.

— Ah, vos leçons Paul ! Vous n'avez pas idée !

Il sourit, souleva sa pelle de bois et referma la portière.

Je repensai au notaire de Santis. Pauvre lui ! Il avait eu droit à l'esclandre le plus virulent qu'il m'avait été donné de produire. Un esclandre digne de Marie-Jeanne. Marie-Jeanne, l'été 1621. Un été marquant pour Eustache et pour Ysabel. La malice de cette démone eut raison de la fragilité de leur amour. Puisse-t-elle brûler en enfer pour l'éternité !

Paul claqua du fouet.

— Hue ! Hue ! Hue ! l'entendis-je crier.

Notre carrosse tangua quelque peu. Je m'agrippai au rebord de ma banquette. Tout rentra dans l'ordre. Je dénouai la cordelette de ma hongreline. Un de ses bouts frôla mon cou.

« Ludovic savait caresser mon cou d'une si tendre manière, me remémorai-je. C'était il y a si longtemps ! »

— Ludovic et notre fils, les abandonner, les oublier... C'était peut-être ce qu'il y avait de mieux à faire...

Depuis mon retour de La Rochelle, le doute m'accablait. Certains jours, il m'arrivait de penser que l'idée de retrouver notre fils n'était que folle chimère. Valait mieux le laisser à sa vie, accepter sa perte, renoncer à lui, l'oublier. Tout se passait comme si la Sainte Providence n'avait que faire du marché que j'avais conclu avec elle. Dieu aurait désapprouvé mon entrée chez les Ursulines qu'il n'aurait pas agi autrement. La lettre dans laquelle je demandais ma liberté au sieur de Champlain se trouvait toujours dans les poches du père Charles Lalemant. Ce brave missionnaire avait dû renoncer à son voyage à Québec. Le navire sur lequel il voyageait au printemps de 1627 avait été détourné vers la Belgique. Monsieur de Champlain n'avait donc jamais reçu ma lettre. Quoi qu'il en soit, le connaissant... Avant de quitter la France, il avait repoussé ma première demande du revers de la main.

« Je dois m'y résoudre. Ma vocation religieuse est à reléguer aux oubliettes. À la réflexion, je mérite bien cette déconvenue. Mon intention d'entrer en communauté relève du vulgaire marchandage. Christine a raison. La pureté n'y a pas sa place. Or, prétendre à devenir l'épouse de Jésus exige un minimum de pureté. Mon fils est bien là où il est. Je me dois de le laisser à sa vie. Je ne mérite pas de le retrouver. Femme impie ! Je mérite tous les malheurs qui m'affligent. Je les mérite tous ! »

La vitre de la portière s'était asséchée. Dans le rai de soleil, les poussières dansaient allègrement. Poussière de vie, ne me restaient que les poussières...

— Il te reste la vie, murmura une petite voix au fond de moi.

— La vie est devant nous, madame, m'avait dit Ludovic sur le *Saint-Étienne* à notre arrivée à Tadoussac.

Oui, Ludovic, oui, il me reste la vie. Je dois l'admettre. La vie et une lettre à remettre à Juliette. Non, deux lettres, celle de son frère Jacob et celle de Thomas, son fiancé. Deux lettres et un petit bateau sculpté en mer : le *Juliette*. La vie et un violon à trouver pour Angélique. La vie et l'enfant de François à rechercher. La vie... revoir tous nos gens de Saint-Cloud, Antoinette et ses petits, oncle Clément, Mathurin, Louis, la petite, non, la grande Franchon. La vie sans Ludovic... à tout jamais. Non ! Pas encore ! Ce renoncement m'était impossible. Pas maintenant ! Avant tout, je devais retourner là-bas auprès de lui, d'abord par l'écriture et, ensuite, en reprenant la mer, une seconde fois, pour aller le rejoindre là où il m'attendait. J'entendais son appel. Sous l'érable rouge, mon bien-aimé déclamait les mots du *Cantique des cantiques*. Je le savais, je le sentais.

Mon bien-aimé élève la voix,
Il me dit :
« Viens donc, ma bien-aimée,
ma belle, viens.

Car voilà l'hiver passé,
c'en est fini des pluies, elles ont disparu.
Sur la terre les fleurs se montrent,
sur notre terre. »

— Sur notre terre…, murmurai-je les yeux brouillés de larmes, sur notre terre, au Canada.

Notre carrosse s'immobilisa. Paul ouvrit ma portière.

— Nous y voilà ! Rue du Poitou, mademoiselle. Prête pour nos assauts ?

— Prête pour tous les nouveaux assauts, Paul.

SIXIÈME PARTIE

ENTRE L'ARBRE ET L'ÉCORCE

Nouvelle-France, 1621

26

Mimosa

La longue tirade provoquée par le notaire de Santis avait excité mon désir d'écriture. Il y avait tant à dire sur cet été 1621. Je devais puiser dans mes souvenirs, chercher les traces de mon bien-aimé. J'ouvris la malle et sortis l'herbier de monsieur de Bichon avec un pincement au cœur.

— Merci, monsieur de Bichon ! Puissiez-vous reposer en paix, dis-je en posant les lèvres sur le cuir noir de la couverture.

Je me prosternai à genoux et fis le signe de la croix.

— Me pardonnerez-vous jamais l'horrible faute qui vous coûta la vie ? Si je n'avais pas remis cette poupée à Petite Fleur, si je ne l'avais pas emmenée près du fort ce matin-là, vous seriez encore de ce monde aujourd'hui. Sachez que votre mort nous a tous profondément affligés. Monsieur de Champlain regrette amèrement votre absence, avouai-je en essuyant mes larmes. C'est vrai, croyez-moi ! Il ne cessait de maugréer contre celui qui vous remplaça.

— Ce Guillaume Chaudron n'arrive pas à la cheville de notre de Bichon ! disait-il dans ses emportements.

Une brindille s'échappa de l'herbier, voltigea dans la lumière rougeâtre du feu de cheminée et se posa sur la pile de dessins dans la malle. J'en saisis délicatement le pédoncule. Chaque pétale, bien que presque translucide, se teintait encore de bleu.

— Le mimosa ! m'exclamai-je, le mimosa bleu cueilli au bord de la rivière Saint-Charles ! Ne m'oubliez pas.

Vous en aurez conservé, vous aussi, monsieur de Bichon. La fleur du souvenir, la fleur de l'amour fidèle.

—Je ne vous oublierai pas, monsieur de Bichon. Vous me manquez, vous me manquerez toujours. Puissiez-vous être charmé par le chant des sirènes à tout jamais, pour l'éternité. *Amen*, conclus-je avec un signe de croix.

Je remis le mimosa dans l'herbier que je déposai sur le parquet et essuyai mes joues du revers de la main.

L'éclat du soleil d'hiver sur les neiges blanches, un arbre qui tombe brutalement sur l'homme fragile... Monsieur de Bichon mourut sur le coup, sans souffrance, sans agonie. Un instant il était, un instant il n'était plus.

De nouvelles larmes, mon mouchoir qui n'en finit plus d'éponger les larmes. Monsieur de Bichon, ce secrétaire avisé sur qui nous pouvions toujours compter. Celui qui savait ordonner, classer, organiser, conserver. Celui dont la présence discrète rassurait sans oppresser. Il recelait une tendresse si bien cachée. Je me mouchai fortement. Le printemps qui suivit cette pénible fin d'hiver... Et là, dans cette malle, les dernières traces de l'artiste qui nous révélait le regard sensible de l'homme rigoureux. Je me mouchai encore. Le rougeoiement des flammes me réconforta.

Je sortis tous nos dessins de la malle, les siens et les miens, et les étendis sur le parquet devant le feu de cheminée. Plus de trente fusains et sanguines s'étalaient sous mes yeux. Chacun d'eux était une page de notre histoire, une empreinte de notre vie: la chute fantastique, les oies du cap Tourmente, les pommetiers de l'île d'Orléans, la frimousse de Petite Fleur, celle de la petite Hélène, et Marianne, ma Marianne, le grand chef *Erouachy*, la maison de Marie Rollet, la rivière Saint-Charles, l'érable rouge, notre érable rouge.

— L'érable rouge, murmurai-je, en soulevant l'esquisse. L'érable rouge, là où Ludovic m'attend. Ludovic, mon ami, mon amour, mon amant mystérieux…

Hagarde, je sortis mon cahier de cuir, mon cahier aux souvenirs. Je le déposai sur la table d'écriture que j'avais installée non loin de l'âtre. Je l'ouvris là où la page était à demi-remplie, allumai la bougie, bien qu'elle ne fût pas essentielle, vu le reflet du feu de cheminée. Mais j'y tenais. La flamme de la bougie favorisait ma concentration, avivait ma ferveur.

Ysabel dormait dans sa garde-robe et les rues de Paris s'étaient assoupies. Ne restaient que le crépitement du bois rougi, les gouttelettes de pluie batifolant à la fenêtre et les bouillonnements de ma mémoire. Je fermai les yeux un moment avant de plonger la pointe de ma plume d'aigle dans l'encre noire.

Québec au printemps de l'an 1621

Les pluies du printemps avaient gonflé la rivière Saint-Charles. Le bruissement des eaux couvrait le gai pot-pourri des oiseaux qui s'agitaient dans les branches chargées de verts bourgeons. La lame de la dague de Ludovic scintilla. Il saisit des pousses de fougère, les coupa d'un geste vif et les déposa dans notre panier.

— Un peu d'herbes pour l'étrange cuisine de madame, lança-t-il en s'attaquant à d'autres pousses.

— Auriez-vous quelques doutes au sujet des recettes de nos Sauvages, gentilhomme ?

Une nouvelle tête de fougère s'empila sur les autres.

— Un poison mortel est toujours à redouter. Qui sait ce qui mijote dans les chaudrons des sorciers du Nouveau Monde ?

L'évocation de la mort me chagrina. Je me redressai en fixant les bouillonnements des eaux qui couraient au bas du coteau abrupt. Non loin du rivage, mon chien Aie s'agitait autour de ce qui devait être l'abri de quelques grenouilles. Ludovic se rendit au pied d'un bouleau.

— Votre silence m'embarrasse, noble dame. Une réplique s'impose. Du poison, vous dis-je, du poison dans les chaudrons.

Je baissai la tête. Pas un mot ne me vint. Tout autour, les oiseaux pépiaient. Je l'entendis venir derrière moi. Ses bras m'enlacèrent.

— Qu'y a-t-il ? Vous voilà bien songeuse.

— Je pense à lui, à ce brave homme, à monsieur de Bichon.

Il me serra contre lui.

— Vous n'avez rien à vous reprocher, chuchota-t-il à mon oreille.

— C'est plus fort que moi.

— Je le sais. Est-ce cette visite au cimetière, hier, qui vous aura tant remuée ?

— Tous ceux-là qui nous ont quittés, Ludovic : votre père, votre mère, votre tante Anne.

— Noémie, Thomas Fougère, monsieur de Bichon.

Il baisa ma joue avant de poursuivre.

— Il y a aussi celui que nous avons quitté, n'est-ce pas ? Notre fils.

Je soupirai. Il resserra son étreinte. Sa chaleur dans mon dos allégea ma mélancolie.

— La mort me ramène toujours à lui.

— Il est mort pour nous, en quelque sorte. Il m'arrive de penser qu'il est plus douloureux d'abandonner un être cher à la vie qu'à la mort.

— Je le pense aussi.

Il appuya sa tête sur la mienne. Nous restâmes ainsi, étroitement enlacés sous l'éclatant soleil du printemps. J'inspirai profondément. Une délicieuse odeur de mousses, d'herbes fraîches et de terre mouillée emplit mes narines.

— La vie renaît, murmurai-je, la vie renaît sans eux.

Il saisit mes épaules, me forçant à me retourner.

— Le souvenir n'est-il fait que de peines ? Ne commande-t-il pas aussi un peu de bonheur ? Les moments partagés avec eux, les combats menés, les joies ressenties sont gravées dans nos pensées et dans nos âmes. N'est-ce pas là l'essence même de nos souvenirs, Hélène ? Une source vivifiante à laquelle puiser la force de poursuivre notre chemin ?

— Si seulement j'avais agi autrement. Ce matin-là, Petite Fleur...

— Il est inutile et insensé de vous tourmenter de la sorte ! L'arbre fut coupé, l'arbre est tombé et notre pauvre Bichon fut tué. C'est un héros en quelque sorte. Il s'est empressé de sauver la vie de Petite Fleur. Reconnaissons l'extrême générosité de son geste. Rendons hommage à son courage, à sa bonté, et prions pour lui. Il le mérite. Mais de grâce, renoncez à vos remords. Il me peine de vous voir ainsi !

Ses yeux ambrés luisaient de larmes. Je posai ma tête sur son épaule.

— Pardonnez-moi.

— Vous devez VOUS pardonner de n'avoir été qu'humaine, de n'avoir pu prévoir l'imprévisible. Un malheureux hasard, ce fut un malheureux hasard. Comprenez-le bien une fois pour toutes et pardonnez-vous.

Aie, qui s'agitait au bas du coteau, aboya fortement. Des grognements s'élevèrent derrière un buisson. Non loin de lui, deux loutres plongèrent dans la rivière. Le chien s'élança dans l'eau, nagea un moment et revint sur la berge où il s'ébroua fortement.

— Un repaire de loutres, dit Ludovic. Notre fringant Aie devra vieillir encore un peu avant de pouvoir déjouer leur vivacité. Elles nagent et plongent avec une telle agilité ! Elles s'amusent constamment l'une avec l'autre. Qu'elles soient hors de l'eau ou sous l'eau, le plaisir les habite. Nous devrions en tirer une leçon, ne trouvez-vous pas ?

— Peut-être bien. Dites donc, maître Ferras, est-ce le fait de travailler chaque jour au couvent des Récollets qui vous confère cette sagesse ?

— La construction du couvent sera terminée à la mi-mai.

— Et la sagesse ?

— De vos yeux, je l'extirpe de vos yeux d'émeraude. Ils sont de plus en plus verts.

— C'est forcé. Au printemps, tout reverdit.

Je souris au grand sage de ma vie.

— Voilà qui est mieux.

Sa main caressa ma joue. Mes lèvres effleurèrent les siennes. Il m'embrassa tendrement.

— Je vous aime, lui dis-je en enroulant mes bras autour de son cou.

— Dommage que notre panier ne soit qu'à moitié plein, jolie cueilleuse.

— C'est vrai, me résignai-je en m'éloignant. L'après-midi avance. À nos dagues, noble sage. Le devoir nous appelle.

— Et tous vos poisons restent à concocter.

— Oh, Ludovic ! Comment osez-vous ! répliquai-je vivement.

Il rit en pinçant ma joue.

— Surtout, ne changez pas. C'est ainsi que je vous aime. Remplissons vitement ce panier, gente dame. Un sorcier s'enfièvre.

Je ris à mon tour.

— Le sorcier devra patienter. Figurez-vous que j'ai reçu une commande de notre apothicaire.

— Louis Hébert !

— Celui-là même, répondis-je en me retournant vers notre panier. *Wapikun-pishim u*, la lune des fleurs. Sachez, noble chevalier, que c'est à cette lune que doivent se cueillir l'aulne, la violette, le saule et la populage des marais.

— Quoi ? Tout ça ! s'écria-t-il en saisissant mon bras. Vous me provoquez ? Cela ne peut être vrai !

— Tout ce qu'il y a de plus vrai ! Françoise aura besoin de feuilles d'aulne pour ses seins.

Il écarquilla les yeux.

— Pour ses seins ! Des feuilles pour ses seins !

— Oui, parfaitement ! Sachez que ces feuilles favorisent l'arrêt de la lactation. La petite Hélène aura bientôt un an.

— La lactation !

Son regard se posa sur le décolleté de ma chemise. J'y portai la main.

— Tenons-nous-en aux seins de dame Françoise. Allons, ouste ! Nous n'avons plus une minute à perdre.

Je pris l'anse de notre panier et agrippai mes jupons.

— Les feuilles et les boutons des violettes agrémenteront notre souper, poursuivis-je afin de le sortir de sa stupéfaction.

— Notre souper ! Quel souper ce sera ! Des pousses de fougères et des violettes !

— Qui s'ajouteront à la soupe aux fèves et au lard salé.

Je me tournai vers lui et lui tendis la main. Il la prit et m'emboîta le pas.

— Il nous faut bien admettre que la table du roi est mieux garnie. Convenez cependant que les réserves de l'Habitation tirent à leur fin. Vous saviez que notre lieutenant s'inquiète ? Les navires apportant vivres et munitions de France tardent à arriver à Tadoussac.

— Hum, belle astuce pour détourner la conversation du souper de verdures. Efficace ensorceleuse s'il en est une, jolie cueilleuse !

Je ris. Il s'agrippa à un petit tronc d'arbre et tira mon bras afin que je gravisse plus aisément le monticule que nous devions traverser.

— À chaque sorcier, sa sorcière, monsieur !

— Alors faisons vite. La patience du sorcier a des limites !

Les oiseaux volaient de branche en branche. C'était la saison des amours, la saison des nids. Aie nous rattrapa en courant. Il s'arrêta près de Ludovic, lui lécha la main et s'élança à la poursuite d'un écureuil qui gravit le tronc d'un chêne à la vitesse de l'éclair. Piteux, il revint quémander une autre caresse. Ludovic lui tapota le crâne.

— Regardez, là, ces oiseaux jaunes ! Des oiseaux jaunes ! Comme ils sont beaux ! m'exclamai-je.

— Des chardonnerets, dit Ludovic en passant son bras autour de mes épaules. De jolis chardonnerets.

Subtilement, il glissa sa main vers l'anse de mon panier, le déposa sur une roche. Puis, il m'enlaça et m'embrassa. Une douce griserie chamboula mes esprits. Le charme de mon sorcier m'envoûta. Un corbeau croassa. Ses cheveux chatouillèrent mon nez. Je saisis sa main avant qu'elle n'atteigne mon sein et reculai d'un pas.

— J'oubliais, les saules ! Il nous faut trouver des feuilles de saule, pour les fièvres. Rien ne vaut une décoction de feuilles de saule pour les fièvres.

— Mais enfin !

— Courage, mon ami ! Un peu de feuilles de saule pour nos malades. Vous connaissez bien le saule ?

— Le saule ! Il est un saule à Saint-Cloud.

— Je me souviens de ce saule-là. Il occupe un coin de mon cœur.

Il me sourit, baisa mon front. Je lui souris.

— Nous parlons plutôt ici des saules arbustes. Ils ont des bourgeons doux comme des chatons le long de leurs tiges, expliquai-je en reprenant l'anse de notre panier.

— De doux petits chatons ? Vous m'en direz tant !

Je m'apprêtais à bifurquer sur la gauche, il prit ma main et m'entraîna sur la droite.

— Venez. Ce sentier mène à l'antre du sorcier.

— Vous croyez ?

— Vrai comme je suis là ! Il y a cette odeur...

— Une odeur ?

— Une odeur de chair fraîche, belle cueilleuse, de chair fraîche !

Un drôle de tambourinage retentit derrière un rocher. Aie y courut.

— Ludovic ! Ces bruits ?

Soucieux, il s'arrêta, regarda tout autour, renifla exagérément, enfouit son nez dans l'encolure de ma chemise et renifla encore.

— De la chair fraîche, vous dis-je, de la chair fraîche !

— Ludovic ! m'exclamai-je. Ce bruit !

Son rire retentit dans l'infini de la forêt.

— Nous sommes dans les bois, gentille cueilleuse, et dans les bois rôdent les ogres et les sorciers de toutes espèces, c'est bien connu.

— Vous m'exaspérez à la fin ! Et si nous avions affaire à des Yrocois ? Vous savez, un de ceux qui ornent leur *wigwam* de scalps.

Il rit à nouveau.

— On dit qu'ils préfèrent les rouquines.

Il m'attira à lui et m'embrassa de nouveau.

— Ce n'est qu'une gélinotte, chuchota-t-il dans mon cou.

— Une gélinotte ? minaudai-je à son oreille.

— Ces bruits proviennent d'une gélinotte mâle. Il fait la cour.

Il se dandina autour de moi tout en agitant ses coudes qu'il avait exagérément relevés. Ses cris imitaient ceux de la gélinotte mâle. Je ris. Aie sautilla autour de mon mâle. Ce dernier m'enlaça d'abord, pressa mon corps contre le sien et tapota mes jupes à la hauteur de mes fesses.

— Le temps des amours, ma toute belle, le temps des amours.

— Les saules, les saules d'abord, insistai-je en tentant vainement de dénouer ses bras.

Mes hanches étaient si soudées aux siennes que je pus constater sans l'ombre d'un doute que ma gélinotte était définitivement en rut.

— S'il vous plaît, Ludovic.

Il mordit mon cou.

— Ludovic, je vous en prie. Les saules d'abord.

Son soupir m'arracha le cœur.

— Un peu de patience, gélinotte adorée. Ces petits chatons, rappelez-vous, lui dis-je, mes lèvres collées aux siennes.

Il relâcha son étreinte.

— Où sont-ils ces saules qu'on en finisse !

Je ris. Il rit. Autour de nous sautillait Aie.

Notre panier était rempli à ras bord. Nous avions terminé notre cueillette sur une pente douce au milieu d'un large tapis de violettes. Les chatons débordaient joliment du panier et il y avait suffisamment de feuilles d'aulne pour couvrir plus de dix seins. Ludovic glissa sa dague dans sa botte et frotta ses mains sur ses hauts-de-chausses.

— Dommage que nous soyons si loin de la rivière. Pour mes mains, précisa-t-il.

— Ah, je me disais aussi. L'eau est plutôt froide pour une baignade.

— Quoique… avec vous…

— Le temps nous manquerait, noble sage.

— Reste encore un bon moment avant la préparation du souper chez maître Hébert, jolie cueilleuse, si je ne m'abuse, dit-il en m'approchant.

— Peut-être bien, répondis-je en posant maladroitement mon sabot dans une flaque de boue. Aïe ! Peut-être bien, mais j'ai à faire.

— Pas une autre plante du diable ! railla-t-il en levant les bras.

— Non ! rétorquai-je en reprenant mon panier. J'ai rendez-vous avec un sorcier. N'auriez-vous pas parlé d'un antre un peu plus tôt ?

Blotti contre mes jupes, Aie frétilla de la queue.

Si voluptueuse était la potion du sorcier que nous la bûmes d'une traite. Elle nous transporta au pays des rêves, là où nos corps se font si légers qu'ils semblent irréels. Nous flottions sur une paillasse de plumes d'oie, dans cette hutte en forme de dôme, faite de piquets de cèdre et de peaux. Tel était l'antre de mon sorcier, non loin de la rivière, à l'ombre d'un érable rouge. L'arôme de cèdre parfumait l'air. Le sortilège était tel que je me complaisais à être la proie de l'abominable sorcier qui se délectait de mes chairs. Quelle divine torture ! Quel merveilleux supplice ! Ses mains se faisaient douces et fines, pressantes et fortes, tour à tour cajoleuses et ardentes. Ses dents mordillaient mon cou, mes oreilles, mes épaules, mes fesses et la pointe de mes seins. Je me cabrai sous sa diligence, enlaçai ses jambes des miennes, pétris ses épaules et léchai sa peau. Lorsque le sorcier voulut user de son charme le plus puissant, je lui murmurai :

— Prenez garde, sorcier. Ignorez-vous ce qu'il en coûte de soumettre une sorcière ?

Il me prit. Et le sorcier et la sorcière s'abreuvèrent au puissant élixir de la volupté. Il gémit. J'agrippai ses cheveux et gémis à mon tour.

— Affolante sorcière ! chuchota-t-il, le nez entre mes seins.

Il se laissa choir le long de mon corps nu. Je me blottis contre lui et glissai mon bras sous son cou brûlant. Une abeille tourna autour de nos têtes et disparut dans la verdure du toit. Devant la porte, non loin de nous, Aie étalé de tout son long avait couvert ses yeux de sa patte.

— Ludovic ?

— Hum ?

— Je vous aime.

Aie soupira longuement et sortit de la cabane. Ludovic rit.

— Vous riez ?

— Votre chien me semble fuir les débordements d'émotions, madame.

— Un vrai mâle !

Il rit encore.

— Je vous aime aussi, sorcière de ma vie.

— Pas tous les mâles, on dirait.

— C'est que l'amour peut transformer un guerrier en délicat mignon.

J'entrepris de lui chatouiller la taille.

— Mignon, dites-vous, monsieur !

Ludovic riait tout en se tortillant. Ses mains saisirent mes poignets, je mordis son épaule.

— Grâce, grâce ! J'implore la grâce de la sorcière.

Il m'embrassa. La sorcière s'apaisa.

Le bourdonnement d'une abeille attira mon attention. Elle zigzaguait autour du dôme.

— Avez-vous construit cette cabane pour nous ?

— Pour nos sortilèges, madame, pour nos ineffables sortilèges.

— Ah ! Et les autres ?

Il releva le torse, appuya son menton dans sa main et me sourit.

— Les autres quoi ?

Je pris ma chemise étalée sur le plancher de sapin et m'en couvris la poitrine.

— Les autres quoi ? répéta-t-il en glissant un index le long de ma gorge afin de découvrir mes seins.

— Qui, qui serait plus juste ? minaudai-je à mi-voix. C'est qu'elle est bien construite votre cabane et dans un endroit si secret. Et moi qui suis si… Il y a la Guerrière.

— La Guerrière !

Je tortillai une mèche de ses cheveux autour de mon doigt tout en observant l'abeille qui s'échappa par un infime espace d'où tombait un fil de lumière.

— Je vous ai vu, du jardin. J'étais en train de semer au jardin, sur la grève, près de l'Habitation et je vous ai vu… enfin, par hasard.

— Par hasard, vraiment !

— Tout à fait. Par hasard, je vous ai vu sortir de la cabane de la Guerrière un matin de mars, juste avant que *Miritsou* et sa famille ne partent vers la région de Tadoussac.

— Et puis ?

Les yeux toujours rivés au plafond de notre abri, j'osai.

— C'est qu'elle est fort belle et… toujours à moitié nue. Et vous êtes si…

Sans un mot, le sorcier couvrit la sorcière de son corps chaud et prit son visage entre ses mains.

— Jalouse, ma sorcière ?

— Non, seulement…

— Non ?

— Enfin, peut-être un peu, un tout petit peu, admis-je en lui montrant un mince espace entre mon pouce et mon index.

— Nulle sorcière n'aura jamais été plus sotte que vous, madame.

— Sotte ?

— Parfaitement. Hier, je n'ai aimé que vous, murmura-t-il en forçant mon regard. Je n'aime que vous aujourd'hui, et je n'aimerai que vous demain. Que voulez-vous de plus ?

— Que puis-je vouloir de plus, en effet ? Rien.

— Rien ?

— Quoique, s'il vous plaisait de me confier le motif de votre visite chez la Guerrière…

Il rit.

— Curieuse ! Le secret vous en sera livré en temps et lieu, c'est promis.

— Hum ! Hum ! En temps et lieu et pas avant. Alors, j'attendrai en me morfondant.

Sa bouche effleura mon front, le bout de mon nez et mes lèvres. Puis, il m'embrassa avec une telle fougue que toutes les jalousies et curiosités du monde s'évanouirent.

— Ne doutez plus jamais de votre pouvoir, sorcière bien-aimée. Je vous appartiens à tout jamais et pour toujours.

— Vous m'en voyez ravie, troublant sorcier.

Et je l'embrassai à mon tour.

Je saisis l'anse de mon panier.

— Laissez, dit-il, je le porterai.

Sa main serra mon cou.

— Cet endroit sera le nôtre à tout jamais, Hélène. Ici, à l'ombre de l'érable rouge.

— Je n'oublierai pas. Nous nous retrouverons ici chaque fois qu'il nous sera possible de le faire.

Il rabattit la peau devant l'ouverture et tira sur le bas de son pourpoint.

— Allons, madame, la préparation d'un souper aux herbes vous attend !

Je ris. Ludovic approcha du tronc de l'érable, cueillit une grappe de minuscules fleurs bleues et l'enfouit dans l'encolure de ma chemise.

— Du mimosa, dit-il en glissant le revers de sa main, de ma gorge jusqu'à ma joue. Ne m'oubliez pas.

— Comment pourrais-je vous oublier ?

— C'est le nom de cette fleur, mimosa. Cela signifie « Ne m'oubliez pas », répéta-t-il en souriant.

— Ah bon ! Je ne vous oublierai pas, sorcier, je ne vous oublierai pas. C'est qu'elle est fort jolie !

— Fort jolie, mais éphémère. Ne l'oubliez pas. Tout est éphémère ici-bas.

— Pas tout, Ludovic. Notre amour survivra. Je vous le prédis, il survivra.

— Je n'oublierai pas. Notre amour, par-delà l'éternité. Mimosa.

27

Une onde de choc

À Québec, au septième jour de mai de l'an 1621, l'arrivée du capitaine du May eut l'effet d'une roche tombant au milieu de la rivière. Elle éclaboussa les berges et créa des ondes de choc si fortes que le fleuve tout entier en frémit.

À notre retour de la cueillette de simples, Ludovic et moi fûmes surpris de constater le peu d'activité aux environs de la maison de Louis Hébert. Aie courait tout autour, affolant poules, canes, chèvres, moutons, sans que personne ne se manifeste. Appuyés non loin de la porte, les bêches, les râteaux et les pelles donnaient à penser qu'on avait quitté les lieux à la sauvette.

— Étrange, s'étonna Ludovic. Il n'est pas dans les habitudes de Louis de laisser ses outils à la traîne.

— Regardez, le seau plein d'eau abandonné près du puits.

— Pas une seule âme sur le chantier de construction de la maison de Guillemette et Guillaume, non plus.

— Voyez ces herbes ployées dans le sentier menant chez Abraham. Ils seraient partis chez Abraham.

— Et ces bruits sourds, Ludovic? Ne proviennent-ils pas de l'Habitation?

— On dirait bien. Pressons-nous. Allons voir de quoi il retourne.

Lorsqu'en passant devant le fort, nous constatâmes que tous les ouvriers et les soldats avaient délaissé les travaux, nous pressâmes le pas.

— Il s'agit probablement d'une visite surprise de quelque chef sauvage en route vers les Trois-Rivières ou Tadoussac. Les voyages de traite sont commencés depuis un moment.

— De traite et de pêche. *Miritsou* et sa famille sont montés vers les rivières plus au nord depuis *nissi-pishim u.*

— *Nissi-pishim u !* La lune de l'oie blanche ! Dites donc, madame, leur langage vous est de plus en plus familier, on dirait !

— Le dictionnaire du père Le Caron et mes amies montagnes y sont pour beaucoup, dis-je, quelque peu essoufflée par l'allure rapide imposée par mon sorcier.

Arrivé près de la redoute, Ludovic me tendit mon panier.

— Il est plus prudent de nous séparer ici, jolie cueilleuse.

— Regardez, près du quai, deux barques se sont ajoutées aux nôtres !

— Le commis Le Mons déjà de retour !

— Il n'est parti que depuis hier !

— Pourvu que les vivres qu'il portait aux gens de Tadoussac n'aient pas été pillés par ces Rochelais de malheur !

— Pourvu que non ! Le retard des navires français prive déjà suffisamment les gens de ce poste de traite. Non, souhaitons que ce ne soit pas le cas.

— Plus vite nous irons, plus vite nous saurons.

— Voyez l'attroupement devant l'église.

— Soyez prudente, on risque de remarquer votre arrivée. Rappelez-vous. J'étais avec Louis, vous étiez avec Marie. De chez eux, je vous raccompagne jusqu'à la redoute où je prends mon quart de garde.

— L'important est que nous ayons souvenir de la même histoire, n'est-ce pas ?

— Et quel souvenir ! Allez, ma toute belle, descendez cet escalier, longez la maison du scieur par derrière, contournez les jardins et regagnez l'Habitation par le pont-levis. J'attendrai un moment avant de me rendre à l'église voir de quoi il retourne. Prudence !

— Il me tarde de retourner à l'antre du sorcier, Ludovic.

Il ouvrit la porte de la redoute, m'y attira et m'embrassa longuement. J'appuyai ma tête sur son épaule en soupirant. Je serais bien restée là, pour le reste de la journée, à écouter battre son cœur.

— Allons, il est temps de nous séparer, me dit-il les yeux rieurs. Nous quitter pour mieux nous retrouver. Sous l'érable rouge, ne l'oubliez pas.

— Mimosa, « Ne m'oubliez pas », murmurai-je en ouvrant la porte.

— Mimosa, *Napeshkueu*, salua-t-il en souriant.

L'enceinte de l'Habitation était en effervescence. Dans chaque recoin de la cour, des engagés de la Compagnie de Rouen et Saint-Malo s'agitaient bruyamment. Leurs bavardages rappelaient l'étourdissant bourdonnement d'une ruche. De petits groupes s'étalaient tout le long du magasin, tel un rang de soldats protégeant une tranchée. De toute évidence, une menace planait. Devant le logis du sieur de Champlain, trois soldats, dont le visage m'était inconnu, montaient la garde. J'approchai du premier. Sa jeunesse m'étonna. Il devait avoir seize ou dix-sept ans tout au plus.

— Bonjour, soldat. Je suis madame de Champlain. Auriez-vous l'obligeance de me céder le passage ?

— Soldat Prémont. Pardonnez-moi, madame de Champlain, mais j'ai ordre d'empêcher quiconque d'entrer. Le capitaine du May, le commissaire Guers et le lieutenant de cette colonie discutent d'affaires urgentes, madame.

— Ah, je vois… Le capitaine du May arriverait tout juste de Tadoussac ?

— Précisément, madame. Nous arrivons tout juste de Tadoussac.

— Vous accompagnez le capitaine du May ?

— Exact, madame ! Avec deux autres soldats, cinq matelots et un moussaillon. Tous venus de Tadoussac, madame.

— Depuis quand étiez-vous à Tadoussac ?

— Depuis le cinquième jour de mai exactement, madame.

— Que voilà une bonne nouvelle ! Vous n'avez pas idée à quel point ce navire de la Compagnie de Rouen et Saint-Malo était espéré de tous !

— Madame, il s'agit plutôt d'un vaisseau de la Compagnie de Montmorency ou de Caën. Un trente-cinq tonneaux avec trente personnes à son bord.

— La Compagnie de qui ?

— De Montmorency, la nouvelle compagnie de monopole.

— La nouvelle…

Ma voix resta coincée dans ma gorge. Je portai la main sur mon cœur, puis sur ma bouche, puis de nouveau sur mon cœur. Je crois que je vacillai légèrement.

— Il y a un problème, madame ?

— Non ! Oui ! Peut-être bien ! répondis-je en retrouvant peu à peu ma voix normale.

Il me fallait à tout prix en savoir davantage. Je déposai mon panier par terre, redressai les épaules et lui souris.

— Rappelez-moi le nom de cette compagnie.

— La Compagnie de Montmorency ou Compagnie de Caën. C'est selon, madame.

— Difficile à croire !

— C'est pourtant la vérité, madame.

— La Compagnie de Rouen et Saint-Malo n'a-t-elle pas le droit exclusif de monopole de traite en Nouvelle-France jusqu'à l'an 1624 ?

Le jeune soldat fixa le bout de ses bottes de cuir noir et garda le silence. Surtout, y aller sans brusquerie, me dis-je.

— Ainsi, la Compagnie Montmorency aurait obtenu un monopole de traite ? continuai-je en feignant un certain détachement.

— C'est bien ce que je dis, madame.

— Il y aurait donc deux compagnies de traite ayant un droit de monopole en Nouvelle-France.

La porte du logis s'ouvrit. Un homme de grande taille précéda le lieutenant qui me parut courroucé au plus haut point. Eustache et François de Thélis, le visage crispé, suivaient de près le commissaire Guers.

— Ah, capitaine du May, s'exclama le lieutenant. Permettez-moi de vous présenter mon épouse, madame de Champlain.

— Mes hommages, madame, dit le grand homme en ployant sa haute stature.

Je lui offris ma main. Il l'effleura distraitement du bout des lèvres et se redressa tout en observant l'agitation de la cour par-dessus mon épaule. Le commissaire Guers reprit ma main.

— Madame de Champlain ! s'exclama-t-il. Quelle joie de vous retrouver ! L'hiver ne fut pas trop rigoureux ? Vous l'avez bien supporté ? Ces neiges, ces glaces ! Je frissonne rien que d'y penser.

— Bienvenue à Québec, Commissaire, dis-je avec retenue. L'hiver fut clément. N'eut été du malheureux accident qui coûta la vie à…

Le sieur de Champlain grommela.

— Pardonnez, madame, coupa-t-il. Il me faut conduire ces messieurs à la maison des Récollets sans plus tarder.

Le père Le Baillif nous y attend. Faites prévenir Paul, Ysabel, notre cuisinier et notre boulanger. Que tout soit mis en place pour agrémenter le séjour de nos visiteurs. Eustache, restez dans l'enceinte. Ayez l'oreille et l'œil. Où est passé ce Ferras ?

— Je ne l'ai pas vu depuis le dîner, mon lieutenant, répondit Eustache.

— Ce bougre disparaît plus souvent qu'à son tour. Thélis, retrouvez-le au plus vite. Rejoignez-nous chez les Récollets.

Il mit son chapeau et indiqua la direction de la porte arrière de la palissade aux nouveaux venus.

— Après vous, messieurs.

— Où se trouve Louis Hébert ? Il y a péril en la demeure, me chuchota Eustache.

Eustache n'eut pas à chercher bien loin. Nos visiteurs n'avaient pas encore atteint la palissade que Louis Hébert, son fils Guillaume, Pierre Desportes portant sa petite Hélène, Abraham Martin et Guillaume Couillard, traversaient le pont-levis, suivis de près par les femmes. Ne manquait que Marguerite. Comme elle était grosse de quatre mois, la pudeur l'obligeait à éviter de s'exposer en public. Elle n'était plus venue à l'Habitation depuis le début de mai.

— Quelle est la cause de ce tohu-bohu ? s'enquit Louis.

— L'arrivée des gens d'une nouvelle compagnie.

— Une nouvelle compagnie ! s'exclamèrent tous nos amis d'une même voix.

— Quoi, quoi, quoi ? Qu'entends-je ? clama Marie-Jeanne au-dessus de nos têtes.

Penchée à la balustrade de la galerie, elle agita si nerveusement son ombrelle qu'elle lui échappa des mains. Marie recula vitement afin de ne pas la recevoir sur la tête.

— Mon ombrelle, mon ombrelle ! s'énerva Marie-Jeanne. Eustache auriez-vous l'obligeance de me la rapporter, je vous prie ? Le soleil risque de rougir ma peau. Dieu me préserve du teint moricaud des paysannes !

— Je crains qu'il me soit impossible de satisfaire votre désir, mademoiselle, objecta Eustache.

— Quoi, ai-je bien entendu ?

— Parfaitement bien ! rétorqua Eustache.

— Soit, alors, paysanne Marie, mon ombrelle, je vous prie !

— La paysanne Marie a d'autres chats à fouetter. Descendez donc un peu ! À moins que vos jupons ne soient trop empesés, riposta Marie, en n'accordant qu'un regard distrait à son interlocutrice.

« À bon chat, bon rat », me dis-je en ramassant l'ombrelle de notre extravagante compagne.

— Voilà ce qu'il en coûte de se frotter au bas peuple ! ragea la quémandeuse du haut de son balustre avant de disparaître.

Apparemment, nous allions découvrir de quel bois se chauffait notre exubérante dans les secondes qui suivraient. Après un an de vaines tentatives d'apprivoisement, Ysabel et moi devions admettre notre insuccès. Tous nos efforts de sympathie et de camaraderie furent écrasés au pied de sa superbe. Marie-Jeanne méprisait toujours nos gentillesses et répondait à nos approches par de mielleuses répliques servies à la sauce aigre-douce de la raillerie. Elle était fidèle à elle-même : une exécrable pimbêche au cœur enfoui sous des rêves de grandeur.

— Eustache, cette nouvelle compagnie ? Expliquez donc ! s'impatienta Louis.

— Le capitaine du May a remis des lettres à notre lieutenant, plusieurs lettres d'une extrême importance. Une serait du roi Louis. Les autres proviennent du vice-roi, de monseigneur Montmorency, du vicomte de Pissieux, intendant de l'Amirauté, et de Guillaume de Caën.

— Qui est-ce ? demanda Marie.

— Il serait le commandant du bateau accosté à Tadoussac. Trois de Caën seraient associés dans cette nouvelle compagnie : Ézéchiel, son fils Émery et son neveu Guillaume.

— Des seigneurs de haute volée ! s'exclama Marie.

— Que la seule évocation du nom des grands de ce monde impressionne à ce point les paysannes ne me surprend guère, railla Marie-Jeanne en saisissant d'un geste sec l'ombrelle que je lui tendais.

Eustache regarda Pierre et Louis, tour à tour. Guillemette tira la manche de Guillaume. Celui-ci bomba le torse.

— Laissez-vous entendre par là que la bourgeoisie indiffère les gens de votre qualité, madame ?

La dame de qualité se contenta de retrousser le nez devant l'audacieux. Guillemette sourit fièrement à Guillaume.

— Bourgeoise infatuée ! s'écria Marie.

— Monsieur Eustache, on m'insulte ! s'indigna Marie-Jeanne.

— Eustache, pour le bien de tous, revenons à ces lettres, réclamai-je.

Il enleva son chapeau, passa le revers de la manche de sa chemise sur son front, remit son chapeau et retrouva le fil de ses idées.

— D'après ce que j'ai compris, la lettre de monseigneur Montmorency annonce l'exclusion de la Compagnie de Rouen et Saint-Malo de la traite en Nouvelle-France.

— Non ! Folie ! Absurdité ! Imposture ! s'écria chacun tour à tour.

— Le pire est à craindre ! s'exclama Louis.

— Qu'adviendra-t-il de tous les anciens engagés ? Et de toutes leurs pelleteries amassées l'année durant ? s'inquiéta Abraham.

Des cris retentirent devant la tour des pigeons. Certains hommes brandissaient pelles, fourches et marteaux. Le commis Caumont monta sur un baril en invitant la foule à se resserrer autour de lui.

— Silence ! Silence ! Silence ! hurlaient les anciens engagés.

— Silence, mes amis. Silence ! répétait le commis, les mains en porte-voix.

— Approchons-nous, proposa Eustache. Mesdames, il serait préférable que vous demeuriez ici, non loin du pont-levis. La mêlée est houleuse.

— Nous pouvons craindre une émeute, expliqua Louis en s'éloignant de Marie.

— Tenez, dit Pierre en remettant la petite Hélène dans les bras de Françoise.

L'enfant pleurnicha. Les hommes se mêlèrent à la cohue.

— Chut, chut, Hélène, chut, implora sa mère en agitant son foulard bleu devant le visage chagriné.

Sa petite en saisit le coin et l'enfouit dans sa bouche. Sa peine était passée. Françoise fut rassurée.

— Éloignons-nous un peu, recommandai-je en indiquant la porte menant au pont-levis.

— Je suis incapable de supporter un instant de plus cette abominable confusion ! cria Marie-Jeanne. Je regagne ma chambre à l'instant.

— Froussarde ! lui lança vertement Marie, en approchant son visage du sien.

— Marie, venez, venez, dit Françoise.

— Quelle grossièreté ! s'offusqua Marie-Jeanne en tournant le dos à son vis-à-vis.

Elle hissa son pied sur la première marche de l'escalier. En même temps, Marie posa le sien sur le rebord de sa jupe traînant au sol. Le bruit que fit le tissu se déchirant figea Marie-Jeanne. Elle se retourna et saisit le bas de sa jupe de soie verdoyante. Constatant l'étendue de l'accroc, elle ferma son ombrelle et la rabattit sur la tête de Marie. Cette dernière agrippa la matraque et la tira vers elle. Marie-Jeanne tomba à quatre pattes à ses pieds. Elle leva son visage rageur vers son adversaire en hurlant.

— Aaaaaaah ! Vous ! Vous ! Bagaude !

J'eus peine à retenir le rire qui me vint. Françoise camoufla le sien derrière la petite Hélène, tandis que Guillemette se plaça devant sa mère. Je pris l'ombrelle que Marie me présentait et l'offris à celle qui venait de mordre la poussière. Elle me l'arracha des mains et s'y appuya afin de se relever avec le plus de dignité possible.

— Vous, vous toutes, vous me le paierez tôt ou tard ! Vous ne perdez rien pour attendre ! fulmina-t-elle. La peste soit des paysannes !

Tout en s'efforçant de redresser l'amas de cheveux qui tombait sur son front, elle agita nerveusement ses poussiéreux jupons. La forte clameur s'élevant du rassemblement détourna notre attention de la précieuse.

— À bas Montmorency ! À bas du May ! À bas Guers ! Nous nous battrons jusqu'à la mort ! Plutôt mourir !

Les exclamations paraissaient faire l'unanimité. Eustache, Louis et Pierre revenaient vers nous d'un pas pressé.

— Alors ? dit Marie.

— Selon les matelots du capitaine du May, la Compagnie de Caën remplace bel et bien celle de Rouen et Saint-Malo dans la colonie, affirma Louis.

— Certains vont jusqu'à dire que le sieur de Caën saisira toutes les marchandises de l'ancienne compagnie sitôt qu'il aura posé les pieds sur ces terres, renchérit Eustache.

— C'est injuste ! protestai-je. Ces engagés ont honorablement amassé leur butin.

— Pourquoi un tel revirement ? s'écria Marie.

— On reproche à l'ancienne compagnie d'avoir négligé le peuplement, expliqua Eustache.

— Peuplement ! Comment peut-on exiger des comptes maintenant, alors que leur droit de traite n'expire qu'en 1624 ?

— Ils avaient un droit de traite, Marie, avaient, insista Louis. Les bateaux des de Caën transportent les munitions et les marchandises nécessaires à notre subsistance. Dorénavant, nous devrons nous en remettre à cette compagnie pour les approvisionnements. Ils sont les nouveaux maîtres des lieux. La voie à suivre ne fait aucun doute. Soumettons-nous aux volontés de ceux qui commandent. La Compagnie de Rouen et Saint-Malo est dorénavant chose du passé. Vive la Compagnie de Montmorency !

— Hola, mon mari ! Comme vous y allez ! se rebiffa Marie.

Louis se plaça devant Marie, posa les mains sur ses épaules en la regardant droit dans les yeux.

— Voilà plus de sept ans que nous besognons sur ces terres, Marie. Nous défrichons, labourons, cultivons, bâtissons. Notre fille Guillemette épousera Guillaume Couillard, en août prochain. Ils vivront dans la maison que nous sommes en train de lui construire, non loin de la nôtre. Nous sommes ici chez nous, Marie. Notre vie est ici. Nos enfants et nos petits-enfants vivront ici.

— J'abonde en votre sens, Louis, nous n'avons pas le choix ! approuva Pierre.

Abraham dodelina de la tête.

— Vous aussi ! s'étonna Françoise.

— Louis, je comprends vos émois et partage vos inquiétudes, argua Marie. Mais je refuse de me soumettre sans me porter aussi à la défense de ceux qui ont partagé notre labeur depuis notre arrivée. Certaines gens de cette compagnie travaillent ici depuis plus de sept ans, à nos côtés. Vous me dites qu'on les retournera chez eux sans un sol dans leur bourse et qu'il n'y a rien à faire d'autre que de plier l'échine ! Vous me décevez, Louis, me décevez profondément !

— Comprenons à tout le moins que ces engagés revendiquent leur juste pitance, implora Françoise.

— Nous comprenons, lui répondit son mari. D'autre part, force est d'admettre que nous avons les mains liées. D'un côté, une nouvelle compagnie capable d'assurer notre subsistance en Nouvelle-France, de l'autre, une compagnie répudiée. Le choix s'impose de lui-même.

— Ah, ah, ah, que d'inutiles noises ! s'impatienta Marie-Jeanne. Laquelle de ces deux compagnies favorisera mon retour en France, cette année même ?

— Oui, laquelle ? reprit Marie. Sitôt que la nouvelle m'est fournie, je m'empresse de la colporter à travers tout le pays. Grand bien nous fasse !

— Bêcheuse de grand chemin ! Puissiez-vous pourrir dans vos champs ! Monsieur le sous-lieutenant, vous me raccompagnez à mes appartements ? dit-elle en se rapprochant d'Eustache.

— Il n'y a aucun sous-lieutenant de colonie ici, répondit hardiment mon frère. Madame devra regagner ses appartements sans escorte, j'en ai bien peur.

Marie-Jeanne plissa ses yeux jaunes et releva son nez en trompette.

— Au fait, ne cherchez pas Ysabel, très cher, elle est accrochée aux basques de notre boulanger comme toujours ! affirma-t-elle sèchement avant de déguerpir vers l'escalier.

La petite Hélène agitait le bout du foulard de sa mère en riant de bon cœur.

— L'enfance a du bon, soupirai-je.

— Ouais, ouais, holà ! criaient les hommes près de la tour aux pigeons.

— Les esprits s'échauffent. Retournons-y, s'exclama Louis.

Eustache releva la tête vers la balustrade.

— Maudite Marie-Jeanne, marmonna-t-il avant de suivre les autres.

— Tout de même ! s'offusqua Marie. Quelle insolente, cette Marie-Jeanne !

— Insolente... méchante, ajoutai-je en regardant mon frère marcher vers l'attroupement.

— N'y a-t-il rien d'autre à faire que de baisser les bras ? implora Françoise.

— Nous devrions pourtant tenter quelque chose ! me désolai-je.

— J'ai bien peur que le crapaud ne meure dans sa peau, lança Marie.

— Quoi ?

— Pardonnez-moi, répondit distraitement Marie. J'étais encore avec cette duchesse de mes fesses.

— Marie ! rouspéta Françoise.

Cette fois, je ne pus retenir mon rire.

Le dernier coup de minuit résonna depuis le rez-de-chaussée.

« On aura réparé l'horloge », me dis-je en repoussant mes couvertures.

Je me rendis à ma fenêtre. La cour avait retrouvé son calme. Aucune lumière. Tout était noir. Une nuit sans lune.

— Tous les gens dorment, murmurai-je. Ludovic aussi, probablement.

Sa prise de position m'avait étonnée. Sitôt que la situation lui fut exposée, il s'était rangé du côté de Louis, de Pierre et d'Abraham. Sans hésitation aucune.

— Il nous faut appuyer la nouvelle compagnie, avait-il affirmé.

Alors que nous, les femmes, hésitions. Les gens de l'ancienne compagnie auraient à subir une flagrante injustice. Qui était à la source de cette confusion ? Le vice-roi Montmorency, nous disait-on. Comment un homme, si puissant fût-il, pouvait-il passer outre une ordonnance royale ? Comment le Roi pouvait-il revenir sur la parole donnée et annuler si cavalièrement une entente déjà conclue ? Une plume, de l'encre, une signature et ça y était : Messieurs, vous êtes révoqués. Messieurs, les droits d'exploitation vous appartiennent dorénavant. Repoussez sans honte ceux à qui ils avaient été préalablement accordés en toute légalité. Saisissez les biens qu'ils ont accumulés en toute légitimité et faites-les vôtres, sans aucun remords. Une signature, et tout devient juste, justifiable, plutôt justifiable que juste. Et Ludovic et les hommes qui adhéraient à la fourberie. Sans hésitation.

— Je rêve d'établir mon atelier de pelletier, ici, sur ces terres, Hélène ! Un atelier Ferras à Québec. Un atelier Ferras où seront confectionnés les plus beaux atours avec les meilleures peaux du territoire. Un atelier où vous viendrez taquiner le pelletier, m'a-t-il avoué à la sauvette, non loin de la tour aux pigeons.

— Taquiner le pelletier ! m'étonnai-je.

— Enfin, c'est une manière de dire.

— Votre atelier de pelletier, votre bon plaisir, et tout est dit. Rien d'autre n'importe ?

— Hélène ! Ne vous méprenez pas, je sais le déchirement qui vous habite, avait-il continué. Pour tous ceux de l'ancienne compagnie, je souhaiterais, tout comme vous, que les choses se passent autrement. Mais pour nous, pour tous ceux qui désirent s'établir ici, il n'y a pas à hésiter. Nous ne sommes aucunement responsables de ce qui arrive. Les ficelles du pouvoir nous échappent. Nous devons nous soumettre aux décisions du roi. La Compagnie de Caën est là pour rester.

— Est là pour rester, murmurai-je à demi-endormie. Taquiner le pelletier…

Le bruit d'un glissement de chaise monta du rez-de-chaussée.

— Tiens, quelqu'un veille.

Curieuse, je sortis de dessous mes couvertures, ajustai mon bonnet de nuit, me recouvris de mon grand châle de fin lainage et descendis discrètement. Assis derrière sa table de travail, le lieutenant écrivait. J'hésitai à le déranger. J'allais faire demi-tour quand il m'aperçut.

— Madame ? s'enquit-il en déposant sa plume.

— Excusez-moi, je n'avais aucunement l'intention de vous importuner. J'ai entendu du bruit.

— Ah ! Un brin curieuse, observa-t-il d'une voix exagérément nasillarde.

— Je remonte…

— Faites. Après le branle-bas de la journée, nous avons tous besoin d'un sommeil réparateur.

Il reprit sa plume. Je montai les trois premières marches en hésitant. Ma curiosité s'amplifia. Que pensait le lieutenant de cette pénible situation, lui le maître de la place ?

Je redescendis. Il redéposa sa plume.

— Madame ?

— C'est que j'ai du mal à dormir.

— Installez-vous devant la cheminée. Vous y serez bien au chaud. Le sommeil viendra peut-être.

Ce que je fis. J'observai le feu tout en m'efforçant de retenir les questions qui me brûlaient les lèvres.

— Désirez-vous un peu de vin ? demanda-t-il en se rendant au buffet sur lequel reposait le carafon.

— Un peu, merci.

Il me présenta un verre de faïence aux motifs bleutés. Il ressemblait aux verres utilisés par sa mère à Brouage. Il prit place sur l'autre fauteuil. Nous étions l'un en face de l'autre devant l'âtre. Il but, regarda les flammes, et but à nouveau.

— Ce verre est bien un souvenir de votre mère, n'est-ce pas ?

Il m'observa attentivement un long moment. Je baissai les yeux. Un tison éclata. Je sursautai.

— N'ayez crainte, madame, il ne s'agit là que d'un simple tison. Un simple tison ne saurait mettre une maison en danger s'il est bien contenu.

— Je ne crains pas l'incendie.

— J'aurais pourtant cru, dit-il fermement en braquant ses yeux d'ambre dans les miens.

Que croyait-il vraiment ? Je connaissais si peu cet homme. Pourtant, il avait vu juste ; je le craignais. Particulièrement ce soir, je le craignais. Savait-il pour l'érable rouge ? Savait-il pour Ludovic et nos rencontres clandestines ? Non, sa réflexion portait assurément sur les incidents de la journée.

— L'arrivée du capitaine du May et de ses hommes est plutôt embarrassante, tentai-je, en désirant plus que tout éloigner la discussion du véritable sujet de mes craintes.

Il but, retourna au buffet et se resservit.

— Embarrassante, vous avez le mot juste. Oui, embarrassante. Plus embarrassante encore est l'obligation d'en référer à Le Baillif, notre Éminence grise au petit pied !

Sa critique me surprit. Jamais je ne l'avais entendu rechigner contre quelque autorité que ce soit. Je bus.

— Passe encore qu'on me place au milieu d'un champ de bataille, coincé entre deux armées qui s'apprêtent à déclencher la mise à feu, mais de là à me soumettre à deux commandants à la fois, on exagère un tantinet, ne trouvez-vous pas ?

— Ce champ de bataille serait la colonie, et les deux armées, les gens des deux compagnies ?

Il but sans répondre. Je déduisis que j'avais bien compris.

— Cependant, les deux commandants, j'avoue que…

Il se leva, déposa son verre sur le manteau blond de la cheminée et y appuya les mains. Le tic tac de l'horloge meubla le long silence.

— Je suis coincé entre l'arbre et l'écorce, chère Hélène, entre l'arbre et l'écorce. Je ne peux rien faire sans en parler à Le Baillif, ni décider de quoi que ce soit avant l'arrivée de Guillaume de Caën. Lieutenant de la colonie ? Balivernes ! Quel baril vide que cette charge ! Que puis-je faire, dites-moi, que puis-je faire d'un titre amputé de tout pouvoir ?

Il s'était retourné et avait posé sur moi un regard suppliant. Sa vulnérabilité me toucha. Mon trouble augmenta.

— Si peu de pouvoir, vraiment ? Je l'ignorais.

L'horloge sonna la demie. Il plongea la main dans la poche de son haut-de-chausses et en sortit une pipe.

— Si moi je l'ignore, poursuivis-je, il est probable que bien peu d'entre nous le savent, ne croyez-vous pas ? N'est-il pas sensé de penser que le lieutenant de cette colonie possède malgré tout un certain pouvoir ? Le duc de Montmorency, vice-roi de ce pays, ne vous a-t-il pas reporté à cette charge vous octroyant, par là-même, le droit de protéger et de fortifier cette colonie ?

— Fortifier la colonie, murmura-t-il.

Il plongea le bout des doigts dans le bocal d'étain près duquel il avait déposé son verre et en ressortit une pincée de tabac. Il alluma le pétun et se rendit devant la fenêtre située près de sa table de travail. Un filet de fumée grise se tortilla dans la pénombre.

— Si seulement les compagnies ne se mettaient pas au travers de notre route dès qu'on parle de défense. Les commis n'en finissent plus d'étirer les délais de paiement afin de mieux détourner à leur avantage les sommes prévues pour les constructions de nos fortifications.

Il tira une longue pipée, tout en scrutant le ciel sans étoile.

— Ils seraient si puissants !

— À la vérité, madame, ces commis ont des droits équivalant presque aux miens. Si seulement le Roi restreignait leur pouvoir aux magasins et marchandises de traite !

— N'est-ce pas le cas ?

— Non, bien sûr que non ! Ils ont leur mot à dire sur tout ce qui se passe ici. Et je me dois de tenir compte de leur avis. Le lieutenant doit s'en remettre à la volonté de ces hommes de commerce.

— Un pays gouverné par des commerçants ?

— Est un pays sans perspective, si vous voulez mon avis. Où sont les colons promis, les habitations qui devaient être mises à leur service ? Cherchez bien, madame, cherchez bien au fond de leurs coffres et vous y trouverez les sommes soutirées à la colonisation. Si seulement le Vice-Roi pouvait comprendre.

Il tira plusieurs pipées. Cette fois, les bouffées grises entortillèrent sa tête tel un turban turc.

— Notre fort n'est qu'à demi terminé. Nous n'avons que quatre canons, quelques mousquets, des lances.

Comment défendre adéquatement une colonie quasi sans munitions, sans armes et sans fortifications ? Nul n'est à l'abri des pirates et des contrebandiers. Comment assurer la sécurité des gens qui s'y trouvent, dites-moi ? C'est la mer à boire !

Il soupira, retourna vers le buffet sur lequel il déposa sa pipe.

— Encore un peu de vin ?

— Non, merci.

Une fois revenu à son fauteuil, il vida son verre d'une traite et le déposa sur le sol.

— Il y a une différence fondamentale entre les gens des compagnies et le lieutenant de cette colonie, chère Hélène. Une différence fondamentale.

Il croisa ses mains et attendit ma réplique.

— En fait, je suis d'une grande ignorance concernant la gouvernance, monsieur. Seulement, j'ai entendu…

J'hésitai, tant il était malvenu pour une femme de se mêler de politique. Il sourcilla.

— Qu'avez-vous entendu ?

J'inspirai profondément et poursuivis.

— D'après ce que disent Louis Hébert, Pierre Desportes et…

— Les vrais de vrais colons !

— Eh bien, ces hommes prétendent que les engagés des compagnies ont une courte vue.

Le lieutenant renifla.

— Une courte vue ? répéta-t-il en se frottant le bout du nez.

— Oui. Ils vont même jusqu'à ajouter que ces engagés ne pensent qu'à remplir leurs bourses, tandis qu'eux…

Il redressa le torse.

— Eux, tout comme moi, songent d'abord à l'avenir de ce pays !

— C'est bien ce que disent ces hommes. Voilà pourquoi ils se liguent sans hésitation derrière la nouvelle Compagnie des de Caën. Ils n'ont pas le choix, croient-ils.

— Ils n'ont pas tort. Selon les lettres reçues, les navires des de Caën devraient nous apporter les marchandises et les munitions nécessaires pour passer l'hiver à l'Habitation. Par contre, il m'apparaît injuste de permettre à cette nouvelle compagnie de saisir les marchandises de traite de l'ancienne compagnie.

— Injuste, c'est aussi ce que pensent toutes les femmes de la colonie. Il serait injuste de…

Mon époux se leva et agita son index devant mon visage.

— J'incite fortement toutes les dames de cette colonie à taire leurs opinions politiques. Les femmes ont suffisamment à faire avec les chaudrons et les chiffons pour occuper leur pensée. Cela vaut pour toutes les femmes, y compris vous. Surtout vous, la femme du lieutenant. Suis-je suffisamment clair, madame ?

Je me mordis la lèvre et baissai les yeux.

— J'y verrai, monsieur, promis-je bien malgré moi.

Je voulus me lever. Il posa sa main sur mon épaule.

— Restez, ordonna-t-il fermement.

Je fixai ses yeux. Sa main délaissa mon épaule.

— Restez encore un peu, je vous prie, madame, je vous en prie, répéta-t-il d'une voix presque suppliante.

Je soupirai fortement en acquiesçant de la tête. Il entreprit de marcher de long en large devant la cheminée.

— Examinons les forces en présence. Une compagnie qui se voit retirer prématurément ses droits de monopole est de surcroît menacée de perdre ses gages et bénéfices de traite. D'autre part, une nouvelle compagnie, dont notre survie dépendra dorénavant, s'apprête à saisir le fruit du labeur de l'ancienne compagnie. Une ancienne compagnie menacée, une nouvelle compagnie menaçante.

Une ancienne compagnie qui n'a plus aucune obligation vis-à-vis de nous, une nouvelle compagnie chargée de subvenir à nos besoins futurs.

— Coincé entre l'écorce et l'arbre, disiez-vous ?

— Entre l'écorce et l'arbre. Remettons-en. D'un côté, des colons prêts à se liguer avec la nouvelle compagnie et de l'autre, des anciens engagés prêts à tout pour défendre leurs marchandises de traite contre les nouveaux. S'il n'y a pas là tous les éléments propices à une guerre civile, mon nom n'est pas Champlain !

Sa marche s'arrêta devant les flammes du feu.

— Entre l'écorce et l'arbre, vous dis-je.

Je me levai. Il porta la main à sa barbiche et me toisa d'un air frondeur.

— Si j'osais...

— Osez, osez !

— Entre l'écorce et l'arbre, il y a la sève.

— La sève ! s'étonna-t-il.

— Oui, la sève, ce mystérieux fluide assurant la survie de l'écorce et de l'arbre.

Sa main délaissa sa barbiche.

— La survie de l'écorce et de l'arbre, répéta-t-il songeur. La survie de l'un et de l'autre ! Diplomatie, user de diplomatie. Ménager la chèvre et le chou jusqu'à l'arrivée des navires des de Caën.

Son visage ridé s'éclaira.

— Madame ! Votre perspicacité m'étonne.

— Vraiment ! C'est pourtant une perspicacité de femme, monsieur.

— Ah, de temps à autre, une femme peut surprendre agréablement.

La flatterie m'insulta. Je fis une courte révérence.

— Si monsieur le permet, je vais retourner dans ma chambre.

— Faites, je dois poursuivre cette réflexion. Une diplomate stratégie à préparer, la sève…

Je me rendis au pied de l'escalier.

— Madame, interpella-t-il, oui, ces verres de faïence sont bien de ma mère. Elle vous vouait une profonde affection, vous savez.

— Je l'aimais aussi.

— Merci pour tout, chère Hélène.

— Bonne nuit, lieutenant.

Je gravis l'escalier. L'horloge sonna. Il était une heure du matin.

28
La pomme de discorde

Le lieutenant usa si finement de stratégie et de diplomatie qu'il parvint à calmer les esprits échauffés des engagés des deux compagnies. Il promit aux engagés de la Compagnie de Rouen et Saint-Malo qu'aucune saisie de marchandises ne serait autorisée sans qu'un arrêt du Conseil royal l'ordonnant ne lui soit présenté. D'ici là, ils pouvaient se considérer comme les seuls détenteurs du monopole en Nouvelle-France et pouvaient monter traiter aux Trois-Rivières comme de coutume. Le lendemain matin, cinq barques quittèrent la rade de Québec.

Pendant le déjeuner, le lieutenant eut à défendre ses positions auprès de ses distingués invités.

— Vous avez autorisé ces voleurs à se rendre aux Trois-Rivières ! reprocha le capitaine du May avant de mordre dans un pruneau séché.

— La traite bat son plein, du May ! Des centaines de canots algommequins chargés de peaux sont déjà aux Trois-Rivières. Compte tenu du fait que vos hommes tardent à arriver en Nouvelle-France, j'ai préféré favoriser nos gens, Français catholiques pour la plupart, plutôt que de laisser filer ce butin. Les Rochelais sont de redoutables contrebandiers !

L'argument du lieutenant tempéra la vexation.

— Là-dessus, vous n'avez pas tort, admit le capitaine.

— D'autre part, vous n'êtes pas sans ignorer que les Anglais et les Hollandais montent parfois des régions du sud, accompagnés d'Yrocois ?

Toutes les bouches s'entrouvrirent.

— Des Yrocois, bafouilla le commissaire Guers en passant une main sur son crâne chauve.

— Certes, certes ! La concurrence est vive ! poursuivit le lieutenant sur sa lancée. Préserver la coutume du ralliement français et algommequin au poste de traite des Trois-Rivières est une nécessité absolue !

— Toutes ces traites nous reviennent de droit ! rétorqua le capitaine.

— C'est précisément ce qu'affirment aussi les gens de la Compagnie de Rouen et Saint-Malo.

— Nous avons en main, ici même, la lettre signée par le Vice-Roi et Guillaume de Caën, nous ordonnant de saisir toutes les marchandises de traite des anciens associés. Que vous faut-il de plus ?

— Celle du roi et de son Conseil.

— Et toutes ces marchandises dans nos canots ? Nous venions pour faire la traite, figurez-vous ! s'offusqua le capitaine.

— J'en fais mon affaire ! le rassura le lieutenant.

— Votre affaire !

— Parfaitement, mon affaire. Vous pourrez échanger ces marchandises contre les peaux de notre magasin. Nous en avons plus de cinq mille. Traiter avec Champlain plutôt qu'avec les Sauvages, qu'importe, me direz-vous ?

— Comment ? répliqua le capitaine du May en mâchouillant sa bouchée de pain. Nous échangerons avec vous ?

— Pourquoi pas ? Ces peaux proviennent des mêmes forêts, que je sache. Vous n'aurez pas tout perdu. D'autant que les navires de votre compagnie ne sont toujours pas dans la rade de Tadoussac. Arriveront-ils seulement ? Rien n'est moins sûr : les pirates, les tempêtes...

— Ils arriveront sous peu, affirma vivement le capitaine. Néanmoins, votre proposition m'intéresse. Une assurance ! Comme vous dites, on ne sait jamais. Attendons l'arrivée de Guillaume de Caën et si, par malheur, il n'arrivait pas, nous échangerons avec vous.

Le capitaine échangea un bref coup d'œil avec le commissaire. Ce dernier approuva de la tête. Il s'essuya la bouche et déposa sa serviette dans son assiette vide. Puis, il étira ses longs bras au-dessus sa tête, rota, balança sa chaise sur les pattes arrière et me reluqua un moment.

— Cette épouse serait un trésor français, Champlain ? Elle vous distrait des Sauvagesses ?

Monsieur de Champlain déposa son verre de vin et se leva. Je baissai les yeux et mordis fermement dans ma miche de pain.

— Du May, si nous voulons atteindre le couvent des Récollets et revenir à l'Habitation avant l'heure du dîner, nous n'avons plus de temps à perdre.

— Je vous suis, mon lieutenant ! Venez, Guers.

Le lieutenant posa sur moi un regard bienveillant. Je me levai et fis la révérence. Il contourna la table, vint prendre ma main et y posa furtivement les lèvres. Au fond de ses yeux ambrés, une lueur de reconnaissance passa.

Une fois les arrangements acceptés et approuvés par le récollet Le Baillif, le sieur de Champlain misa sur la prudence et s'empressa d'organiser l'état de siège de l'Habitation. Avec l'aide de ses officiers, il répartit les effectifs en prévision d'une éventuelle bataille.

— Toujours possibles, les attaques, nous informa-t-il au dîner. En 1587, Jacques Noël perdit quatre pataches au cours d'un combat sur le Saint-Laurent.

— Quatre pataches, un combat sur le Saint-Laurent ! s'étonnèrent le capitaine et le commissaire.

— Et plus encore ! En 1608, François Gravé a été reçu à Tadoussac à coups de canon.

— Des coups de canon ! Oui, cela me revient. On parle encore de cette mésaventure dans les ports de France, se remémora le capitaine tout en agitant le morceau de lard salé piqué à la pointe de son couteau.

Cette information finit de convaincre nos invités du sérieux de l'affaire.

— À la guerre comme à la guerre ! déclara le lieutenant.

Aussi, l'après-midi même, Eustache, Ludovic, quatre hommes des anciens associés, quatre Récollets et cinq soldats s'installèrent-ils dans le fort en construction, avec mousquets, balles et piques. Le lieutenant, quant à lui, veillait à l'Habitation avec les hommes de du May, quatre Récollets et une poignée de soldats. On recommanda aux colons de limiter leurs activités autour de l'Habitation et de se tenir sur un pied d'alerte.

Chaque matin, escortée par Jonas et deux soldats, Ysabel montait au fort porter les rations quotidiennes de nourriture aux valeureux défenseurs. Au troisième matin d'enfermement, n'y tenant plus, j'implorai le lieutenant de me permettre de les accompagner. J'étais impatiente de revoir Ludovic, espérant plus que tout qu'un moment d'intimité nous permette enfin de dissiper le brouillard de nos différends au sujet des compagnies de traite. Le malaise qui s'était installé entre nous m'attristait bien davantage que toutes les menaces pesant sur notre colonie.

— Je vous promets l'extrême prudence, avais-je dit au sieur de Champlain. Il me tarde d'aider Guillemette dans les préparatifs de son trousseau de mariée, d'avoir des nouvelles de Françoise et de la petite Hélène. Et puis, il y a Marguerite, qui en est à son quatrième mois de grossesse.

Il m'avait longuement regardée avant de répondre.

— En ces temps houleux, comprenez qu'aucun écart de conduite ne saurait être toléré. Nous devons tous unir nos forces, nos volontés et nos actions pour servir le Roi. Maintenir la paix en ce pays est capital. Suis-je suffisamment clair, madame ?

Je ne savais trop ce que cachaient les sous-entendus de sa mise en garde, mais peu m'importait.

— Vous n'aurez rien à me reprocher, rien. Vous avez ma parole.

Pendant tout le temps qu'Ysabel étala les pots, les terrines, les pains et les carafons de vin sur la table, Eustache évita de la regarder.

— Un grand merci, mesdames, dit-il froidement lorsqu'elle lui sourit.

— Bien, alors, voilà ! Bon appétit, messieurs, réponditelle d'une voix faible en replaçant nerveusement une serviette dans son panier vide.

Jonas s'empressa d'en saisir l'anse. Eustache détourna la tête vers le récollet Le Caron qui lisait son bréviaire, assis à l'autre extrémité de la pièce.

— Bien, puisque tout est remis, nous nous rendons chez les Hébert, pour Guillemette, son trousseau, annonçai-je afin d'alléger la lourdeur de l'air.

— Soldat Mercier, vous les accompagnerez jusque-là, s'assura Eustache.

— À votre service, monsieur.

— Maître Jonas, ferez-vous de même ? poursuivit sèchement Eustache.

— Non, maître Jonas doit retourner à ses fours, dès à présent. N'est-ce pas, Jonas ? s'empressa de répondre Ysabel.

— À ses fours, sans vous ? Étonnant ! railla mon frère à mi-voix.

— Eustache, dis-je, il est compréhensible qu'un boulanger ait des activités en commun avec...

— Votre servante, termina-t-il sèchement.

— Eustache ! m'indignai-je.

Ysabel tourna les talons et sortit dans le couloir menant à la porte du fort. Jonas la suivit.

— Ysabel, m'écriai-je. Non, attendez-moi ! Eustache, comment osez-vous !

— Comment ose-t-elle ?

— De quoi parlez-vous à la fin ?

— Il faudrait être aveugle pour ne rien voir. Ces deux-là font la paire, il ne fait aucun doute. Marie-Jeanne a raison.

— Marie-Jeanne ! m'exclamai-je en m'éloignant de la table.

— Médisance ! conclut le père Le Caron sans lever les yeux de son bréviaire.

— Calomnie ! Infâme calomnie ! ripostai-je en repoussant ma tresse derrière mon épaule.

Mon frère pointa le père Le Caron tout en m'indiquant de baisser le ton d'un geste de la main. Puis il s'approcha de moi en prenant soin de tourner le dos au religieux.

— Rendez-vous à l'évidence, ma sœur, chuchota-t-il près de mon visage. Plus d'une fois les ai-je vus rire tout en travaillant. Leur connivence est certaine.

— Connivence, peut-être, continuai-je sur le même ton, mais je peux vous assurer que le cœur d'Ysabel vous appartient totalement et complètement. Je sais de quoi je parle, je suis son amie.

Il secoua sa chevelure brune. Une boucle rebondit sur son nez.

— Ce ne peut être possible. Elle est de plus en plus distante.

— Les événements nous bousculent tous.

— Les événements, les événements ! J'arrive à peine à lui prendre la main.

— Ysabel reste craintive. Vous connaissez son histoire.

— Il y a si longtemps.

— Je comprends votre impatience.

— Et cette Marie-Jeanne qui n'en finit plus de semer le doute partout où elle passe.

— Ignorez cette langue de vipère. Le bonheur des autres attise sa hargne. Allez, Eustache, promettez-moi de ne plus jamais douter de l'amour qu'Ysabel vous porte. Elle n'aime que vous. Qu'attendez-vous pour lui avouer le vôtre, en faire votre femme ?

Il projeta son chapeau sur les victuailles et couvrit son visage de ses mains.

— Aaaah ! hurla-t-il, satanée colonie !

— Méfiez-vous du péché de la colère, avisa le père Le Caron.

— Eustache ! s'écria Ludovic en refermant la porte arrière derrière lui. Allons, mon ami, le commandement du fort vous ébranlerait-il à ce point ?

— Ah, maître Ferras, tandis que j'y pense, dit le père Le Caron, délaissant son banc, bien que les croyances des réformés brouillent votre âme, permettez-moi de vous inviter à l'inauguration du couvent des Récollets. Elle aura lieu demain, samedi le vingt-troisième jour de ce beau mois de mai, mois entièrement consacré à notre très Sainte Vierge Marie. Tous les autres protestants de la colonie y seront conviés, d'ailleurs. Dieu n'y verra pas d'offense, bien au contraire !

— Merci, bien aimable à vous, mon père. Je viendrai, sans faute, je viendrai. Y serez-vous, madame ? poursuivit-il le visage réjoui.

— Assurément. J'y viendrai au bras de monsieur de Champlain. À moins que ne survienne une attaque de pirate, une invasion de contrebandiers, ou un déluge, j'y serai.

Il se rembrunit.

— Ma sœur est quelque peu perturbée par les récents événements, expliqua Eustache.

— Quelque peu perturbée, oui, nous le sommes tous un peu, répliquai-je en soutenant le regard inquiet de Ludovic.

Un soldat entra précipitamment. Il reprit son souffle.

— Monsieur Eustache, monsieur Eustache, canot… Sauvages… deux canots en aval.

— À la tour de guet, vite, ordonna mon frère.

— Est-ce grave, Eustache ? m'inquiétai-je.

— Non, je ne crois pas. Des Montagnes montant à la traite aux Trois-Rivières, probablement. C'est la saison des voyages de traite. N'ayez crainte. Demeurez vigilante, cependant.

— À demain, madame, salua le Récollet en soulevant la jupe de sa robe de bure.

— Hélène… madame, nous nous revoyons au souper ? demanda vitement Ludovic près de la porte où venaient de disparaître Eustache et le père Le Caron.

— Au souper, oui, au souper, me désolai-je.

Il disparut.

« Ysabel ! Je n'ose imaginer dans quel état elle est. Chez Marie, vite, chez Marie ! » me dis-je.

— Eh bien, ma fille, vous aurez le trousseau le plus garni qu'il m'ait jamais été donné de voir.

— Grâce à dame Hélène, répondit la fiancée en déposant le drap de chanvre que nous venions de plier pardessus les cinq autres.

— Et vous, Ysabel, votre trousseau est-il commencé ?

Ysabel interrompit l'enfilage de son aiguille et leva son visage étonné vers Marie qui s'appliquait à coudre le rebord d'une nappe blanche piquée de minuscules fleurs rouges.

— Qu'est-ce qu'il attend, ce Jonas, pour faire la grande demande ?

— Maître Jonas ? fit Ysabel.

— Notre boulanger Jonas, oui. Y aurait-il un autre Jonas dans ce pays, jeune fille ?

Ysabel posa ses mains sur ses genoux, baissa la tête et éclata en sanglots.

— Mais qu'y a-t-il ? Qu'ai-je dit ?

— Laissez, mère ! s'exclama Guillemette en s'approchant d'Ysabel.

— Mais…

Je posai mon index sur ma bouche puis sur mon cœur. Marie, désemparée, souleva les épaules et les bras.

— Venez, Ysabel, allons prendre un peu d'air.

La roche sur laquelle nous étions assises était chaude. Le soleil brillait. Autour de nous, aux branches des arbres et des buissons, les bourgeons éclataient. On aurait dit que chaque ramure était parée d'une délicate mousseline verte. Les oiseaux y allaient de leurs joyeux jacassements. Le vent était doux. Ysabel essuya ses dernières larmes et remit son mouchoir dans la poche de sa jupe.

— Ils ont raison, tous ont raison.

— Certes, qu'ils ont raison.

Ma réplique la saisit.

— Vous aussi ?

— Jonas et toi vous entendez à merveille. Il n'y a pas à en douter.

Elle fronça les sourcils.

— De plus, ne vous arrive-t-il pas de vous amuser ferme ? Vous riez et chantez.

— Hélène ! s'exclama-t-elle.

— Je vous ai vus, de mes yeux vus. Il n'y a pas de mal. Tu es libre, maître Jonas aussi. C'est un beau parti que ce boulanger.

Elle renifla et se leva.

— Admettez-le. Un boulanger est nécessaire à la vie d'une colonie. Vous ne manquerez jamais de l'essentiel. Il y aura toujours du pain sur votre table.

Elle déguerpit en courant. Je la rattrapai après deux enjambées et saisis son bras afin de l'immobiliser.

— Un vrai beau parti que ce Jonas.

Elle couvrit ses oreilles de ses mains, baissa la tête et ferma les yeux.

— Cessez, cessez. Je ne veux plus rien entendre. Jamais, jamais ! Plus rien !

— Il n'en tient qu'à toi, Ysabel. Il n'en tient qu'à toi, répétai-je en touchant son épaule.

Elle la repoussa vitement.

— Toi seule possèdes la clé de l'énigme, Ysabel. Pourquoi acceptes-tu de les laisser dire sans riposter ?

Ses mains délaissèrent ses oreilles et ses yeux s'ouvrirent tout grand.

— Ils ont raison, ils ont raison, tous ! Eustache n'est pas pour moi. Je ne suis qu'une servante. Au fond de moi, je sais qu'ils ont raison. Maître Jonas est un bon parti. Il ne cesse de me faire des gentillesses. C'est un honnête homme.

— Honnête homme, il est vrai, admis-je sincèrement.

— Monsieur Eustache mérite mieux que moi. Une dame de la classe de... de...

— De Marie-Jeanne ?

— Oui, elle ne cesse de me le répéter. Chaque fois qu'elle me croise, elle me fait une remarque.

— Je suis de ton avis. Donne ton cœur et ta vie à Jonas, il le mérite. Tu auras une vie honnête, une vie...

— Honnête ! approuva-t-elle en relevant le menton.

— Mais il y a Eustache...

Elle baissa la tête.

— C'était un rêve, un beau rêve.

Le chat tigré de Guillemette vint se frotter à ses jupes. Elle le prit dans ses bras et le flatta. Le chat ronronna.

— J'aimerais tant ressentir la joie que Guillemette éprouve à la pensée d'unir sa vie à celle de Guillaume. Une lumière luit au fond de ses yeux chaque fois qu'elle prononce son nom. Chaque fibre de son être vibre dès qu'elle entend sa voix. Elle ne regarde que lui dès qu'il est aux alentours.

— Guillemette aime Guillaume.

— Et je n'aime pas Jonas.

— Tu aimes Eustache.

— J'aime Eustache.

Sa révélation se mêla au chant des oiseaux.

— Hélène, ces choses, toutes ces choses qui se passent entre un homme et une femme, murmura-t-elle les yeux baissés sur le chat que sa main caressait.

— Oui.

— Entre monsieur Eustache et moi...

— Hum !

— J'en suis incapable. Dès qu'il me touche, ne serait-ce que le revers de la main, je tremble.

Le chat se débattit, sauta précipitamment dans le sentier et courut vers le bois.

— Ysabel ! me désolai-je en la prenant dans mes bras.

Elle resta là, inerte, les bras ballants, la tête posée sur mon épaule, comme si son âme avait quitté son corps. Je caressai ses cheveux. Tous les affreux souvenirs de sa jeunesse surgirent à ma mémoire.

— As-tu peur ?

— Oui, j'ai peur. Il a bien tenté de m'embrasser. Mais toujours, je le repousse. Je ne le veux pas vraiment, mais c'est plus fort que moi. Quand il m'approche, quelque chose au fond de moi me dit que c'est mal. Dieu a puni de si cruelle manière l'amour qui m'a liée à Damiel. J'ai provoqué sa mort et celle de notre fils. Je suis damnée. J'ai peur pour Eustache. S'il fallait que mon amour lui porte malheur !

— Ysabel, que me racontes-tu là ! Dieu n'a rien à voir avec ton passé. Les choses arrivent parce qu'elles ont à arriver. N'as-tu pas suffisamment pleuré ?

— J'ai beaucoup pleuré.

— Tu as suffisamment souffert, et expié, et pleuré, et pleuré encore. Tu as droit au bonheur. Eustache t'aime. Tu n'as rien à redouter de lui.

Elle délaissa notre étreinte, croisa les bras tout en se détournant vers le boisé dans lequel avait disparu le chat.

— Et si Marie-Jeanne avait raison, si je devais nuire à sa réputation ?

— Bien, très bien ! Voyons les choses comme elles sont. Laquelle de vous deux ferait le bonheur d'Eustache, dis-moi ?

Elle baissa la tête.

— Il est vrai que malgré tout le lustre de son rang, dame Marie-Jeanne est quelque peu envahissante, osa-t-elle faiblement.

— Quelque peu !

— Énervante, égoïste, méprisante et méchante, même, à certains moments, ajouta-t-elle.

— Tout pour rendre un homme heureux !

Elle essuya le coin de ses yeux avec son tablier de cotonnade blanche et sourit faiblement.

— Dame Eustache Boullé, dis-je pompeusement.

— N'allons pas trop vite, je n'ai pas encore accordé le premier baiser.

— Il y a fort à parier que le premier ne sera pas le dernier.

— Si seulement je pouvais.

— Tu peux. Aie confiance, tu peux.

— Je promets d'essayer. Oui, j'essaierai, j'essaierai.

— À la bonne heure !

Je passai mon bras par-dessus son épaule et l'entraînai vers la maison de la jeune fiancée au cœur débordant de joie. Un trousseau était en préparation.

« Le trousseau de l'âme, pensai-je, préparer son cœur à la rencontre du bien-aimé. »

— *« Qu'a donc ton bien-aimé de plus que les autres pour que tu nous conjures de la sorte ? Mon bien-aimé est frais et vermeil, il se reconnaît entre mille... »*, récitai-je.

— Comme c'est beau ! s'émerveilla Ysabel.

— Tiré du *Cantique des cantiques*, tu connais, dans la Bible ?

— Non, mais j'aimerais.

— *Le Cantique des cantiques* est une suite de poèmes chantant l'amour mutuel d'un bien-aimé et d'une bien-aimée qui se joignent et se perdent, se cherchent et se trouvent.

— Comme c'est grand !

— Il aurait été écrit par Salomon, un sage des temps anciens. Je te l'apprendrai, dès que nous aurons un moment à nous, je te l'apprendrai.

— *« Dis-moi, toi que mon cœur aime : Où mèneras-tu paître le troupeau ? »* récitai-je encore.

Au matin du 23 mai, le capitaine du May repartit vers Tadoussac avec, dans ses bagages, les lettres écrites par le sieur de Champlain à l'intention de Guillaume de Caën. Ces lettres allaient l'instruire sur les décisions prises afin de tempérer les ardeurs de tous et de chacun. En après-midi de ce même samedi, tous les gens de Québec se retrouvèrent au couvent des Récollets afin d'assister à la cérémonie de la bénédiction de leur couvent.

— Prions, dit le père Le Baillif. Exaucez-nous, Seigneur, Père saint, Dieu éternel et Tout-Puissant, et daignez nous envoyer du ciel votre ange, pour qu'il veille sur tous ceux qui se trouvent en ce lieu, pour qu'il les entoure et les protège, pour qu'il les garde et les défende. Par le Christ notre Seigneur. *Amen* !

— *Amen* ! répéta fermement le sieur de Champlain agenouillé à mes côtés.

Il se signa, se leva et se retourna vers tous ceux qui s'étaient entassés dans l'église dont on avait terminé la construction quelques jours auparavant. Il s'agissait d'une tour carrée située devant la porte d'entrée du couvent. Le père Le Baillif enfouit ses mains dans les larges manches de sa chasuble. Le lieutenant leva les bras vers le Très-Haut et s'exclama :

— Puisse Dieu entendre nos prières, mes amis. Qu'il nous préserve des batailles et nous garde dans sa sainte paix.

— *Amen*, reprit le père Le Baillif.

— *Amen*, répliqua le lieutenant en recoiffant son large chapeau garni de plumes.

Au fond de la pièce, entre Marie-Jeanne et François de Thélis, se tenait fièrement mon bien-aimé. J'eus la larme à l'œil. Nos divergences d'opinions allaient s'accentuant. Il s'était réjoui des décisions du sieur de Champlain et appuyait les colons sans réserve. Advenant des querelles entre les deux compagnies, tous allaient se ranger du côté de la Compagnie de Montmorency et défendre les droits de cette dernière. Bien entendu, ils espéraient que les événements ménageraient les anciens, mais leur avenir était du côté des nouveaux. C'était là leur profonde conviction.

Au septième jour de juin, le ciel était d'un bleu très pur et sans nuage. Le soleil éblouissait. Ce dimanche allait être beau. Pourtant, mon cœur était à la grisaille. Depuis le début de l'état de siège, Ludovic m'évitait. Plus précisément, il évitait ma présence afin de se soustraire à mes questions. Chacune faisait grandir la pomme de discorde qui s'était malicieusement glissée entre nous. Je comprenais sa réticence tout en me désolant de la difficulté que nous avions à confronter nos opinions. C'était comme si nous redoutions l'un et l'autre d'écorcher notre amour, comme si nous redoutions de voir en face nos différends, par crainte qu'ils nous éloignent l'un de l'autre. Le résultat était que cette distance nous éloignait bel et bien l'un de l'autre.

La messe étant terminée, tous les catholiques de l'Habitation sortirent de la chapelle. C'est alors que l'homme de guet annonça l'approche de trois barques montant vers Québec. Les soldats postés le long de l'Habitation ordonnèrent tour à tour d'entrer dans l'enceinte.

— Dans l'Habitation, messieurs, mesdames, dans l'Habitation !

Du haut de la palissade, un homme agita un drapeau rouge afin de prévenir ceux de la redoute du danger. Quatre soldats se rendirent près des canons sur les pointes d'éperons. Sitôt assuré que tout son monde était à l'intérieur de l'enceinte, le lieutenant ordonna la levée du pont-levis. Une dizaine de soldats sortirent par la porte arrière afin d'accompagner le commissaire Guers et le père Le Baillif qui allèrent sur le quai afin de discuter avec les arrivants. Après les discussions qui durèrent plus d'une heure, les barques poursuivirent leur route en amont.

Le lieutenant se dit fort satisfait du résultat des pourparlers. Ce groupe d'anciens associés, qui montait traiter aux Trois-Rivières, se réclamait avec autorité du droit exclusif de commerce. Certains allèrent même jusqu'à exiger que du May et ses hommes quittent l'Habitation et qu'on leur remette armes et fourrures. Les délégués s'étaient tenus droit. Chacune de leurs exigences avait été repoussée avec un rigoureux doigté, de sorte que les requérants s'étaient estimés chanceux de pouvoir, au bout du compte, poursuivre librement leur route vers le poste de traite. Ils y allaient à contre-courant peut-être, mais ils y allaient tout de même.

Cette visite eut pour effet d'alarmer encore davantage notre lieutenant.

— Cette fois, il n'y avait que trois barques. Qu'adviendra-t-il de nous si une dizaine de barques semblables se pointaient à l'horizon avec des hommes armés ? Au diable les pourparlers ! Sortez vos mousquets et vos canons, messieurs de Québec !

— Nous manquons de tout: d'hommes et d'armes, renchérit Le Baillif.

— C'est pourquoi il nous faut agir, et vite! Du May, demain, vous descendrez à Tadoussac. Il nous faut du renfort dans les plus brefs délais.

C'est ainsi qu'au matin du mardi 9 juin, le capitaine du May et cinq de ses hommes quittèrent le quai de Québec et dirigèrent leur barque en aval. Ils étaient confiants d'atteindre Tadoussac dès le lendemain. La marée leur était favorable.

Après le souper du 10 juin, alors que le logis du sieur de Champlain débordait de monde, je fis en sorte que la manche de ma chemise de toile de Hollande frôle la manche de toile de lin de Ludovic. Il ignora mon approche et continua la discussion entreprise avec Eustache comme si de rien n'était. J'échappai alors mon mouchoir entre les deux confrères. Ludovic garda la tête droite, baissa les yeux vers le blanc tissu et pivota juste ce qu'il fallait pour ne plus le voir. Eustache le ramassa.

— Merci, Eustache.

Je me rendis vers le buffet, remplis de vin deux des verres de faïence de l'ardente amoureuse de Brouage et vins les offrir aux deux jaseurs.

— Merci, me dit distraitement Eustache en prenant le verre.

— Non, merci, fit sèchement Ludovic.

— Comme il vous plaira, maître Ferras, répliquai-je en portant le verre qui lui était destiné à mes lèvres.

— Si seulement ce navire était de la nouvelle compagnie, souhaita Eustache.

— Ce navire, quel navire? m'enquis-je.

— Ma sœur, toute cette histoire est d'une complexité !

— J'aime la complexité. Et vous, maître Ferras ? Que pensez-vous de la complexité ?

Mon bien-aimé serra les mâchoires sans daigner répondre.

— Où est donc passée Ysabel ? me demanda Eustache.

— Elle est probablement aux cuisines à ranger et nettoyer. Le moment conviendrait peut-être pour que vous…

Il sourcilla, ouvrit grand les yeux, but son vin d'une traite et s'essuya la bouche du revers de sa manche.

— … discutiez, continuai-je, les yeux braqués sur le visage fermé du pelletier de mon cœur. Discuter simplement, comme ça, ce soir.

— Mais qu'avez-vous à la fin ? répliqua nerveusement mon frère.

— Rien de particulier, je taquine, tout simplement. Je taquine.

François s'approcha. Marie-Jeanne, qui apparut subitement, enfouit ses mains gantées sous les coudes des deux hommes. Elle dodelina exagérément de la tête de sorte que la plume de sa toque frôla tantôt le visage de Ludovic, tantôt celui d'Eustache.

— Messieurs, messieurs, vous savez le bruit qui court ?

Les deux messieurs s'écartèrent de la belle avec un regard complice.

— Non, de quel bruit s'agit-il, madame ? demanda Eustache avec un sourire en coin.

— Vous l'ignorez ! s'esclaffa-t-elle. Vous l'ignorez !

Son rire arrêta toutes les conversations l'espace d'un instant. Un bienheureux instant durant lequel Ludovic me sourit. Je lui rendis son sourire. Les conversations reprirent.

— Alors, demoiselle Thélis, s'enquit le pelletier de ma vie. Ce bruit ?

— Eh bien, le bruit court qu'un homme de l'Habitation aurait rencontré un Montagne au bord de la rivière alors que celui-ci pêchait. N'écoutant que son courage, il entreprit de parler avec le Sauvage. Au travers de leur baragouinage, il aurait compris qu'un bateau, un gros bateau venant de France aurait récemment accosté à Tadoussac. Un bateau de France, de France! s'exclama-t-elle, de France!

Cette fois, son rire ne provoqua qu'un léger soubresaut dans le fil des conversations, un très léger soubresaut. Je bus et résolus d'avancer mon verre tout près du revers bleu nuit de la veste de l'homme qui résistait à mon approche. Cela eut pour effet de provoquer son recul.

— Nous savons qu'un navire est arrivé, mais nous ignorons s'il s'agit d'un navire de l'ancienne ou de la nouvelle compagnie, reprit Eustache.

— Peu m'importe! L'essentiel est qu'il y en ait un. Un seul suffit pour me ramener en France, coupa court Marie-Jeanne.

— Au contraire, cela fait toute la différence! s'emporta Eustache. Demandez aux engagés. Vous verrez!

— Vraiment! s'extasia-t-elle. Quoi qu'il en soit, qu'il s'agisse de la nouvelle ou de l'ancienne compagnie, ce navire retournera en France l'automne venu. C'est l'essentiel!

— Et ni vous ni moi ne serons à bord de ce navire, ma sœur, affirma François qui venait de se joindre à notre groupe.

— Aaaaah, vous! éclata Marie-Jeanne. Vous, vous!

François saisit les poings qui s'abattirent sur ses épaules et entraîna sa sœur vers l'escalier menant au promenoir.

— Laissez-moi, laissez-moi! hurlait-elle à fendre l'air.

De l'air, elle en avait grand besoin, une grande bolée d'air. Marie-Jeanne n'admettait pas que l'on profane ses chimères. Le pelletier de mon cœur me sourit à nouveau. Des coups retentirent. Monsieur de Champlain brandit le drapeau blanc garni de fleurs de lys bleues et frappa à nouveau le plancher à l'aide du manche sur lequel l'étoffe était attachée.

— Commissaire, messieurs les officiers, engagés, un moment d'attention, je vous prie, un moment d'attention !

Le silence ne se fit pas attendre.

— Le bruit court qu'un nouveau navire aurait accosté à Tadoussac. Si tel est le cas, tous les désagréments sont prévisibles. Point n'est besoin de vous recommander de faire preuve d'une extrême vigilance. Ayez l'œil ouvert, et le bon ! Au moindre indice suspect, n'hésitez pas à me prévenir, de jour comme de nuit ! La défense de la colonie est notre responsabilité à tous !

— Oui, oui, approuvèrent les invités en levant leurs verres en guise de solidarité.

Puis, le lieutenant, le commissaire Guers, le récollet Le Baillif et Paul vinrent vers nous et entreprirent une vive discussion dans laquelle le pelletier de ma vie s'engagea totalement. Ils formèrent un cercle dont je fus exclue.

— À ma santé ! dis-je en terminant le peu de vin qui restait au fond du verre de l'amante de Brouage. À votre santé, madame de Champlain !

Paul se retourna et me fit un généreux clin d'œil. Ne me restait qu'à monter dans ma chambre sans avoir pu croquer dans la pomme de discorde qui troublait mes amours.

Nous sûmes bientôt que le navire qui avait jeté l'ancre à Tadoussac était le *Salamandre*, un bateau de la Compagnie de Rouen et Saint-Malo. Son commandant était le capitaine Gravé du Pont, un vieil ami du sieur de Champlain. Le capitaine franchit le pont-levis de l'Habitation le 13 du mois de juin.

Une fois le dîner desservi, du Pont suivit le lieutenant, s'arrêta devant sa table de travail et posa les mains sur son ventre ressemblant à un barillet.

— Champlain, mon ami, vous aussi ! Vous me décevez grandement. Ces freluquets bien pensants, peut-être, mais pas vous !

— Ils ont des lettres à l'appui. Tenez, celle de Montmorency, argua le lieutenant en lui tendant le parchemin.

— Foutaises ! Balivernes ! réfuta le capitaine.

Il s'inclina vers le lieutenant qui brandissait toujours la lettre devant son large nez rougeaud. Il la saisit de sa grande main poilue et la parcourut vitement.

— Saisir nos marchandises ! s'exclama-t-il en rejetant la lettre sur la table. Il y va fort, ce Montmorency !

Monsieur de Champlain se leva.

— J'ai interdit cette saisie, du moins jusqu'à l'arrivée de Guillaume de Caën.

— J'en suis bien aise ! Si vous tenez à vos cheveux et à ceux de votre dame, poursuivit-il en pointant la main vers moi, ne changez pas d'avis !

Le lieutenant tortilla sa barbiche, rangea ses parchemins dans le tiroir sous sa table de travail et se rendit au buffet. Le capitaine le suivit.

— Encore un peu de vin, Gravé ?

— Ce n'est pas de refus. Rien de tel que le vin pour encaisser la traîtrise.

Monsieur de Champlain lui tendit un verre de faïence bleutée.

— Savez-vous combien il en coûte pour avitailler la *Salamandre*, Champlain ?

— Près de trois mille livres.

— Il en faut, des peaux, pour couvrir ces dépenses et rapporter des bénéfices suffisants pour justifier l'effort, mon ami!

— Au moins trois mille. Je sais.

— Trois mille! Avec le profit de trois mille peaux, je pourrai toujours nourrir les rats de mes cales.

— Tout de même! Une peau échangée aux Sauvages vous coûte un peu plus d'un sol et vous la revendez dix fois ce prix aux marchands français. Une peau vaut plus de dix livres en France, non?

— Et le salaire des hommes? Et la nourriture? Et le coût des hivernants de la colonie et le salaire du lieutenant, votre salaire, bougre de Champlain! Il s'élève à pas moins de mille deux cents livres! Tout ça aux frais de la Compagnie! s'excita le capitaine en posant fortement son verre sur le buffet.

La faïence éclata en morceaux. Je sursautai. Le lieutenant étala une main sur sa poitrine, observa le dégât, s'approcha de moi et me dit à l'oreille:

— Cherchez Ysabel. Elle saura y faire pour remettre les morceaux en place.

Je me rendis à l'escalier.

— Je me soumettrai volontiers à cette saisie, quand, et seulement quand, j'aurai l'arrêt du Conseil sous le nez, Champlain!

— Alors, là, nous sommes du même avis, mon ami! Trinquons!

Le lendemain matin, le capitaine Gravé du Pont et huit engagés de l'ancienne compagnie regagnèrent leurs barques. Ils montaient aux Trois-Rivières pour y faire la traite.

— C'est notre droit le plus légitime, cria-t-il avant de donner son premier coup de rame.

— Nous le défendrons en justice s'il le faut, répondit le lieutenant à son vieil ami.

Les mains sur les hanches, il resta fièrement debout sur le quai jusqu'à ce que les barques disparaissent à l'horizon.

— Décidément, les Sauvages ne seront pas les seuls à festoyer aux Trois-Rivières, dis-je à Ysabel.

— Une vraie foire parisienne que ce sera ! renchérit Marie en piquant son aiguille dans la dentelle qui allait orner la fine toile de la manche de la mariée.

Françoise lâcha la coiffe d'enfant qu'elle brodait, la déposa sur sa chaise, alla s'accroupir devant la petite Hélène en lui ouvrant les bras.

— Allez, allez, viens, approche Hélène, viens retrouver maman, viens, l'invita Françoise.

La petite Hélène se tenait debout, une main appuyée sur une patte de la table et l'autre levée vers sa mère. Sa jaquette, un peu courte, découvrait ses chevilles.

— Gua, gua, gua, fit-elle le visage inquiet.

— Viens, mon bébé, viens, insista Françoise.

Chacune de nous délaissa son ouvrage et retint son souffle. La petite avança un pied potelé, puis l'autre. Sa main lâcha la patte. L'enfant fit un premier pas, puis un deuxième en chancelant.

— Oui, oui, viens, mon bébé, viens, encouragea sa mère.

Son équilibre tint le coup. Elle avança de trois autres pas, tendit les mains vers sa mère, toucha le bout de ses doigts, fit un autre pas et se laissa choir sur elle.

— Ma chérie, mon petit, mon bébé, mon bébé ! s'émerveilla Françoise en la serrant contre elle.

Marie baissa la tête, Guillemette resta bouche bée, Ysabel couvrit sa bouche de ses mains. Mes yeux se remplirent de larmes.

— Elle a marché, la petite a marché! Vous avez vu, Hélène a marché, s'excita Marie en s'accroupissant près de la mère et de son enfant.

— Alors, là, tu es une grande fille, maintenant! Oui, une grande fille qui sait marcher, disait Françoise en flattant les blonds cheveux frisottés.

— Gua, gua, gua, répondit la petite qui était tout sourire.

— Mon bébé a fait ses premiers pas, ma petite, mon bébé, répéta sa mère ébahie en bécotant son enfant.

— Gua, gua, gua, dit encore la petite Hélène avant d'égrener un candide éclat de rire.

— Une pureté cristalline, m'émerveillai-je.

Deux jours plus tard, un dénommé Holard aborda au quai de Québec. Il arrivait tout droit de Tadoussac avec, dans sa poche, une lettre d'une extrême importance.

— Incroyable! s'exclama le lieutenant en s'assoyant à sa table, incroyable!

— Que dit cette lettre? Que lisez-vous? s'impatienta le commissaire.

— Deux navires, non pas un, mais deux navires de la nouvelle société ont jeté l'ancre à Tadoussac, il y a trois jours. Incroyable! répéta-t-il en approchant son nez du parchemin.

Il poursuivit sa lecture. Plus elle avançait, plus il sourcillait. Soudain, il laissa tomber la lettre et leva les bras bien haut.

— Non, non, non et non! Il ne manquait plus que ça!

— Quoi, qu'y a-t-il? s'inquiéta le commissaire. Ils ont des marchandises, des vivres et des munitions, au moins?

— Bien sûr, bien sûr qu'ils ont les marchandises!

— Alors, c'est un coup double ! Où est le problème ?

Le lieutenant marcha nerveusement de la table à la cheminée et de la cheminée à la table. Le commis Holard, assis devant la table, avait le corps droit et les jambes croisées.

— Un embêtement, monsieur ? osa Ludovic.

— Plus qu'un embêtement, mon garçon, un embâcle, un embâcle !

— Mais encore, monsieur ? insista mon distant amoureux.

— Deux Récollets auraient fait le voyage avec de Caën.

— Et alors ? s'enquit le commissaire.

— Ce protestant de malheur les accuse de vol.

— De vol ? insista le commissaire sceptique.

— De vol, de vol ! Un vol est un vol, Guers. De Caën les accuse de vol ! s'énerva le lieutenant. Selon ses dires, ces pères catholiques auraient saisi des lettres lui appartenant.

Le commis Holard décroisa les jambes et posa ses mains sur ses genoux.

— Voilà qui étonne ! s'exclama le commissaire.

— Pourquoi cette accusation ? poursuivit le lieutenant comme s'il se parlait à lui-même. Oui, ce ne peut qu'être ça ! De Caën tente de sabrer dans le catholicisme. Attendez, écoutez ceci.

Il alla reprendre un parchemin, le brandit au-dessus de sa tête et déclara :

— Sitôt qu'il eut mis le pied à terre à Tadoussac, ce vil protestant ordonna de bannir le catholicisme au profit de sa religion, empêcha la plantation d'une croix et s'opposa à la prédication de l'Évangile.

Chacun de nous s'immobilisa. Aucun bruit ne s'entendit hormis une claque de Ludovic qui écrasa un moustique sur son front.

— Sales bestioles ! dit le sieur de Champlain avant d'enchaîner. Si cet hérétique s'imagine pouvoir m'écraser de la sorte, il se trompe effrontément ! Il pousse l'insolence jusqu'à interdire la prédication des Évangiles, alors que moi, le lieutenant de cette colonie, j'ai le devoir formel de répandre sur ces terres les croyances de la religion des rois de France, la religion de notre Sainte Mère l'Église catholique ! Pour un peu et les guerres de religion s'installent sur les rives du fleuve Saint-Laurent !

Notre déconvenue était totale. Chacun de nous suivait la marche vive qu'il avait reprise. Monsieur mon époux arpenta la salle de long en large, plongé dans ses pensées, le poing posé sur sa poitrine. Ludovic, debout devant la cheminée, s'étira le cou. Le commissaire n'en finissait plus de flatter son crâne dégarni, tandis que le commis Holard, qui avait recroisé les jambes. Le spectre des guerres de religion plana dans la salle silencieuse. Les talons du lieutenant martelèrent encore un moment le plancher de bois avant de s'arrêter net. Il asséna trois bons coups de poing sur sa poitrine, grimaça et soupira longuement.

— Ludovic, cherchez Le Baillif immédiatement, ordonna-t-il d'une voix faiblarde.

— Tout de suite, j'y cours. Il devrait être à la chapelle à l'heure qu'il est.

— Préparez vos bagages.

— Mes bagages ?

— Oui, vos bagages. Demain, à la première heure, vous montez aux Trois-Rivières avec Holard. Vous irez informer ceux de l'ancienne compagnie que Guillaume de Caën est parmi nous.

— À la première heure, je serai au quai à la première heure, lieutenant.

— Non ! m'exclamai-je en me levant.

Leurs ahurissements réfrénèrent ma hardiesse.

— Non, pas maître Ferras pour les Trois-Rivières.

— Plaît-il, madame? m'apostropha le lieutenant.

Ludovic s'était retourné vivement dans ma direction. Le sieur de Champlain inclina la tête en sourcillant.

— C'est que maître Ferras seconde Eustache à la défense du fort. Mon frère Eustache a besoin de lui.

Ludovic resta figé sur place. Il serra les mâchoires.

— Il est vrai que je croyais… mais jamais je n'aurais pensé… murmura le sieur de Champlain.

— Lieutenant, intervint Ludovic. Eustache saura me remplacer au fort, sans difficulté. Suffit de demander à Paul. Madame craint inutilement.

— Paul se fait vieillissant, arguai-je. Son oreille droite est presque sourde.

Ludovic, le visage rageur, posa les mains sur ses hanches.

— François de Thélis! proposa-t-il. Il se fera un honneur de délaisser la plume pour le mousquet.

— François! Monsieur de Thélis n'a jamais touché à une arme de sa vie. Je le sais, il me l'a confié un jour qu'il avait abusé du vin. Une tare pour un gentilhomme. Il cache bien son jeu.

Ludovic repassa sa main dans ses cheveux et me jeta un regard noir. Le commis Holard balançait le pied à un rythme fou. Le commissaire, qui s'était affalé sur un fauteuil, passait et repassait une main sur son crâne.

— Il cache bien son jeu, dites-vous, madame? nargua le lieutenant en m'approchant.

Il ferma les paupières un instant et renifla fortement. Je tournai mon visage vers le rayon de soleil entrant par la fenêtre, relevai le menton et me mordis la lèvre. Je me préparai au pire. J'avais trop parlé. Mon émoi dévoilait mon jeu, à n'en pas douter. Malédiction sur moi, malédiction sur notre amour! Pourvu que Ludovic ne fût blâmé de rien. Tout était de ma faute!

— Madame ? clama bien haut le lieutenant.

— Monsieur ? répondis-je en soutenant son regard.

— Ne vous ai-je pas recommandé, ici même, un certain soir, de ne jamais vous interposer dans les affaires de ce pays ?

— Il est vrai.

— Alors, madame, n'auriez-vous pas à faire à votre chambre ? Un peu de lecture, la sainte Bible, dans laquelle, je vous le rappelle bien humblement, il est dit, noir sur blanc, que la femme doit entière soumission à son époux ? Ou encore de la couture ? Tenez, le trousseau de cette Guillemette pour lequel vous ne cessez de vous absenter de l'Habitation. Je vous prierais de quitter les lieux sur-le-champ, madame ! Et que je ne vous revoie pas au souper. Une saine réflexion peut parfois prendre plus de temps qu'on ne saurait imaginer !

Je résistai à l'envie de lui sauter au cou, de l'étreindre, oui, de l'étreindre. Cet homme venait de me sauver la vie, peut-être pas mon amour, car, par-dessus l'épaule de mon sauveur, je voyais mon bien-aimé me fusiller du regard. Le pire avait tout de même été évité, de justesse, enfin le croyais-je. J'en remerciai le Seigneur. À sa réaction, je déduisais que seule la fierté du lieutenant avait été ébranlée.

« Puisses-tu tout bien comprendre », me dis-je.

— J'allais justement y monter, monsieur. Des prières, j'ai quelques prières à faire, des prières de remerciement, de remerciement.

— Faites donc, madame de Champlain !

Je gravis les premières marches.

— N'oubliez pas l'acte d'humilité, et l'acte de contrition ! ajouta le lieutenant.

— J'y mettrai toute mon ardeur, dis-je avant de poursuivre ma montée.

— De quel droit une femme... rouspéta le commissaire. Trop patient, Champlain, trop patient !

J'entrai dans ma chambre et m'assis sur le rebord de mon lit.

— À un cheveu, tu es passée à un cheveu de tout compromettre. Pourquoi ne pas poser toi-même la corde pour pendre Ludovic, tandis que tu y es ? me reprochai-je en tremblant.

Cette nuit-là, je m'éveillai en sursaut.

— Ludovic aux Trois-Rivières, me rappelai-je. Les Yrocois, une flèche, un canot qui chavire, je ne sais trop. Pourquoi lui ? Monsieur de Champlain voudra l'éloigner de l'Habitation, de moi, qui sait ? Peut-être sait-il pour nous deux ? Peut-être cache-t-il son jeu lui aussi ?

Je me rendis à ma fenêtre. Debout, seul, appuyé contre la tour des pigeons, Ludovic faisait sautiller dans sa main ce qui me sembla être son demi-cœur de pierre. Je m'écartai de la fenêtre afin de ne pas être vue. Il devait m'en vouloir. Je m'étais cavalièrement immiscée dans ses projets, je l'avais humilié. Pire encore, mon égoïsme l'avait mis en péril. Il glissa sa main dans sa poche, leva son visage vers ma fenêtre, passa ses mains dans ses cheveux, alla à la porte du magasin et y entra. Dans sa chambre, une bougie s'alluma et s'éteignit presque aussitôt. Il vint à sa fenêtre, regarda à nouveau en direction de la mienne et disparut dans la pénombre. Je m'enfouis sous les couvertures, peinée et honteuse.

— Ludovic, murmurai-je en posant mon demi-cœur de pierre sur mes lèvres.

Dans la cour, les pigeons roucoulaient.

Une pomme rouge roula sur le plancher d'une toute petite maison. La pomme grossit, grossit et grossit tant et si bien que tous les murs de la maison volèrent en éclats. Ne resta plus que la pomme.

Je me réveillai en sursaut.

— La pomme de discorde. Ludovic, murmurai-je en frissonnant.

Le lendemain matin, Ysabel m'apprit que Ludovic et le commis Holard étaient partis en amont avant le chant du coq.

« *Dis-moi, toi que mon cœur aime : Ou mèneras-tu paître le troupeau ?* » récitai-je au fond de mon cœur.

— Aux Trois-Rivières, répondis-je en frissonnant.

Après le déjeuner, le récollet Le Baillif, Paul et Louis Hébert partirent en aval, afin de juger de la dispute entre de Caën et les Récollets à Tadoussac.

En ce matin de la mi-juin, force était d'admettre que tout n'allait pas de soi en Nouvelle-France. La religion catholique était menacée, deux compagnies revendiquaient toujours l'exclusivité des privilèges de traite, et Guillaume de Caën usurpait les pouvoirs du lieutenant de la colonie. Entre Tadoussac, Québec et Trois-Rivières, les tensions allaient s'accentuant.

Il ventait fort ce matin-là. La pomme de discorde n'en finissait plus de rouler de part et d'autre sur le grand fleuve frémissant.

29
De fil en aiguille

Les gens de Québec durent s'accommoder de la discorde et des craintes que les obligations de la vie quotidienne commandaient. Le mois d'août apporta son lot d'activités : récolter les légumes et les herbes du jardin, cueillir les myrtilles et les groseilles sauvages, amasser les glands et les noix. S'ajoutait aux besognes coutumières, le mariage de Guillemette, que nous préparions gaiement malgré tout.

Comme la tâche était lourde et que le temps nous pressait, Ysabel et moi avions pris l'habitude d'aller rejoindre les femmes du cap en après-midi. Nous eûmes à remiser choux, raves, panais, betteraves et navets et à couper les simples et les herbes de toutes sortes. J'eus un réel plaisir à lier les tiges de lavande dont le délicat parfum avait la surprenante propriété d'éloigner les insectes des coffres et des armoires et je m'écorchai les doigts en ficelant la tanaisie vulgaire dont les fleurs chassaient les mouches. J'en appris sur la rue des jardins. Marie disait de cette plante qu'elle avait le pouvoir de préserver la chasteté. Selon les convictions qu'elle nourrissait à la lecture des récents enseignements de notre Sainte Mère l'Église, l'acte charnel était contre-nature s'il excluait la capacité d'engendrer.

— À la vérité, nous avoua-t-elle en sourdine, le nez dans une gerbe de lavande bleutée, ce précepte m'accommode. Moins il y a de…, enfin d'actes, moins il y a de risque d'être engrossée. À mon âge, alors qu'il y a tant à faire, la chasteté a ses bons côtés.

Cette potion magique s'avérait superflue en ce qui me concernait. D'une part, il m'apparaissait normal et bienfaisant de partager l'intimité de mon corps avec celui qui partageait l'intimité de mon âme. D'autre part, le bonheur d'engendrer m'avait été retiré: *mea culpa, mea culpa, mea maxima culpa*! Qui plus était, les occasions d'abandon aux plaisirs de cet ordre étaient plus que rarissimes. Depuis le jour du mimosa, le péché de la chair n'existait plus que dans mon souvenir.

— Ne m'oubliez pas! avait supplié mon bien-aimé le jour de cette merveilleuse cueillette printanière.

Pour sûr que je n'allais pas oublier que mon amant fila tout droit vers Tadoussac sitôt revenu des Trois-Rivières!

Une semaine, il n'avait passé qu'une semaine à Québec, une semaine à me fuir, à m'éviter, à faire comme si je n'existais pas.

— Mimosa, avait-il susurré à mon oreille, en me serrant dans ses bras, sous l'érable rouge.

— Mimosa! Mimosa! maugréai-je en nouant les tiges de la rue des jardins.

Je tirai fortement sur la ficelle. Elle se rompit.

À la messe du dernier dimanche de juillet, après le sermon, le père Le Caron avait annoncé officiellement le mariage de Guillemette et Guillaume.

— Mes bien chers frères! s'était-il exclamé en posant les mains sur sa poitrine. À votre humble serviteur revient le privilège de publier les bans du premier mariage catholique de la Nouvelle-France. Au matin du 26 août de l'an de grâce 1621, ici même, en cette chapelle, Guillemette Hébert, fille aînée de Louis Hébert et de Marie Rollet, unira sa vie à Guillaume Couillard, matelot et charpentier de notre communauté chrétienne.

Il avait fait une pause avant de poursuivre, la voix chargée d'émotion :

— Si quelqu'un dans cette assemblée a des objections valables pouvant empêcher la célébration de ce mariage, qu'il les dise maintenant ou qu'il se taise à jamais.

Le gazouillis des oiseaux combla alors le silence. Les futurs époux avaient soupiré d'aise.

Cinq jours plus tard, le sieur de Champlain partit en toute hâte pour Tadoussac avec quelques engagés de la Compagnie de Rouen et Saint-Malo. Le commissaire Guers, le récollet Le Baillif, Paul et Ludovic les accompagnaient. Mon bien-aimé préféra se rendre sur les bords de la rivière Saguenay plutôt que de rester ici, à Québec, prêter main-forte à Eustache, chargé de la défense de l'Habitation.

— Mimosa ! Encore heureux que ma mémoire ne soit pas défaillante ! avais-je pesté debout sur le quai de Québec en ce dernier jour de juillet.

Il ne s'était pas retourné. Aucun regard, aucun salut de la main.

— Mimosa, avais-je répété, au bord des larmes.

La petite Hélène frotta ses poings sur ses yeux en pleurnichant. Ses joues étaient rougeaudes.

— La pousse des dents, me désolai-je en battant le mélange. Pauvre petite ! Je termine la pâte de girofle et de romarin à l'instant.

— Reposez-vous un peu, le temps que l'on frotte ses gencives, recommanda Françoise en retirant l'enfant des bras de sa sœur.

— Que dites-vous là ! répliqua Marguerite. Je ne suis ni fatiguée, ni malade ! Je suis grosse de sept mois, c'est bien différent.

Je touchai le front de ma filleule. Elle repoussa ma main en pleurant de plus belle.

— Elle est fiévreuse.

— Où donc ai-je mis cette sphaigne rouge ? réfléchit Françoise. Ah, oui, dans l'armoire !

— J'y vais, dit Guillemette en s'élançant vers le meuble de pin près de la cheminée. Elle ouvrit une des deux portes.

— Dans le pot de grès, précisa Françoise.

Guillemette lui présenta le pot.

— Oui, celui-là. Suffit de tremper la sphaigne dans de l'eau chaude. Une compresse sur l'abdomen abaisse la température. Guillemette, dans ce petit chaudron, il y a de l'eau.

Guillemette prit le chaudron devant la cheminée.

— Je cours faire un feu, dehors. Dès que l'eau est chaude, j'y trempe une poignée de sphaigne.

— C'est ce que m'a appris *Wapineu*. Ça ira, chut, chut, continua Françoise en se dandinant faiblement. Chut, ne pleure plus.

— Qui est *Wapineu ?* demandai-je. Ouvre la bouche, Hélène, ouvre un peu, insistai-je en frottant mon doigt sur ses lèvres.

— Allez, ouvre un peu la bouche, mon ange, l'encouragea sa mère. Ouvre, marraine a un onguent pour tes gencives.

Je doutais qu'une enfant de cet âge puisse comprendre ce qu'on lui disait, surtout dans l'état où elle se trouvait, mais le fait est qu'elle cessa de pleurer et entrouvrit docilement les lèvres, de sorte que je pus étendre la pâte sur ses gencives boursouflées.

— Surprenant ! Elle comprend tout, cette petite ! m'exclamai-je. Je sens trois dents, là sur le devant. Oui, tu auras des dents très bientôt, vaillante Hélène, très bientôt ! Courage, mon trésor !

— *Wapineu* est cette femme montagne qui accoucha de jumeaux en octobre dernier. Vous l'avez rencontrée, je crois.

— Oui, je me rappelle, l'été dernier. Une des leurs était grosse. C'est terminé, mon ange. *Wapineu*, Perdrix Blanche, un bien joli nom.

La petite s'étant endormie, Françoise tira délicatement le rideau séparant le lit des parents et le berceau du reste de la salle et regagna le cercle des couturières. Chacune de nous était occupée à broder un des soyeux morceaux de tissu bleuté dans lesquels serait taillée la robe de la mariée. Elle ajusta sa coiffe, reprit sa pièce et se remit à l'ouvrage.

— Quelle merveilleuse jupe ce sera, s'exclama à mi-voix Marguerite, aussi élégante que celle de notre reine.

— Vous exagérez, ma sœur ! raisonna Françoise.

— Si peu, si peu, ajouta Marie en étendant sa pièce devant son visage.

L'ornementation était presque entièrement complétée. Un motif en rinceau liait délicatement de petites marguerites blanches. Marie l'examina soigneusement.

— Parfait, fort joli ! Ces fleurs sur ce fond de bleu, le même bleu que vos yeux. Une vraie reine vous serez, ma fille, une vraie reine ! proclama-t-elle fièrement.

— Quand je vous disais ! renchérit Marguerite.

Guillemette rit.

— Mère, vous exagérez !

— Votre mère n'exagère aucunement, reprit Marguerite en tirant sur le fil vert de son dernier point. Sachez, jeune demoiselle, que ce jour-là sera le vôtre. Vous en serez la reine.

Elle coupa le fil avec ses dents. J'avais été la reine de mon bien-aimé, ce soir-là, dans la forêt de Saint-Cloud, rêvai-je.

— Pour Guillaume, je veux bien être la reine. Étiez-vous la reine du sieur de Champlain, le jour de votre mariage, dame Hélène ?

Sa question me saisit. Je me piquai le bout du doigt.

— Aïe, dis-je en le portant à ma bouche.

Cette maladresse excusa mon silence.

— Je me rappelle, enchaîna Marie en clignant des paupières. C'était en septembre, au début de l'automne, en Champagne. Qu'il était beau mon Louis, un vrai prince !

Son exaltation nous surprit. Elle, d'un esprit si pratique...

— Il est vrai que son oncle, le baron de Poutrincourt, avait payé son habit de velours, d'un vert exquis ! termina-t-elle vitement comme si elle revenait subitement sur terre.

— Le baron de Poutrincourt ! Père ne parle jamais de lui ! s'étonna sa fille.

— Votre père est un homme d'une modestie ! Il n'est pas homme à étaler la noblesse de ses origines. Surtout pas ici, en Nouvelle-France ! Mises à part ses ambitions d'apothicaire et de colon...

— C'est bien ce que je connais de lui.

— Malgré tout, du sang noble coule dans vos veines, du sang de baron, tiens donc ! Il s'en fallut de peu que notre mariage ne fût jamais célébré.

— Vraiment ! Et pourquoi, mère ?

— Eh, je n'étais qu'une simple paysanne ! Une honnête paysanne, ne vous y méprenez pas ! Au début, nos rencontres étaient secrètes.

— Secrètes ! s'étonna Guillemette, en arrêtant son aiguille devant le bout de son nez.

— Au début. Un jour, un palefrenier découvrit notre lien. Alors, pendant un certain temps qui me parut une éternité, je fis en sorte de m'éloigner de votre père. Je ne répondais plus à ses lettres et j'évitais de me rendre au village. J'avais une telle peur que notre amour lui cause des ennuis !

Généreuse Marie. Et moi qui ne cesse d'exposer Ludovic au danger, me dis-je.

— Et pourquoi cette crainte, mère ?

— Je craignais pour Louis, pardi ! Contrarier son oncle signifiait le désaveu pour votre père. Plus de soutien financier, le déshonneur, et peut-être pire ! Allez donc savoir ce qui se trame dans la tête de cette noblesse ! Nous étions en France, et en France, ma fille, le respect des hiérarchies s'impose. Chacun doit la totale soumission aux volontés de plus grand que soi.

— Nous serions plus libres ici ?

— En quelque sorte, approuva sa mère.

Une bien mince liberté, répliquai-je au fond de moi. Mais la totale liberté était-elle possible, ici comme ailleurs ? Et si je confondais liberté et égoïsme ? Et si Ludovic m'évitait afin de me protéger tout comme l'avait fait Marie pour Louis ?

— Il a bien fallu qu'il apprenne votre idylle un jour, cet oncle, s'intéressa Marguerite tout en s'appliquant à dénouer son fil.

— Un jour, votre père, n'écoutant que son courage, osa lui avouer toute notre histoire.

— Et ? s'impatienta Marguerite.

— Et le baron de Poutrincourt fut le principal témoin à notre mariage !

— Non ! Non ! Non ! nous exclamions-nous l'une après l'autre.

— Si ! Vrai comme je suis là ! confirma-t-elle en prenant le ciseau.

Elle coupa le fil de son aiguillée.

— Tenez, ma fille. N'est-ce pas joli, tout ça ? Voilà la pièce terminée ! Plus que deux autres et nous pourrons assembler votre jupe.

— Et pour vous, Ysabel ? demanda Marguerite. Quand l'élu osera-t-il ?

— Marguerite ! reprocha Françoise.

Derrière le rideau, la petite Hélène se mit à pleurer.

— J'y vais, dit Ysabel. Permettez que j'aille la consoler.

— Allez-y, allez-y, l'encouragea Françoise.

Elle me fit un clin d'œil. Françoise avait compris le malaise d'Ysabel.

— Il a bougé ! Il a bougé, là, un coup de pied ! s'exclama Marguerite, une main posée sur le côté de son ventre.

— Le mystère de la vie ! murmurai-je.

— Mon bébé n'approuve pas le sans-gêne de sa mère, on dirait, confessa-t-elle les yeux posés sur le nourrisson attendu pour octobre.

Aie, qui somnolait devant la porte, souleva le museau, se leva et aboya.

— Quelqu'un vient ! dit Marguerite en se rendant à la porte qu'elle ouvrit. Louis ! Pierre et Abraham sont avec Louis !

— Louis ! s'étonna Marie. Bonne Sainte Mère, ils seraient revenus de Tadoussac !

Derrière le rideau, la petite Hélène cessa de pleurer. « Ludovic, me réjouis-je en pensée. Mon bien-aimé est enfin de retour ! »

Après avoir sauté un moment autour des arrivants, Aie s'était allongé devant la porte. Assis autour de la table, nous buvions les paroles de Louis qui s'appliquait à dénouer le fil des derniers événements.

— Le sieur de Champlain, informé que Guillaume de Caën menaçait de saisir la *Salamandre* ancrée dans la rade de Tadoussac, quitta Québec en toute hâte, le 31 juillet dernier. Et nous avec lui.

— Nous savons, nous savons, dit Pierre.

— Sitôt que nous eûmes débarqué à Tadoussac, Guillaume de Caën nous informa qu'il refusait formellement de reconnaître le nouvel arrêt du Conseil décrétant que les deux compagnies devaient se partager équitablement le droit de traite.

Il brandit une main vers le plafond.

— De même que les dépenses des hivernants des gens de l'Habitation pour l'année en cours.

— Ce qui est plein de bon sens ! affirma Marie.

— Oui, plein de bon sens, répétions-nous derrière elle.

Louis claqua des mains, se leva, contourna sa chaise et agita son index devant son nez.

— Écoutez bien ce qui suit. Prétextant la nécessité de faire la chasse aux contrebandiers, de Caën se dit prêt à saisir la *Salamandre*.

— L'imposteur ! s'offusqua Abraham.

Louis s'éloigna de sa chaise et marcha de long en large.

— Champlain s'y opposa. Il y eut une vive discussion entre les parties. Ce de Caën alla même jusqu'à menacer le lieutenant de la corde ! renchérit-il en serrant son cou d'une main.

Nous sursautâmes d'effroi.

— Menacer le lieutenant ! s'indigna Marguerite.

— De la corde, oui, oui, de la corde !

Louis chercha le bâton de pèlerin qu'il avait déposé avec son bagage sur le coffre près de la porte. Il traça deux lignes imaginaires sur le parquet de pin.

— Imaginez le Saguenay, ici, dans cet espace.

— Oui, le Saguenay, fit Marie.

— Donc, de Caën veut occuper la *Salamandre* qui se trouve amarrée là. La *Salamandre* est là.

Il sortit son couteau de sa poche et le déposa à l'endroit indiqué.

— Champlain voulait empêcher la saisie. Comme de Caën l'avait devancé, Champlain m'envoya en éclaireur sur la *Salamandre*. J'y passai la nuit.

— Avec ce pirate ! s'affola Marie.

— De Caën veut saisir la *Salamandre* ! rappela Abraham.

— Et les autres, Paul, monsieur de Thélis, maître Ferras ? m'alarmai-je.

Louis réfréna nos interventions d'un geste de la main.

— Pas si vite, pas si vite ! Le lendemain matin, de Caën, comprenant l'audace de son projet, fit marche arrière, déclarant que la *Salamandre* ne l'intéressait plus sous prétexte qu'il n'était pas suffisamment armé. Il me chargea de remettre une lettre à Champlain.

— Une lettre ! Vous en connaissez le propos ? demanda Pierre.

— Absolument ! De Caën exige, tenez-vous bien, de Caën exige que le lieutenant lui remette mille castors pour les vivres qu'il laissera aux vingt-cinq hommes devant hiverner à Québec.

— Bonne Sainte Mère ! lança Marie.

— Et sept cents castors pour les marchandises qui ne pourront être traitées, vu le partage exigé. Cette réclamation se termine par une protestation formelle contre la Compagnie de Rouen et Saint-Malo.

Marguerite regarda Abraham. Françoise regarda Pierre.

— Y aura-t-il la guerre, père ? s'inquiéta Guillemette.

Louis s'épongea le front de son mouchoir.

— Non, ne prenez pas la chèvre, ma fille. La guerre fut évitée de justesse. Champlain dut accepter le marché pour acheter la paix, mais il se promet bien de riposter !

— Riposte armée ! s'effraya Abraham.

— Riposte diplomatique ! Demain, une première assemblée de délibération se tiendra au logis du lieutenant.

— Assemblée de délibération ! Extraordinaire ! clama Pierre.

— Renversant ! ajouta Abraham.

— Une assemblée où je tiendrai mon rôle de procureur du roi pour la première fois.

— Et mon mariage ? s'attrista Guillemette.

Louis vint vers sa fille, prit ses épaules et la regarda droit dans les yeux.

— Votre mariage aura lieu tel que prévu, ma fille. Cette assemblée remettra un peu d'ordre dans cette chienlit.

— Paul, monsieur de Thélis et maître Ferras sont-ils revenus à l'Habitation ? osai-je pour une deuxième fois.

— Non, ils ont reçu l'ordre de demeurer à Tadoussac jusqu'à ce que les navires de Guillaume de Caën aient quitté la rade à destination de la France. Vaut mieux avoir ce gaillard à l'œil.

Derrière le rideau, Ysabel éternua. La petite rit. La rage de dents était passée. Françoise alla les rejoindre.

— Et ce départ, pour quand est-il prévu ? insistai-je.

— Vers le début septembre, quand les vents seront favorables. Les nôtres reviendront à Québec avec le clan de *Miritsou.* Vous le savez bien, en septembre, il passe quelques semaines à l'embouchure de la Saint-Charles.

— Oui, oui, je sais. Au début du mois de septembre, répondis-je, la tête ailleurs.

En fait, j'étais en train d'imaginer mon bien-aimé entouré des Sauvagesses aux seins nus. La Guerrière, si alerte, si agile, si gracieuse l'avait accueilli dans son *wigwam* au printemps dernier. S'il était une liberté sans limite pour ces peuples, c'était bien celle des plaisirs de la chair. Comme c'était d'usage, les soupirants n'avaient qu'à se présenter à la porte de la femme convoitée avec quelques présents. Cette dernière l'accueillait dans sa couche le temps d'apprivoiser le guerrier. S'il était à la mesure de ses attentes, elle se liait à lui. Sinon, le malheureux n'avait plus qu'à quitter la belle afin qu'un autre puisse venir tenter sa chance. Une vraie déesse de la nature, cette Guerrière, m'affolai-je tout bas. Et mon bien-aimé est si valeureux !

Une main toucha mon poignet. Françoise me sourit.

— Ne craignez point pour eux. Ce sont de vaillants guerriers.

— C'est bien ce qui m'effraie.

— Ils reviendront, ils reviendront.

Le ton complice de sa voix douce m'inquiéta. Françoise savait-elle pour mon bien-aimé ? Non, non, elle ne pouvait pas savoir. À moins que Françoise sache lire sur mon visage aussi bien que tante Geneviève ! Non, Françoise n'était pas sage-femme.

Ma filleule me tendit les bras. Je la pris.

— Gua, gua, gua, dit-elle en regardant Aie par-dessus mon épaule.

— Aie, soupirai-je en la serrant contre moi.

Le 18 août de l'an 1621, la colonie se forma en États généraux. L'assemblée officielle eut lieu au logis du lieutenant du matin jusqu'à la fin du jour. Y siégèrent le commissaire Guers, le sieur de Champlain, les récollets Georges Le Baillif, Joseph Le Caron et les principaux habitants français du Canada : Louis Hébert, procureur du roi, Gilbert Courseron, lieutenant du prévot, Nicolas, greffier de la juridiction de Québec et de l'assemblée, Eustache Boullé, Olivier Letardif, Pierre Desportes, Isaac

Le Groux et Pierre Raye. Le récollet Le Baillif fut choisi député à l'unanimité. Ce conseiller, imposé au sieur de Champlain, avait, semblait-il, non seulement l'oreille des autorités, mais encore, de par sa naissance et sa vertu, l'avantage d'être connu du roi, qui l'honorait assez souvent de son entretien et de ses lettres.

Dans le Cahier général qu'il eut charge de présenter au roi au nom de tous les habitants de la colonie, se trouvaient réunis tous les avis sur les faits survenus en ce pays pendant l'été 1621. Ce Cahier comprenait le mémoire présenté par les Récollets où étaient énumérées les richesses de la Nouvelle-France, des solutions pour le maintien de la religion et quelques réprimandes contre le sieur de Champlain, dont les dévoués religieux déploraient le peu d'ardeur évangélique. Le lieutenant vint à un cheveu de déchirer ces pages.

— Leur enthousiasme mérite d'être tempéré. S'il n'en tenait qu'à eux, le baptême serait administré à chaque Sauvage rencontré. Baptiser est une chose, convertir en est une autre ! avait répliqué le lieutenant au commissaire Guers, lors d'un souper.

Outre ce mémoire, on relevait dans ce Cahier la menace des Anglais à qui on reprochait d'échanger des armes avec les Sauvages, tout en alimentant une vile propagande contre les Français.

— Rien n'est plus clair ! expliqua le lieutenant à l'assemblée. Couper la gorge aux Français et brûler leurs habitations. Les Anglais montent les Sauvages contre nous, pendant que nous interdisons à nos gens d'échanger des armes avec nos alliés. Voyez ce qui se prépare. Des nations alliées aux Anglais armées de mousquets s'opposant aux nations alliées aux Français, armées d'arcs et de flèches. De la poudre épandue tout autour de notre colonie, mes amis, de la poudre explosive ! Voilà pourquoi nous supplions le Roi et le Vice-Roi de nous fournir armes et munitions, afin que justice soit faite et maintenue en Nouvelle-France.

Pendant plus de deux jours, les moindres détails de cette assemblée furent répétés sur tous les tons, dans les demeures de la colonie. Le lieutenant parut soulagé.

— Si tout cet arsenal de revendications, de mises en garde, de remontrances et de suppliques ne parvient pas à ébranler la Cour de France, je veux bien être livré au diable ! avait-il clamé bien haut au souper précédant le départ du récollet Le Baillif.

— Vous livrer au diable, Champlain ? avait rétorqué le récollet. Allons donc ! Fiez-vous à moi. Je saurai vous épargner les flammes de l'enfer !

Ce soir-là, on nous avait servi un bouillon de pigeon. J'avais repoussé discrètement mon bol. Les pigeons méritent un meilleur sort, me disais-je, un bien meilleur sort. Ils sont de fidèles messagers. Comment pouvait-on les sacrifier ainsi ? Barbarie !

Le cœur me leva.

— Pardon, monsieur, permettez-moi de quitter la table, je ne me sens pas très bien, demandai-je.

— Ah, toutes ces turbulences peuvent déranger ! Regagnez vos appartements, madame, m'indiqua le lieutenant.

— Merci. Bonne nuit, messieurs.

Chacun des convives me salua poliment de la tête.

Sitôt la porte de ma chambre refermée, je me rendis à la fenêtre. Tout en haut de la tour carrée, alignés les uns contre les autres au bord des ouvertures, les pigeons roucoulaient.

— Si seulement l'un d'eux pouvait voler vers Tadoussac, pour roucouler ma mélancolie à mon bien-aimé, soupirai-je en ouvrant ma fenêtre.

L'air était frais. Je frissonnai. En bas, Aie poursuivait un chat fuyant vers le magasin.

— *Aie*, murmurai-je, *aie*. Ludovic, mon bien-aimé.

Au matin de son mariage, Guillemette était véritablement la reine du jour. La pointe d'estomac de sa robe découpait sa taille fine. Autour de son décolleté, une étroite ruche de dentelle écrue et or enveloppait le gracieux rebondi de ses seins menus. Le jaune d'or des crevés de ses manches s'harmonisait au cœur des innombrables marguerites que nous avions brodées, tandis que le bleu de la robe mettait en valeur l'azur de ses yeux. Ysabel avait joliment piqué de minuscules boucles de velours jaune d'or dans le chignon de ses cheveux bruns et des bouffons sautillaient sur ses joues rosies d'émoi. Certes, toutes ces parures l'ornaient magnifiquement, mais pardessus tout, c'était dans la lueur de son regard que se retrouvaient les véritables joyaux de son royaume. Au pays de l'amour, point n'est besoin de couronne.

Après l'échange des vœux devant l'assemblée réunie, les nouveaux mariés se donnèrent un tendre baiser.

— Si les témoins veulent s'approcher de la balustrade afin de signer l'acte de mariage, invita le père Le Baillif.

Eustache m'offrit son bras.

— Approchez, venez, dit le père Le Baillif. Si monsieur Boullé veut bien signer, ici.

Eustache se pencha, signa, et me tendit la plume.

— Madame Hélène de Champlain, écrivis-je sous le nom de mon frère.

Le visage de Guillemette resplendissait. Guillaume souriait aux anges. Je m'approchai de l'épouse.

— Tous mes vœux de bonheur, Guillemette, lui souhaitai-je avant d'embrasser ses joues.

— Félicitations, Guillaume, félicitations ! dit mon frère.

— Merci, Eustache. À quand la grande demande, l'entendis-je murmurer à l'oreille de mon frère.

Ce dernier releva la tête et regarda vers Ysabel qui l'observait du fond de la chapelle.

— Comment savez-vous ? lui répliqua tout bas mon frère.

— Une évidence, Eustache, une évidence !

Je souris à mon frère. Il regarda à nouveau vers Ysabel et me sourit à son tour. Louis et Marie s'approchèrent de leur fille.

— Venez, mon frère, venez, une jeune fille vous espère au fond de la chapelle.

30
L'érable rouge

Dans la semaine qui suivit, de nombreux canots descendirent le fleuve. Quelquefois, ils s'arrêtaient devant l'Habitation le temps de saluer le grand capitaine des Français, partageaient quelques nouvelles en pétunant avec les engagés, et reprenaient leur route. Ils allaient vers leurs territoires de chasse et de pêche, comme ils avaient coutume, l'automne venu. Plus septembre avançait, plus il était fréquent d'apercevoir des colonnes de fumée blanche s'échapper des forêts colorées de rouge, d'orange et d'or. De temps à autre, des volées de canards striaient les nues. Souvent, l'odeur des feux de bois emplissait l'air humide des frais matins brumeux. Nous étions revenus à la merveilleuse saison de la lune des feuilles aux couleurs de feu.

Ce matin-là, une joyeuse clameur provenant du quai de l'Habitation força ma curiosité. Je délaissai mon écriture et me rendis à la fenêtre.

— Madame, madame, cria Ysabel en ouvrant la porte, les gens de *Miritsou* sont de retour.

— Ludovic ! m'exclamai-je.

Je jetai vitement la poudre à sécher sur la lettre destinée à tante Geneviève, rangeai le document dans mon cahier et courus derrière Ysabel. Nous traversâmes le pont-levis à la hâte.

— Crois-tu qu'il est là ? demandai-je à Ysabel.

— Je l'espère pour vous, me dit-elle en prenant ma main. Vite, allons !

— J'ai donné un premier baiser à Eustache, m'avoua-t-elle sous la palissade.

J'arrêtai mes pas.

— Vraiment ?

— Vraiment ! confirma-t-elle avec un déplorable sérieux.

— Alors ? dis-je en me préparant au pire.

Elle éclata de rire.

— Eh bien, ma foi, j'oserais prétendre que le plaisir fut partagé.

Je croisai les bras sur ma poitrine en soupirant d'aise.

— Ysabel, la frousse que tu m'as causée. Vilaine !

Elle rit encore.

— Venez ! Il y a peut-être un maître pelletier dans cet arrivage.

— C'est mon vœu le plus cher.

Miritsou et une dizaine de ses hommes nous apportèrent deux bonnes nouvelles. D'abord, le 7 septembre, les deux navires du capitaine Guillaume de Caën avaient bel et bien mis les voiles en direction de la France. Cette annonce souleva des acclamations de joie qui durent s'entendre jusqu'au couvent des Récollets. La deuxième nouvelle en étonna plus d'un. Le lieutenant s'en réjouit.

— Je l'ai prédit, dit-il fièrement à *Miritsou*. Nos hommes épouseront vos femmes et nous ne formerons plus qu'un seul peuple.

— *Nitishkueminanat tshika uitshimeuat tshinapemuaua tshe peikuitiak u*, avait répété *Miritsou*.

Le fait était que deux Français avaient délaissé leur charge sur les bateaux du capitaine de Caën afin d'épouser deux femmes de son clan. Les épousailles avaient eu lieu selon la coutume des épouses. Les nouveaux couples devaient partager la vie des Sauvages jusqu'à ce qu'une parcelle de terre leur soit octroyée. Monsieur de Champlain s'engagea à voir à ce qu'un récollet bénisse leur union, de sorte qu'ils fondent deux familles catholiques en Nouvelle-France. C'est lors de cette discussion que germa dans mon cœur et mon esprit la graine pernicieuse de l'abominable jalousie.

Miritsou en rajouta. Il expliqua le retard de François de Thélis, de Paul et de Ludovic par le fait que les deux canots dans lesquels ils voyageaient s'étaient arrêtés un peu plus haut, à l'île aux Coudres. Les femmes à bord de ces canots devaient y recueillir les noisettes et les avelines que les coudriers de l'endroit produisaient en abondance. Or, la Guerrière était une de ces femmes.

Miritsou et ses hommes nous quittèrent après le dîner. Dès que les trois canots se furent éloignés du quai, ma jalousie s'accrut à un rythme fulgurant. « Ludovic dans les coudriers avec la Guerrière », me répétais-je sans cesse, bien malgré moi. Ludovic et la Guerrière.

Plus la journée avançait, plus l'image des deux cueilleurs ravageait mon âme. Peu à peu, j'en vins à haïr les longues cuisses de cette gracile déesse sauvage. Je me surpris à dédaigner son port altier, à mépriser l'adresse avec laquelle elle maniait l'arc et les flèches, et à dénier l'agilité avec laquelle elle grimpait aux arbres ou rampait sous les buissons. J'allai même jusqu'à dénigrer son amabilité et la vivacité de son esprit, n'y voyant que des ruses perfides destinées à confondre ses trop naïves amies françaises. Un horrible sentiment d'impuissance assaillit tout mon être, serra ma gorge et m'étouffa. La Guerrière n'était plus à mes yeux qu'une primitive sans âme. Bref, je ne me possédais plus.

J'arpentais d'un pas vif le promenoir donnant dans l'enceinte de l'Habitation quand Ysabel m'interpella en soulevant son panier.

— J'ai promis à Guillemette de lui porter ces denrées. Voulez-vous m'accompagner ?

« Pourquoi pas ? » me dis-je. Autant passer ma rage dans la fraîcheur des bois. Par cette chaleur…

— Le temps que j'enduise ma peau de graisse d'ours et je te rejoins.

— Il vaut mieux ! Sinon, gare aux moustiques. Je vous attends à l'ombre de la tour.

L'air était si humide qu'il fallut nous arrêter à deux reprises pour nous éponger le cou et le front.

— Étonnante, cette chaleur ! pestai-je en longeant le cimetière.

— C'est vrai, pour une fin de septembre. Bonjour, monsieur de Bichon, dit Ysabel en se signant. Quelquefois, quand j'y pense, je me dis que cet homme aurait mérité davantage de gratitude. C'est maintenant qu'il n'est plus là qu'on comprend pleinement tout le bien qu'il faisait autour de lui. Toujours prêt à encourager d'un mot gentil, à chercher une solution à nos problèmes, à rassurer. Votre époux, enfin, je veux dire le lieutenant, ne cesse de maugréer contre son nouveau secrétaire.

— Guillaume Chaudron, oui, je sais. Monsieur de Bichon était un homme d'une trop grande modestie. Il me manque aussi, affirmai-je froidement.

— Il n'est pas le seul à vous manquer, on dirait ? ajouta Ysabel en balançant nonchalamment son panier.

Je fis la sourde oreille. La chaleur était suffisamment accablante. La sueur dégoulinait sur la graisse rougeâtre couvrant la peau de nos gorges.

— Il fait si chaud ! me lamentai-je après quelques pas.

— Il devrait revenir bientôt, me rassura-t-elle.

— As-tu apporté le déjeuner à Eustache, ce matin ?

— Oui. J'y vais très tôt, maintenant. Lui aussi espère le retour de Ludovic.

— Est-ce que tout va pour le mieux avec mon frère ?

— Oui. J'avouerais même que les jours où je dois me priver de son baiser matinal me paraissent plus gris que les autres.

— Je suis heureuse pour toi, Ysabel.

— Les baisers de nos amours, soupira-t-elle. Ces sourires quand on les approche. La fébrile hésitation malgré la certitude du désir. D'abord l'effleurement d'un doigt sur notre joue, puis dans le cou…

— Ysabel, éclatai-je, tais-toi !

Un lourd silence, plus pesant que l'air, s'installa entre nous. Lorsque nous fûmes près des maisons des Hébert et des Couillard, je ralentis la marche.

— Pardonne-moi, Ysabel. Pardonne cette saute d'humeur. Tu ne la méritais pas. Seulement…

— Ludovic vous manque terriblement.

Mes yeux s'emplirent de larmes. Elle sortit un mouchoir de sa poche et me le tendit.

— Il n'y a pas de faute, Hélène.

J'essuyai mes yeux en soupirant.

— Je deviens folle. Je crois que je deviens folle. D'horribles idées troublent mes pensées. En fait, je crois que je ne parviens plus à penser. Pardonne-moi.

— Nous aurions besoin de la lucidité de monsieur de Bichon pour éclaircir tout ça.

J'approuvai de la tête en lui remettant son mouchoir. Elle me sourit.

— Il reviendra sous peu. Ce n'est qu'une question de jours.

— Avec cette Guerrière, tandis que moi je suis empêtrée dans cet absurde mariage.

— La Guerrière ?

— Laisse, ma raison déraisonne.

— Ah, je comprends ! Vous imaginez que…

— J'imagine le pire, oui !

— Hélène ! s'exclama-t-elle. J'ai peine à vous croire.

Elle réprima d'abord son rire dans la main qui couvrait sa bouche. Puis, n'y tenant plus, elle le laissa éclater. Il se dispersa dans l'air et retomba sur nous comme une pluie bienfaisante. Du coup, mes idées m'apparurent d'une folle absurdité.

— Comment pouvez-vous imaginer cela ? Ludovic et la… réussit-elle à exprimer entre deux éclats de rire.

Plus Ysabel riait et plus mes craintes se dispersaient, telles des poussières livrées au gré du vent. Quand elle retrouva son calme, mes délires s'étaient complètement évanouis. Ludovic me reviendrait, d'ici quelques jours, Ludovic serait là, de nouveau, à mes côtés. C'est du moins ce que ma raison me criait à tout rompre.

Mon amie me sourit.

— À la bonne heure. Votre mélancolie m'attristait.

— Ysabel, que ferais-je sans toi ?

— Eh bien, cet après-midi, vous seriez probablement à user les semelles de vos souliers sur le promenoir de l'Habitation, madame de Champlain. Guillemette doit nous attendre, poursuivit Ysabel.

Je me tournai vers le bois. Les feuillages étaient si joliment teintés de vives couleurs !

— Cela t'offenserait-il si j'allais plutôt faire une promenade en forêt ? La nature est toute en beauté ! J'ai un fusain et quelques feuilles de papier au fond de ma poche.

— Ah, l'inspiration !

— Oui, l'inspiration. Salue Guillemette pour moi.

— Je n'y manquerai pas. Patience, folle amoureuse !

Elle tourna les talons, je retins son bras.

— Ysabel ?

— Oui ?

— Merci.

— Que ferais-je sans vous, madame ?

Elle me sourit et poursuivit sa route.

— La modestie de monsieur de Bichon, me dis-je, la modestie d'Ysabel.

Elle frappa à la porte de notre nouvelle mariée. Je m'engageai dans le sentier menant à la forêt.

Je marchais à l'ombre des arbres, humant l'odeur des tourbes fraîches et des fougères luxuriantes. Un érable dont les feuilles n'étaient qu'à demi couvertes d'orangé côtoyait le feuillage doré d'un tremble.

— Quelle divine parure ! m'exclamai-je. Avec le gris des troncs, que voilà un heureux contraste !

Un cri d'oiseau piqua ma curiosité.

— Djé, djé, djé !

Le geai bleu s'envola des feuilles rouges d'un grand chêne et disparut dans un pin.

— Dessiner cet oiseau, m'enthousiasmai-je. Oui, il me faut dessiner cet oiseau !

L'oiseau s'élança du pin. Où se poserait-il ? L'oiseau ne se posa pas. Il vola. Je courus dans le sentier, la tête levée, toutes jupes retroussées. Je le perdis de vue.

— Djé, djé, djé, entendis-je droit devant.

— Je dois suivre son cri.

Je courus, courus et courus encore. À bout de souffle, je m'arrêtai un instant en observant tout autour. Plus d'oiseau. Je tendis l'oreille. Il faisait si chaud !

— Djé, djé, djé.

— Son cri, par là, sur la gauche, me dis-je.

Et je repris ma course, contournai une roche, sautai par-dessus un trou vaseux, repoussai les herbes hautes et les encombrants buissons. Mon pas ralentit. L'éblouissement fut total. Il se dressait là, devant moi, drapé de poudre d'or, vibrant de tous ses feux.

— L'érable rouge ! m'écriai-je. Notre érable rouge !

— Djé, djé, djé, cria l'oiseau bleu.

Vitement je me tournai dans sa direction.

— Djé, djé, djé, répéta l'oiseau posé sur le sommet du dôme de notre cabane de cèdre.

— Mimosa, me dis-je. Mimosa.

L'oiseau s'envola.

L'esquisse me plaisait assez. Je la regardai au bout de mes bras, confrontant tour à tour l'arbre et mon dessin. C'était assez réussi dans l'ensemble. Les proportions... Ah, le feuillage un peu trop clairsemé de ce côté. J'avais bien rendu le volume, la texture de l'écorce, le jeu de la lumière et de l'ombre. Le côté ombre, le côté lumière, soupirai-je, songeuse.

Je déposai mon dessin sur le rocher afin de me délecter de cette luxuriante nature. Au bas du coteau, l'eau de la rivière était si claire qu'il était possible de voir les points de lumière scintillant sur les galets noirs, grèges, ivoires et blancs de son fond. Ici et là, des herbes vertes ondoyaient au gré du courant. La rivière Saint-Charles était une bien jolie rivière.

Deux animaux approchèrent de la berge. Des loutres ! Les longues bêtes, couvertes d'une luisante fourrure noire, se faufilèrent entre les herbes et nagèrent sous l'eau. Commença alors une suite d'élégantes pirouettes. Elles s'approchaient et s'éloignaient l'une de l'autre, comme si elles prenaient plaisir à se provoquer. L'agilité avec laquelle elles se mouvaient m'impressionna. Je m'approchai sans bruit de la rivière. Les loutres tordaient leur corps allongé comme s'il eut été de tissu. Elles tournaient en rond, plongeaient, pointaient leur museau à la surface de l'eau et replongeaient.

— Ce sont d'incroyables nageuses ! murmurai-je.

Le soleil chauffait ma peau. Je fermai les yeux et lui offris mon visage.

— Djé, djé, djé, cria l'oiseau bleu.

Je regardais tout autour. Outre les loutres et les oiseaux, il n'y avait que moi, moi et la chaleur du soleil, moi et le bonheur des loutres. Sans trop y penser, je dénouai les cordelettes de mon corsage pour ensuite l'enlever. Puis, je laissai choir jupe et jupons à mes pieds. J'approchai de l'eau et la tâtai du bout des orteils. Elle était bonne !

Je retirai ma chemise. Les loutres effarouchées nagèrent vers l'autre rive et déguerpirent dans les broussailles.

— Mille excuses, mes toutes belles, leur criai-je en m'élançant dans la rivière.

L'eau tiède glissa sur ma peau telle une voluptueuse caresse. Mon corps tout entier revivait. J'étais une loutre abandonnée aux délices de l'onde, une loutre jouant dans les flots diamantés, une loutre libre ! Je nageais, plongeais, sautais et replongeais. C'était si chaud, si frais et si doux, tout à la fois. Flottant sur le dos, je pris plaisir à battre des pieds. La fugace beauté des gouttes jaillissant dans l'espace me fascinait.

— La splendeur de l'éphémère, m'extasiai-je. Des sculptures de verre, uniques.

Et je battais des pieds, et j'admirais. Puis, je replongeais, nageais, et rebattais des pieds. J'étais heureuse.

— Djé, djé, djé, cria l'oiseau quelque part non loin de l'eau.

Tiens, il était revenu.

— Djé, djé, djé. Djé, djé, djé, insista-t-il.

Je tentai de me remettre debout malgré le courant et dégageai mon visage de mes cheveux encombrants. Le cri semblait venir de notre cabane. Je scrutai attentivement le paysage dans cette direction et crus apercevoir une ombre se faufiler sous l'érable rouge. Ce n'était que l'ombre du feuillage, sans doute. J'observai attentivement. L'ombre se déplaça. Serait-ce possible ! Quelqu'un était là ! Ysabel, oui, ce ne pouvait être qu'Ysabel ! Pourvu que ce ne fût ni Pierre, ni Louis, ni Abraham. Moi, complètement nue...

Je me penchai afin d'avancer vers le rivage sans être vue. Un Sauvage, quelqu'un du clan de *Miritsou* ou un Yrocois ! Non, ce ne pouvait être un Yrocois. Ils vivaient plus au sud. Plus j'approchais de la rive et plus mon cœur battait la chamade. Mon pied glissa sur un galet. Je retrouvai mon équilibre de justesse.

— Enfin ! me dis-je en atteignant la terre ferme.

Je montai à quatre pattes vers l'énorme pin derrière lequel je m'accroupis. Quelqu'un bougeait dans notre cabane ! Je ne voyais que l'arrière du dôme, mais d'après les craquements qui s'en échappaient, il n'y avait pas à en douter. Quelqu'un y bougeait ! Et mes vêtements qui m'étaient inaccessibles ! Comment les récupérer sans attirer l'attention ? Des bruits de pas laissèrent supposer que la personne s'éloignait.

— Elle a quitté la cabane et repart dans le sentier, murmurai-je.

— Djé, djé, djé, cria l'oiseau.

— Oiseau, donne-moi tes ailes, suppliai-je.

Mais je n'avais pas d'ailes. Mieux valait patienter.

J'attendis jusqu'à ce que les craquements cessent. Puis, lentement, à demi relevée, je me rendis vers le rocher. Emportée par la curiosité, j'enfilai vitement mon jupon, repoussai mes cheveux mouillés derrière mes épaules, et avançai derrière l'arbre le plus proche. Les cris d'oiseau, le bruissement des feuilles et le ruissellement de l'eau emplissaient la forêt de gais murmures. Aucun bruit de pas.

— Djé, djé, djé, cria l'oiseau bleu juste au-dessus de ma tête.

J'y vis un signe d'encouragement. L'intrus avait disparu. En me dissimulant d'un arbre à l'autre, je gravis le coteau, contournai l'érable rouge, m'approchai de notre cabane. J'y entrai.

— Comme elle est belle ! m'exclamai-je en la voyant.

Si on m'avait entendue ? pensai-je. Non ! Impossible ! Il y a tant de bruit dans cette forêt.

— Djé, djé, djé, cria l'oiseau.

J'avançai le bras. Mes doigts frôlèrent sa peau.

— Quelle douceur ! murmurai-je.

Je fis un pas vers elle. Quelle merveille que cette cape de peau ! m'émerveillai-je en en faisant le tour. Ses pans arrière formaient de légères ondulations. Autour de son encolure, au-dessus des franges, des perles de nacre rondes alternaient avec des piquants de porc-épic bleus, brodés en forme d'étoiles. Sur le devant, de chaque côté, des perles noires et des plumes avaient été enfilées sur de fines et longues lanières. Sur la droite, à la hauteur du cœur, un croissant de lune et une étoile… Le motif de mon miroir !

Je retirai la cape de l'étrange croix de bois sur laquelle elle avait été installée et la revêtis. Sa légèreté m'étonna. Que faisait donc cette cape, ici, dans notre cabane ?

— Djé, djé, djé, fit l'oiseau au dehors.

Pourquoi y était-elle et pour qui ? De qui venait-elle ? Absorbée dans mes pensées, je me laissai attirer par le cri de l'oiseau, sortis et me rendis sous l'érable rouge. Je m'y assis. Les loutres avaient récupéré leur royaume. Elles nageaient allègrement. Pourquoi et pour qui ? Seul Ludovic connaissait l'existence de cette cabane. Mais non, n'importe qui passant par là… Un Sauvage l'aura choisie pour y loger sa famille. Non, elle était trop petite. Un jeune couple de Sauvages, sans enfant. Oui, peut-être, un couple. Un homme et une femme sauvages, ou une femme sauvage et un Français. Je sentis pointer de nouveau la sournoise jalousie. Ludovic connaissait l'existence de cette cabane, m'envenimai-je. Il côtoyait la Guerrière depuis le début de l'été. Une attirance était née. La femme était jeune, belle, libre et fertile. Elle pouvait enfanter. L'homme était beau, vaillant et jeune. Et j'étais stérile !

Mes larmes chauffèrent mes joues et longèrent mon cou. Je n'y pouvais rien. Ma peine était si vive, ma douleur si intense. Recroquevillée sous l'érable rouge, je sanglotais et gémissais tout en frappant ma poitrine et mon ventre, et ma poitrine encore et encore.

— *Mea culpa, mea culpa, mea maxima culpa* ! me lamentai-je au travers de mes larmes.

Ma tête explosait, mon cœur éclatait. Au loin, l'oiseau criait.

— Djé, djé, djé, me narguait-il gaiement.

Lorsque j'écartai les mains de mon visage afin de repousser mes cheveux, un large mouchoir apparut sous mes yeux.

— Aaaaaah ! hurlai-je en sursautant.

La cape glissa à mes pieds de sorte que je me retrouvai là, debout devant lui, à demi nue, le nez dégoulinant et le visage mouillé de larmes. Il se tenait droit, l'œil inquiet.

— Vous ! m'écriai-je.

Il agita bêtement son mouchoir blanc. « Le drapeau de la trêve », pensai-je.

— Oui, moi ! dit-il calmement.

— Comment osez-vous !

— Je vous trouve en larmes. Un mouchoir est de circonstance, il me semble !

J'agrippai le mouchoir, j'essuyai fortement mon visage et me mouchai bruyamment.

— Vous ! Vous ! Comment osez-vous, maugréai-je en frottant mes joues.

— Calmez-vous un peu. Si vous ne prenez garde, vous risquez de blesser votre peau. Elle est si délicate !

— Qu'importe mon visage ! C'est le mien et je le frotterai comme je l'entends !

— C'est qu'il est assez agréable à regarder. Bien que...

Il s'interrompit, reluqua mes seins, ramassa la cape et me la tendit.

— Il serait convenable de vous revêtir. Prenez cette cape, madame.

— Cette cape de Sauvage ! Jamais, monsieur !

— Soit, comme il vous plaira.

Il la plia sur son avant-bras.

— En quoi puis-je servir madame ? demanda-t-il alors que je me décidais à le regarder en face.

Ses mâchoires se crispèrent. L'ambre de ses yeux était plus froid que marbre.

— Servir madame ? Tiens donc !

Je me penchai, saisis ma chemise et la posai devant ma poitrine.

— Si monsieur veut bien se retirer... Je dois enfiler ma chemise.

— Me retirer ?

— Parfaitement ! Vous voyez bien dans quel état je suis ! Vous retirer, vous éloigner, partir, partir !

De nouveaux sanglots surgirent. Il saisit mes poignets et m'attira à lui. Je m'effondrai dans ses bras. Il me serra tendrement, pendant un long moment, sans rien dire.

— Djé, djé, djé, s'égosilla l'oiseau.

Peu à peu, il délia notre étreinte. Il reprit son mouchoir, épongea mes yeux et le posa sur mon nez. Je me mouchai.

Puis, il caressa mes joues, mes cheveux mouillés et me sourit.

— Vous étiez si belle à voir.

— Belle à voir ! En larmes !

— Dans l'eau. Il s'en est fallu de peu que j'aille vous rejoindre.

— Dans l'eau ! Vous m'avez vue !

— Une vraie loutre, vous nagez comme une vraie loutre. La tentation fut grande.

— Mais vous n'êtes pas venu.

Une ombre passa sur son visage.

— Non ! Nous devons parler très sérieusement. Voilà pourquoi il serait sage de vous couvrir, madame. Votre chemise.

Ludovic leva la tête et les bras vers le flamboyant feuillage de l'érable. J'enfilai ma chemise de toile blanche en tremblant. J'avais peine à le croire. Ludovic était bien là, devant moi. Ses cheveux blondis par le soleil d'été, ses larges épaules, ses longues jambes. Ludovic, mon Ludovic. Parler. Et si ce n'était plus mon Ludovic, mais celui de la Guerrière ? Je tâchais d'attacher les cordelettes de mon corsage.

— Vous permettez ? dit-il en posant ses mains sur les miennes. Je peux nouer cette boucle pour vous. Vous tremblez, madame ? Je peux ?

Boucler mon corsage plutôt que de le dénouer. Son extrême courtoisie constituait une redoutable menace.

— Vous pouvez.

Dès qu'il eut terminé, il m'invita à m'asseoir près de lui sous l'érable rouge. La cape nous séparait. Au fond de l'eau, les loutres se frôlèrent une dernière fois l'une contre l'autre et nagèrent jusqu'à la rive. Puis, elles bondirent entre les quenouilles et disparurent dans leurs caches.

— Hélène, entreprit-il en me regardant. Nous sommes séparés depuis…

— Depuis soixante jours, précisai-je.

— Presque tout l'été.

— Tout l'été.

Il me sourit.

— Tout ce temps passé loin de vous m'a permis de réfléchir à notre avenir.

Je me mordis la lèvre, attendant que tombe le couperet.

— Nous sommes venus ici, en Nouvelle-France, de notre plein gré. Notre amour nous y a conduits. Hélène, ce que je tente de vous dire…

— Vous ne m'aimez plus. Autant y aller simplement. Disons les choses comme elles sont. Vous en aimez une autre, vous aimez la Guerrière !

— La Guerrière !

Il se leva lentement et me tendit la main. Je me levai aussi. Nous étions face à face dans le chaud soleil de cette fin d'après-midi.

— Le cœur nous a menés sur ces terres, Hélène. Vous y êtes venue par amour pour moi et j'y suis venu par amour pour vous. Mais la raison doit maintenant guider nos pas.

Je couvris ma bouche de mes mains et fermai les yeux.

— Il y a un pays à bâtir, ici, en Nouvelle-France. Cette tâche est gigantesque, colossale !

J'ouvris les yeux. Les siens brillaient.

— Je tiens à offrir mon ardeur, mon talent et mon cœur à cette cause. Je tiens à participer à la réalisation du rêve du sieur de Champlain. Cet homme m'a donné une vision, une perspective, un avenir. Son rêve est peu à peu devenu mon rêve. Ce que j'essaie de vous dire, Hélène, c'est qu'il y a plus grand que nous, plus grand que notre amour.

Mes mains glissèrent jusqu'à mon ventre et se crispèrent sur les plis de ma jupe.

— Cet été, poursuivit-il, j'ai eu l'occasion de vivre auprès des femmes sauvages. Quand un homme désire une femme comme épouse, il lui offre des présents. Si la femme les accepte et l'accueille dans son *wigwam*, il tente alors de la séduire par son courage, sa vitalité, ses habiletés et sa fierté. S'il y parvient, elle en fait son époux. À elle et à elle seule revient le privilège du choix.

Je portai les mains sur mes oreilles. Il saisit mes poignets, baisa chacune de mes paumes et me sourit.

— Cessez de craindre, jolie idiote. Vous tremblez encore ?

— D'épousailles, vous me parlez d'épouse sauvage.

— Vous me voyez, ici, tel que je suis. J'ai besoin de votre appui, de votre confiance, de votre soutien. Je regrette de vous causer du chagrin, de vous savoir inquiète. J'ai besoin de sentir que nous unissons nos forces et nos âmes pour une même cause. À cette fin, il vous faut admettre et accepter que je m'éloigne de vous. Ce pays est immense, sans frontières. Je m'offre à vous, Hélène. Acceptez-moi, comme une Montagne, une Algommequine accepte le valeureux guerrier qui frappe à son cœur.

— Djé, djé, djé, cria l'oiseau en s'envolant du pin.

La honte s'abattit sur mes épaules telle une cuirasse de plomb. Il étendit la cape devant moi.

— Cette cape est le présent que je présente à la femme de mon cœur. C'est à vous, Hélène, à vous que je l'offre.

Le repentir chavira mes sens.

— La Guerrière l'a confectionnée de ses mains, pour vous.

Les remords se bousculèrent dans mon esprit.

— Pitié ! Arrêtez, pitié ! Arrêtez, arrêtez, je vous en prie.

Je courus vers la grève. Le souffle me manquait. Je me tournai vers l'érable rouge. Sous le flamboyant feuillage, Ludovic attendait, debout, les pieds bien ancrés à la terre, la cape d'épousée sous le bras. La médaille qu'il portait au cou scintilla.

— Idiote ! Folle, idiote et jalouse ! Jalouse, égoïste et folle ! m'exclamai-je.

« Bâtir un pays est plus grand que nous, beaucoup plus grand que nous. Plus grand que nous », me répétai-je en m'élançant vers celui qui éveillait mon âme.

Je m'arrêtai face à lui, pris la cape d'épousée et la revêtis. Puis, sans un mot, je lui offris ma main. Il croisa ses doigts entre les miens et se laissa entraîner vers notre cabane. La femme sauvage avait choisi.

Le valeureux conquérant la séduisit totalement. Pas une parcelle de sa peau ne lui déplut. Pas un de ses gestes ne la rebuta. Ses cuisses fermes se frottèrent aux siennes, ses bras l'enlacèrent, sa bouche se nourrit aux parties les plus intimes de son être. Sa puissance honora son ventre qui l'accueillit sans réserve. Il la posséda, la soumit, la fit sienne. La femme tressaillit de désir. L'homme frémit de plaisir. Sa semence jaillit au plus profond de la femme, se mêlant à ses eaux. Elle courba les reins. Leurs rêves se confondirent, leurs âmes s'unirent. L'homme et la femme ne firent plus qu'un. Il était l'époux, elle était l'épouse. Ensemble, ils allaient engendrer un nouveau monde.

Nous étions debout, à demi nus, face à face. Ludovic déposa la cape sur mes épaules.

— Ludovic Ferras, valeureux conquérant du Nouveau Monde, mon époux.

— *Tshishatshitin, nitishkuem.* Je t'aime, ma femme.

J'entrouvris mes bras. Il enfouit les siens sous la cape et m'enlaça.

— C'est qu'elle est d'une grande habileté, cette Guerrière ! chuchota-t-il dans mon cou.

Je tressaillis à peine. Il resserra notre étreinte.

SEPTIÈME PARTIE

LES FOLLES ESPÉRANCES

France, 1628-1632

31

Les miracles

Une bienfaisante chaleur m'enveloppait. J'ouvris un œil pour le refermer aussitôt. La lumière était si intense ! Le jour était levé. Cette nuit, j'avais pleuré, beaucoup pleuré.

J'ouvris à nouveau les yeux. Non loin de mon nez, deux bottines de cuir noir reluisaient tant elles étaient propres. Le bord d'une jupe de lainage brun finement rayée de grège bougeait à peine.

« Ysabel », me dis-je.

Les bottines piétinèrent sur place, puis son visage m'apparut à la renverse. Elle me sourit.

— Hélène, vous avez une visite.

Je levai la tête. Elle ramassa l'esquisse de l'érable rouge et se releva.

— Prends garde à ce dessin. J'ai une visite, dis-tu ?

— Marie, répondit-elle en déposant l'esquisse sur la table d'écriture.

— Grand bien nous fasse !

— Pourquoi dormir ainsi à la dure, sur un plancher de bois ? Nous sommes à Paris, madame mon amie, et dans votre chambre, il y a un lit.

Elle saisit la main que je lui tendis et m'aida à me remettre sur pied. J'ajustai ma cape de peau sur mes épaules.

— Je n'étais pas sur un plancher de bois, j'étais sur ma cape.

— À rêver de la Nouvelle-France, soupira-t-elle.

Elle posa les mains sur ses hanches, releva son menton et poursuivit.

— Admettez tout de même que cette peau est moins douillette qu'une paillasse fraîchement regarnie.

Je lui souris.

— Cette nuit, je dormirai dans mon lit. Tu n'auras pas changé la paille de ma housse inutilement.

Elle replaça vitement une mèche de cheveux sortie de sa coiffe.

— J'y compte bien ! rétorqua-t-elle avant de me rendre mon sourire.

Je m'approchai de la cheminée.

— Il fait bon. Tu as nourri le feu ?

— Deux bûches depuis la levée du jour.

Je frottai mes mains au-dessus des flammes afin de les réchauffer. Sur le sol, les reflets du feu doraient les esquisses de la Nouvelle-France.

— Mes années de bonheur, murmurai-je en secondant Ysabel qui avait entrepris de les ramasser.

Dès qu'elles furent soigneusement rangées dans mon coffre aux trésors, j'allai sur le secrétaire, passai la main sur la dernière page de mon cahier aux souvenirs et le refermai.

— Tu n'as rien lu ?

— Non ! Je suis la discrétion même, très chère madame.

Je regrettai aussitôt ma déraisonnable méfiance.

— Je sais.

— Malgré tout, vous doutez toujours un peu.

— Pardonne-moi.

Je refermai le couvercle du coffre et tournai la clé dans la serrure, avant de la remettre dans ma poche. Ysabel me regarda tristement.

— Pourquoi vous morfondre ainsi ? Ces souvenirs ne font qu'attiser votre mélancolie.

Je détestais ce genre de remarque. Elle le savait.

— Marie est là, disais-tu ?

Ysabel ferma les yeux un moment avant de répondre. Elle n'aimait pas que je m'esquive ainsi. Je le savais.

— Dans le vestibule, précisa-t-elle. Elle vous apporte un pain frais de chez son boulanger.

— De son boulanger, répétai-je. Tu aurais pu avoir le tien.

— Je ne regrette rien.

Je soupirai d'aise. Il m'arrivait souvent de me reprocher d'avoir éloigné Ysabel de notre boulanger Jonas. Cependant, je savais qu'elle disait vrai. Ma fidèle amie ne regrettait rien, du moins en ce qui concernait Jonas. Quant à Eustache...

— Je vais chercher Marie ? demanda-t-elle.

— Mais oui ! Pourquoi tant de précautions ? Marie est ici chez elle. Le logis du sieur de Champlain se réchauffe quand elle y entre.

— Vous avez longuement pleuré cette nuit. Je voulais m'assurer que...

— Tu m'épies la nuit, maintenant ?

— Ah ça, jour et nuit, rétorqua-t-elle en souriant.

— Hum ! Tu n'es pas raisonnable ! Cours la chercher. Elle nous accompagnera chez le luthier Amati cet après-midi. Depuis le temps que je remets cette visite. Aujourd'hui, Juliette recevra la lettre de son frère Jacob et celle de Thomas, son fiancé. Je l'ai écrite pour lui, il y a plus de neuf ans ! Tu y penses un peu. Après tout ce temps, je crains de la chagriner inutilement.

— Rencontrez-la d'abord. Vous verrez alors ce qu'il convient de faire.

— Tu as raison.

Ysabel quitta la pièce.

Je refermai les pans de ma cape et me rendis à la fenêtre. Tout en bas, dans la rue du Poitou, la vie avait repris son cours. Nous étions à la mi-décembre. Au dehors, un vent glacial soulevait houppelandes, hongrelines et chapeaux. L'an 1628 s'achève, pensai-je. Plus de cinq longues années sans vous, sans aucune nouvelle de vous, Ludovic. Que devient ce Nouveau Monde dont nous avions rêvé ? Je resserrai ma cape et appuyai mon front sur la vitre froide. En bas, trois enfants vêtus de haillons guidaient quelques moutons qui allaient au travers de la rue en bêlant.

— Des enfants mènent ces pauvres bêtes à la boucherie, déplorai-je. Des enfants. Les moutons des Hébert étaient d'une telle blancheur ! Ceux-ci sont couverts de boue. Tout est plus sale, plus terne, plus triste, ici.

Je me tournai vers les flammes de la cheminée. À Paris, il y a Juliette et son fiancé mort en mer. Une lettre, un bateau, un joli petit bateau voguant sur les flots. Il y a si longtemps ! Le passé est le passé. Ysabel a raison. Pourquoi remuer de si pénibles souvenirs ? Cette pauvre fille aura assez souffert. Je m'approchai de l'âtre et m'assis à croupetons devant le feu. Que pouvait lui apporter ma visite ? Allait-elle ajouter au bonheur de son présent ? Fort probablement que la lettre de son frère Jacob allait lui faire plaisir. Pour cela, ma visite en valait la peine.

Je tendis les mains au-dessus de la chaleur. Le rouge des tisons était si lumineux. Si, par un heureux hasard, Juliette avait des renseignements sur la mère du fils de François, quelle joie ce serait pour mon ami !

Je me relevai et entrepris de refaire la tresse de mes cheveux. Et notre fils, Ludovic ? Qu'adviendrait-il si un miracle me guidait vers notre fils ? Je soupirai longuement.

« Sotte, me dis-je, tu ne crois pas aux miracles. »

Tout au long de la rue du Poitou, Marie avait égayé notre marche du récit des dernières mésaventures de ses frères jumeaux. Bien qu'ils aillent sur leurs neuf ans, Olivier et Guillaume avaient toujours le goût des cavalcades.

Ces petits fripons étaient ma fierté. Les leçons que je m'étais appliquée à leur donner avaient porté fruit : ils savaient lire et écrire. De temps à autre, Angélique les conduisait chez Louis Sevestre afin qu'il les initie à son métier d'imprimeur. Veuf et sans enfant, ce dernier ne demandait pas mieux. Angélique aurait pu lui demander la lune qu'il aurait tenté de la lui décrocher. Mais le cœur d'Angélique n'était pas libre. Il attendait inlassablement le retour d'Henri dont la dernière lettre datait de juillet 1628. Courageusement, jour après jour, elle repoussait les doutes et les sombres pensées. Henri lui reviendrait et tout redeviendrait possible. Tout recommencer : une vraie vie de famille, l'ouverture d'une nouvelle librairie ou peut-être même d'une imprimerie. C'est ce qu'elle m'avait répété lors de ma dernière visite chez elle, au logis des Jésuites.

— N'est-on pas l'artisan de sa bonne fortune ? m'affirma-t-elle pour la dixième fois, comme pour s'en convaincre.

— C'est bien ce que me répète Christine Vallerand : « Nous les femmes, sommes les seules artisanes de notre fortune. »

— Les femmes et les hommes, ajouta-t-elle. Ensemble nous pouvons rêver de l'impossible, n'est-ce pas, Hélène ?

— Oui, à deux, tout redevient possible.

— Oh, je sais bien que rien ne sera facile. J'ignore dans quel état mon Henri me reviendra. Pourvu que les blessures et la maladie l'aient épargné.

— Ce fut le cas, du moins jusqu'en juillet 1628.

— Oui, mais depuis ?

— Henri reviendra, la rassurai-je. Henri reviendra et tout pourra recommencer.

Son visage s'illumina. L'espoir partagé était le plus beau cadeau que je pouvais lui offrir. Elle termina de nouer les bottines du petit Michel en chantant.

— Oui, Ludovic me reviendra, murmurai-je dans un long soupir.

Marie allait, bras dessus, bras dessous, avec Ysabel. « Si seulement Angélique avait encore son violon », me dis-je.

Ysabel et Marie éclatèrent de rire. De toute évidence, certains exploits de nos jumeaux m'avaient échappé.

— Votre mère vous parle-t-elle quelquefois de son violon ? demandai-je à Marie dès qu'elle eut retrouvé son sérieux.

— Elle n'en parle pas, mais je sais qu'elle y pense, surtout lorsqu'elle chante. Il lui arrive même de tendre son bras gauche, d'incliner la tête sur son épaule et de bouger la main droite comme si elle agitait son archet.

Marie imita les gestes de la violoniste.

— Oui, son violon lui manque terriblement, conclut-elle en appuyant son dire d'un hochement de tête.

Les frisottis de ses cheveux châtains bondirent tout autour de son bonnet de fin lainage.

— Tout comme les boucles blondes d'Angélique, murmurai-je.

— Vous dites ? demanda Ysabel.

— Rien d'important. Marie, votre mère connaît-elle le luthier Amati ?

— Ma mère ne connaît aucun luthier. Elle ne connaissait que son violon.

— Dommage qu'elle l'ait perdu dans cet horrible incendie, regretta Ysabel.

— Si seulement je croyais aux miracles, soupirai-je.

— Vous ne croyez pas aux miracles, dame Hélène ! s'étonna Marie. Moi, j'y crois. Papa reviendra et maman aura un nouveau violon. C'est ce que je demande tous les soirs dans mes prières.

— Deux miracles ! s'exclama Ysabel.

— Pourquoi pas ? rétorqua Marie. Vous ne rêvez vraiment d'aucun miracle ?

— Les rêves, les miracles, ce n'est pas pour moi, soupira Ysabel.

— Pourquoi pas pour vous ? Il n'en coûte rien de rêver.

Ysabel baissa la tête et porta la main sur son cœur.

— Tous les rêves ont leur prix, rétorqua-t-elle tristement.

Marie resta songeuse un long moment. Les grincements des roues d'une charrette forçaient notre silence.

— Et vous, dame Hélène ? reprit-elle quand les bruits s'atténuèrent.

— Je ne rêve plus, avouai-je bêtement.

— Non ! Cela m'étonne. Plus du tout, du tout ?

Je ris.

— Oh, peut-être bien un peu, mais alors là, juste un tout petit peu.

— Cela suffit.

— Ah !

— Pour ce qui est des miracles et des rêves, un peu, beaucoup, c'est du pareil au même. Suffit de croire, affirma-t-elle en ouvrant tout grand ses yeux couleur noisette.

La pureté de sa confiance m'émut. J'enviai la fraîche naïveté de sa jeunesse. « L'espérance est un miracle en soi », me dis-je.

Nous étions à mi-chemin, rue Vieille-du-Temple, quand Ysabel s'arrêta devant la vitrine d'une boulangerie. Elle avança, regarda à l'intérieur et recula de quelques pas.

— Madame Hélène ! Madame Hélène ! s'écria-t-elle, en couvrant sa bouche de ses mains.

— Quoi, qu'y a-t-il ?

— Là, dans la boulangerie ! s'énerva-t-elle.

Il y avait bien deux dames sortant de la boulangerie *Trèfle à quatre feuilles* avec une miche dans leur panier. Rien d'étonnant à cela.

— Oui, quoi, la boulangerie ?

— Dedans, là, au fond, maître Jonas !

— Maître Jonas ! Le boulanger de l'Habitation !

J'approchai de la vitrine.

— Maître Jonas ! C'est bel et bien notre boulanger. À peine croyable ! Voilà plus de six ans qu'il est revenu à Paris. Quel hasard !

— Serait-ce un petit miracle, dame Hélène ? plaisanta Marie.

— Oui, il se pourrait bien que ce soit un petit miracle. Entrons le saluer, dis-je à Ysabel.

— Non, non, objecta-t-elle, non ! Pas maintenant, pas aujourd'hui, non. Nous reviendrons une autre fois, une autre fois peut-être.

— Comme il te plaira, concédai-je, quelque peu déçue.

Nous reprîmes notre marche.

— Maître Jonas, murmura Ysabel.

— Maître Jonas, marmonnai-je en revoyant notre boulanger sortir le pain de son four, au pied de la falaise, derrière l'Habitation.

— Qui est ce maître Jonas ? demanda Marie après que nous eûmes contourné l'étal de marchands de tissus.

— Oh, c'est une longue histoire, une histoire de cœur. Je vous raconterai plus tard. Vous êtes trop jeune, répondis-je sans y penser.

— Moi, trop jeune ! s'offusqua-t-elle en relevant le nez.

— C'est que cette histoire appartient à Ysabel, m'empressai-je d'ajouter pour réparer ma maladresse. En fait, vous êtes en âge de comprendre, mais je suis tenue à la discrétion.

Ysabel m'adressa une œillade complice.

— Seriez-vous en âge d'en apprendre sur les affaires de cœur, jeune Marie ? enchaîna-t-elle.

— J'aurai quatorze ans très bientôt, et qui plus est, je sais ce qu'est l'amour, s'offusqua-t-elle.

Nous figeâmes sur place.

— Vous connaissez l'amour ! s'étonna Ysabel.

— Oui, je l'ai connu, mais vous ne pourriez pas comprendre.

Nous restâmes bouche bée. Sa réplique me déconcerta.

— Qu'allez-vous penser là ? Nous pouvons te comprendre.

— L'amour n'a pas d'âge, dame Hélène. Tenez, la fille de maître Pétrin, le boulanger qui m'emploie, s'est mariée l'été dernier. Elle n'avait que quinze ans, argua Marie pour justifier son sentiment.

— Ah bon ! Quinze ans, convient Ysabel. Il est vrai qu'à quinze ans…

— Si vous saviez, Marie ! soupirai-je.

L'approche d'un carrosse nous obligea à chercher refuge sous le porche d'un hôtel.

— Toute cette boue et ces bruits infernaux ! déplorai-je. C'est à nous faire regretter les bourrasques de neige !

— La neige de la Nouvelle-France, précisa Marie. Vous nous la dites si belle. J'aimerais tant y aller un jour !

— J'y retournerai, avant longtemps, je sais que j'y retournerai.

— Alors, je vous y accompagnerai. Quoique... hésita-t-elle.

Sitôt le carrosse passé, nous reprîmes un bon rythme de marche.

— Quoique ? Il y a ce garçon qui fait battre votre cœur, repris-je gaiement. Et peut-on connaître le nom de ce galant, jeune fille ?

— C'est un secret.

— Allons, Marie ! insistai-je.

— Bon, je veux bien vous en parler à condition que vous me promettiez de garder le secret.

— Croix de bois, croix de fer, comme le dit tante Geneviève. Vous avez notre parole, n'est-ce pas, Ysabel ?

— Bien entendu. Ce sera notre secret, Marie, la rassura-t-elle.

Marie s'arrêta, se posta devant nous et nous regarda intensément l'une après l'autre.

— Mathieu, avoua-t-elle fièrement.

— Mathieu !

— Oui, il venait de temps à autre à la boulangerie chercher des pains pour sa mère. Dès qu'il y mettait les pieds, il me regardait comme si j'étais la reine de la boulangerie.

— La reine de la boulangerie, m'émerveillai-je en jetant un coup d'œil à Ysabel.

— Oui, et chaque fois que ses doigts touchaient les miens, j'éprouvais un doux frisson.

Son aveu me confondit.

— À quel moment ses doigts touchaient-ils les vôtres ? m'alarmai-je.

Elle rit.

— Quand je lui remettais ses pains, dame Hélène, dit-elle d'un air amusé. Il a de grands yeux verts semblables aux vôtres et des cheveux châtains tout bouclés. Il est courtois, très courtois et il est instruit. Il a fait ses classes au couvent des Jésuites avant d'entrer à l'atelier du pelletier Darques, non loin de Meaux.

— Un apprenti pelletier aux yeux verts, me dis-je. Tiens donc.

Ses révélations piquèrent ma curiosité.

— Cet apprentissage implique beaucoup de dépenses. Ses parents sont donc fortunés ?

— Pas vraiment. Selon ce qu'il m'a avoué, un généreux bienfaiteur assumerait le coût de sa formation.

— Il vient à la boulangerie pour sa mère, disiez-vous ? L'avez-vous déjà rencontrée ?

— Plus d'une fois. C'est une très gentille dame.

— Vous connaissez son nom ?

— Élisabeth Devol. Son mari est gendarme.

Ce nom me stupéfia.

— Élisabeth Devol ! En êtes-vous bien certaine ?

— C'est bien ainsi que l'appelle maître Pétrin.

La coïncidence était de taille. La mère du fils de François de Thélis portait le même nom. Par contre, son fils devait avoir près de neuf ans. Alors que ce Mathieu…

— Ce jeune homme, a-t-il des frères et des sœurs ?

— À la vérité, sa mère a un fils nommé Thierry, un fils naturel. C'est le seul autre enfant de la famille. Peut-être a-t-il d'autres frères et sœurs ailleurs, il n'en sait rien.

— Que dites-vous là ?

— À la vérité, cette dame Élisabeth n'est pas sa mère. Elle fut sa nourrice et l'a adopté en bas âge. Tout ce qu'elle a consenti à lui apprendre sur sa véritable famille est que sa mère est morte à sa naissance. Il ignore si elle eut d'autres enfants avant lui.

Ma respiration s'accéléra. J'avançais hagarde, les yeux fixes.

— Attention ! m'avisa Ysabel.

— Quoi ! m'écriai-je, confuse.

— Du crottin de cheval, juste là, devant !

Il était trop tard, ma botte venait de s'enfoncer dans l'amoncellement de boulettes brunes. Je perdis le fil de mes idées. Ysabel me donna un caillou avec lequel je dégageai le plus de matière malodorante possible.

— Quand je vous disais qu'en Nouvelle-France... repris-je.

— ... il y a cette belle neige si blanche ! compléta Marie.

Je me relevai et la regardai droit dans les yeux.

— Marie, s'il y avait un peu de miracle là-dessous ?

— Dans le crottin de cheval !

Ysabel rit de bon cœur. Je leur souris.

Marie se prêta de bon cœur à la suite de mon enquête. J'appris que cette mystérieuse Élisabeth était grande, blonde et avait les yeux bleus. La description correspondait en tous points à celle faite par François. De plus, son fils Thierry allait sur ses dix ans. Si ce Thierry n'était pas le fils de François...

— Dame Hélène, vous connaissez la mère de Mathieu ! demanda Marie.

— Non, mais un ami à moi la connaît bien.

— De quelle manière ?

— C'est une longue histoire.

— Une autre ! rétorqua-t-elle.

— Une autre histoire, oui, une autre.

— D'amour ?

— Si on veut. Un jour, je vous expliquerai.

— Eh bien ! Moi qui croyais que l'amour n'existait pas du temps que vous étiez jeune ! s'ébahit Marie.

— Et moi qui ne croyais pas aux miracles ! répliquai-je fébrilement.

Les révélations à propos de ce fils naturel et du jeune apprenti pelletier aux yeux verts ébranlèrent mes certitudes. Et si le miracle était là, à portée de main ? Cette pensée me semblait irréelle. Pourtant, elle retentissait au plus profond de mon être telles les trompettes de Jéricho.

Une des deux vitrines de la boutique du luthier Amati donnait sur la rue Elzévir, tandis que l'autre donnait sur la rue de la Perle. Au coin de ces rues, au-dessus de la porte de la boutique, s'avançait l'enseigne bleu sombre sur laquelle le nom Amati était finement tracé en lettres d'or. François m'avait appris que ce luthier était le cousin germain d'un célèbre maître luthier d'Italie, un nommé Andréa Amati. Ce dernier avait acquis une enviable réputation, tant à la Cour d'Italie qu'à la Cour de France. Ses violons avaient un son unique.

Lorsque nous ouvrîmes la porte de la boutique, une légère clochette tinta. Au fond de la pièce, l'homme assis derrière l'atelier se leva. Il était grand et mince. De longs cheveux noirs tombaient sur ses épaules.

— Soyez les bienvenues chez le luthier Amati, mesdames. Veuillez patienter un moment devant cette table, au centre. Je vous y rejoins.

Tandis qu'il retirait son tablier de cuir noir, j'observai tout autour. Sur le mur, à gauche, des manches de violon étaient suspendus à une corde. À droite, des fonds de violon reposaient à la verticale non loin d'un violoncelle. Près de l'atelier derrière lequel le luthier terminait d'épousseter ses élégants habits noirs avec un plumeau, des patrons de volutes, de tailles diverses, pendaient à côté d'équerres, de petits marteaux et de ciseaux. Sur la table, des crayons, des goujons, des règles et de très petites scies étaient plantés dans des pots de grès.

Le luthier essuya ses mains effilées avec une serviette blanche qu'il déposa avec précaution sur le dossier de sa chaise et s'approcha.

— Mesdames ? nous salua-t-il avec une élégante révérence.

Il conserva ma main entre les siennes le temps de scruter mon visage de ses yeux noirs, puis les effleura de ses lèvres.

— À qui ai-je l'honneur, madame ?

Le timbre de sa voix était grave et le rythme de ses paroles, lent et posé.

— Madame de Champlain, répondis-je poliment.

— Madame de Champlain, dites-vous ? s'étonna-t-il. Seriez-vous la femme du célèbre cartographe de la Cour, ce grand explorateur de la Nouvelle-France ?

— Samuel de Champlain, lieutenant du vice-roi, duc de Montmorency. Celui-là même, maître Amati. Vous le connaissez ?

— Hélas, se désola-t-il lentement, je n'ai pas ce privilège ! Par contre, j'ai lu et relu chacun de ses ouvrages, littéraires, s'entend. Quel homme extraordinaire ! Votre père…

— Mon père !

— Oui, votre père est bien Nicolas Boullé, secrétaire à la Cour ?

— Vous connaissez mon père ?

L'homme fronça les sourcils, légèrement contrarié, comme si une note venait de sonner faux. Il prit le temps d'ajuster les deux dentelles autour de son poignet droit et retrouva son aisance.

— J'ai l'occasion de croiser monsieur votre père dans les couloirs du Louvre, madame. Je m'y rends fréquemment, pour les violons du roi. Donc, madame de Champlain. Et vous ? demanda-t-il à Ysabel.

— Ysabel Tessier, maître Amati.

Il reluqua ses jupes et retint sa main entre les siennes tout comme il l'avait fait pour moi.

— Demoiselle Ysabel est ma dame de compagnie. Et voici Marie, la fille d'une amie violoniste, m'empressai-je d'ajouter.

— Une amie violoniste, non pas un ami ?

— Mon amie Angélique est violoniste.

— Stupéfiant ! laissa tomber le luthier en couvrant son menton de ses longs doigts. Offrez-moi le privilège de tenir vos mains, jeune demoiselle.

Il les palpa un moment avec les siennes. Marie s'en étonna.

— Ah ! des mains de musicienne ! Quel bonheur !

Je fis une œillade à Marie afin de la rassurer. Sa gêne était évidente.

— Bien, alors, si ces dames veulent bien patienter un moment.

Il alla chercher les trois chaises rangées devant un rideau de tapisserie de couleur bleu et or et en déposa une devant la table du centre. Je remarquai que le haut des quatre pattes de la table était orné d'une note de musique. Maître Amati prit soin d'installer les deux autres chaises, un peu en retrait, derrière la première.

— Prenez place, je vous prie, me dit-il en posant la main sur le dossier de la chaise la plus près de la table. Alors, madame de Champlain, quelle heureuse intention vous mène aujourd'hui dans ma modeste boutique ?

Comme j'observais les fonds de violon sur le mur d'en face, il ajouta.

— Madame a-t-elle un intérêt particulier pour les violons ?

— À la vérité, les violons intéressent surtout la mère de Marie.

— Cette dame est violoniste, fait rarissime, je vous le répète. De ma vie, je n'ai encore jamais eu le plaisir de rencontrer une violoniste. Les violons du roi...

— Étant des hommes, coupai-je effrontément. Je sais.

Plus notre entretien avançait, plus son extrême pondération m'irritait.

— Donc, la mère de cette jeune fille serait violoniste.

— Ma mère joue merveilleusement bien de cet instrument, dit fièrement Marie.

— Étonnant ! s'exclama le luthier en appuyant ses coudes sur la table, juste devant le violon qui y était déposé.

— Qu'y a-t-il d'étonnant ? demanda naïvement Marie.

— Qu'une jeune et jolie fille puisse apprécier la musique. De plus en plus fascinant.

Ysabel me jeta un coup d'œil et croisa ses mains sur ses genoux. À l'agacement provoqué par la lenteur du luthier Amati, s'ajouta celui de son propos. Mais je m'efforçai de n'en rien laisser paraître tant il m'importait avant tout de rencontrer Juliette.

— Malheureusement, poursuivit Marie, mère a perdu son violon lors d'un horrible incendie survenu il y a plus de deux ans.

Sans bruit, le luthier appuya ses longues mains effilées l'une sur l'autre et les posa sur ses lèvres. Il hocha la tête en fermant les paupières.

— Quel malheur ! s'extasia-t-il calmement. Quelle désolation !

Il ouvrit les yeux et se pencha par-dessus le violon.

— Dois-je en conclure, madame, que vous venez à moi dans un élan de générosité ?

— Précisément !

— Laissez-moi deviner. Vous désirez offrir un nouveau violon à votre amie ?

Sa longue main survola le violon posé sur la table.

— Marie rêve d'entendre sa mère jouer du violon à nouveau. J'aimerais tant pour elles que ce rêve se réalise.

Marie me sourit. Ysabel gardait ses mains croisées sur ses genoux.

— Une générosité digne de votre rang. Voyons, dit-il en soulevant le violon.

— Voyez celui-ci. Admirez ses formes, dit-il en parcourant délicatement le contour du bout des doigts.

Puis sa main effleura les cordes jusqu'au bout du manche et s'attarda sur les spirales de bois d'un brun doré.

— Appréciez ses volutes et ses chevilles.

Il inclina le violon de sorte que la lumière des bougies se reflète sur le lustre de son bois.

— Voyez la brillance de ce vernis. Ordonner les bois, mesurer les angulations, équilibrer les épaisseurs, la pesanteur, trouver son âme, tel est l'art du luthier, madame.

— Son âme ? m'étonnai-je.

— Madame ignore-t-elle qu'un violon a une âme ?

— J'ignore tout du violon, maître.

Il s'inclina en approchant le violon sous mon nez.

— Si madame veut bien regarder par ces ouvertures, me proposa-t-il. Par là, un peu à droite du chevalet, cette pièce supportant les cordes. Madame voit-elle ?

Je mis l'œil dans l'une des fentes en forme de s.

— Je vois un tout petit bout de bois.

Il reposa délicatement le violon sur la table.

— L'âme du violon, madame ! Ce petit bout de bois, comme vous dites, est ce qu'il convient d'appeler l'âme du violon. Il équilibre toutes les vibrations de l'instrument.

— Équilibrer les vibrations ?

— Parfaitement ! Un violon vit, madame. Chaque fibre de son bois chante.

— Chante, répétai-je en regardant vers Ysabel.

Elle me parut aussi émerveillée que moi.

— Chante, absolument ! Pas seul, évidemment. Un violon ne peut vivre sans l'archet et l'artiste, madame. Si le bois de l'archet s'accorde au bois du violon, il saura en cueillir le son de son âme de divine manière. Si, par grand bonheur, il advient de surcroît que l'âme de l'artiste s'accorde à celle du violon, alors là, madame, là survient le miracle : ils vibrent à l'unisson ! Un équilibre parfait, le summum de la quintessence ! se pâma-t-il en décrivant deux élégantes spirales avec ses longs bras.

Il ferma les paupières et les balança très lentement de gauche à droite. On eut dit qu'il accordait leurs mouvements à une musique entendue de lui seul. Puis, il ouvrit les yeux, nous observa l'une après l'autre et baissa les bras.

— Que de chefs-d'œuvre peuvent naître alors ! Le secret est dans l'harmonisation des bois et des âmes, mesdames, dans l'harmonisation.

Il regarda Marie.

— Et si je me fie à la finesse et à la sensibilité des doigts de cette jeune fille…

— Mère et moi avons les mêmes mains, précisa fièrement Marie.

— Ces mains pourraient faire des miracles, mademoiselle.

Le luthier se leva, posa le violon sur son épaule, y appuya le menton et souleva l'archet. Il le fit glisser sur les cordes et le violon chanta. De lente et douce, sa mélodie alla s'accélérant, toujours de plus en plus vite et de plus en plus fort.

« De quoi impressionner la plus ignare des oreilles », m'ébahis-je.

Son mouvement s'arrêta d'un coup. Il nous salua bien bas en tenant son violon contre sa poitrine.

— *Accelerando*, *crescendo* ! s'exclama-t-il en renversant sa tête vers l'arrière de manière à ce que tous ses cheveux retombent fermement sur son dos.

Puis, il replaça délicatement le violon et l'archet devant moi.

— Touchez, il vibre encore, chuchota-t-il.

Je posai le bout de mes doigts sur le bois, mais je ne sentis rien. Je n'avais assurément pas la main de l'artiste. Je regardai mes compagnes. Elles étaient sous le charme.

— Vous me voyez fort impressionnée, poursuivis-je. Mon amie Angélique saurait apprécier votre talent à sa juste valeur.

Le malaise me gagna. J'avais suffisamment abusé du vénérable luthier. Je me devais d'aborder le réel motif qui me menait à lui : Juliette.

— Maître Amati, je m'en voudrais d'abuser de votre temps. Il est vrai que mon plus cher désir serait d'offrir un violon à mon amie, mais là n'est malheureusement pas la raison de ma présence ici.

Il se rassit lentement, souleva ses épais sourcils noirs et arrondit ses yeux tout aussi noirs.

— Vous m'intriguez. La bonté y est, la sensibilité aussi et la générosité n'est pas en cause. Ah, j'y suis ! La bourse ! Madame redoute le coût de l'instrument, soit plus de deux cents livres.

— Vous voyez juste. Je n'ai pas ces avoirs. Alors, je ne peux me permettre d'offrir ce violon à mon amie. Il faudrait un miracle.

Marie soupira. Ysabel se frotta le bout du nez. Le luthier s'appuya sur le dossier de son fauteuil de velours rouge.

— Quel dommage ! s'attendrit-il.

— J'en viens au fait.

— Soit, je vous écoute.

— Lors du siège de La Rochelle, j'ai vécu dans le domaine du sieur de Champlain, situé non loin de la ville. J'avais offert les lieux pour y accueillir les malades et les blessés. La guerre, disons plutôt le hasard, y conduisit un jeune homme nommé Jacob Fabert.

Le luthier redressa le torse. Son visage s'assombrit.

— Ce garçon m'a remis une lettre à l'intention de sa sœur Juliette. Il m'a assuré qu'elle avait une charge de servante chez vous.

Le luthier, visiblement contrarié, plissa le front, s'étira le cou et pinça les lèvres.

— Il y a bien une dénommée Juliette qui travaille dans mes appartements. Cependant, je crains fort qu'il vous soit impossible de la rencontrer.

— C'est que son frère a insisté. J'ai écrit cette lettre pour lui. Il me l'a dictée. Le pauvre homme fut grièvement blessé à la tête. Le chirurgien qui l'a opéré n'a pu sauver son œil droit. Jacob désirait que sa jeune sœur apprenne tout cela avant son retour. Pour lui éviter le choc, vous comprenez ?

Le luthier se leva, reprit le violon ayant servi à sa démonstration et alla le replacer sur une tablette accrochée au mur, au fond de la pièce. Puis, il frotta énergiquement ses mains l'une contre l'autre et revint s'asseoir.

— Je remettrai cette lettre à notre servante. Soyez assurée que je saurai la préparer au déplaisir qui l'attend.

— J'aurais tant aimé la rencontrer personnellement. Jacob a beaucoup insisté.

— C'est impossible, madame. Croyez que si ce l'était...

— N'auriez-vous pas l'adresse de son logis ?

— Juliette vit ici, et fort convenablement pour sa condition. Elle loge au grenier, mange à sa faim et reçoit cinq livres en gage pour chaque mois de service.

— Je peine à comprendre votre réticence. Je viens en amie. Et si j'osais vous avouer...

Il appuya ses avant-bras sur sa table.

— Osez, osez, madame, osez !

Tout au fond de moi, une petite voix m'invita à la réserve.

— Non. Puisqu'il faut me priver de cette rencontre, je garderai pour moi les deux lettres qui lui étaient destinées.

— Vous auriez donc deux lettres pour Juliette ?

— Oui, deux, et je les garderai.

— Vous attisez ma curiosité, madame.

— Vous aussi, maître Amati.

Le maître luthier couvrit son front d'une main et pianota avec l'autre sur la table. Au bout d'un moment, il se leva.

— Soit, si vous pouvez m'accompagner à l'étage... Mais je vous préviens. Tout cela doit rester entre nous. Juliette est fragile de santé. Il est impératif de lui éviter tout désagrément. Son état le commande.

— Ne craignez rien, vous avez ma parole.

— Par contre, il vous faudra supporter le manque de courtoisie que la situation m'impose. Je me vois contraint d'obliger vos compagnes à vous attendre à l'extérieur, le temps de cette brève rencontre avec Juliette. Je devrai verrouiller la porte de l'atelier derrière vous, mesdames. Comprenez-moi, il serait imprudent de laisser cet atelier sans surveillance. Vous m'en voyez désolé, mais ces violons sont d'une telle valeur !

Une coiffe blanche couvrait les cheveux noirs ramassés en chignon derrière son cou. Juliette avança vers moi tout en regardant le parquet de bois blond.

— Juliette, madame de Champlain dit avoir des lettres à vous remettre.

Elle releva la tête. L'inquiétude se lisait dans ses yeux bleus. Elle jeta un coup d'œil furtif vers le luthier. Il opina de la tête en signe d'approbation.

— C'est un honneur de vous accueillir, madame de Champlain, murmura-t-elle du bout des lèvres, les mains croisées sur son ventre gros.

« Juliette accouchera bientôt », me dis-je. Cela me surprit. À aucun moment, Jacob n'avait mentionné que Juliette fût mariée. Peut-être l'ignorait-il ?

— Madame de Champlain vous apporte des nouvelles de votre frère Jacob, l'informa le luthier. Venez vous asseoir, Juliette, ici sur ce fauteuil, vous y serez plus confortable.

La délicatesse dont il faisait preuve à l'égard de sa servante me confondit. Juliette s'approcha du fauteuil en clopinant. Maître Amati soutint son coude afin de l'aider à s'y installer.

— Des nouvelles de Jacob ? Vous connaissez mon frère, madame ?

— Je l'ai soigné. Le domaine de mon époux fut transformé en infirmerie durant le siège de La Rochelle. Votre frère y fut transporté en février.

Elle se tourna vers le maître.

— Poursuivez avec délicatesse, madame, me recommanda le maître.

— Avec délicatesse, oui. Alors, Juliette…

Je lui expliquai brièvement ce qui se passa au domaine durant le siège de La Rochelle. Lorsqu'elle eut compris que la délicatesse présageait une mauvaise nouvelle, je lui appris quel malheur avait frappé son frère, et comment le chirurgien Antoine Marié procéda à la délicate opération de son œil droit.

Juliette écouta sans bouger, le visage inerte, les mains croisées sur son ventre.

— Votre frère est toujours vivant, Juliette, avisa le luthier.

— Et son œil gauche ? demanda-t-elle timidement.

— Il va bien. Jacob apprendra à compenser la perte de son œil droit. Ce n'est qu'une question de temps, expliquai-je.

Juliette décroisa les mains et les posa sur les bras du fauteuil.

— Je lui trouverai une charge, ne vous inquiétez pas, la rassura le maître. J'ai de nombreux amis à la Cour.

Je sortis les deux lettres de ma poche et lui tendis celle de Jacob.

— Je vous lirai cette lettre, lui dit le luthier avec embarras. Juliette apprendra à lire sitôt l'enfant né.

— Oui, je comprends, une personne besogneuse a peu de temps à consacrer à la lecture, c'est forcé.

Juliette me sourit.

— J'apprendrai. Pour mon petit, madame, j'apprendrai.

— Pour votre petit, oui, pour lui.

Le luthier se pencha et me dit à l'oreille.

— Juliette est fatiguée. Venez-en à l'autre lettre.

Décidément, ce luthier faisait preuve d'un dévouement hors du commun envers sa servante. Juliette baissa la tête. Sa coiffe était si blanche ! « L'innocence d'une colombe », pensai-je. Soudain, la lumière se fit. Je compris le lien unissant Juliette au luthier.

— Ma tante Geneviève est sage-femme. Geneviève Alix. Vous connaissez Simon Alix, maître Amati ?

— Assurément. J'ignorais que son épouse fut sage-femme.

— Et qui plus est, l'amie de ma tante est Françoise Boursier. Vous connaissez Françoise Boursier ?

— Bien entendu ! Qui ne connaît pas la fille de Louise Boursier, celle-là même qui reçut les deux fils de notre reine ?

Juliette eut un léger soubresaut, comme si elle avait résisté à une envie de parler.

— Connaissez-vous Françoise Boursier, Juliette ?

— Cette sage-femme est venue ici la semaine dernière, pour... enfin, pour vérifier l'état de la génération. Elle reviendra lorsque Juliette entrera en gésine, répondit le luthier.

Il ne faisait aucun doute qu'une conversation avec Juliette s'avérait impossible. De toute évidence, le maître des lieux harmonisait les vibrations de sa servante tout autant que celles de ses violons. Je glissai la lettre de Thomas dans ma poche.

« À quoi bon ! » me résignai-je. Juliette releva la tête. Ses yeux bleus étaient chagrins. Je m'apprêtais à me lever quand elle ajouta :

— Vous étiez à bord du *Saint-Étienne* au printemps de l'an 1620, n'est-ce pas, madame de Champlain ?

Le luthier posa une main sur son épaule.

— Juliette, évitez ces tourments. Votre condition l'exige. Pensez à l'enfant.

— J'ai besoin de savoir. Je vous en prie, maître, j'ai besoin de savoir.

Contrarié, le luthier se rendit à la fenêtre. Sitôt qu'il y jeta un œil, il claqua fortement une main sur son front. Au rez-de-chaussée, quelqu'un frappait à sa porte.

— Madame de Champlain ! s'exclama-t-il en se dirigeant vers l'escalier. Prenez tout votre temps avec Juliette. J'avais oublié un important rendez-vous. On m'attend. Prenez tout votre temps !

Le changement d'attitude du luthier me laissa perplexe. Juliette semblait perdue dans ses pensées. Une larme coula sur sa joue poupine. Elle leva lentement son tablier et l'essuya. Lorsque les pas du luthier cessèrent de résonner dans l'escalier, je répondis :

— J'étais bien sur le *Saint-Étienne*.

Elle essuya une autre larme et posa les mains sur les bras du fauteuil.

— À cette époque, j'eus un fiancé moussaillon sur ce navire. Un an après son départ, un matelot m'apprit qu'il ne reviendrait jamais plus. Pendant longtemps, j'ai voulu mourir. Alors, mon frère Jacob me trouva cette charge de servante chez le maître Amati. Sa femme est morte en couches il y a deux ans. Le bébé lui survécut deux jours.

Le regard fixé sur son ventre, elle poursuivit :

— Cet homme est bon pour moi. Notre enfant ne manquera jamais de rien. Vous pouvez me juger, ça m'est égal. Je ne l'aime pas, mais il est bon pour moi. Je n'aimerai jamais que Thomas. Je sais que vous ne pouvez pas comprendre.

— Juliette, je ne vous juge pas.

Je sortis le bateau baptisé *Juliette* de ma poche.

— Je connaissais bien Thomas, repris-je. Il m'a souvent parlé de vous.

Elle sanglota de plus belle. Je lui tendis le bateau.

— Il l'a fabriqué pour vous. Il porte votre nom, « Juliette ». J'ai aussi cette lettre qu'il m'a dictée pour vous un peu avant sa mort. Jamais je n'aurais pu vous la remettre sans le malheur de Jacob.

— Une lettre de Thomas, murmura-t-elle, les yeux hagards. Une lettre de lui.

Je crus bon de poursuivre.

— Nous naviguions aux environs de Terre-Neuve, dans la mer froide couverte d'énormes banquises. Durant une tempête, Thomas tomba du haut d'un hauban glacé. Il mourut sur le coup.

Elle tendit une main tremblante. J'y déposai le bateau. Elle l'observa avant de le serrer sur son cœur.

— Je vous en prie, lisez-moi sa lettre, supplia-t-elle, lisez-la-moi.

— Croyez-vous que cela soit approprié ?

— Je veux tout savoir de lui, tout. Rien n'est pire que de ne pas savoir. Mais vous ne pouvez pas comprendre.

— Juliette, je vous comprends.

Je lus lentement. Elle m'écouta, les paupières closes. Deux larmes s'échappèrent du coin de ses yeux. Elle les essuya aussitôt. J'eus peine à retenir les miennes.

— ... *Gardez-moi en votre cœur, je vous reviendrai. Votre fiancé qui ne cesse de penser à vous. Thomas Fougère, en ce 13 mai de l'an 1620*, terminai-je le cœur gros.

Je roulai le parchemin et le déposai sur ses genoux. Elle ouvrit les yeux, le prit et le porta à ses lèvres.

— Vous ne sauriez imaginer le bonheur que vous me procurez, madame.

— Juliette, chuchotai-je, si vous saviez à quel point je peux compatir !

Elle ne me comprit pas tant elle pleurait. Mon malaise s'amplifia. Juliette avait droit à son chagrin, j'avais droit au mien. La pudeur imposait que je me retire. Pourtant, j'hésitais. Cette peine ne m'était pas étrangère. Je me levai et me rendis à la fenêtre. Au dehors, une fine neige blanche tombait sur la boue des rues.

— La neige blanche de la Nouvelle-France, murmurai-je tristement.

J'aperçus un homme qui sortait de la boutique du luthier. Il s'engagea vitement sur la rue Elzévir, le visage camouflé derrière un coin de sa longue cape noire.

« Cette homme a la même silhouette que mon père », me dis-je.

Mes compagnes étaient probablement rue de la Perle. Je ne pouvais les voir de cette fenêtre. Une main se posa sur mon épaule.

— Votre visite est un véritable miracle, madame.

Les yeux de Juliette luisaient de reconnaissance. Je regardai son ventre rond.

— Souhaitez-vous un garçon ou une fille ?

— Thomas, ce sera Thomas.

— Ah, Thomas, c'est un bien joli nom.

Juliette me sourit. Son bonheur n'était pas parfait. Son malheur n'était pas absolu. Elle savait son amour mort et s'était ralliée à ce que la vie lui offrait. Mon amour n'était ni mort, ni vivant, c'est bien ce qui me tuait.

— Je dois vous quitter, maintenant, lui dis-je. Deux compagnes m'attendent dehors.

— Si jamais je pouvais faire quelque chose pour vous, n'hésitez pas.

J'allais la laisser quand la pensée du fils de François me traversa l'esprit.

— On m'a rapporté qu'une dame nommée Élisabeth Devol visite quelquefois la boutique de maître Amati.

Juliette sourcilla.

— Peut-être ai-je vaguement entendu prononcer ce nom. Seulement, j'ignore tout de la clientèle de maître Amati. Je ne suis qu'une servante ici. Je regrette de ne pouvoir vous être utile.

— Ce n'est rien. Surtout ne regrettez plus rien. Il y aura ce petit Thomas.

Elle releva la tête et me sourit.

— Mais s'il y avait quoi que ce soit d'autre...

— Je penserai à vous, Juliette, c'est promis, je penserai

à vous. Je m'informerai de vous auprès de Françoise Boursier, si vous m'y autorisez.

— La connaissez-vous personnellement ? J'ai cru que c'était une connaissance de votre tante.

— Certes, mais Françoise est aussi mon amie. Au revoir, Juliette.

Près de la porte, j'hésitai à la quitter. Je la saluai de la main. Elle agita le bateau qu'elle tenait dans la sienne.

— Bonne chance, Juliette.

— Mille mercis, madame de Champlain.

32

L'âme du violon

François de Thélis s'était réjoui au point d'en perdre la tête. Un jour sur deux, tôt le matin, il arrêtait sa monture devant la boulangerie de maître Pétrin, attendant toute la matinée, au cas où Élisabeth Devol viendrait y chercher son pain. Quand il ne pouvait s'y rendre, il y envoyait Florentine, sa servante. Elle avait pour consigne de remettre une lettre à la dame désignée, si, par bonheur, elle passait par là. François ne vivait plus que pour le petit miracle de la miche de pain qui lui permettrait de mordre, enfin, dans la mie de la paternité.

Deux mois plus tard, la dame n'avait toujours pas mis les pieds chez son boulanger. François élargit alors son champ de recherche. Sa démarche s'étendit jusqu'à la gendarmerie du Marais du Temple. Personne, hélas, n'y avait entendu parler de son mari, le gendarme Devol. Malgré tout, François ne désespérait pas. Il avait la conviction que ce Thierry était bien son fils et qu'il vivait à Paris, non loin de son logis. Le jour était proche où il allait pouvoir le serrer dans ses bras, il en avait l'intime conviction. L'impétuosité de François égalait ma curiosité. Nos désirs avaient la même cible : retrouver la trace d'Élisabeth Devol et de ses enfants, Thierry, âgé de huit ans et ce Mathieu aux yeux verts, qui devait avoir l'âge de mon fils.

Afin d'en apprendre davantage sur le pelletier Darques de Meaux, celui chez qui l'amoureux de Marie était en apprentissage, je dus me faire violence. Je n'étais pas retournée à la boutique *Aux deux loutres* depuis mon retour de la Nouvelle-France. J'y avais tant de merveilleux souvenirs ! Pourtant, l'espoir de retrouver la trace de ce Mathieu aux yeux verts fut plus fort que mes peines. Je m'y rendis seule, au milieu d'un après-midi de janvier. Lorsque je franchis la porte, oncle Clément resta derrière son comptoir, m'observant, sans rien dire. Au bout d'un moment, il vint à ma rencontre et me serra dans ses bras. Si je ne m'étais pas tant juré de ne pas pleurer, je l'aurais fait à chaudes larmes. Mais je me retins. Je fis bien. Par la suite, tout se déroula comme si nous nous étions quittés la veille. Oncle Clément retourna derrière son comptoir et je pris des nouvelles des gens de Saint-Cloud.

— Clotilde, la fille aînée d'Antoinette, est amoureuse, à quinze ans ! m'étonnai-je.

Oncle Clément me sourit tendrement et poursuivit. Mathurin allait sur ses vingt-cinq ans. Revenu de la guerre de La Rochelle depuis peu, il préparait sa maîtrise de pelletier.

— Comme Ludovic ! m'exclamai-je.

Oncle Clément me sourit tristement.

— Et Isabeau ? demandai-je pour éloigner le pire.

— Isabeau est au couvent des Ursulines, au faubourg Saint-Jacques, depuis bientôt sept ans.

— Chez les Ursulines, oui, tante Geneviève m'a parlé de sa vocation. Déjà quand elle était petite, je m'en souviens comme si c'était hier, elle nous avoua son intention de se marier avec Jésus.

— Pour être plus près de sa mère. Elle était si jeune quand Anne nous a quittés.

Oncle Clément baissa la tête.

— Et Louis ?

— Ah, notre Louis est de la confrérie des charpentiers. Et la petite Françoise n'est plus la petite Françoise. Elle a épousé un fermier prénommé Colin, l'an dernier. Ils vivent dans une campagne, non loin de la ville de Meaux.

— La ville de Meaux ! m'exclamai-je. À ce propos, quelqu'un m'a appris qu'un certain pelletier nommé Darques aurait un atelier dans cette ville. Le connaissez-vous ?

Oncle Clément vérifia dans le registre de la confrérie. Un pelletier de ce nom y était bien inscrit. Il déplora cependant de n'avoir jamais eu l'occasion de le rencontrer.

— Quelle étrange quête que celle-là, demoiselle Hélène ! Le talent des pelletiers Ferras ne conviendrait-il plus à madame de Champlain ? badina-t-il.

— Si, allons bon ! Qu'allez-vous imaginer, oncle Clément ? En fait, ces renseignements sont destinés à maître Thélis, un ami à moi. Il connaît une dame, qui connaît ce pelletier, qui connaît le fils d'une amie, qu'il aimerait bien connaître.

Oncle Clément croisa les bras et ferma ses paupières à demi.

— Quelle jolie menteuse vous faites, jeune demoiselle ! Tenez-vous ce talent de votre père ou de votre mère ?

— D'un peu tout le monde. Même tante Geneviève. Cacher la vérité est parfois mensonge.

Embarrassé, oncle Clément tripota les peaux de martre posées sur sa table. La porte s'ouvrit, deux dames entrèrent.

— Demoiselle Hélène, continua-t-il à mi-voix, Geneviève m'a maintes fois parlé de tout ça. Elle ne veut que votre bien, croyez-moi ! Votre tante ne veut que votre bonheur et votre bien, insista-t-il.

— Je suis méchante, pardonnez-moi.

— Ludovic nous manque à tous, affirma-t-il, les yeux mouillés, et vous nous manquez aussi.

Son embarras me gagna.

— J'ai si peu de courage. Vous revoir…

— Un jour viendra, m'encouragea-t-il, un jour viendra. Et ce sera un heureux jour.

Je baissai les yeux et me mordis la lèvre. Je m'étais juré d'éviter de parler de Ludovic, je me l'étais juré. Je remis le capuchon de ma hongreline.

— Merci pour tout, oncle Clément.

Il sortit de derrière son comptoir et s'attarda à serrer ma main gantée entre ses larges mains de pelletier.

— Maître Ferras ! clama une des dames. Cette hongreline, c'est bien aujourd'hui que vous procédez aux dernières retouches ?

Mon cœur chavira, mes yeux s'emplirent de larmes.

— Veuillez m'excuser, dit oncle Clément. Le travail m'attend. Je m'informe au sujet de ce pelletier Darques. Repassez un de ces jours.

Je quittai l'atelier *Aux deux loutres* en évitant de regarder vers le rideau de l'arrière-boutique.

La lune était si claire qu'on y voyait comme en plein jour. Tout autour, suspendues aux branches des arbres, des peaux de fourrures blanches luisaient telles des glaces au soleil. Le cavalier blanc descendit de son cheval et les étendit une à une sur un tapis de feuilles d'érable rouges. Puis, il tendit les bras. La dame blanche s'étendit sur les peaux. Une lumière incandescente enveloppa leur étreinte. Il faisait chaud, si chaud, les caresses effleurèrent sa peau. Elles étaient si douces et si intenses, et si intenses et si douces. La dame blanche frémit.

J'ouvris les yeux. Tout était noir. Il fait encore nuit, murmurai-je avant de me rendormir.

Le mousquetaire s'inclina élégamment, baisa ma main et remit son chapeau garni d'une large plume d'autruche blanche.

— Ainsi le veut notre roi, madame. Longue vie au roi Louis XIII.

— Longue vie au Roi ! enchaînai-je, quelque peu abasourdie.

Ysabel raccompagna le mousquetaire. Les cliquetis de son épée retentirent dans l'escalier et la porte se referma. Je n'entendis plus que les froufroutements des jupons d'Ysabel. J'étais encore figée d'hébétude lorsqu'elle revint dans la salle. Elle éclata de rire.

— Madame Hélène, que vous arrive-t-il ? Vous tombez des nues, on dirait bien !

Je lui tendis le parchemin.

— Une missive du roi, de notre roi ! m'excitai-je. Le Roi a écrit les mots inscrits sur ce papier de sa main. Tu y penses un peu, Ysabel !

— Je pense surtout qu'il serait sage de lire son message avant de s'enthousiasmer. Sait-on jamais ce qui trotte dans la tête d'un roi ? Certaines couronnes raisonnent comme des tambours.

— Sage Ysabel ! Tu as raison, encore une fois, tu as raison, répétai-je.

Je marchai de long en large devant le secrétaire derrière lequel j'hésitai à m'asseoir.

— Si cette missive contenait des révélations au sujet de la Nouvelle-France, Ysabel ? Dans ses dernières lettres, Eustache parlait d'une sérieuse menace anglaise. Des navires commandés par les Kirke auraient semé la terreur sur tout le fleuve Saint-Laurent l'été dernier. Tout cela est effroyable. Imagine que la colonie passe aux mains des

Anglais ! Ce serait la catastrophe ! Tout ce que nous avons bâti là-bas. Et Ludovic ? Qu'adviendra-t-il de Ludovic ? Moi qui comptais y retourner lors du prochain voyage du sieur de Champlain. Non, pas ça ! La colonie doit rester française, Marie, Françoise, Louis, tous nos gens restés là-bas !

— Hélène, cessez, cessez immédiatement ! Je ne vous permets pas de déraisonner ainsi ! Cela ne sert qu'à vous torturer, s'enflamma-t-elle. Pourquoi le Roi vous enverrait-il une lettre sur les affaires politiques ? Et puis, nous savons tous qu'un traité de paix fut signé entre l'Angleterre et la France en février 1629. Or, nous sommes en août 1629, six mois après la signature du traité de paix, paix, je précise, paix. Il y a bien eu ce traité de Suze, oui ou non ? Je vous en prie, donnez-moi cette lettre, je la lirai pour vous.

Elle tendit fermement sa main.

— Non, non et non ! Elle m'est destinée, je la lirai. Je dois avoir le courage d'en prendre connaissance par moi-même. Je le dois.

Je me rendis derrière le secrétaire, fendis le sceau rouge avec mon couteau de poche et déroulai fébrilement le parchemin. Ysabel s'installa derrière moi et se pencha par-dessus mon épaule. Je lus.

Madame de Champlain,

Lors de mon passage au domaine du sieur de Champlain situé non loin de La Rochelle, j'ai pu voir de mes yeux avec quelle affection vous portiez secours aux gens si cruellement affligés par les batailles. Ce jour-là, les bons soins de votre chirurgien-barbier ont apaisé mes souffrances. Je reconnais à votre avantage que les services y étaient rendus avec un égal dévouement, tant pour le mendiant éploré que pour le roi de France. On m'a rapporté que votre ardeur dura tout le temps que La Rochelle fut assiégée. Aussi ma reconnaissance est-elle grande. L'occasion m'est enfin donnée de vous rendre un peu du bien que vous y avez accompli. J'ai ouï dire votre ardent désir de posséder un violon. Madame de Champlain, un violon vous désirez, un violon vous aurez. Maître Amati, ce luthier de votre connaissance, se fera un honneur de vous remettre ce violon pour le bon plaisir de votre roi. Continuez dans votre générosité. Je m'en remets à votre fidélité.

À Paris, ce 28 août de l'an 1629,
Louis Brulard

Je regardai Ysabel. Elle se redressa et posa ses mains sur mes épaules.

— Vous avez le don pour imaginer le pire, très chère madame de Champlain, dit-elle simplement.

La clochette tinta. Le maître luthier ouvrit grand les bras.

— Madame de Champlain ! Quel bonheur de vous revoir !

— Tout le plaisir est pour moi, veuillez m'en croire !

Le luthier baisa vitement ma main et m'offrit son bras.

— Venez, venez. Juliette a reçu votre mot. Elle vous attend impatiemment.

— Bientôt quatre mois. Le temps passe si vite !

— Le petit va bien. Un gros garçon, Thomas. Un futur violoniste, cela va de soi.

— Cela va de soi, appuyai-je en entrant dans la pièce où j'avais rencontré Juliette la première fois.

— Madame de Champlain, Juliette, je vous laisse, dit le luthier. J'ai un violon à livrer aujourd'hui. Je me dois de le faire briller.

— Je ne saurais vous dire tout le bonheur que la générosité du roi causera à mon amie Angélique.

— S'il égale celui que vous avez procuré à Juliette, il sera grand.

J'observai les yeux du luthier; ils brillaient de joie.

— Ce luthier serait-il amoureux? me demandai-je.

— Madame de Champlain, venez, approchez, m'invita Juliette d'un air réjoui.

Son petit, enveloppé dans des langes, s'abreuvait à son sein.

— Approchez. Votre visite me comble de joie. Regardez, regardez comme il est beau.

Elle tenta de retirer son mamelon de la bouche du bébé. Rien n'y fit. Ses lèvres restèrent fixées à la source du délice.

— Désolée, me dit-elle en souriant.

— Quoi de mieux que le sein d'une mère? plaisantai-je à demi.

— Il me comble de bonheur, madame. Si vous saviez!

— Françoise m'a rapporté que l'accouchement s'est déroulé sans aucun désagrément.

— C'est ce qu'elle m'a dit. Pourtant mes douleurs furent si intenses que j'ai craint le pire. Mais dès que j'ai vu son joli minois...

— La douleur s'est envolée. C'est ce que disent toutes les mères.

— Vous n'avez pas d'enfant, madame?

Je me mordis la lèvre.

— Ce bonheur m'est refusé. J'aurais aimé, beaucoup aimé. Comme tout ce qui concerne la génération tient du mystère...

Le petit ouvrit la bouche. Apparemment, il était rassasié. Juliette tira sa chemise et recouvrit son sein.

— Pourriez-vous le prendre un moment ? J'ai quelque chose à vous remettre.

— Bien sûr. Il me plaît de tenir un enfant dans mes bras. Venez Thomas, venez.

Je le blottis au creux de mon bras. Une goutte laiteuse coulissa sur son menton. Je l'essuyai du bout de mon doigt. Il ouvrit les yeux et sourit aux anges. Ses joues étaient rougies tant elles s'étaient frottées au sein de sa mère.

Juliette s'était dirigée vers la table située dans l'encoignure de la pièce. Elle en ouvrit le tiroir, en retira une enveloppe et vint me la remettre. Puis, elle tendit les bras vers son petit et le reprit.

— Lors de votre première visite, vous m'avez demandé des renseignements sur une certaine Élisabeth Devol.

— Élisabeth Devol, vous auriez des renseignements ?

— Un jour, chuchota-t-elle, j'ai reconnu son nom sur certains papiers de la boutique. J'en ai confisqué un. Vous y trouverez son adresse.

— Juliette ! Quelle merveilleuse surprise ! Je n'ose y croire !

— Tant mieux, madame. Simplement, vous devez garder le secret.

— Vous n'avez pas à vous inquiéter. Personne ne saura ce que vous avez fait pour moi, Juliette, je vous le jure.

— Pour Thomas. Je l'ai fait en souvenir de Thomas.

Elle regarda son enfant.

— Thomas, murmura-t-elle avant de poser un tendre baiser sur le front de son enfant.

Puis elle me sourit.

— Venez, m'invita-t-elle.

Elle m'amena jusqu'à sa chambre et s'arrêta devant le berceau du petit Thomas. À la tête du berceau, un petit bout de bois retenait un ruban bleu. Au bout du ruban bleu, le bateau *Juliette* voguait joliment.

Olivier et Guillaume, assis l'un contre l'autre derrière la table, observaient leur mère sans bouger. Marie, assise devant la fenêtre, tenait le jeune Michel sur ses genoux.

— Pourquoi elle pleure, maman ? demanda-t-il candidement à Marie.

— Maman est heureuse, Michel. Maman pleure de joie.

— Moi, je pleure quand j'ai mal.

— Eh bien, il arrive parfois qu'un bonheur soit si grand qu'il fait mal.

— Ah, il est trop lourd, alors ?

— Voilà mon chéri ! Chut ! Tais-toi. Écoute !

Angélique glissa ses doigts le long des cordes de l'instrument. Une larme tomba sur son vernis. Elle souleva son tablier et l'essuya aussitôt.

— Maman, cria Michel, ne pleurez plus, maman ! Il est vilain ce violon. Je ne l'aime pas, moi. Il fait pleurer ma maman.

— Chut ! Chut ! Écoute, tu verras comme c'est beau, le calma Marie.

Les jumeaux, les coudes appuyés sur la table, attendaient patiemment. C'était bien la première fois que je les voyais si calmes.

— Vous rappelez-vous, Angélique ? lui demandai-je.

Elle opina de la tête et passa son tablier rayé de vert sur son visage. Puis, d'un geste lent, elle déposa le violon sur son épaule, y appuya le menton et souleva son archet. D'abord, l'instrument vibra, lentement, très lentement. L'archet en tira des sons aussi doux qu'une brise de printemps. Puis, son mouvement devint plus intense, plus assuré. L'archet cueillit si bien le son du violon qu'il en extirpa une mélodie aussi joyeuse qu'un vent d'été dansant dans la forêt frémissante. Vinrent ensuite les bouillonnements des ruisseaux et les ressacs du fleuve. Toujours de plus en plus vite, de plus en plus fort, Angélique harmonisait les fibres de son âme à celles du violon. L'archet vibrait, le violon chantait. J'en frissonnai tant l'harmonie était parfaite. La porte s'ouvrit. La silhouette d'un homme se dessina à contre-jour. Le violon vibra et vibra jusqu'à l'apothéose et se tut d'un coup.

— *Accelerando*, *crescendo*, me dis-je.

Angélique abaissa son violon et son archet, regarda l'homme et s'en approcha lentement. Il tendit son unique bras. Elle appuya sa tête sur son épaule et l'enlaça. Angélique et Henri vibrèrent à l'unisson.

33
Les pactes

Bien sûr, Henri avait laissé son bras gauche dans une tranchée de La Rochelle. Bien sûr, Angélique le déplorait. Néanmoins, ils étaient ensemble, et ensemble ils surmontaient l'épreuve. Le bon côté de ce malheur fut qu'il força son retrait de l'armée. Mieux encore, on lui octroya une rente de vétéran. Bien que modeste, elle lui permit de déménager sa famille rue du Meunier, non loin de l'imprimerie *Chez Louis Sevestre*, là où leurs jumeaux étaient en apprentissage. Comble de chance, Henri put y louer un local qu'il transforma en librairie. Neuf mois jour pour jour après son retour, Angélique accoucha d'une jolie petite fille : Madeleine.

— Dès le lendemain de sa naissance, mère lui jouait un air de violon, me rapporta Marie.

Angélique et Henri avaient renoué avec le bonheur.

La guerre d'Italie prit fin à l'automne 1630. Les troupes du roi défendirent vaillamment les territoires des Nevers. Ce faisant, elles repoussèrent les Espagnols, dont la présence en ces lieux constituait une menace pour la France. Le Roi et le Cardinal revinrent à Paris couverts de lauriers. Le sieur de Champlain respira à nouveau. À cause de cette guerre, les discussions concernant la restitution de la Nouvelle-France avaient été interrompues. Elles allaient pouvoir reprendre. Enfin !

— Il est plus que temps ! s'était-il exclamé un soir de

janvier. Le mémoire anglais *Merchants Adventurers to Canada* a de quoi épouvanter.

Il nettoya le fourneau de sa pipe au-dessus du feu de cheminée, appuya une botte sur une bûche et poursuivit.

— Ces Anglais possèdent de redoutables atouts. Pensons seulement au financement, à l'armement, aux militaires. Qui plus est, ils mènent le jeu sans vergogne, madame !

Il enfouit sa pipe dans sa poche, alla derrière son secrétaire et prit un cahier.

— Si j'en crois ce document, une fois installés dans notre colonie, ces usurpateurs auraient de quoi résister à une attaque de plus de dix mille hommes ! Notre colonie française possède combien de canons ? Dix tout au plus ! La France doit réagir et vite !

— Les cinq mémoires que vous avez rédigés avec l'ambassadeur de France n'auront donc servi à rien ?

— Détrompez-vous, détrompez-vous ! L'instruction royale, émise en avril dernier, découle directement de ces mémoires. Grâce à cette instruction, la Compagnie des Cent-Associés a pu avitailler six navires, au printemps de l'an 1630. Le chevalier de Montigny, assisté de cinq capitaines, devait mener cette flotte jusqu'à Québec. Et je devais être du voyage ! Nous étions formellement mandatés pour exiger la restitution de Québec ! Inimaginable ! Nous touchions presque au but !

Il passa une main sur son visage, comme pour réprimer sa colère. Puis, il se mit à arpenter la pièce de long en large, la tête baissée, les mains croisées derrière son dos voûté. Je le suivais du regard. Je n'ai jamais aimé l'homme. Cependant, la ténacité du conquérant m'émouvait. Le sieur de Champlain n'était pas de ceux qui baissaient les bras. Il ne subissait pas l'adversité, elle le mettait à l'épreuve. Il la jaugeait, l'analysait, la défiait. La contrariété devenait en quelque sorte le canon qui projetait le boulet de sa défense. Il éternua, s'arrêta devant la fenêtre et s'attarda à observer le ciel étoilé.

— Tout était prêt pour le départ, se désola-t-il. Il s'en fallut de peu que nous larguions les voiles. Sacré roi de France ! Tant de dépenses et tant de labeurs inutiles ! Et tout cela pour ne pas bousculer les maudites susceptibilités anglaises !

Il serra fortement les poings et revint près du feu.

— L'Angleterre s'opposa à ce voyage, m'avez-vous dit lors de votre retour à Paris.

— L'Angleterre joua la carte du maître chanteur ! La France doit encore la moitié de la dot promise à la couronne d'Angleterre. Le mariage de la princesse Henriette-Marie avec le roi Charles Ier nous aura coûté cher, plus de deux millions quatre cent mille livres ! Une dette de un million deux cent mille livres a de quoi soumettre le plus agressif des conquérants.

— Le compte en souffrance de la sœur de notre roi ferait obstacle à la récupération de la Nouvelle-France !

— Révoltant, n'est-ce pas ? L'Angleterre n'était pas d'avis que des bateaux français retournent dans le Saint-Laurent au printemps de l'an 1630. Eh bien, madame, pas un des navires avitaillés ne quitta les ports de France !

— Et votre voyage fut annulé. Je l'ai regretté autant que vous, croyez-moi !

Il gonfla le torse et respira un bon coup.

— Ah, n'allez surtout pas croire que la cause est perdue à tout jamais ! En matière d'affaire d'État, la patience est de mise. L'expérience me l'a chèrement appris. Les pourparlers reprendront sous peu et le Canada nous reviendra, je vous en donne ma parole. Nous allons poursuivre le combat, toujours et sans relâche. Tant qu'il y a de la vie, il y a de l'espoir !

— Et ce pacte conclu avec moi, tient-il toujours ? hasardai-je.

Il me tourna le dos, appuya ses mains sur le manteau de la cheminée et soupira profondément.

— Je tiens à ce pacte tout autant que vous tenez à la restitution de Québec, monsieur, insistai-je.

Il se retourna et entreprit de tortiller sa barbiche. Un faible sourire se dessina peu à peu sur ses lèvres.

— Femme intrépide ! En cela, vous êtes admirable, madame !

Je me levai afin d'aller plonger mon regard dans ses yeux ambrés.

— *Napeshkueu* je suis, *Napeshkueu* je resterai ! dis-je. J'aspire à retourner en Nouvelle-France le plus tôt possible. En cela, ma ferveur égale la vôtre, monsieur.

— *Napeshkueu !* répéta-t-il en hochant la tête.

— Je n'ai rien oublié, monsieur, rien de ce qui fut notre vie, là-bas, au pays des poissons.

— *Ninishinan*, madame, *ninishinan*, nous sommes deux. Nous y retournerons, vous avez ma parole, nous y retournerons. Vous reviendrez en Nouvelle-France sitôt que les événements le permettront.

Je frissonnai de bonheur. Ma main toucha la sienne en tremblant. Je la soulevai et posai mes lèvres sur sa peau flétrie.

— *Napeshkueu !* murmura-t-il tendrement.

— Ménagez votre sœur, me chuchota mon père en retirant ma hongreline.

— Son état ne s'est-il pas amélioré ?

— Il semble que non. Geneviève lui a recommandé le repos.

— Tante Geneviève est ici ?

— Non, elle nous a quittés il y a moins d'une heure. Elle devait se rendre sur l'île de la Cité.

— Un accouchement ?

— Deux accouchements. Évitez les chamailles, je vous en prie. Marguerite…

— … est si faible, je sais. Vous pouvez compter sur ma réserve, père.

— Bien, je cherche la lettre de votre époux et vous rejoins au salon. Prenez garde, elles sommeillent.

Je franchis la porte du salon et y entrai avec précaution. Mère, la tête appuyée sur le dossier de son fauteuil, somnolait. La lueur du feu accentuait les plis de son visage.

— Mère vieillit, me dis-je. Beaucoup moins de cheveux noirs, beaucoup plus de cheveux blancs.

J'avançai à pas feutrés vers un fauteuil situé en retrait et m'y assis. Une couverture de laine rouge couvrait les genoux de Marguerite. Elle aussi somnolait.

« Ma mère et ma sœur, deux Marguerite, deux étrangères », déplorai-je.

Le passage des ans avait accentué notre éloignement. Elles savaient bien peu de moi, je savais si peu d'elles. Mes tentatives de rapprochement tournaient lamentablement à la discorde. Plus souvent qu'à leur tour, elles stimulaient leur mépris et accentuaient leur indifférence. Nous n'avions jamais réellement sympathisé. Je ne savais pas quoi leur dire. Elles n'avaient aucune envie de m'écouter. M'efforcer de converser malgré tout ? Mais de quoi ?

Parler d'Eustache avec ma mère ? Elle s'agiterait comme un poisson hors de l'eau. Depuis janvier dernier, en fait, depuis le jour où Eustache lui avait annoncé son intention d'entrer dans la communauté des frères minimes, elle ne lui avait plus adressé la parole. Six mois de stérile silence!

— Le seul, vous êtes le seul à pouvoir assurer une postérité à notre famille, lui avait-elle reproché. Comment osez-vous nous accabler à ce point, nous qui avons légué une somme faramineuse dans votre carrière en Nouvelle-France! Laissez la prière aux dévots, je vous en conjure, Eustache!

— J'ai fait un pacte avec Dieu. Je serai frère minime, que vous y consentiez ou non, mère, s'était fermement opposé mon frère.

— Effronté! Fils ingrat! Soyez maudits, vous et tous ces frères prieurs!

Bien entendu, mère avait regretté son emportement, un peu, et en secret. La preuve en est qu'elle accepta de verser une dot de six mille livres pour favoriser son entrée chez les Minimes. Mais devant tous, en apparence, elle tenait à l'insulte.

Il faut convenir que la transformation d'Eustache avait de quoi bouleverser. À son retour d'Angleterre, à la fin du mois de novembre de l'an 1629, mon frère n'était plus le même. La prise de la Nouvelle-France par les Anglais l'avait profondément abattu. Il était désabusé de tout.

— Je n'attends plus rien de cette vie, ma sœur, m'avoua-t-il dans un profond désarroi. Les guerres, la violence, la cupidité auront eu raison de mes ambitions. Je renonce à tout. La prière sera mon refuge et ma consolation. Il y a tant de péchés sur cette Terre, tant d'injustice, tant de désolation! Prier pour le salut de ces pauvres âmes, prier pour le salut de mon âme, aujourd'hui et pour le reste de mes jours. Telle sera dorénavant ma seule et unique raison de vivre.

Avec amertume, il me répéta comment les frères David, Lewis et Thomas Kirke avaient semé la terreur depuis l'Acadie jusqu'à Tadoussac, durant l'été de l'an 1628. Il me décrivit encore, dans les moindres détails, comment ils avaient usé de mépris et de ruse pour soumettre toute la colonie française l'année suivante.

— Le vingt et unième jour de juillet de l'an 1629, le drapeau anglais fut hissé à l'Habitation de Québec, notre Habitation, Hélène ! Cent cinquante soldats anglais tirèrent des salves pour fêter l'événement. Elles percutent encore dans mon crâne.

Après la prise de Québec par les Kirke, Eustache, le sieur de Champlain et les officiers furent faits prisonniers et déportés en Angleterre. De là, ils durent marchander leur libération.

— La perfidie humaine me dégoûte ! Nous traîner de la sorte, dans le déshonneur, comme de vulgaires pirates ! N'y a-t-il plus rien de vrai, de beau et de bon sur cette Terre, Hélène ?

— Je ne vous reconnais plus, Eustache. Vous d'un naturel si volontaire, si courageux ! La Nouvelle-France reviendra aux Français. Toutes ces opérations de conquête furent accomplies après que la paix fut signée. En réalité, la Nouvelle-France n'a jamais appartenu aux Anglais. La justice vaincra. Le sieur de Champlain en est convaincu. Il ne faut pas renoncer, il ne faut jamais renoncer.

Il baissa la tête.

— Le sieur de Champlain se bat toujours et sans relâche, continuai-je. Sa conviction se fonde sur le traité de Suze, signé le 24 avril de l'an 1629. L'Angleterre et la France n'étaient plus en guerre lorsque les Kirke s'emparèrent de Québec. Vous savez tout cela.

— Et puis après, défia-t-il. Viendront d'autres Anglais, et tout sera à recommencer. Je suis las, ma sœur. J'ai échoué en tout : auprès d'Ysabel, dans ma charge de sous-lieutenant, et j'ai tant péché, si vous saviez comme j'ai péché !

— Eustache, vous déraisonnez !

— Dorénavant, ma vie ne sera plus que prière. Ma décision est définitive. Je rejoins la communauté des frères minimes en Italie, le mois prochain. Je regrette simplement toutes les déceptions, père, mère, Ysabel.

— Rassurez-vous. Les potins de la Cour occupent à nouveau les pensées de notre mère. Notre père se soumet à votre décision, bien malgré lui, il faut le reconnaître, mais il l'accepte. Ne vous a-t-il pas concédé une dot de plus de six mille livres ?

— Je l'admets. Il ne sera pas dit qu'un Boullé frappera à la porte des Minimes les mains vides, m'a-t-il dit l'autre jour.

— Quant à Ysabel, sachez qu'elle vous a pardonné, et ce, depuis fort longtemps. Elle est sereine et en paix, malgré tout ce qui est survenu là-bas, vraiment sereine.

Eustache passa les doigts dans ses épaisses boucles brunes en soupirant.

— Le reste de ma vie à prier. Ce ne sera pas de trop pour gagner mon salut.

Je me mordis la lèvre, hésitant un moment avant d'oser.

— Ludovic, Eustache ? Ludovic serait-il demeuré à Québec avec les Hébert, les Couillard et les autres ? Est-il encore à Québec, Eustache ? Je vous en prie, j'ai besoin de savoir.

Eustache s'approcha, me prit dans ses bras et me berça un moment avant de murmurer.

— Ma sœur adorée, vous le savez autant que moi.

Je le repoussai vivement.

— Non, je l'ignore ! ripostai-je. Non ! Vous vous moquez !

Ses yeux s'attristèrent.

— Femme de peu d'espérance, me dit-il.

— De peu d'espérance ! Voilà plus de cinq ans que j'espère.

— Vous n'espérez peut-être pas ce qu'il convient à Dieu de vous accorder. Dieu guide nos vies, Hélène. Dieu nous mène là où Il veut. Vous êtes là où vous devez être, aujourd'hui, pour sa plus grande gloire. Espérez, espérez et espérez encore ! Un jour viendra où Sa lumière vous éblouira.

Je sourcillai.

— Eustache ! Êtes-vous fiévreux ?

Il rit.

— Vous me manquerez plus que tout autre, ma très chère sœur.

— Eustache, je vous parle de Ludovic Ferras, celui qui partagea nos vies en Nouvelle-France.

Il se rembrunit.

— Je suis désolé. Tante Geneviève est formelle. L'équilibre de vos humeurs est fragile. Votre santé importe avant tout.

— Tante Geneviève est aussi têtue qu'une mule.

Il rit à nouveau.

— Peut-être bien, mais il appert que cette mule vous affectionne, petite sœur.

Il termina en glissant son doigt le long de la peau de serpent torsadée dans ma tresse.

— La tresse des femmes de la Nouvelle-France, dit-il, songeur. Les nattes du paradis perdu. Nous y avons été heureux, n'est-ce pas, ma sœur ? Dites-moi que nous y avons été heureux.

Je l'étreignis de toutes mes forces.

— Nous y avons été heureux, mon frère, immensément heureux.

Cet après-midi-là, Eustache et moi sommes allés nous recueillir sur la tombe de Nicolas. J'observai longuement le saule pleureur sculpté sur sa tombe. Comme chaque fois, l'inscription chavira mon âme.

L'arbre pleure.
De toute éternité,
L'arbre pleure.
Tout n'est que beauté.

— Tout n'est que beauté, murmurai-je, tout n'est que beauté.

Le toussotement de Marguerite me tira de ma rêverie. Je regrettai qu'elle fût si malade. La médecine mettait sa hargne et son hystérie sur le compte des dérèglements de sa matrice. On s'apitoyait sur la fragilité de son état, lui attribuant le crédit d'une femme accablée par les déversements des fluides malfaisants que son corps libérait en abondance.

— Des menstrues trop longues, trop fréquentes, s'inquiétait tante Geneviève. De là son extrême fatigue.

Marguerite devait être traitée avec ménagement. Je m'efforçais de sympathiser. Dieu me pardonne, j'y parvenais difficilement. Que confier à cette sœur que mes atours scandalisaient et que la moindre de mes paroles vexait? La seule vue du collier que je portais au cou la rebutait. J'avais bien tenté de lui expliquer l'art de façonner les perles de nacre, autant lui parler des dernières découvertes de Galilée. La Terre n'a jamais été plate, ma sœur, elle est ronde. Difficile à entendre. Même pour le sieur de Champlain!

Ma sœur geignit, entrouvrit les paupières et les referma aussitôt. « Elle souffre peut-être plus qu'elle ne le laisse entendre. Fais un petit effort de compassion », me dis-je.

M'informer de son époux ? Je risque de la contrarier. Charles cohabite avec elle quelques semaines par année, tout au plus. Sa charge de secrétaire du prince l'oblige à de fréquents voyages. Quant à leurs amours, éparpillés aux quatre vents depuis fort longtemps ! Il y a tant de frivoles jouvencelles en ce royaume de France ! À la vérité, l'état de son mariage l'indiffère. Force m'est d'admettre que Marguerite n'est pas de celles qui s'encombrent d'amour. L'apparat lui suffit.

L'informer des intrigues de la Cour ? Même obligée à limiter ses visites dans les salons, elle en connaît bien plus que moi sur les caquetages de la noblesse. C'est elle qui m'a appris la malveillance dont avait fait preuve Marie de Médicis lorsque le cardinal de Richelieu revint triomphant des batailles d'Italie.

— Le Cardinal eut droit à la froideur et au mépris de Marie de Médicis, alors qu'il méritait remerciements et reconnaissance, répéta-t-elle. Elle le rabroua tant et si bien que le Roi dut intervenir pour retenir son premier ministre dans ses fonctions. Quel splendide scandale ce fut là, ma sœur !

Selon les bourdonnements des salons, Marie de Médicis, qui approchait de la soixantaine, répandait son fiel dans tous les couloirs royaux. Elle enviait la gloire de ce petit Armand qu'elle avait tiré, disait-elle, de sa crotte pour en faire un cardinal et un ministre. Voilà que l'ingrat qu'elle avait élevé et imposé au roi négligeait ses avis et allait jusqu'à contrecarrer ses politiques. Les rumeurs de vengeance couraient sur toutes les langues bien effilées de Paris. Entourée d'envieux courtisans, Marie de Médicis affûtait ses couteaux.

Ma sœur Marguerite m'apprit aussi que mademoiselle de Montpensier, épouse officielle de monsieur le duc d'Orléans, le frère cadet de notre roi, était morte en donnant le jour à une petite fille. Louise Boursier, la mère de Françoise, avait été pointée du doigt. Sa charge de sage-femme de la Cour fut sérieusement compromise. Monsieur le duc, quant à lui, dissipa sa peine dans les bras de Marie de Gonzague, fille du duc de Nevers, ironisait-on dans les salons. Or, Marie de Médicis, haïssant les Nevers, désapprouvait que son fils fût pris de sentiment pour cette demoiselle. Il y avait là suffisamment de camouflets pour que la hargne de notre reine mère explose, redoutait-on en coulisse.

Père s'approcha sur la pointe des pieds et me tendit la lettre.

— Arrivée il y a dix jours, chuchota-t-il fièrement. Lisez.

Tout d'abord, je lus sans grand intérêt. Les données concernant les décomptes financiers de la Compagnie des Cent-Associés me laissaient plutôt froide. J'étais au milieu de la missive lorsque père interrompit ma lecture. Il posa une main sur mon épaule, mit un doigt sur sa bouche avant de pointer mère et Marguerite. Je ne compris pas sa précaution et poursuivis ma lecture.

... Au printemps de l'an 1632, cette compagnie normande, sous-contractante de la Compagnie des Cent-Associés, sera envoyée en Acadie afin de ravitailler et de remettre en bon état le fort Sainte-Anne.

— En Acadie ! m'étonnai-je tout bas.

— Continuez, continuez, m'incita mon père, le visage réjoui.

Cette fois, on me fait l'honneur de me confier le commandement de l'expédition. Je reviens à Paris sous peu afin d'y régler les dernières formalités. Auriez-vous l'obligeance, très cher ami

Boullé, d'informer de ma part l'éditeur Claude Collet en la Galerie des Prisonniers, à l'Étoile d'or, que les écrits sur mes voyages en Nouvelle-France de l'an 1603 à 1629 sont presque achevés. Que l'imprimeur prépare ses encres…

Le 26 mars de l'an 1632,

Sieur de Champlain,
Capitaine pour le Roi en la marine de Ponant.

Mon souffle s'accéléra. Je regardai mon père. Les lèvres serrées, les sourcils relevés, père attendait ma réaction sans bouger. L'effort de retenue s'avérait essentiel. Sans un mot, je repliai le parchemin le plus lentement possible et le lui remis.

— Je reviendrai, murmurai-je en me levant. Demain, je reviens demain.

La félicité le quitta d'un coup. Ses yeux s'agrandirent, son menton s'étira et sa bouche s'entrouvrit. Il jeta un bref coup d'œil vers les dormeuses et soupira longuement.

— Soit, nous vous attendrons demain, dit-il à mi-voix.

Je sortis en douce comme j'étais venue. Mère et Marguerite dormaient toujours.

— Comment, en Acadie, comment, de quel droit ? Nous avions conclu un pacte, rageai-je devant la porte de notre carrosse.

Une lourde main se posa sur mon épaule. Je sursautai.

— Paul ! Que faites-vous là ?

— Ne suis-je pas le cocher de madame ?

— Paul, c'est effroyable !

— Un léger contretemps, madame ? badina-t-il en plissant ses yeux bleu de mer.

— Je n'ai pas le cœur à rire. Monsieur mon époux s'embarque pour l'Acadie ce printemps. L'Acadie, vous m'entendez, l'Acadie !

— Mes oreilles ne sont pas si vieilles qu'elles en ont l'air, mademoiselle. D'autant que votre voix fait tout ce qu'il faut pour que je comprenne clairement.

Je soupirai. Il me sourit.

— Alors, Samuel partirait pour l'Acadie. Ça m'apparaît être une bonne nouvelle en soi. L'Acadie est la porte d'entrée de la Nouvelle-France.

— Mais il avait promis de me ramener à Québec, à l'Habitation. Ludovic, Paul, Ludovic, terminai-je tout bas.

Il plissa le front et ouvrit grand les yeux.

— Mademoiselle, vous me chagrinez. D'une part, si monsieur de Champlain vous a promis, il tiendra promesse. Québec, vous reverrez. D'autre part, n'avons-nous pas convenu qu'il valait mieux oublier maître Ludovic ?

— Ça m'est impossible ! Je m'y efforce, mais ça m'est impossible ! Et puis, je n'ai jamais promis une telle chose. Ou alors, j'étais dans un état… un très mauvais état.

— C'était à votre retour de La Rochelle. Vous aviez bien quelques idées farfelues en tête, j'en conviens. Malgré tout, je dirais que vous alliez plutôt bien.

— Paul, c'est pitoyable ! La promesse de mon époux m'a redonné espoir et voilà que tout s'effondre.

— Ah, pour ça ! On peut dire que vous aviez le vent dans les voiles depuis que vous aviez conclu ce pacte !

J'enfilai mes gants de cuir marocain et relevai ma capuche.

— Voyons les choses comme elles sont. Il semble que le vent ait tourné.

— Le vent tourne toujours, mademoiselle. Et croyez-moi, un jour ou l'autre, il finit toujours par souffler en notre faveur, c'est forcé.

— Quelquefois, admis-je. Vous avez raison, Paul, pourquoi m'alarmer sans savoir ?

— Je vous mène toujours rue du Meunier, mademoiselle ?

Je me soulevai sur la pointe des pieds afin de baiser son front.

— Que ferais-je sans vous, Paul ?

— Vous marcheriez, mademoiselle, vous marcheriez.

— J'userais mes souliers dans la boue de Paris, comme le dit Ysabel.

Paul rit.

— Elle dit vrai, notre Ysabel. Mais je suis là. Si madame veut bien monter.

Il fit une révérence tout en déployant largement sa cape. Puis il ouvrit la portière et prit ma main.

— Rue du Meunier ? demanda-t-il.

— Rue du Meunier, lui confirmai-je.

Paul fit claquer le fouet. Notre attelage s'ébranla. J'observai les banquettes de cuir noir. Un jour, il y a fort longtemps, Ludovic était assis là devant moi, une poule dans les bras.

— La poule de nos amours, chuchotai-je en souriant.

Je revis la poule se débattre comme un diable dans l'eau bénite. Il y avait ces plumes volant autour de nous. Et sur ses lèvres, un si tendre sourire. C'était il y a fort longtemps. J'eus froid. Je resserrai ma cape autour de mes bras. « L'Acadie, l'Acadie, me répétai-je. Port-Royal, l'Acadie... » J'eus de plus en plus froid. Le frisson devint tremblement, un tremblement que la chaleur de ma cape de peau ne put réfréner.

Monsieur de Champlain alluma sa pipe. Une bouffée grise s'extirpa de sa bouche.

— Ma promesse ne s'envolera pas en fumée, n'ayez crainte. Je serai le premier à me réjouir d'avoir à vous annoncer que nous retournons ensemble à Québec. Mais nous devrons user de patience.

Je redressai la tête.

— Les Cent-Associés ne retournent-ils pas à Québec cette année même ?

Il tira une longue pipée. Une seconde bouffée de fumée voila son visage.

— Rien n'est encore conclu. Comprenez que je ne pouvais refuser l'offre des sous-contractants. Ils me confient le commandement de l'expédition en Acadie. Nous devons y reconstruire le fort Sainte-Anne et...

— Et... ?

Il détourna la tête vers le feu de l'âtre, comme s'il hésitait, comme s'il retenait une idée.

— Et... ? insistai-je.

— Et j'ai quelques amis mik'maqs à y retrouver, quelques amis Mik'maqs, termina-t-il d'une faible voix.

Le sieur de Champlain frappa délicatement sa pipe contre la pierre de la cheminée.

— Il se fait tard, madame, j'ai une écriture à terminer avant d'aller dormir.

Je fis une brève révérence et me retirai dans ma chambre.

Je me couvris de ma cape de peau, glissai la main sous le coin droit de mon miroir d'Italie et pris la clé de mon coffre aux trésors. Après l'avoir tiré du dessous de mon lit, je soulevai le couvercle et sortis mon cahier aux souvenirs.

— User de patience, user de patience, marmonnai-je en déposant mon bougeoir sur ma table de chevet.

Je le serrai contre mon cœur, m'enfouis sous mes couvertures de laine, l'ouvris à la dernière page et relus.

— Bâtir un pays est plus grand que nous, beaucoup plus grand que nous. Plus grand que nous, me répétai-je en m'élançant vers celui qui élevait mon âme.

Je m'arrêtai face à lui, pris la cape d'épousée et la revêtis. Puis, sans un mot, je lui offris ma main. Il croisa ses doigts entre les miens et se laissa entraîner vers notre cabane. La femme sauvage avait choisi.

Le valeureux conquérant la séduisit totalement. Pas une parcelle de sa peau ne lui déplut. Pas un de ses gestes ne la rebuta. Ses cuisses fermes se frottèrent aux siennes, ses bras l'enlacèrent, sa bouche se nourrit aux parties les plus intimes de son être. Sa puissance honora son ventre qui l'accueillit sans réserve. Il la posséda, la soumit, la fit sienne. La femme tressaillit de désir. L'homme frémit de plaisir. Sa semence jaillit au plus profond de la femme, se mêlant à ses eaux. Elle courba les reins. Leurs rêves se confondirent, leurs âmes s'unirent. L'homme et la femme ne firent plus qu'un. Il était l'époux, elle était l'épouse. Ensemble, ils allaient engendrer un nouveau monde.

Ludovic déposa la cape sur mes épaules.

— Ludovic Ferras, valeureux conquérant du Nouveau Monde, mon époux.

— Satchitan, niw. *Je t'aime, ma femme.*

J'entrouvris mes bras. Il enfouit les siens sous la cape et m'enlaça.

— C'est qu'elle est d'une grande habileté, cette Guerrière ! chuchota-t-il dans mon cou.

Je tressaillis à peine. Il resserra notre étreinte.

« Il resserra notre étreinte, et sa chaleur me combla », me dis-je.

Je déposai mon cahier sur ma table de chevet, soufflai ma bougie et tirai mes couvertures. Demain j'écrirai la suite de notre histoire, demain, j'allais retrouver le fil de nos souvenirs. Je m'en souvenais comme si c'était la veille. Sitôt après avoir scellé ce nouveau pacte d'amour, Ludovic et moi étions retournés sous l'érable rouge. Un vent léger s'était levé. Le soleil déclinait. Les faisceaux de lumière dorée s'infiltraient entre les rouges, les jaunes et les ocres des grands arbres. Tout en bas du coteau, les loutres jouaient de plus belle dans l'eau claire. Une feuille se détacha de l'érable rouge. Ludovic la saisit au vol et la piqua dans la tresse que j'étais en train de torsader.

— *Ishipemaka, niw*. Ainsi est la feuille, ma femme.

Je le regardai par-dessus mon épaule.

— Rouge comme le feu. La feuille a rougi, Ludovic, la feuille a rougi.

Il passa son bras autour de mes épaules.

— Je vous aime, *Napeshkueu*.

— *Aie*, murmurai-je avant de l'embrasser.

« Le jour viendra où je retournerai vers vous, mon bien-aimé. Le sieur de Champlain me l'a promis. Un jour, je retournerai en Nouvelle-France, avec vous. *Aie*, mon bien-aimé… pensai-je. Un jour, un jour, là-bas, nous nous retrouverons. »

Tard dans la nuit, le sieur de Champlain mit le point final à son texte, déposa sa plume d'aigle dans son écritoire et respira un bon coup. Une extrême fierté l'envahit. Le parcours de toute sa vie était là devant lui, sur ces pages d'écriture. Toute sa vie de navigateur, d'explorateur, de conquérant. Il glissa une feuille vierge sur la pile, reprit sa plume, la trempa dans l'encre noire et inscrivit :

Les voyages de la Nouvelle-France occidentale, dite Canada, faits par le sieur de Champlain,

Xainctongeaois, Capitaine pour le Roi en la Marine du Ponant, et toutes les découvertes qu'il a faites en ce pays depuis l'an 1603 jusqu'en l'an 1629.

Il déposa sa plume à nouveau, extirpa du pétun de sa sacoche, prit sa pipe et en bourra le fourneau. Puis, il frotta énergiquement les pierres à feu et tira une longue pipée. Une profonde satisfaction se greffa à sa fierté. Il avait accompli de grandes choses, de très grandes choses.

Ce traité racontait comment les Français avaient découvert ce pays sous l'autorité de leurs rois très chrétiens de France et de Navarre. Il avait élaboré une carte générale de la description dudit pays, sur laquelle les contrées, les rivières et les lacs avaient été identifiés avec de nouveaux noms français. Aucun mot sauvage n'y apparaissait plus. Il avait hésité à se soumettre à cette exigence fermement imposée par le Roi, le Cardinal et leurs conseils.

— Se prémunir contre la menace anglaise, avant tout, avaient-ils précisé pour expliquer leur insistance.

Il avait compris.

Le sieur de Champlain avait tenu à greffer à ces textes un traité de la marine dans lequel il s'employa à préciser les qualités et conditions requises à un bon et parfait navigateur pour connaître la diversité des estimes qui se font en navigation. Il énuméra les marques et les enseignements que la Providence de Dieu a mis dans les mers pour redresser les mariniers en leur route, ainsi que la manière de dresser cartes marines en leurs ports, rades, îles, sondes, et autres choses nécessaires à la navigation.

De surcroît, il y annexa un catéchisme traduit en langue des peuples sauvages.

— Pour l'avenir, s'était-il dit. Pour tous ceux qui viendront après.

Le sieur de Champlain croisa les bras. Sa satisfaction était totale. Son devoir était accompli. Il pouvait maintenant regarder droit devant. Tout n'était pas terminé, bien au contraire, tout allait recommencer comme au premier temps de la grande aventure. Ce voyage à Port-Royal en était la preuve. Sitôt en Acadie, il s'efforcerait avant tout de retrouver les cinq Français dont on avait perdu la trace. Après, l'année suivante, ce serait le retour à Québec, le retour au nouveau pays, le retour dans son pays.

Le sieur de Champlain observa alors le feu de la cheminée. La danse des flammes le fascinait depuis toujours. Elles s'enlacent, s'agrippent, tourbillonnent et s'étreignent avec une telle férocité !

« L'ardeur des enfers, la fureur des ambitions qui consument tout, ne laissant que des cendres », soupira-t-il.

Il frappa à trois reprises sur sa poitrine, là où son cœur le tiraillait. Puis, il déposa sa pipe, alla près de la cheminée et retira une pierre de son montant. Sans faire de bruit, il dégagea la petite boîte cuivrée cachée au fond de la cavité. Après, il replaça minutieusement la pierre. Il apporta la boîte sur sa table d'écriture et en sortit une lettre qu'il déplia avec précaution, tant le papier jauni par le temps s'était fragilisé. Ses mains tremblaient, comme elles tremblaient chaque fois qu'il lisait cette lettre d'amour, la seule lettre d'amour qui ne lui fut jamais adressée. Elle avait été écrite au mois d'août de l'an 1594 et provenait de la ville de Brest en Bretagne, plus précisément de la pointe du monde.

En octobre dernier, j'ai lié ma destinée à celle de Rémy Ferras, un très cher ami d'enfance. Dès que je lui avouai le tourment qui m'affligeait, il n'hésita pas un instant, et offrit de m'épouser. Nous avons conclu un pacte. Il me promit de chérir l'enfant que je portais comme s'il était le sien. Je lui promis que notre enfant ne connaîtrait jamais le nom de son véritable père.

Notre fils aura bientôt cinq mois, Samuel. Il est fort et vigoureux. Ses yeux sont ambrés, tout comme les vôtres. Ils me parleront de vous quand les brumes me cacheront les reflets de la lune. Ils me parleront de vous lorsque les étoiles quitteront les nues pour sombrer dans les profondeurs de la mer. Ils me parleront de vous quand les vents du nord dévasteront les landes et que les froids intenses glaceront ses rochers. Notre enfant sera ma raison de vivre.

Je vous aime, Samuel. Jamais je ne vous oublierai.

Louise

Le sieur de Champlain ferma les yeux et pleura en silence.

Remerciements

Vous connaissez l'histoire, un livre ne s'écrit pas tout seul. Chacune des lignes, chacun des mots émergent d'un imaginaire nourri de lectures, de découvertes, de rencontres fortuites et de moments magiques. Des historiens, des complices, des amis guident, enrichissent, encouragent et inspirent l'auteure. Ainsi, les pages s'écrivent et les personnages s'animent. Sachez que le deuxième tome d'*Hélène de Champlain*, est riche de solidarité, de passion et de complicité. Laissez-moi vous en révéler les secrets.

Michelin Lavoie m'orienta vers la magnifique région de Charlevoix. Que dire de la grotte de Vieille Rivière ! Si la maison de Louis Hébert est si bien construite, c'est grâce à lui.

Les humeurs d'Hélène et les extravagances de Marie-Jeanne doivent leur pertinence à Louise Garneau, ergothérapeute en psychiatrie. Ah, la fascinante complexité de la nature humaine !

M. René Lévesque, archéologue passionné des sous-sols du vieux Québec, me fit découvrir la cave froide de la maison d'Hélène Desportes, filleule d'Hélène de Champlain. Grâce à François Picard, autre archéologue, j'appris que Samuel de Champlain fumait la pipe.

Léonard Marquis, musicien dans l'âme, me guida vers les Amati, célèbre famille de luthiers italiens du XVIIe siècle. Nicolo Amati fut le maître de Stradivarius. Denis Desroches me raconta quelques histoires de chasse et de violon. Et oui, un chasseur luthier ! Qui l'eût cru ? Avant lui, j'ignorais tout de l'âme des violons. Aline Coté me présenta à Bernadette qui me conduisit jusqu'à l'atelier d'un luthier du XVIIe siècle, au musée de la musique à Bruxelles. Ah, la musique !

Le volume sur les navires des pirates, si gentiment prêté par ma nièce Valérie, permit au *Saint-Étienne* de voguer allègrement vers la Nouvelle-France avec toutes les parties qui le composent.

De la collaboration, vous ai-je dit. J'en rajoute. Catherine Leclerc me fournit une documentation sur la médecine de l'époque. Les noms sur les fioles de mes apothicaires sont d'une justesse ! Que dire des lavements et de ses mystères ! Hélène utilisa la méthode suggérée par Érika Voyer afin qu'un bébé pousse son premier cri.

Mme Joséphine Bacon accepta de vérifier l'orthographe des mots montagnes de mon texte. Sylvie Vincent, anthropologue travaillant auprès des Inuits de la Côte-Nord, orienta mes recherches sur la culture des Premières Nations. Sans elle, les vibrations des tam-tams n'auraient pas eu la même résonance. Merci pour tous ces généreux partages.

Parlons maintenant magie.

Chaque fois qu'un fils, une amie ou un ami, une tante, un oncle, une cousine, un cousin, une voisine ou un voisin, une lectrice ou un lecteur me demande : « Où en est ton roman ? », « À quand la parution de ton livre ? », c'est magique. Cette joyeuse complicité nourrit ma persévérance.

Merci à Mathieu, Hélène, Simon, Gabriel, Jean-François, Pierre, Valérie, Sébastien, Geneviève, Claude, Denise, Mario, Sophie, Yvette, Lyse, Yvon, Bernard, Nicole, Jean-Jacques, Yolande, Éric, Catherine, Hugues, Sylvie, Georgette, Constance, Roland, Françoise, Mireille, Guy, Suzanne, Patrice, Nancy, Réal, Hugo, Catherine, Éric, Martine, Françoise, Brigitte, Odette, Denis, Lucie,

Suzanne, Diane, France, Lyne, Chantal, Nathalie, Jean-Claude, Marthe, Marguerite, Michèle, Louise et Louise et à tous les autres fidèles complices.

Lorsque le petit Noa, ce petit Algonquin de Pikogan, toucha mes doigts en disant : « Ils sont froids », ce fut un moment magique. Quand la petite Victoria me dit : « Avec mes ailes, je vole ! », ce fut aussi un moment magique. Quand Zoé Coulombe m'avoua : « Quand je joue du violon, je dois sentir l'émotion de la musique. Je dois être en colère ou triste ou joyeuse », je fus totalement séduite.

Le « Je suis enchanté de vous rencontrer, madame ! » de monsieur Marcel Trudel me combla. Chaque parole d'encouragement de Luc, mon amoureux, ami et premier lecteur, est magique.

Voilà ! Tels sont les principaux secrets de l'écriture de ce roman. Il y a bien tous les autres secrets, ceux de la vie d'Hélène de Champlain. Mais là, c'est une autre histoire… Bonne lecture.

NICOLE FYFE-MARTEL
mai 2005

Bibliographie

AMSTRONG, Joe C.W., *Samuel de Champlain*, Montréal, Éditions de l'Homme, 1988.

BARRIAULT, Y., *Mythes et rites chez les indiens Montagnais*, Société historique de la Côte-Nord, 1971.

BEAUDRY, René, « Madame de Champlain », *Les Cahiers des dix*, nº 33, 1968, p. 13-53.

BORDONOVE, Georges, *Les Rois qui ont fait la France, Louis XIII*, Paris, Pygmalion, 1981.

BOUCHER, P., « Histoire véritable et naturelle des mœurs et production du pays de la Nouvelle-France », *Société d'historique de Boucherville*, 1964, p. 315, 371, 372.

CHAMBERLAND, R, LEROUX, J, AUDET, S, BOUILLÉ, S, et M. LOPEZ, *Terra Inconita des Kotakoutaouemis,l'Algonquinie orientale au XVIIe siècle*, Sainte-Foy, Les Presses de l'Université Laval, 2004.

CLÉMENT, Daniel, « L'ethnobotanique montagnaise de Mingan », *Nordicana*, nº 53, Centre d'études nordiques, Sainte-Foy, Université Laval, 1990, p. 63-69 et p. 93-108.

CLIO, le collectif, *Vivre en famille dans l'histoire des femmes au Québec depuis quatre siècles*, Montréal, Le Jour, 1992.

COLLECTIF, *Richelieu*, Lausanne/Monaco, Éditions Trois-Continents/Éditions du Rocher, 1999.

COLLECTIF, *Traditions et récits sur l'arrivée des Européens en Amérique*, Montréal, Recherches amérindiennes du Québec, volume XXII, nºs 2-3, automne 1992.

D'AVIGNON, Mathieu, *Samuel de Champlain et les alliances franco-amérindiennes : une diplomatie interculturelle*, mémoire de M.A, Facultés des lettres, Département d'histoire, Université Laval, Sainte-Foy, 2001.

D'AVIGNON, Mathieu, « Un certain Pierre Dugua de Monts », *Cap-aux-Diamants*, Québec, hors série 2004, p. 20-24.

DES GAGNIERS, Jean, *Charlevoix, pays enchanté*, Sainte-Foy, Les Presse de l'Université Laval, 1994.

DOUVILLE, Raymond, *La Vie quotidienne en Nouvelle-France*, Hachette, Paris, 1964.

GÉLIS, Jacques, *L'Arbre et le Fruit : la naissance dans l'Occident moderne (XVIe et XIXe siècle)*, Paris, Fayard, 1982.

GOURDEAU, Claire, *Les Délices de nos cœurs, Marie de l'Incarnation et ses pensionnaires amérindiennes, 1632 à 1672*, Sillery, Septentrion, 1994.

GROS LOUIS, Gilles, *Valeurs et croyances amérindiennes*, Sainte-Foy, La Griffe de l'Aigle, 1999.

GROULX, Lionel, « L'œuvre de Champlain », *Revue d'histoire de l'Amérique française*, vol. 12, nº 1, juin 1958, p. 108-111.

LABERGE, Marc, « Affichets, matachias et vermillon », *Recherches amérindiennes au Québec*, Montréal, collection Signes des Amériques, 1998.

LACHANCE, André, « À l'aventure sur l'Atlantique aux XVIIe et XVIIIe siècle », *Revue Québec-Histoire*, vol. 1, nos 5-6, p. 26-31.

LAMARRE, Daniel, *La Roue de Médecine, des Indiens d'Amérique*, Montréal, Édition Québecor, 2003.

LE BLANT, Robert, « Le triste veuvage d'Hélène de Champlain », *Revue d'histoire de l'Amérique française*, vol. 18, 1964-1965, p. 425-437.

LEBLANC, Joël, « Le Québec a 11 000 ans », *Québec Science*, juillet-août 2003, p. 34-42.

LEJEUNE, Paul, *Un français au pays des « bestes sauvages »*, Montréal, Agone, Comeau, Nadeau, 1999.

Les Œuvres de Champlain, de l'an 1619 à 1625, présenté par Georges-Émile Giguère, Montréal, Le Jour, 1973.

LESSARD, Renald, *Se soigner au Canada aux XVIIe et XVIIIe siècles*, Hull, Musée canadien des civilisations, 1989.

Les Chroniques de l'ordre des Ursulines. La vie de mère Hélène Boullé, dite de S. Auguftin, Fondatrise et Religieufe Urfuline de Meaux, Paris, Jean Henault, imprimeur-libraire, 1673.

NOËL Michel et Jean CHAUMELY, *Arts traditionnels des amérindiens*, deuxième édition, Montréal Hurtubise HMH, 2004.

NOËL, Michel, *Amérindiens et Inuits*, Montréal, Trécarré, 1996.

Nos Racines (revue), « Une immigration française », vol. 1, p. 4-20, « La traversée et ses périls », vol. 2, p. 21 à 40.

PARENT, R. *Les Amérindiens à l'arrivée des Blancs et les début de l'effritement de leur civilisation*, mémoire de M.A., Facultés des lettres, Département d'histoire, Université Laval, Sainte-Foy, 1976.

PERRIN, Michel, *Le Chamanisme*, Paris, Presses universitaires de France, coll. « Que sais-je ? », 2001.

PICARD, François, « Les Traces du passé », *Québec Science*, 1979, p. 35-47, p. 131-142, p. 162-170.

PLATT, Richard, *À bord d'un vaisseau de guerre*, Paris, Gallimard, 1993.

Relations des Jésuites, 1611 chap. IV et VI, 1633, chap. V, 1634, chap. IV à IX, Montréal, VLB Éditeur, 1972,

ROBITAILLE, André, *Habiter en Nouvelle-France, 1534 à 1648*, Beauport, Éditions MNH, 1996.

ROUSSEAU, J., « Ces gens qu'on dit sauvages », nº 24, 1959, p. 10-11, p. 15-20, p. 33, p. 62-67 ; « Premiers Canadiens », *Cahier des dix*, nº 25, 1960, p. 9-64 ; « Peuples sauvages de la Nouvelle-France », nº 23, 1958.

ROUSSEAU, J., « Le partage du gibier dans la cuisine des Montagnais », Naskapis, *Anthropoligica*, nº 1, 1975, p. 215-217.

ROUSSEAU, J., « *Astam mitchoun !* Essai sur la gastronomie amérindienne », *Cahier des dix*, nº 22, 1957, p. 193-211.

SIMONET, Dominique, dir., *La plus belle histoire de l'amour*, Paris, Le Seuil, 2003.

STRÄTER, Pierre-Henri, *À bord des grands voiliers du XVIII*ᵉ siècle, Paris, Hachette, 1979.

TOOKER, Elisabeth, *Ethnographie des Hurons, 1615 à 1649*, Montréal, Recherches amérindiennes au Québec, 1997.

TREMBLAY, V. « À la pointe aux Alouettes », *Saguenayensia*, vol. 17, nº 6, nov-déc. 1975.

TRUDEL, Marcel, *Histoire de la Nouvelle-France*, tome 2 : *Le comptoir, 1604-1627*, Montréal, Fides, 1966.

TRUDEL, Marcel, *Histoire de la Nouvelle-France*, tome 3 : *La Seigneurie des Cents-Associés, Les événements, 1627-1663*, Montréal, Fides, 1979.

VIGARELLO, Georges, *Histoire des pratiques de santé. Le sain et le malsain depuis le Moyen Âge*, Paris, Le Seuil, 1993.

VINCENT, Sylvie, avec la collaboration de Joséphine BACON, *Le Récit de uepishtikueiau, l'arrivée des Français à Québec selon la tradition orale innue*, Québec, Bibliothèque nationale du Québec, 2003.

Actes notariés: Actes d'exhérédation d'Hélène Boullé
Contrat de mariage entre Samuel de Champlain et Hélène Boullé
Testament de Samuel de Champlain
Contrat d'engagement d'Ysabel Tessier

Table des matières

TROISIÈME PARTIE

Au pays des poissons

Nouvelle-France, 1620-1621

QUATRIÈME PARTIE

Les remous

France, 1627-1628

CINQUIÈME PARTIE

Le siège

La Rochelle, 1628

SIXIÈME PARTIE

Entre l'arbre et l'écorce

Nouvelle-France, 1621

SEPTIÈME PARTIE

Les folles espérances

France, 1628-1632